敲頭

Hammer on the Head

十五注釋書

武陵驛 著

向危險的日常生活致敬

各路推薦

作品形色各一，有繼承小說厚實與關懷者……像一個平行宇宙，給予苦難幻想跟救贖。敘事腔調生動，筆力深刻，常能舉重若輕，止於該止處。

金鼎獎、《時報》、《聯合報》等小說獎得主、作家　吳鈞堯

如同萬花筒轉輾呈現著歷史上形形色色華人的故事。無論是聚合在一起，或是分散處於細微，都閃爍著奇特的光彩。跌宕起伏的敘事、摹畫傳神的人物，使時代、街巷和脾性都活生生立在眼前，有時又像是寓言，哲學對話跨越了百年，走到今天的深思，又延展到想像的遠方。

皇家墨爾本理工大學終身榮譽教授、澳華研究學會主任　陳楊國生

武陵驛是值得期待的海外作家，是正在崛起中的海外華語文學中的典型和異類。說他典型，是因為他輟筆經商，去國多年，回歸寫作是一種朝聖姿態，衣錦還文學之鄉；說他異類，是因為他居於南半球，筆下湧出的卻多是中國故事。不在現場的寫作，讓他拉開了距離，製造了更多的陌生感，在真與不真之間，寫出了人類的普遍性。

莊重文文學獎、魯迅文學獎得主、作家　東西

武陵驛是有國際視野的華人寫作者，他的小說選材獨特，人物形象豐富，涉及到當下世界的多個維度。我們認識這些年以來，我看到他一直在寫作這條孤獨而漫長的道路上努力跋涉，這本集子是他近期所獲成果的集中展示，也是他未來繼續前行的新起點。

郁達夫小說獎得主、作家　甫躍輝

豐沛的意象，傾瀉的敘事，武陵驛的小說有聲有色。
傳統與現代，回眸與遠眺，如此水乳交融：
美麗的漢語在漂泊中的歌唱，在異國他鄉的綻放。

小說家、詩人　王往

序　南半球的回望

作家，評論家，復旦大學中文系教授　王宏圖

近年來，文學界對海外華語文學的關注熱度不斷提升、增強。這一趨勢與數十年來的全球化歷程密不可分。越來越多的中國人離開了故土故鄉，散布在世界各地謀生發展。他們與在母國的中國人的一樣，其各各不同的悲歡離合經歷積聚在心頭，迫切需要以熨帖的形式加以表達，海外華語文學的興盛以至繁榮乃在情理之中。除了極少數像哈金那樣有特異的語言天賦、能夠得心應手地用異國語言寫作之外，絕大多數身居海外的華人還是別無選擇地用母語來寫作。這些年來，位於南半球的澳洲也漸漸成為世界華語文學寫作的重鎮。武陵驛是當地嶄露頭角的作家中的一員，他原籍上海，在異域打拚多年。早年便嘗試文學創作，自二〇一七年起重拾筆墨，一發而不可收，出版了多部作品集，現呈現在讀者面前的最新小說集，再次顯示了其豐沛的才情和創作潛力。

這部小說集中的作品多寫於近幾年。眾所周知，當今人們身處的是一個發生巨變的年代，二戰結束後建立的國際秩序開始搖搖欲墜，蔓延全球的疫情、突如其來的戰爭使人們一時間茫然無措，對此武陵驛有著清醒的感知：「日常生活也可以是危險的，就其不可預見性和意外災難而言。尤其是過去的兩年，成就了全球史無前例的大變局，彷彿按《啟示錄》所述，末日騎士象徵的瘟疫、戰

爭接踵而至，糧荒大概率在望，當美國失去了往日民主燈塔的榮耀，歐盟在綏靖換取經濟利益的和平主義泥潭中掙扎，高通脹、大倒閉、難民潮、醫療危機和核彈等威脅顯然是確定無疑的。而我在南半球一隅翹望北方，出生地上海已經史無前例地淪為一座飢餓之城。」這一對全人類命運的審視，與中國傳統文學中的故國之思、羈旅之憂融為一體，成為武陵驛這部作品集的主體基調。

打開海外華人作家的作品，人們慣常的期待是能碰上尋覓顧到富於異國情調的傳奇故事。這部小說集的首篇便講述了華人偵探傅鑫的傳奇人生。作者將背景設置在十九世紀中葉，那時墨爾本連同澳洲其他地區尚處於拓荒階段，金礦的發現吸引了世界各地眾多的冒險者，包括華人。那是一個文明社會尚未成形的草莽時期，空氣中瀰漫著西部牛仔的濃烈氣息，愛恨情仇、俠義豪氣得到了淋漓盡致的體現。此起彼伏的血腥氣，從大地深處滾湧而出的豐沛的生命力好似熱帶繁茂的植物，恣肆無忌地瘋長。儘管傅鑫在一次金礦暴亂中死於非命，但其行跡在當地口口相傳，成為傳奇，化為人們集體記憶的一部分。尤其給人留下深刻印象的是，他還頗有幽默感，曾說：「我的最後一案就是發現上帝是誰。」雖是調侃，但並無惡意。

中篇小說《鱷魚之城》是一部頗有分量的作品，它聚焦當今華人在澳洲的生活，文本的後半部涉及二〇二〇年爆發的新冠疫情，這使得全篇烙有鮮明的時代烙印。它從作家史蒂文的視角展開敘述，描繪了馬勒、黃小銀這一對藝術家夫婦一波三折的命運遭際。這是一段五味俱全的經歷，有序幕，有迂曲蜿蜒的推進，有高潮，也有始料未及的陡轉，臨近結尾又有令人大跌眼鏡的反轉，到此被層層雲翳遮蓋的真相豁然顯現——這一切讓讀者感喟不已。從上世紀八〇年代起，隨著出國熱的興起，以國人在外拚搏求生的所謂「留學生文學」一時間在文壇上爆熱，《曼哈頓的中國女人》、

《北京人在紐約》等作品一時間洛陽紙貴，而以國人在澳洲經歷為題材的《我的財富在澳洲》也吸引了眾多眼球。上述作品展示國人在異地茹苦含辛的奮鬥時不可謂不詳盡，但它們大都囿於個人的直接經驗，和書寫對象缺乏應有的審美距離，無論在意蘊還是在表現手法上顯得粗陋、平直，常常是了無餘味。而武陵驛的寫作與上述作品不同，他與描寫對象保持了相當的距離，因而在對那對男女主人公命運富於同情的理解的同時，更有相對冷峻的反思和審視。它栩栩如生地展現了澳洲華人社會的生存狀況，同時作者以其宗教情懷，超越於其上，直指人物的內心。作品的標題「鱷魚之城」可謂是一個富有包孕意味的隱喻，它既是現實生活叢林生存法則的寫照，又是人們幽晦不明的內心世界的折射。男主人公馬勒以異常清醒的目光看到了這一點：「這裡是種種貪婪、虛榮、苟且和偽善所構成的鱷魚之城，不能夠永久存在的城，不得不欺騙自己，逃避失敗，別以為這裡沒有信仰，這裡信仰偉大而唯一的趨利避害法則，人人都在鱷魚口裡尋找幸福，但人人都是鱷魚。」男女主人公馬勒、黃小銀都不是完美的人物，為了生存，為了出人頭地，他們不惜踩踏倫理的紅線，坑蒙拐騙，無所不及。這一定程度上歸咎於澳洲的生存環境，但他們內心的貪欲則是最為重要的驅動力。讀到全篇終了，我不禁想起波蘭裔的英國作家康拉德《黑暗的心》中那個在非洲叢林中胡作非為、迷失了自我的庫爾茨在臨終之際驚恐的呼喊：「可怕啊，可怕！」

上述不乏異國情調的作品在這部小說集中所占的比重並不高，武陵驛所寫的「中國故事」才是其全書的重心之所在。和生活在中國本土本鄉作家不同，他筆下的「中國故事」是他佇立在南半球海岸邊遙望故國時不絕如縷的鄉愁，一種縈迴於心的深情追憶。而以作者的出生地為聚集點的「上海故事」可謂是重中之重。它以《象與刀》、《美麗新世界》兩篇作品為核心，以七零後男孩喬賓和周圍人的視角，構築起長安路沿線棚戶弄堂區五彩斑斕的傳奇小世界。一說到上海，人們馬上會聯想到「東方的巴黎」、「十里洋場」的繁華景象，但它只是昔日上海的一個側面，而像長安路這樣的下隻角街區則是星羅棋布，一眼望去猶如被現代化浪潮拋棄了的廢都——但它同樣是真實的上海不可或缺的組成部分。武陵驛筆下的長安路世界活動著各色人群，他們在數十年的時光流變中演出了一幕幕塵世間的愛恨情仇：喬家內部的傾軋及隨後的四分五裂，在貧困與禁欲的年代喬長春與紅英驚世駭俗的浪漫戀情、紅英的自殺、喬長春與紅英母親的不倫之戀，而家常便飯般的街頭鬥毆成了這一迷你世界中一道流動的風景線，師傅則是躍然其間的中心人物。正是在師傅這一人物身上，作者賦予了他民間英雄的色彩。在周圍人眼裡，他來歷不明，身世神祕，不婚不育，不蓄私產，在他身上，江湖的無賴氣與俠氣和英雄主義奇特地混合為一體。在眾多描繪上海生活的小說文本中，武陵驛塑造的師傅這一形象不能不說是一個奇特的存在，他最後的悲劇命運讓人扼腕歎息不已。

如果說長安路小世界展示的一幅上海下層社會鮮亮的浮世繪，《如果黑洞不存在》這篇作品則將背景安置在上世紀九〇年代經濟開始騰飛之際的上海，揭櫫出生意場上的殘酷真相和人性的蛻變。同樣是通過長安路小世界中頻頻亮相的喬賓的視角展開敘述，他此時已長大，步入商界，目睹了觥籌交錯的酒席背後的種種算計、掐鬥。全篇最引人矚目的形象莫過於孟喆，她本是一個公司職員，但其活動能量不可以常情限量：為了臺商何老闆的生意，她同意嫁給日企的小田部長，後隨夫君赴美國。但不多久她便離開了丈夫，不知所終。標題中的「黑洞」可謂整部文本的關鍵字，這個天文學詞彙既是宇宙混沌神祕難辨真相的寫照，也是人的內心的隱喻，孟喆最後謎一般的歸宿成了黑洞的又一例證。

在《尋找良溪》、《聖喬瓦尼的瑪莎》等篇目中，武陵驛書寫了上海之外的「中國故事」。他展示在讀者面前的並不是恬靜的田園詩，而是充斥了亂世景象的混沌天地，令人驚懼不已。在經濟高速發展的背景下，人們對財富和金錢的貪欲被前所未有地激發出來，傳統的倫理道德趨於瓦解，一時間又找不到堅實的信仰，人們為所欲為，一再突破人倫底線，非法經營、坑蒙拐騙，不一而足。在這片大地上，多少冤魂在四處遊蕩哭泣，正義得不到伸張，殘損的心靈無從得到撫慰，善良的人們對此一時間也是束手無策。

不難看出，武陵驛是一個富有深厚基督教情懷的作家。他的作品描摹、展示了充滿人世煙火氣的世界，但背後常常藏有宗教勸解的意蘊。這本小說集中的十五篇作品是為新約《希伯來書》、《羅馬書》和舊約《詩篇》所做的注釋。在他眼裡：「我只擅長講故事，用小說故事來注釋《聖經》故事，用聖書神學來注釋小說邏輯，是我在文字王國裡嘗試做的一種不自量力之舉。看起來很像是無用之工般的循環論證，唯有希望全書結構能像輕盈的鳥骨骼那樣，叫故事飛起來。因為作者傻傻地認定，小說的意義在於人性的復活和人心的重生。」

正是如此，這部集子中收錄的諸多文本除了表層的情節敘述外，還多了一層宗教寓意疊附其上，藉此整部作品的面目不再一目了然，而是變得多元複雜，甚至沾帶著幾分神祕幽深。正是通過這一手段，作者力圖理解中國、闡釋中國，理解世界、闡釋世界，進而理解、闡釋人生，進而觸及生命的奧祕。

二〇二二年八月十日於上海

導讀　荒誕異化孤獨的世俗紅塵

世界華文作家交流協會副會長、國際新移民華文作家筆會理事　張奧列

沒見過武陵驛，但知道他的名字，是在海外華文著述獎的獲獎名單中，看到墨爾本作家張群的小說集《水上蜘蛛的最後一個夏天》獲得小說佳作獎。武陵驛是他的筆名。二〇一七年後，他用這個筆名寫下了一系列小說和詩歌。如今，他的新書又要出版。我先得其書稿，一睹為快，也想為他寫點個人觀感性的文字。

武陵驛是教會牧師。中國新移民當教會事工的並不少見，但一位澳洲本地神學院科班出身而擔任教會專職牧師的中國新移民，恐怕也不是那麼普遍的。當我拿著他的書稿時，第一個想法是，他的寫作與傳經布道有什麼關聯？他耳邊的風聲、身前的樹影，是否視作主的神力，幻化成筆下的人間世態、靈肉磨滾？他的寫作是否也是一條朝聖之路？

從書名篇目看，好像也有宗教意味。書名的副題是「十五注釋書」，即用書中的十五個小說故事去注釋三卷聖書：新約的《希伯來書》、《羅馬書》，舊約的《詩篇》。他的上一本書《騎在魚背離去》，同樣也是用十篇小說去注釋舊約中《出埃及記》的《聖經》故事。顯然，作為基督徒的作者，有種屬靈情懷，通過其作品去構築人神之間的對話，也是理所當然。不過，當我翻開書稿，

通篇看到的都是紅塵世俗的生活，全是俗人俗事俗土，只有極少筆墨觸及一點點宗教背景，全書沒有福音傳道的痕跡。難道是作者筆下五彩紛呈的人性背後，隱匿著對神性的敬畏？！

全書分三卷。第一卷三篇。一篇寫一百五十多年前澳洲淘金時代的華人神探。一篇是上世紀抗戰烽火下中國柳州的飢餓與死亡。還有一篇是新冠疫情前後墨爾本華人畫壇的愛恨情仇。三篇時空跨度極大，合而一卷頗費思量，暴亂、性愛、戰爭、死亡、貪婪、偽善、恐懼……在斑駁的畫面、紛亂的影子中，是否也延伸著如何通往未來之路的啟示？

第二卷也是三篇。一篇是中國小城民工無序的生存狀態。一篇是小城師生奇異的行為舉止。還有一篇是城鄉父子人生的意識流。三篇的人物、場景及時空關係都比較相近，都是中國城鄉社會轉型期的一種情感尋覓、心理畸變和人性演化，每個人的心靈都必然經受著罪與罰的淘洗。

第三卷則有九篇，都是上海下隻角蘇北人聚居的棚戶區草根階層，在大時代的漩渦中芸芸眾生相。作者年輕時就生活在那個地方，那裡的一草一木、沉寂與喧囂、苟且與虛榮，都留下記憶的褶痕。這麼說來，這部小說集既有異域故事，也有中國敘事，既有歷史回眸，也有當下觀照。梳理一下這些閱讀文本，或許能捕捉到作者的寫作思路。

海外華文文學敘事，過去很長時間都是在離散與鄉愁，身分焦慮與認同危機，文化衝突與精神歸屬的畛域中徘徊，近年則進而在故土與本土、移民與公民、中華性與多元性等話題上拓展。武陵驛先生的話語模式，似乎有點別開生面，重點不是探究中外生活情狀的異同，不是著墨於東西方文化的衝突，而是聚焦於世俗人情中的道德衝突。這種衝突，與時間無關，與空間無關，時間、空間只是故事生發的背景、人物行為的依託，不管發生於何時何地何人，道德力量都在制約著人類的思想行為。那種永恆存在於紅塵俗世的道德感，正是作者所關心、所傾力去觸探的場域。

世俗人間的道德感，是在日常生活中不斷散發、不斷打磨。所以武陵驛的書寫更為日常化，更顯人情味。《鱷魚之城》就是在可觸可感的日常生活中，展示出華人書畫界的眾生百態。一邊是仿畫糾紛，一邊是情感糾葛，兩條敘述主線在疫情、封鎖、解封、仿冒、爭寵，官司、竊案、人命、性、騙、幻滅等日常情狀中相纏相織。作者把人物放在形形色色的日常道德行為中拷問。也許，人們總擔心假畫會傷害藝術，卻從不懷疑自小學到的知識、看到的新聞，是否也有很多是假的。人人都想在鱷魚口裡奪食、尋找幸福，但是否人人都會是噬人的鱷魚？那麼，人性尊嚴何在？個體價值何在？人格力量何在？生命意義又何在？作者藉其創作，撕裂人的偽善，對各種混亂的價值觀刻意冒犯，試水道德的底線。《普魯斯特療法》中的兒子，在日常相處中發現當教師的父親竟背著母親暗戀一位小老師，但父子卻共同守護了這個祕密，這也是人性下的一種道德審視。《被子都方正，窗戶都明亮》的師生則打破了日常生活秩序，嚴厲的老師要求學生行為規矩、舉止清爽，但私下卻偷偷約會鄉村少女；惡作劇的學生跟蹤老師讓其陷入尬尷，在道德的維度上，人性的皺紋被裸現。還有，《鐘蜂》中的打工青年，本想為淪落風塵的女工贖身，但偷腎時發現賣腎者貌似那位女工，最終沒有出手相救而轉身逃離。女工是死是活的念頭一直折磨著人物，蜂群合鳴伴隨著人物心中的不安，讓我們剝開變質的愛情表象，看到了公義悲憫的傾斜，聞到了道德異化的黴味。

武陵驛雖落筆於日常生活，有點碎片化的生活，但你不會覺得平淡平凡、瑣碎寡味，甚至常常會覺得其描寫如真似幻、撲朔迷離，有種雲遮霧障不確定性的閱讀感受。皆因作者在表現手段上糅合了現代主義和後現代主義的某些元素，擴充了作品的立體感和多面性。武陵驛受過外貿專業的高等教育，因攻讀神學碩士而精通古希伯來語和希臘文，遊歷過世界各地，對於世界的哲學與文學思潮相當熟稔，因而自覺吸納並消化現代主義和後現代主義為我所用，結合自己的創作實踐開闢自己的書寫路徑也就順理成章。

為何說武陵驛的小說有某種現代和後現代的影子？現代主義文學有唯美主義（觀感的美）、象徵主義（幻覺中構築的意象）、表現主義（變形、抽象化的主觀情感呈現）、存在主義（荒謬世界中人的痛苦選擇）、印象派（視角感受、色與光的瞬間印象）、新感覺派（病態生活中的變態心理）、意識流（自由聯想、幻覺、遐想）等。後現代主義流派則有黑色幽默（嚴肅的荒誕）、魔幻現實主義（真實世界的奇幻神祕）、垮掉一代（頹廢、墮落、粗鄙）、荒誕派（陌生化）、新小說（顛倒時空、敘事碎片化）等。而這些新派手法中的一些特徵，也或多或少散見於武陵驛的小說作品中。

作者的主體意識很強，其敘述視點，通常既是在場者又是當事人還是敘述者，其結構編排也是跟著感覺走。他似乎不大在乎故事的連貫性，更看重人物與情景的主觀感受性，以及描述與意念表達之間的關聯性，著力去把握內心與現實的衝突意味。比如《鱷魚之城》，我是讀到一半，才慢慢從枝枝蔓蔓中理順了作品的思路、人物的指向。作品雖是一種非線性、非連貫性敘事，但其象徵隱喻性卻自始至終貫穿於全篇。這地方為什麼稱「鱷魚之城」？通篇沒有真的鱷魚，只有傳說中的鱷魚、報紙上說的鱷魚、巨畫裡的鱷魚。而鱷魚有攻擊性、隱蔽性和忍耐力，是善於把握時機趁其不備攻擊的頂級掠食者。作品中，華人藝術圈光怪陸離，大家都在演戲，都在費盡心機，把痛苦演成快活，把平庸演成光彩，把虛假演成逼真。不管是模仿假畫的黃小銀，還是以灑脫自居的馬勒、傲視畫壇的席德、掌控別人的琳達，都以閃亮的假象展示與人。而最有實力的人，往往又最具攻擊性、掌控性和欺騙性，其不動聲色突然出手，十足一條鯨吞的大鱷，驚碎了人們的想像力。記者史蒂文想以純度愛情救贖畫家黃小銀，結果連自己都救不了，遑論救別人。鱷魚當道，疫情中的管理混亂、社交圈的混亂、人思維的混亂，種種社會亂象，不正寓意了亂世中瘋狂時代的瘋狂人心？小說中提及蓋茨比和陶淵明，雖是閒筆也有點意思，這兩個不同時代、不同地域的中西文化標誌性人物，擺放在一起本身就是一種隱喻。美國上世紀二十年代的暴發戶蓋茨比，是理想主義與放蕩的混合物，是夢想破滅而頹廢的文學形象；而陶淵明則是中國東晉南北朝時期的田園詩人，其孤高脫俗、辭官隱居、避世存真我的情操，也成為知識分子的一種人格模版。作者將兩個反差極大的人物連體於混亂的藝術圈中，也是隱喻著一種逐夢與碎夢、救贖與被救贖的關係。

像這類事體物件的象徵隱喻元素，在武陵驛的小說中比比皆是。他的小說，總有一個由表面物件構成的意象，比如老師的帽子、父子眼中的飛碟、商廈的電梯等。甚至作品標題就由這意象構成，如《鱷魚之城》的大鱷、《鐘蜂》的蜜蜂，《象與刀》的白象與鋼刀、《如果黑洞不存在》的黑洞、《蘑菇人》的蘑菇人等，都是以其意象構築故事，點睛人物。

這些意象，是作者將記憶濃縮與剝離，並突破表象去變形而成的物象。作者有著敏感的觸角，常常能夠抓住許多生活畫面，並將眼見的畫面轉化為心靈的畫面，發揮想像力去構築某種意象。如蘑菇人，表面上看是在山裡賣蘑菇的啞妹，但其行蹤時隱時現，行為神祕詭異，背後卻有著鬼影幢幢陰森恐怖的傳聞。蘑菇人據說是礦井下被日本鬼子刺刀逼死的礦工屍變，是活死人。在文明的荒原上黑井下，他們只是一群行屍走肉。蘑菇人的故事，就是有關戰爭與死亡的荒誕故事。這個故事充滿了作者的主觀性，在虛構的情景中達致作者的心理現實，因而故事在作者筆下可以有多重詮釋，而每個讀者心中也都可能有不同解讀。作者的寫作意念與不同生活經驗的讀者感悟之間所拉開的距離，正蘊含著作品多維度的想像空間。有著強烈表達欲望的作者，與文字共謀，努力擴展自己的表達空間。

《班迪戈叢林魔鬼案或金合歡之歌》的隱喻性，則潛藏於淘金地淘金華工的悲情慘況中。橙色陽光，象徵著發光的金子。而發光的金子下，卻裹藏著華人的靈魂劫難。這篇小說，我也是隨著作者跳躍性的思維，看了大半篇幅才豁然開朗。原本的淘金華工傅鑫，因學懂幾句帶著臺山口音的英語，成為華裔探員兼警方翻譯。但其實他與淘金的華工無異，薰陶在中華文化傳統下，心裡始終有條辮子。但接觸了西方文化，放得開，竟混成了一個既泡妞沾毒，又精明仗義的公僕，在反華暴動中英勇殉職。他看似是位放蕩灑脫的英雄人物，其生命的道德價值卻隱藏於苦悶、寂寞、空虛、困頓和墮落的掙扎中，頗有一種反叛性和荒誕性。

荒誕、異化、孤獨，這些現代或後現代的藝術元素，也滲透在卷三那組上海故事中。開埠一百五十年的大上海，有著曾經的殖民地繁華，在三年大饑荒中也未曾餓壞，改革開放中更是光鮮亮麗，但在當下的「動態清零」中，卻讓煌煌盛世的三千萬百姓忽成困獸，失驚無神。這觸發了武陵驛重新審視這塊生於斯長於斯、念茲在茲的熱土，在其筆下，日常的故鄉往事成了另類的上海地緣敘事。

時代的變遷，人生的卑微，青春的騷動，恐慌中的活著，追夢中的磕磕絆絆，是這個都市傳說的常態。《象與刀》中，一位下崗電工，街道混混，在外爭霸，在內爭房，一時放蕩，一時霸氣，又一時蔫塌，充滿著社會與人生的破碎感。《美麗新世界》則具有反諷性，相框裡美人照的主人公自殺了，是美麗世界下並不美麗的人生。人生、人性、人情的界線，如陰陽之間的模糊，讓你反覆咀嚼，慢慢消化。這些「棚戶區」出來的人物，是生活底層、心靈蕪雜的人物，要麼渾渾噩噩，要麼偷偷摸摸，要麼不作不死，要麼惡作劇，有著江湖義氣的友情，有著駁雜紛亂的性愛，是一種扭曲的生存異象。

這些謎一樣的人物，在時代轉換、社會轉型中，又沉浮於商海，轉戰於職場，在金錢、欲望和情愛的漩渦中打轉。作者用超現實的視角去打量這些大時代的小人物，從其身上去探究生命的意義。何為超現實？就是身處的現實，虛擬的時空，超然的思考。作者以奇思異想的潛意識，去消解現實世界的扭曲與矛盾，在看似不合邏輯的意境中營造一種黑色幽默。《到世界中心去》的商廈，本來就是六部電梯，但人物卻看到了第七部，而且還踏了進去。這種虛虛實實的幻影幻覺，就是在社會發展加速的誘惑下，人物癡心狂想而落下的一種心理毛病。作者有著豐富的想像力，藉著電梯這個意象，擴展著一種情緒張力。人生如坐電梯，要麼往上，要麼往下，不進則退。然而在職場競爭的壓力下，多少人為了追逐金錢和情愛，迷失自我，迷失靈魂，不都是瘋了嗎？《尋找良溪》同樣也是欲望與靈魂的博弈。經濟高速增長的南方，物欲橫流，令人物在生活漩渦中恍恍惚惚，跌跌撞撞，無法駕馭。作者把這些大變局中的日常生活，稱之為「危險的日常生活」，就是因為秩序改變了，行為失控了，心靈迷惘了。武陵驛故意掀起日常中看似華美的袍子，抖出裡面爬滿的蟲子，讓人們在不可預見性的生活漩流中警醒，不要陷入麻木盲目，不要囿於慣性惰性，而要努力反抗平庸。

武陵驛的小說，情節總是一驚一乍，場景總是混混沌沌，人物總是似睡似醒，其提供的各種畫面常讓人有一種眩暈感。他筆下的人物，大都是不按常理出牌的人，總愛折騰，這也許是社會轉型期至暗時刻的貪欲和野心膨脹的一個特點吧。《安哥拉的鑽石像雨滴，也像淚滴》的孫哥，就是一個很愛折騰的人物。他搶了表哥的女朋友，又還回一個自己玩過的女友給表哥；他移民去新西蘭，又拋棄老婆折返上海拚命淘金；他在北京設廠，又轉身安哥拉投資鑽礦。這些折騰，都是大時代轉折中不甘被邊緣化的邊緣人物道德失衡、信念缺失的德性。《如果黑洞不存在》的美女孟喆，更是不作不死故意折騰的人物，在商業狂潮中花樣百出、放蕩不羈而不知所終。她把自己看作是來自天體的「黑洞」。黑洞有超強吸力，能把物質吸入加速增加能重。作品中的黑洞就是一個奇特的意象，既有物理意義的，物質聚合與裂變，讓宇宙重生；也有心理意義的，人物對孤獨的焦慮，渴望在黑洞中重新獲得生命。這些內心忽冷忽熱、忽悲忽喜的人物，常常處於一種幻覺狀態，疑疑惑惑，恩恩怨怨，猶如一場遊戲一場夢。

武陵驛曾經是商界白領，在美資企業、日本商社、外貿公司、澳洲商貿歷練多年，有著豐富的商務經驗，看透了商業大潮中的喧譁與躁動。作者的語感很好，文字也很有質感。語言幽默諧謔，但不是那種一看就仰天大笑的暢快感，而是咀嚼一下即啞然失笑的酸楚味。調侃式的語言，玩世不恭的人物，把眼花繚亂的時代中那種下層草民生活的眾生相呈現得活靈活現。你會發現，每篇作品除主角外，還有許多人物時隱時現，眾多生活片段中也生出枝枝蔓蔓，似乎給人散焦的感覺。但若各篇聚攏一起，把人物排列組合，則如轉動的萬花筒般，形成一幅凹凸有致的群像圖。作者捨棄「宏大敘事」，而玩味世俗日常，聚焦於大時代轉折中的草根群像。

有意思的是，小說的背景，筆下的社會，都是渾濁的、混沌的，作品的基調總是偏暗色，一種微弱混彩的灰色調。哪怕有些許陽光，光中也蒙上灰暗；即使爆有笑料，笑中也透出酸楚。《聖喬瓦尼的瑪莎》通篇就由兩塊黑暗底色構成。義大利獵殺女巫，是宗教史上的一段黑暗；中國拐賣婦女現象，是現實社會的一段黑暗。作者用商業訂單勾連中西兩地的場景，時空交疊兩地比照。在聖喬瓦尼，修建了高大莊嚴的教堂，有著對神的敬畏、對人的贖罪。在姜鎮，經營外貿生意的史蒂文，沒有報警解救被拐賣的女子，人物光鮮的外表下，其實內心也背負著沉重的十字架。旋轉的世界中，正氣與濁霾常常就繚繞在你身邊，測試著你的行為取向和道德素質。從審美詩學的角度看，武陵驛不是以溫婉清麗的語言去圈畫人物的亮點，而是用冷峻峭刻的筆墨去猛敲人物的內心，撞擊社會道德的痛感。作品的暗色調，既有作者寬容與和解的情懷，更是現實的無解與迷惘的無奈。

《聖喬瓦尼的瑪莎》是全書的最後一篇，讀到此，我終於聞到了一點宗教的氣息。全書的第一篇也有零星幾筆提及華裔神探傅鑫和洋妞在教堂拿著《聖經》，並讓傅鑫說出，「我的最後一案就是發現上帝是誰。」但只是點到為止。回顧全書，無論故地與異域，無論寫意或寫實，其實都是人生劇場中的一部人間寓言。作者的宗教意識藏得很深，若留意一下，仍可體悟到一點點屬靈的意味。作品或許是作者的一種祈禱，一種勸諭，一種人文關懷，希望每個人能在平民化的閱讀中、特別是世俗生活中，能與作者的心靈感應，透過靈魂的自我救贖達致人性的復活、人心的重生、道德的重構，在苦澀的悲歌中，也能讀出感恩的讚美詩。

讀一個個紅塵俗世的故事，慢慢回味，忽然領悟了作者在每卷之首精心設計的一段《聖經》語境的用意。他不做福音文本的布道，而是借助作品閱讀而產生的情感牽引，讓你品味生與死、愛與恨、善與惡、罪與罰這個文學的永恆主題，去生發一種破解世道人心的能量。

為了加強破解的力道，作者通常祭出陌生化的招數。武陵驛的小說有個鮮明特徵，就是把熟悉的生活做陌生化的處理。明明是這樣的呈現，他偏拉開距離，製造疏離感，展示它應有的另一面；明明是方圓規矩，他偏將其變形，讓你在習以為常中去發現其中的荒誕。無論過去或今天，現實與歷史，似曾相識而又似是而非，在真實與虛幻的模糊邊界中，構築了多維空間，讓讀者在一時捉摸不透的感覺中慢慢品味。從熟知的生活、熟知的經驗中，去發掘新鮮的認知。這種陌生化的手法，擴展了生活呈現的多樣性，打破了固有的思維慣性，增加了敘事語言的可塑性。更重要的是，讓作者試圖站在上帝的視角俯視人間世俗，從道德的高度審視人性弱點，從而自覺去修復人性的某種缺失。

我認為，武陵驛的書寫策略，在海外華文文學中算是一個另類。他的話語，既不是落入套路的中國敘事，也不是大同小異的域外景觀。他似乎是在現實與超現實之間、俗界與靈界之間、真實與虛擬之間，開闢一條人神對話的路徑。武陵驛文本中的那些人物，在混沌的環境中追波逐浪、跌宕沉浮，最後似明白又不全然明瞭，似清醒又不全然醒悟，這種心理模糊的狀態，也許就是缺少精神信仰使然。沒有堅定信仰支撐的眾生，在渾濁的生活中，是否需要尋覓心靈洗禮的信仰，是否應該追逐一種能燭照生命的靈光，才能走出精神上的荒原，通往心靈淨化的聖殿？誠然，讀者有不同的理念，或有不同的信仰，閱讀也不必要追隨某種意識信念，閱讀只是分享生活、感悟人生，或者深層意識是尋找精神寄託靈魂歸宿的一種方式。武陵驛的書寫，也只是表明他的價值觀念，表明他的生活態度。他的創作，與其說是屬靈的勸諭救贖，倒不如說是人性的道歸善悟。

從這個意義上說，閱讀武陵驛的小說，可以透過這部寓言式的人生大戲，體察紅塵世俗的道德衝突，領悟人間鏡像的心性嬗變。

目次

卷三 敲頭人

卷一 鱷魚之城

在這裡，我們本沒有永存的城，而是在尋求那將要來的城。

——《希伯來書》十三章十四節

班迪戈叢林魔鬼案或金合歡之歌
The Case of Bendigo Bush Devils or Song of Wattles

在班迪戈中餐館能吃些什麼

傅鑫頭一眼看見這個高壯的白人，就察覺了異常，不是鼻尖沾染的礦石粉末，而是那雙骨節粗大鐵鉗一般的大手。一個孤零零的白人在班迪戈唯一的中餐館享用咕嚕肉，很不尋常。方形大口在沒有食物的時候也一開一合，隨時做著啃噬骨頭的動作；他嚼著的應該不是豬肉，也許是袋鼠肉，或者是袋貂；腮幫子上掛著糖醋汁，像活物奔跑似的左衝右突；左臉頰儘管被淺棕色枯草樣的亂髮遮著，數道深深的血痕仍像火苗似的，時不時探出來。

中餐館門楣掛著「臺山中餐館」和「隨時待客」的英文招牌，但充其量，就是一幢簡易木板屋。這裡很少有白人主顧來，很多白人礦工即使走過門外的乞丐，也不會停下；即使停下，在餐館門口伸頭張望，看見的最多是進門左首一張料理臺，鋪著紅桉木做的巨大砧板，有時候是老闆赤膊揮舞斬骨刀，更多時候則是一個纖弱的中國女孩，沉甸甸的中國菜刀在她手裡，不知怎麼就變輕變小了，人們管她叫阿珍。傅鑫見過她好多次，沒有什麼印象；現在再細細審視，確認那只是一個粗手粗腳的暴牙妹。一個小腳中國女人低眉垂目坐在旁邊帳臺後面，戴上了一頂時髦的英國女帽，藏起了腦後抓髻，她是老闆的續弦，也是阿珍的後媽。

好奇心重的白人礦工們都知道，臺山餐館是淘金地第一家賣袋鼠肉的餐館，還賣兔肉、袋貂肉、野狗肉、蛇肉和老鼠肉等等想得到想不到的奇怪食物。當地歐洲移民們中間甚至傳說這是家黑店，中國佬在店裡賣的不是別的，而是班迪戈叢林魔鬼的肉。然而，他們離去時，眼裡仍然掛著大大的問號：在中國佬的餐館裡面到底能吃些什麼呢？

傅鑫喉嚨癢得厲害，勉強忍住咳嗽，將痰液嚥回去。他退出餐館太急，差點撞到小腳顛顛的老闆娘。他的新皮鞋走得太快，露出了一瘸一拐的慘狀；右膝受過舊傷，他走得稍快就會蹣跚。但餐館裡那個白人埋頭享受著美食，根本沒抬頭。

這個奇怪的白人食客，連阿珍也注意到了。她抬起頭，撩了一下頭髮，老闆娘就看到她耳垂上的銀耳環，耳垂顯得過於白皙，也許是因為銀飾吧。

阿珍黝黑的臉上笑意一閃而過，老闆娘咳嗽一聲；每次傅鑫那個瘸子路過店門口，就把小丫頭阿珍的魂勾走了。

在福隆雜貨店後門口，英國人馬庫斯靜靜地看著一大堆中國圓口黑布鞋堆裡，一雙鋥亮的黑皮鞋一拐一拐，呈內八字，朝他衝過來。之前馬庫斯站在那裡，吸了足足有四根煙，身邊來往都是戴氈帽拖著大辮子衣著臃腫襤褸的華工。華工們精神狀態都有些亢奮，他們都曉得城裡的那個傅神探來了。現在可是白人警員搞不定的時候。

馬庫斯咧嘴啞笑說：「傅鑫（Fook Shing），好幾天沒見你晃悠，還以為你死在煙床上了。」傅鑫沒像往常翻起厚嘴唇露出熏黑的牙齒，他什麼也沒說。

兩人一先一後進入雜貨店，老闆一看到他們，趕緊把後門關上，還上了鎖，轉身熟練地給英國人拿來了啤酒，給傅鑫前面放一碟花生米和燒酒。

昏黃的煤油燈光，剝落的牆紙，牆上掛軸寫著令馬庫斯抓狂的毛筆寫的象形文字。傅鑫告訴他上面寫的是中國老百姓不信別的，只信吃的。他比劃著說：「食物是天樣大的東西。」馬庫斯費力地聽懂了傅鑫的廣東四邑英語。他很不以為然。直到傅鑫死後，他才得知傅的弟弟妹妹是在來澳洲的半路上餓死的。

他和這個膚色黝黑的中國人結伴來班迪戈的日子是這一年的四月，羅頓河水橫貫的淘金地正流行瘟疫。馬庫斯發了寒熱，喉嚨生疼，不斷淌鼻涕，他意識到新建立的維多利亞殖民地只有夏冬兩季。入秋的普通一天就是白天是夏天，晚上轉冬天。他一到班迪戈就病了，在這裡住了整整半個月，幸虧染的不是疫病。每天都仰賴傅鑫安排臺山餐館送三餐，但他幾乎見不到傅鑫。他承認自己喜歡傅鑫，傅不光黑白兩道通吃，而且有一隻對犯罪的氣味特別敏感的鼻子。

在羅頓河水變清的季節，馬庫斯大病初癒，居然愛上了中餐。

那個叫阿珍的中國女孩每次羞答答地將湯碗和米飯端到他床頭，他都津津樂道於玉米袋鼠肉湯。他回墨爾本前，對傅鑫坦陳他或許愛上了阿珍，如果只考慮飲食之樂。

傅鑫反問：「飲食不重要麼？」

太子旅館三〇四房

馬庫斯曾在新金山《阿耳戈斯報》（The Argus）上撰文說，今天不需要什麼飛毯帶你去中國，只要一轉彎，拐入城裡小柏克街，遇見那個身材瘦小的華人神探，傅鑫嘴裡叼著香煙，帶著你指指點點，所有中國風土人情在一條街上盡入眼底，尤其是關於中國罪犯的情報。所以，這位英國記者從墨爾本不惜隨著傅鑫直驅一百五十公里，一路追蹤著血腥味來了班迪戈。

馬庫斯來到羅頓河畔的金礦是調查一系列殺人案件。他在班迪戈的病中筆記記載，臺山中餐館的阿珍早就習慣了料理那些淘金華工捎帶打來的野物。有天晚上，他們送來的不光是大個子的袋鼠和長得像碩鼠的袋貂，還有一個腦殼打破的小夥子，傷口很可怕，他身上藏著的金子被搶了。他們全說是魔鬼幹的，班迪戈茂密的叢林裡藏著的是白人魔鬼。接著，班迪戈白人礦工營地裡出現了一起死亡事件，那個白種女人死得很慘，臉完全破相了，警察認定死於野狗攻擊，但附近百姓都說是傳說中的班迪戈叢林魔鬼又出現了。華工們則嗤之以鼻，他們暗地裡全說那個歐洲女人是個賣屄的賤貨。不過，當地報紙則一致宣稱為「班迪戈叢林魔鬼案」。

新金山墨爾本的金子使三藩市聖弗蘭西斯科黯然失色，而金子帶來的是罪惡。墨爾本唐人街發生了一起類似案件，死在唐人街的妓女來自班迪戈，也是一位愛爾蘭妓女，名叫凱薩琳。唐人街酒樓食肆被震撼了，瘋傳班迪戈叢林魔進城了。就是這起凱薩琳被害案引起了剛到墨爾本的英國記者理查・馬庫斯（Richard Marcus）的濃厚興趣，他的直覺是這與班迪戈的白人婦女被害案有什麼關聯。他採訪了負責重案的老督察長，對方很不耐煩，垂垂老矣的警察局長則是意興闌珊，這塊大不列顛轄下遙遠的南方大陸上的流放罪犯夠多了，他含糊其詞地說：「叫傅鑫去一趟。」

馬庫斯不得不甩開警方單幹深挖。他找到了唐人街住滿了妓女、皮條客的太子旅館三〇四房。上帝不想浪費他所愛的勇敢記者的寶貴時間，讓他立即在房間裡發現了一具女屍。他去警局報案，見到一位眼珠像猴子那樣圓溜溜轉動的華人探員。兩人在現場勘察，驅散了圍觀的閒人。時值去年九月十二日，南半球寒冷的春日。局長反覆唸叨的華人探員傅鑫因此和馬庫斯相識。

傅鑫說：「報案人最可疑。」

馬庫斯說：「我是報案人。」

傅鑫說：「所以你有嫌疑。」

這就是局長大人口裡念念不忘的華探。馬庫斯的緊張感突然消失了，咧嘴無聲地笑。他愛用這種啞笑表示輕蔑，寫了那麼多罪案跟蹤報導，今天才聽到一個如此武斷的推理；不過，考慮到對方是一個剪去辮子不久的華人，也就不怎麼奇怪了。

馬庫斯說去太子旅館找妓女瑪麗，瑪麗是前一陣鬧得沸沸揚揚的案子中被害妓女凱薩琳的閨蜜，沒想到她在旅館房中上吊了。瑪麗同凱薩琳一樣，都是極少數願意接待中國淘金礦工的愛爾蘭妓女。

傅鑫取出香煙點上，眼睛骨碌碌地盯著他，分析他是不是凶手似的，馬庫斯差點忍不住喊話，鬼才看不出他是幹什麼的，他告訴對方他是調查記者。

好像沒聽明白似的，好一會兒傅鑫才說：「有人謀殺了她。」

馬庫斯當然同意，但他需要的是證據。傅鑫說：「用不著等法醫來，證據很明顯。你看她的脖子上那麼多淤青，胸肋骨還斷一根，胸口有掌印，指甲縫裡沾著皮屑和血，還有些淺棕色毛髮，可見凶手是一個淺棕色頭髮的歐洲白人，有蠻力，手很大，身上應該有抓傷，考慮到死者是妓女，凶手很有可能是來自巴拉瑞或班迪戈礦區的淘金漢。」

馬庫斯重新打量這個長得有點像小偷的華人探員，從未在殖民地警局內看見過這麼敏捷的判斷力。

第二天，警方在報端闢謠說太子旅館發生的已經了結，一起普通自殺案。卻見不到警方懸賞通緝一個手很大身上帶抓傷的歐洲礦工。

馬庫斯在唐人街找到了正在理髮的華探。傅鑫讓他坐著等，等到傅探員舒舒服服洗完頭，頭上冒著熱騰騰的白汽，才衝著馬庫斯狐疑的灰眼珠說：「喂，咱們做一筆買賣。」

馬庫斯語帶譏諷地說：「我可不買鴉片。」

傅鑫不惱，聞了聞自己的衣袖，聞不出鴉片味，反問他：「你不想要獨家新聞？」

馬庫斯心裡暗罵：「狡猾的中國佬。」但按著傅鑫的報價，還是爽快地付了五英鎊。因為中國佬提出的交易條件的確是好買賣，這個中國佬是新金山唯一的華探。請想一想一八五〇年在巴拉瑞和班迪戈等地爆發的淘金熱，想一想金子是如何把每一個人的腦袋上窟窿眼填滿的。英帝國國會通過法案將飛利浦地區從新南威爾士分離，成立維多利亞殖民地，面積二十多萬平方公里，相當於英國大小，由一名副總督管理。一八七一年班迪戈正式定名之後，維多利亞警力根本無法跟上城市的迅猛擴張，統共只有二十八名偵探，七名分布在鄉村，一名在郵局，四名在城裡警局做行政，剩下十六人都在城裡執行外勤。警察局長果斷決定增加十名警力。這十人全是便衣外勤，其中有唯一的一名華人偵探，專門對付華人罪犯，眼珠忽閃忽閃、厚嘴唇「砸吧、砸吧」的傅鑫現在是遮住唐人街半邊天的人物，每次有什麼疑難案子，局長督察長他們都會大喝一聲：「叫傅鑫去一趟。」

三天後，墨爾本報端援引傅鑫祕密提供的線索，曝光了太子旅館命案是謀殺案，很可能是系列謀殺案之一。新聞馬上引爆全城，連礦區的《班迪戈星報》也加以轉載，引發了城內外民眾的大規模持續猜疑：是不是凶手來自班迪戈礦區，在班迪戈和墨爾本兩地來回流竄，連續作案？殖民地警方沒料到突然陷入了輿論包圍的大漩渦。

桉樹棍子不結實

十月的一天，陽光很好，閃著新鮮柳丁的光芒，他們在唐人街重新碰頭。

馬庫斯吃過一頓來墨爾本後最豐盛的早餐。他拿到了豐厚的稿酬，改頭換面，換了新衣帽、新皮鞋，灰眼珠像用水洗過，喜氣洋洋。

傅鑫不是一個人來的，他胳膊上挽著一位栗色長髮的歐洲女人麗姿，她笑容裡湖水一樣柔軟的東西讓馬庫斯想起了蘇格蘭高地的湖泊，她誇張的翹臀式蓬蓬裙好像重得使他心裡發沉，他親吻了麗姿的手。麗姿・奧斯邦（Liz Osborne）肯定是一個來自國王街的無知的愛爾蘭女人。

結果馬庫斯猜對了。在當時殖民地語彙裡，無知等同於墮落。

傅鑫的單身生活並不規矩。馬庫斯猜他在中國老家一定有老婆，說不定不止一個老婆，說不定還有孩子。但是，傅鑫從來不談，好像他是從石頭裡蹦出來的。馬庫斯不曉得麗姿知道些什麼，但包打聽的天性和職業習慣倒是幫助他掌握了傅鑫的一些來歷。傅鑫的真名無從查考，但這個生來不安分的小個子的確是最早離開動盪不安的廣東的那批中國人中的一個，在英屬殖民地香港和新加坡短暫飄蕩，搭船登陸南澳，經過漫長的徒步旅行，抵達維多利亞淘金地。數年之後，他搖身一變，成為給警方做事的口譯員，更為驚奇的是，他居然做了淘金華工裡的大佬。馬庫斯有證據疑心此人在中國出身於長毛，其實這疑心是多餘的，淘金熱裡的出洋華工不少都是太平天國洪楊舊部。他們熟悉槍械，打仗勇猛，九死一生，差不多全都是亡命徒。誰也不知道何時大佬口譯員做了英國人的便衣密探，很多華人都躲著他遠遠的。江湖上風傳傅鑫出賣過許多華人朋友，也有人出頭替他辯護說他是在犯罪團夥裡做臥底。但總的來說，喜歡他的人寥寥無幾。說是某天半夜，傅鑫在布朗斯威克街一個相好家裡過夜。半夜有人敲門，他連衣服也沒穿，就被人架走了。幾天之後放回來，他渾身是傷，腿也瘸了。以後出門，他胳肢窩下就多了一支手槍，雖然他幾乎不用。「那就是一個嚇唬人的玩意。」他自己說。十來年間，越來越多的華人離開淘金地，湧往維多利亞殖民地的中心墨爾本，聚集在小柏克街，漸漸形成了唐人街，漸漸傅鑫也就放鬆了，不再刻意隱瞞身分，他不再諱言他是警方委任的偵探。本地警方普遍認為他能幹且可靠，破例承認了他這個唯一的華探，此時傅鑫已經搬到城裡住，但他素來破壞華人規矩的名頭早已經從淘金礦區一路蔓延到了唐人街。

但馬庫斯所不瞭解的是傅鑫同墮落的白種女人交往的最初，曾經隻身單挑唐人街賭館。那時，十來歲的傅鑫眼前火星四濺，腦後拖著一條髮色枯黃開花的大辮子，裡裡外外，到處想找一把鋒利的刀子，老鄉們把菜刀也藏了。他索性背上鋪蓋捲，裹上綁腿，腰間插著彈弓，手裡提著一截桉樹棍子，瞞著老鄉，離開班迪戈營地，連夜進城。他踹開後門，闖進唐人街賭館，自己先著實吃了一驚。第一眼與麗姿・奧斯邦對視，他掙扎了一會兒，沉淪了，掉落在她眼睛裡的藍色湖水裡，拚命尋找著什麼。

守門的菲律賓人在跌倒前，還來得及發出一聲「我的上帝」。傅鑫沒有理會，他不是為了上帝，那是白人的上帝；他也不是為了公義，那是白人上帝的公義，他只為了復仇。他恨賭博，更恨高利貸，只因為他老竇（粵語指父親）。

傅鑫出手慢了，第一棍打偏了，落在賭桌上。桉樹棍不結實，爆裂了，那個逼死傅老竇的放高利貸的察覺不妙，抄起一把椅子擲過來。傅鑫閃開，跌在麗姿懷裡，在一股柔和而辛辣的香水味裹挾下，他不由不放縱自己，湊到雪花皮膚如此近，連她鼻翼兩側的雀斑也看清了。麗姿順手把他扶起來，他的腿彎裡又挨了什麼東西的重擊，已經無法站立，在這個空檔，他的本能救了他，他掏出彈弓，將一枚羅頓河裡水磨溜圓的石子打在放高利貸的臉上，兩顆門牙崩飛，血珠子灑了一地。第二枚石子便由空準確命中了高利貸者的太陽穴。

傅鑫此時卻想到外國美女的骨架真是健壯。在後來十來年漫長的探員生涯裡，他從未想過愛上一個健壯的愛爾蘭妓女會有什麼樣的後果。

對金子失去興趣的淘金漢

麗姿那天出現在唐人街賭館實在源於她的粗心大意。她雖然也接班迪戈來的淘金漢，但她從不接華人（不是高傲，說不清為什麼）。那天她將錢包掉在了馬車上。馬車夫告訴她下一個乘客是個華人，在唐人街下車。她在賭館裡面浴室蒸汽似的喧鬧中辨認著華人的面孔，發現這真是一個難上加難的苦差事。等到她好像認定了某個人，但那個人竟然被一個拿著樹杈的鄉巴佬幹趴下。麗姿發現這個大辮子淘金少年有些不同尋常，面黃肌瘦的中國少年腰上掉了一卷書在地上，在眾人慌亂間，被她撿了起來。

當天晚上，她在港區碼頭上找到了這個少年。他的衣服上還沾著血跡。她將那卷書還給他，那是狄更斯的《孤星血淚》英文版。她還將他領回她在國王街的小公寓，給他麵包和酒。傅鑫吃飽喝足，額上冒出一層熱汗，寬闊的鼻翼呼搧著，揚起兩道劍眉，疑惑地望著她。麗姿先笑了，她聳聳肩，傅鑫問她：「多少錢？」她一愣，反問他：「有錢嗎？」傅鑫知道麵包不貴，酒錢他不知道。她曉得誤會了，哈哈大笑。傅鑫說：「我殺了人。」麗姿說：「我知道。」他說：「死了，死了。」她說：「不知道。」

他說在到南澳之前，他老竇吐光了胃裡全部黃水，看到船上最後一隻老鼠死了。船員們把船上的老鼠全抓光了，烤了，吃了。水手們都懂沒有老鼠的海船只有死路一條。老鼠活著，人才活著。這點道理傅老賫知道了也沒用，眼看著傅鑫的一個弟弟、兩個妹妹一個接一個餓死在海上，老賫急得想投海，但他沒有在到達澳洲前一死了之，最終輸光淘來的那點點金子，將一條老命送在了唐人街賭館裡，他連續四天四夜沒有離開賭館，一頭栽倒在賭桌下面，留下一屁股高利貸。

那一夜，麗姿給他換了衣服，將她的英雄的頭摟在懷裡。她嘴裡喃喃自語：「哦，感謝上主，大衛戰勝了歌利亞。」

傅鑫聽不懂，但他的鼻子理解了柔和而辛辣的香水，感受了綿軟而彈性的肉體，這個陌生女人是有毒的，他渾身陡然哆嗦起來。異鄉的中午無論多麼炎熱，半夜總是寒冷的。他分明又看見自己的祖父如何用拐杖教訓在外眠花宿柳的三叔，祖母在門背後為濫賭的傅鑫父親落淚。

他鼻翼抽動，他也想放棄抵抗，像三叔那樣，但他就是不能哭。他不能在陌生人面前哭，尤其是陌生的白種女人面前。

從那時起，傅鑫每次進城都故意避開國王街，但每逢看到路邊樹上盛開的一團團厚重的金黃色花球，他的鼻翼忍不住掀動。這是澳洲大陸上到處可見的金合歡花，那柔而辛的香味總是將他帶入他設想中的麗姿的歡笑和哀傷，但他就是不敢想像自己回到麗姿小公寓的場景。

傅鑫也許是第一個對金子失去興趣的淘金漢。

也許是因為在城裡遇見一個戴著白領圈的老牧師，聽了一段禱告詞，得到一本英文欽定本《聖經》。他回到班迪戈，就著營火，翻了一晚上，以後他沒事就翻，特意去拜老牧師學英語。在牧師的書房裡，他找到了些有意思的英文書。他主動把辮子剪了，換了一身二手洋服，褲子有點緊，胸前只有兩三枚紐扣，工友們笑話他脖子上繫了一塊彩色抹布。但當華人與白人的衝突發生後，他充當起翻譯角色，沒人再敢笑話他。從洋牧師和麗姿那裡他瞭解了洋字母的力量，他不光使用彈弓，還在紙上寫寫畫畫，憑著小聰明和勤學苦幹，主動充當華人與白人之間的橋樑，直到某天他衝撞了一個威爾士人的高頭大馬。那個穿著紅色警服的白人跳下馬，晃動著鋼盔，盔尖尖紅纓迷住了傅鑫的眼睛。白人扯住他的領帶，皺著眉頭，但說話滿客氣。傅鑫一口廣東四邑口音的英語居然暢通無阻，使他得以講清楚自己是趕著去給城裡來的警察做翻譯。威爾士人舉手示意，巧得很，他就是新金山來班迪戈辦案的督察長，他雇傭了口譯員傅鑫。

傅鑫以後頻繁往城裡跑是去維多利亞警局當差。

每次他為同胞做完口譯，總是很孤單、很失落，他的心在城裡，辦完差事，他往唐人街去閒逛。小柏克街，對他而言就是家鄉，雖然這裡看不到手推車，聽不到木屐敲地。有時候，他會去理髮店享受一下久違的掏耳朵。被溫柔的手伺候過的耳朵將家鄉的聲音都收藏在裡面，滿耳都是廣東戲曲鑼鼓，臨街門窗裡露出來麻將洗牌聲響，茶館、粥店、中藥鋪、雜貨店、報攤、當鋪等等熙熙攘攘的熱鬧，忙碌的母親們呵斥孩子的聲音……

有一天，他也像城裡那些黃髮少年一樣在路邊放肆，吸卡雷拉斯（Carreras）煙，對著玻璃瓶口灌深棕色的咳嗽藥水。馬車粼粼駛過，一隻很白的手搭上他肩頭，他的腿肚子不由自主又哆嗦起來。一個銀髮女人妝很濃，笑很淺，香味很騷，他覺得都是他祖母的年紀的那女人，扔掉手裡的香煙，扭動著上下身之間的連接部分。「快活一下嗎？」有些外語是無師自通的。他臉紅得像番茄，卻反而牢牢記住了那些拗口的英語淫詞。當他忽然醒覺自己竟然來到了國王街，馬上扭頭落跑。

他在淘金營地度過火熱難熬的整個夏天。

他帶著金塊來城裡兌了錢，把彈弓裝在一隻首飾盒內，又去了國王街。這回他的英語沒幫上太多忙，他把彈弓送給麗姿。麗姿先是一愣，旋即笑得前仰後合。這是什麼意思呢？他結結巴巴地問她願不願意嫁給他，麗茲突然不笑了。她把彈弓退還給他，她說不要什麼武器，也不要什麼玩具，她要的是戒指。他一聽就想去街上珠寶店買戒指，卻被她一把拉住了。

那天晚上，傅鑫彷彿從廣東老家走過千山萬水，走到了新金山，又走到了歐羅巴的愛爾蘭。他光著上身，倚在麗姿公寓硬邦邦的床頭，在他的裸身投下的暗影裡，洋女人的面目看不太清楚。麗姿的粉紅乳頭被嫖客咬破了，她睡著的時候也一定很痛，但她的鼾聲很溫暖、很體貼，讓他很充盈也很疲憊。他悵然望向窗外，看見一些廣東女人坐在自己家門口臺階上，就像他在家鄉的老婆的樣子（他已經想不起她的長相），無論在世界何處，她們總是那個模樣，但她們同愛爾蘭女人的區別就像是土豆和番薯。

他狠狠吸一口煙，不再覺得洋煙很貴，也不再覺得老竇在噩夢裡還會繼續攪擾，這是傅鑫一生中最輕鬆愜意的時刻。

凡老竇中意的，比如賭博，都有其可惡之處；而老竇痛恨的，比如洋妓女，都有其可愛之處。

心裡的大辮子

理查・馬庫斯大病初癒，從班迪戈回來。

五月天象罕見，墨爾本城裡下著綿綿細雨，雨一下就下了一整天，下榻的旅館裡有一個便箋等著他。

他按便箋找到唐人街一個酒館，裡面比他下榻的旅館還陰暗潮濕。傅鑫在裡面，身邊圍著許多中國人。看得出不少是淘金礦工和販夫走卒，大家都喝高了，猜拳行酒令、唱戲文，馬庫斯捏著帽子，在角落裡拉長了臉。傅鑫明顯喝多了，手舞足蹈地扮演著什麼角色，唱著馬庫斯根本聽不懂的戲文。

這是粵曲，他攀著馬庫斯的寬闊肩頭說：「聽我說！麗姿不是我的姘頭，是我的貴人。好多年前我還是個什麼也不懂的孩子，就背上了警方通緝令，我是一個在逃犯！我在麗姿的房間裡整整藏了半個月。」

馬庫斯的啤酒差點噴出來，一個中國通緝犯在愛爾蘭女人的房間裡躲了半個月！離開的時候，他穿著女人給他專門預備的高級西裝，辮子盤起來藏在大禮帽裡面，口袋裡還裝著女人賣肉換來的英鎊。

「天哪，那你為什麼還不娶她呢？混帳東西！」馬庫斯舉起啤酒瓶又放下，換成左擺拳，狠狠地擂了他一拳，傅鑫跌翻在地。地上早就倒下了好幾條漢子，沒人在意。場子裡無人在意洋人揍亞洲人，哪怕挨揍的是一個名頭很大的華探。

華探的臉紅彤彤的，嘴角也紅彤彤的，躺在地上大喘氣，半天才緩過勁來，長歎一聲：「你們英國人不懂，我——是中國人哪！」

夜深了，馬庫斯把傅鑫扶到自己的旅館房間裡，伺候他吐完躺下。窗外的風弱了，雨卻越來越大，街邊的煤氣燈將旅館門前的巷子變成了一條游動著白魚的河流。當馬庫斯快睡著的時候，傅鑫突然睜開眼睛跳起來，他嚷嚷著口渴，馬庫斯讓茶坊搞來一杯熱紅茶，傅鑫不管三七二十一喝了。接著他找香煙，找到煙點上，卻沒有抽。想了很長一段時間，他的圓眼睛燒得火星一般通紅發亮，他對馬庫斯說：「算啦。不要說什麼對不起。我永遠不懂你們英國人的想法。哦，你們喜歡用的詞是『制度』。」

馬庫斯說：「你指的是警察局制度？」

傅鑫點點頭，又搖頭，他狠狠吸了一口煙，慢悠悠吐出煙圈，他說：「不光是警察局。不光是制度。」

馬庫斯早就發現傅鑫腋下的配槍不見了。現在，他曉得傅鑫剛被警方免職了。

傅鑫又說：「我還是警方公認的中文口譯。」

馬庫斯問：「是因為我的曝光報導？」

傅鑫聳肩。

他語無倫次地解釋說他不是因為洩密被免職，而是他到局裡報銷了一大筆錢，買鴉片的錢。

誰都曉得要在唐人街得到情報，比人脈關係更可靠的方法是用鴉片換。傅鑫一直在用各種方法搞鴉片，到警局報銷。警方高層越來越關注他使用鴉片的情況，諸如每天使用多少、在哪裡購買、是否有吸食，以及鴉片換情報對警隊風紀的影響等等。

馬庫斯忍不住追問他有沒有抽鴉片。

傅鑫還是有氣無力地聳肩。他早學會了用聳肩來避免回答。

馬庫斯什麼也沒說，他推門而出，他想去找點什麼烈性酒喝喝。他那英國式傲慢並不接受面前的中國式精明。

他聽見傅鑫在身後嗤笑警方：「他們條粉腸[1]有前途！」

馬庫斯在後來的日子裡無數次採訪殖民地警方，他和督察長和局長等等都做了朋友。瞭解了有關傅鑫免職的不同看法。警方高層或直接或隱諱地透露他們的處事原則，避免事態升級比破案更為重要。馬庫斯漸漸懂得什麼叫做大局觀，但在班迪戈發現殺人嫌犯肖恩行蹤的時刻，他至少也想明白了一層：那個腦後剪了辮子改說英語的華人心裡還有一根大辮子，傅鑫那廝縱然聰明，卻還是個華人，永遠無法明白警方高層的智慧：比破案更好的是沒有案子。

關於傅鑫生平晚期的行動都有馬庫斯的影子，唯有追捕礦工肖恩的過程，馬庫斯缺席了。馬庫斯不是不願意再掏腰包，而是他對傅鑫說這麼做不合法。「你不是警員了。而且也沒有合法手

1　條粉腸是口頭語，帶有貶義性，意思與「傻子」相接近，較相熟的人才能這樣說。

續。」但傅鑫還是一貫地閃著猴子樣的圓眼珠，說了一大番話，他總是能把死的說成活的。

馬庫斯聽他說完，連連搖頭說：「鑫，你不能知法犯法。」

傅鑫愣了一下，就不說話了。

麗姿在邊上靜靜地聽著。馬庫斯這時候才得知發現肖恩是麗姿的功勞。其實，傅鑫過去十來年的探員生涯真的少不了的人是麗姿。可是，傅鑫搬到城裡來住，沒有與麗姿同居，而是一個人窩在唐人街。兩人物理距離縮短後，反而疏遠了。傅鑫跟麗姿更像是一對偵探夥伴，也許，傅鑫早就厭倦了麗姿吧。

傅鑫一臉無辜，他正告馬庫斯別在報上瞎寫他的私生活。麗姿淺笑跟進：「對了，也不能寫我。」她可不想被傅鑫那種浪蕩鬼纏上。

馬庫斯望著麗姿藍色夏夜一樣的眸子說：「如果你不是鑫的女朋友，我願給你天天送花呢。」

麗姿那天抽煙厲害，好幾次夾不住香煙，她翹起二郎腿做思考累了的樣子。她快快地說：「煩了，煩了，新金山是做夢的地方，不是結婚的地方。馬庫斯先生，請你別忘了，我是國王街上做生意的女人。」

她和華探的關係給殖民地的浪漫史構成了某種致敬。談到她的街頭的生意，她的神經質發作了，超常的自尊心不容許她那麼作踐自己。但她沒說錯。肖恩也是來國王街尋歡作樂的老主顧。從班迪戈賺了錢來城裡銷魂的那班歐洲礦工都搶著來找麗姿。肖恩身強力壯，情欲旺盛，又是多金的工頭，隔三岔五往城裡來逛。麗茲說去年九月十一日凌晨她曾在太子旅館附近看見肖恩，但那夜他行蹤詭祕，穿著女人的裙裝。

馬庫斯以調查黑幕記者慣有的嚴謹態度指出：「有一條警方疏忽的細節，在太子旅館三〇四房內床鋪底下發現兩個新煙蒂，卡雷拉斯煙。旅館清潔工說九月十日晚上瑪麗外出做生意那空檔，她們打掃過房間，床底下都掃乾淨了，不可能留有煙蒂。我們需要核實一下肖恩是不是吸那種煙。」

傅鑫白了他一眼，頭也不回地走了，邊走邊說：「收皮（粵語意為叫別人噤聲）！你忘了我以前幹什麼的？淘金營地裡的兄弟們抽的都是那種煙。」

馬庫斯發覺傅鑫的臉色脫去了既往的黃黑，一反常態地潮紅。

假如傅鑫喝得酩酊大醉或者躺倒在唐人街大煙館裡，也許馬庫斯會更喜歡他。

現實是傅鑫一如往常地幹練高效，在班迪戈打了個漂亮的伏擊戰，帶著兩個中國礦工把肖恩押回城裡。他以平民身分向維多利亞警方指控那個大嚼袋鼠肉的白人至少涉嫌謀殺了妓女瑪麗。去年九月頭裡肖恩隨著一大群人進城，起初住主教府，後來不知去向，有人說看見他睡在大街上。九月十一日夜無人證明他不在現場，相反，有人證看見一個很像他的男人穿著女裝在太子旅館附近出現，而他的臉上留有新鮮抓痕，他隔天一個人跑回了班迪戈營地。警方頗為躊躇，這些都是傅鑫的說法，得不到證實。

誰也沒料到當天下午，警方立刻釋放了肖恩。

督察長的腦袋像煮熟了的澳洲龍蝦，紅裡透粉，毛裡毛糙，他的眼珠子越過老花眼鏡盯著傅鑫，好像隨時要從眼眶裡脫落。傅鑫曉得這是上司既懷疑又擔憂的表情。死掉個把愛爾蘭爛貨和懷疑主教的外甥是兇手可是兩件道德上區別分明的事。肖恩是墨爾本城裡聖公會主教的外甥。督察長隨時樂意提醒他警方早就結案，瑪麗之死是一起自殺案。

督察長不停地抹著額角的汗水說：「你與拖著豬尾巴的中餐館老闆雜貨店老闆不一樣。你是這裡有身分的體面人，不能給我們惹麻煩。」

接下來的幾個週日，馬庫斯在唐人街頭找不到傅鑫了，他驚奇地發現福音堂內禮拜長椅的最後面坐著華探，身邊是麗姿。

馬庫斯從門口朝麗姿打招呼，問她是不是學會了粵語，麗姿吐了吐舌頭。馬庫斯吹了聲口哨，傅鑫像是低頭瞅著鞋尖，也像是祈禱。「鑫怎麼了？」麗姿說，「我們的壞小孩學好了。也許在《聖經》裡發現了什麼破案新線索。」

傅鑫站起身，撣去身上的塵土，歎氣說：「是的，我的最後一案就是發現上帝是誰。」

馬庫斯啞然失笑。這個玩笑太粗魯，不好玩。

麗姿討戰他似的問傅鑫：「你信上帝嗎？」

傅鑫的新皮鞋還是髒兮兮的，他撓著頭，算是回答。

金合歡開滿樹的夜晚

金合歡花開滿樹的季節，白人來了。

起先是滿樹烏鴉似的黑色大鳥在聒噪，在班迪戈營地生火做飯的華工們趕也趕不走牠們；不久，那些鳥不約而同高飛而去。四周靜得驚人，彷彿鳥和人從來沒出現過。突然間，四周起了肢體撞擊大地的聲音，如鼓點般嘈雜，賽過四面八方的馬群在聚攏來。人們看見河裡淘金的正沒命地往營地奔來，斗笠和氈帽都沒了，有人衣服撕爛了，有人臉上還帶著傷。他們抓著帳篷裡什麼值錢的就跑，還是夾生飯的午飯大鐵鍋打翻了，火星四濺，幾條狗狂叫著來回逃竄。現在可以聽清楚營地帶頭大哥在喊：「不要亂！洋人來了，大家抄傢伙！他們不敢殺人！」

但他錯了，追上來的白人礦工們一齊掄起鐵　，砍翻了落在後面的幾個華工，有人當場翻白眼不動了。白人礦工沒有怎麼遇到抵擋，他們殺入營地，舉起一面被單做的大旗，嗷嗷叫著：「不要中國佬！捲鋪蓋滾蛋！滾出班迪戈！」

他們開始縱火焚燒帳篷。濃煙在河邊叢林上空盤旋上升。華工們經過了最初的慌亂，在帶頭大哥的指揮下在叢林裡重新集合，他們全部撤往地勢較高的臺山中餐館。

消息最早就是從中餐館傳開的。

阿珍紅紅的臉上泛著汗珠，捏著衣角跑進跑出，害得她後媽帳臺也坐不住，只能在後面攆她。華人神探來了。這是目前大家指望的唯一一個對白人罪犯有震動的消息。然而，白人礦工們瘋狂了，蹬著皮靴，手持鐵　、鎬頭、棍棒，還有幾杆長槍，團團圍住了臺山中餐館，但也無人敢貿然逼近，他們統一鼓噪起來：「叢林魔鬼！魔鬼！把他交出來！交出來！」

圍困和吶喊持續到深夜。屋裡避難的幾十個華人全明白誰是班迪戈叢林魔鬼，他們都避免看向某人，但越是這樣，眼光就越是無形中向傅鑫身上集中。馬庫斯這次又錯過了同傅鑫重返班迪戈，他滯留在城裡，完全沒料到傅鑫這次微服探訪反而是自投羅網。後來他告訴麗姿，對於淘金浪潮中的反華暴動，《班迪戈星報》不僅僅起了火上澆油的作用，而且有可能還洩露了傅鑫的行蹤。那份報紙將華工描繪成不讀書、吃得少、幹得快的怪物；從不休息，生活陋習多，什麼活都幹，似乎永遠不會死的異教徒，甚至暗示華工就是近來為患的叢林怪獸班迪戈魔鬼。但馬庫斯承認報上並非全是胡說，華工們自私，破壞了金礦規矩，不在新發現的礦脈處插旗標記，不與其他礦工分享，還像兔子似的在所有歐洲人廢棄的礦坑裡淘光最後一顆金沙。歐洲礦工的看法也不是無理取鬧，華工一貫竊取他人的勞動成果（不管是不是洋人的）。發了財的華工拐跑了愛爾蘭女人，中餐館則順手牽羊偷走了一些歐洲人的胃。

警隊趕到班迪戈後，沒有耽擱，宣布了傅鑫死亡。

馬庫斯親眼見證法醫的屍體勘驗，屍首的臉上有一些河中卵石的劃傷，馬庫斯驚奇地發現一個像傅鑫那樣一生講究實用的人死後臉上竟然可以有如此聖徒似平安喜樂的表情，那吸鴉片似的黃黑色病容澈底不見了。

警方在交火中擊斃了數名為首分子，逮捕了數十名白人和華人。他們沒有找到肖恩，只在河邊樹叢中取回了他的手槍。暴動的白人裡面有一種說法，肖恩和傅鑫在羅頓河邊決鬥，肖恩先掉進河裡的湍流，傅鑫跳下去救他，傅鑫淹死了，肖恩的屍體沒找到；另一種說法，則是中國佬要求與肖恩一對一決鬥，肖恩出於驕傲答應了，但傅鑫與他拉開十來米距離後，發足狂奔，跳入羅頓河裡，被湍流捲入河心，肖恩因而畏罪潛逃。持不同說法的暴動者誰也無法說服對方。警方結論是傅鑫死於溺斃。

事後，從臺山餐館裡華工東一言西一語中，馬庫斯得出了華探最後一個晚上的情形：餐館門廊上唯一一盞煤氣燈暗淡地照著「隨時待客」的大招牌，傅鑫走出去前將彈弓留給了阿珍。他喝光了老闆從地窖裡拿來的一瓶好酒，頭腦還是清醒得很。最後，他要求好好吸一次煙。他嫌紙煙不夠勁，抱著一隻石楠根煙斗，像享受用袋鼠肉做的咕嚕肉那樣吸飽了。他推門大步走出去，阿珍說他的跛腳好了。那時候他站在南十字星的星光下，投下漫長的黑影，身形彷彿驟然間放大了好多倍。面對前方躍動的火把光焰，身子固然還在顫抖，他轉過臉，血塊像鮮花一樣吐在地上，他眺望著遠處羅頓河邊的莽莽原始叢林。那是家鄉的方向。

記錄到這裡，馬庫斯停下筆，深呼吸，閉上眼睛，可以聽見金合歡滿樹滿樹「嘩嘩」地拍手，傅鑫「咿咿呀呀」地唱起來，大概是叫粵曲的中國歌劇。華探內心是一個來自遙遠鄉村的淘金漢，自有他永恆不變的淘金生存法則。

馬庫斯看見他緩緩轉身，終於向那些火把環繞的人群走去，鮮花一樣的血塊在黑暗的大地上燃燒。

大個子肖恩脖子裡纏著頭巾，一手提著大鎬，一手握著滑膛手槍，表情凝固著一團岩石般的黑影。他口中叼著一隻海泡石大煙斗，胸口前的鐵鍊上掛著一個大十字架。

肖恩從此再沒現身。

女人和孩子

馬庫斯摘下禮帽，看著麗姿招呼後院裡的那個黑瘦的亞洲面孔，那人矮小的身形在後門金合歡樹下閃了一下，好像還靦腆地露出了發黑的牙齒。剎那間，馬庫斯彷彿又看見傅鑫頂著大日頭，穿著匠人的皮圍裙，手裡提著鉋子；可以聞見後院青草和刨花混合的味道，那個亞洲男人在廚房裡發出笨手笨腳的「哐鏜」聲，「咕嘟咕嘟」灌水的響動。

麗姿精心焙製的愛爾蘭咖啡和鮮奶蛋糕出爐了，關於往事的回憶停止在窗下玫瑰花瓣上的豔陽裡，像午後的湖水那樣平靜坦然，看不出遺憾或糾結的漣漪。在傅鑫死後沒多久，麗姿做出了一生中最飛快的決定，嫁給了後院那個亞洲男人。馬庫斯問她丈夫怎麼樣。她眨了眨眼，算是回答。他問兩人怎麼認識的。麗姿不回答，而是說他人很好，很細心，很勤奮，煮菜一流，不惹是生非。隨之，她莞爾一笑：「但他在床上完全跟鑫沒法比。鑫最拿手的是學壞。」

馬庫斯感覺到了什麼，但還來不及反應，聽她聲音低沉地說：「鑫那廝還是把我騙了。鑫說過要給我一個家。可是，阿珍剛剛生了一個女孩。」

完全不是馬庫斯所預期的故人重逢。不知過了多久，麗姿驟然高興起來，她說：「我現在才懂他為什麼老是說大丈夫什麼三妻四妾。那是傅鑫的孩子。阿珍告訴我了，我給她的女兒起名叫麗姿。你看，我算是和鑫那廝兩清了。」

馬庫斯滿臉困惑，搓著手裡的帽子。

麗姿望著牆上的聖母像，坦然承認說肖恩不是殺害瑪麗的凶手。他臉頰上的抓痕是她幹的。「我故意幹的。知道嗎？是我！是我！」麗姿站起身，胸前還掛著圍裙，興奮得大叫。後門口亞洲男人的面孔閃了一下。

對著英國記者眼中的驚疑，麗姿一字一頓地說：「鑫自以為了不起，沒有一個案子他破不了，但一個他眼中的下賤外國女人的小小伎倆就讓他澈底暈頭轉向了！鑫是一個自以為自己是神的人，但他被我耍了，不，他被他自己耍了。為什麼是肖恩呢？不一定是肖恩，當然。肖恩是一個倒楣的壞蛋。只不過他碰巧有一雙大手，只不過他帶著滿滿一袋金子來找我過夜，竟然不付錢白嫖！……上帝叫我在他臉上留下該隱的記號！」

離開前，馬庫斯問了她最後一個問題：「肖恩是抽煙斗還是吸紙煙？」

麗茲平靜地回答：「他有一隻雕工精美的海泡石大煙斗。」

愛上一個特別不確定的女人，是不是因為愛上這個同樣不確定的城市？馬庫斯想起華探，不由不心生陰影，熬了幾個通宵，寫出一篇〈華裔神探的最後一案及其神祕死亡〉的特稿，但沒有一家報館願意刊登。最後，他接到了維多利亞警方的電話，不得不改為給本地《阿耳戈斯報》重新撰寫一篇傳記，介紹殖民地首位華人神探傅鑫的短暫生平，他不吝溢美的詞句讚美他的華人好朋友是一位平民英雄，熟知殖民地的各種華人犯罪階層，腰插彈弓，吸著煙，唱著粵曲，盡忠職守，懲惡揚善，英勇殉職。他隻字不提華人神探奇怪的最後一案，這讓總編輯很滿意，新金山的老讀者們也沒察覺有什麼不對頭。又一位值得信賴的警員公僕離開了我們，但外面的世界始終不為所動。誰讓我們活在一塊流放大陸上，金子總是誘人犯罪，警員總是因公殉職。

文章刊發後，馬庫斯收到了一封信，阿珍在班迪戈託人用英文寫來的。他下樓去旅館外施萬斯頓街頭的那間咖啡館。彼時，巴黎風咖啡剛剛取代英國茶，成為城裡最新潮的飲品。

他願意讓自己迷失在觸摸靈魂的咖啡芬芳裡面，血脈僨張，視線模糊。

他攥著信紙反覆地讀，不禁咒罵起傅鑫。

那廝真他媽有福氣，死了還有兩個女人日日夜夜思念著他，一個是用愛，另一個是用恨。可那廝真的懂什麼是愛、什麼是恨嗎？傅鑫的一生，宛似一直在那條跨洋過海販賣華工的船上，航向南方的流放大陸，但他從來不想下船，也許只要是離開家鄉，朝著任何方向都可以，傅鑫就是那樣，一輩子漂流不著陸。阿珍在信裡說班迪戈的瘟疫終於平息了，她父親不再痛恨傅鑫那廝睡大了女兒肚皮；繼母免不了成天幸災樂禍地笑話她，但她不管了，她預備一個人將女兒養大，因為不用擔心生活費：那把彈弓上刻著一個位址，那是一個城裡律師的住址，律師給她送來一筆錢，是傅鑫早年淘金攢下的私房錢。

陽光像樹上成熟的果實，紛紛落下，填滿了咖啡館內的所有空隙。

眼前那些陌生面孔大都是他的英國同胞，他們都太開心了，全像剛剛淘到了大金礦，並且逃脫了世界末日似的。馬庫斯瘦高的身軀伏在咖啡桌上，忽然想哭，但他不能在一屋子橙色陽光裡的陌生人面前哭，他覺得自己與那個長得像個小偷的華人神探有一點很相像，他們都很倔強，不能在橙色陽光裡的陌生人面前哭。

他顫抖的手握著沃特曼鋼筆，給麗姿的新生兒寫賀卡。阿珍在信裡說她還想給麗姿一些錢，麗姿剛在醫院裡生下了一個兒子，她聽了阿珍的願望，看看阿珍手裡的支票，又看看自己孩子的小雞雞，眼睛裡的藍色夏夜更深沉了；她請站在床邊的神甫做祝福祈禱，她告訴阿珍她剛到人間的兒子名叫鑫。神甫說孩子是上帝給女人的產業，問她和阿珍幾時給孩子施嬰兒洗禮。兩個女人被從天而降的產業給征服了。

若是重返班迪戈的臺山中餐館，理查‧馬庫斯必須想一想，除了玉米袋鼠肉湯以外，一個歐洲人在那裡還能吃些什麼？他自嘲地想像自己此刻的笑容，一個以探求罪案真相為己任的英國人居然一本正經地思考著在中餐館裡可以有怎樣的歐式菜譜。他記憶裡的傅鑫不是混跡在唐人街理髮店或大煙館的那個眼珠溜溜轉的小個子，而是一個雙手放在膝蓋上端坐在福音堂裡的黑皮膚聖徒。這種想法太莫名其妙，叫他感到驚奇。他想像著傅鑫的孩子將來會長成什麼模樣，甚至猜測麗姿的兒子是不是也是傅鑫的孩子。但他不知麗姿的兒子長大後前往中國，將會是辛亥年份，大革命開始的時代。

原刊於《江南》二〇二一年第六期

蘑菇人 The Mushroom Man

一九四五年七月二十八日，柳州，中國

親愛的羅蒂：

在昆明修整如此之久，差不多生鏽了。你還記得我笑話過那個加爾各答的錫克教算命先生嗎？正如他所預言，中國戰區司令部的命令突至，我們反攻到柳州，一路上錯過了郵差。晚飯後，騙郵政官打開郵局，找呀找呀，終於找到你的三封信。我滿懷感恩之情，暴雨過後，你在紐約地鐵中寫的那些短詩驅走了我身邊散也散不盡的陰鬱。

不知為何，我對死亡產生了特大的好奇心。路邊倒臥許多餓殍，婦孺老人、國軍士兵，偶爾也有日本士兵，畫也畫不過來，想借一臺相機，苦於沒有膠片。在鄉下，到處可見徵兵官荷槍提杖抓壯丁，不論老幼，用草繩繫脖頸，像雞鴨串成一串。壯丁受夠虐待，即使能逃跑，多半也會死於道中。

韓副官好幾次跟他們發生爭吵。有一次，韓直接拔出手槍，上了膛，脖子上青筋突突跳。我用玩笑的口氣責備他：「槍不是筆，不能隨便拔出來。仗越打，你脾氣越大，以後回朱師長身邊很難伺候呀。」韓卻說打完仗，他回鄉做個小學教員，有一碗蘑菇湯喝就成。

是的，真不願向你承認，這些日子以來我們吃的是什麼。鐵釘一樣粗硬的水牛肉和紅皮小土豆，我們無處訴苦。不過，相對百姓來說，軍隊供應也算是好得沒話說。何況不久前，還有口福大餐一頓。那次晚飯吃的是新鮮豬肉和鴿肉，還有西瓜盅，用西瓜掏空蒸熟，盛放連神仙也不敢想像的雞肉蘑菇湯，鮮到老和尚要跳牆，這個是老吳的說法。他是臨時雇請的當地廚役，喜歡拍我們美國人馬屁，他偷偷報告我說：「那個是蘑菇人的蘑菇，吃不得。住在地底下不見天日的蘑菇人，他們白送的蘑菇千萬吃不得。」可是，我們不管不顧，硬是吃了、喝了又怎樣？上帝啊，我們是快樂的美國兵。

對於吳老頭的說話，我總是將信將疑。他不太用陳述句，多的是感歎、誇張，添油加醋，也許是習慣於被洗腦，很像國民政府的宣傳口徑。羅蒂，你想不想知道一個祕密？關於蘑菇的，準確地說，關於蘑菇人。我們在柳州吃到了一生中最為鮮美的蘑菇，韓副官喜歡得不得了，他相信那些都是地底下的蘑菇人送來的。

這事不簡單。讓我還是從伙房頻頻失竊一事說起吧。那一陣子，司務長一做飯，就開罵：「偷豬肉的賊生兒子沒屁眼！」附近村民來偷我們美軍補給不是什麼新聞，可他罵娘一般有指向，他不好直說，他懷疑是老吳監守自盜。

那天卻是老吳自個兒抓住了小偷。我們聞聲趕到伙房，一個瘦得異常的黑衣女孩被老吳按翻在地，她背著斗笠，估摸不出她年齡，但那雙紅褐色的眼眸亮晶晶的，看不出任何懼意，剪得短而參差的黑髮在斑駁樹影裡，如同野火燒過的雜草灑著金光。她伏在地上，勉強撐起身子，還在撿拾滾了一地的白蘑菇塞入籃子。

老吳像水牛那樣喘著粗氣，起身奪過籃子。一大把大小蘑菇像冰雹似的砸向她面門。她慘叫一聲，聲音沙啞暴躁。我的眼前飛過白藕似的細胳膊。蘑菇在地上翻滾，光溜溜的，不長絨毛，菇柄白而細長，菇蓋邊緣削薄，布滿褶皺。

老吳抹了一下大臉盤，大手油膩膩的，從籃子裡掏出美國造午餐肉罐頭，一個又一個，埋在蘑菇下面的罐頭。老吳洋洋得意地笑著。

這下我認出來了，她是我的模特，一個賣蘑菇的山裡小姑娘。如同上次見到的那樣，她的臉色異常蒼白，嘴唇不見血色。第一次見她，記得是部隊開進柳州的前一天，半道上天氣熱，人更疲憊。我們撞見一輛老舊的雪佛蘭篷布卡車拋錨，車後軸直挺挺翹在大石頭上，司機和幾個人手忙腳亂地檢查引擎；當地人穿黑衣扛鋤頭，七嘴八舌，圍著車指指點點；黑外衣似透非透，不穿內衣，那酷酷的黑色更合適身材窈窕的當地女子，比如，賣蘑菇的中國姑娘。

那輛卡車燒炭，車大燈歪頭耷腦的，走夜路也許要有人打燈籠，走前面照著，像古希臘的第歐根尼那樣，也許能找到些什麼；車肚腰因超載而塌陷，好像當地那些大肚貼地的肥豬；車廂照例加裝了板凳，改為載客，乘客們猶如沙丁魚般擁擠著、推搡著。漫天揚塵落下之後，我看見那個戴斗笠的黑衣小姑娘靠石頭坐著，腳搭在一隻大輪胎上，胸前抱著一隻大竹籃，身邊擱著一盞紅燈籠。稚氣的臉龐上有一條明暗界線，上半部鬱然死寂，下半部生氣勃發，這是不容錯過的絕佳寫生機會。但當地一發現洋人，馬上招來不少看熱鬧的。我的女模特也起身擠過來。我歎口氣，收起紙筆，只好作罷，只在心裡記住了，斗笠的深藍色陰影抹不去那紅褐透亮的眼珠子。

抱歉，叫你看得沒頭沒尾的這些嘮叨話，回頭我好好寫一寫韓副官，他是一個很有意思的中國軍人。愛你。

盧・德克斯特（Lou Dexter）

一九四五年七月二十九日，柳州，中國

※

親愛的羅蒂：

風塵僕僕開進柳州的日子是七月二十日。在一處華僑建造的酒店的廢墟上紮營。我終於搬入柳江岸邊的「豪華套房」——臥房僅僅是個廢棄陽臺，搭上一架梯子，供攀爬進出。逢到天氣晴好，我們動手修房，從瓦礫堆裡清理出無名屍骸，將一個個新油毛氈屋頂支起來，結束了餐風露宿的行軍日子。韓副官和我同屋。他是國軍九十四師師長朱懷冰師部內最勤快的人，他破例沒有在鋼盔裡洗臉，拍拍手上的塵灰，吹了一段口哨，像是中國西北民歌的曲風。我們沒有鏡子，但他的黑臉就是我們上後山洗澡的最正當理由。

走在上山的石階，有個堪薩斯來的軍械師大聲說：「這個酒店真晦氣，你們說，該不會是一個咒詛之地？」

類似的話，聽過好多遍了。不是每個人都能享受留駐此間，但說實話，這是日軍摧毀柳州後全城能找到的最好駐地。

堪薩斯小夥子又說：「聽說酒店一早是被日軍徵用改作軍官俱樂部。」

另一人笑著說：「不是，不是，是改成了監獄。」

大傢伙兒大笑起來：「真像一座大監獄呀。」

韓副官一本正經地說：「我們腳下的這座山是被炮火炸成寸草不生的，在風水上說，是損丁格……」

風水學我們美國人永遠搞不懂，但九十四師上上下下都親眼目睹了日軍如何澈底摧毀柳州的一草一木。我們在江對岸俘擄不少日軍，然而在酒店一無所獲。這裡，除了鳥雀、藤蘿、殘垣斷壁，就是墓園一樣的死寂。圍牆上聳立鐵絲網、碎玻璃，被炸毀的房間依稀可見原來都精心加裝過窗柵欄和大鐵門。我們找到了和服、木屐、木桶之類，像是日本澡堂的用具。然而，誰也不願用現成的木桶、木盆，寧願爬上山洗澡。也許是風水學的緣故，誰知道呢？

池塘裡水流很緩，水也不深；山上布滿碉堡、戰壕，草長茂密；這裡聽不到轟炸機的呼嘯聲，那些燒酒精或燒炭卡車受傷似的蹣跚，牛車笨重的哀歎、苦力的勞工號子、調門長而高的麵包叫賣聲，都留在了閃閃亮的柳江岸畔。天空正在魔幻漸變，從淺藍到橘紅的層次感，遠遠超過了我所能描摹的筆頭功夫。

韓既沒游泳，也不洗澡，僅僅洗臉洗手，坐在魚骨般的條石上，讓溫熱的水反覆拍打腳面，濕透的背在陽光下冒著白汽，招來了善意的嘲笑。大家都脫得精光，他既不願袒露身體，也不願離群獨處，誰知道他在想什麼？羅蒂，司令部魏德邁將軍派我進駐國軍九十四師，率領十來人，參謀、十名軍械師。韓副官作為九十四師派員兼做翻譯，他是這支美軍軍械分隊裡唯一的華人，看得出他竭力隱藏著在一群白人戰友包圍下的拘謹。

我游累了，來韓副官旁邊坐著。我說中國西瓜有黃穰、紅穰，味道一樣甜，但個頭比美國西瓜小一半。

當我夢想著中國西瓜的時候，韓出神地盯著自己的手，他的手背上被蚊子叮得腫起老高。有人嬉笑咒罵，晚飯少不了又是沙丁魚罐頭、青豆罐頭、嘉寶乳酪，至於新鮮牛排和雞肉，你只有指望連大炮也無法震塌的人類想像力了。

韓咕噥著什麼，我沒聽清。他站起身再說一遍，他說的似乎是「狐狸」。當地人說要是遇上狐狸，你停下注視牠，饑腸轆轆的狐狸也會跟著停下，回首呼應。人狐會深情對視。不過，我可能是聽錯了，也看錯了。此時，我看見一個戴斗笠的當地女孩，倚著岸邊的樹，白魚似的光腳踢出一小片水花。等到大家上岸，我隨著韓的眼光，搜索塘邊樹叢，那邊卻什麼也沒有了。

我大笑說：「當地人愛偷看洋鬼子洗澡。」

韓說：「盧中尉，你有沒有注意到剛才？」

我說看見了一個當地女孩。他卻說：「剛才，時間停頓了，大概有十秒鐘之久。」

我愣住了。他說：「時間好像在池水中間被沖斷了。水這邊，閃閃放光的，是世間無論什麼都不能改變的寧靜；而水那邊，靜默的黑暗，是我們最害怕的東西，不知道是什麼樣子，但它毫無疑問地在那裡。就在那裡。」

我順著他的手指，水裡面什麼也沒有，我說：「韓，恐懼會讓你手裡的槍變成筆。」參謀上岸後揶揄說：「戰爭出詩人，全是因為缺少女人的緣故。」

我不以為然。韓不是戰士，從軍前，他是西南聯大的大學生，所經歷的生離死別，對一個讀莎士比亞的大學生來說太過分了。有時候，他給我看他寫的詩，記在一個日記本上，關於火焰和玫瑰之類的；仗打得越多，他寫得越少，風格也消沉了。

爬上光禿禿的山丘，韓副官緊跑幾步，身後披著的那藍絲絨般的夜幕，卻是懶洋洋的，遲遲不肯覆蓋半山，彷彿一直等著水塘邊遲遲不歸的山雀。山下到處散落著零式戰鬥機和軍用卡車的殘骸，提醒我戰爭不是詩歌，從不分行，使我疲憊不堪，只能由著自己的身體去反應。

柳州，日軍占領時間並長，但三光政策早把這裡變成了一座死亡之城。山道上，那些僥倖躲過了轟炸的雜樹遮住了些什麼。我走上前，看見韓同一個戴斗笠的黑衣女孩說著什麼。他給了她一些錢，卻沒要她籃子裡的蘑菇，她的紅褐色眼珠突然叫我想起韓的詩歌，火焰和玫瑰。這樣子，韓與我們進城路上遇見的那個賣蘑菇的瘦瘦的黑衣女孩做了朋友。信內附上我給她補畫的一張速寫。其實，她的面色比畫紙還淺，嘴唇也如蒼鷺似的白，不知怎麼在明暗上準確表達。等有機會搞到顏料，我想做一幅大尺寸的畫。

韓對我說：「現在老是覺著餓，哪怕吃到撐死，還是餓。體內好像附著一個吃不飽的靈魂，但我不知道是誰的。似乎一直在尋找著什麼吃得飽的東西，但又害怕真的找見，那東西既不在水這邊，也不在水那邊……」

我很擔心韓的心理狀態。戰爭不需要詩人，被摧毀的不光是都市田園好山好水，還有詩人。你看，我這個人是不是不夠聰明，做不了詩人？我竟然看不出戰爭和飢餓的必然關聯，製造恐懼的不光是戰爭，也有飢餓。軍糧供應總是時斷時續，我們常常有一頓沒一頓，韓是餓怕了。餓死鬼打不了勝仗。

暫且擱筆，容我想一想到底怎麼落筆寫蘑菇人的祕密。愛你。

盧・德克斯特（Lou Dexter）

一九四五年八月三日，柳州，中國

※

親愛的羅蒂：

對不起，心情亂到幾天沒給你寫信。必須讓自己先平靜一段時間，再提筆寫蘑菇人的故事。

在我們做新屋頂時，賣蘑菇的小姑娘也來默默觀看，開飯時會分給她一些吃的，她總是羞怯地拒絕。但我們看得出她的飢餓。我們在廢墟裡陸續挖出一些小木牌，散落在粉餅、眉筆之類資生堂牌號的日本化妝品當中，上面毛筆書寫，諸如「明美」、「夏樹」、「靜香」和「麻衣」等日本名字。我們研究半天也沒搞懂。她卻激動起來，瞪大眼睛，指著木牌「啊啊」亂叫，身子顫巍巍的，分不清是害怕還是激動。她是啞巴，也不識字，始終不知道她叫什麼名字，但看得出她真心想幫我們，我們真心喜歡她，都叫她啞妹。這事讓小心眼的人（比如吳老頭）很嫉妒。

回來說那次啞妹行竊罐頭被吳老頭活捉的事。一陣驚奇過後，我馬上釋然。我說過戰爭的副產品是飢餓。餓得兩眼冒金星的村民常在附近轉悠，都以為在美軍駐地能找到好吃的。我們都不責怪啞妹，吃飽飯是人最低的需要，所以，挨罵的人變成了老吳。韓副官尤其態度凶惡，手指頭戳到老吳面門上，他大包大攬說肉罐頭是他送給啞妹的。「你想怎麼著？」

老吳渾濁的老眼裡泛著淚花，眼巴巴望著我和司務長。司務長是朱師長的遠房親戚，被調來炊事班管灶頭。他克扣伙食是常事，就算輪到我們美軍頭上，他也不放過。他和我對視一眼，我微微一笑，攤開手聳了聳肩。他懂了，我對他手腳不乾淨了然於胸，但我已決意包庇同樣手腳不乾淨的啞妹。他摘下帽子捲在手裡，將耳朵上夾著的香煙遞給老吳說：「去把蘑菇收了，抓幾隻雞來，算了，算了，今晚改善改善伙食。」

老吳接過皺巴巴的煙，用髒衣袖抹著眼睛，舔了舔髒兮兮的上唇，什麼也沒說，抓來一隻母雞，三把兩把，硬生生給雞拔了毛，把渾身血淋淋的雞扔到女孩面前；雞疼得上躥下跳，「咕咕」尖叫；老吳咧開癟嘴，對她凶巴巴地說：「你要蘑菇錢，就給老子去拔雞毛。」

說著他點上煙，嘿嘿笑著，從袋裡摸一把穀子撒出去，雞踉踉蹌蹌跟在穀子後面跑，雞血撒了一路。啞妹纖細的身體如同狂風席捲下的風箏，顫抖不已。但沒等老吳笑完，他的肚子就挨了女孩一蹬腿，重重地仰面倒地。一聲瘖啞的怒喝像一道光，從厚黑事物的缺口射出來。他的下巴上馬上又收到了第二腳。難以置信，啞妹那麼瘦弱的體格居然瞬間爆發出旋風般的力量。我們都聽見了下巴骨撞擊地面的難受鈍響。

啞妹朝地上啐了一口，把半籃子蘑菇朝韓懷裡一塞，扭身跑了。

為了息事寧人，我讓韓副官送給老吳一雙美軍新皮鞋做了結。

吳老頭殺完雞，手上血淋淋的，不忘氣喘吁吁地罵娘。

司務長瞪起眼訓斥老吳：「累麼？累就對了，舒服是留給死人的。」

老吳憨憨笑著，接過韓副官吸了一半的駱駝煙，揉著青紫的半邊臉，吸了一大口，對我們說：「長官，你們不曉得，這蘑菇真不能吃。這是死人蘑菇！」

我們叫他說明白原委。他撿起地上的兩個煙蒂放入口袋，賣足了關子，撓著自己的肚皮說：

「早就想給長官們說說咱們合縣蘑菇的祕密。離這二百里地，就是咱們最大的合縣煤礦，桂系軍閥早年開公司大肆開採，厲害呢，賺了不曉得多少錢。遇上打仗，經理跑了，煤礦欠薪還缺糧，礦工活不下去。兩年前，日本鬼子占領礦區，刺刀逼著工人下井，不知有多少礦工死在井下。有一些死人就發生了屍變，變成了冤氣最重的蘑菇人。不懂？唉，合縣從大清年間開始採煤，不斷有人死於井下塌方，活埋地底，冤氣長年累月不散。五行相生相剋，五行之氣加上主火的黑煤，還有冤氣，一塊兒滋養，冤死者不得超生，聚在黑暗的深處，最後變成了蘑菇人，靠吃地下蘑菇為生；肉體不腐爛，神智就像他們生前，可他們人早就死了，就是活死人。礦工下井，往深處挖，不留神就會撞見，嚇一跳。蘑菇人可憐巴巴的，說自己身上好冷，向礦工討煙抽；抽完煙，跪下，求礦工帶他們上去，他們想回地上，想回家去。話說鬼子兵來了，鬼得很，讓礦工下去找蘑菇人探礦，蘑菇人找到的都是富礦。但蘑菇人纏著要出去，礦工不肯，蘑菇人會獻上長在地底深處的極品白蘑菇，那是他們的食物。礦工得了極其鮮美的地下蘑菇，告訴他們自己先上去，再放籃子拉他們上去。可這是騙人的。蘑菇人永遠上不去。礦工拉到一半，剪斷繩子，蘑菇人『呼啦啦、呼啦啦』掉下井，摔成一片片碎蘑菇……」

韓副官皺著眉給我翻譯完，我不禁感到脊樑骨涼颼颼的。蘑菇人是什麼玩意兒？鬼故事？活死人？還是妖怪？

老吳瞅著自己的新鞋鞋尖，冷冷地說：「賣蘑菇的小姑娘就是地下來的蘑菇人。」

韓皺起眉頭，對我說：「這兒的老百姓特別迷信。長官別見怪。」

我撿起地上被踩爛的一片蘑菇，看了看說：「咱們要吃的就是蘑菇人的蘑菇。」

羅蒂，你絕想不到，我們是在老吳臭婊子似的咒罵聲裡吃上蘑菇人送來的蘑菇。蘑菇上了砧板，我們信科學的，就不會放過了。我們不信他那一套迷信邪說。晚飯仍然沒有新鮮牛肉，但司務長下了狠心討洋人歡心，有魚有蝦、紅燒肉、糖醋裡脊、鴿肉、春捲、炒麵、宮保雞丁……，浩浩蕩蕩，擺滿了桌，但真正征服我們的胃的是裝雞肉蘑菇湯的西瓜盅。

天黑得很慢。十來個美軍官、兵官互相摟抱，轉圈跳舞。我站上桌面，唱起了百老匯歌曲。我說原以為我會陣亡在大陸反攻之前，我還很可能講了許多不該說的事，不該煽情的話，甚至還說了很快是你的二十一歲生日。哦，說漏了，對那麼多人說漏嘴了，可我喝醉了。畢竟作為你六個月時長的新婚老公，這點權利我還有的。我對著柳州的晚風，大聲呼喊著：「羅蒂生日快樂！」聽，戰友們都在祝你生日快樂。後來，我還是沒管住舌頭，提前告訴大家一個好消息：部隊不久要開拔，收復廣東。

戰爭快要結束了！

勝利！勝利！大家搞來一罈琥珀色的紹興酒，最後，半鍋蘑菇雞湯也被端了上來。每個人的臉上布滿了晚霞的色彩，戰爭進入最後反攻階段，和平近在眼前，人人興奮異常。我們嘴角滴著油膩的湯汁，憧憬著戰後的正常生活。唉，那個老吳，也鬼鬼祟祟喝了湯。每個人都喝下了一生中最多、最鮮的蘑菇湯，見到天堂似的，一個個眼神恍惚，渾身零件散了架。

那時候，我完全沒料到，吳老頭講的蘑菇人故事居然是真的。那是七月二十六日晚上發生的事。

寫到這裡，我睏了，早點睡，做個好夢。

愛你，永遠。

盧・德克斯特（Lou Dexter）

一九四五年八月四日，柳州，中國

※

親愛的羅蒂：

我對韓說：「老頭的故事很有趣，哈哈，他居然說我們吃的是僵屍蘑菇。」

韓收起笑容，左眼眨了眨，樣子一點兒也不俏皮。我疑惑地盯著他，他問我：「還記得那個眉毛上長痣的日本鬼子嗎？」我說：「記得。我給他畫過像。」

韓說：「那日本人也講過合縣煤礦蘑菇人的事。他親眼見過蘑菇人。」

我吃了一驚，我說：「假如啞妹是蘑菇人的話……」

韓笑了：「為什麼不是？」

啞妹就是蘑菇人。我不但吃驚，我的頭快炸了。要是沒記錯，說話大概是在七月二十七日的下午，韓提及的那個日本軍官關在江對岸的戰俘所。在中國，我遇上了一些非畫下來不可的人，韓、啞妹，還有那個日本軍官。韓副官常去跟日本軍官下圍棋，他們成了朋友。跟敵人做朋友，在中國是很危險的事。

記得一到柳州，韓帶我去戰俘所畫肖像，隔著鐵柵欄，選不到好角度，韓說：「等一下，有一個人有意思，值得畫，他上廁所去了。」

那個人出了廁所，臭烘烘的，亂蓬蓬山羊鬍子，軍裝破破爛爛，被看守叫住，馬上立正，沒有敬禮，惹得看守踹了他一腳，但被韓副官制止了。那日本人向我們鞠躬，盤腿坐下。我破例沒有坐板凳，而是像對方那樣盤腿坐下。我叫他注視窗外，接著，盯著他眉毛裡那顆黃豆粒大的黑痣，開始埋頭作畫。他的眼神老是游離，落在天花板上石灰脫落的某個位置。畫到一半，我的腿麻得失去了知覺。看守們圍上來，對紙面比劃，誇我畫得像。

被畫的日本軍官聽了，微微點頭。他看上去是那樣有百利而無一害，在我筆下，他全然是一個敦厚謙遜的東亞平民。他在畫上簽上大名：石黑有吾，以及他家在日本江津的住址。他拜託我將這幅肖像寄給他父母。在翻閱我的速寫本時，他忽然屏住呼吸，全身動作停在一頁，彷彿石化了似的，那一頁上是賣蘑菇的啞妹的速寫。他的手指神經質地撫摸著鉛筆線條，直到指肚黑了。我問他是不是認識，石黑抬頭凝視被窗柵欄切割成方格子的破碎天空，良久，他長痣的濃眉抖動了一下，搖頭否認。他像智者習慣的那樣，以沉默捍衛著自尊心。不過，在平靜淡漠的下面，你依舊可以觸摸到俘虜特有的病態痛苦和羞恥。

韓和石黑都是棋迷。一來二去成了棋友，韓為了下棋方便，有時候擅自將石黑調出監室，他不合時宜地將日本戰俘當作了朋友。我忍不住提醒他，不要被畫上那傢伙的寬厚模樣矇騙，石黑可是手上沾滿中國人鮮血效忠天皇的日本軍人。韓沉默半晌，他說：「石黑君不一樣。石黑是日軍派駐合縣煤礦的中隊長，本人十分抵觸日本軍國主義，偷偷做過一些義舉，諸如，在日軍撤退前，他沒有槍斃四個被俘的游擊隊員，而是派他們去井下採煤，等於變相釋放了他們。」

我認為這說明不了什麼。韓問我：「信前世嗎？」我反問：「上戰場的人生命都不確定，前世有意義嗎？」

他說：「聽我給你講一講前世。柳州的前世，是一口巨大的井。人都住在井下面，看不見日頭，每一天都生活在井底，無邊無盡，沒有光明，連影子也沒有。過日子全是在尋找，不是燃料，就是食物。他們吃的是蘑菇，照明取暖靠煤塊，統統來自地下，來自蘑菇人探知的大煤礦和黑暗蘑菇森林。蘑菇人不是死人，也不是鬼，他們活著，只是他們完全忘了自己是誰、來自哪裡，但他們還有唯一的盼望，回地上去，回到太陽底下。找到煤礦或者蘑菇就能上去，離開地下。尋找，其實是逃離。逃離也是尋找。每個人都是如此，無論你是中國人還是日本人，回到太陽底下的生活。」這些全是石黑告訴他的，石黑同情中國百姓，厭惡毫無意義的國攻打國、民攻打民。戰爭把活人都變成了死人，又把死人重新變成了活人。有時候，韓感覺石黑不是軍人，而是一個出家人。

日本人講述柳州的前世故事讓我迷惑不解。我大力搖晃著腦袋，紹興酒的後勁叫後腦袋疼，感覺遲鈍了不少，我聽不懂韓是啥意思。

韓又說石黑治理合縣煤礦時，非但聽說過蘑菇人，還親眼見過。石黑曾經良心發現，命令礦工們把一個蘑菇人救上來，他親自盤問驗證，蘑菇人根本不是什麼活死人或者僵屍，他們只是些走狗屎運的礦難倖存者。等那個蘑菇人康復後，發給盤纏就給打發走了。但礦工們特別迷信，並不買帳，他們堅持認為那個人是地下來的僵屍，吃了僵屍蘑菇的人也會變成蘑菇人，永遠回不到太陽底下。

羅蒂，別擔心，別以為我是喝多了中國酒胡謅，我所寫的都經過反覆斟酌。放心吧，喝過蘑菇湯的人全都安然無恙。得去工作了。愛你。

盧・德克斯特（Lou Dexter）

一九四五年八月五日，柳州，中國

※

親愛的羅蒂：

現在得回頭交代一下，那個眾人皆醉的蘑菇湯夏夜，也就是七月二十六日的夜裡，到底發生了什麼。我所能記得的是，當時，聽了吳老頭一番蘑菇奇譚，我撐不住，倒在食堂睡了。醒來是在半夜，強烈地噁心、嘔吐、腹痛，卻拉不出，我在茅廁和食堂之間來來回回，折騰了老半天，像是大病初癒那樣。經過腸道排泄，眼前所有的事物都在搖晃碎裂，失去了所謂的真實感。

我披衣而起，穿過鬼影憧憧的廢墟和院子，從竹梯爬回豪華套間。突然之間，我的動作凝固了，我看見韓的吊床上有兩個人抱在一起，自然而然地，姑娘的裸臂停留在韓裸露的胸膛上，韓酣睡的臉容十分安詳，幾乎聽不到他打鼾。好半天也看不清啞妹的面容，她似乎睜著眼睛，凝視著夜空，天上一團團的黑影，像是村莊的倒影。天光就是這樣，在她臉上慢慢亮堂起來。

她轉過臉來，我的酒勁和怒氣全消散了，開始驚懼起來。她像是猛然間長大了，成熟了，變了一個人似的。當地人關於柳州的講述使我確信，這是一個真正的廣西少女，大山裡頭來的，高額頭，細腰身，嘴角的弧線很彎，臉色蒼鷺似的白。

我退回院子裡。一夜的狂歡散去後，黑暗裡的生物弄出許多憂傷的聲音。月光滴滴答答的，像我的懷錶急促地踮著腳尖行走。她提著一盞紅燈籠，從梯子上跟下來，放下燈籠，是她主動拉起我的雙手，還是我拉起她的雙手，我完全記不清了。她熱切地望著我，眼神燃燒著什麼燒不完的東西，像是地底下最深處的煤塊，最好的地下深處的火焰。火焰其實是一種燃燒氧氣的語言。我講個不停，說什麼呢？我說：「我是太平洋島嶼爭奪戰的倖存者，前年耶誕節前坐船來的，我愛中國，也愛中國人，包括韓。他是我最好的翻譯和朋友……。」她能聽懂，我太激動了。不知道該做什麼，老毛病一犯再犯，胡說一氣，語無倫次，根本不在意她是啞巴。我說的不是英語，也不是中文，是一種來自地底下的有幾十億年歷史的語言。

那是我最後一次見到她慘白的面容。從她的雙眸中，毫毛似的無數細雨，無聲無息，飄落在眼前一層又一層無窮無盡的喀斯特山形上。我聽見了來自她喉嚨深處的嗚咽，以及來自自己身體內依次崩塌的聲響。當我醒來的時候，手放在雙膝之間，頭朝下側臥在帆布床上，儘量收攏著雙腳，像子宮裡安睡的嬰兒。

隔天，去日軍戰俘所畫像。這次，我是一個人去的。

石黑罕見地打破沉默，他說他也能畫。我把筆和速寫本交給他。他的畫技太差，把富士山畫得很醜，在山下，他畫了一口不知通向何方的井。

借助懂英語的其他戰俘，我問他是不是管過合縣煤礦，他歪頭盯著天花板上滲水的地方。我又問他是不是聽說過礦井底下發現蘑菇人的事，他遲疑地看了我一會兒，又盯著天花板裝傻。我要求他開口，他像塊長滿苔蘚和裂紋的石頭，固執地拒絕。他留給我唯一說法是他沒空，因為韓君約了他下棋。我一把揪住他的衣領，韓不是他的藉口。但他無所謂，將眼光鎖定在天花板上。彼此湊近了，真受不了，他全身臭得像具腐屍。我吩咐看守快快給他洗個澡。

走出戰俘所，我跳上吉普車，才感覺到有什麼地方不對頭，但卻一時間想不明白。我反應十分遲鈍，覺得這事跟韓有關，但我搞不懂他與石黑之間到底發生了些什麼。

傍晚時分，暴雨傾盆，目力所及的地方，出現了一個個小湖泊，看來受災面積不小。我得出去找人幫忙，加固一下新屋頂，祈禱雨快點停。

祝你一切安好，愛你。

盧・德克斯特（Lou Dexter）

一九四五年八月七日，柳州，中國

※

親愛的羅蒂：

石黑有吾死了。

他死了，他的死亡使我醒悟過來，那天石黑當我面說過的那句話是「我們的最後一局棋」。石黑一定是預感到了他的死期，他在我逼問他蘑菇人的事的那一刻，為什麼表現得那麼無所謂，因為他就沒打算活下去。那是他和韓的最後一局棋。

他的死亡經過是這樣的：上午，三架日軍轟炸機飛過雲天，在飛機和雲朵之間的空隙當中，可以看見微弱燃燒的橙色光焰，日頭像一隻追逐光明的飛蛾，很快被盤旋回來的日機覆蓋，日軍轟炸機的發動機呼嘯聲澈底降服了地上人們的本能。誰也沒發現防空洞裡少了一個人。等待之所以漫長，因為日軍飛機在他們頭上去而復返，奇怪地轉了好多圈，沒有掃射，也沒有投彈，像是履行什麼葬禮儀式，終於，擰身飛走了。

日本戰俘們起先尚能保持那種什麼都能忍受的平靜，喉嚨裡壓抑著汩汩聲響，猶如耳朵眼裡塞著棉花，伏在地上，靜聽地洞深處狐狸的悲鳴。

終於，不知是誰在小聲唸叨：「石黑君在哪裡？」

沒人接茬。石黑沒死，但所有人顯然都遺忘了他。他沒有趁空襲越獄逃跑，而是用床架上取下的一枚鏽蝕的大鐵釘，劃開了自己的肚腹，親手把腸子扯出來。他跪倒在地，大聲喘著氣，一直苦熬到天黑，才斷氣。他死得正是時候，沒有留下遺書。彼時消息傳來，廣島被核彈轟炸，蘑菇雲高高升起在廢墟上空，蘇聯向日本火速宣戰，日本完了。看守所的氣氛十分詭異，中國士兵沒有歡呼雀躍，日本戰俘也沒有捶胸頓足，周圍的人都像石頭人那樣，垂手對著奄奄一息的石黑，每個人的表情肅穆冷淡，似乎都在默哀，也似乎都無動於衷。人人都接受了一個日本軍人死得其所。這名天皇的武士到了只欠一死的地步。石黑自裁後，身子特別輕，像是極度疲勞之後虛脫的那種輕，身上散發著濃烈的腐敗味，身下積著一汪紫黑色血水，叮滿了蒼蠅，被我畫筆描摹過的深邃眼睛大睜著，依然死盯著天花板上的某點。

看守長見慣了死亡，但沒見過這種殘忍的死法，他鬆開自己的武裝帶，以手背不斷擦汗，站得離死屍儘量遠，在死亡原因一欄中填寫了「霍亂」。他沒布置屍檢，戰爭死個把日本鬼子不算什麼，只是吩咐士兵，把石黑拖出去火化了。

大量平民喪生在廣島核爆炸，這是震驚人類歷史的大事件。日本人為他們的侵略行徑得到了報應，但我們並不是那麼高興。抱歉，死亡擄走了幽默感，今天就寫這些個字，保證今後寫一點讓你高興的東西。

吻你。

盧・德克斯特（Lou Dexter）

一九四五年八月九日，柳州，中國

※

親愛的羅蒂：

在石黑死後，僧人去戰俘所做法事驅邪，韓則邀我一起爬山。酒店的後山，越往上攀爬，越會明瞭，這座山澈底被炮火毀了。樹林盡焚，取而代之的是，裸露的山石和長勢卑微的灌木。

我扶住一塊山岩，停下喘氣，問他：「石黑死時去哪裡了？」韓說：「哪兒也沒去，在山上看風景。」

「看什麼風景？看日機丟炸彈？」山中的光線不好說，看不清他的臉，我控制不住自己的脾氣，把他拉近身邊。他的眼白露出較多，那眼神和死前的石黑非常像。我意識到他們兩人長得也有幾分像，是中國人長得像日本人，還是日本人長得像中國人，真不好說。但兩人的氣質截然相反，石黑堅強而陰鬱，韓則浪漫而狡黠。此刻，韓副官同我一樣爬得汗流浹背，但像敢死隊發起最後一次衝鋒那樣興奮異常。

「你們不是棋友嗎？他死了，你連面也不露。」我說。

韓大笑，笑得太急、太神經質，猛烈地咳嗽起來。他肯定向我瞞著什麼。我說：「韓，你必須對我說實話。石黑告訴我你約他下最後一局棋，為什麼說是最後的棋呢？難道他的死和你有什麼關係嗎？」

山上除了碉堡工事，還藏有許多陰暗潮濕的洞穴。我們沿滑溜溜的石階，鑽進一個山洞，手電筒光打在水跡斑斑的洞壁，不是發現地層結構，就是照亮一些岩壁文字。韓儘量岔開我的話題，他告訴我那些並非是興之所至的塗鴉，而是古代中國人對山川風物的崇奉祭祀，你在寺廟裡的善男信女身上找不到的，但在山洞的幽暗裡到處都是，中國人的真實信仰在洞穴的幽暗裡。

我們跌跌撞撞，鑽入一個更陰暗的岩洞，數尊損毀的佛像歪倒在地，我說：「主啊，我敢打賭，在下是第一個到此一遊的美國人。」

韓大笑，笑聲戛然而止，撲啦啦，驚飛了無數蝙蝠。蚊蟲為吸到了新鮮血液，「嗡嗡」歌唱起來。手電筒光圈裡照著一些奇怪的小物件，我湊近一瞧，竟是幾隻用過的保險套。

韓撓著脖子上蚊咬的腫塊，轉臉忽然對我說：「石黑很守信用。我和他約定，最後一局棋定生死，誰贏誰活，誰輸誰死。他的棋輸了，他必須死。他做到了，保住了日本武士的榮譽。」

出洞花費了較少時間，我恢復了一些體力，我說：「天哪，這是謀殺，即便他是日本戰俘，即便他十惡不赦，即便你沒有親自扣動扳機。但你是軍人，這裡有軍紀，你有沒有一刻想過軍法？」

他嘿嘿一笑，不回答。這一刻，我想到他畢竟還是個詩人，中國詩人。

出洞後坡度大了，彷彿快到山頂，但轉過山路，發現只是翻過了一塊巨岩而已。繼續往上爬，山勢險峻起來，日頭開始西沉，陡路兩側均是斜探下峭壁、僥倖躲過炮火的雜樹藤曼。我們略微恐高，不再交談，好節省體力，彼此分擔著緘默的重量。

當爬上陡坡，柳州全景在我們腳下。西天的火燒雲似乎並不懸在天上，而是來自於城市的內部。柳江像一條青蛇，企圖咬自己的尾巴。機場拋棄在遠處，像是被咬下來的一截蛇尾。塵土一路上雖盡顯其惡，但彼時，晚霞為塵土所過濾，在山巒間，形成一團藍幽幽的薄霧。看不到山腳的池塘，但我知道它就在那裡，那個天天洗淨我們的地方。

一回身，看見一小片樹林，居然逃過了戰火的屠戮，遙遙地傳來了犬吠，似乎越來越接近。主啊，我的胸口充滿了突然襲來的波濤般洶湧的溫暖，我瞬息感覺到了來自天地間造物主的巨大悲憫。我口裡喃喃，不住向上帝祈禱和平。可你知道的，我素來不是那麼敬虔的。有時候，我還認為上帝不在現場。請饒恕我，上帝。

韓不再興奮，他終於可以冷靜下來，向天空舒展開雙臂說：「看哪，這裡就是山頂。」

眼前只是一小片矮矮的樹林，一條蜿蜒無盡的山路，伸向山的另一邊。前方不知是何處，不是我們期望的會當凌絕頂的樣子。這裡什麼也不是，這裡通向未知的某處。這裡是結束，也是開端，這可能就是生命的真相。

在山頂上，韓到底說了些什麼，我有些暈眩，反應又遲鈍起來。我們都避開了轟炸廣島不談。記得他說的全是關於合縣煤礦的逸聞。蘑菇人啊蘑菇人，煤礦上至今流傳著日軍誆騙蘑菇人的許許多多傳說。比如，礦工們向日軍報告說多次在井下遇見蘑菇人，送來許多鮮美的地底蘑菇。石黑中隊長吃過，很喜歡，他下令礦工拉一個蘑菇人上井。礦工不願意，但他們更害怕日軍；他們拉上來的那個是女的，不會說話，只會「呀呀」叫。礦場傳說裡講過饑荒歲月，下井採煤的裡面混入過女扮男裝的村女，遇上礦井坍塌，被活埋在井下。礦工們都說石黑留下了蘑菇，卻把蘑菇人送進了監獄。

我說：「女扮男裝？石黑救上來的蘑菇人是啞妹嗎？」

韓調轉臉看我一會兒，他用奇怪的口吻說：「別當真，盧中尉。這裡的老百姓特別迷信。」

我說：「迷信不好嗎？」他搖搖頭說：「不好。」我們都笑了，但笑得比哭還難看。

我說：「好吧，不管迷不迷信，不管我信不信，你得放個假，好好睡一大覺。」

韓又搖頭說：「過去那麼多年，以為打敗日本就是我們每個中國人持之以恆尋求的好日子，現在真的離目標這麼近了，忽然發現實際上好日子還是那麼遙遠。打敗日本後真的是我們的好日子嗎？這些年以來，浴血奮戰得到的那些東西，也許只不過是運氣好罷了。」

韓卸下配槍遞給我。我收回手掌，掌心裡除了沉甸甸、冷冰冰的槍枝，還多了一顆溫柔輕忽的小小白蘑菇。

他說：「開飯時間到了，我餓了。」

他轉身，大步朝山的另一邊走下去，身影迅速，像下礦井似的沉降下去，下面除了黑岩以外，無非是泥土和灌木，灌木和泥土。在天全黑之前，他變成了一個濃黑色座標，和山色混為一體。

他沒有回我們的豪華套房，我想他不會回來了。

他真的沒有回頭。失去一個像韓那樣的朋友真難受，但這就是人生，永遠在失去一些什麼。幸好我還擁有你、你的愛和靈魂。愛你在每一時刻。

盧・德克斯特（Lou Dexter）

一九四五年八月十日，柳州，中國

※

親愛的羅蒂：

今天我一直在禱告。好消息，也是壞消息。今天最大的消息是長崎又遭到核彈轟炸，我不瞭解其中細節，也不想瞭解，人死得太多了，但戰爭真的快結束了。這裡的部隊和百姓並沒有得到什麼改善，仍然活在深重苦難之中。我提筆畫了兩個典型的國軍士兵：一個瘦骨嶙峋到極致，簡直是個走路的骷髏架子；另一個還沒步槍高，只是個孩子。十來天前，他們倆還是逃難的普通平民。

我向師部報告了韓的失蹤，關於蘑菇人，我半個字也沒提。我們也沒再見過啞妹，駐地裡沒人在意，畢竟打仗的日子，每天都有許多來來往往的人從此再不出現。朱師長憤憤地認定韓當了逃兵，我不這麼看，我告訴他韓是一個令人肅然起敬的愛國軍人，他對敵人有獨特的看法，他對仇恨也有他自己的消解。朱師長不懂，他不可能懂。在師長眼裡，只有漢奸或者非漢奸、朋友或者敵人。

我將石黑有吾的畫像放進了他的骨灰盒，希望他在日本務農的父母收到能有所安慰。無意中我們得悉，這酒店以前不是什麼軍官俱樂部，而是日軍的慰安所，曾經有許許多多無辜的女人（朝鮮人、中國人，包括日本人）在這裡忍受飢餓和蹂躪。現在不妨略略評估石黑的說法，我估計他一直在對韓副官撒謊。他是不是沒有釋放那個女扮男裝的礦工，沒有將她送進監獄，而是直接送來這裡充當慰安婦？是不是她命硬，沒有死在慰安所，而是逃了出去，變成了賣蘑菇的小姑娘？或許，她的日本藝名就是夏樹之類。或者，她真的是來自地下的蘑菇人，不會死的蘑菇人。我們在半道遇見的黑衣女孩是一個不會死的蘑菇人，但我們喝了她的蘑菇湯安然無恙。韓說那是因為我們都是好人的緣故。我們都在戰場上殺過人。我真希望韓說的不是恭維話。我的這些想法目前統統無從考證。但不管怎麼說，韓副官是相信的，他相信石黑害了賣蘑菇的小姑娘，而韓以他自己的方式報了仇。中國式復仇，看上去就是一局大棋。不過，我更願意相信是石黑以他自己的方式贖了罪。石黑不是一般的日本軍國主義分子，他比大多數日本人更明白戰爭的殘酷和荒謬。韓也是。

親愛的，要是你不相信我所講的蘑菇人故事，請仔細察看信內所附的這隻小蘑菇（希望漫長的郵路中不會壓碎），我不是小說家。韓相信，我相信，當地穿黑衣的礦工們都信蘑菇人的故事。在擱筆之前，要特別提一下每夜都來造訪的小客人。熄燈鑽進蚊帳，他們就來了。螢火蟲打著紅燈籠，要跟地平線閃爍的星辰媲美。紅燈籠的舞姿是我每晚的催眠方法。此刻，眼皮開始打架了，今晚一定會夢見蘑菇人、黑亮的煤塊，以及在暗處刷刷生長的白蘑菇。我想問問他們打著燈籠在尋找什麼，不曉得他們會怎麼答。也許會說飢餓死亡算不了什麼，生命得到的那些東西只是僥倖罷了，每天失去一點點，才算是活著。

夢裡，繩子斷了，蘑菇人「呼啦啦、呼啦啦」掉下井，摔成一片片碎蘑菇……。在戰爭落幕後，我想去合縣煤礦。你看，在黑暗的未知面前，我們如此弱小無力，但它確鑿無疑地存在著。我現在對死亡沒有恐懼，而是充滿了莫大的好奇心。也許，我早已變成了一個一直在尋找光明出路的蘑菇人。

你說過要和我一起經歷所有未知的未來，現在，僅僅是斷斷續續寫下個開篇。這些信集中起來郵寄，發現過於冗長深奥，但不是故意如此，實是生命從不簡單，生命即是冒險。渴盼收到你的覆信，也許，將來你也會夢見地底下的蘑菇人。等部隊到貴陽再聊。

愛你每一分鐘。

盧・德克斯特（Lou Dexter）

刊於北美二〇二二年《文苑》三十五週年特刊

鱷魚之城
City of Crocodiles

論到鱷魚的四肢和牠的力量，以及美好的體態，我不能緘默不言。

——《約伯記》四十一章十二節

你：鱷魚進城

你的車還未到中布萊頓（Middle Brighton）海灘那幢黃磚小樓，便遠遠瞅見他惹眼的夏威夷襯衫，身量瘦，膚色黑，綠樹紅花沒能在他身上長成熱帶的奔放氣勢，而是草草蔓生為雨林底層的深紫蕨類植物。巴斯（Baths）咖啡館的喧囂，跟背景音樂是同一種顏色，他閉眼，背著雙手，彷彿在頭腦裡寫生著海的蔚藍聲音，沿濱海大道輕輕溜達，他總能提前三四十米，分辨出你的奧迪Q3引擎。

四十五度角，沿街嵌入泊車位，車頭停穩，剛好十五釐米，迎上他的笑臉和睜開的眼睛。墨城文藝圈流行一種說法：馬勒每天睜開眼皮，僅僅是為了審美。

馬勒拉開車門，朝你打恭作揖，以上海味的普通話打招呼：「哈囉，老兄你又遲到了。雙倍

Espresso（義大利濃縮咖啡）。不要客氣，我請客。」

馬勒出現在本城，如在墨城富裕區憑空落下一顆天外隕石，吸引了不少藝術圈名流攀附驥尾。聖誕前夕，老畫家席德也加入了你們的海濱咖啡時光。馬勒興奮起來，比劃著說：「人人生活在一個狹窄的世界裡，圍繞著一個貪婪的中心。審美是一次逃亡之旅，為的是逃離貪婪，拯救那些可憐的同類。」話題因此常常偏離文藝圈子，延伸到國學、生物、歷史、天文、哲學，甚至神學的邊邊角角。

他現在說的是一條七八米長的鱷魚在沙灘上曬太陽，寬寬厚厚的大嘴，長到那麼大，應該是鹹水鱷。「主流媒體為什麼一點兒報導也沒有？」馬勒上氣不接下氣，臉漲得紫紅，脖子也粗了一大圈，跑去砸鄰居的門。白人鄰居挺起兩大塊胸肌，憤憤地說：「主流媒體全是假新聞，他們感興趣的只有一件事，如何把你變成傻瓜。」馬勒狐疑起來。幻覺？西澳、北領地和昆士蘭北部才有那冷血一族，鱷魚先生只在炎熱的地帶生存，依賴高溫補充身體的能量。鄰居認真起來，找出一根天花板刷漆用的長木棍，套上一個繩結，陪著馬勒往海灘去。鄰居太太火速報了警，警察荷槍實彈來了。鄰居高舉木棍，把海灘、馬路以及屋前屋後統統搜遍。「密斯特馬，啥也沒有。」警察們鬆了口氣，瞪著眼圍著馬勒，好像他才是鱷魚。鄰居拿來幾罐冰鎮啤酒，給警察們解釋：「密斯特馬是一個懂得生活藝術的東方紳士，一個富有天賦恩賜的中國藝術家。」

你在手機上衝浪一番，告訴馬勒鱷魚的愛情故事是什麼：就是張開大嘴巴曬太陽，每天進食半隻雞的量。這種愛情的祕密在於熱量，如何保持熱量，離不開熱帶氣候。

「墨爾本是溫帶和亞熱帶兼有的氣候，怎麼會沒有鱷魚？」馬勒反問。他的腦袋裡裝的全是詩歌、美術、書法、藝術史，對現實世界，他總是難以置信。

你說：「嗯，似乎也有些鱷魚生活在溫帶。」

席德冷笑搖頭，長及肩的白髮束成一個馬尾巴，在炎熱的午後偶爾甩動，猶如大魚藉著波浪之力翻身。你的眼裡出現數道耀眼的弧線，然後出現了馬勒，他眯著眼看席德，像在看一條長白毛的老鹹水鱷。

你們習慣坐在室外看不見大海的這邊，把咖啡從熱喝到涼，喝出午後不同溫度的層次感。陽光剛覆蓋了停車場不到一半面積，氣勢和熱量正盛。從你們這裡，看不見隔壁餐館那個裸女騎大魚的浮雕，以及字母T搖搖欲墜的招牌。在曬成橘紅色的大遮陽傘下面，你聽他滔滔不絕談藝術，談地產泡沫堆出火爆的藝術品市場。談藝術家不懂藝術只懂賺錢，一直坐到你腰酸背痛。喝咖啡的人潮水似的退卻，但你們始終是礁石一樣的穩固。

上週天氣預報警告維州將迎來暴風雨，但週末連續多日響晴白日，使墨城人對本週降臨的暴風驟雨猝不及防，不少網友上線吐槽：「墨城小公舉真心喜怒無常。」風停雨歇，菲利浦海灣周邊老舊的下水道不堪重負，發出「咔咔」暗響，正是街道全面進水的季節。你的頭腦也像進了水似的，但眼前濱海的這片濱海豪宅，建築密度稀疏，看不出任何排水問題，家家戶戶陽光普照，濱海大道車水馬龍。有人說城裡游進來一條大鱷魚，就是從布萊頓海灘上岸的。當然不是你說的，馬老師在胡說八道。但你信了，照例是夏天的事，你在布萊頓海灘的陽光下，端正態度，開始寫這篇關於鱷魚之城的小說。

如何跟一個天馬行空、缺乏現實感的人做朋友，這可能是一個問題，也可能不是。人活久了，見怪不怪。你在澳洲見過不少一輩子不工作的人，釣魚、打獵、滑雪、談戀愛，獨獨討厭上班，一工作犯頭暈，看見別人勤勞致富，偶爾也會豔羨，也會熱愛工作幾秒鐘；但你只見過一個華人像馬勒這樣，四體不勤，五穀不分。狂熱的藝術家馬勒，一個人通殺中外，固執己見，一輩子晃晃蕩蕩，以不工作為己任。他說：「上班騙了多少人耶（此時語調略帶臺灣國語腔），為了一點點可憐的安全感就出賣了一輩子的時間。Come on，安全感只是一種錯覺罷了（結尾漸變成上海味普通話）。」一般而言，這是他發現忘帶皮夾的時刻，你將欣然替他埋單。而他該是連聲抱怨，夏威夷襯衫涼爽有型，就是沒地方裝他的大鱷魚皮夾。

孤獨是一件藝術品。席德吸著雪茄煙，聞著海的騷味，聽你們聊，聽從海濱來的人們叫嚷，從頭至尾，他很少開口，彷彿別人看不見他，而他正品嘗著孤獨的滋味。在世上，要麼庸俗，要麼孤獨。

關於墨爾本到底是不是一座鱷魚之城，席德的夫人琳達說，馬勒的看法作為一種藝術觀點，也可以言之成理。別人為了改變命運而搞藝術，馬勒則是為了搞藝術而改變命運。馬勒端著空咖啡杯，久久凝視陽光擁抱下的菲利浦灣。若是以為他尋找的無非是「采菊東籬下，悠然見南山」，你可能誤解了他，他的慵懶散漫裡偶爾出現的那種專注不是心血來潮，而是雷達似的，全方位搜索著世界之外。

馬勒聽上去不像是他的原名，不是那個奧地利的馬勒，他和著名猶太音樂家雷同的是同樣高聳的額頭（如果不計矮身材和黑皮膚）。你們認識不久，承蒙他看得起你這個客居海外的二流華語小說家，來往漸漸頻密。咖啡聚會每月發生數次，要是席德不來，話題會稍稍集中，圍繞著繪畫。馬勒津津樂道於陳丹青、陳佩秋、程十髮云云，在手機上翻出在世界各地追隨美術大師腳蹤的種種照片；他最鍾愛的是同張大千的一張合影，大千老人正凝神屏氣落筆，馬勒像乖巧的書僮，垂手侍立。馬勒說：「外雙溪再念張大千。」他雙手合十，虔誠地又說：「五百年出一大千。」

咖啡煮過的時光像霧，像風，也像海潮，幾番起伏之後，在你倆之間形成了默契：他做東邀朋友，你接送、負責埋單。要說這就是你對馬勒為人的不滿，不能算不對，但也不是事實，身邊的朋友們都看出了你是羨慕馬勒的，琳達甚至語含機鋒說你是不折不扣崇馬者。

榮恩堂林牧師也是這麼說的朋友之一。你在寫這篇小說之餘，常去林牧師家裡參加團契。林牧師的靈意解經給你不少寫作靈感，你迷上了讚美詩觸及靈魂的某些時刻。記得在團契小組第一次見到馬勒，臺灣來的林牧師是這麼介紹的：「馬弟兄，剛從西雅圖遷來，一位浪跡天涯的當代名士，我在臺北親自給他施洗，說來話長，二十多年前的事了。」

「慚愧，慚愧。」馬勒對你們拱手作揖，他的兩鬢霜雪和黧黑皮膚每次都讓你停頓一下，就像大冬天入水冬泳前，停頓半拍，深吸一口氣。他自稱離開故鄉上海以後，數十年來一直在離開：「什麼是『悠遊』？在抵達中離開。」這是典型的馬氏說法。聚會全程很愉快。他是一個很好的傾聽者，開口「老兄」長、「老兄」短，閉口「阿們」、「哈利路亞」，斯文客氣，謙卑有禮。

團契結束，他吟詩曰：「心收靜裡尋真樂，眼放長空得大觀。」

振衣出門，駕著寶馬X5絕塵而去。

「馬弟兄呀馬弟兄，每天只做一件事——尋找。」林牧師望著X5的銀色背影，然後，掉頭對你們長歎一聲：「願上帝憐憫。」

馬勒在尋找什麼真樂、什麼大觀呢，那時你以為他觀雲聽雨、賞花品茗，是為了生活在他處。馬勒主動邀一些常聚會的朋友去他家小坐，這就是以後甚囂塵上的春耕園馬勒沙龍的緣起。

春耕園是一所面朝大海的後現代獨立大宅。門口一對石牛或臥或站，據說是特意從福建飄洋過海來看袋鼠的，但其知名度還在於這裡是一位澳洲知名電影導演的故居。身子坐在私人電影院黑紅兩色大座椅裡，像是全身陷於黑暗沼澤。目睹牆壁上《西雅圖未眠夜》的舊海報，不妨想像老導演叼著大麻煙的景象，膝上坐著他孫女輩年齡的金髮女友，兩人湊著腦袋觀看只屬於兩個人的《西雅圖未眠夜》。老導演在沼澤裡眨著血紅的眼睛，嘴裡噴著大麻氣說：「現在特麼的哪還有什麼愛情片文藝片？觀眾全是沒腦子的羊，懂個球！」

他來自憤怒的戰後一代，餘怒未消，把私人影院、大房子和無數庫存的電影膠片一股腦賤賣給了這個美國來的看上去像有點頭腦的馬勒。

除了林牧師，大家都去了，總共有十來人，還有稀客席德。

新房主馬勒不準備放電影，口音混雜著臺灣國語和港味普通話：「電影現在跟藝術沒半毛錢關係。一男一女，一見鍾情，拆穿了，就是互相撩，加個穿越，搞點時空相隔的噱頭，讓戇度觀眾想像中那兩個天底下最般配的人莫名其妙組合在一起，做個好夢罷了。」

你點頭說：「好萊塢炮製的其實是奶嘴樂。」

他說：「老兄，你們這些作家編劇就喜歡製造這種花頭經是不是？」

他在說服你跟他一起寫微電影劇本，此刻的憤青樣完全否定了外界所公認的仙風道骨或冷漠無感。

席德替你解圍，他也有不想做傾聽者的時刻，咳嗽兩聲說：「我不是完全同意，但必須坦承，九十年代的甜蜜肉麻、cheesy（俗氣）跟當今生活的一地雞毛之間的距離是我們的創作，也是我們的尷尬。」

席德雖素喜在畫上署洋名，卻是地地道道的山東漢子，戴一副民國風的老式圓框眼鏡，要麼不開口，一開口就是深思熟慮的完整句子，標點符號不須編輯立馬可以發表。他是本地畫壇上首屈一指的大腕，精肖像畫，得過無數獎，離澳洲畫壇最高榮譽阿奇博多（Archibald）大獎僅有一步之遙。

馬勒口稱「席大師」，連連抱拳作揖，頗有惺惺相惜之感。

大概是在這篇關於墨城藝術圈的小說寫到五分之一的光景起，馬勒不時請你們去布萊頓海灘喝咖啡。他居無定所，春耕園只是據點之一。這隻有錢的兔子在這裡到底有多少洞窟，誰也不知道，誰都想知道。人之常情，文藝圈為之豔羨得要命。馬勒成了席德畫廊的座上賓。席德有興致的時候，也會來布萊頓海灘喝咖啡，參加馬勒組織的春耕園小沙龍。在席大師的照應下，馬勒在本城藝術家圈子裡迅速站穩腳跟，但他保持一貫的謙卑，並不常出席本城文藝活動。他在春耕園的房子依然成為了一段時期以來文藝圈的聚會熱點，但凡沒有來過春耕園的人都不好意思說自己是藝術圈的。

馬勒的趣味是藝術家要躲起來，無論智慧美學還是知識都容易被人詬病，不如韜光養晦的好。他參加團契沒幾次也就斷了，他說需要更多時間，跟大自然在一起。沒有人責怪他，你們都接受這個隱居林下的好理由。馬勒不食人間煙火的神仙樣子因此不脛而走，墨城文藝界風傳馬公子來自於十里洋場的名門世家，但他很謙虛、很低調，從不承認，也不否認，其人的財富背景神祕莫測，放飛四海的生活方式成了本城一大風景線。低調反而被放大成了另類的高調。

你忘記在口袋裡一疊揉皺了的巴斯咖啡館收據以及記錄寫作靈感的小紙條，被你妻洗衣時發現了，她對咖啡時光頗有微詞，埋怨是馬勒浪費了你的時間和才華。好像心靈感應那樣，馬勒來電取消了咖啡時光，說是去中國做項目，給一個五星級的新酒店繪製壁畫。馬勒來去匆匆，像一匹快馬，加上幾鞭，從墨城文藝圈跑過去，消失了。人是地球上最健忘的，他帶給這座城的衝擊很快隨風而逝。

好長一段日子，跟馬勒失去了聯繫，你中止了這篇小說的寫作。不消說，沒有了馬勒，你喪失了寫下去的激情和靈感。偶爾，在享受正宗咖啡的時刻，你會想起海水輕拂的布萊頓海灘和月光升起的春耕園。

那年是一個暖冬。忽如一夜東風來，收到一份請帖，來自馬勒先生，他已從海外歸來，邀你給近來火爆畫壇的一位女畫家捧場。東南區的一個貨倉臨時用作畫展開幕式，幾百號人在一起，也不覺得擁擠。第一次見馬勒長袍馬褂，挽一位旗袍麗人出場，閃光燈拚命爆跳，好像在躲避誰的抓捕，瞬間讓你措手不及，好像誤入一場中式婚禮。你和名叫小銀的中國女畫家沒講上幾句話，她處於當天首秀的風口浪尖，走路腳不沾地似的輕盈。織錦緞旗袍，蘭花圖飾，琵琶襟，冷冷的表情，她的美相當中立，沒有什麼喜怒流露；有人說有幾分形似湯唯，但你更願意說，一種嫋嫋似中國水墨蘭花的自由超脫，改變了那個陰沉沉的下午。

開幕式當天的拍賣很有人氣，買家們得贈一本印刷精美的畫冊，扉頁上印著一個西服眼鏡男，乾淨的小平頭，指間夾著煙，目光犀利，一手扶著小銀的蠻腰。小銀是以年輕人精神導師著稱的陳丹青大師的學生，激起一層層驚歎。因為不久之前，城裡還傳說她是超寫實派代表人物冷軍的學生。眾人歎息小姑娘怎麼一下子拜了這麼多海內外名師，有人說席大師有意收她做關門弟子，眾人皆笑，心照不宣。如果此話當真，馬勒定脫不了干係。這一陣子，他有事沒事老往席德的畫廊跑。然而大家馬上發現席德沒來，席大師怎麼缺席了小銀的首秀？這事透著古怪，其實也不盡然，席德不喜歡陳丹青。他就曾在你面前拿出陳的「退步展」的畫作，同盧西安・佛洛德（Lucian Freud）的畫做比較，太特麼相似了。造型、用筆、光的設置，不說抄襲，也是大受影響。如同他的文字，太受木心的影響，又一個拿來主義。

從專業批評角度看，也不能怪席大師過分挑剔。那天展出作為陳丹青學生的作品的確令人大失所望。牆上的油畫無論是賽馬節風景或是四季花卉，凡有一點點藝術眼光，就能發現其狀態平平，差強人意，這些油畫不出所料都被中國土豪拍走了。只有一幅魏碑書法孤零零無人問津，吸引你駐足觀賞，「近水遙山皆有情，無限風光均上心」，落款是「春耕園勒書」。

畫展落幕後，就算是傻子都看出兩人的親密，馬勒的公開聲明充滿了詩意，把她形容成一場黑夜裡的大雪紛飛，木心的詩句。詩意張口即來。蓬勃的詩意催發了你的想像力，你打開筆記型電腦，點開這篇小說的資料夾，從中斷的地方寫下去。

來年開春的一個星期天。馬勒搬離布萊頓海灘，邀請你們夫婦去作客。他的新家安在丹頂農山腳下，一幢木屋，外表極不惹眼，占地也不大，後面的山坡改建成了花園。從敞開的側門直接登上坡頂，墨爾本的藍花楹天空一路向東開放，丹頂農滿山遍野的翠綠怡紅盡收眼底。走近前，馬勒、小銀和不到兩歲的兒子站在檸檬樹下迎接，黃燦燦的檸檬彷彿半夜收穫的無數小月亮，掛滿了白晝的綠樹。

孩子醒了，掙扎在馬勒的懷裡，「哇哇」地哭，眉眼是小銀的，聲音是馬勒的，馬勒說：「餓了，餓了，樂樂要不要餵奶？」

小銀斜了他一眼。他手忙腳亂去屋裡找奶瓶，嘴裡一疊聲說著：「哎呀，小銀要是肯母乳餵養，就是個百分百的媽媽。」

小銀冷笑說：「馬老師，不是你甜言蜜語花騙倒了我，而是我認準了你。不管有沒有母乳餵養，我永遠是你的soul mate（靈魂伴侶）。」

小銀離開後，馬勒回到屋裡，迫不及待取出一幅珍藏給你們欣賞。尺方太大，他隨意鋪在地毯上展開，叫你有些心疼。你們正圍著齊白石的《公雞圖》交頭接耳，門外忽然衝進來樂樂，他搖搖晃晃，嘴裡發出「呵呵呵」之聲，連滾帶爬撲過來。馬勒臉變色，從來沒有如此張惶，連忙將兒子抱起來。

你和妻趕忙查看被踩踏過的畫面，題款「白石老人時年七十六」上面已經出現一隻隱隱的小腳印。你為難地和妻對視，心裡充滿內疚，他卻沒有呼喊小銀，而是跟孩子對話：「樂樂，沒事，沒事，像這樣的畫爸爸有滿滿一箱子。」

與其說是他的珍貴藏畫，不如說是他的無心之言再次震撼了你們。小銀不知跑哪裡去了，馬勒拿出許多玩具哄著孩子，斷斷續續，給你們講出了他神祕財富的祕密。作為一個七零後，他能過上天天看雲的日子全是因為家傳的那個百寶箱。馬勒的父親一直在文史館工作，文革期間，一度靠邊站，他同許多一同落難的畫家交往頗多，盡其所能幫助了他們，落魄畫家們沒有工作、沒有錢，不好意思白吃白拿，得了他救濟，順手畫一張畫贈他，日積月累，到他去世時，留給兒子一個百寶箱，滿滿一箱子書畫，謝稚柳、齊白石、程十髮、戴敦邦……，其中不少放到今天已經價值連城。馬勒從小在書畫堆中耳濡目染，成人後子承父業，或以畫換畫，或去香港拍賣，再買入近代名家之作，數十年下來，百寶箱收藏非但沒有減少，反而日漸增多。

墨城華埠始終對美國來的馬勒先生的個人細節、來龍去脈一無所知，然而，不少政商名流都悄悄收購了馬勒忍痛割愛的家傳書畫珍品。假如在香港拍下一幅齊白石的《公雞圖》，不要忘了檢查一下題款上有沒有小腳印，要是有的話，先恭喜一下，那是樂樂歡樂的足跡。

當你提出瞻仰一下馬家百寶箱的時候，樂樂又把長頸鹿玩具的脖子擰斷了，馬勒摟住兒子，遲疑了一下說：「以後吧。老兄千萬要保密，圈子小是非多。」

馬勒就是這麼保守低調。看著樂樂騎在他脖頸上，趕著他在屋子裡像馬那樣衝鋒，你發現妻的眼光有一陣子恍惚了，像新婚時。

席德畫廊的蒼老紅磚外牆爬滿了裂紋和常春藤，改建自一幢上世紀初的遺產建築，仍然保持著維多利亞時代的高屋頂和古樸風貌。這一年的大事，首推「十六位當代澳洲華裔畫家聯展」，在內城區費姿羅的席德畫廊隆重召開，主題為「東西方的回聲」。

琳達是今晚上最光彩耀目的女人。她為此特意戴上了白框平光眼鏡，長髮梳成兩個小辮，乍一看以為是香港小甜甜的妹妹。一件土著圖案的洋裝蓬蓬鬆鬆蓋住了中年女人的身材，叫人猜不出是大衛・鍾斯的輕奢女裝還是來自維多利亞女王市場的服裝攤頭。女人若是品貌俱全，外加智慧和才華，做個什麼策展人華裔畫家聯會副主席，純粹是委屈了她。正是她的精心設計籌畫，幫席德開出了澳大利亞華人的第一間專業畫廊。年年舉辦華裔藝術家畫展，每次她都忘不了邀你這個筆桿子去捧場。

晚上七點鐘，本城的重要畫家到齊了酒會，人頭攢動，笑語喧嚷，席德畫廊往來無白丁，多是本城書畫界、收藏界名人。正和琳達聊得投機的是一個骨骼粗大的西人，一頭枯草色鬈髮，留著絡腮鬍，戴一副藍框眼鏡，配藍色牛仔褲和T恤，眼神有點像陳丹青，銳利而冷酷，非常眼熟，你想不起他是誰。

本屆聯展，琳達也給你布置了寫作任務。你取了香檳，轉了一圈，找到了小銀的畫作，果然是在她家驚豔過的土著題材，但僅僅掛了一幅，尺幅也不大，孤零零的。一條帶有箭頭指向的河流把畫面分割為上下兩塊麥田，上面是藍白兩色互相交織的麥田圈，下面是黃綠兩色互相衝突的三角塊，兩隻袋鼠一先一後正在渡河。

參展畫家尼爾跟你談得投機。一個性情歡愉的胖子，來澳前是福建專業美術老師，除了畫畫，平日裡熱心攝影和做義工，最近也被琳達拉入了聯會。他說：「你堂堂墨城藝術評論家，豈能不認識阿奇博多大獎得主魯迪・凱夫（Ruddy Cave）？人家是特意從拜倫灣飛來祝賀聯展的。」

你訕訕地說：「在下只是一個不成器的二流作家，寫寫評論，混口飯吃。怎麼沒見馬老師？」

馬勒回歸墨城後，一切都不是原來的模樣。不再有布萊頓海濱的咖啡時光，電話也很少，連林牧師也見不著。他不再有採菊的悠閒，也不是悠遊的範兒，忙得像一個不著地的飛人，在廣袤的澳洲大地上，飛到東，飛到西，為了小銀的繪畫事業，人也年輕了。為了小銀能有安靜的創作空間，他們遷居丹頂農山腳，每逢週末，回到布萊頓海灘。春耕園時不時賓朋滿座，自從有了一位美女畫家做女主人，從孤芳自賞的小沙龍躍升為政商名流雲集的大派對。不過，賓客裡面缺少了你。自馬勒婚後，你有些失落，你們疏遠了。

你和尼爾在小銀的畫作前，湊巧站在一位名人身邊——律師科曼，外表四十來歲模樣，比實際年齡起碼年輕十歲，義大利裔的長相比電影《教父》裡的邁克・柯里昂更英俊。科曼律師可不是花花公子，相反，他是統馭維州政商金融圈的精英，也是席德畫廊的老主顧、大收藏家。律師對畫作看得仔細到要借用放大鏡的程度，從你們口裡瞭解到作者的情況，他發出驚歎：「還以為澳洲本土創作哪。」受大洋洲影響，風格驟變，中澳美感融合得天衣無縫。從沒見過這樣從中國來的旅澳青年畫家。

魯迪和琳達一起朝你們走來，他們一左一右站在那裡，你才察覺他們不是衝著你們，而是衝著牆面上那幅小銀的畫。一度他們看得很專心。

尼爾自動走開了，他英語不好，在西人畫家，尤其是名畫家面前搭不上話，久而久之，也就不搭了。你正想著怎麼跟魯迪聊兩句，他朝科曼擠了擠灰藍色眼睛，舒展一臉的皺紋，笑著說：「Interesting（有意思）。」

琳達也對你擠出一個笑，有點幸災樂禍。科曼律師擺出歡樂今宵的態度，琳達挽上他的胳膊，一起邀請魯迪去飲酒。

他們前腳一走，席德踱到你身邊，嘴裡嚼著乳酪或者餅乾什麼的。你說：「小銀都在悉尼歌劇院辦個展了，席老師是不是也考慮給她多點空間，多展幾幅作品，推廣推廣？」

席德愣了一下，從圓鏡片後面打量著你，語意含混：「這麼說你和馬勒交情匪淺哪。」

你心裡奇怪，大師你不是也來湊過熱鬧？你回答說：「我們的交情就是有空喝杯咖啡。」

琳達高舉銀搖鈴，晃了兩晃，用英語高聲宣布酒會馬上有即興抽獎，請大家移步過去。

席德從眼鏡後面剜了你一眼，鼻子裡冷哼一聲，轉身走了。

香檳冰鎮過頭，口感甜膩，你渾身發冷，不知何時何處得罪了席大師。

尼爾不知何時又湊過來，低聲說：「別在意。席老師就是這脾氣。他表面上對小銀讚不絕口，背地裡把她的畫貶得一錢不值。」

拐了幾個彎，你驅車來到酒吧林立的布朗斯威克街，將車停在一間不起眼的小咖啡館兼酒吧。你跟華裔女老闆認識，她的男朋友是本城著名的老詩人老荒，所以這裡常有大股詩人嘯聚，酒足飯飽，有人躥上桌子，捧著手機，搖頭晃腦，朗誦詩歌，舉座擊杯跺腳喝彩，稱為墨城詩壇勝景。你和女老闆聊過幾句，但並不很熟，擔心會撞見什麼熟識的詩人文友煞風景，正在門口猶豫，忽聽一聲脆生生的招呼：「不進來？要下雨了。」

不是女老闆，卻是小銀，穿咖啡色露肩的晚禮服，臉上素淨，那性感的樣子似乎她剛從聯展出來。馬勒不在，你在她對面坐下。「大作家喝點什麼？」「來點熱的，我身上有點冷。」「你感冒了嗎？」「沒有，就是不舒服，今天溫差有點大。」你和她迄今說活最多、最自然的一次。她的表情還是冷冷的，自始至終，都沒提馬勒的名字。

今晚有雨，今晚沒有詩會。徐娘半老的女老闆出來搭訕兩句，識相地退下了。服務生送上兩杯蘇格蘭威士卡，說是老闆送給畫家朋友。你想起來女老闆的名字裡有個「貞」字，不由驚詫於小銀初來乍到竟這麼熟門熟路。「你是在等人嗎？」「沒有，我喜歡喝酒，就像喜歡畫畫。」小銀用「喜歡」兩字的方式有點像說愛上某某人。

她又說：「我六歲學書法、學畫，畫畫都是一個人的事，所以內向，不懂人情世故。長大了，發現喝酒是一個交朋友的好方法。有空時，一個人喝酒，看會不會交上一個朋友。」

「我？」你故意說。

「你說呢？」她也故意說。眼光渙散開來，好像換了一個人，不像湯唯了。你想形容她的神采飛揚，但她臉上還是淡淡的，一時間找不到合適的詞。你需要威士卡，燒一燒喉嚨和胃。說到華裔畫家聯展的事，你讚她畫風創新了得，答應替她好好寫一寫評論，但展出作品太少，一兩幅說明不了問題。她的臉先是緋紅，接著，陰雲爬上她的眉角。你對自己詞不達意感到恐慌，竭力思索要是換成馬勒會怎麼說。是的，她的臉上姑且殘留著笑意，但眉尖緊蹙，眯起眼睛，瞟著眼前的酒杯。當她將眼光從杯子硬生生挪到你臉上的時候，她已經掩藏不住內心的憤怒：「我對他們一直逆來順受，他們難道不能稍稍尊重一下女性？每次都在畫家前面給我加上『女』字，好像不介紹我是一個女畫家，別人真會把我當作跨性別者似的，真可笑！」

你有些畏懼，又上兩杯威士卡。除了喝光眼前的百齡罈威士卡，你別無退路。霓虹燈太亮，天太黑，雨變大了，淹沒了外面的人聲。你唯有喝得暢快，加上夜宵。她的臉掩飾不住緋紅。你趁著酒意壯起膽子說：「告訴你個祕密，你畫得比席德好。早想說了，不是奉承你，你的繪畫語言有一股子跟神明對話的靈氣。相比之下，老席執著於傳統，迷失在西方，既想改造俄羅斯老一套，又想學後現代的批判和解構，弄成個半吊子。」

小銀臉上似怒非怒：「你喝多了。」

外面，十點鐘的布朗斯威克街活色生香。黑暗裡的煙頭也像是喝多了，浮起來忽明忽暗。你對思想頑固保守的席大師突然冒起了一股無名火。

你說：「嫉妒。」

她解開她脖頸下襯衫上的兩粒紐扣，釋放出憋悶壞了的玉色胸脯。你壯大了膽量繼續說：「老席打壓你是因為嫉妒。他這輩子還從來沒有在悉尼歌劇院辦過畫展。」

室內的燈光醒著，外面的霓虹，無論聲音還是色彩，都摒除了人世間的苦痛。兩個醉漢抹著額上的水跡，在雨中吆喝，互相追趕，張牙五爪，好像隨時要幫助解開街邊躲雨的每一個女孩的紐扣。

她接了一個電話，也許是馬勒催她回家。她掛機後，把漸漸被酒意軟化的眼光扔到你臉上說：「史蒂文，謝謝你，讓我放飛了一把。為什麼不見你來參加春耕園派對呢？」她隨口一問，洞穿了你身體內部被遮蔽了多年的部分。那些積滿灰塵的欲望私藏了春天的美酒。

我：永存的城

在我的穿針引線下，小銀的畫最終得以進駐雲上，值得為此驕傲，她是第一個入駐全球最高畫廊的華裔畫家。雲上畫廊是一個中國財富侵入墨城的典型故事。上海某富商花五百萬在本城最繁華的街上開了王府飯店，做了五六年，發現袋鼠國沒有足夠的公款消費，也沒有奢侈的餐桌文化，飯店結業後，花六百萬澳元買下南半球最高的摩天樓優瑞卡（Eureka）的超高層，追加一百多萬澳幣裝修成帶起居室的豪華畫廊，起名「雲上」。裝修承包商三年多才完工，卻在「維貓」（維州民事行政仲裁會，VCAT）起訴了東主，東主敗訴，把官司告到州最高法院，最終逆轉勝訴。裝修逾期三年，官司纏訟也三年。世界最高畫廊創業艱難，可見一斑。

雲上畫廊開幕之夜，西人管樂隊拉開了大陣仗，薩克斯風奏起西海岸爵士的舒緩調門。霓虹燈管圍繞天花板四周一圈，把室內變成了墨城男歡女愛的封閉式天際線；稍後一些，星辰、月亮都將在雲上的腳跟下面漫遊。

小銀跟雲上的上海女老闆打得火熱。馬勒是最在現場的人，說要陪我聊，但他心思不定，情緒亢奮，手舞足蹈，到處轉悠，照例是光動嘴皮不動手，工作人員們一臉無奈，在角角落落調整這，調整那。

我接起電話，走到電梯間，琳達問我：「在哪裡？」我說：「在家寫作。」她問我：「在給小銀寫評論嗎？」我支吾著說：「沒時間，寫自己的小說還沒時間呢。」她說：「不許騙我。」我敷衍著，她說：「你不能寫這個，你以前捧她的文章寫了發了就算了，但這個千萬別寫。記住嗷。對你有好處。」

她對我像對她弟弟講話那樣隨便。我還沒追問，她收了線。這次展覽不曾給席德夫婦寄請帖，也沒這打算，她大概是吃不著就說葡萄酸。我想去冷餐桌拿點吃的，就這一丁點工夫，諾大的畫廊裡亂成一鍋粥。武漢女漢子琳達撂下電話，就直接打到雲上前臺接待，小銀不在，電話轉給上海女老闆。紙包不住火，琳達對著雲上老闆直接投訴了小銀：「必須把她的畫撤下來，在開幕之前。」

雲上老闆火了，她把聲音拔高八度：「你是誰？你到底是誰？」

薩克斯風消聲，鍵盤手也停了，樂隊突然安靜下來。每一個人都呆呆地看著老闆，室內靜到琳達的聲音似乎是從免提被直接送到了擴音喇叭：「重申一遍，小銀的那一組畫不能展出。她大規模模仿了魯迪・凱夫的《陶德河，我們祖先的遊戲》系列，我們華裔畫家聯會經緊急投票，一致認定這不僅僅是模仿，這是剽竊。」

「魯什麼夫是誰？」

「魯迪・凱夫。上網谷歌一下。」

雲上老闆臉漲得通紅，對著手機大喊大叫：「跟你有什麼關係！」

我是現場感最缺乏的人，永遠在現場邊緣打轉。連續打手機給席德，忙音。我打給琳達，也是忙音。我一轉念，打給畫家聯會的尼爾，他接了，在吃晚飯，背景聲全是他老婆的嘮叨。

我問他發生了什麼，尼爾語調乾澀，吞吞吐吐。

我說：「原來席大師的胸襟就是這樣。一個年輕輕的後起之秀初來乍到貴地，不就得俯首稱臣、低眉順眼做個小媳婦？」

尼爾說：「不是這樣子。」在我軟硬兼施下，他說出了原委：琳達用心良苦，不但要保住畫廊的榮譽，也要守住聯會的道德底線。想想看吧，她可是死過一次的人呀。五年前她確診乳腺癌四期，差不多在安排後事了，沒料到她硬是熬過了手術，熬過了術後生存。她將畫廊的聲譽看得比生命更寶貴。

與其說是尼爾失言，不如說是他心軟。尼爾是一個樸實快樂的基督徒，他總是先考慮別人的感受，為著我心硬，他告訴我：琳達與癌共存五年了，康復後她像經歷過生死大關的人那樣對所有的事情有著不同於常人的堅持。小銀抄襲一事最早是席德發現的。那年小銀的個展開到了悉尼歌劇院，風頭正勁。席德愛惜小銀是聯會最年輕的藝術家，完全沒有聲張，也不通知聯會，自作主張，撤掉了她的其他畫作，僅僅保留了一張。他請馬勒夫婦共進午餐，點起雪茄，慢條斯理提醒小銀這裡是澳大利亞，不是中國。抄襲英聯邦國家的畫家必將付出身敗名裂的代價。鑑於她抄襲的是一位不怎麼有名的英國女畫家，撤掉她大部分作品，留下一幅相對雷同之處比較少的。馬勒夫婦當場表示無異議。事後，琳達發現了這一變動，堅決不同意，席德跟她大吵一架。她堅持說千里之堤毀於蟻穴。中國製造已經背負了山寨貨的惡名，華裔畫家聯會的聲譽可能被一兩個小銀澈底毀掉。

我知道誤會了席德。畫廊和聯會的發言人一直是琳達，我沒法跟一個帶癌生存五年的病人去理論一件站不住腳的事。這次抄襲畫家魯迪的所有作品都採用了電腦，大規模高仿精印，再加油畫顏料遮蓋，高科技抄襲。

馬勒探了下腦袋，開門放我入內。我站在門外已經聽了一會兒壁角，相關討論已經落幕。雲上老闆和小銀都端坐著。馬勒繼續做總結，不惜使用了佛教概念「住相」：「菩提本無樹，明鏡亦非臺，本來無一物，何處惹塵埃。慧能法師的智慧，不要去糾纏是非黑白，不住相黑白，就無須分辨黑白。不住相剽竊，就無須去分辨是不是剽竊。」

我被繞進去了，不要說雲上老闆了。他又解釋半天，雲上老闆說：「馬老師喜歡賣弄學問。叫我這沒學問的來說，不就是一句話，天下文章一大抄？」

然後抱著雙臂，拿眼睛瞟馬勒和小銀。

委屈的眼淚在小銀的眼眶裡打轉，她咬著下唇，半天才說一句話：「不過是臨摹臨摹。」

雲上老闆搶著問：「臨摹品可以賣嗎？」馬勒被問楞了，停頓一會兒說：「五百年出一大千。」

雲上老闆一臉困惑：「五百年出一千大畫家？」

馬勒的情緒有點歇斯底里，一口氣說下去：「阿姐，西人喜歡搶占道德高地。他們指責臨摹是剽竊，都是西方哲學、西方道德觀過分追求邏輯造成的。我們中國表面上好像沒有宗教，只有儒釋道三教歸一形成的核心價值觀，其實比西人實用多了。我們歸根結底是看有沒有用。既然臨摹是每一個人成為大師的必經之路，為什麼不可以臨摹一下魯迪的畫？張大千當年造了那麼多石濤的假畫，有人指責他剽竊，大千說那些人又不懂畫，真畫賣給那些不懂欣賞的人實在是浪費。值得別人大驚小怪嗎？」

小銀點頭說：「我知道，就是說不出來。」

馬勒看了一眼小銀，再轉向我，他進入了只有他一個人的世界，眼睛熠熠生輝：「史兄，是不是我早說過，城裡游進來一條大鱷魚，從布萊頓海灘上岸的，沒有人相信我。」

我披著睡衣，坐在廚房裡，跟尼爾在電話裡聊了聊；他說琳達和席德吵架，琳達這兩天誰也不理，好像人人欠她錢似的。我服下降壓藥，打開筆記型電腦，看早已寫完的對小銀畫作的特評，連喝兩杯咖啡，不知是不是該發出去。《聯合時報》、《大洋傳媒》、《墨爾本日報》等等催了我好多次了。我決定先不管它，打開文件改小說稿。一個多小時後，我累了，伸了個懶腰，拿來幾塊餅乾，發現自己剛才改寫的女主角怎麼看怎麼像小銀。我把改完的幾段統統刪除，可馬上後悔起來。四體不勤的馬勒，大腦轉速極快，他的作為令我不齒。連日來我無處消解對他日益增長的排斥。

琳達發來一封群發郵件，內容很公文化，華裔畫家聯會決議：一，通知被侵權畫家魯迪，建議起訴小銀剽竊；二，開除小銀和馬勒的會籍，所有展銷畫作一律撤除。今後也不再贊助其藝術活動云云。

我取消了今明兩天的所有活動。給林牧師打電話，接電話的是師母。不多一會兒，林牧師的回電來了。我不提雲上畫廊的事，只是告知剛病癒，未能參加上兩週的團契，牧師「嗯嗯」兩聲。我正想收線，牧師說有些話他藏在肚子裡好久，如鯁在喉、芒刺在背，不吐不快。他透露春耕園那幢大宅以及那輛銀灰色寶馬X5都不是馬勒的，全是江蘇商會副會長移民澳洲所購置的資產，副會長回國打理生意，房子、車子統統借給馬勒，說是拍微電影用；副會長在國內受反腐牽連被抓，也回不來了。馬勒帶一班人在寫劇本，說是要拍微電影，也不知拍出來沒有，他成天開著那輛寶馬，在春耕園裡面開派對。牧師要我有空勸勸他。

好天氣的早晨，隔壁鄰居的幾個小孩來打網球。廚房窗口正對著鄰居的網球場，稚氣的交談聲浮起半空，像是就在我的耳邊，一一碎裂。瑣碎的聲音對於世界有什麼意義？無非是塵世的喧鬧消失之後，陽光照在我的小院子裡，照在那棵大橡樹身上，照在滾滿一地的小小橡實上面，如同被丟棄了的人無處藏身。我趁妻不在，打開一瓶威士卡，喝了半杯，口感不對，嗅覺好像也出了問題；想到病癒後嘗什麼都是苦的，打消了酒意。猶豫了一整個下午，終於撥通了小銀的電話。

她的聲音像是綻放了太久，變得枯萎，又像是要吐露什麼，憋了半天，只是說：「史蒂文，你是不是嫌棄我？」

我沒有想過的見面，是在秋雨中。

不在丹頂農山腳下，而是夕陽西下的中布萊頓。抵達時，下起了雨。斜陽被紛亂的雨絲攪亂了心思，成不了詩行，只能匆忙溶解在南太平洋的茫茫蒼蒼之中。我在心裡對自己說，到了我這個年紀，能對小二十來歲的女孩抱什麼幻想？情感不過是小孩子的遊戲。海邊的典型感覺是濕冷，以前的咖啡時光怎麼不曾體驗到？我豎起衣領，跟在小銀後面，沿著沙灘，走向伸進海裡的L形棧橋，想起馬勒目睹過的大鱷魚，但滿眼遍布腳底下濕濕的沙礫、行色匆匆的路人、稀疏多孔的礁石、偶爾響鈴駛過的單車、歸來的遊艇和垂釣船。

我們剛剛經歷過的這個白天卸完妝，在雨裡洗臉，面容洗成了海天之間的一條狹長的橙紅鑲邊。棧橋真是長，長得無語，長到寥寥幾根釣竿只能是延長它的寂寞，長得細雨必須替它沒話找話。

她停下腳步，等我上來。

「馬老師去拜倫灣了？」

「他去找魯迪。」

「結果怎麼樣？」

她歎口氣，搖搖頭。

眼角出現了細細的瓷器裂紋一樣的皺紋。我知道我眼角的裂紋更多更深。焦慮，是我們共同的敵人。

她說：「他為什麼那麼恨我？」

她說的是席德。她收到了魯迪方面的律師函，限期要求她為畫作剽竊公開道歉，否則對簿公堂。從法律諮詢可知，對方勝算在握。老席德在說服魯迪走法律程序中起了關鍵的作用，以席雄霸本地畫壇四十年的功力，摧毀一個初出道的雛兒根本不費吹灰之力。

她說：「我是不是做錯了？」

我們在巴斯咖啡館隔壁樓上的望海餐廳吃了晚餐。今晚的問題是看不見月亮。我們倆不講話，癡癡地望著搖動的大海，時間一長，似乎世界模糊了，傾斜了。我真不懂為什麼那麼多人愛面對大海。當面對夜海的寒意，看著黑色的海浪上下起伏，背後的力量無法預測，永不止息，我們擁有共同的體驗，馬勒說的那種無力感。

假如把燈光看作是一種肉體，可以是很天真的肉體，躺倒在春耕園門口的兩隻青牛石像上。此情此景，對聯很切題：「心收靜裡尋真樂，眼放長空得大觀。」影壁牆上掛著大幅齊白石的《春耕圖》。我沒看見貓，但我聽見了牠的腳步聲，以及一聲歎氣似的「喵嗚」。沒有見到孩子或保姆。小銀察覺到了異樣，跟隨我的目光掃視一圈，她說：「馬勒把樂樂帶走了。」「拜倫灣？」「是的。他太喜歡這個兒子了，一刻也不想分離。他擔心不在的時候兒子會受委屈，根本不信我能帶好兒子。」

沒想到他如此愛孩子。但馬上，我學會了像小銀那樣看馬勒。她憤憤地說：「兒子，兒子，全是兒子。」頓了一頓，她想起來什麼說：「馬勒騙人的鬼話不只這些！他在臺灣結過婚。他的老婆是一個臺妹！」

我糾正說：「是前妻。」

「前妻？她給他生了一個兒子。在美國。他從沒有告訴過我，他沒有離婚，就這樣把我騙進門。他的老婆還是那個臺妹，我算什麼，二奶？哈哈，我做了馬老師的二奶，多了不起！他的美國兒子都長大成人工作了，現在要來這裡找他老子。告訴你實話，這個海濱豪宅也不是他的，是他從江蘇商會副會長手上以拍電影的名義借來的。寶馬車……」

有多少時間，這挑高的酒店式天花板和金碧輝煌的歐洲古典家具令我暗暗懷疑馬勒面孔的真實性。來過這裡多次，棕櫚樹、綠草坪、游泳池、私人影院、保齡球道、健身房、保姆房、桌球室、桑拿房，一切都留有虛榮像硫酸那樣腐蝕藝術的氣味，但這氣味又是特異的，一股子燒焦的橡皮味。這棟大房子好像菲茨傑拉德筆下的蓋茨比在長島的豪宅，是一個不折不扣黃金做的巨大鳥籠，在燈光人影下「吱吱嘎嘎」地震顫。假如蓋茨比得到了黛西，是不是就是小銀的處境，我不能確定，但我認定她被馬勒的愛情束縛在鳥籠裡。剽竊魯迪等人作品八成是馬勒的鬼點子，他放任不羈的脾性既然可以拋棄林牧師的宗教和信仰，也不會把世俗的法律、道德放在眼裡。馬勒並不是世外桃源的陶淵明，也未必是癡迷單戀的蓋茨比。

小銀去換了睡衣，煮好咖啡，打開電視，正在播The Voice，《澳洲好聲音》，類似《中國好聲音》的唱歌選秀，她恢復了中性的表情，冷冷的，但不再像冰，情緒火候到了，冰也要融化。咖啡火候也到了，煮得不錯。她坐在沙發扶手上看我喝，看我挪動到她跟前，她轉過身去，聚精會神地看螢幕上的帥哥拉大提琴高唱〈是你鼓舞我〉（You raise me up），像小女孩那樣跟著拍手唱。

我憎恨起同馬勒消耗掉的一段段生命時光，憎恨起所有同馬勒相關的東西，憎恨不能抹去的事實：小銀是朋友之妻。我凝視著她的側臉，給妻發短訊，告訴她我喝多了，要醒一醒，近來警察查酒駕太多。幾乎與此同時，小銀眉頭緊蹙，頭擱在我肩頭，感覺到了我心跳的驟停，順勢把身子倒在我懷裡，瘦小的身子挺沉的，像受傷的小動物伸出前爪摟住我的脖子。我感受到了她的疲憊、絕望，我把手機關了，扔到一邊。

她是我所渴望得到，卻一直不曾得到的。我把手探進她的身體，撫摸每一個我曾經設想過無數遍的部位，包括她的肚臍，被一朵玫瑰刺青所包圍。我不斷撫摸，不斷深入，不斷摘取玫瑰，聞她的體味，纏繞她的髮絲，兩個人的身體好像一對天使的翅膀，互相衝撞、反覆衝突，為了在汗液裡面消融，合為一體，再分拆為許多片散亂的羽毛，直到翅膀不再是翅膀。

偶爾抬頭，在玻璃窗上看見了一張靈長類動物的模糊面孔，似乎是馬勒，又似乎像我，虛榮的，苟且的，貪婪的，愚蠢的，懦弱的。我還看到了遠方，海鳥歸巢的盡頭，海面上下起了一場雪。月光像雪那樣，下在黑色的波濤裡。這座城在海的另一頭醒著，只有我一個人像溺水的人，並不怕疼，也不後悔，像馬勒那樣理直氣壯，深夜裡的鱷魚，一定躲在某個角落裡，等著天色轉變。

我不需要噩夢，我需要一個荒誕的理由在半夜驚醒。結果，在一片子彈出膛似的雨點聲中恢復了意識，不知哪裡落水管壞了，發出衝鋒槍似的點射聲。小銀背向我，一隻手墊在臉頰下面，另一隻手自然垂落床邊，像是睡在湖邊，鼾聲細微，如漣漪一層層蕩漾。

手心裡濕濕的，好像沾上了外面的雨。半夜驚醒有一個好理由是後悔，後悔沒有及時離開；但獨自在黑暗中醒來，便有足夠的時間來懺悔，我發現最好的懺悔是利用懺悔的時間來做一些平時不可能的事。

我輕輕穿衣起床，去上廁所，喝了一杯涼水，躡手躡腳，摸黑進入走廊，走下樓梯，「刷刷」幾聲，搖晃的黑影從樓梯平臺窗外一閃而過。我按捺心頭狂跳，抓緊橡木扶手，慢慢移動過去，窗外只有兩棵高大的棕櫚樹和一片發白的屋頂。下到一樓，黑暗濃重了些，這才打開射燈。起先，我只是走著，走著，在這座迷宮裡穿行，夢遊似的，漫無目的，打開一個個房間，打開一盞盞燈，又關上一道道房門，熄滅一盞盞燈，茫然地查看。肯定是在書房裡站得特別久，因此，我想到了，這種房子的主人都會有一些特殊要求，這種房子一般都會聘請著名設計師，有些會按特殊要求加添些祕密設施，比如，設置防火、防盜、防水的暗格機關，設在壁爐，或是書架、畫框背面等等。

我的喉頭乾燥發癢，拚命屏住咳嗽，難受地捂住嘴。背後陡然響起了一聲長長的尖叫，我手扶著牆壁，差點暈倒。

小銀披頭散髮，手指著我的鼻尖：「是你——你在找什麼？」

我儘量放慢轉身的速度，把咳嗽慢慢釋放出來，同時，想出了一個更好的理由：口渴。

小銀纖瘦的身形定格了一兩秒鐘，咯咯笑起來：「廚房不在書房裡。」

不知何時起，她像貓那樣尾隨上來，我竟絲毫未察覺。她的爆笑使我心驚膽顫。

我堅持走在她身後，這樣才比較放心。我從廚房取了波蘭產水晶玻璃杯，從水喉上盛了一杯水，一口氣喝下半杯，方始平靜下來。她裹緊一件毛茸茸的睡衣，像一隻貓伏在餐桌上，手支著頭，認真地打量著我。她說：「你讓我想起了我爸。有時候他也是這樣半夜起床，偷偷走出家門，我真怕他一走再也不回來了。」

我在他對面坐下，看著面前的半杯水，研究著水下面不安逸的泡泡，打算做個好聽眾。她卻搔著頭說：「不說了，要失眠了。」

我的好奇心上來了：「你爸也是畫家？」

「不是。他和你一樣，筆桿子，報社的。」

「給我講一講你爸的故事。」

「算了，算了，不說了，被你當作素材寫進小說，就慘了。」

「我保證不會。」

「我相信，但我怕我說了，就會哭。不好看。」

她很固執。我決定迂迴：「有一個問題，SBS民族臺採訪過後，登出了你和陳丹青的合影，外面老有些流言，說你跟陳丹青合影就像我跟安德魯州長合影一樣，給工黨捐個幾百塊錢就能辦到。」

她努力眨著眼睛，忽而「咯咯」又笑說：「其實，我的老師都很有名。行業外不清楚，行業內都曉得我有很多有名的老師。我家收藏字畫，算是書香門第，我爸說我從小在字畫堆裡面養大的。我頂崇拜陳丹青老師。前些天，還向他微信問好：『陳老師您有沒有忘記我呀？』他馬上就回：『我還沒有得老年癡呆症呢。』你說有趣不有趣？」

她的話多起來，眼睛也迷濛起來。趁著她心情好，我不再繞彎子：「我還有一個問題，跟我在一起就是因為厭倦了馬勒？」

她一愣，站起身，衝到我面前，雙手用力扳著我的肩膀，飛快地搖擺著腦袋，長髮飛揚，髮絲甩到我臉上，像鞭子，很疼。

我說：「你生氣的樣子很好看。」

她說：「你不記得我說過喜歡跟異性朋友相處嗎？」

她的美甲嵌入了我的皮膚，她說話也不再迂迴：「大作家的問題滿多的嘛。那麼你說說，深更半夜爬起來到處轉，到底在找什麼？」

我推開她，決定開誠布公，看看她的反應：「好奇心作怪。馬老師說他有一個他父親留給他的百寶箱，裡面全是絕世珍藏。我就是想看看，他一直不肯。」

她一把拉起我，帶我穿過洗衣房，打開一扇暗門，露出一道僅容一人通行的螺旋鐵梯。她摁亮電燈，我略略遲疑，跟上她的腳步，腳底下是一個巨大的酒窖。黑紅色磚牆壁蛛網密布，擺著橡木長餐桌和鏽跡斑斑的葡萄榨汁機。從排列酒架的密度推算，應該可以窖藏五百瓶以上紅酒。走到盡頭，我看見了一口雕花鑲角紅樟木箱子，類似於從前嫁妝標配的那種，一股子樟腦味，看上去年代久遠，掛著三把銅掛鎖。小銀說：「馬勒的傳家寶命根子，他無論睡覺還是出遠門褲腰上都拴著那三把鑰匙，就像拴著他的兒子。」

她不知從哪裡找出來一把鐵錘，問我：「想看嗎？」我瞅著那三把結實的掛鎖，搖了搖頭。

我說：「我只想看藝術，不想看藝術家回來同我拚命。」

她把錘子甩在架子上，「哐鏜」一聲，砸碎了兩瓶紅酒，鮮紅的酒液像鮮血一樣濺射在牆壁上。她冷冰冰望著我說：「諒你也不敢，膽小鬼！」

我有點羞臊，便說：「不看也罷，上次在丹頂農山，他給我看過齊白石的《公雞圖》。」

她冷笑：「假作真時真亦假。大作家是不是腦子進水了？市面上百分之九十的齊白石畫都是贗品，憑什麼相信馬老師的齊白石就是真的？」

我愣住了。她離我那麼近，但又那麼遠。

她很得意，繼續用專業知識羞辱我：「白石老人信算命。長沙的算命先生說他七十五歲有一劫難，指點他在七十五歲那年按虛歲習慣，給自己加了兩歲，對外宣稱七十七歲。坊間造假畫，常常題款稱『年七十五』、『年七十六』，不是馬腳盡露嗎？」

我把家傳百寶箱故事又回顧了一遍，爭辯道：「不可能。馬勒那麼聰明，怎麼可能看不出這樣的破綻？」

她踮起腳尖，一半屁股坐到長木桌上，不再嘲弄我。她靜靜地告訴我：「馬勒父親也是一個畫家，不出名，像張大千一樣擅長臨摹，畢生臨摹了無數名畫，都在百寶箱內，跟馬勒臨摹的全混放在一起，誰也不曉得馬老師的寶貝箱子裡有多少贗品、多少真跡。馬勒才是真正的Storyteller（講故事的人，在英語裡常常也是作家的意思），他給我看這種帶明顯破綻的齊白石畫，拆穿了，是一種才子式的戲弄。如果我信了，他能得到極大的滿足感。如果我們看穿幫，他會夾手拿出一幅真蹟，哈哈一笑：『剛才就是個測試，你及格了。』」

我半天才反應過來：「他也造假畫？」

她說：「你以為他的錢是偷來的、搶來的？馬老師也得養家糊口。起碼他沒賣過畫給你。」

秋日的晨光把我喚醒的時候，快十一點鐘了。我頗費了一番功夫找到手機，一打開全是妻的電話和留言，重新關掉手機。對作家來說，編個不歸家的理由不難，難的是如何讓作家的老婆相信。

我走到餐廳，開放式廚房的島形料理臺上攤放著豐盛的早餐：三文魚牛油果沙拉、全麥酸麵包、法式牛角包、葡萄乾麥片粥、鵝肝醬和新鮮橙汁。當然，一定有咖啡。我看了一下，本地牌子，維多利亞咖啡。

我走到窗前，又開始下雨了，下得淅淅瀝瀝。我看清楚小銀在汽車庫車道的情形，身體內又出現了潮汐。她跺了跺腳，好像跺腳上的泥巴。車道鋪滿了紅磚，後園也是，春耕園除了一個種滿了奇珍異草的溫室外都鋪了地磚，根本沒有泥地。我猜她剛從溫室過來，她在等人。她豎起來風衣帽子，須臾，她身邊出現了兩個男人：一個雨衣雨帽，裹得嚴嚴實實；另一個短衫短褲，像是從陽光州剛度假歸來。兩個男人和小銀在交談，偶爾我能看到他們的臉。雨衣人中東人樣貌，短衫人斯拉夫人長相。交談在小雨中持續有十分鐘，兩個男人像出現那樣突然地消失了。我認出了那不是雨衣，而是今年上市的新款Kathmandu（加德滿都）軟殼外套（Softshell Jacket），顏色很特別，介於咖啡色和橘紅色之間。

「園丁來了，下雨天不能幹活，我打發他們走了。」她這麼告訴我。

我剛嘗了咖啡。不出所料，維多利亞的味道，淡得像水。昨晚是不是同一種咖啡？昨晚我不曾嘗出有什麼不妥。生命中有些奇妙的地方，比如，小銀，有時候她很單純，單純到傻氣，有時候她很精明，精明到粗俗、言語乏味，甚至可以感覺出她在東施效顰，一味模仿馬勒的言談，但我仍然願意聽她說話，說那些沒有意思、沒有是非感的話。

她看出了我對咖啡的情緒，拿出一瓶酒，看來是昨天半夜從地窖取出來的。「要不要嘗一嘗Moscato Sauvignon Blanc，這一款酒有個好聽的中文名字『長相思』。」

她變戲法似的掏出兩隻白葡萄酒杯，開瓶，斟酒，醒酒，抿一小口，動作一氣呵成。

她對我舉起杯。我說：「告訴我馬勒的祕密，是什麼樣的動機？」

她眨巴眨巴眼睛說：「叫你們做不成好朋友嘛。」

我說：「女人喝甜酒的姿勢太危險了。」

週末多雲，冷颼颼的。我先把女兒送去中文補習班，再把兒子送到坎伯韋爾比賽場館，告訴他午前我來接他，就驅車來到相鄰的富裕區基佑（Kew）。這裡靠近內城區，是一個異常熱鬧的五岔路口。

我坐在車內，隨手在「7-11」加油站買的咖啡喝不下去，比起維多利亞、麥當勞咖啡來說，「7-11」咖啡才真的是水。打開報紙，當天的《先驅太陽報》報導了一起澳洲佳士得賣贗品油畫爆雷案，客戶若干年後發現他鉅資買下的名畫是由職業槍手偽造的。不像其他藝術品贗品案通常採取庭外和解，這起並不複雜的案件最後走到了州高等法院。記者援引席德畫廊琳達女士的說法，稱本地藝術品市場銷售的百分之三十全是贗品云云。

「Shit（狗屎）。」我下車，在拐角的垃圾桶扔掉咖啡和報紙。

對於我徹夜未歸，身上還沾滿酒氣種種的不尋常，妻沒有發作，也不深究。我講了一個男人常用的故事，學會聚餐結束去尼爾家，喝醉酒在那裡，睡了一夜。也許她沒在意。我慶幸之餘，不免有些後怕，也有些內疚，更多的是後悔。沒必要把不喜歡撒謊的尼爾捲進來。過了幾天，妻跟我說小孩子週末有網球比賽，她要去公司加班，加班有雙倍工資。我本想說週末要寫作，但看到她埋怨的眼神，我讀出了其中的潛臺詞，作為一個寫過一些亂七八糟文字的二流作家，混不了飯吃，養不了家，有什麼討價還價餘地？我說：「樂於效勞。」

此刻，小銀站在十米開外，一幢起碼一百歲的兩層古宅前，露出微笑，貝殼色的牙齒。她不停地用手指纏繞著一束髮梢，看得出她的焦慮，不是來自於長時間的等待。

雲上畫廊的律師在悉尼，我覺得遠水救不了近火。她說：「馬勒找了好幾位法律界大佬，都推薦這個律師樓，但我想來想去，還是想聽聽你的意見。」

她很少一上來就談正事，我不解地望著她。

「你比他靠譜。」她說。

「我不懂法律。」我說，「說真的，來澳洲二十來年，上過法庭打過官司，做過原告，也做過被告，大小律師，出庭、不出庭的，認識幾十個，我還沒有碰見過一個好律師。上帝痛恨鑽法律空子，他給這個行當安排的全是些混蛋。」

她伸出手，撫摸著我西裝下襬上的幾道皺痕，輕輕說了一句英文：「But you raised me up（但你鼓舞了我）。」

我何德何能，真的以為我是她的安全港灣？我深受感動，忽略了正是她的這句話鼓舞壯大了一個懦弱的中年男人的幻想。

女人的敏感不是多餘的。科曼律師樓的會議室鑲木牆壁上掛著一幅酒吧管樂隊場景的油畫，畫中薩克斯風樂手南歐系的俊逸五官酷肖科曼本人，右下角簽著席德的洋名。小銀對科曼律師畢恭畢敬。科曼栗色分頭油光光的，身材在西人裡不算高，但體格健壯，身手矯捷。我被凸起的地板絆了一下，若不是他眼明手快扶住，我差不多要出洋相了。見面時間非常短，科曼有輕度近視，手裡拿著美國三福筆（sharpie）和眼鏡，擺出一副出庭大律師的派頭，顯然不願意在這個階段耗費時間。他在結束會議前，以在酒吧間跟朋友喝啤酒看球賽的熱情口吻說：「因為是熟人引薦，要照老規矩寄一張帳單給馬勒先生，優惠收費一小時。」

走進電梯後，我對小銀說：「我想過了，科曼跟席德關係很長久，可能會出賣你。不過，說真的，這種可能性不大，他很專業，應該不會做自毀名譽的蠢事。如果雇請科曼，最大的好處是反其道而行，不會有人會想到他不給席德面子。而他非常瞭解席德、琳達，知己知彼，一旦把華裔畫家聯會制住，魯迪一個人就不足畏了。」

她說：「是呀，這是我擔心的地方。」

科曼．馬理尼配得這份榮耀。他是本城典型的上流社會分子，富裕家庭出身，受過私校精英教育，娶了名門之後做妻子，從藝術愛好者變成了文化圈收藏大家，跟席德夫婦有多年的友情，收藏了大量席德沙龍作品。他也是保時捷跑車的大玩家，每年去塔州參加保時捷拉力賽。更重要的是，科曼還有一個與他長得一模一樣的孿生弟弟叫艾龍．馬理尼，也是保時捷跑車瘋狂賽車手。有一次出了車禍，人卡在車裡，動用電鋸才把他救出來，在他胸腹部留下了一道長長的傷疤。據說要不是這個傷疤，連他們的妻子也很難區分這寶貝兩兄弟。艾龍是考林斯街那一小撮金融巨頭的寵兒，掌握著四五隻私募基金和七八家上市公司，往來香港、紐約、倫敦之間，常常在股市興風作浪。這一切起於他們的父親洛倫佐・馬理尼，老爺子是兩手空空來澳洲的義大利移民，不甘於做公務員，辭職下海，從二手房買賣白手起家，轉入地產開發，終於成為富甲一方的大地產商。有人總結說馬理尼家族是墨城權力生態圈的晴雨錶。

我說完馬理尼家族的來歷，小銀的眼睛亮了：「你說得不錯，科曼是處理著作權糾紛的大律師。專業口碑好，水準信得過，關鍵是他家族的社會背景和關係。」

她要我陪她去午餐，但我婉拒了，等比賽完，我還要去接兒子回家。

「兒子，兒子，又是兒子。」她一邊罵，一邊狠狠捶了我一下。她頓了一頓，歪著腦袋冷冷地問我：「你喜歡我什麼地方？」

如果小銀是我小說裡面的人物，我可以編出起碼十條以上的理由。然而，她不是。我在侷促不安中，一句話也沒說，看著她把坤包換到右肩，再換回到左肩。

「你能不能說一句話？」

她開始逼我說話。我沒告訴她我一直在思考這個問題。她把她的祕密、馬勒的祕密都與我分享，我卻沒什麼可以回報。因而，想到的是我有什麼地方叫她喜歡。

回到樓下，外面的天氣翻了個底朝天。陽光很熾烈，天高雲淡，隱隱然有夏天的味道。墨城有八大怪，其中之一便是怪天氣，小孩臉，三分鐘就變。

我倆分手前，我握了握她的手，小手冰冷，但她臉色緋紅，眼睛裡爆出了火花，有些東西潛伏了太久，會像新年煙花那樣在高空綻露。她歇斯底里地暴跳起來：「煩死了，煩死了，假畫又能怎麼樣？你們不都是在造假！」

一條街的行人都警惕起來，慌裡慌張，望向這裡。我頓然有一種偷東西當場被抓的感覺，也許現在收手也不遲，遠離小銀，遠離是非。

馬勒夫婦最終請了收費最貴的科曼律師。如我所料，席老頭因為科曼接下這個案子，氣得跟他絕了交。科曼覺得華人老頭很無理，他接案子是生意，他和席德是友情，怎麼可以把兩者混為一談？東西方文化在這一點上基本無法勾兌。這是馬勒從拜倫灣回來在電話裡透露的。我說：「那你放心吧。」他問：「放什麼心？」我說：「官司。」他說他從來不擔心官司。

他又說：「我只擔心我的朋友能不能支持我。」

我打了個哈哈，把電話掛了。

他擔心的是不是我，他沒說。他近來喜歡說三分、藏七成。你如何能不擔心一個當你不在時跟你老婆上床的朋友，這種擔心不消除身體內堆積的塵埃，必釋放出體內的幽暗物質。我緊張地在褲兜裡、桌面上、冰箱裡尋找著什麼。如果我抽煙，我尋找的是煙草；如果我飲酒，我找到的是酒精；但我既不抽煙，也不想酗酒，我找到的替代情人是咖啡。那一段時間，我喝了太多太多各式咖啡，從拿鐵到焦糖瑪奇朵，再到怡保白咖啡，燃燒著每一根神經，使我心動過速，攪亂了睡眠，白天變成黑夜，黑夜變成白天。我服下降壓藥，想著該好好推進一下寫作進度了。手裡這篇關於本城藝術界的小說數年來一直進展不暢，在無數個寂靜的深夜時刻，我舔著散發著濃咖啡味的嘴唇，我不想寫馬勒，但他自動從我的生活走進了我的小說。馬勒不再是我的朋友，他是我的魔障。小說到底要表達什麼呢？我無意中跟隨他走進了這篇小說本身製造的黑暗之塔，一層層爬上去，以為到了塔尖，眼前赫然卻是最後一道釘滿大鉚釘的鐵門，門背後也許放著四五年來我一直在找的東西。一把開啟鐵門的鑰匙，其實，在我身邊晃悠了四五年了。我咬牙切齒將手機鎖入抽屜，接下來的兩個月，寫作出奇地順利，常常一口氣寫到半夜，第二天睡到中午才起床。

碼字長度過半後，一個毫不意外的後果自動生成，女主角的形象躍於紙面。要是被妻讀到，很容易發現女主角的形象非常接近小銀。小說寫到這個份上，我很想給小銀打電話，想跟她分享小說裡的驚人發現，但我克制得很好，這對我而言，很不尋常。

我駕車外出，拜見多元文化委員會的理事，以及市政府的文化官員，本地數個民間作協聯手構思一個詩歌朗誦會，邀請一批朗誦藝術聯盟的老師來排演節目，這兩個會議進展順利，落實了一些活動資金。

我鬆了一口氣，終於給小銀撥了電話，無人接聽，考慮再三，沒有給她的語音信箱留言。回家後，妻已將孩子們接回家，正在伺候他們吃晚飯。她雖沒開口，但呵欠連天，氣氛有些古怪。洗碗時，她吞吞吐吐地說馬勒來過了。今天下午我不在的時候，他拖著兒子，拖著一個行李箱來我家，要求暫住幾天。妻推說我不在家，叫他等一等，誰知他逕自走了。我急忙翻查手機，下午開會時段的確有幾個馬勒的未接電話。我責怪她不分青紅皂白趕人走，妻說馬勒發神經病，不停地嘟囔說他要報警，什麼鱷魚來了，什麼鱷魚愛情。

我拿起電話，馬勒在電話那頭的聲音有氣無力，像是發自一個晚期癌症病人。他說：「沒事，老兄，我回家了……。孩子很好……，沒問題……。鱷魚，是的……，鱷魚進城了。夜幕下鱷魚爬得很……，鱷魚來……衝著我們……，從布萊頓海灘爬上岸……。老兄，你要小心鱷魚！」

無法忍受的是，馬勒依然將我視為他的好朋友。我和妻對視一眼，不知如何是好。不一會兒，小銀的回電來了，她的聲音儘量壓抑著不安：「最近官司壓力大，馬勒一直失眠，整夜整夜寫字、畫畫。後來，字也不寫，畫也不畫，房前屋後打著手電筒，照來照去，嘴裡還嘀嘀咕咕，老是說有什麼鱷魚爬進了我們家後院。再後來白天也折騰，今早上他鬧情緒，帶著孩子，拖著行李箱，說是外面躲鱷魚去。出去一整天才回來，身上髒兮兮的，孩子餓得哭，不曉得他上哪裡鬼混去了。現在我不理他，他精神萬分緊張，明天給他約心理醫生。你認識什麼好醫生嗎？」

又逢週六，大型文藝活動是作協和朗誦聯盟合辦的詩歌朗誦會。兩百人坐滿了力士滿（Richmond）圖書館小劇場。我沒有看到馬勒或小銀，在一片鼓掌聲歡笑聲當中，我認出了布朗斯威克街咖啡館兼酒吧的女東主，別人稱呼她東貞，算是記起她的名字來了。我的長相太普通，但一說起小銀，東貞想起我了。「你在我店裡喝過不少威士卡。小銀家裡被盜了你還不曉得嗎？」「我沒聽說。」「這麼大的事你都沒聽說？」「我就是坐在家裡寫東西兩耳不聞窗外事的人。」

東貞熱心腸，屁顛屁顛下樓，從圖書館管理員借來一疊中文報紙，本地新聞版黑體字標題：

明目張膽！富人區大白天發生惡性盜竊案
急求線索！豪車、奢侈品和珠寶等全被盜

案發於上個月某個星期二下午，地點在布萊頓。報導雖沒透露位址，但從徵求線索所附照片上的車牌，證實是馬勒的座駕。房主夫婦案發當時不在，避開了人身傷害，不太像是僥倖。盜賊的手腳麻利，熟悉案發地環境，事先破壞了房屋的監控系統。但他們百密一疏，開走被盜寶馬車輛，無意中在附近道口被鄰居的監控探頭捕捉到。

我提早離開了詩朗誦會，東貞追到門口笑著說：「早知道你這麼性急就不告訴你了。小銀已經搬走了，不知道搬去哪裡。她誰也沒告訴。」

路上，我一面不停撥打手機，一面琢磨著東貞神祕一笑的含意。

一隻大個子澳洲黑背鵲落在前方路中央，脖子一扭一扭，東張西望，完全沒覺得落腳點有什麼不合適。我沒有減速，牠在最後一分鐘拍打著翅膀，倉皇掠過我頭頂，在車殼上留下一灘屎，慘白色，像一朵車輪碾過的梅花。

馬勒關機，小銀無人接聽。

我穿越大半個城區，經國立美術館，順聖寇達路，一路向南，再訪春耕園，見證它的衰老和荒蕪。這裡已是人去樓空，門口龐大沉重的兩隻石牛被遺棄了，與身邊的一塊地產招租看板相依相憐。鄰居們似乎剛剛離開回家。一輛藍白方格警車摘下頂燈，也正在駛離，副駕駛座上漂亮的女警打量了我一眼。我認出了灣區警察局的警車。

按牌上的號碼，我致電仲介；操一口純正澳洲英語的地產仲介告訴我不能透露房東資料，但他證實房東在盜案發生後要求將該房重新招租。原租客是不告而別，並沒通知房東。仲介一直沒能聯繫上原租客馬先生。租客家被盜，損失慘重，仲介並不覺得奇怪。華人租客常有風水、陰陽之類神祕原因而中斷租約，仲介只能申請法庭沒收租客押金，補償損失。一旦提到盜竊案，他警覺起來，堅稱無可奉告。他說雖然可以省下一些保險費，但華人租客不給家庭財產百分之一百價值保險絕不是一個好主意。看來他是一個負責任的好仲介。

我看到了一隻貓，模樣威嚴如法官，從鄰居的圍牆跳下來，蹲在離我三四米的樹蔭下，像看被告那樣看著我。應該就是那天晚上只聞其聲不見其面的那隻貓，一隻眼睛是綠的，另一隻是瞎的。

「春耕園失竊案」上了本地主流英語報紙《時代報》（*The Age*），版面不大，報導簡略。警方斷定竊賊屬於隨機流竄作案，沒有固定目標，把能找到的現金、電腦、手機、手袋、珠寶、轎車等席捲一空。但受害人馬先生堅稱失竊了滿滿一箱子價值不菲的書畫。由於沒有對書畫附加特別的保險，受害人得不到額外的賠償。嫌犯共有兩名男性，警方在網上貼出盜賊的視頻截屏，盼知情者提供線索；截屏並不清晰，色彩失真。一群黑背鵲落在院子裡，也落在我的心裡，「呱呱」亂叫，其中有一個特別嘹亮的聲音在對我說：「你認出了他們。就是他們盜走了馬勒的百寶箱。」

我把照片放大，再放大，其中一人軟殼外套上的那個雙峰形商標浮現出來，經過比對，可知那是Kathmandu的商標圖案。我在網上花了不少時間，搜索到警方公布的另一組比較清晰的嫌犯視頻，儘管裝束不一致，五官不清晰，但兩張臉的輪廓我認出來，一個斯拉夫長相，另一個中東人樣貌。

我想到了那隻瞎了一隻眼的貓，不由不想到小銀的安危。

馬勒是一個心理有病的病人，一個危險的病人。

那個漂亮的女警察大概習慣了我頻繁的造訪。我一按下灣區（Bayside）警察局前臺的電鈴，她體操運動員般的柔韌身體從辦公室彈跳出來，眉頭深鎖，嘴角緊繃，我知道她早從監控上看見了我。這裡的熟面孔大都討人嫌，我也不例外。女警後面跟出來一個面孔陌生的老警官，一看見我，點著我的鼻子，大發雷霆：「不要胡攪，給我滾出去！」

我大驚失色，在澳洲警察局挨罵是破天荒頭一遭。我剛開口：「長官，請容許我說一句話。」他根本不容我這樣的亞裔面孔講話：「為保護隱私起見，警方不能提供任何人的個人資料！警告你，不要讓我再看見你了。一個星期裡你來了多少次，合著你才是警探？！」

大清早會警察，賺了個狗血淋頭血壓暴漲，我被趕出警局，一屁股坐在殘疾人通道口喘氣，想起降壓藥又忘帶了。一個早起遛狗的女子小跑著經過，又折返回來，問我：「需要什麼幫忙嗎？」她的小狗嗅著我的鞋子，「汪汪」地叫。我同意，腳臭味太重。我慘澹地朝她笑。她關切地又問：「Are you sure（你確定嗎）？」我還是搖頭，頭部轉動的幅度小到可以忽略不計。我朝她揮手，盼望她滾得越遠越好。

秋天的大雨既然來了，淋濕身子在叢林裡就無可避免。連番挫折竟使怒火中燒，生出一股長期被侮辱民族的鬥志。我起身返回警局，再次按下電鈴。那個漂亮女警沒有出來，老警官像頭瘋牛直衝了出來，揚著頭上看不見的牛角，就像要一頭撞死我，我唯有搶先告狀：「我投訴！叫您的上峰出來，我要以舉報者的身分投訴您歧視亞裔，種族歧視，無緣無故威脅侮辱舉報人，拒不受理有價值的破案線索！」

絕跡席德畫廊後，尼爾給我不斷更新消息：小銀的官司贏了，確切地說，在科曼律師的壓力和斡旋下，魯迪他們撤銷了起訴，琳達再三阻止也沒用。科曼律師搞定了魯迪，魯迪沒有要求賠償，甚至連個書面道歉也沒有。主流媒體並無任何報導。這樁訴訟的奇怪落幕在藝術圈內引發了更多謠言。誰也不曉得馬勒的新住址，他顯然要蓄意人間蒸發。

藝術圈只是一個小圈子，激起的水花再大，也只是些水花而已。與此同時，小銀拉黑了我的微信，依然不接電話也不回電。我隱隱然覺得這裡面不簡單，有一些事不對頭。既然剽竊案不成立，魯迪他們主動銷案，正是小銀鹹魚翻身的良機。此刻隱身沒有什麼必要，除非正如我推測的那樣，小銀捲入了春耕園盜案，處於危險當中。然而，我既找不到小銀，也找不到馬勒。城裡城外都在謠傳馬勒離婚了，他失去了家傳百寶箱，小銀便不要馬勒。眼看著春耕園盜案變成一樁離婚案的前奏。

時間在這一年走得極其詭異，猶如簷下排水管破了個洞眼，一滴雨水，飽滿之前，流逝得很慢，飽滿之後，瞬間跌落。我收到了一封奇怪的郵件，來自一個陌生的郵箱。內容只有一個本城的位址，差點把它當作垃圾郵件刪除，然而，我的眼睛卻鎖定在那裡——寄件者自稱布萊頓鱷魚。這不像是巧合。藝術圈太小，馬勒交遊太廣，但也僅僅是小圈子裡的小圈子而已。瞭解馬勒的布萊頓海灘鱷魚故事的人只能是圈內人士。

那個地址在埃爾伯特公園，市區以南四公里處，夾在湖和海之間。頂級豪宅區。住戶非富即貴。我似乎看見小銀掉在深潭裡，水淹沒了頭頂，手沒能抓住水面上的漂浮物，卻感到了水體越來越明顯的震顫，是不是預示著布萊頓鱷魚正朝她游來？

不習慣跟警察如此近距離，我不停轉著脖子，頸椎骨咔咔作響，搜尋著屋子裡的監控。等到我夠資格被女警領到灣區警局的接待室內，老警官已經換了一張聖誕老人的笑臉。我和他面對面，沒有旁人，他粉紅色皮膚上的鬚髮和粗大毛孔總是讓我聯想起豬鬃刷子。

警官收斂脾氣，改用聖誕老人那種親切口氣，抱怨說最近身體不佳，背部要做大手術，如果手術失敗，癱瘓、失業，生活真是一地牛糞。

他這些話該對著醫生說，而我的話該對著警官說。我重申提供一條重要的破案線索，警方尚無掌握，春耕園失竊案不是什麼隨機入室竊案。我從警方公布的視頻上認出了那兩個竊賊，他們以園丁的身分在盜案發生前來過現場，跟女事主見過面。既然女事主認識他們，案發後看過視頻，也不指認，可以推斷女事主是知情者，她害怕指出兩個園丁，可以推知她身處險境。

老警官這才認真打量我，發覺我不是瘋子，也沒有發燒、嗑藥、酗酒，他拿起圓珠筆在便簽本上胡亂畫著圈。他說：「視頻很不清楚，你會不會看錯了？」我說不會，我是寫小說的，記憶力很好。他說作家擅長講故事，作家的證詞往往想像力過於豐富。我說我之所以成為二流作家就是因為想像力不夠豐富。他又問作案動機是什麼，我說百寶箱，那幢房子的地下酒窖裡藏著一口大箱子，裡面全是價值連城的中國書畫藝術品。他停住筆，盯著我的臉說：「照你說的，女事主認識兩個竊賊，又不指認他們，她不是裡應外合監守自盜嗎？」我說不，她知道箱子裡的全是贋品，一錢不值。所以是偷盜百寶箱的賊上當了。他搖著頭說他不懂中國書畫，如果我講的是真的，這個案子就沒必要破了，盜賊除了奢侈品、汽車以外，什麼也沒偷到嘛。我說女事主的情況有危險。盜賊連地窖裡的箱子都瞭解得一清二楚，顯然是知根知底之人，一旦發現上當就會報復。他笑嘻嘻地說憑什麼認定女事主沒有撒謊，要是他的話，寧願相信那個酒窖裡的箱子裝的全是寶貝，那樣盜賊有目的的偷竊就不會有邏輯鏈漏洞。我說男女事主都失蹤了。他用圓珠筆在紙上畫了一個驚歎號，然後說這叫做暫時聯絡不上。

我坐在椅子裡扭動著屁股，曉得靠眼前這個老笨蛋，根本破不了案。

他起身走出房間，回進來時，手裡拿著一個資料夾。他戴上老花眼鏡，翻動著夾子裡一疊單據。「既然沒有保險單，就不能確認屋內到底有沒有你所說的箱子，也不能確認其價值，自然，作案動機也難以成立。」我說：「長官，您這麼草率武斷，怎麼破案？」他不生氣，摘下眼鏡，甩出一個問題直接擊潰了我：「你剛才說你目擊女主人和兩個自稱園丁的人在一起，當時男事主人不在家，你是大早上一個人上他們家用早餐，為什麼我們不能懷疑你呢？」

老警官沒有我想像的那麼笨。反而是我被他暗中抓住了把柄，動彈不得。他察覺出我最近健康不佳，胸中裝滿戾氣。他扮起笑臉，連嗓子也沒清，對著我唱起了歌：

歡笑吧，澳大利亞人
我們合一而自由

警察為我唱一曲澳洲國歌，博君一笑，這太可笑了，可我笑不出來，也無法再動怒。他仔細做了紀錄，記下我的電話和住址，留給我一張名片，印著警局位址電話和Brett Lawson Senior Constable（高級警官布賴特・勞森）。

走出警局大門，我忽然意識到，先前的推斷有一個致命的前設條件，那就是無條件地相信小銀所說的，認定百寶箱裡全是贗品。會不會是我已淪為她情感上的俘虜的緣故，我對盜竊案所有一目了然合乎邏輯的部分視而不見？——如果馬勒箱子裡的是真蹟而非贗品，春耕園盜案就不是一場鬧劇，而是一次處心積慮的巧取豪奪。那樣小銀告訴我贗品就像是施放迷霧彈。小銀，我必須找到她，才能驗證我在小說裡塑造的那個為藝術誤入歧途的女孩不是作者的一廂情願。

當發動汽車的一刻，依然能聽見勞森警官在局子裡哼唱他的《澳洲好聲音》成名曲：「歡笑吧，澳大利亞人⋯⋯。有情況及時聯絡⋯⋯」

不喜歡這電鈴肆無忌憚地嘯叫，但我必須按下電鈴，叫埃爾伯特公園的天黑下去。

布萊頓鱷魚把我帶到了這幢富有收藏價值的殖民地時代建築，三層紅磚老宅，體面而森嚴，擁有圓圓的小尖頂，像一隻回到崖頂巢穴的紅鷹，收攏巨大的兩翼，左眼注視靜謐的埃爾伯特湖，右眼察看我神經質的面容。

開門的不是別人，科曼律師健壯胸肌的身軀裝甲車似的堵住去路。他不愧是知名大律師，花了半秒鐘就認出我是誰，他客氣地說：「史先生有何見教？」我還沒猜出布萊頓鱷魚為什麼要給我科曼的住址，但視線比意識快，越過了他偉岸的肩膀，看見樓梯平臺閃出一角旗袍，我大喊：「小銀！小銀！」

科曼有些生氣。他大聲把小銀從樓上喊下來，像使喚一個女奴。小銀瘦了，眼睛紅紅的，顯得深邃了，臉上依然沒有表情，動作變遲鈍了，彷彿因此痛苦可以來得緩慢些。樓上跟著下來一位氣質雍容的白種女人，她自我介紹說是柯琳（Colleen），科曼律師的內人。她手裡拿著一枝紅色帝王花，彬彬有禮請我進屋說話，我還未答應，小銀說她想去散步，看看湖景。科曼想阻止，但柯琳將丈夫拉進屋，還對我笑了一笑。英俊瀟灑的科曼對她俯首聽話，這才提醒了我，科曼夫人有英國貴族血統，外號「公主」，她那百年豪門家族一度統治過歷史悠久的墨爾本杯賽馬節。

我走在小銀身後，走向街角的一塊綠地，她似乎等著我開口，我說：「馬勒和孩子在哪裡？」她側身湊在鄰家窗戶上照了照自己的臉，長歎一口氣說：「原來你費盡周折，是來找你的好朋友。」

我感到體內燥熱無比，挽起了襯衫袖子，加快腳步，尋找著海上來的旋風。

她接著說：「他還能有什麼事？你的好朋友本事大了，他走了，帶著樂樂一走了之。現在，我沒有孩子，沒有老公，也沒有家，如果不是科曼律師好心容留我……」

坊間流傳的大都不正確，但每一條流言都有其事出有因的部分，我的心在旋風裡打轉。馬勒果然和她分手了，正通過科曼律師樓辦理離婚手續。但她這麼說還不解氣：「對的，對的，你們不用捕風捉影了，就是馬勒把我趕出家門了，好不好？」

「那你為什麼不來找我呢？至少——」

說到這，我意識到失言了。小銀嘲諷說：「你至少還有一位賢慧的太太和兩個可愛的孩子。」

我雙手插在褲袋裡，保持沉默，看著海風將鞋面上的落葉帶向未知的未來。

小銀說：「為了你好。不要再來了，我想靜一靜。」

我裝作無意，提及在春耕園看見兩個園丁的事，把警方獲取盜賊監控視頻的經過講給她聽。她方寸大亂，好像突然忘記了我是誰。我講到園丁和盜賊外貌相似，裝束相似，她猛然打斷我：「史蒂文，你是不是應該對我公平一點？」

她自問自答：「好好好，讓我說出大作家小腦瓜裡面高速運轉的那些精彩劇情吧。黃小銀是一個工於心計、不擇手段的物質女孩，嫁給馬老師給他生孩子為的是能移民澳洲，藉他的力量進入海外藝術圈，跟人上床為的是獲得評論界吹捧，甩掉席德畫廊另起爐灶。為了獨霸馬家書畫收藏，不惜編出百寶箱裡全是贗品的瞎話，洗脫偷畫的嫌疑。一旦她抱上科曼律師的大腿，公然監守自盜，叫人偷走了百寶箱，然後離婚甩了馬老師。你就是這麼想的，不是嗎？」

我的念頭都只在黑夜裡行走，但她偏偏叫它們暴露在光天化日之下，好比身體內有兩個我正在幹架。一個我承認她說得八九不離十，另一個我則完全否認，但其實兩個我都輸了，她所說的遠遠超出我的認知。

她歇斯底里地尖叫：「琳達沒說錯，史蒂文，你崇拜馬勒，你是他的一隻可憐的跟屁蟲！讓我乾脆一次性揭開你朋友的真面目吧。馬老師是什麼人？一個癮君子，他在酒窖的酒瓶裡藏了毒品。（她的手扣住了我的手臂）我報警，警察一走，他就動手打我，趕我走！」

「至於馬老師去了哪裡，不要擔心，春耕園他待不下去了，你看，你的好朋友正躺在維港（Docklands，墨城舊碼頭改造成的內城區）面海公寓內女王尺寸的床上，對著老港口無邊的黑浪發呆，一條體長十米的大鱷魚半身趴在房門口，尾巴纏住了陽臺的鑄鐵欄杆。他困在公寓裡，出不去了。他是一個徹頭徹尾悲觀主義的失敗者，大半輩子都在逃避。從國內逃往國外，從城市逃往鄉野，從工作逃往悠遊，從世俗逃往藝術，從海逃往山，從山逃往港口。在這個後現代社會，解構一切，砸爛傳統，他無處可逃。我太天真了，居然會相信他尋找的是藝術、是審美。馬老師是聰明人，他說過好多遍，如果尋找的是採菊東籬下，大概率一輩子都不可能悠然見南山。他很聰明，在西方找到了一種廉價的南山。」

「春耕園的祕密不是什麼百寶箱，而是南山。南山是一種鎮痛藥。人追求快樂的最大發現就是鎮痛藥。為了去除鎮痛藥的上癮性，有人從罌粟提煉出嗎啡（罌粟鹼），結果發現更容易上癮。有人靈機一動，既然海洛因的藥效是同劑量嗎啡的三倍，如果減少使用劑量，可以減少上癮，他們就用嗎啡合成了海洛因（Heroin，意為英雄），結果發現使用劑量反而越來越大。又有聰明人覺得口服容易上癮，於是發明了靜脈注射。信仰科學就像信仰上帝，科技進步往往走向反面。這一切發明不管出發點怎麼好，結果都做到上癮的效果更趨完美。你老是說馬勒像現實中的蓋茨比加陶淵明，也許是吧，但他肯定不會像蓋茨比那樣去死，好死不如賴活，要好好地活著，活在扮演英雄的感覺裡……」

這些統統出自於小銀的憤怒和絕望，我不能相信，但不能不信。她在講述中間把我的胳膊都掐紫了。想起我的朋友背地裡去里士滿越南人手裡買毒品，鬼鬼祟祟，躲在廁所裡、酒窖裡吸食白粉，我的胃被孫悟空的金箍棒三下五除二攪爛了。

小銀跺了跺腳，幾欲跌倒，但她勉強穩定住身子，轉身就跑。當我快追上她時，她三步併兩步跳上臺階，厚重的木門像是先知先覺，提前打開了。科曼夫人容小銀進去後，擋在我面前，她保持著公主般的笑容說：「史先生，你是馬勒先生的朋友吧？請不要再來了，這裡不歡迎。」

我站著不走：「小銀和馬勒……」

科曼夫人關門前的最後一句話：「免費的法律建議，請遠離馬勒先生。法網恢恢，疏而不漏。」

她的語氣柔和，但充滿了威脅意味。

我審視著屋前信箱上的復古黃銅銘牌：Coleman Marini（科曼・馬理尼）。

墨城雖然是南半球的多元文化中心，但對少數族裔而言，玻璃天花板還是無處不在。本城聲名顯赫的馬理尼家族就是一塊橫貫公權力的大玻璃天花板，馬勒得罪了他們，算是澈底完了。可是，他如何得罪了馬理尼家族？我失去了繼續追問的勇氣，陷入深深的自責裡面。藝術圈的謠言又一次成為了遙遙領先的預言。小銀總算逃離了我的朋友馬勒，但願科曼夫婦的善意能暫時給她一個可以療傷的家，繼續她的藝術夢。

燈光點亮了這幢尖頂紅磚古宅，燈光比月色白，比月色稠。白色是一種神奇的顏色，能使純真變得那麼沉重而不可承受，密密地裹住我的口鼻，我胸痛起伏，無法呼吸，直到駕車離開這裡。我回頭，車是從那個高坡下來，高坡上沉甸甸的白色變成了一朵月亮下面的雲，破碎了，消失了；這才記得，小銀曾經站在二樓窗戶前，在白色窗簾落下之前，有十來分鐘之久。

最後一次見到小銀，我沒想到，從此往後，小銀隱身了。她不接電話，也不覆短信，然後，這個號碼就不復存在。城裡城外都說看不出小銀是狐狸精，她勾搭上了科曼律師，迷得大律師失心瘋，快同髮妻離婚了。科曼夫人一氣之下，把狐狸精趕出了他們家。另有傳言說上海在歡迎一個海歸女畫家黃小銀，她帶著一箱子家傳的珍貴字畫載譽歸來云云。我對這些全都嗤之以鼻，唯有小銀拉黑了墨城所有認識的人（包括我）是事實。她像馬勒一樣從我們的世界消失了。

這時候，離全球大瘟疫爆發不到一個月時間，我們不知道鱷魚正在逼近。墨城還在尋歡作樂當中。

他／她：將來的城

車停在濱海大道的巴斯咖啡館前。四十五度角，沿街嵌入泊車位，車頭停穩，剛好十五釐米，迎上馬勒的笑臉和睜開的眼睛。他拉開車門，朝史蒂文打恭作揖，以上海味普通話打招呼：「哈囉，老兄這回你沒遲到。雙倍Espresso。」

然而，這一切都是史蒂文的想像。馬勒依然沒有消息，布萊頓鱷魚也去向不明。史蒂文至今不瞭解那神祕電郵的來源和動機。更糟的是，他還遲到了，而且忘了帶口罩。偉大的口罩化身成了全球疫情時代的聖禮。

在布萊頓海灘咖啡露天座等他的是勞森，警官摘下口罩，深深地呼吸著，在漫長封城之後，面對二〇二一年二月解封得來的一丁點兒自由，他顯然不準備唱什麼國歌。整座城市此刻死了似的安靜，連個海鷗叫聲都像衝鋒槍點射似的猖狂。自武漢疫情爆發，誰也沒想到，短短幾個月後，遠在南半球孤洲上的墨城陷入同樣的命運，全面封鎖，外加宵禁。史蒂文給雲上畫廊前臺留言幾次，都沒有回信。尼爾說：「老闆回國談生意去了。」史蒂文說：「畫廊停業了吧？」尼爾笑笑，說有一天他戴著口罩，去銀行排隊取錢，等他排到了，湊近櫃臺，小聲叫他們把錢拿出來，銀行工作人員居然尖叫起來，把他當作劫匪報了警。如今街上每個人都只有半張臉，都像銀行劫匪，每一件事都隨時停擺，恐慌導演了一幕幕荒誕情景劇，沒有一個人、一件事、一個方面跟疫情脫得了干係，但死神沒有停步，也沒有減速的跡象。

勞森警官遞過來一份報紙影本。史蒂文皺起眉頭。報上的照片太模糊。警官掏出黃色大信封，裡面裝著悉尼寄來的死者照片，頭部右側著地，像高空落下的西瓜，一半頭骨爆裂，腦漿四濺，只剩下半邊臉。他說屍體外觀雖完好，由於反彈產生二次撞擊，大多關節骨骼已經粉碎性骨折，裝進屍袋，跟一具橡皮人差不多。

史蒂文抓過照片，一張一張掃描，這樣做使他嘔心欲吐，但他沒法不這樣，頭腦變成了一張白紙，輕飄飄的，什麼也寫不上去。為什麼沒有注意到悉尼的這起墜崖案？有許多不錯的理由，封城期間發生了太多意想不到的事情，口罩令、疫苗強制、封城、宵禁、抗議、遊行、失業、猝死、心肌炎、手腳刺痛，不一而足，太多騷動紛亂轉移了注意力，他無論如何不能將一個活生生的小銀跟眼前殘破的橡皮人聯繫在一起。

斷魂崖（The Gap），悉尼東郊的旅遊勝地，面朝風光旖旎的臥聖灣，崖壁雄壯而陡峭，素有南半球東海岸「自殺聖地」之稱。一個多月之前，二〇二一年元旦之夜，一個年輕女子在新年的第一個黑夜的召喚下，越過圍欄，墜落斷魂崖。警方發現屍身上的駕照和護照上名字是莎莉・蓋普（Sally Gapp），移民局查覆她的澳洲駕照護照全是偽造的。悉尼法醫發現她是年齡在二十四到三十二歲之間的亞裔，腹部有一剖腹產手術疤痕，肚臍處有一玫瑰刺青，DNA資料庫搜尋沒有結果。警方找到了她棲居的酒店，認定她曾長期在墨爾本居留，根據她的體貌特徵以及中國製造的內衣，懷疑她是持中國護照入境的華裔女畫家黃小銀，二〇一九年在墨爾本失蹤，但這些目前沒法證實。

史蒂文最後一次見小銀是在一年多以前，那時沒有疫情，沒有口罩，沒有封城，沒有疫苗，沒有人和人之間的敵視和冷漠，他對著莎莉的駕照照片和那張玫瑰刺青的照片，一字一頓地說：「黃、小、銀。」

警官說：「肯定嗎？」

史蒂文點頭：「肯定是她。」

警官說：「他的丈夫在哪裡？」

史蒂文說：「這是我要問警方的問題。為什麼不搜查一下春耕園？」

勞森搖著頭說：「那是私人物業，不是犯罪現場。」由於定性為自殺，悉尼警方沒有立案。

史蒂文不相信她自殺。這是支撐他不倒下的冷靜力量。小銀雖然外表冷峻，但內心不很堅強，她的麻煩解決了，找到了有權有勢的藝術贊助人，何至於走上絕路？她一定是嚇傻了，那麼高、那麼直的懸崖，崖下除了一小片嶙峋巨岩以外，就是一望無際的南太平洋，幽暗的洋底不會嫌多一具屍體。跌下懸崖的一剎那想到了什麼？她有恐高症，一定是閉著眼睛。是不是想到過他？她的耳朵眼裡全是飛機急速迫降般的風聲。這些念頭迅速滾過史蒂文的腦際，只能使他更堅定：她沒有理由自殺。

勞森說：「如果照你說的，春耕園被盜案真的跟她有關，我相信悉尼跳崖就有點可疑了。月黑風高，臥槽，自己跳下去跟被人扔下去都是幾秒鐘的事情。但話雖這麼說，要堅持查下去不太可能。警方要的不是你說、我說、他說，我們要證據說話。」

史蒂文坐在那裡，身體從溫暖到冰冷，勞森的話猶如一疊紙錢焚燒後的灰燼，從史蒂文耳邊絲絲縷縷飄過去。面對大海的那種無力感重新浮現上來，史蒂文只有釋放蒼白的笑容，笑至少是一種抵抗虛無世界的武器。死亡是沒有了她在的夜晚，超越了道德評判和情感糾纏。死亡也是歡喜的實體，一勞永逸解構了悲觀和固執。所以，勞森冷酷地說：「如果對世界的看法過於固執、過於悲觀，死亡倒是重塑喜樂的好方式。」

黃信封裡除了這些，另有兩個男人的照片，正面和側面，一個斯拉夫長相，另一個中東人樣貌，背面標著姓名和體貌特徵。史蒂文說：「警方找對人了。」勞森說：「這兩個人不是等閒之輩，本城黑社會大佬蜘蛛人的馬仔。要是春耕園案出自他們之手，這就絕不是什麼簡單的入室撬竊案。瞭解蜘蛛人嗎？」

史蒂文搖搖頭。勞森說：「算了，這座城的黑暗之心，不瞭解的好。」

史蒂文說：「後面有什麼陰謀嗎？」

勞森警官嘴角浮起輕蔑的笑：「臥槽，這兩年咱們聽到的陰謀論還不夠多嗎？」

「你相信陰謀論嗎？」史蒂文又問。

勞森既不驚訝，也不生氣，把指關節扳得「咔吧」響：「為什麼不？誰的世界裡沒有陰謀？你看，兩百份疫苗豁免令，警方高層包括警察廳長在內，法官、議員們都不用打針，但我們這些基層警務人員被強制打針，不打就砸飯碗。疫苗那麼好的東西，那些大人物為什麼自己不要卻逼著別人打呢？如果疫苗管用的話，咱們還戴這個老什子口罩幹什麼？」

海風聽懂了，將他擱在桌上的口罩捲上半空，掉落在路中央，被汽車輪胎像壓海鷗那樣碾壓了好幾遍。史蒂文隨著勞森警官站起身之後，看見隔壁巴斯餐館那個標誌性的裸女騎魚浮雕都已經被陽光烤得褪了色，招牌上的字母T搖搖欲墜。

疫情持續延燒，墨城封鎖、解封，解封、封鎖，謠言鋪天蓋地，史蒂文和許多朋友莫名其妙決裂了，其中之一就是林牧師。抗疫、防疫在澳大利亞，反反覆覆三帖藥：口罩、封城、疫苗。循環往復，看起來有始無終。強制疫苗推行，用盡各種手段讓你打，先是利誘：給錢，送大麻，送嫖娼優惠券，抽獎送房子；再來威逼：今天威脅你沒工作，明天要你不能下館子，後天叫你不能健身，不能上學、進圖書館、看電影，照這意思下一步就是不打不食，不打不婚，不打你就拖抗疫後腿。

安德魯州長出面講話，親自挑撥家庭關係，號召百姓展開各種大義滅親，手段不一而足，讓不打的惶惶不可終日，打針的和不打針的互掐。莫里森總理忘不了提醒澳洲百姓：你永遠擁有選擇權。另有一夥志願者（尤其是教會）架著道德機關槍，站在制高點上，支持強制，力挺疫苗經濟，今天不打針就自費看病，明天ICU按照打不打針分配醫療資源，後天疫情暴漲全賴不打針的人。林牧師是教會裡堅定的疫苗支持者，史蒂文和林牧師十來年的友情抵不上這些日子的撕裂，自從家庭團契停止以後，沒有來往，連電話也沒有。

那樁不可思議的事，發生在這天半夜：史蒂文又收到了布萊頓鱷魚的郵件。如同上一封郵件，裡面什麼也沒有，除了一個位址。想到上一封郵件把他帶到科曼律師家，這一封該是把他帶到馬勒的藏身之所。但小銀死了，馬勒是不是害死她的人？史蒂文懷著滿腹猜疑，按地址找去博士山的瓢蟲麵包房。

店老闆列昂是一個平頭中年華裔，口罩上露出半張臉，皮膚像樹皮一般黝黑、粗糙，他聽史蒂文自報家門，馬上帶他上後院，一輛白色豐田麵包車在那裡等著，旁邊堆著小山似的麵包罐頭速食麵，他默默幫史蒂文裝完車，保持一點五米社交距離，拍拍手說再見，意思是讓他獨自開車去送貨。

史蒂文有點急了：「現在是封城，我從家過來博士山，都已經犯法了。」

列昂又拍拍大手，掏出手機，撥通了，遞給他。林牧師在手機裡的聲音很不一樣，上氣不接下氣，充滿了疲勞，他斷斷續續說過去一年多裡面，每個週末下午，他都會來瓢蟲麵包坊收集賣剩的麵包，每週一次送往巴拉睿農場餵養小動物，哪怕封城也不間斷。莫以善小而不為，他請史蒂文做一次慈善義工。

「牧師，您怎麼認識布萊頓鱷魚？」

「不要問了，照我說的去做。去一趟巴拉睿農場，緊急情況下，我想到的只有你。上帝保守你一路平安。」

史蒂文說：「政府只允許五個理由出門，限制在五公里之內。去巴拉睿那麼遠，要兩個多小時車程，碰上警察怎麼辦？」

牧師說：「不用慌，上帝給了我們一條小道，胡志明小道。碰不上警察。」

不由分說，林牧師掛了機。列昂交給史蒂文一份路線圖和一盒口罩。他告訴史蒂文是林牧師獨自一個人在世界最長的封城日子裡，每週來裝一車食物，穿梭在胡志明小道，不管有沒有封城，像日常送貨一樣，運到巴拉睿農場去餵養小動物，留下足夠一週的補給；但這週他去不了，牧師中招了，感染了新冠肺炎，在家隔離修養。

史蒂文不再多說，把車倒出麵包房後門，列昂想起什麼追上來，問他什麼時候去接種疫苗。

史蒂文從車窗招手說：「兩針已打，完全接種。」

列昂在口罩下面笑了，笑得真開心，像個考試得了滿分的小孩子。史蒂文長舒一口氣。靠著兩針疫苗上身，多少彌補了和身邊許多人（包括林牧師）兩年來的疏離感。

說白了，胡志明小道並不神祕。按著路線圖，由墨爾本往巴拉睿，除了寬闊的西部高速公路之外，另有一條老墨爾本路，盤繞在鄉間，車速開不快，多為當地居民使用，很少有過路車。大鵝們「嘎嘎」叫著，張開翅膀跳躍著，搶在小鹿前面，包圍了史蒂文的麵包車。鹿鳴呦呦原來是走鋼絲般細的奇怪聲音。之前史蒂文並不確定巴拉睿農場裡的住客是什麼，完全料不到大鵝、小鹿簇擁著車開進農場時那種歡喜雀躍，動物們等待這輛白色豐田好久好久了。

巴拉睿農場在小溪邊，二十來英畝的草場，入口很隱蔽，車道停放著一輛福特皮卡，一邊是普普通通的農舍木屋。農舍門口豎著兩個用白布覆蓋的大畫架，暴露在陽光直曬下。史蒂文挑開白布，露出一幅完成品油畫，用步幅丈量，接近三米長，高度達到二米。一個沒有面孔的女人臥在公寓內的木床上，對著陽臺外面碼頭的黑浪，一條體長十米的大鱷魚半身趴在房門口，尾巴纏住了陽臺的鑄鐵雕花欄杆，鎧甲似的鱗片猶如碼頭的黑浪起伏。似曾相識的感覺維持了幾秒鐘，從沒見過這幅畫，但他聽到過，小銀曾在科曼律師家門外親口給史蒂文描述過，細節跟畫面內容十分類似。右下角的簽名是一個花體英文字母M。在風吹日曬的作用下，畫面初步開裂，色彩失真。畫面中木床和地板上都有些奇怪的紅斑，湊近細看，是濺上去的農場紅泥巴。

史蒂文撕開包裝袋，掰碎麵包，讓動物們自得其樂，將其他食物卸在門口。農舍門虛掩著，他推門而入，穿過走廊，客廳內擺放著簡陋的家具，前窗架著一臺天文望遠鏡。史蒂文頗費了一番功夫，把大油畫從室外搬進了客廳，像一道山樑擋住了日光，客廳裡霎時間變成了黃昏。等到眼睛適應了缺少光的小空間，他發現他的朋友披著沾滿顏料的白大褂，坐在客廳最遠端的高腳凳上。

史蒂文說：「哈囉，布萊頓鱷魚。」

馬勒在口罩背後笑了笑，半張臉上的眼角擠出許多皺紋，衰老憔悴，像是毒癮深陷：「這裡只有鵝和鹿。」

他的聲音啞了，如果在電話裡，肯定辨認不出：「小弟閒居快兩年了，養鵝應知世間惡，飼鹿方信慈善路。」

他突然乾咳起來，從窗臺上取杯子，喝完水，迅速戴好口罩，眼光凝聚在鱷魚油畫上：「老兄，你這回又遲到了，過得好嗎？」

史蒂文用力地搖頭。

馬勒說：「口罩，封城，疫苗，想不到袋鼠國這麼快變成了一個大監獄。記得幾年前在布萊頓海灘喝咖啡時說過的話麼？這是一個狹窄的世界，從前圍繞著貪婪轉，現在圍繞著恐懼轉。」

他頓了一頓，抬頭看著朋友問：「你怕嗎？」

怕違反封城令被警擦抓？還是怕感染新冠病毒？怕被林牧師支使著給一個跟小銀之死有牽連的造假者送糧草？史蒂文無法回答這個問題。世上一些問題有答案，卻無法回答。他轉移話題問起樂樂，跟隨馬勒的目光看向他身後的那扇窗，從那個角落可以毫無遮攔地一覽農場全景，樂樂從遠處的小溪奔奔跳跳跑回來，手裡揮舞一根按樹杈，驅趕幾頭梅花鹿，卻遭到了幾隻大鵝的圍攻。小樂樂長大了，黑了，健壯了，表情淡淡的，大口喘著氣，衣服上沾著水跡，腳步機敏穩健。

史蒂文說：「越來越像他媽媽。」

馬勒默不作聲，慢慢從高腳凳上滑落下來。

史蒂文把斷魂崖小銀之死這麼說給他聽，周邊一下子萬籟俱寂，好像每一樣屋內的事物都跟他一樣忍著痛。一陣大風席捲過農場的平原，風聲由小而大，嗚咽聲帶動了屋內的馬勒，他的喉嚨裡發出瘆人的野獸叫喚，經過了三層無紡布的過濾，剩下傷害了太多、也被傷害了太多才能發出的嘶聲。

史蒂文走前幾步，卻被他阻止。不知過了多久，馬勒停止了哽咽，目光灼灼，眼眶血紅，再三示意史蒂文待在原地。隨後，平靜地說：「要是幾年來把全部思想專注在一件事情上，就會喪失獨立思考和判斷力，看不到惡，也看不出假。一個人不管如何聰敏，一旦陷入了某種群體性幻覺裡面，像被催眠那樣，結果只能是自我毀滅。」

馬勒在抽象概括一個女人的命運，這一刻，他像是上帝，不再像是顛三倒四心理扭曲的病人。

自始至終，馬勒沒有感謝他送糧草來。失蹤時間是不是一直待在這個農場裡始終是一個謎。史蒂文談起最後一次相聚布萊頓海灘的咖啡時光，馬勒咳嗽著說這裡沒有好咖啡，他也不在乎，成天喝消毒味的自來水挺好；現在看上去光景淒慘，失去了豪宅、寶馬X5、家傳百寶箱，那些畢竟都不是他的，但他獨獨在意失去了小銀。

史蒂文想要搞清楚小銀之死：「外面傳言小銀愛上了科曼律師，跟你離婚，你將他趕出了春耕園。小銀被科曼夫人趕出律師家，出走悉尼。疫情開始後，她因長期封鎖患了重度抑鬱，攀上斷魂崖自盡。是不是這樣？」

「小銀是一個壞女人，老兄是想說這個意思嗎？」

史蒂文覺得對方這麼說是裝傻，他不能再克制住胸膛裡對偽善的怒火說：「不管怎樣解釋，她的死亡你終歸難辭其咎。」

馬勒不置可否：「男人不壞，女人不愛。反之亦然。」

但他眯著眼睛的樣子，好像他知道是史蒂文建議小銀選擇了科曼律師，更知道他的朋友和他心愛女人的一夜情。要不是史蒂文臉皮厚，他還能看出史蒂文的臉紅。下一刻，他又恢復了布萊頓海灘時期那種哲學家占據道德制高點的腔調，忽然笑了：「史兄是我的朋友，在這裡唯一的朋友，不像別人那樣嫉妒心重。你對我是實心實意。我承認難辭其咎，我造假畫、賣假畫，但那是張大千式的，一個願打一個願挨。梵谷也模仿過印象派畫家，假冒不偽劣，假畫不可恥，只不過現在梵谷的高光令後人不敢直視大師的抄襲。（馬勒不停地咳嗽，講述時斷時續）壞女人身上有一種毀滅性的吸引力。小銀是像冰一樣冷的女人，我承認她對我有一種毀滅性的吸引力。記得我們當年在一起討論過《西雅圖夜未眠》，莎莉和哈利他們滾了床單，走向讓所有人稱之為圓滿其實庸俗的婚姻。我發現小銀的時候，認定她是我畢生在找的那個人，我也像《西雅圖未眠夜》那樣認定男女之間沒有純友誼，但我和小銀關係的發展超越了世俗婚姻，我們之間的男女關係，不是愛情（荷爾蒙化學反應維持不了三個月），非常微妙，非常危險，卻是百分百的純度愛情，一種救贖與被救贖的關係。不過，我終究沒能拯救她，我連自己也救不了。」

史蒂文問：「那麼說，你的百寶箱裡真的全是贗品？」

馬勒乾咳起來，翻了翻白眼：「誰愛說就說去吧。」

我們的世界生了病，還是我們自己也身染頑症？史蒂文心內叫喊，一屁股坐在地毯上，不知該不該相信誰。

馬勒把目光重新匯聚到客廳裡的巨幅油畫上：「喜歡這幅畫嗎？」

史蒂文說：「你的作品？」

馬勒說：「我只是後期加工，小銀完成了構思和初稿。這將是一幅我和她共同完成的偉大作品，可惜，還是不會署上作者的名字。但這又有什麼關係呢？這幅畫表達的是我們的存在跟這座城的相親相愛、相憐相恨的關係。那些大收藏家擔心買到假畫，擔心假畫會傷害藝術，卻從不懷疑從小學到的知識、看到的新聞都是假的。這裡是種種貪婪、虛榮、苟且和偽善所構成的鱷魚之城，不能夠永久存在的城，不得不欺騙自己，逃避失敗。別以為這裡沒有信仰，這裡信仰偉大而唯一的趨利避害法則，人人都在鱷魚口裡尋找幸福，但人人都是鱷魚。」

史蒂文沒聽明白，來不及聽明白，想出去給樂樂一些巧克力之類禮物，但又被馬勒阻止了。堅決不許靠近，讓史蒂文把禮物一一放在客廳桌上。現在，即使再遲鈍，史蒂文也馬上意識到馬勒真的是一個病人，他感染了新冠。難怪他乖乖隔離在這個農場。牧師每週給他送糧草，然後牧師也感染了。

馬勒打了個噴嚏，掏出紙巾擤鼻涕，眯起眼睛說：「輕症，大號流感。多喝水，多睡覺，少思考，不發燒，不頭疼，不盜汗，除了嗓子乾燥，有些癢癢，老要咳嗽，基本上痊癒了。」

史蒂文望向窗外：「樂樂？」

馬勒說：「不知道，孩子好像沒事。」

史蒂文說：「得去檢查。」

「不行。」

「孩子得立即送醫院。」史蒂文邊說邊站起身，朝屋外走去。

馬勒大喊：「你是我唯一的朋友。」但史蒂文沒有停留，馬勒的動作因此遲疑了一會兒，他跳起來，用力過猛，被油畫阻擋了一下，撲通摔倒了；他馬上爬起來，把油畫架子一股腦推到一邊，繼續追史蒂文；他的手裡不知何時多出了一把大餐刀，銀光閃閃；但他顯然虛弱了許多，史蒂文跑得快得多；馬勒揚手瘋狂地一擲，餐刀瞬忽追上了，擊碎了左側後視鏡。史蒂文拉開車門，跳進豐田車，引擎抽搐狂吼，駛出農場，聽見馬勒在後面暴跳如雷：「滾！滾！」

在倖存的右側後視鏡裡，霞光染紅了農場用作圍牆的一長排松樹。馬勒沒有開皮卡追上來，相反，像一個好父親那樣掉頭攆著樂樂；兒子甩開他，沿著溪流的方向衝上去，追一群快樂奔跑的小鹿。馬勒在後面拉開嗓門，中氣不足，風把話音變成了野獸的嘶吼。

史蒂文將麵包車停在路邊，扯下口罩，顧不上滿身冷汗淋漓，撥打新冠求助熱線，占線；撥打三個零，告訴接線員有兩個感染者在巴拉睿的農場裡，成年感染者吸毒，有暴力傾向，另一個是四五歲的小孩。

不到一小時，巴拉睿聖約翰醫院的救護車和一輛藍白色方格警車跟隨史蒂文的車駛入農場，警笛聲驚跑了大鵝、小鹿。農舍裡面空無一人，馬勒和樂樂都不見了，福特皮卡也不見了。史蒂文和三名警察穿上防護服隔離衣，帶著醫務人員，轉遍了臥室、衛生間、洗衣房、廁所、儲物間，只找到一些日用品、衣物，主臥室內堆滿了繪畫顏料、工具以外，沒有武器，沒有毒品，沒有吸毒針具，什麼也沒發現。警察放出一條緝毒犬，嗅來嗅去，只在車道上找到了一把大餐刀和一堆碎玻璃渣。

那幅油畫不見了。

春天來了，遇上再次解封，墨城變成了一座空城。

席德和琳達來不及籌畫，立即駕車出城，像飛車黨那樣在鄉村路上飆車，揚起滾滾煙塵。他們太興奮了，沒法坐下來，與人分享喜悅，需要速度和激情，正如席德的藝術主張：藝術來源於性欲的衝擊力。他的一幅肖像畫傑作入選阿奇博多大獎一百週年巡迴展，他的聲名達到了高峰。縱然不是直接贏得阿奇博多大獎，但卻是一位華裔畫家持之以恆，經過四十年的奮鬥，在異域他鄉所能得到的最高榮譽。

他們在大盜奈德・凱利搶過銀行的比奇沃斯小鎮吃過烤小牛肉、甜餡餅和乳酪，入住一家臨河民宿。路過叢林間的比奇沃斯好多次，從未覺得這裡的夜晚有如此迷人的氣息。等不及看完三十分鐘的一部藝術片，等不及打開第二瓶紅酒，他們立即滾了床單。席德從未覺得七十六歲可以是如此美好的青春時光，琳達可以是如此嬌羞的青澀少女。他像是一個孤獨的長跑者，一個人跑出了地球勢力範圍，從空中回望，這個藍色星球被包裹在無數病毒形成的大泡泡裡，他暈暈乎乎得到了天啟：這是又一次寒武紀生命大爆發事件，人類註定已經無法擺脫新冠病毒。事畢，席德喝完了大半瓶紅酒，洗了一個暢快的熱水澡。在沖涼時，感覺到了胸痛，他捂著胸口，一步一步走出浴室，攥著塊浴巾，倒在浴室門口，口吐白沫，手腳抽搐。等到琳達發現，叫救護車送醫院，席德已經沒有生命體徵。小鎮醫生們為猝死發生了爭論，有人診斷為心肌梗塞，有人認為是疫苗副作用致死。琳達抽泣著，告訴他們藝術家的死亡都是謎團。

葬禮在小鎮上的教堂舉行。民宿老闆用自家房前屋後的鮮花編織了巨大的花圈，繞著席德的遺像。席德的一兒一女、議員們、金融家、收藏家、畫廊經理人、策展人、畫家們、出版商絡繹不絕，都來到了小鎮。

藍石小教堂不再是一個寂寞的孤島，雖是疫情限制人數，仍然爆出了百年未遇的盛況。教堂外窄窄的街道被鄉鄰們自發組隊，封住來往車輛。數百人戴著口罩，史蒂文和尼爾也在其中，他們靜靜地站在細雨裡，風是陰的，樹是陽的，傘是人間五色，春是跨越憂傷，街邊古老的鄉村酒店默默接受了眾多陌生人的打擾，共同守候著睡著小鎮貴賓的棺柩。

殯葬的隊伍不是普通車隊，尾隨靈車的是一長溜哈雷機車，約有五六十輛，轟隆隆咆哮著，組成方隊，騎手整齊劃一的黑色皮衣皮褲。機車的馬達聲如同哀樂，震徹山谷。

這是二〇二一年，比奇沃斯的春天，誰也沒想到席德的藝術生涯埋葬在這裡，如此偶然，如此慎重。

琳達說：「你這個調皮鬼，一百年都不來我們畫廊了。」

史蒂文沒答話。

她歎了一口氣說：「大作家總是遲到。看，見席老師最後一面都太晚了。昨晚上我做夢，席老師在夢裡還問你的近況。」

史蒂文說：「寫作太忙。」

「唉，」琳達說，「聽說你去過巴拉睿農場？」

史蒂文愣了一下才說：「我見到馬勒了。你的消息很靈通。」

琳達說：「席老師走的那夜好像有預感似的，喝酒時候，一直在談山東農村的童年。他說家鄉不是家鄉了，士大夫和鄉紳階層都被連根鏟除了，中國農村的文化根脈都斷絕了。他很傷感，現在所見都是後人演戲，永遠都回不去了。他還談到了你的朋友馬勒，那種不食人間煙火也是一種演戲，費盡心機，美輪美奐，歸根結底，假的。席老師走之前，心底是極悲哀的，藝術家為了逃避生活的痛苦，把痛苦的生活演成了假戲真做。」

史蒂文一聲不吭。他本不準備在此時見琳達，尼爾說她找他。她看上去不那麼悲哀，他馬上想通了，這不是席德想要的結局，但這是琳達所想要的，她的心願就是讓心上人在藝術巔峰閃亮謝幕，把最美好的形象留給世人，哪怕那只是一種假象。墓地就在教堂後面遼闊的山坡上，這是琳達想要的春天。遍坡遍野開滿了粉色、白色、藍色、紫色的小野花，無法偷走的春天；鋪天蓋地、茂盛而真確的春天，孕育生機、燦爛而昂貴的春天。她有理由在每個春天裡帶著她的貓，回到這裡來畫畫、遊戲、冥想，跟席老師談天說地。

她微笑，打斷他的遊思：「巴拉睿農場的主人是科曼家族。科曼是我們的老朋友、老主顧、大收藏家，但他也不好相處，他同城裡政要、金融大鱷來往密切，跟本地黑手黨也有極深的瓜葛。」

科曼夫婦沒有出席葬禮，史蒂文緊張起來：「這裡有黑手黨嗎？」

琳達看著史蒂文，臉湊得很近，他頭一次發現了這個中年女人的祕密，她被口罩遮住的半張臉沒有半老徐娘慣有的雀斑，高傲和親切配合得天衣無縫，說話、行事讓人覺得她可以無所不能。她壓低聲音說：「看那個人腳上的骷髏頭蜘蛛，他是墨城黑手黨的黨魁，也是科曼的哥們。」

主路上哈雷機車方陣為首的那人早就給史蒂文留下很深的印象，他看人的藍色眼珠莫測高深，絡腮鬍，下巴方正，光著雙腳，腳踝上方的腿毛裡藏著一隻長著骷髏頭身體的大蜘蛛刺青，圍繞著一些看不懂的字母。

史蒂文一把扯下口罩，深呼吸。琳達遞上煙盒，但他拒絕了。她點燃一支煙，仰望頭頂像她的臉一樣白皙光潔的小鎮天空。她說：「席老師很器重黃小銀，他不認為她的事算什麼大事，為此我和席德還吵過架。可是，黃小銀的野心不只是在藝術上，她趁我出差之際，請席老師喝酒，你知道席老師不會喝酒的。她以為跟席老師發生了那種事，就可以敲開本城藝術宮殿的大門。她以為我會小肚雞腸瞎鬧騰，逼席老師離開。但性關係不等於保險單。真可惜，她看錯了一點，席老師和我與其說是夫妻，不如說是夥伴。夫妻之間不能容忍的事，夥伴之間就是家常便飯。席老師年輕的時候，也是一風流爺們，多少姑娘排隊睡他。吃虧的從來不是大老爺們。用這種手段討好席老師，只能是自輕自賤，席老師從此對她避而遠之。不過，我也小看了黃小銀，她趕走了馬勒，住進了科曼的家，把那裡鬧得雞犬不寧。科曼要跟老婆離婚，還把她送到悉尼金屋藏嬌。科曼夫婦是我們多年的好友，席老師和我都覺著事情鬧到這種地步，難免心裡有愧，畢竟黃小銀是聯會的人，也是畫廊推出的重點女畫家，在關鍵時刻，席德畫廊還得有勇氣站出來撥亂反正。」

史蒂文背脊發涼：「所以你們請蜘蛛人出面去悉尼找小銀？」

琳達白了史蒂文一眼：「說什麼呀！違法犯罪的事誰會幹？」

史蒂文等著她解釋，但琳達就是琳達，她只說了一句話：「蜘蛛人是一個真正的行為藝術家。」

他開始害怕她此時此刻的無辜表情，她一點也不像一個與癌共存至今的女人。

又封城了。記不清強制封鎖了多少次。

等到再次解封，史蒂文早已習慣了自我禁足在家。每天無聊時看著網路新聞，越來越感覺到二〇一九年才是最好的年份，接下來的日子只能用「亂世」來形容。偶爾上席德畫廊看新聞推送，有兩則引起了注意：一是阿奇博多大獎得主魯迪・凱夫病逝於拜倫灣家中，死因是新冠肺炎，年僅五十三歲，文中透露他是接種第二劑疫苗不到一個月猝死；二是澳洲佳士得拍賣行售出了一幅已故澳洲藝術家湯瑪斯・麥卡洛（Thomas McCullough，一九二〇—一九九二）的遺作《鱷魚之城》，在市場低迷時期，破紀錄拍出了超過六百萬澳元的天價。

點開那幅畫，放大，放大，再放大，畫的每一個細部都讓他聞到了巴拉睿農場鹿糞的氣味，他認出了小銀用筆的特徵，拍賣的委託方是匿名。一個沒有面孔的女人支起胳膊，側臥在公寓的一張木床上，對著陽臺外面碼頭的黑浪，一條體長十米的大鱷魚半身趴在房門口，尾巴纏住了陽臺的鑄鐵欄杆，鎧甲似的鱗片猶如港口的黑浪起伏。右下角的簽名是一個花體英文字母M。畫面呈現出類似鹿園裡的風吹日曬般的老化，變色的顏料明顯做舊，他可以猜到顏料和畫布一定是六〇年代的老貨。在木床和地板上找到了幾處不明顯的紅斑，樂樂留下的歡樂印記，巴拉睿農場的富含鐵質的紅泥巴。這無疑就是史蒂文在農場搬動過的那幅畫，作者不是多年年前去世的大畫家麥卡洛，而是造假者小銀和馬勒。如果小銀還在世，一定會樂得像兔子那樣直蹦。馬勒呢，他則會說：「老兄，這次你又遲到了。」

吃晚飯的時候，史蒂文問妻怎麼沒出去和閨蜜們吃飯，她沮喪地訴說閨蜜中有一人沒有打疫苗，被禁止進入餐館。少一人，大家也就沒心思聚會吃飯了。

史蒂文說：「豈有此理。禁止了正常社交，長此以往，容易患抑鬱症。」

妻也隨之生氣起來：「加強針來了。據說總理很快要再次修改接種定義，三針才算完全接種。不打加強針，我們統統都不能下館子、去健身房、游泳館、圖書館。」

史蒂文說：「拿我們兩針人開玩笑？醫院裡滿是打了兩針的，難道他想要醫院住滿三針人？」

妻說：「現在只有一種犯罪，警察也只抓一種犯罪，就是不接種疫苗。這個國家瘋了。說到底，這個國家不需要治病毒的疫苗，需要的是治腦子的藥。」

妻的見識自疫情為患以來長進了不少，她竟看出了這個所謂發達國家的頑症。政治正確把一切都政治化，疫苗科學也不能例外，瘋狂的世代，用一個更大的錯誤去掩蓋一個錯誤。

他平靜地告訴妻：「今天有個新聞，一幅假畫賣了六百萬澳元。」

妻停住碗筷說：「別當著孩子們的面說這種事。」

他覺得羞愧無比，談起這種事他竟然毫無羞恥之心。

二〇二一年的聖誕很特別，史蒂文收到快遞來的聖誕禮物。拆開包裝，一本平裝英文書，扉頁上簽著勞森警官的姓名。他隨即給警官打電話，祝他和家人聖誕快樂、新年平安。勞森聽上去並不那麼高興，甚至有點悲傷，他說這本《謀殺鐵證》是給史蒂文的最好禮物。這本書記錄了一個真實的案件：二十多年前，也是月黑風高之夜，在悉尼斷魂崖也發生過一起震驚全城的年輕女子墜崖事件，當初警方也是判定自殺，但經過長達十三年的反覆調查和法律程序拉鋸，終於憑藉悉尼大學一個物理學教授的專業知識，抓住兇手的破綻，將他送進了監獄。正義雖然遲到，但永遠不缺席。

史蒂文腸子悔青了，沒有提前給警官預備聖誕禮物，一生當中唯一的大疫情聖誕值得用禮物來紀念。他激動地說：「勞森警官，您懷疑小銀是被謀殺的？」

勞森說：「這是你說的，我是說警方從線人那裡獲知本城黑手黨的人幫黃小銀偽造了Sally Gapp姓名的澳洲駕照和護照。有點interesting。」

想叫一個洋人不用某些詞根本做不到。史蒂文又問：「蜘蛛人家族？」

他說：「不能小看你了，你知道的實在太多了。」

「勞森警官，您為什麼一再地幫我，叫我如何感謝？」

「幫你？哪裡的話。兄弟，我是盡一個警察的本職罷了。說錯了，前警察的良心。我已經不是警察了。你知不知道這個耶誕節對我個人的意義？不僅僅是指前所未有的大疫情，我和四位同事接到了一個『好心』的澳大利亞公民的舉報，開著兩輛警車，去市區一個花園咖啡館，我們五個身強力壯的警察逮捕了一個手無寸鐵的喝咖啡老太太，只因為她不能出示她的疫苗接種證明。她不斷尖叫，不斷反抗，手臂全是淤青。我很羞愧，作為警官，不能阻止這種事發生。我沒有資格逮捕她，因為我本人既不接受疫苗強制令，也不願對街頭民眾執法，難以相信這種事發生在澳大利亞，發生在我身邊。這個聖誕實在很特別，聖誕老人給我的禮物是退休。」

「疫苗不是什麼大事，去打兩針不就可以不退休了？」史蒂文說。

「太陽底下，並無新事。正義常常遲到，這是我年輕時候所相信的。但現在我不信了，遲到的正義不是正義，補償罷了。」勞森說，「所以，是時候退休了。是時候去尋求太陽之上了。你還年輕，不瞭解這些事的後遺症有多嚴重。要知道，等到全球大疫情結束，最糟糕的才剛剛開始。」

在世界上最漫長的封城結束之後，安德魯州長上電視向公眾承諾說不再封城，態度客氣了不少，但還是露了些口風，很可能隨時要修改完全接種的定義，兩針可以改成三針，並要對十二歲以下的孩子開打疫苗。妻說她不信那個戴眼鏡的死胖子的信口胡編。政客就是病毒。過去兩年來她受夠了。

史蒂文也受夠了，他始終不明白對孩子們大規模接種會有什麼益處。他說還有媒體、華爾街和科技巨頭，都是游進城裡的大鱷。

好在這篇小說終於快殺青了。晚上，孩子們回房睡下。史蒂文獨自坐在廚房裡，對著筆記型電腦，沒有寫作，沒有開燈，沒有電話，沒有月亮，夜色像黑色的波浪環繞著他，他感受到黑暗的密度和重量，以及洗碗機低沉的轉動。妻走進來，叫了他一聲，摸到了開關，燈光刺痛了他的眼睛。他閉上眼說：「你不是要聽我的新小說麼？」

妻有點意外，她理了理頭髮，端坐在他身邊。

他睜開眼講這個八零後小女孩的故事。她出生在江西農村，生來最大的本領是幻想。她幻想出生在大上海泥城橋，她幻想爺爺奶奶來自江南書香門第，幻想出一個當畫家的慈父，是劉海粟大師的弟子。但在現實世界裡，她父親既不讀書，也不畫畫，更與詩詞無緣，一個脾氣暴躁、一事無成的酒鬼，去江西插隊落戶，娶了當地的農家女為妻子；夫妻倆費盡周折回滬，一無房子，二無鈔票，三無工作，一家三口借住在親戚家的雜物間，七個平方米，斜屋頂，一頭人還站不直。父親去商場做保安，母親給人做保姆，根本沒能力在大上海買房子。大冬天，親戚不讓小女孩進家門，她坐在大門外，她也不哭，為了驅散冬天的迷霧，她拿出紙筆來畫太陽。一畫一整天，畫太陽底下的事物，小手生滿凍瘡。直等到太陽落下，父母下班回來。這樣的日子一再重複，直到她的畫在學校裡獲獎，在區裡獲獎，在市裡獲獎，甚至贏得了聯合國教科文組織的國際少兒藝術大賽冠軍。區政府瞭解到她家的困難，特別分配給她家一套新房，安排她父母去學校做後勤。一些不認識的大哥哥、大姐姐義務來幫她補習數學、英語，她的學業開始反轉、上升。她考入美術學院，認識了陳丹青、冷軍等著名畫家，她的畫進入了專業畫廊。她憑著畫畫的機緣，遇到了一個外星人氣質的海外藝術家，他狂熱地愛上了她。

妻說知道他說的是誰。他說人生是編不了的，它的真實在於，它是那座城千千萬萬個真實故事中的一個。

妻又問：「後面呢？」他說：「後面發生的事我們都經歷了。兩人結了婚，有了孩子，移民去南半球的一座大城，藝術家把那裡稱為『鱷魚之城』，把她帶入一個美麗新世界。她幻想丈夫能助她一鳴驚人，名利雙收。藝術家沒有令她失望，四處奔走，為她的藝術之路鋪上紅地毯，用名利來滿足她，用孩子來捆綁她，用愛情來救贖她，她越陷越深。她發現丈夫的家傳百寶箱裡也是假畫，藝術家也是一位造假藝術的江湖高手，假能作真，黑可變白。她喜歡鱷魚之城，喜歡白天夢遊，直到有一天她在假畫上署上真名遭到了抵制。藝術家向當地收藏家銷售假畫，得罪了有權有勢的律師大鱷，他失去了家傳百寶箱，因此也失去了她，藝術家沒想到他幻想出來的鱷魚不只是些藝術幻象，大鱷是真實地存在，純愛情的拯救淪為偽善的套路，鱷魚之城生生吞吃了那個愛幻想的小女孩。」

妻沉默了片刻說：「就這麼結束了？」

史蒂文說：「小說是有結局的，但生活沒有。比如，瘋狂的疫情意識形態幾時會結束？」

妻突然說：「奇怪。你故意把她寫好了，是不是？」

「是的。」史蒂文作為角色介入了自己的小說，從一開始就持有偏見。但他不願承認。

燈光變深、變暗、變慢下來的時候，史蒂文發現自己躲不開了，那個旗袍女子站在廚房門口，在妻身後的影子裡，光照不到的地方。她一直在聽他講，像是在聽一個事不關己的故事。織錦緞旗袍，蘭花圖飾，琵琶襟，她保持冷冷的表情，不喜也不怨，不悲也不嗔，活著就是幻想。她不斷捋著髮絲，長髮越來越散亂。

妻不關心政治，不關心戰爭，不關心藝術，不關心孩子以外的事物。她用雙手托著下巴頦，點出了生活的核心，也是小說所缺失的：爸爸和孩子去哪裡了？

馬勒帶著孩子再次消失在封城中。封城如同冰封住一段沒有疫情的歲月，馬勒夏威夷花襯衫上的紫色蕨類，瀝青路面上蜈蚣形狀的修補裂縫，席德心安理得的孤傲。史蒂文彷彿每天依然能在微信朋友圈看見他吟詩賞花，行經某座城，上海、香港、北京、臺北、西雅圖、紐約、三藩市、溫哥華、迪拜、倫敦、巴黎、羅馬、巴賽隆納、布拉格，到處都有他癡迷的藝術。但這一切都只存於小說中。在現實裡面，他的微信、臉書、推特等等社交媒體都沒再更新。後互聯網時代無疑是另一座鱷魚之城，沒有更新，形同死亡。

妻背後的女子像是在等人，但人永遠不會來。她似乎是站在伸入海中央的棧橋盡頭，南太平洋在這裡展示的只是一片狹小的海灣，風平浪靜，不是人生該有的樣子，不足以安身立命，卻足以證實活著就是冒險。

史蒂文無法把這種感受記錄下來，除非在他寫的小說裡；他依然不理解她，除非在他寫的小說裡。他意識到自己的執念之深。藝術不再是像馬勒那樣天空海闊、漫無目的，也不是席德所溯源自原始性欲的衝擊力。藝術可以是一種謙卑而微小的感動，可以是事物的特定時刻在他心裡呈現出一絲絲將來的模樣。他想等她開口告訴他，但她始終沒有聲音。

妻忽略了史蒂文的異樣，她繼續說：「牧師特意來電為我們的彼此饒恕禱告來著。今天的祈禱文出自《希伯來書》十三章，他說那都是在太陽之上的事。」

當妻一寸一寸退到門口，小銀的身姿也一寸一寸地被妻所代替。所渴望得到的、曾經得到的，都永遠失去了。史蒂文心念一動，好像誰誰誰說過類似的話，當時，他在電腦裡鍵入小說的最後一句話：「在這裡，我們本沒有永存的城，乃是在尋求那將來的城。」

二〇二二年一月十六日寫於墨爾本鷹山

二〇二二年一月二十二日改畢

卷二 鐘蜂

弟兄們，我不願意你們不知道，我屢次定意往你們那裡去，要在你們中間得些果子，如同在其餘的外邦人中一樣；只是到如今仍有阻隔。

《羅馬書》一章十三節

鐘蜂
Bell Bees

誤入春天的飛蟲

他走進我的家電維修部的那天，神情異樣，但我沒注意到。我那時在為一隻誤入春天的飛蟲煩惱，看不清飛蟲的翅膀，但振動的聲音在耳邊大得賽過直升機起落。我一隻手捂住耳朵，立起來驅趕那隻在日光燈底下盤旋的蒼蠅。

那時，我沒有把他與飛蟲聯繫起來。我只是伸著懶腰說：「老伽，你要是不嫌棄，我剛修好這一臺，你拿去用。保險不會壞。」

老伽是我的老鄉，但我們之間並不熟，他孤身一人落魄在桃縣，有事沒事常往我這裡跑。他一直打量屋子角落裡那一臺綠色雙門大冰箱，連續打了好幾個大噴嚏，用袖管擦著鼻子。

我說：「你用五年壞不了，到時你不要就送回來，拆下壓縮機，照樣賣出去。」

老伽來桃縣後，除了付手機費連吃飯都成問題，他來找我買冰箱，但他沒有錢，我把這歸結為他自小就是眼高手低。我在市區僻靜的地方開家電維修部，說是維修，其實就是賣二手家電，從廢品收購站買來各種廢舊家電修舊如新。但比起老伽，我的境況算得上是土豪，我覺得有能力幫老鄉是一種光宗耀祖的行為。他可能還臉紅了，我沒注意，反正他也沒付錢。我知道他不是有心占我便宜。

老伽是一個你看上半小時也記不住的人，他除了滿頭鋼髮以外就沒有什麼特徵。他要自己拖回去，我說不用，待會我讓人給他送去。「你住哪？」他說：「不用，不用。」拗不過去才告訴我。他說話鼻音重得像得了感冒。

「春水樓？」我提高嗓門，又問了一遍，我才發現他使勁眨著眼睛，眼睛淚汪汪的，眼底血紅。原來他對這個春天過敏，不知犯了鼻炎還是花粉症。老伽在臭名昭著的春水樓裡租了房，其實這沒什麼奇怪，你要是想在桃縣市區便利安全的地段省下些房租，最好的選擇就是春水樓，離市公安局不遠。除了錢以外，另一個理由是他不想繼續成為街坊鄰里睡得最晚的人，只有春水樓那個豔名遠揚的地方有許多比他睡得更晚的人，那兒住著妓女、皮條客和一切攀附這個古老職業為生的人，天南地北，三教九流，什麼口音、什麼來歷都有。

那隻蒼蠅累了，落在他頭上，老伽嚇得跳起來。

我找來一支蒼蠅拍，但他像看見毒蛇那樣斷然拒絕了。我拿著拍子轉圈猛打一氣，看看空空的拍子面，我僵住了動作，歪著腦袋看他，發現他髒兮兮的耳朵尖動了一下。他笑了，笑得有點兒喪：「是蜜蜂。」

我不置可否。他又問：「你聽見了嗎，鐘聲？」

我不懂。他說他常聽見些奇怪的聲音，在非常寂靜的時候。比如，現在。聽見蜜蜂說話的聲音。

老伽像昆蟲學家那樣看著我說：「蜜蜂很可憐的，牠的腦袋那麼微小，什麼也記不住。壽命那麼短，活了等於白活……」

這是感時傷懷的老伽，一個不傷害萬物的佛系怪人。

窗戶玻璃被撞得「啪啪」響，輪到我的眼睛確認了一遍，是一隻普通的蜜蜂，在抗議玻璃以透明的存在欺騙了牠。如果蜜蜂能說人話，也許會說出牠的不幸。在不幸中牠能記住些什麼呢？蜜蜂的生涯太過短暫，容納不了太多日常平凡瑣碎，也許只能選擇性記憶，記下某些最重要的時刻，最幸與最不幸的時刻，好像我最能賺錢的時刻。我有點惱，老伽一來就用亂七八糟的想法摻乎我的生意，把我一心賺錢過好日子的心情給攪亂了。

老伽又從我這裡買了電視機、微波爐和洗衣機等家電，以及一部二手手機，我記不得他付錢了沒有，也沒太在意。二手家電常有點小毛小病，我去春水樓幫他修理過好幾次，順便知道了他與傻子的事。之所以留意他的風流韻事，因為我老懷疑他把錢浪費在了女人身上。老伽早年去深圳打工，每天就跟個流水線上的零件那樣杵在生產線，站足八小時，還經常加班。下班後，他沒別的娛樂方式，就看看直播，打打農藥，每天至少花四個小時在手機上。看直播愛上了一位說話可人的直播小姐姐，淤積的鄉愁與煩惱都得到了排解。為了引起那位小姐姐的注意，讓她開心，他不停地打賞。花光了工資後，他又經人指點，在網上借了現金貸，提供身分證、手機號，三分鐘打款。感覺這錢跟天上掉下來的一樣，他不停地從幾十個APP借錢。開始他搞個帳本，記錄每個借款APP的還款日期，到後來他每月的工資連各家的利息都不夠，雪球滾不動了，惡意催款的電話就打回了他老家。他爹做夢也沒想到兒子出來打工七八年竟然欠了幾十萬的債，馬上勒令兒子回老家務農，在變賣家產還了部分欠款後，媽媽病倒了，家裡出不起住院費。

沒錢了，老伽被那位甜心直播姐姐拉黑，曾經他為她打賞過十八萬多，都成了歷史。老伽一氣之下把手機扔進了垃圾堆，在家裡躺平了大半年，從床底下找出結滿蛛網中學時代的一件寶貝。

愛情在夜空裡按古老的圖案鋪陳

若是手裡有一件失而復得的寶貝，難免會老想著找個地方用武。老伽行李箱內帶來那臺破舊的天文望遠鏡，他入住桃縣春水樓頭一天，就把它架起來。樓層過低，鏡頭從天井裡看不到天空，恰好落在樓上一些照進黑暗的窗戶。

你沒法漏掉窗簾布面上煙頭燙出的破洞，你也沒法不留意樓上傻子家的窗戶，昏黃燈光裡浮動的輕靈黑影。他不曉得傻子多大年紀，反正不管她多大，春水樓裡都管杜鵑叫傻子，她的四川口頭禪是「啥子，啥子」。杜鵑和一個她稱為老公的瘸子同居，夠傻的。他如此注意是因為他起得晚，總是被那個瘸子在天井裡大喊大叫吵醒。他拉開窗簾，看那瘸子站在下面天井的陰影裡，叉腰、瞪眼、瞎嚷嚷的勁頭把狗子都嚇跑了，男人去打牌的前奏。

老伽喜歡在鏡頭裡觀察杜鵑一個人走過門前那條石板路去上中班，一心一意埋頭趕路的專注，不施脂粉，長袖長褲，戴著抗靜電的條紋袖套，外加一條黑亮水滑的大辮子。不像春水樓的女人，杜鵑是春水樓樓裡面唯一不操皮肉生意的女人。他被她那月亮似的白臉吸引住了，他自以為她和他是同路人，同樣倔，同樣怯，無法為這個壞得無以復加的世界所包容。

杜鵑在天井裡洗洗刷刷，與人偶爾聊起在電子廠打工，也聊起打工史，去重慶，去深圳……，退守縣級市桃縣，錢越來越難賺，但桃縣生活費用低一些，賺少些也能對付。她的身材依然苗條猶如少女，眉眼依然動人如同初春的湖水。他常想「人老珠黃」這個詞用在她身上並不公平，她的皮膚泛出象牙年深日久的乳黃色，顯出古老唐詩的韻味。杜鵑看到附近站街女往往露出不屑，與她們照面會偷偷地罵「婊子」，尤其是對那些整夜去酒吧、舞廳鬼混的女人。她在樓裡面沒什麼朋友。

第一次他看到她哭的時候，狗日的瘸子把她的東西一股腦給扔了出來，鎖上家門，大搖大擺走了。她哭得特別孤單，樓裡人只是看熱鬧、說風涼話，並不想一塊兒哭。

老伽從天文望遠鏡裡看了許久，把樓上女鄰居臉上的汗毛也看得清清楚楚。天井裡扔滿了她屋裡的東西：兩隻紅塑膠桶、鐵絲彎成的衣架、五顏六色的毛巾和女人衣裳、一床薄被子、編織袋、行李箱、坤包、一根不知道做什麼用的毛竹片。瘸子不曉得去了哪裡，天黑也沒回，賭興發作起來，十天半月不回家是常事。

老伽等到天黑了，趁人不注意，下去把傻子杜鵑領回了自己屋子。剛才還哭著要殺掉狗日的瘸子的杜鵑哭累了，一點兒沒猶豫，還問他：「可以看電視嗎？」五分鐘後，她被《非誠勿擾》等選秀節目逗得擦著紅眼睛笑了。老伽放心了，她一點兒也不怕他。

他給她做了麵條，接著，在狹小屋裡繞圈子，看她有滋有味地吃麵。他問她餓不餓，立刻笑了，他喜歡說廢話。長久以來就做夢，天上掉下一個姐姐陪他去天井裡看天氣，讓他心裡的狼被冷風吹醒。他乘車來桃縣，起初在一家無紡布工廠做質檢員，三天打魚兩天曬網，丟了飯碗。不賭不嫖，窩在家也能挨一段日子。他告訴她自己不是深夜外出幹壞事，而是去郊外看星星。她嚷嚷起來，他不曉得她是說「傻子」還是「啥子」。他說這個愛好費錢，但比看直播好多了。他熱愛夜色覆蓋的地方，上面有許多戳破了的洞。少年時代就是攢錢買望遠鏡，從軍用望遠鏡攢到天文望遠鏡。他在桃縣日子就是白天蒙頭大睡，夜晚出去看星星。

他又說：「四百年前，外國有一個頂聰明的老頭愛擺弄鏡片，不知怎麼一搞，他把兩個鏡片弄在一起，看到了老遠老遠的地方，看到了月亮、月亮上面的樹、房子和人，看到天堂。」

「啥子天堂？」杜鵑「啪嗒」一聲把電視關掉了。

「天堂當然有。天堂在星星上面。」

「外國老頭是誰？」

「伽利略，他順道還瞅見木星的四顆衛星。」

「姓伽的老頭很凶嘛！」

「哦，哦，咱老鄉都管我叫老伽。」他說著就連續打噴嚏，涕泗橫流，樣子很狼狽。她給他找來紙巾擦拭，把他鼻子擦得通紅。傻子不能理解男人怎麼能得花粉症加萎縮性鼻炎，老伽也不能理解女人看幾眼電視上別人的哭笑轉眼完全忘了自己的霉運。世上有瘸子那樣短命鬼勒索女人賴以為生，世上也有傻子這樣甘心情願打工來供男人吃喝嫖賭。

他拿出自己八十毫米口徑的天文望遠鏡，她雙手抱娃娃似的掂量：「好重。」「當然重，」他說，「快二十斤呢。但這個只能玩玩，國外都是小孩子玩的。」他想要的是重兩倍的那款進口鏡，專業級別，口徑一百五十毫米，七百五十焦距。他緊張到口吃，說：「那要好幾萬塊呢。可以看到月亮上的環形山、神祕塔樓，還有地道。你知道月球是空的嗎？那下面布滿了四通八達的地道，還有高達五千米的尖塔。你想想，桃沙酒店的高度才五十米！」

他壓制著自己心裡的那隻狼，把她拉到天井裡，架起望遠鏡像高射機槍那樣朝天瞄準。她薄薄衣衫上廉價香水、髮油和天拿水混合在一起的氣味，讓他看到了天文望遠鏡裡永遠看不到的景象，一場突如其來的愛情正在夜空裡按古老的圖案鋪陳。他還沒有射擊，她就被擊中了。她倒在他懷裡，辮子纏住他的胳膊，他在她脖子上親了一口。她尖叫起來說她們騙了她。騙了她的人是樓裡女人，她們管老伽叫半夜出去打鳥的變態。外鄉人和他那火箭筒似的裝備早就惡名在外。

老伽雙眼紅腫，流著淚，得意洋洋告訴我，那晚杜鵑主動留下過夜。他在床上忽然有了比天文觀測更重大的發現，他想不到瘸子居然比他所認識的所有男人更有福氣。他摟著傻子杜鵑的腦袋，宛如摟著偶然路過地球的一顆小行星。他說起他的偉大理想，將來發現一顆新的小行星，用自己的名字來命名。

他給我看手機裡杜鵑的相片，那其實是一個長相平平的女人，春水樓的女人。

我很快忘了她長什麼樣，忘了老伽的風流韻事。

桃縣上空的隱隱鐘聲

桃縣的百多萬人口聚集在漢江平原最低窪的一個彈丸之地，就像地殼、地幔、地核全部濃縮在一個點，產生如此緊密的引力，吸來的無外乎這樣的人：他頭頂稍嫌大的灰色鴨舌帽，皮夾克搭配牛仔褲，拖著一隻外觀像編織袋一樣的超大行李箱，走路蹭著牆根，躲避著一隻蒼蠅的跟蹤。他走不快，踮起腳尖，看上去猶如一加速就要摔倒的樣子，逢人憨憨地笑，逼出額上抬頭紋，臉上脖子裡滿是汗，焦慮的心下面隱藏著一頭狼。一當他發現一路上盯著他的不是蒼蠅，而是一隻迷路的蜜蜂，他的臉憤怒得扭曲起來。

老伽走進這個故事純屬偶然。如果不是因為蜜蜂，我無法理解這些偶發情緒纏繞的瑣事。這些因為美和疼痛搞得烏七八糟的點點滴滴，像蜜蜂的記憶一樣短暫，但也如蜂尾的毒針一樣危險。每當我在喝酒的場合講起老伽的故事，老是從一隻蜜蜂說起。我說：「一隻蜜蜂空中由上至下，像上帝那樣見證了一個外鄉人在桃縣的欲望和末日。」聽的人不免哈哈大笑，桃縣人都是很實在的鄉下人，他們是非常容易感受到幸福的人，不會輕易相信我這種外鄉人在酒桌上的胡言。

話說那一年，老伽搭破舊的長途車一路顛簸，像裝滿砂石的編織袋填塞堤壩缺口那樣，傾倒在桃縣長途汽車站。他不怕蒼蠅，但他怕蜜蜂，總覺得那種毛茸茸的小飛蟲活著一天不是為了好好生活，而是為了螫人。他一到桃縣，聽見了城裡到處隱隱約約滾動的鐘聲，這讓他感覺輕鬆，繼而起了最初的疑惑。桃縣上空獨有的隱隱鐘聲。當時，他尚未把鐘聲和蜜蜂聯繫起來。

一些衣衫襤褸的工人吃飽午飯，揮動大鎬，下意識地隨著鐘聲節奏，修繕桃沙江畔一片破敗的古宅。老伽混在看熱鬧的桃縣群眾裡面，關心恢復明清古宅原貌的進展，他不搭訕，也不跟無所事事的遊民開無聊的玩笑；他越來越吃驚，也許只有他這種同樣遊手好閒的外來打工漢子才會特別注意到桃縣奇怪的鐘聲。這裡並沒有教堂，只有一些香火茂盛到令人驚疑的廟宇，都在離桃縣很遠的窮鄉僻壤，不知道市區附近什麼地方能發出這樣的鐘聲，但這裡的人感覺遲鈍。人人習以為常，在轟轟鐘聲的大背景裡過著小日子。

春水樓是一幢貼滿白色瓷磚的回字形八層樓，極其普通，除了門口掛著一對大紅燈籠，沒有任何特徵，與周邊的繁華極不相稱。底層院子朝外搭了一圈違章建築，磚牆和牆板上貼滿了各色膏藥似的小廣告；背景畫著拙劣的綠草地和藍天白雲，一排小孩子傻笑著，提水壺在澆花；棚頂彩色塑膠雨布上面壓著木條、石塊、籮筐，還用空調外機作為固定。兩樓以上全是閃閃發亮的不鏽鋼防盜窗和五顏六色的看板，夜風穿過，天井地裡紙屑、碎啤酒瓶之類雜物哆嗦著跳舞；違章棚頂劈劈叭叭作響，中空的大樓發出一陣陣鬼哭狼嚎的回聲；不熟悉的人夜路經過一定會嚇跑，住在樓裡的人全都木然，甚至說沒有這種聲音還睡不踏實。讓他們真的睡不踏實的是半夜鐘聲，都說聽見了悠揚厚實的鐘聲，絕不是什麼鬼怪夜聲。桃縣沒有教堂，離廟宇也很遠很遠，這鐘聲著實有點古怪。為了探究沒有來源的鐘聲，老伽跑遍了桃縣周邊，當他灰心喪氣的時候，他在望遠鏡裡看見了一團黑雲，常在半夜出現，鐘聲被夜色放大了，響徹春水樓。

老伽對鄰居小芹講，他喜歡綿綿不絕卻若有若無的半夜鐘聲。他和好心的小芹套近乎，目的是為了杜鵑無家可歸。小芹說：「叫她來吧。」

等到杜鵑搬進小芹家，老伽第一個發現那不太合適：一間房內並排放著兩張雙人床，隔一布簾，床間距離僅容一人過。晚上，小芹那邊同她開計程車的老公的任何微小動靜，杜鵑都很難錯過，反之亦然。

杜鵑並不在意。她常來老伽的房裡看電視，順便把該放冰箱的東西放到老伽的冰箱裡，該加熱的東西放進老伽的微波爐，但不在老伽處過夜，說是她的中班改成了夜班。有天晚上，老伽外出經過桃沙酒店，看見停車場走出來一群身材矮小精壯的本地人，好幾個都有紋身，其中有兩個女人，他避之不及，一秒鐘內認出了小芹，下一秒鐘認出杜鵑。他還在發愣，那群紋身漢子簇擁著兩個女人進了桃沙酒店。等到他回過神來，他不敢貿然走進酒店，他一直在回憶剛才杜鵑臉上是什麼表情。過幾天，他從小芹嘴裡得知杜鵑改行了。她飽受流水線拉長的鹹豬手騷擾，丟了工作，不得不跟著小芹去酒店做公關了。老伽沒說什麼，連續好幾夜，他都盤桓在野地裡看星星。他又能做什麼呢？他連自己也很難養活，杜鵑還是瘸子的老婆。

瘸子尖利的高音在天井裡再度飄蕩，他高音喇叭似的叫嚷杜鵑的名字，手裡掂著　麵棍，他突然回來了，他把杜鵑從小芹家抓回自己屋裡。杜鵑再也不來老伽那裡看電視、用冰箱了。老伽就是那陣子勤快地跑我的店，看我修各種古怪東西。他說他要好好工作，學一門手藝。我說：「有女人了吧？」他趕走兩三隻吵鬧著的蒼蠅，鬆了一口氣說：「不是蜜蜂。」我歪著腦袋看他。他不好意思地說騙光他錢的那個做直播的小婊子就是一隻帶毒針的蜜蜂，四處折騰，淨想螫人。

你不知他有多討厭蜜蜂，我根本沒想到過他和蜜蜂之間的必然聯繫。

過了一段日子，他想向我拜師學藝。我說：「這活你幹不了。」

老伽縮了縮脖子，臉色突變，半天憋出一句話，說這活他能行。我不理他。

我認定老伽喜新厭舊，有重色輕友的毛病。好像是為了驗證這事，有一天他突然打了個電話給我，淡淡地說他已經離開桃縣，把冰箱等都給了傻子，說話間好像處理他自己的遺產，還提醒我別忘了幫杜鵑修理。我馬上拉黑了他，很快忘記了這個自私的老鄉和他的相好。

他袋子裡提著的全是錢

桃縣是一個令人神志昏沉的小地方。雖然每個人都像羊群那樣起早貪黑，不知在趕什麼活，理性介於清醒與夢幻之間，唯有活著的意志是無比堅實的力量，像引力那樣死死纏住了好大喜功的夢想。時間是尷尬的存在，好像吹過江漢平原的風，你能聽見鐘錶走路的「滴答」腳步聲，如同聽見它在田野間擺弄什麼名堂，但你就是找不到它存在的痕跡。即使是新生事物，如拔地而起的幢幢高樓，如蛛網般的高速鐵路，都像是原來就有的，原封未動的。一切改變都是混沌的、模糊的，只有生意是明確的，熱氣騰騰。

桃縣人之所以效率和速度至上，都圍繞著生意。生意不好，擔心餓死；生意好，擔心來不及做。時不時抽空打一個盹，看上去這一座城人人都在裝睡，你不用叫醒那些裝睡的人，因為他們始終沒正兒八經睡著過。桃縣人是謹小慎微、思慮過度的一類人，頂多就是打個盹而已。

一隻蜜蜂出現在我的小店打烊的時候。那個薄霧升起的桃縣傍晚，我也在裝睡。

我聞見一股子濃濃的蓮香，濃到中藥煮沸的氣味。我所記住的卻是「嗡嗡」的翅膀振動聲，超過了直升機螺旋槳噪音，達到了鐘聲的頻率。我驚奇，出現的是一大群蜜蜂，鋪天蓋地，密密麻麻，像成了一團烏雲，發出了桃縣特有的鐘鳴。更令我驚奇的是出現的不是老伽，而是一個戴著三層無紡布口罩的女顧客，彷彿夜霧驟然升起在貓頭鷹的翅膀底下。她說的話聽上去像壞掉的水箱，水聲單調，綿綿不絕，根本聽不懂；她的眼睛不看任何事物，又像看著所有的事物；兩隻手像貓頭鷹的翅膀，交替拍打後腰，是左側，我注意到。

天哪，後來，我反覆地想：到底是左側還是右側？但這無關緊要。緊要的是她留下一張紙條，寫有龍洲路某號的一個位址。我呆呆地注視著她飄然離開，身後拖著一根大辮子，還有烏雲似的蜂群，牠們生涯短暫，遊手好閒，發出瀑布撞擊懸崖似的轟鳴。我花了不少時間，極力想弄懂她和成群出現的蜜蜂之間有什麼聯繫。她是要我去上門修理，可我幾天下來，弄丟了那紙條。以後的日子，我成天神思恍惚，磨磨蹭蹭，什麼勁也沒有，把幾臺電視給修壞了。我好像見過那個女人，我直覺感到她和老伽有什麼聯繫。但末了，什麼也記不起來。找不到老伽，是因為拉黑他的人是我。

就在這時候，老伽回來了。春水樓的人說他其實是想重回春水樓，說對了一半。當時，老伽埋頭上樓，手裡提著一隻鼓鼓囊囊的紅色馬夾袋，經過自己原先的住處，沒停住，上樓，來到熟悉的那個房門口，一個面容陌生的皮短裙女人斜倚在走廊欄杆上，吐著瓜子皮，像新搬來的人那樣饒有興味地打量著他。

樓下的小芹追上來，告訴皮短裙：「這是喜歡半夜出去打鳥的老伽，原來也是春水樓的租客。他是來打杜鵑鳥的。」小芹不懷好意地笑，接過老伽遞來的煙說：「老伽，你走後，這裡多安靜呀，你聽，墳地一樣地靜！」

皮短裙臉上慢慢顯出失望，她轉向天井吐煙圈。

小芹對老伽說：「冰箱你拿回去吧。還有這個。」她從床底下拖出一個大紙箱，裡面裝著一架標著洋文的高級天文望遠鏡，還有一大包苗家配方的鼻炎藥。

小芹嘖嘖地說：「傻子離開前留下給你的，老貴的。」

他仔細察看後歎了口氣，他斷定這望遠鏡其實是一件山寨貨。他手裡掂著那一包藥，點了點頭：「傻子不識貨的。」

在小芹的出租房裡，他看到了原來屬於他的電視機、微波爐和一臺二手的果綠色冰箱，他想起從前在春水樓那段祕而不宣的日子，恍如隔世的感覺，不相信自己曾在最著名的城中村春水樓裡做過這些風塵佳人的鄰居。他留下三千塊錢，單單雇人運走了綠色冰箱。

小芹和皮短裙驚慌起來，跑回了各自房間。她們躲在屋子裡，又聽到了隱隱約約的鐘聲，來自桃沙江方向，這一回聲音奇大，如同許多巨石跌跌撞撞滾落江面，發生在大白天。她們想明白了一件事，每次鐘聲變大都是老伽出現的時候。她們不約而同找了街上的瞎子算命，花的是老伽的錢。洪湖來的算命瞎子是為預卜未來而生的，空洞的眼睛在墨鏡後面看著天，用乾澀到發癢的聲音說：「桃縣泡在糖水裡，好日子到頭了。」

老伽跟著輝子幹得挺順利

春水樓是回不去了。老伽回來不久，住進了桃縣人民醫院，是秋天的事。我去探望他，不是為了他欠我的，但一見面他還是從枕頭下抽出一疊錢塞給我。證明外面傳聞不假。小芹後來到處對人說：「老伽發財了！他袋子裡提著的全是錢！皮短裙可以作證。」看來她們都用各自的方法偷看過老伽的馬夾袋。

我說：「老伽，你回來也不打聲招呼。」他整個臉腫得像豬頭，手臂上、小腿上發出一片片紅疹，正預備做鼻炎手術，只是抬頭紋更深，滿頭鋼髮比以前更加挺立。

我說起遇見那個神祕女顧客的事，說到龍洲路的地址，老伽臉上的表情瞬間從錯愕轉為激動，又從激動轉為懷疑。他顫巍巍掏出手機，我認出那是我給他的二手機，我說不太像。我見過手機裡的女人照片，其實，我在心裡早確認了那眉毛、眼睛和額頭，杜鵑擁有一條油光水滑的大辮子，你無法忘記的特徵。

看來老伽的記性要比我長得多，因此也痛苦得多。他說在離開桃縣前，他猶豫了好多天，終於趁著瘸子不在的晚上，把杜鵑單獨叫來。杜鵑以為是照常來看電視，她還扭捏推託了一陣。老伽的倔勁發作了，看他特生氣，她才答應了。她來的時候換了一條黃黑雙色斜紋裙子，那個夜晚在老伽的記憶裡洋溢著蜜蜂「嗡嗡」盤旋的春天氣息，讓他渾身上下都不舒服。她帶來許多速凍餃子，兩人吃了，剩下的她要放冰箱，他說：「不用了，這冰箱留給你。」

杜鵑看著果綠色大冰箱發愣，她說：「你要用的。」他說：「用不著了。」

她說：「送我也沒地方放。」他說：「電視那些你統統拿去。」

她瞪著他。他說他要走了，他在南方找到一個好工作，工資高，帶宿舍，管一日三餐，他不能放棄那麼優厚條件。

他不知怎麼告訴杜鵑，但他還是說了，他想去南方掙二十萬塊錢，把她從瘸子手裡贖出來。不是個小數目，但他起碼可以試一試運氣。她拎起裙子坐到他床上去，又移坐到一把破竹椅上，好像在尋找什麼可依靠的地方。她才發現老伽膽子並不小，他居然偷偷去找過瘸子。瘸子在狂怒過後，眼睛開始放光，似乎看到了發財的機會。他豪爽地說他是花了大價錢把杜鵑買來的，這些年物價飛漲，吃了、喝了、用了不少他的錢，他開二十萬塊一口價，給老伽一年時間。

杜鵑雙手掩面哽咽起來。如果她哭得美，他的心裡就不那麼難受。他想給她些安慰，但鼻炎發作了，他說話就像哼哼，該死的草籽花粉怎麼就飛得屋裡到處都是！他聽見杜鵑說：「別碰我，我沒有他們說的那麼下賤。」

老伽想，天下之大誰能來安慰他自己呢？非常想抽煙。他嗓子裡起先乾燥得冒火星，現在轉為黏糊糊的痰液，滿是雨水、泥漿，說不出話來。他的耳邊傳來鐘聲，如同巨石滾落桃沙江面。他感到屋子外面一定布滿了密密麻麻的蜜蜂。

杜鵑把辮子拆開，黑髮散在肩頭面門，遮住了她湖水似的眼睛。她說：「求你一件事。不管你回不回來，要是你發現了新的小星星，能不能給它起名叫『杜鵑』？」

老伽說：「杜鵑畢竟是個傻子。」他騙了她。他放出了心裡的那頭狼，不去南方，而是去了省城。他被蒙上眼見了公司的領導，他們管他叫大哥，聽聲音大哥細聲細氣的，非常年輕。一個叫輝子的小夥子交給他一部專用手機，帶著他一起外出跑業務。他們在車站接到一個二十來歲的江西小夥子，按大哥吩咐核實了來人身分，帶他到附近一家醫院體檢，抽血、驗尿、腹部拍片，把他安排在車站旅館，關照他不要與別人交談，不要熬夜，少用手機。他們還用小夥子的身分證替他買了車票。

第二天，目送小夥子進站上火車，他們倆搭上長途車前往濟南。他們在濟南一間小旅館找到早抵達的江西小夥子，給他買了一件禦寒的外套。在那裡一共四天，老伽他們每天為他交納房費，還給他一百元零花錢，囑咐他不能亂跑，早睡早起。小夥子的嘴唇哆嗦著，眼睛也紅了。長這麼大也沒人這麼關心他。第四天，他們領著一個身穿白大褂、戴著口罩的男子來為小夥子再次抽血。隔天清晨六點，熟睡中的江西小夥子被急促的敲門聲驚醒了。他們已經為他訂好了前往河北的大巴，小夥子再次獨自上路。

老伽他們租一輛計程車上了青銀高速公路，在邢臺南宮出口，他們截住大巴車，再次接上江西小夥子，來到一家賓館，早有一個面如金紙的浙江口音的人在賓館裡面等候。下午六時許，他們一行四人登上一輛灰色麵包車，這回他們拿走浙江人和江西小夥子的手機，給他們戴上眼罩，途中完全不許交談。一小時後，車子開進一處空曠的農家小院。鐵柵大門掛著綠帆布做遮擋，小院內雜草叢生，自西向東五間平房依次排開，透出暗淡的燈光，後窗全用磚塊砌死，從外面你看到的只能是月光和月光底下的墳地，長草凌亂模糊，像起舞的鬼魂。

江西小夥子被帶到另一間房，空空蕩蕩，只有一張手術床、兩臺叫不上名字的儀器。屋裡三四個戴口罩的人看不清面目。其中一人穿戴白大褂、手術帽，其餘人墨綠手術服。白大褂問：「是不是確定要進行腎臟摘除手術？」那小夥子機械地說：「賣。」

什麼都可以賣，只要價格合適。浙江人很開心，他被帶進另一間平房，如果他安靜地等待，明天他將得到一枚新的腎臟，替代體內已經衰竭的器官，美好的新日子即將重新開始。

老伽跟著輝子幹得挺順利，跑了幾單這樣的業務後，很快熟悉了公司的生意經。買腎的浙江人要給大哥五十五萬元，外加紅包，而可憐的江西小夥子賣腎只能拿到四點五萬元。老伽也曾猶豫過，但想到他和輝子每人每單可分到一萬元，外加紅包，跑一年存下的錢就離二十萬塊差不多，他就能振作精神跑下去。

那一晚，他在農家小院子裡辦完交接，扭轉臉去，屏住呼吸，再次聽到了熟悉的「嗡嗡」聲，他發現院牆下的幽暗中分辨不出是蜜蜂還是飛蛾。接著，眼前出現一個既陌生又熟悉的輕靈背影，蓬鬆的白色滑雪衫遮不住她，蒙著黑眼罩，那根水滑到閃光的長辮子何其眼熟。她是另外一組業務員帶來的貨源。業務員們都極怕大哥，沒人敢洩露貨源的身分，也不允許他們私下攀談。

手術開始後，老伽溜出院子，躲在村頭樹下吸煙，火星飛舞，長草揚花。不曉得是煙霧還是過敏，他猛烈咳嗽起來，臉色灰濛濛的，閉著眼睛，淚花仍然溢出了眼瞼，滿臉都是。頭皮疼痛發脹，他好像馬上要昏厥。自從他們租下這個農家院落，村民們都有些瘋狂了，他們捏著農具在周圍轉悠，他們說墳地裡的僵屍出來了，又出動來吞噬村裡的牲畜和嬰兒。他覺得村民說得不假，這個農家小院是修在亂葬崗上的，半夜出動的僵屍就是他自己。他不得不躲著村民，像僵屍進食那樣亢奮地吸完半包煙。他沒有昏厥過去，沒有喪失理智，他做了一個草率的決定。

他偷偷剪斷電線，趁著農家院子斷電的混亂，潛入手術間，偷走了那片剛剛摘下的腎臟，連夜坐車逃回桃縣。可是那時候，他發現杜鵑早已離開了桃縣，瘸子也走了，只有小芹她們還用著他的電視機、冰箱、微波爐。小芹說杜鵑跟瘸子去南方賺大錢去了。

南方是老伽心裡永遠的痛。他後悔莫及，一心想把偷來的腎還給那個長辮子賣腎女人。他冒險在圈內輾轉打聽，卻意外得知那個女人因為術後感染，沒熬過七天就死了。她是被她的賭鬼老公逼著賣腎還債的。他心裡悚然一驚。那個女人會是他朝思暮想的杜鵑嗎？那個蒙眼罩的身影既熟悉又陌生，他在心裡默過了千遍，依然無法確認。他千方百計，也無法獲取女人的名字。他說完，又開始流淚、擤鼻涕。杜鵑當然不可能是真名。他的目前計畫是花錢對付花粉症，做完鼻手術，就去南方。醫生警告他，如果手術失敗，他的眼睛會喪失流淚的功能。他說：「好啊，好啊。」他要的就是這個。

「我果然發現病房裡不知何時起飛著一隻黑色花紋的蜜蜂。翅膀振動聲音如此大，原不該一直忽略到現在。」老伽講的下半段故事有多少真實度，不好說。好比病房裡憑空出現了一隻蜜蜂，令人難以置信的是老伽說他發現了真相。他說在走南闖北做業務的那段時間，他遇見了一個養蜂人，那個人告訴他桃縣出現的其實是一種叫做鐘蜂（Bell Bee）的外來蜜蜂，源自遙遠的古老澳洲大陸，尾巴沒有毒刺，修築螺旋結構的蜂巢。別以為沒有刺，就沒有進攻性，牠們其實會用嘴咬人。鐘蜂的愛好是像羊群那樣密集地群體行動，成百上千，聚集在半空，形成黑雲，發出模擬鐘聲的集體共振。

老伽沒有說他的錢怎麼來的，但看到他突如其來地富有，你完全可以自由想像，他如何在住院前租下了桃縣水邊的好房子，買了最貴的天文望遠鏡，每天夜裡在宇宙裡尋找新的小行星。當然，他沒能找到什麼小行星，卻發現鐘蜂一路尾隨著他。無論他在哪裡租房，鐘蜂都會聚攏來，把鐘聲儘量放大，尤其是在人聲寂滅的半夜。

我走到病房的窗前，外面的桃縣是陽光撫摸下一片昏然欲睡的海。我也聽見了那神祕的滾滾鐘聲。那隻鐘蜂黑色斑紋的小身體依然在老伽的病房裡打轉。單個翅膀的振動之大，老伽痛苦地齜牙咧嘴，不由我不信他說的故事。我想起最早出現在家電維修部裡的那隻鐘蜂，是不是同一隻呢？很難確定。老伽現在是一個有錢人了，但他並不高興，他像迷路的鐘蜂被密封在這個秋天裡，對前方的出路倉皇失措。

寒流像憤怒那樣擊中了我

現在，我終於得知了鐘蜂的祕密，卻反而懷念那不知鐘聲源頭的日子。沒有蜜蜂的「嗡嗡」聲是不成其為春天的，沒有催動花開萬里的神祕鐘聲是不成其為桃縣的。然而這兩者卻是同一種存在，鐘蜂為什麼出現在桃縣這個小地方，正如老伽為什麼要一再回到桃縣一樣，是一個謎。春天早就過去了，鐘蜂的日子快到頭了。

入冬以前，一個清晨異常冷，寒流像突然的憤怒那樣擊中了我。後來，我不斷回憶起那個破壞了幸福感的冷酷清晨。路燈壞了的小巷，在霜凍的晨曦裡永遠沒有盡頭。我與她擦肩而過，在一連串肢體哆嗦中，認出了她。她來過我的店，依然戴著口罩，瞳孔不看著任何物體，但眉毛、眼睛、額頭如此清雅光潔，藏在她口罩背後的某種尖銳的棱角使我感到刺痛。以前的錯覺是可笑的：她實際是用兩隻手交替捂著後腰，從前面看，就像貓頭鷹拍打著翅膀。

我尾隨著她，穿過桃沙江邊的古宅保護區，穿過濕地的水杉灌木和莖葉倒伏的田埂，來到更為低窪的龍洲路。寒冷的霧氣打濕了一切在田壟中褪色的景物，連同我的面頰。我衣著單薄，在風裡像來不及收割的莊稼那樣雜亂顫動，以為天氣要發生變化。女人留下的紙條上寫的就是龍洲路某號，傳說在桃縣還未出現之前的遠古時代，這裡是龍嘴的所在，龍口不斷吐出污泥濁水，年深日久，沉積為龍洲窪地。她消失在窪地裡，那裡有一幢綠樹環繞的老房子。

在晝夜不分明的這種神祕時刻，那是一棟我所害怕的房子，綠得晦暗，散發著黴味。

蜂巢般糾纏不清的一圈圈電線下面，院門未關嚴實。我推開門，屋裡無人，桌上放著一隻紅色馬夾袋，鼓鼓囊囊的；窗前架著一具火箭筒似的天文望遠鏡，印著不認識的外文字母；角落裡一隻碩大的綠色冰箱非常眼熟，我一把拉開冰箱門，聞到了一輩子所能聞到的最奇怪臭味。

冰箱壞了。

我在冰箱背後的不乾膠貼紙上看到自己維修部的電話。

存放在綠色冰箱裡的那片腎腐爛了。我看得清楚。這是我的錯，我給老伽的冰箱這麼快就壞了。但他現在有足夠的錢訂購最新款的超大冷櫃。然而，桌上的馬夾袋，我拆開一看，全是冥幣，捆紮得整整齊齊。

下雨了，我似乎看見老伽歪斜著倚靠門框的場景。他滿臉不知是雨還是汗，點燃一支煙，出神地望著日益接近冬天的細細雨絲，瞳孔裡露出狼的目光。他好像在聽著什麼音樂，懷念桃縣的鐘聲，等著貓頭鷹般拍打翅膀的女人尋到龍洲路來，我的這次突然造訪豈非證明他所期盼的並非癡心妄想？桃縣沒有教堂，廟宇也很遙遠，但鐘聲播過大地的胸膛，撩撥漢江平原的眾多河網，送許多舟楫逆流而上。老伽天天夜裡趴著高倍數望遠鏡望天，他已經找到鐘聲的源頭，但他還在尋找著未知的小行星，尋找著他失去的女人。龍洲路的老房子是預示老伽騙了我、騙了杜鵑、騙了所有人嗎？如果春水樓的人看見他提著滿滿一袋子錢都是冥幣的話，莫非他發財的故事也是他精心編的鬼話？我開始懷疑老伽的故事，懷疑他回到桃縣的動機。

抬頭看到一隻蜜蜂像直升飛機那樣停在半空，我意識到這隻好事的鐘蜂已錯過了大好季節，牠一定是一路跟隨著那女人。鐘蜂要是記憶力好的話，一定記得杜鵑在哪裡。我在手機裡檢索了一番，發現網上說蜜蜂的記憶力只能記住七天。但如果從老伽來這裡算起，牠就能記住老伽，一定能記住最關鍵的三四個月，那差不多是蜜蜂的一輩子，也會是老伽的一輩子。我們低估了蜜蜂的記憶力。這隻鐘蜂可能老了，但牠的記憶卻很新鮮。牠的視角永遠在你頭上，像神那樣俯視眾生，心懷悲憫，一旦有機會成群結隊，就發出警戒世人的鐘聲。

我陷落在綠色房子一片寂靜的中央，只有我的撲通心跳，還有不知從哪裡傳來的鐘聲，彷彿雷聲滾過江面。

從此往後，我再沒見到那個貓頭鷹似的女人。

老伽還沒出院，警察就來了。老伽出事那天，我正在吃午飯。等我聞訊趕到桃縣人民醫院，醫院大樓前圍滿了吃飽飯看熱鬧的桃縣人。警車「嗚嗚」地叫著，正在費力地駛離人群。我看見老伽戴著手銬坐在車內，正襟危坐，在兩個警察中間。看熱鬧的人說警察因販賣人體器官通緝他已經有好一段日子了。他抬起臉，一臉無辜，眼神像洪湖來的瞎子那樣空洞，面容浮腫，雙眼紅腫到睜不開，鼻部貼著藥棉繃帶，看來鼻手術失敗了。

一隻飛蟲拚命撞著車窗玻璃，發出「劈劈啪啪」子彈爆裂的聲響，幾乎要破窗而入。那一定是隻鐘蜂。

一條夾著尾巴的草狗來湊熱鬧，牠開腔狂吠，遭到閒人們的痛斥驅逐；狗似乎明白了鐘蜂的憤怒。如果這時候你蹲下來，仔細端詳狗的眼神，你會發現狗的智商並不像外表那般低，狗常常比人更快解讀神啟。在桃縣人民醫院有太多翹首盼望腎移植的病人，現在醫院的後門，常能看到一些戴口罩捂著後腰的外鄉人在散步，他們相信在桃縣將開始一段嶄新的幸福日子，而這取決於你是不是

公安

一個有錢人。老伽是明白這個道理的。就算他重回桃縣是為了假扮有錢人，我也沒有理由看低他。

進去後，老伽託人帶話告訴我，看守所裡沒有蜜蜂，只有蒼蠅，數不清的蒼蠅。不過，他對蜜蜂的害怕只是杞人憂天罷了，不管是蒼蠅還是蜜蜂，生命苦短，活不過這個冬天。他沒有提龍洲路的綠房子，我也不問。老伽終於擺脫了一段尷尬的人生，他說監獄裡面的日子好多了，過敏鼻炎神奇地不治而癒。

老伽被捕那天，還發生了一件小事：建築工人從那所愜意的桃沙江畔古宅地下挖出無數根長髮辮。奇怪的發現招來省裡一群考古工作人員，他們目睹長辮子捲曲成蛇群盤繞，一簇簇野蠻的蘑菇，長成黑暗天地的狀貌。他們經驗豐富，但不知如何撰寫報告。頭髮是最難腐爛的。考古發現常常既不美，也沒有什麼價值。

這個冬天，我等待著一些不可能發生的事，比如，成群結隊出現的鐘蜂。

改畢於二〇二一年十一月鷹山

原刊於《世代》二〇二一年秋冬號

被子都方正，窗戶都明亮
Quilts Square and Windows Bright

又住進來了，在神經內科。治腿，不然要坐輪椅了，像帽老師那樣。腿神經傷了，我是一級護理，保證不再對護工亂發脾氣。被子不用疊得方正，但，窗玻璃被雨弄髒了，要擦乾淨，不乾不淨，心裡難受得很，病也好不了。

一年來重病，也好，心態平和，有些事有工夫想一想。謝謝你三天兩頭打電話，如今關心我的人不少，真心想同我聊的人不多。這個世道，你懂的。人廢了，就剩下些矯情了。

等一下，換個地方，說話方便些。

行，信號好些了。我小時候不這麼折騰的，那時還是滿正常的嘛。呵呵，我的矯情同那個人有關，那個人嘛，你忘了我說過好幾次——帽老師。

我從小在桃縣的幼稚園大院，被子是敞開透氣的，不允許折疊。母親一直教育衣物、被褥要通透，她是幼兒教師，知道健康的方法。那些都是很神奇的衝突。帽老師堅持的是規矩而已，不過是他的規矩，我不買帳。那時候我年輕氣盛，就是我們校長站在我面前，我也不買帳的。但毛病就是那時候落下的。自己也沒覺得什麼，直到有一次出差，親自驗證了一把。住一個滿高檔的酒店，把整理客房的服務員罵了個狗血淋頭，把她們罵哭了。我把客房經理叫過來，訓斥為什麼不把被子疊起來。

經理嚇壞了。「您哪不舒服？要不要上醫院？」

我厲聲回答：「被子必須疊得方方正正，你們做酒店管理的不懂嗎?!」

我的臉色肯定非常難看，聽見有人在背後嘀咕：「這人病得不輕。」

他們哪裡曉得我這個毛病是讀大學時犯下的。

在醫院、在酒店的那些衝突都同帽老師有關。你聽錯了，不姓冒——一年三百六十五天總戴著一頂帽子，起先是類似軍帽那種，顏色是鐵灰色，後來時髦了，改成鴨舌帽，還是呢子的。大帽簷底下露出烏黑發亮的一頭濃髮，我們同學們火眼金睛，一致認定是假髮。不知道他回家後同他老婆同床共枕是不是也從不脫帽。「傻」不是貶義詞，老師腦子轉速慢，反應遲鈍，性格滿溫和。那時候是我們壞，無聊得很，誰都想偷偷把帽老師的帽子脫掉。可誰敢？他五官端正，甚至可以說英俊，軍人出身，紀律嚴明，不光具備把一團棉花鼓搗成豆腐塊的絕技，而且還會武術，系裡老師和領導輕易不招惹他。

第一次見到帽老師是在開學那天，去禮堂晚了，開學典禮早開始了，我在半道上被人攔住了。一位戴軍便帽的老師在樓道平臺上擦窗，我悄悄側身溜過去，但還是被帽老師看到了。他叫住我說他累了，讓我接著擦。這樓道窗可不歸我們管，但我剛入學，沒敢咋呼，老老實實，按老師說的爬上窗臺，幸虧是二樓。我擦著擦著，也累了，風暖洋洋的，帶來花粉之類看不見的東西，搞得鼻孔癢癢得出奇。遠處禮堂的音樂聲不知何時結束了，我想校長和書記開始講話了，剛認了臉的班花還不知道名字呢……。猛低頭，帽老師的帽舌快抵到我下巴頦了，兩手交叉抱在胸前，仰著臉，眼神直勾勾的，帶點憨厚，好像在說：「你小子想什麼呢？」我想什麼？那時就想千軍萬馬過了高考獨木橋，好好在大學裡耍一下。但帽老師沒讓我消停。

大學四年，帽老師和我吵了四年。但凡他一走進宿舍，就露出不可克制的固執和嚴謹。每一次帽老師來檢查，從窗戶到被子，又回到窗戶結束。「被子要方正，窗戶要明亮，這還不簡單嗎？」他老是這麼說。疊被子還好說，但擦窗戶不簡單。宿舍朝北，北面窗戶沒陽臺，就算班長再三相勸，窗玻璃外側我也不擦的，多數情況班長他們代勞了。學生黨員和團委幹部帶頭嘛。我們在六樓，大風天氣，塵土、垃圾飛上天，迷眼得很。腳底下隨便一望，什麼藍天白雲都不美了。腎上腺素升高，腿就軟了，腦子產生往下跳的想法。

帽老師故意同我作對，輪到我，我還是老樣子外面不擦，被他看到了（他留意我很久了），他操起抹布，單手抓牢鐵窗框，側身跳上窗沿，探出半個身子和一隻腳，望樓下輕蔑地瞅了一眼，三下兩下，擦乾淨玻璃外側。

談以身作則的話，全校老師無一人及得上帽老師。我口不服、心不服，說：「老師你只擦一次，我每週要擦一次，知道什麼叫概率嗎？」我那時傻，千言萬語不肯埋在肚子裡，但帽老師的傻氣更厲害，他要班長表態，班長支吾著說：「整個寢室是被帶壞了風氣。」在場的每個同學陸續表態，連跟我最哥們的兩個都信誓旦旦說服從老師的教誨，把擦窗戶說成是一種勤勞勇敢的民族自尊、疊方被子是一種勤勞智慧的優良傳統，反正要保持個人操守純潔，就得在擦窗、疊被上首先達標。

我不消極的，有點傷感。大概是上了年紀的人的通病。當時我往圖書館溜了。如果在圖書館一直待著，錯過了晚飯，我會變成好學生的；如果再繼續熬下去，可能會引起某個愛讀書的校花的中意，但我心內住著一個跑不了廟的葷和尚。回寢室取碗筷，半道上又撞見帽老師。他把我押到系辦公室，打開窗，冷風吹得我直打哆嗦。他心急火燎地點煙，我心急火燎地四處察看，窗戶每一扇都亮得能照出我的鼻毛，也一下子照亮了我的心靈。我痛悔萬分：「老師我錯了，是我不好，拖了文明寢室集體的後腿。您常來咱們寢室檢查，還說您怪話。您查得對，要不是您常來查，我都不知道自己有多落後。」

帽老師猛吸一口煙，對著窗口徐徐吐出：「要管好自己。」

我說：「我懂，我懂。但系裡還是要多查查。」

帽老師問得有點傻氣：「查得不多是什麼意思？」

我忙說：「不是，不是，是您還不瞭解情況。」

帽老師不苟言笑，看著自己的皮鞋尖，好像我突然消失了似的。我看了門外一眼，他沒反應。我不得不自己走過去關上門，拖了一把椅子坐在他身邊，他則端坐在鋪著白蕾絲的單人沙發裡。我把知道的誰誰誰不擦窗戶外側、不疊被子、不搞個人衛生，乃至偷看女廁所，一五一十地倒給了他。當然，我不懷好意，我有意說的名字全是大名鼎鼎的好學生，老師眼裡的紅人。

他一臉木訥，額頭滲出一層很快風乾的汗。

我出門的時候，正是傍晚，校園裡的步道浪漫得恰如其分，迎面飄過來一些讓你使勁發揮想像力的女生，裹得過緊、洗得發白的牛仔褲線條比校園裡的樹枝還紛繁複雜。早春過去了，風其實不冷，它使勁投擲一道鋸齒形的蒼白閃電，從我頭頂上空呼嘯而過，只有我一個人看見。

風平浪靜，什麼事也沒有，帽老師並沒處理那些同學，完全忘了似的。我花了整整四年時間，終於養成擦窗、疊被的好習慣，也改善了和同學們（尤其是好學生們）的關係，我們分煙抽，分酒喝，去舞場談天把妹，在寢室打牌看A片，一同疊被，一同擦窗。是呀，還得感謝冒老師的心慈手軟。

不過，後來發生的一件事讓我遷怒於帽老師。我畢業後在北京總公司工作。母校傳出一新生擦北面窗玻璃摔下來。一個女生。我暴怒，但不落淚。老早的事了，是九四年，企管九四的新班長，還沒過考驗期，在教學樓擦玻璃時失手摔下來，沒了。

我至今還記得那個長得水靈的山東女孩。迎接新生，我親自給她提的行李捲。她父母親從沂蒙山區趕來，老實巴交的農民，兜裡塞著散發著泥土味的鈔票……。畢業返校，我一次都沒去。帽老師聯繫過我，我一次也沒給他臉。對帽老師充滿了無緣無故的恨，帽老師那時早就調離了母校，說實話，女生之死跟他沒半毛錢關係。

有一年，我到廈門出差，同學興奮說帽老師出事了。我起先也高興一陣子，開了一瓶酒。大概是九八年吧，帽老師在廈門招生，禁不住技癢，他主動爬上學校招待所窗臺擦玻璃，一隻不知名的黑色大鳥從天落下，莫名其妙地攻擊他，他不知道為了趕鳥還是抓住掉落的抹布，不慎摔下，腿骨折。

這些年來，我和帽老師之間到底有什麼過節？師生感情是在什麼時候什麼地方開始打結的呢？手裡端著酒杯，尋思良久，我默然。他是為了抓住抹布才合乎邏輯，在他心裡，公共財物永遠是第一位。我們學生對公共財物總是虛情假意的，永遠做不到帽老師那樣。那是帽老師第二次摔斷腿，不只是腿骨折，還傷到了脊椎。終生殘疾。

我猶豫再三，沒有去看他。

我心腸硬？你們都年輕，不懂。他骨折不止一次。我快說到那個打結的地方了。他頭一次骨折是在我們下鄉期間，在一個叫做紫江的村子。美麗的名字配得上美麗的地方。那真是讓我懷念的江南，從沒見到陽光那麼好的地方。我們去了，就沒下過雨。系裡帶隊的只有帽老師一人，其他老師要麼來了就走，要麼乾脆不來。

我一合上眼，就會看見一個戴鐵灰色呢帽、城裡知識分子打扮的中年人，提著過時的黑色人造革包，腰扳挺直，目不斜視，走在金燦燦的村道上，迎接村民們灼熱的目光。帽老師那人私下裡相處不難，沒師道尊嚴，不搞特殊化。住宿緊張，他和我們七八個同學一起在農民房子二樓打地鋪。那兩層樓原來堆滿了農具、化肥雜物。因為我們把整幢房子清理乾淨，把玻璃窗擦得亮堂堂，被子疊得有棱有角，他對我們也開始笑臉相迎；興致來了，揮拳踢腿，在打穀場上來一套軍體拳表演。學農生活因此變得悠閒起來。我們農活幹不像樣，農民伯伯、阿姨們也不想學生越幫越忙（時不時會鬧出點鐮刀割手指的小事故）。

收工後，我一個人在村裡瞎逛，看見一個小姑娘在一座快要倒塌的黃泥土屋前曬著什麼，眉眼非常乾淨，動作非常輕盈，皮膚亮得冒油的黑土似的，讓我聞到了春天田野上肆意綻放的野花。這種說法很可笑。記憶欺騙了我，現在記不起她長得什麼樣，連衣服、打扮也想不起來，印象裡土裡土氣的。我上記憶的當也不是一次兩次了。想不起來，是因為我當時不敢看她。我說愛上那麼個十來歲的村姑一定更好笑，但感情那麼個東西是捉摸不透的。我在半路上見到她，她不是在幹活，就是在小板凳上寫作業；一想到當年初見，心情仍然有些激動。同第一次見到你的那種感覺不太一樣，心底生出莫名的悲傷，好像當時就預感到了那是此生不可能再見的美好。

從泥屋邊上的平房裡走出來一個中年漢子。看到那個腦袋特大的農民，我想起常常在曬場上看見一個怪人，用禿頭毛筆蘸水在地上寫字，村民說他是紫江村的劉伯溫，姓潘。曉得劉伯溫是誰嗎？唉，你們這一代人書讀得太少，知識零打碎敲的，一個劉伯溫也要從視頻上才知道點皮毛。想當年在紫江村那麼個指甲蓋大小的地方，一個沒念過幾年書的農民叔叔放下鋤頭拿起毛筆就是劉伯溫。老潘就是每天在曬場上蘸水練字的怪人。他伸了個懶腰，黑亮的眼睛布滿血絲，笑眯眯望著我，知道我是來學農的大學生，他朝我做了個「七」的手勢，約我晚上去他家玩。

當晚七點鐘，我沒見著他的女兒小潘，在他家堂屋青磚地上見證了一個農民藝術家的誕生。他書法不賴，起碼比我好。字跡寫完，沒幾分鐘就消失了。老潘說：「藝術留不住的。」

他咧嘴一笑，露出煙熏黑了的門齒：「人也是這樣。」

他寫的是「天道酬勤」四個字。如今大小老闆辦公桌後面掛著也不過是這幾個字。人家老潘三十年前每天在地上寫那麼勤，也沒見天道酬給他什麼。潘家是村裡少數幾家在泥磚祖屋旁僅僅建了簡陋平房的人家。屋裡八仙桌後方正中掛的是裱過的書法卷軸，寫著「厚德載物」，也是老潘手書。那是領先我們這些俗人三十年的厚德了。潘家窮得沒有電視機，就算是收音機也沒有，堂屋大多數空間被一張掛蚊帳的木床給占了。但老潘不稀罕，他說他不喜歡俗物。他精通奇門遁甲，擅長測字。算命的種，人生除了種地吃飯，都花在挖空心思琢磨既確定又模糊的命運上面了。

穿過村子，能在不同時段遇見小潘姑娘。我一開口招呼她，她會紅著臉報以微笑；要是給她幫幫手，說兩句話，她最後會笑出一聲「撲哧」。

我成了同學們取笑的對象。為了消除嫌疑，只能帶著兩個同屋男生一同再訪潘家。開門的是小潘，一見我們，黑臉飛紅，像紫色的夜飯花天一擦黑突然開了（抱歉只會這些爛俗的比喻）。

老潘架子大了，不起床，從蚊帳裡伸出三根手指，說：「歡迎，歡迎，大學生啊。」躺平在床上是他夜間研究命理的常態。他對我說：「你我是忘年交了。你呀，天庭飽滿，鼻若懸膽，他日必非池中之物。如果發達了，可別忘記紫江村的老潘哦。」

說得我又驚又喜。誰說農民沒文化的？我從老潘身上看見了中國農民若是有文化的可怕。一旦發現我們眼中藏不住的憐憫，老潘臉發紅，白了我們一眼，聲音也粗了，他說他可不是窮人，而是村裡的唯一一個待富者。

像他這樣精通命理，說不定哪天時來運轉了呢。他搖頭晃腦地說著，躺在破蚊帳裡，蹺著一隻腳，像半邊天架起一挺高射機槍。

門外「嘰嘰喳喳」的，不知道哪個好事者把好多個女生引來了。老潘見有知識女性絡繹不絕進來，不好意思起來，騰地坐起來，連連招呼女兒去拿椅子。屋裡只有寥寥數張板凳和一把小竹椅，不夠坐。老潘衝女兒發火了，小潘姑娘愣愣的，不曉得手往哪裡擱，更不會端茶倒水。老潘跳起來，甩了她一個耳光。小潘扭頭奔進黑咕隆咚的裡屋，不久，傳出嚶嚶的啜泣。

老潘有些對不起我們似的說，老婆死了好多年，小姑娘缺乏管教。

那個晚上，一把大鋸子在我的心裡扯來扯去。我站在裡屋門口，看著幾個女同學一邊安慰小姑娘，一邊控訴萬惡的男權社會。老潘實在有點過分。女兒才不過是個中學生。但這藝術家沒在意，他從油膩膩的枕頭下面取出一本翻得捲邊的書，在書頁空白處鄭重地寫寫畫畫，把每一個人的名字認真地拆了好幾次。他的腦袋本來挺大，過長的頭髮糾結著，放大了腦袋的直徑，在電燈泡下面無比醒目。我看得有些暈了，肯定是我首先把好多男女生帶到了老潘家裡。

夜深以後，老鄉家裡有了歡歌笑語，儼然是生產隊裡開大會，討論的居然是每一個人的命運，鬧到半夜才散。

第二天，同學告訴我帽老師去了老潘家，在他家吃了午飯，回來連脖根也紅了。他喝酒就那樣，這不是說他酒量不行，我從沒見過老師喝醉。他來找我單獨談話，那樣直直地看我，眼神是那種缺乏靈動的木訥，問我信不信算命、喜不喜歡書法。他噴著酒氣，口氣怪怪的。我知道不妙，乾脆竹筒倒豆子，把潘家貧下中農的家境情況統統報告了。帽老師瞪著我半天不說話，我說同學們是想學雷鋒做好事來著。他聽我說完，點點頭，擠出一絲笑容，分手前囑咐「學雷鋒不可留名」。

我們瞅準老潘不在家，糾集了十來個男女同學趕到潘家，不顧小潘嚇傻了，衝進屋子，挽袖蹬腿，把潘家裡裡外外、上上下下全部打掃了一遍。女同學捂著鼻子，把老潘臭氣熏天的衣服也洗了、曬了。

大部隊撤退前，我們看著方方正正的被子、明明亮亮的窗戶。小潘站在屋前絞著兩手，柔腸百轉，說不出感謝的半句話。

我們心裡有了雷鋒同志那樣樸素的快樂，村子上迴蕩著我們收工的笑聲。

下鄉那段日子，我火氣旺，雙目通紅，嗓門也大，得了濕疹，兩股間成天濕漉漉的，癢癢得不得了，不敢告訴人。因為長得不是個地方，緊挨著老二，讓我走起路來一拐一拐，像個六隻腳被綁、剩下兩隻腳走路的螃蟹。秋天日子走得快，村子裡很熱，加上幹農活，又髒又累，去洗澡的地方得走上二十來分鐘路。我總是拖拖拉拉等旁人洗完了，再去大隊的澡堂。澡堂在大隊食堂後面的鍋爐房，每次要穿過食堂廚房，那些粗糲的大鍋菜今天聞到是要吐的，那時候卻是天底下最好的味道。我挾著臉盆、毛巾、肥皂，跟在村裡幾隻貓狗後面，穿過廚房。到得比我更晚的人照例是帽老師。同老師裸身相對，不是君子坦蕩蕩的樣子，而是君子遠庖廚的陣仗。我和老師各占一個角落，洗澡，遠遠的，快快的，各懷隱私。一個戴帽，一個不戴帽；一個叉開腿，一個緊夾著。

我還沒穿完衣服，帽老師腳丫子踩著水蹚過來，腰間圍一條舊毛巾。毛巾太小，遮不住他的那物。我竭力不去看那裡，但腦子裡忍不住一番評論。他光著身子，戴著帽子，手朝我探過來。手不大，很粗糙，遞給我一個鐵罐。我湊近鼻子底下，看清是一罐上海產的痱子粉。白茫茫的蒸汽裡，我看不清他的臉。他丟下一句話：「洗完抹一下，就不癢了。」說完，轉身走了。

我拿著鐵罐，心裡把自己罵了一千遍。

但沒過多久，帽老師出了事，在半夜，我們一屋當時就聽見一聲慘叫，發現他躺樓梯下，動不了。手電筒光稀釋了月光，也稀釋了他紅潤的臉色。他哼哼唧唧的，像個受人欺負的鄰居小孩，說是半夜起來上廁所沒找到電燈開關，帽子也不見了。那次我們如願以償，頭一次見到他不戴帽子的真容，一點兒也不像老師本尊，唯一保持不變的是缺乏靈光的直勾勾的眼神。但同學們都高興不起來，我也是。村裡用擔架把他送回了上海。進醫院，出醫院，他沒說什麼，對院領導和系裡都說是自己不小心摸黑摔了。

寢室半夜開臥談會。大家那時喜歡上了黑暗，關了燈說話爽快些。好半天，班長從牙縫裡滋出一句話：「誰也不許說。」

黑暗中有誰在那裡發狠地說：「你娘哩，誰說誰不是人養的！」

痱子粉很管用，我的濕疹不癢了，用不到半罐子就好了，但每逢看到粉罐，我心裡就悸動一下。我把罐子藏在床底下，後來，乾脆扔了。

這事我連老婆也沒告訴，憋在心裡這麼些年，說了吧。那年下鄉學農，同學們已經憋了好多時間，再也受不了被子方正、窗戶乾淨了。你想不到的是，大家其實是誰也受不了帽老師管頭管腳了，偷偷跑到村裡小賣部，喝光一箱啤酒，抽光身邊全部香煙，滿嘴酒氣，一致決定，不顧一切揭掉他的帽子和假髮。我倒楣，每次抓鬮都抓到我。即使不抓鬮，同學們也會公推我來幹，誰都曉得系裡有膽子跟老師對著幹的就是鄙人。但我一直拖著不辦事。

那天半夜，幾個好事者硬是把我弄醒，再不動手他們要小瞧我了。藉著月光摸下樓，我拉掉電閘，站在黑暗裡。外面的風聲很大，秋深了。被風吹得渾身一顫，回過神來，注意到樓下房門開著——這不太可能，每晚都是帽老師最後一個檢查完一切，關門上樓睡覺。我來不及細想，打開手電筒，重新爬上樓。帽老師睡在緊靠樓梯口這頭，睡得最遲，睡得正香。信不信由你，他戴著帽子睡覺！

我費了好些手腳，成功地以分解動作摘掉他的帽子；沒繼續摘假髮，因為沒有假髮。我聽見自己的牙齒在打架，有人在背後小聲說：「搞什麼鬼？」

我也壓低聲音說：「腦袋……，沒有腦袋。」

非但沒有假髮，我發現他沒有腦袋，剎那間腦海裡滾過上千個念頭。難道白天和我們同進同出的老師在夜裡露出無頭僵屍的真面目嗎？當然，我是僵屍片看多了。合上電閘，燈光大作，我們全傻掉了——地鋪上沒有帽老師，只有一頂鴨舌帽、若干衣服和被子構成一個假睡人形。

晚上，我們不知道怎麼入睡的，也不知道老師幾時回來的。早上好多人（包括我）已經醒了，但翻來覆去，無人起床，呆呆地看著赤裸的晨光穿透亮閃閃的窗戶，爬到第一個起床的老師的帽簷上。他穿衣起床，咳嗽一聲，放輕腳步，走下樓去。

那頂鐵灰色呢帽猶如一隻忠誠的大鴉在清早按時飛下去覓食。帽老師照常在村裡巡視，目光筆直，至多是咧嘴無聲地笑笑，碎嘴的鄉下婆娘再熱情也無法同他聊上天。他就是沉默木訥。

後來，老潘拿著一卷破書來找我這個忘年交，讓我有點受寵若驚。他把我拉到僻靜處，支支吾吾，打聽起帽老師的家庭以及八字，這些我一無所知。我注意到老潘的書上插著一支標有我們大學徽記的圓珠筆，他有些尷尬地說：「得謝謝你們老師，特意給我女兒送文具來。」

臨走，他猶豫半天說：「提醒下你們老師，他的腳……防血光災。」

我在心裡嘀咕，不知帽老師一個人提著人造革包又去過多少回老潘的平房。當秋風席捲這個江南小村的時候，過冬的鳥群被天空吸走了，一切再正常不過。這季節該有的花草果實應有都有，但我感覺村子內部的什麼東西已經徹底質變。

再次路過潘家，小潘姑娘慌裡慌張，閃進屋裡，「砰」的一聲，關上了大門。我昏頭昏腦，心情敗壞。並不是疑心病，但只要看見帽老師在旁邊，我會無端發脾氣；只要看到他那頂灰呢帽，我就覺得那帽子是一隻停在人腦袋上招來不祥的大鴉。同住的幾個男生發現了我的異常，但他們認為我只是害怕。

我大聲地對他們喊：「老子天不怕，地不怕，怕哪個？——」

隔壁女生聽見就罵：「神經病。」

晚上，我們都沒有合眼，我們幾乎沒有感覺到，但能確定靠樓梯口的地鋪上傳出窸窸窣窣的聲音，有人躡手躡腳下樓。不消大夥兒催，我揣上手電筒也下了樓。我的腳步越來越沉重，村裡的狗時不時叫喚兩聲。我順手撿了幾塊石頭，不知是為了防狗子還是別的。帽老師的腳步似乎也越來越凝滯，到了潘家土屋牆角，他逗留片刻，煙頭的火光浮起在他嘴邊；他在腳底踩滅了火光，敲了潘家平房的木門；門張開一個黑洞，他消失在洞裡。

我回到住處，樓上每一個同學全都爬起來了，黑暗中，他們焦躁的眼睛像狼那樣蹦著火星。地鋪上那頂灰呢帽儼然是一隻偷嘴的烏鴉被我逮住，扔進了村裡的糞坑。上樓前，我拉掉電閘。所有人心照不宣，靜靜地，屏住呼吸，好像潛在懸崖下的海水裡，等著，等著。我們等到的超過了我們期盼的。帽老師回來後沒有找到帽子，到處搜尋無果，電燈擰不亮，他連一聲「哎吆」也來不及發出，就滾下了樓梯。你知道農民房子那時候樓梯是懸空的，沒扶手。帽老師躺在樓梯下的黑影裡，蜷起身子，一手抱著腿，另一手在地上劃拉著什麼，假髮套離他手指頭不遠，差了那麼幾寸，搆不著。

禿頭其實沒想像的難看，天底下禿頭都是一樣的，無所隱藏，有頭髮的才各有各的不同。我想，這也許是他戴假髮、戴帽子的真正原因，換一頂假髮、換一頂帽子，人就完全變了。但無論你怎麼換，那個腦袋還是一樣，多姿多彩變換著的只是帽子和假髮。最後，我們證實了帽老師是一個正常的禿子，我們是不正常的一幫壞學生。

在紫江村的後面幾天是一段記憶空白。也許老潘還來同我們告別過，但我什麼也記不得了。我也沒回去過。直到老潘來城裡賣菜，順道來我們學校宿舍。我趿拉著拖鞋下樓去，完全沒準備與好忘年交重逢。

老潘仰頭扶著自行車，眼巴巴等我，好像我真是一個人物。我慌亂，他比我更慌亂。他好像倒伏在牆角陰影裡的一株移植的作物，七彎八繞地纏著我，打聽帽老師的下落。

我只說老師腿未痊癒。他很失落，打算走了，走到自行車旁邊，撥弄幾下鈴鐺，又走回來，像是鼓足勇氣似的，從口袋裡挖出一疊鈔票說：「做農民就做農民，但我不賣女兒。」

我呆住了。他要我把錢還給帽老師，我不接，逼急了，不得不告訴他老師調到南方工作去了。他橫眉怒目，一下子失控了，腦門上青筋突突直跳，他提起腳來踢牆頭，卻把自行車踹倒了，鞋頭破了。他不是生氣，因為沒罵人；也不是痛苦，因為口氣雖不中聽，他還冷冷地條理分明地訓斥我們這些大學生有學問沒頭腦，偷偷上他家胡搞一氣，把他多年設好的風水局給破了，把窗戶全擦了，導致玻璃玄光溢出，陰陽失衡，他個人的前程再也不會腳踏實地了。

我以為老潘跟我絕交了。

畢業前某個星期天，一大早，宿舍樓下阿姨喊我的名字，我在蒙頭睡懶覺。催了好多次，我不得不趴到窗臺，向樓下張望。細雨濛濛，隱隱約約，看見樹蔭下一個騎自行車、裹著雨衣的老農，一隻腳蹬在地上，另一腳在踏腳上抖晃，車後座上架著兩個超大號蛇皮袋。我打了個呵欠，沒理會，翻身睡去。

中午去食堂打飯，門房阿姨對我說早上有一個鄉下人找我。「阿姨有沒有搞錯？我是桃縣來的，也是鄉下人哦。」她說是什麼紫江村學農基地的。我這才醒悟，大清早那個人看上去是有點像老潘。我心裡一哆嗦，阿姨嘴快，就是這樣。宿舍樓上上下下還是傳開了，說陳友德在紫江村做了上門女婿，說我的日記裡寫著：「潘家有女初長成，小潘姑娘麗質天生……。」他們這幫鳥人，竟然偷看我的日記，害得我一把火燒了日記，從此再不寫日記了。

他們誰也不懂我。我哪裡是湖北人？我是桃縣人。桃縣但凡有出息的孩子，大人都說這個娃娃像陳友德。小時候，的確有不少叔叔、阿姨說我像陳友德。不是長得像，而是脾氣、秉性像。我從小崇拜陳友德，但我哪夠資格做陳友德？陳友德出身漁夫，元末揭竿起兵反元，自稱漢王，是咱老家桃縣橫空出世的英雄好漢，在五通廟稱帝，差一點生擒朱元璋當皇帝，雖然最終惜敗，可他是咱們桃縣人裡面離江山霸業最近的一個人。

校園是一個圈子，謠言喜歡在圈子裡生長。這麼傳來傳去，我也沒興致去想老潘找我啥事了。

老潘從此再也沒來過。

這回算你半對半錯。桃縣雖隸屬於湖北省，但桃縣人方言和文化同湖北大大地不同。桃縣人膽子肥，捨得一身剮敢把皇帝拉下馬，販夫走卒在酒樓茶肆談論都是天下大事。呵呵，不爭了。你是聰明的，曉得我的心事。被子要疊方正，窗戶要擦亮堂。人生嘛，說穿了，是這點兒事。反正，我一天到晚躺著，被子就馬馬虎虎算了。但窗玻璃要好好擦一擦，別讓我心裡難受。

不過，這一點我一直有些困擾。不擦也許不是一件壞事。老潘說的玻璃裡面的玄光對人不好，容易陰陽失調。論起來老潘算命，也不全是信口胡說，你看我現在身價儘管不貴，但也是富，小富即安。

報應？我不信的。多少好人沒得好報。有多少年沒見過帽老師了？三十年，差不多。聽說帽老師老得厲害，同我一樣，像一隻風乾的老橘子，也是用輪子代替腳行走。走一步路，很難。好在他女兒爭氣，去了澳洲，把他也接去……

他半夜裡去潘家做什麼？我後來想想，我也不知道。你的猜想合情合理，但即使合理合情，仍然是猜想，不是事實。也許我們多少冤枉了帽老師。他怎麼看過去的那些事呢？我一直有一種感覺，他心裡知道那個半夜脫帽惡作劇是我幹的。聽說他和他老婆夫妻關係挺好的哩，也許他老婆什麼也不曉得。三十年前，他和老潘喝過一頓酒，真該聽進去老潘的風水命理。不知道如今老潘在哪裡，有沒有腳踏實地時來運轉呢？小潘姑娘還好嗎？……

帽老師坐在輪椅上，在澳大利亞月光一樣荒涼的海濱上看夜景，聽濤聲。他還會記得我嗎？應該不會。但他要是知道我現在的想法，一定會哭笑不得。想想也是，我現在多少能夠理解他一些了。這兩天，我看看鏡子裡的我，自己都不認識自己。我居然變得有點像帽老師。改天要是能出院的話，也去找一頂帽子戴。

講完了，這回真的講完了。心裡舒暢些。你天天從來不疊被子，實話實說，當初我真是生氣，時間一久，也忍了，認了。疊不疊被子，特麼的日子照過，積滿了灰塵的玻璃就是我們的人生。

夜深人靜，聽首歌吧。那晚的月光完全不同於今晚。在宛如美麗銀河一樣流瀉的村道上跟蹤一個不戴帽子的帽老師，無論如何都是十分荒唐的事。唉，《似水流年》。一切過去的，都已經過去。

二〇二一年九月二十三日寫畢於墨爾本鷹山

原刊於《都市》二〇二二年第四期

普魯斯特療法
The Proust Cure

1

在睡夢中，他依然感覺到鬧鐘也在做夢，所以鬧鐘到早晨失卻了聲響。身子燥熱起來，左右翻轉了幾次，被床墊彈簧架子楞楞地撐起來，至少說明了他的身體還未衰老，而且，富有記憶力。身體對晨光比頭腦更為敏感，率先記起了對外面世界的眾多虧欠。這些年以來，他放縱欲望，虛弱了肉體，消磨了記憶。更有可能的情況，用他慣於寫詩論的理論語言來說，身體比頭腦更容易進入一種純粹後悔的中間狀態。這有點像偉大的馬塞爾・普魯斯特的典型說法。他重新跌落到彈簧床墊，晃悠了幾下，意識到這不是週末，卻不用上班，鬧鐘在今天沒用處，不是世界太美好，而是社區已經封鎖了。他的身體完全鬆散了，彈簧遭到過度壓迫，發出反抗的一連串嚎叫，嚇了自己一大跳。

春天來了。他留心到樓下「嗡嗡」的人聲，像是從數口大甕裡發出來的。很遙遠，但聽得清。那些人顯然戴著口罩。他心下坦然，像欣賞交響樂那樣仔細分辨每一個音符。

有人在熱烈地談論一件怪事：昨晚上在草坪上空出現了ＵＦＯ。事件總是捕風捉影般的虛無，人聲吵吵得卻有點哲學上的意思。有誰知道ＵＦＯ反覆造訪地球，為什麼突然在全球疫情中對這個高檔社區產生了興趣，出現在這裡？那些無聊的人做了大量推測，足以製造更多的無聊，耗費更多的有聊時間，缺乏詩意、缺乏探索的閒聊符合這個浮躁世代的人的需要，再次使李西感受到一種恐慌。其實，死神一直在家門口徘徊，看你有沒有意識到。

大疫情來了，誰也逃不脫。他如果不寫詩，忍不住就要嚎叫，像狐狸那樣。小越說的，春天的狐狸。

李西感到自己是一隻春天的狐狸。

「很長日子以來，我早早就上床。」李西對著虛空嚎叫。

嚎出的這句話，依然是偉大的普魯斯特說的。但對李西來說，早早上床，天黑得就早，使他可以在任何想起床的時候起床。在床上看書不多，想像庸常生活的時間便多了，一天的時間因此拉長了。作為一種心理尺度，時間，也許只是一種人類的錯覺，這便成了時間可以延展的正當理由。

他正想著寫一首關於殺死時間錯覺的詩，小越在床上呻吟了一聲。她半夜踢掉了被子。疫情歲月的陽光註定像他故鄉的大雪那樣，漫長到難以忍受，灑在她的屁股上，橢圓光溜的可愛形體，白得冰冷肅穆，宛如金屬飛碟剛剛降落，或預備起飛。多虧小越在別的藥店購得一些抗疫物資。他們倆還從頭到腳全副武裝去附近最大的一個商場，買足三個月的口糧，可以不再出門。

他拍著她的屁股說：「快起床了，小圓屁股！」

她沒有反應。他繼續拍她，逗她：「喂，以後我必須在求職履歷上加一條，全球ＵＦＯ見證者之一。」

她「切」了一聲，臉轉向另一邊，蹦出一句話：「吵死了。不說假話會死嗎？昨晚上你明明睡得比豬還死，看見UFO是做夢呢？」

看來她也早醒了，同樣賴在床上偷聽樓下吵吵。大都市的名媛淑女鍾情於寫黃詩的大叔，卻不是腦殘，小越啊小越，的確是他生活裡面偶遇的罕見不明飛行物。

UFO女仔。他給她起的綽號。

他光著腳歪歪斜斜走到窗前，拉開窗簾，樓下一些年齡同小越差不多的靚男靚女抬起頭來，開始朝他揮手。一次次高舉，彷彿揮動隱形的高爾夫球杆，擊向半空中一些看不見的球，多像他那些遙遠的年少輕狂的日子。他想回覆以嚎叫，但搔著自己略禿的腦門，在窗玻璃的反光裡發現了一張浮腫的臉。他端詳自己的臉，眼睛細長，眼袋雖負重小，但下垂明顯，在脖頸處沒必要的多層皺褶上盡露中年男人的疲態。他把這些歸因於長相像母親，長相平庸，容易見老。從小就奇怪一點兒也不像相貌堂堂的父親，幾十年後也沒有長成老年父親越來越令人尊敬的趨勢。

他自憐後，自嘲起來：「這種事有必要說謊麼？想當初蘇東坡遊金山寺還見過UFO哩。」

她接得很快，語意與她學來的可愛臺灣腔形成了反差：「李大詩人耶，你自己說的，你呢，不過是個偽寫作的詩人罷了。」

他心口堵得慌，作詩的情緒驟然消失了。

自從他父親離滬，她的脾氣見長，竟有點父親的暴躁勁頭。手機在震動。在家鄉的大妹發來短信：「父親回到家鄉，安生多了。」李西想大妹不懂，那是父親失戀了。做了一輩子鄉村教師的老爸死活不願坐飛機，不是坐不慣，而是捨不得機票錢，寧願騎著火車回老家，一路長途勞累於老人家是一種享受。李西作為孝子，卻沒有在老人家離開後得著解脫。但李西不說，他什麼也沒對大妹說。

秋風吹過陽臺，父親種下的草莓掛果了。

草籽飛揚，李西打了個噴嚏，父親走前忘記拔掉的一棵狗尾草長得老高老高。當想起父親的時候，他也在風中輕輕搖晃，像那棵狗尾草彎下腰，綴滿了卑微。他有許多事瞞著母親，比如，他不說自己親眼見過UFO，將來也不說，僅僅因為那與父親的愛情相關。前些天在電話裡，母親同他討論起父親的後事，突如其來的冷靜態度令他惶惑不安。他寧願聽到母親粗糲地埋怨、暴躁地呵斥。從小到大，他熟知母親是何等忌諱談論親人的死亡。母親說父親在有條有理地預備身後之事。她以為父親被疫情嚇著了，但李西曉得不是。

母親從不懂父親的心。李西感到了未來的日子躲躲閃閃，過去的日子在不斷拽他後腿。他抓起手機，給好朋友東尼打電話。

東尼的香港普通話在電話裡響起：「李sir，有何賜教？」

2

李西多數時候是安靜的，還有點羞澀。他從不問UFO是什麼，他給東尼提出的大問題是UFO為什麼來地球卻從不聲張。有人將UFO視為外星文明的飛碟，有人相信是來自未來的時光機，也有人認為不過是大氣現象，但東尼把這些全當作地球人的惡作劇或騙局。李西告訴東尼：「不對，不對。」李西不僅會寫詩作文、做生意，而且，真的見過ＵＦＯ。這話不假，父親可以證明。

「你爹是一個老實人。」母親埋怨完了後，總是這麼講。一輩子不賭，不嫖，不抽煙，不喝酒，不打牌，不上館子，教書育人，百毒不侵，天底下打燈籠找不到的好男人。從老家來滬好幾回，只有這次他沒跟母親同來。父親一個人來滬是李西特意安排的。這種安排有什麼特殊意義，他自己也想了好久。

一切從父親陪母親來滬看病的那次滬上行就開始了。那天，他回家晚了，一進屋，發覺氣氛不對。電視機開著，小越沒像慣常那樣在客廳裡翹著腳抱著零食看電視；父親也沒有在書房裡讀書寫字，李西遠遠看到他雙手撐在欄杆上的委屈背影，在陽臺上看風景，外面除了房子和夜色，還是夜色和房子。父親親手做好的三菜一湯晾在桌上，紋絲未動。

感覺得出絲絲縷縷熱戰的餘溫，戰爭的硝煙來自臥室。推開門，小越一個人坐在床頭抽泣，肩頭一聳一聳。

偉大的普魯斯特說：「關於特定形象的回憶其實只是對某一瞬間的後悔。」有點拗口，換成大白話，大意是說一旦回憶起父親往日英俊挺拔的形象，李西免不了對父子相處的那段漫長日子心生悔意。雙親來滬數次，一開始是母親表現出看不慣，她一邊煎藥一邊對兒子說：「你是男人不吃虧，但可不可以像你爹找個正經人家的女娃子，現在你娘老早抱上孫子囉？」李西不聲不響。小越除了年輕漂亮以外滿身是缺點：愛花錢，小心眼，不工作，不做飯訂外賣，吃飯第一個開動，等到父親上桌，他愛吃的家鄉菜不管是豆角還是大腸已吃光光了。母親對他天天嘮叨：「一個女娃子吃飯把腳片片翹到椅子上有什麼規矩？」母親把兒子家當成自己家，打開了很少開啟的朝北窗戶，搞得屋裡從大清早起像馬路上塵土飛揚。小越撇撇嘴，飛跑過去關上北窗，指桑罵槐了兩三句。父親一直不作聲，像一匹遠行的駱駝在屋裡踱步，這裡不是戈壁，最多移動到陽臺，擺弄幾下花盆。母親收拾完，覺得屋裡憋屈，隨手又打開了北窗。小越給李西劈頭蓋腦打一通電話，吵得全公司的人都回頭看著他；回家他跟母親一對話，母親正在訴苦，父親卻衝進來，一反常態，跳出來直接針對兒子。「家裡沒有點塵土，那還像個家嗎？」父親拍著桌子大喊。李西也拍著桌子嚎叫：「這不是你們的家，這裡是我的家。」「你叫老子滾？」父親倒是愣住了，尷尬地回顧陌生的四周，彷彿一瞬間回顧了過去數十年同這個長子之間的所有緊張對峙。他似乎明白了什麼，他愣了一會兒，抄起老婆的手：「走，我們走。回老家去。」母親有些遲疑：「老遠的路，走回去？」「走回去。」父親理直氣壯，多年萎靡的腰桿都挺起來了。等到二老惴惴不安地走過三四條街，越走越慢，越走越茫然，就看到李西鐵青著臉駕車追上來。李西遇到爹就慫了。

從此往後，母親乾脆說就是病死也不來上海。父親也說：「不來了，不來了，誰想來上海這個邪地方！」

令他意外的是這一次，父親很爽快地答應來上海。一個人來滬，完全不管母親。同樣，這次也很快出了事；當然，還是小越的事。當時小越把她長得很像王祖賢的臉埋在李西懷裡，嗲聲嗲氣地說她在浴室裡洗澡，時間是長了一點，「可水聲嘩嘩，哪怕站在馬路上也聽得見，沒想到你父親腆著老臉直接推門而入，說要拿毛巾」。真理據說是赤裸的，他看了一眼她渾身上下赤裸裸的真理，什麼也沒拿，轉身到陽臺上去伺候花草，「老傢伙從頭至尾淡定得很耶」。

「為什麼不鎖門呢？」李西皺著眉頭問。

「鎖了，」她說，「門鎖了，不曉得你爸怎麼進來的。」

他推開她說：「假如門鎖了，他是進不來的。我爹不會做這種事，他教了四十年的書，誰都曉得是老實人。」

她跳腳說：「老實人？寫詩的改不了說謊騙人的毛病。你爸同你一樣，骨子裡是色鬼。」

他忍住怒火，想直接摔門出去散散心，但又忍住。

她又說：「你不在的時候，老色鬼一個人躲在書房裡上網看A片。」

他想封住她的嘴，更想嚎叫，但末了什麼也不說，抬手甩了她一個耳光，打得她眼冒金星。語言在這時候最沒用。

她披頭散髮，哭了一陣，瞟了一眼鏡子裡的自己，失去了梨花帶雨的姿態。如果你看見王祖賢從水裡被撈起來，逃不脫就是這種濕淋淋的女鬼模樣。李西卻無動於衷。她忍不下這口氣，快快收拾了幾件衣服，摔門走了。

陷入迷戀常常是因為信任變得弱智。李西懷疑城市的愛情多數是相互間的價值利用。他不挽留，對於女人，去留隨意。在她之前，他閱女人無數，從沒覺得小越對他是最高級時態。李西崇尚的肉體是接近真理的，他能從赤裸的肉體上面發現屬於真理的部分。然而，父權一旦出現，往往破壞了他追求的真理。李西作為孝子，一直盤算著如何補償父權的孤獨，甚至樂意直接建議父母離婚。依他的脾氣，乾脆照他老人家的口氣在網上登個徵婚廣告，搞個生米煮成熟飯。不過，作為父母親眼裡的孝子，他臉皮再厚，也無論如何都不好意思開這個口。

每一座城市裡都有一個髒兮兮的眼鏡片上淌著恍惚月光的老父親。

父親，肉身老了，彎腰曲背；臉上本來少肉，老了以後更少；下巴顯得絲瓜那麼長，坑坑窪窪的，像是長年不洗，油膩發黑。李西想起小時候父親第一次教他寫字，他很笨，學得慢，父親那時候有耐性，手把手教他書寫「毛主席萬歲」；不久，改成了「華主席萬歲」；再後來，他遺憾地告訴兒子：「沒有萬歲了，人哪有不死的？」牆中央永遠掛著毛主席像，逢年過節祭祖之前，他總是將相框擦拭乾淨，恭恭敬敬地燒上一炷香，說一聲「毛主席，您辛苦了」。

李西認定父親這輩子虧了，雖是鄉村教師，方圓百里也是翹楚，娶了母親那樣沒文化的鄉下女子。李西像小時候追隨父親去學校那樣，虔誠地相信父母之間沒有愛情。他拿出紅塔山，父親遲疑著，兒子說：「不會告訴娘的。」父親笑了，讓兒子給他點一支。父親捏煙的手勢起初挺彆扭，但很快動作生動起來，還有那麼一點瀟灑，皺紋也舒展了。

嫋嫋煙霧蒙住了兒子被酒色和詩歌掏虛了的心。

李西斷定父親這些年在外面偷偷抽了不少劣質煙。生平第一次，父子平等地分享同一盒煙，都在天上看見了一輪上海的月亮。他們來滬後見過最美的月亮，不那麼遠，不那麼圓，也不澄澈，月亮表面搖曳的陰影也許是隕石坑、環形山，或外星飛船，無論是什麼，今晚都是叫他們心醉的形象。

父親忽發奇想，在陽臺上花盆裡種了草莓。鳥管了播種的閒事，草莓葉片叢中長出一棵狗尾草，被風頂了一下，整個墨綠色便在他的眼鏡片上蕩漾開來。叫李西奇怪的是，父親從沒有拔掉那棵狗尾草的意思。

這時候，李西還想喝點酒，還想跟父親聊些什麼，所以，自然而然談到了鎮政府要收走老家那塊墳地的事。父親卻板起了臉，他冷冷地說，那塊地清朝時是他們李家的，民國時也是李家的，小鬼子來了仍是李家的，共產黨來了說是違章建築，就不是李家的了？

他藏在近視鏡片後面的眼神迷惘而倔強，客居兒子家的那種拘謹完全不見了。

李西儘量和緩地說：「聽人說〇四年政府就要把那塊地拿出來掛牌，墳地沒什麼手續，也沒辦法證明是咱們家老祖宗的。」

父親拔高嗓門，佝僂的身形突然高大起來，他硬梆梆地說：「三百年的祖墳咋就成了違章建築？違了三百年間哪一個章程？」

如果是在樓下，一定會有好事者馬上圍觀，會有人拿起手機，李西像擋住別人手機鏡頭似的攔在老爸面前，適當提高音量說：「一塊破墳地丟了就丟了。墳地不吉利，不如依著娘的主意，同政府好好談談補償款？」

父親的厚鏡片閃出慘白的凶光：「呆慫！那墓碑下面一個個都是姓李的！」

兒子也生氣了，調轉臉去，不看他爹。父親甩了甩拿慣粉筆的手，卻發現手中是個煙頭，他的老臉突然漲紅了，跺著腳說：「老子不待了，回老家去。」轉身就走。

「走吧，走吧。」

李西沒有攔，也不想攔。

3

後半夜黑得像墳地，天上下起了小雨。雨點子鬼火似的閃著光。父親沒有帶傘，也沒有帶手機（兒子給他買了一個，但他不怎麼用）。父親口袋有一些錢，總是心疼計程車費貴，地鐵線不熟悉，不可能走得太遠。李西歪倒在沙發裡，思緒像天馬行空收不回來。小越走了，父親也走了。老家他一點兒也不惦念，墳地的事更不操心，但他很後悔不能開誠布公，像個好兒子那樣跟父親談一談。父親這輩子太孤獨了、太虧了，連個死後葬身之地的事情也滿足不了。走吧，全都走吧。李西咬著腮幫子，寫詩的人是世上最沒用的人，最可恥的人。他狠狠地抽光了這盒煙。給東尼打電話，對方關機了。等到天亮時分，他給習慣早起的母親打電話，直截了當地說：「讓咱爹回去吧。」母親支支吾吾，他急了，忍不住冒出來一句：「娘，你又去送情書了？這回是哪一個？」

母親像沒聽見似的，兀自說：「你爹一輩子不賭，不嫖，不抽煙，不喝酒，不打牌，不上館子，百毒不侵，天底下難找的好人一個。老了就這麼點愛好，俺不吃醋，真不吃。」

不出所料，他跟娘半天講不出個道理來。還是大妹在電話裡接了口說：「這回讓俺爹來上海不光是放假，也不光是祖墳的事，最主要的是爹在學校裡又出事了……，都快退休了。這事，娘也覺得老臉臊得不好說。」

大妹讓他同爹好好談一談那事，難道他李西就不懂得臉紅嗎？兒子成人後縱然吃喝嫖賭加上寫詩，五毒俱全，但臉皮仍然是不防毒的。父親這輩子枉為男人，最能叨叨的就是上山下鄉那年頭，躲在草垛後面跟上海知青親嘴的那點點事。在兒子看來，那根本不算是回事。摸個手，親個嘴，在爹眼裡，是最高級時態了。可是，大妹說出了真相，講爹的最高級時態與時俱進了。他已不滿足於在學校裡摸個手、親個嘴，而是找各種各樣的藉口把他中意的那個年輕女同事請到家裡來，讓媽端出各種各樣的水果、瓜子招待，萬一上慢了，他還丟臉色給母親看。多虧那個青年女教師不常來家裡吃飯，否則好幾月他們家都吃不上豬肉和大蒜，只是因為她不吃豬肉、大蒜。李西見慣了女人的醋性，暗暗吃驚於母親的善良、忍耐，更震驚於父親的無恥，他居然將愛的感受絲絲拉拉告訴母親，給母親灌輸什麼是愛、什麼是忍耐，母親居然也接納了，然後轉告大妹，說：「千萬別告訴你哥。」事實是娘屢屢被爹騙去大妹家住，為的僅僅是給爹騰出戀愛空間。

李西越想越糊塗，他是非常同情父親的，但也是痛恨父親的。這麼著昏昏沉沉，似睡非睡，直到一些輕微響動，叫他打個激靈，隨後，他鬆了一口氣。

父親輕輕開門，回來了。一言不發，渾身濕透，鞋上沾滿泥濘，泥水在門口匯成一個小水潭，堅實的身子骨看上去像在雨水裡泡軟了，疲憊的眼睛裡泛著孩子般的頑皮光芒，颳風下雨苦熬一夜，反而像是年輕了十歲。

那是戀愛中人的模樣。李西懂的。

李西失眠了。

等父親入睡後，他偷偷翻檢了父親的衣物，找到一些零錢和計程車票。老爺子怎麼捨得坐計程車呢？跑得那麼遠，這是去了哪兒？在大上海，父親太孤單了。

東尼從手機遊戲中抬頭，匆忙到來不及看完他一眼。當時，李西正在認真地問他：「性是一件抵抗孤獨的小事。這是普魯斯特說的，還是兄弟你發明的名言？」

東尼是漂在上海灘的香港人，頭腦精明，鬼點子多，像李西一樣不時更換女友；也像李西一樣，出過兩本詩集；同時，作為李西山寨電子產品的生意夥伴，他也是一個寫手，在香港、臺灣出版過幾本賣不出去的輕小說。李西最喜歡他的地方，東尼是一個冒險家，探索上海另一面的活地圖。

李西說：「特麼的不是我，是我爹，我老爸。」

聽見李西爆粗口，東尼終於停住手裡的活兒，抬頭望向他：「李sir，有何賜教？」

東尼看出了李西的心思，眼睛一亮說：「想不想試一試？令尊也是我的爹地。」

他的玩笑態度裡帶著認真：「讓我們一起來做一個普魯斯特療法的實驗吧。帶上你老竇。偉大的普魯斯特說過，有色心，無色膽，老人家臉皮薄，總是那個樣子。」

此刻的認真達到了昆德拉的學術程度，他接著說：「拿令尊來說，一輩子以文采著稱，有生以來第一次寫起情書，卻是寫給一個比你小妹年齡還小的九零後美眉老師，洋洋灑灑萬字情書。好玩的是，你媽咪甘心情願替你爹地去送情書，如此角色錯位，一心為他開脫，說什麼教書育人一輩子，就這麼點愛好。這，並不奇怪，像你爹地那樣文武雙全的鄉間才子，你媽咪背地裡想想也覺著心慌慌，四十年教育生涯，道德上完美無缺，好犀利，如何高攀？」

「別說了，我老爸愛錢如命，我給小越的生活費，他要是知道了還不得心疼死？」李西說，

「他那點點鄉間才子的文采跟我也沒法比，但我寫的詩不是照樣爛得沒人讀？老頭子，單相思罷了。」

東尼也是普魯斯特的狂熱粉絲，雖然從未讀完普氏比人的一生還漫長的七卷書裡面的任何一卷，但李西卻感覺東尼更像是米蘭・昆德拉筆下的湯瑪斯，立誓一輩子過反媚俗的生活，香港普通話比普魯斯特的法語更粗魯、更直白，常常用昆德拉的方式把普魯斯特說不出口的一語點破：「對你不管用，對你媽咪是一帖藥。心慌慌的後遺症有三個：一是你爹地在你媽咪的狂熱崇拜下，自我感覺過於良好，把夫妻關係當作哥們關係，什麼隱私都不瞞她；二是你媽不惜為他兩肋插刀，把放縱當作信任；三是鄉村文化向來不以風流為恥，以至於你媽咪把風流當作風度。在她眼裡，吃醋是壞女人。」

東尼太學術化了，李西有點洩氣：「我老爸開不了眼界，他不有趣、不浪漫還很吝嗇。」

東尼揮舞著手機說：「不，李sir。詩意是怎麼產生的？」

他站起來自問自答：「偉大的普魯斯特說過關於什麼什麼的回憶，其實是對什麼什麼的後悔。一雙美麗輕盈、溫柔潔白的手，至少是誠實的，將使他老人家對他的前半生頓生悔意。」

4

開春了，東尼開車來接李西父子上館子。

餐館在水光瀲灩的南外灘。吃飯當中，他滔滔不絕地講起他做貨櫃車司機的香港老爸，那些故事李西聽過無數遍，不妨在這裡簡述如下：小時候，東尼的日子很慘。每次三口人吃飯，屋裡死一樣地安靜。有一天，他老竇把碗筷一丟，說他要返大陸做的嘢。他媽是日間打牌、夜間陶醉於無線三線劇的香港師奶，也許她是裝傻，畢竟誰不知道香港男人去大陸能做什麼事，能做的事不多，都跟性福有關。東尼老竇後來也不裝了，乾脆教兒子相幫將手機資料備份到電腦，裡面大量的都是東莞桑拿、正骨技師和夜店經理的電話號碼。他每天在皇崗排隊等過關，上貨，過關，驗貨，卸貨，每天十四個小時來回，還能抽空去東莞宵夜桑拿、正骨。東尼在這樣勤奮的港爸教育下，讀過普魯斯特，也讀過昆德拉，長大後，也毅然北上。

父親沉默地聽著，努力分辨著香港普通話的大舌頭發音，眼睛在鏡片後面閃閃爍爍，不斷清著嗓子，竭力忍著煙癮似的。末了，他用口音同樣濃重的普通話問了東尼一個不普通的問題：「一個土生土長的香港人為什麼覺得來祖國大陸好，難道就是為了下半身這事？」

東尼說：「老伯，不能這樣說。大陸好不好，不知道，但在這裡每日誰也不知道將發生些什麼。在這裡，我分分鐘有置身叢林的感覺，是不是很好啊？」

李西想替東尼解釋一番：「從過馬路、買菜、飲茶那樣的小事到日常男女關係，處處充滿不確定，每一刻必須打醒十二分精神。不能說誰喜歡這種警覺狀態，但它讓生活多了一份重量，多了一點肉身感覺，不再是輕飄飄的羽毛。」

但父親不可能明白，一輩子都過得非常沉重的人，不可能懂的。

「春宵苦短」，東尼這麼說著，要帶老人家去洗澡。他們一起來到附近的一家高端洗浴會所，東尼站在門口，對友人的老父做最後的思想動員：「人不要怕重複同樣的錯誤，知道為什麼嗎？那樣才是做人，才叫生猛。改天帶您老人家一起讀《生命中不能承受之輕》，知道米蘭・昆德拉嗎？關於靈與肉的哲學，好生猛，好犀利。負重壓迫我們，叫我們屈服，負重越重，生命越真切。人生於世，該選擇什麼呢？是輕還是重？……」

他把眼前的鄉村才子當作了風華正茂踐行靈肉哲學的湯瑪斯，好像完全忘了老人家比他老竇還老。李西彷彿看見了一個那個姓梁的香港精英，站在那裡傳遞他的睡前故事，喋喋不休，是誨人不倦還是毀人不倦？人肅然起敬的文采、思辨，對這城市的夜晚毫無起色。多年以來，他看不透教書匠的父親，但在這一場景的啟發下，看清了戀愛中的父親。陷入迷戀的父親變得弱智，像個得不到心愛玩具的孩子，不知道該做什麼，紛亂的目光一寸一寸打磨著徐浦大橋的碩大身影。

據說早在一萬年前，城市就誕生了。一旦城市離開了曠野，就展開巨大的欲望翅膀，風情萬種，無情無義。真正驚到父親的是環顧四周，被如雲的時裝美女團團圍困。他完全可以鄙視諸多山寨電子產品的販賣者（兒子是其中之一），抵抗一米櫃臺走出億萬富翁的神話（兒子還沒有完成，今生很可能無望於此類創富神話）。但是，他土氣的穿著以及西北口音洩了底，謝頂的頭顱使得不到七十歲的外貌看上去如同八十高齡，乾硬的陝北黃饃饃穿過江南的腸胃，無法消化，遽而反映在臉色上。連街邊的攤販也能看出，這是一個徹頭徹尾死不改悔的異鄉老漢，佝僂的站姿無法卸下四十年教書生涯練就的清高，雖然從頭到腳連血管裡裝滿了自卑。

春天是無可阻擋的。李西後悔不已，手足冰冷，心臟狂跳不止，很怕就此鑄成大錯。瞅個機會，他做賊似的溜了。

普魯斯特所說的那種後悔，從虹橋機場接父親那一刻，就已經植入他心中了。當時高速路上來來往往的車輛如梭，彷彿鬼魂駕駛的各種飛行器在著陸，刺目的車燈柱他還能忍受，但父親卻像見了鬼似的用手遮住眼睛，發出了悲聲；坐在副駕駛座上的小越連連回頭，她臉上的表情極度不適，也像見了鬼似的。

性是一件抵抗孤獨的小事。在老家，他可以。但在這裡，他的父親，那個在他眼裡從小像山一樣挺立在家裡、教室裡的人，變成了鬼魂一樣孤獨的存在。

李西不想回家，他讓計程車司機往北，直到司機起疑再也不肯走。他刷卡下車，發現是新客站，廣場上無數的人流提醒他這是火車出發的地方；其中有一個方向就是他遙遠的家鄉，閉塞而荒涼，連那裡的閒聊和燈光都是晃晃悠悠的。他從來不想念它，每次想起它，他心生厭惡，不想屬於它。然而此刻，他卻覺得晃晃悠悠是一種親切。

一個稚嫩的女聲老練地召喚他：「大哥，大哥，可以幫個忙嗎？」

他三步兩跳地躲開，加快腳步往蘇州河邊走，走過一大片河畔高層住宅，才發覺這是阿梅住的社區。他掏出手機，聽見阿梅的聲音在電話那頭問：「李西，什麼事？」他聽了很久，幾乎認不出她的聲音，掛了。

手機鈴聲還在不斷響起。他抬頭，看見夜空中一條瑩白的河流，與地上的燈火並行，好像地上的火車已經駛上了天，性急的他是那個駕駛火車頭的司機，必須克制住時時想加速的欲望，才能讓火車按河流的速度有法度地前進。

5

這個本可以早早上床的春夜澈底完了。

他還未到家，電話追來了。派出所一個相熟的叫小炯的民警讓他過去一次。李西說睡了，小炯「呵呵」一笑說：「李老闆，等不到明天早上。」李西說：「什麼事這麼急？」小炯說他們剛剛端了一個窩點，抓了一批人，「裡面有個香港人說是你的朋友」。李西一聽就急了，問：「哪一個香港人？」小炯遲疑了一下，說：「叫什麼普魯士的。」

「窩點」是小炯那行指代賣淫地點的術語。偉大的普魯斯特從來沒有被警察現行抓嫖的事，他也沒法在他的人生長書裡對此留下金句。打的趕到派出所值班室後，李西先派煙，小炯打開筆記本，屋子裡煙霧繚繞。所有人的面孔看不清楚，這樣也好。李西稍稍安心。小炯叫他等一等，拿起手機撥打。進來另一個警察，那人站在那裡端詳他，擺出一副審訊的樣子，反覆核對姓名、籍貫、住址、身分證號等等，把他這個新上海人折騰得不輕。

小炯有點過意不去，把那人拉到一邊，耳語一陣。那人面部肌肉鬆懈了，把臉湊近他，好朋友似的，數得清他臉上痤瘡留下的疤痕。痤瘡臉又問一遍：「普魯士是你的朋友嗎？」李西重重地點頭。兩人來到走廊盡頭的一個房間，裡面靠兩邊牆蹲著男男女女，女多男少，只有一個男人是年紀稍老的，抱著腦袋蹲坐在地上，但他蜷縮的身影很眼生。

小炯跟進來指揮說：「在隔壁。」

隔壁一進門，只聽見東尼的港普在嚷嚷：「阿Sir有沒有搞錯？今晚我們出來開心吃飯，怎麼變成集體嫖宿？」

痤瘡臉說：「香港人脾氣不太好。罰款是他繳還是你繳？繳完款，香港人可以走了。」蹲在牆邊的一些人於是轟然發出一片失望的喧囂。

東尼一臉無辜：「阿Sir有沒有案底啊？」

李西趕忙繳款，硬拉著東尼，一走出派出所，就打聽父親。東尼滿臉懊喪，他說帶李父洗完桑拿，給他找了一個年齡合適、相貌合適、技術合適的女技師，看美女領著老人家進一個單間，自己就去了另一間。誰想半夜不到，警方衝進來連鍋端了，會所內連人帶老闆被帶走，全程沒有看見李父。李西終於鬆了一口氣，抱著東尼肩膀說：「普魯斯特是怎麼說的？關於某次肉體歡愉的回憶，就是對桑拿時刻的後悔。」

東尼驚魂未定，後悔到笑不出來，只能定下神來，開車載李西回家。

桑拿會所離李家不遠，父親完全可以步行回家，但他不在家。他們等了一會兒，慌亂地返回桑拿會所，裡面只剩下前臺和保安寥寥數人，都說看見一個衣著土氣的老頭一個人提早走了。那樣打扮的人通常非常惹眼。前臺小姐試圖叫住他結帳，他手上還戴著號碼牌。李西想調看監控視頻，保安搖頭說：「壞了，早壞了。」

父親去向不明。

李西他們再次回家，坐等了一小時，還是不見人回來。只得重新出發，沿途搜尋。李西的腦子裡出現亂七八糟的念頭，比如，不熟悉路的父親走進路邊某家散發著粉紅色燈光和廉價香水味道的按摩店，莫名其妙成了警方連續清理窩點行動中最年長的打擊對象，或者，是不是老父親還被扣留在派出所裡面。他們返回派出所，又發一圈煙，在煙霧中找遍了裡裡外外、上上下下，也沒見著。小炯說：「也許老人家一時迷路，如果明天還找不見，就來報案嘛。」

父親不在任何他們已知的地方。

這座城太大了，深更半夜找一個迷路的鄉下老頭無疑是大海撈針般作死。東尼駕著車，盲目地掃描大街。有那麼一剎那，李西覺得去向不明的人其實是他自己，副駕駛座上的這個軀殼裡的人才是他父親。可能正是李西本人，在上海灘迷失了。

東尼說：「且慢，好好想一想，伯父最可能去的地方。」

李西的頭腦裡掠過了最近發生的一件件事，最擔心的事發生在父親來滬前。大妹語氣裡的焦躁冷不防露出來，父親的老毛病犯了，他又趕母親去大妹家住。母親再次順從了。有好幾個月，母親一直不讓說。大妹忍住哭音說：「哥，你別講是我說的。爹為黃昏戀操碎了心，那個九零後女老師去上海進修，娘不敢留爹在家了，爹講要去只去兒子家。」難怪他一心一意一個人飛來上海。

霎時間，一道西北高原上的閃電越過千道溝、萬道壑，劈中了他的腦殼。

他掉頭對東尼說：「去松江大學城。」

凌晨時分，車流稀少，松江很遠，一個多小時後，他們抵達那女老師進修的大學。東尼找地方停車。

李西先下車，跑進校園。門衛探頭看了他一眼，睡眼惺忪，懶得阻攔，可能把他當作出來打掃髒了一晚上的世界的環衛工人。他邊跑邊嘴裡念念有詞，他哪裡曉得那女老師的姓名、年級、班級，更不要說哪一幢宿舍樓，這麼胡亂跑了一圈，跑累了，在運動場的看臺上坐下來，喘喘氣。

春夜的天空，深藍色彷彿小越愛穿的牛仔褲還沒有穿舊，被剪刀剪出許多破洞，被水磨揉搓褪色。需要多少力量才能讓最早的一束光，在不察覺的時刻，勾勒出周圍樹木、建築物的單薄輪廓？僅僅是這一束光，父親的一生就足以被勾勒出高光時刻。記得小時候，父親輔導功課，這樣考他：「光要是遇見他的同道，該怎麼打招呼？」他說：「吃過了嗎？」父親輕輕地打了他的腦殼說：「光對朋友只會說『咱們最黑的地方見』。」

最黑的地方就是這樣被光一點一點擦亮的。

在一排銀杏樹和香樟樹交匯的樹林上空，李西看見了奇異的火燒雲漩渦：起先琥珀似的斑塊在流動，絮狀的流雲連接成一個扁平的光團，急速旋轉，越變越大，由深藍到湖藍，再到乳白，漸變為粉紅，越發明亮，直至變成橙紅，漸漸下沉，可以清晰看見一大團火焰在光禿禿的樹梢上燃燒，然而，樹枝並沒有焚毀。他取出手機，拍了一串照片，又拍了一段視頻，發現父親居然出現在手機鏡頭裡。

父親原來一直坐在看臺上，就在他的頭上方。

陽光是新鮮的，熾熱地躍動著，如同火苗燃燒在父親黝黑的臉上，卻不會燒毀他。他心裡唸起自己從來沒發表過的一首詩裡面的幾句：

我在高高的土炕上嚎
父親在村前的大槐樹下嚎

父親也看到了兒子，呆板的臉令人驚訝地笑了，舔了舔嘴唇，問：「有煙嗎？」兒子摸出煙盒。父親不問他怎麼找到這兒，他也不問父親為何來這裡。

為父子倆這麼些年來第二次分享香煙的慵懶舒坦，為不說破共有的祕密，兒子感動得幾乎落淚。然而，父親的世界依然是不可理喻地頑固堅韌。

兒子說：「小時候，我搜集了很多ＵＦＯ造訪地球的資料，你楞是不信，說那全是胡扯蛋。還記得嗎？」

父親轉身看向前方的天空，那團奇怪的扁平狀旋轉焰火已經從樹杈上方徹底消逝，它的出現和消逝同樣突兀。一旦消逝，天完全亮了，照出了布滿塵埃的萬物本相。

父親明白了什麼，像小時候那樣輕拍兒子的腦殼，清了清嗓子說：「你小時候鬼得很，沒少挨揍。」

等了一會兒，他又說：「兒子，你說說這玩意兒來地球想做什麼？就是給打個招呼，咱們在最黑的地方見？」

6

ＵＦＯ女仔根本不信李西看見ＵＦＯ的事。

等到小越回到他身邊的日子，李西恢復了早早上床，把ＵＦＯ之事埋在心底。然後，疫情爆發了，不久，蔓延到全球。再然後，ＵＦＯ來到了他們住的社區，成為了一樁疫情封鎖期間的八卦新聞。

社區有人中招。社區當天封鎖了消息，幾位從頭到腳裹著嚴嚴實實的大白進入社區的圖片很快傳遍了朋友圈。他驚覺家裡除了幾隻不知什麼時候購入的口罩以外，幾乎一無所有，趕忙衝到家樓下的藥房。眼前是幾十米長的隊伍，黑壓壓的人群，以及漏在外面的眼睛，分外警惕地掃視周圍。載洗手液的貨車一來，排隊的人群像堤壩被海浪瞬間擊潰。他擠在潰散的人潮中，什麼也沒買到。想寫一首詩，但末了，什麼也寫不出。剩下幾個空紙盒棄婦那樣被丟棄在路邊。

每個人以口罩遮住了大半面目，釋然的樣子，好像剛剛服下了什麼救命藥。

小越不記仇。年輕的好處是不需要好記性，做事也不用太經過大腦，她收了他的道歉和不菲的禮物，原諒了這個詩人的五毒俱全。她的沒心沒肺超出了他的預計。因此，他生出更多企圖，期望這個九零女孩從全球大瘟疫開始，或許多少理解些他這代人成功的輕，以及他父親那代人失敗的重。

他開始強迫她在家讀他寫的詩，她居然照做了。這不，她低著頭皺著眉哼哼唧唧：「狐狸在春天的洞裡面嚎……啥破詩？」小越讀著讀著，狂笑不止。

這些不出門的日子，隨隨便便就失去了意義。

好在東尼說普魯斯特之所以偉大，因為他首先寫出了「很長日子以來，我早早就上床」，早早上床確實有效。李西沒看到幾頁書，睡著了。到了半夜，眼前被一個破舊的金色大教室照亮了，父親如山，立在教室講臺上。好教師的名聲傳遍了家鄉。當五六歲的李西在外面耍了多時，厭了，一個人甩著小手，大剌剌走進教室，所有的學生驚呆了。繼而有人開始發笑，做鬼臉，吐舌頭，李西看見五六歲的那個李西也驚呆了。父親的臉僵直了，拉起他的手，將他強行拖出教室，順手拍了他的頭一下，好像按下了時間停止鍵。是的，這個畫面一直停留在他的記憶裡，他不後悔，離棄了家鄉，離棄了李氏家族，讓父親，天底下最老實的男人，成為李氏家族故事的結尾。

醒來，時間是含混的，他記不清是什麼日子。手機上幾個未接電話，全是東尼的，先不管。午夜的月光有一層金屬的光澤，讓眼睛酸澀，儼然是最近看了太多事物的細部，看不清遠方的事物。

他離開熟睡中的小越，走出臥室，經過空落落的客廳。北窗是誰忘了關上，還是被誰偷偷打開了？他記不清了。聽見窗外火車「嗚嗚」地駛來，但他站得那麼高，不可能聽見火車的。他凝神細聽，車輪摩擦鐵軌的聲音實際上從高高的天際傳來。

父親騎著返回故鄉的火車，半夜的這個城市看起來才像是屬於他的。看起來像一個不具備什麼歷史重要性的老車站；燈火寥落星散，黑暗的大地和河流覆蓋了那些興奮猶疑焦慮，屬於父親的。他不知父親是不是放下了在松江進修的九零後，那個女孩什麼長相他有些好奇，那很可能是父親一生的初戀。母親說父親這些日子什麼都沒興趣，就是獨自捧著羅盤，出沒在故鄉的溝壑間，決心在大災之年為家族火速選定一塊新墓地。他一定恨不能親手把自己埋入新的寶地，但是不是決定了那個和他一起永遠躺在那裡的女人是誰呢？母親是真的一無所知，還是像東尼老媽那樣揣著明白裝糊塗？李西想像著那個沒見過面的女人的容貌，在那裡跟父親並肩安臥，等待ＵＦＯ從天而降，不是母親那種卑微順服的樣子。

也許母親、父親都不是虧了一輩子的人。李西不懂自己為什麼老是要瞞著母親那個ＵＦＯ的黎明，但他依然決意瞞下去，僅僅因為那與父親的愛情相關。他想著呵護父親的感情，如同呵護他和父親的關係。母親素來怕死，但在電話裡同他開始正兒八經討論父親的後事，這種坦然令他悚然。

作為ＵＦＯ在世的見證人，李西感到一點點欣慰，父親終於成為了他的同謀。他們倆一起見過ＵＦＯ，它過去在他們附近，將來也不會距離太遠，ＵＦＯ是父子倆共同守護的祕密。他失去了嚎叫的欲望，變得更安靜了。父親一定也像他一樣盼著ＵＦＯ能做點什麼，來地球那麼些次數了，它一定是想做些什麼。

卷三 敲頭人

他要像一棵樹栽在溪水邊
按時候結果子
葉子也不枯乾
凡他所做的盡都順利

《詩篇》一篇三節

敲頭人
Hammer on the Head

1

穿堂風跳過廁所小菜場，從安西弄堂衝出來，一頭撞上長安路上的車流，被中山西路十字路口徹底收走之前，總是盤旋在一排異常整齊的法國梧桐樹頭頂。安西那個鬼地方沒有這樣的大樹，樹身上統一刷漆，白得晃眼。

紅英被「嗚嗚」風聲吸引著。她有一雙貓一樣的眼睛，慵懶的目光像是什麼也不看，什麼也不在眼睛裡，但有意無意，目光會從日本樓的陽臺越過長安路的車水馬龍，落在那排白漆樹，落在長安路一千三百四十四號喬家紅漆斑駁的大門。她知道那門背後一條比喉嚨還細的黑過道，連著狹小的天井，長春住的閣樓窗口開在天井。

紅英是班裡不發聲音的那種，長相出挑，舉止文雅，體育不錯，成績平平，平日不顯山露水，也不送往迎來，做不了班幹部。到寒假，按家庭住址劃分若干個學習小組，她卻成了長安路這一片的小組長。眼看日子一天天消逝，她賴著不去檢查長春的作業，像是抽屜鎖著，鑰匙丟了，一想起就煩，索性不想了。

她像往常那樣走在安西弄堂，鼻間充盈黃魚、爛菜葉、尿鹼的味道。長春正岔開兩腿，站在小菜場，擋住了穿堂風，口裡「啵啵」吹著泡泡糖，左手在腰間皮帶上撚著什麼，轉而拍打一株鐵樹，好像那棵樹眨眼間要長到天上去，變成一頭墨綠色恐龍，掀翻整個長安路第三小學。他是長三小學最受女生歡迎的左撇子。

他眼光遊走，卻像是最冷的清早窗戶上的冰花，看似玻璃平面上幾何圖案擴張得肆無忌憚，其實繞來繞去全是那個中心。

紅英加快腳步。遇上長春伸出的左手。她討厭他停不下來充滿挑釁的左手，一甩短髮，想繞開男孩身上那股子快要溢出來的寒氣。

「半路上有壞人。」長春說。

「天還亮著呢。」紅英說。

長春纏著不放，路上昏頭六沖地又問她：「曉得敲頭人嗎？」

自全城陷入一場敲頭噩夢，長春被敲頭人深深吸引著。他講起第一起敲頭案煞有介事：風雨交加的夜裡，穿紅毛衣的年輕女工撐著紅傘、穿著雨鞋，深一腳，淺一腳，走在大孚橡膠廠外。蘇州河黑魆魆的，爛尾的建築工地一片漆黑。路燈不知是壞了，還是被誰打碎了。遠離中山公園的荒涼地段，面積有足球場大小。紅毛衣不自覺地加快了腳步。背後躥出來一個騎車人，超過她的剎那，車閘「吱扭」一聲，一件鈍器帶劈開夜色，敲在她腦殼上……

紅英立定在電線杆下，掃了一眼學校綠漆大門，看不到收發報紙的老頭，她說：「做啥要瞎講？我不怕的。」

紅英不信喬長春的話，正如她不信喬家阿奶。她玩厭了桌上的算盤和各色應收、應付帳款的藍色小圖章，溜出財務室，順一架木梯，爬上水泥曬臺。

冬天沒有什麼風景可看。一片壓一片的瓦片連起來的屋頂，灰黑色海浪翻滾一般。她拿眼在屋頂相連的凹處掃描，除了一些飛鳥播種的野生植物，沒什麼發現，到現在也沒有一點下雪的樣子。

樓下在喊：「天黑了，作業寫完了嗎？」

天還沒黑呢，大人喜歡騙人。紅英不理不睬。

那聲音悶悶的，提高了分貝：「快點下來，小姑娘回家啦。」

天空飛過一大群花白間雜的鴿子，像是覆著白粉的大黑板上漂移著粉筆字，叫紅英想起她還是有個媽的，雖然她總是不在家，老是要她放學後待在史阿姨的單位。

史阿姨還在叫：「快點——小公主，敲頭人要出來啦。」

叫公主也沒用。史阿姨那張嘴不是說她像彈鋼琴的小姑娘，就是像會跳舞的小公主。紅英不怕敲頭人，她沒有穿紅衣，頭髮是有點黃，不是枯草的黃，而是晴天渲染過的金色，髮箍也不是紅色的。但史阿姨說：「敲頭人出來敲人頭前，會先講出那個人的名字，你的名字裡是有紅色的。」

黑咕隆咚的樓梯口傳來硬物碰撞的聲響，一疊聲「哎呦，哎喲」，財務史阿姨上樓走得急，大約是膝蓋撞在樓梯扶手上。

近來，媽媽在紅英放學後，喜歡把她像一件出售貨物寄放在新寧食品店。她期待著天黑得快一點，也許可以撞見敲頭人。

起風了，冬雨灑下來，有一陣沒一陣。兩人都沒帶傘，史阿姨抓著紅英的手，邊走邊發抖。長安路往東，即使過了下班高峰，行人、車輛也是漸漸多起來，沒什麼好怕的。然而現在已經發生了七八起敲頭搶劫案，二人死亡、六人重傷、多人輕傷，全是穿紅衣的女性，都發生在蘇州河到滬西體育場一帶。被搶物品五花八門，辣醬、藥品、飯盒、化妝品、香水、手錶、戒指、金項鍊……，敲頭人一件都不放過。史阿姨路上在嘮叨。

史阿姨的婆婆喬家阿奶頭頂著個面盆，屁顛屁顛趕上來。史阿姨也站住，不是因為婆婆，而是看見了蹺腳斌生。天上稀稀拉拉落下些大雨點，打在梧桐樹葉上、行駛的車輛上、移動的雨傘上、行人頭頂上。她用力拽住小女孩的手。

紅英沒想到見到斌生阿哥是這個熊樣。冬天了，他還是那件舊夾克，打濕了，認不出本來顏色。曬黑的面孔上像烏龜殼爆裂，老遠能聞見香蕉水味道，近一米八的個子因為腿腳不便，邁出每一步都要含胸收腹斜肩彎腰倒向一側，猶如背上馱著一大袋米。民警小金他們披著雨衣，嘴唇蒼白，吃力地反剪著斌生的雙手，逶迤行過積滿水的坑坑窪窪，朝派出所走去。

2

那時候，西站以西最好的建築物是喬家斜對過的日本樓，孤島時期日本人所建。長安路大清早，路邊朱紅色馬桶排起長隊，日本樓則是另一個世界，每家每戶鋪深色柚木地板，獨立衛生間和抽水馬桶安靜得很。一樓一分為二，東邊是公寓入口，西邊則是地段醫院的大門。住在五樓的紅英常常聽見樓下醫院的嬉笑吵鬧。冬天日短，大白天，嫋嫋白霧從門診部的煙囪管騰騰升起。樓道裡房間裡永遠是幽暗的。樓上阿六頭講以前樓裡吊死過一個懷孕的日本女人，夜裡能聽見東洋女鬼在哭。紅英說在走廊裡也聽到過好多次奇怪的哼哼聲。媽媽免不了啐女兒：「全是地段醫院病房那幫神經病太吵了，瞎污搞。」女兒爭辯說那聲音有時又像是老爺車，在天上「哐啷哐啷」跑。

媽媽看到日立彩電上什麼人樂得大笑，笑了好一會兒，才想起來什麼又說：「小鬼頭越來越像你殺千刀的爹了。」

女兒面孔漲紅，不作聲。

她最生氣的事是連她親媽也講她沒有爹，這麼久以來，她習慣了，她曉得他們全錯了。世上哪有小孩子沒有爹？她只不過是想不起爸爸的面孔。在記憶裡，伴著媽媽摔鍋砸碗的哭罵，他就是一個喝悶酒的酒鬼，宛如深夜蘇州河油汪汪水面上來來去去的水泥船，神祕出現，神祕消失，跟她從來沒什麼關係似的，頂多是一副掉了色的金絲邊眼鏡，毛茸茸的鬍茬，一雙骨節棱棱、濕冷粗糙的大手。

喬長春認為三角形是想像出來的形狀，他最喜歡去的是三角花園。連踢個半場小足球的空間也沒有，大白天也陰森森的祕密角落。植物葉片上浮著一層血跡似的鐵鏽，中山路橋投下飛機機身一般碩大的陰影，藏著些翹課孩子的書包、皮球、彈弓、釣魚竿之類玩意兒。到了夜裡，星星點點火光，一切都會生動起來。據說樹妖是在夜裡出來覓食，專抓迷路的孩子，嚇得女孩子們都遠離這裡。

芭蕉樹叢最深處有一個防空洞，不曉得有多深多大，從門縫裡扔了幾顆石子進去，半天也聽不到回聲。長春把紅英單獨騙來，不只是為了炫耀三角花園，更是為了給她講一個祕密情報：那個敲頭傢伙是有動機的，騎單車，執鐵錘，偏愛肯德基的紅，要在肯德基炸雞店在中國開滿一百家分店之際，敲滿一百個紅衣女的頭。

紅英聽完，扭頭就走。

這事不知怎麼被喬家阿奶曉得了，她數落奶末頭兒子說：「長春呀，做啥要跟日本樓小姑娘搞？她媽是隻什麼女人？擺不脫跟蹺腳混在一道，騷屄。」

喬家阿奶在家和派出所之間不厭其煩跑來跑去，為的是驗證她沒有看錯蹺腳斌生。她說警方早就確定了是單人作案；作案工具為金屬鈍器；劫財劫色，手段狠毒，熟悉地形，不像流竄作案。專案組在案發地周圍守候良久，終於逮住了長安路的斌生。

紅英一直不肯相信警察會冤枉好人。她猜對了，派出所把斌生關了兩三天，沒搞出什麼結果，放了。這個消息不脛而走，嚇壞了長安路一條街。丈夫陪老婆、父親陪女兒成了出門標配。女工不敢上中班、夜班，工廠將食堂臨時改成宿舍，沒有條件的就借用附近學校教室做臨時宿舍；女人不惜將頭髮剪短，出門不敢穿紅色衣服；有人戴摩托車頭盔走夜路，隨身包包內藏著剪刀。

紅英沒想到斌生騙了她，她問小兒麻痹症會死嗎，他說不會。不久，卻傳來了死訊。上學路上，她看見小菜場裡好多人頂著西北風往長安路上跑，趕往中山路橋。聽人說警察封鎖了三角花園，有了重要發現。

「這麼快！」人們一面讚歎，一面唏噓。

斌生獨自俯臥在芭蕉葉最深處的防空洞內，頭靠磚頭壘砌的土灶，頭髮燒焦了，眼半開半合，口微張，右手壓在胸口下，左手伸得僵直，指尖朝向門口。指甲折斷脫落，鐵門下部布滿刮痕。肌肉萎縮的左腿藏在右腿下面，髒得看不出原來顏色的西褲上現出黃蠟蠟一灘尿跡。警方排除了非正常死亡，法醫認定是心肌梗塞，沒說什麼時候死的，唯有紅英知道，他是在做夢當中走的。她還知道，夢是芭蕉葉形狀的。

小金他們找到了一些零碎東西，搪瓷碗、破鐵鍋、雨衣、手套、手電筒、絲襪、蕾絲內褲、避孕套、平刨等等，包括一把鐵錘，錘頭沾滿了土和草木屑，散布在防空洞各個角落。洞壁上，白粉筆畫著一片大芭蕉葉子。頭頂上不時傳來「轟轟」聲響，那是輪胎有節奏地碾過中山路橋面。圍觀的人說小金他們裹著軍大衣，依然凍得嘴唇發紫，體似篩糠，冬天的防空洞就是冰窟窿，凍死人不償命。錘子送去做檢查，驗出了血跡，不能確認是被害人的。但大家心裡默認了敲頭人是蹺腳斌生，不幸的是就算能定罪，誰也沒本事逮捕一個死人。

斌生死得是時候，不曾破壞長安路的喜慶。

半空中有零星火光，爆竹「劈劈啪啪」響起來。新年快到了。

沒有二胡唉，斌生怎麼可能不帶著他的二胡，那麼冷的地方。紅英不相信他死前住在防空洞，她很小見過斌生，但第一次兩人說話只是兩年多前。那天史阿姨急著回去燒夜飯，本來要送紅英回去，但紅英媽說自己來接紅英。五點多，出納走了，六點鐘不到，史阿姨也走了，將備用鑰匙留給紅英。

財務室出門左手，一架紋理磨得鋥亮的木梯擱在半人高的小門口，通向水泥曬臺。她記得頭一次爬梯子發現曬臺，曬臺中央的藤椅日曬雨淋，白慘慘的，像一具蜷縮起來的動物白骨。她往藤椅裡一撲，椅面塌陷，「吱嘎」尖叫起來，椅腿搖來晃去，楞是沒塌倒，像是激流裡的小船，險歸險，始終不傾覆。她好幾次把椅子拖到晾衣繩下面，幫著把掉下來的被子重新晾上去，第二天發現藤椅又回到了曬臺中央。無論怎麼擺椅子，隔天總會回到曬臺中央，好像椅子長腳認得方位。那是蹺腳的藤椅。史阿姨說他的手很巧，店裡的桌椅、貨架、冰箱都是他修好的。

紅英輕輕推開曬臺木門，門軸發出「吱嘎吱嘎」，藤椅上伏著一個黑影。她正想退回去，那個影子會說話，他說：「看。」

她身子退得太急，把門撞上了，退不回去，她更慌了。

影子起身攀住晾衣裳鐵架子，翻過曬臺欄杆，一隻腳踩在牆面上突出的椽子，另一隻腳就像蝸牛伸展腹足那麼晃來晃去，一點一點，順著欄杆外緣朝前爬，紅英的心隨之懸在半空中。她看出那隻蕩在半空中的腳有毛病。四周靜極了。該如何描述這種傍晚自然生出來的寂靜？長安路上連個小小圖書館成天都是鬧哄哄的。

她「啊」了一聲，賽過地面拖曳鐵貨架的銳音。那人腳下打滑，差點掉下屋頂，好在他手指扳牢屋脊，呼吸粗重，搖來晃去一陣子，落在屋頂和屋頂之間的凹陷處，站穩了腳跟。銜接屋頂的油毛氈很結實，漸漸蓄了土，雨過之後，陸續長出一些鬼頭鬼腦的野生植物。

當他氣喘吁吁爬回來，胳肢窩下夾著一隻拳頭大小的野西瓜。像皺皮蘋果的憨憨笑臉，深度近視眼鏡，夾鼻裹著橡皮膠，鼻翼笑紋深刻，三十來歲年紀，倒像是四五十歲。除了帶崇明口音的上海話和流行的醬紫色夾克衫，他身上再沒有什麼本地特徵。沒有上海戶籍，更無從證明他與這裡的聯繫。他是長安路上來歷不明的人，講不清楚從哪裡來、到哪裡去。新寧食品店沈經理招臨時工，看他老實，身世可憐，又是個瘸子，心一軟，就安排他住樓上看店。

她想起長春說的圓規畫圓圈的比喻。這次，長短不一的圓規腳異常輕巧完成了徒手攀援高難度動作，大大出乎她的預料。她為惡作劇不安，他卻未語先笑：「謝謝小鬼頭嚇我一跳。本來心口不舒服，倒被你一下嚇好了。」

她第一次知道斌生患有先天性心臟病。

3

——「總歸有一天會摘到一個熟的。」

說這話是在財務室右側的三層閣，一把短木梯做出入口，單靠屋頂老虎窗通風，兩頭人站不直，夏天燒烤，冬天漏風。自從來到長安路，他就住這裡，誰都知道他孤家寡人無處可去。他拿一把油膩膩的水果刀，剖開了小西瓜，瓜瓤白乎乎的，籽也是白的。他嘗了一口，皺起眉頭，揉著胸口，呼吸平順了，一臉苦相，但嘴角擠出笑意說：「味道好極了。」

紅英笑了，斌生說味道的腔調同雀巢咖啡廣告很像。

天氣回暖，屋裡一股子腳臭、汗酸、爛水果的混合怪味，被子、書籍、藥瓶亂糟糟堆在床上，床下塞著腳盆、拖鞋、木工工具箱。紅英不愛看書，只看牆面貼著的海報，上面一排排電線縱橫的傍晚天空底下，五個短褲少年並排站立，昂首望著遠方。他們在等待著什麼？什麼值得那麼小就去永遠等待？她從長春硬要借給她的豎版舊小說認出繁體字的「遠」，唸得出四個藍色大字是「永遠等待」。

她吸溜著鼻子，吃了話梅糖、鹽晶棗，眉眼便活泛起來。若干年後，當她瘋狂地迷上香港Beyond搖滾樂隊，才開始明白永遠和等待之間的那種相依、相愛、相恨的莫名關聯。每逢聽到蒼涼遒勁的粵語版〈海闊天空〉，一定會聞到斌生三層閣的氣味。

斌生在火油爐上煮了兩人份的蔥油拌麵，看她吃得鼻尖冒汗，遂取出一把破二胡，笑著說：「日本樓小姑娘，想聽什麼？」

紅英喜歡斌生摟著二胡搖頭晃腦亂拉一氣。下班後，斌生要是不看書，就是上曬臺坐在藤椅裡發呆，在三層閣裡擺弄二胡。完全不是白天在店裡你能看到的那個被人呼來喝去的臨時工。店裡上上下下、老老少少都少不了他，但沒人拿他當一回事。沈經理背著手走來走去，有時給斌生腦袋上輕輕一巴掌，罵他拉二胡是亂彈琴，怪不得老大不小找不到家主婆。史阿姨說：「不要小看斌生，人家在外面有花頭。」有人問：「什麼花頭呀？」史阿姨來不及回答，老沈就說：「偷南貨店隔壁花癡的花褲子穿嘍。」大家笑得稀里嘩啦，斌生也笑。老沈又敲打他腦袋：「笑什麼笑？笑嘻嘻不是好東西。」史阿姨講：「沈經理不要欺負老實人。」

斌生中意的是小提琴，但他買不起，也學不起。好歹二胡不貴，他攢錢買了一把二手的，自己琢磨著就拉上了。他咿咿呀呀拉了〈金蛇狂舞〉和〈草原之夜〉，紅英要聽〈二泉映月〉，他不願拉，那太慘了，他只拉開心的。樓下傳來高漲的喧譁聲，像是一屋子人在打麻將，又像是馬路邊坐著許多人喝啤酒，一浪高過一浪。他把腦袋探出老虎窗，裝作看見了什麼似的，大呼小叫起來：「夜裡有紅毛外星人在馬路上打仗，就在大馬路上，離周家橋不遠，要不要看？」

斌生這麼說，她半信半疑起來。他托著她腋下舉到窗口，喧鬧聲卻消失了，除了對面黑慘慘的屋頂下昏黃的燈火，恰似夜雨淋濕的一排排紙燈籠。

她沒作聲。

斌生說：「再往遠處看，越過全部的屋頂，就是海。看見了沒有？喏，海裡有一座芭蕉葉形狀的島。」

她「嗯」了一聲。

他說：「島上有栽滿鳳梨、蓮霧的山谷。吃過蓮霧嗎？味道好極了。」

她說：「看不見呀？」

他只說：「你有貓那樣好看的眼睛，仔細看，一定看得見。」

他是第一個講她有貓眼睛的人，但她當時沒留意。樓梯口傳來特別急促的腳步聲，兩人也都沒留意。紅英媽又食言了，來得特別晚，她爬上木梯，三層閣小得她都站不下，她一把擰住斌生的耳朵罵：「哎呀，斌生，看不出老實人會這樣瞎三話四，要把我乖囡帶壞的。她還是個小姑娘……」

斌生大手一鬆，紅英身子落到地上，羞得手腳也沒地方擱。

斌生跑進貨，腿腳不好，騎車技術卻一流，長安路蹺腳踩著鏈條有毛病的永久自行車，有求必應，大家愛找他幫忙。他在上班時間幫人忙私活，不是做木工、修理家電，就是踩黃魚車買菜送貨。要是他在三層閣，店經理或團支部書記來了，群眾咳嗽就頻繁起來。遠遠的三聲低咳，他立刻停住手裡的活計，回到樓下店堂倉庫埋頭幹活。領導有時問斌生：「中飯吃過伐？」斌生點頭說：「味道好極了。」大家捧著肚子笑。斌生的普通話就這一句，說得字正腔圓。

紅英媽會撒嬌，史阿姨會誇人，好起來兩個人簡直是親姐妹。史阿姨誇她是長安路上一枝花，紅英媽就託她照看未來的一枝花紅英。那天，工會發了電影票，史阿姨要加班，就叫在三層閣看書的斌生帶紅英去看電影。

兩人一高一矮從周家橋一路往東。額上感覺到了雨點，上午下過的雨，聲音早就過去了，水珠子寄存在樹上。這會兒，雨水是先落到斌生身上，鏡片濕了、糊了，一顆水珠子滾到他脖根上，碎裂後，變成一條身子不斷生長的小蛇，游入他襯衫領口，但他沒感覺，笑得鏡片上看不見眼睛，變著法兒同紅英找話題。每句話都以笑開始，以笑結尾。一點兒也不好笑也要笑，沒法子跟他生氣，這就是他這個人討人厭的地方。再說大人跟小人有什麼好多說的？她覺著街上的人都在看他們。斌生在小攤買了孫悟空、豬八戒的糖人，紅英不要，他一手一個拿著，高高低低地走著。她跟在他後面，躲閃著他的影子。兩個人走得彆彆扭扭的，走過中山西路口的紅綠燈，走過安西弄堂。

斌生說他不敢牽她的手，因為他走路樣子太難看。兩人背上汗涔涔的，風一吹，挺涼快。紅英再看他傻笑的樣子，也不怎麼討厭了。他不能算是阿哥，嚴格來講，他是爺叔級別，但媽媽分不清輩分，讓她叫阿哥。連沈經理她也要紅英叫大阿哥（老沈都過五十歲了）。

斌生又說：「小兒麻痹症造成一條腿長、一條腿短。別人會笑話的。」她眼神柔柔的，依然不作聲。斌生又說：「下趟不帶你看電影了，別人會笑話的。」她眼光直了，咯咯笑著說：「這多沒意思。說不定我長大後，長到你一樣高，也是一條腿長、一條腿短。」

紅英的手朝他歪斜的肩頭比劃了一下。到了西站口，道杆提起來，路人和自行車紛紛推搡著他們上前。斌生牽起她的小手，他大手心潮濕、粗糙，並不舒服，叫她心裡亂亂的。

路上有人叫紅英，她趕緊甩脫斌生的手。長春甩著長髮迎面而來，手裡托著三角紙包，邊走邊吐瓜子殼。紅英瞟了一眼，也許因他是史阿姨的小叔，就不想多理睬。他嘻嘻笑說：「跟圓規跳舞？」紅英馬上明白了他笑什麼，從側面看讓高高瘦瘦的斌生牽著，的確像是跟一隻腳長、一隻腳短的圓規跳舞。

斌生扶了扶眼鏡架，裝作什麼也沒聽見。長春來勁了，返身跟上他們，一路上，他的話比西站的綠皮火車還要長，幾顆唾沫星子沾到她臉上，她用手絹抹掉，悄悄扯扯斌生衣襟，希望這個大人能像個大人樣，趕走長春。但斌生沒有，他一味努力走著，才能趕上長春的快步。好不容易走到了中山公園的影院，長春沒有電影票，斌生終於找到了藉口，但還是不得不挖出口袋裡的零錢加上兩個糖人，才打發走了他。

走前，長春毫不掩飾對斌生的敵意，壓低聲音說：「小心敲頭人。」

電影一散場，紅英穿過人群，快得像逃跑。

「電影不好看？」斌生擠著趕上來問。

她搖頭。

「你怕敲頭人？」他又問。

她又搖頭。她擔心的是長春，但那小子不在，他沒耐性，早不知去哪裡野了。她一本正經地說：「敲頭人是大人編出來嚇唬小孩的。」

斌生不笑了。店裡的人都說蹺腳晚上通宵看書，看得近視一千度，鏡片賽過啤酒瓶底，肚皮裡裝的全是油墨，此話看來不假。他說要講個真實的敲頭人故事給她聽，比電影精彩。

影院的人群湧入街巷，像浩蕩的長江水體消散在入海口。斌生對著街燈眯起眼，鏡片上有點點魚鱗閃耀。他說他是出生在長江入海口的漁家孩子，父母靠出海捕魚為生。有一次，父母出海，航行得很遠很遠，去了一個芭蕉葉形狀的南海島嶼，再也沒有回來。回來的漁民們則說那兒是一座陽光普照的美麗島，長滿鳳梨、蓮霧的山谷住著一位天使，捧著鮮花招待你，照顧你，祝福你。去那兒的人幸福得不想回家。斌生不懂為啥父母連兒子也不要了。村裡的說法後來有了轉折，又有回來的人說，那個島哪裡有陽光？其實是一個黑得可怕的所在，到處是沼澤，濃霧瀰漫，伸手不見五指，沼澤裡住著一個惡魔，一旦狹路相逢，他就會用鐵錘敲碎人腦殼。（紅英起初銀鈴一般笑，此時笑聲便被夜色吞沒了。）漁民們沒有撒謊，都說了實話，但他們都只說對了一半，要是他們登島的時間是白天，遇見的是天使。換成夜間上島，只能遇到可怕的敲頭人。

紅英低著頭想了一會兒，眼睛一亮：「遇上敲頭人就死得硬翹翹了，那阿哥你怎麼知道那個島的事呢？」

「我是逃回來的。那辰光我太小，爹媽都去了島上，」他頓了一頓說，「死了。」

紅英瞥了一眼斌生的腿。他瑟縮了一下，像是被馬蜂螫了一下。他訕訕地說小辰光他的腿沒毛病，跑得比花狸貓還快，後來硬是被鐵榔頭敲斷了一條腿。

紅英想了一陣，問他：「斌生阿哥，你恨敲頭人嗎？」

斌生撓著頭皮說：「為啥要恨？只要避開夜晚，就能遇到天使。」

她說：「夜晚怎麼避得開？如果你在島上過夜，不就碰到敲頭人了？」

斌生辯解說：「那你可以在白天登島，不要過夜。保護好自己。」

「這個辦法靈。」她說，「那個島在哪兒呢？」

輪到斌生沉默了。街邊食肆，一對落地大音響裡鄧麗君唱得很嗲：「送你送到小村外，有句話兒要交代……」

「怎麼才能去那個島找到天使呢？」她追問。

「心臟為啥叫心臟，曉得麼？就是心髒了。要是心不髒，就一定能去。」他答。

她繞過地段醫院門口的積水，認真地說出一個想了一路的結論：「阿哥，這個故事不好。」

他恢復了笑容：「為啥？」

紅英咯咯笑著說：「騙人。這故事是假的。你的腳不是小兒麻痹症嗎？」

4

喬家門前那一棵梧桐樹除了白漆外，還用紅漆寫了「南俠在此」。為了看清這幾個字，紅英藉著去竹器店買淘籮的機會，走過好幾個來回。長春的行書寫得頗有中流擊水的氣勢，可知那小子最近迷上的是《三俠五義》、《小五義》等等，書包裡全是這類書。

穿過黑乎乎的過道，跨過被兩個水斗占滿了的天井，她看見一個小男孩呆頭呆腦坐在喬家客堂間樓梯上，扁扁的大腦袋上鼓起一個暗紅色的包。長春不知從哪個角落裡冒出來，說那是鹿角。小孩子好奇的目光停留在紅英白中泛紅的臉上，長春的目光也跟蹤而至。她雖很瘦，身子骨早早露出了美人胎子的苗頭。

在長春的手指接觸到紅包之前，被一巴掌打開了。史阿姨嫁入喬家後，脾氣也變壞了。她拉長臉，訓斥小叔長春長大了也不懂事，產鉗夾出來的產瘤怎麼能隨便亂摸？

小男孩哭了，伸出小手往空中亂抓。

喬家阿奶從裡屋跑出來，手裡抱著糖果罐，學著小孩呀呀說話：「吃糖糖，吃糖糖。」

史阿姨噘起嘴抱著孩子死不放手，說：「小孩吃糖牙齒要壞的。」

長春趁機躥上去摸著了那隻角，嚇得史阿姨大嚷要管教被寵壞了的長春。喬家阿奶一手抱著糖罐子，一手叉腰對媳婦虎起臉說：「喬家養的小人，管教輪不到外人。」

史阿姨面色不對，鼻子裡「哼」了一聲，抱著男孩，屁股一扭上樓去了。從頭到尾，她並無正眼瞧一下紅英，當她是空氣看不見。

史阿姨的冰冷態度證實傳聞不虛，她真的跟紅英媽絕交了，再也不能容忍跟一個日本樓騷貨做朋友了。

紅英不怪史阿姨，要怪就怪國棉廠轉制。紅英媽等一大批工人提早退休回家，日本樓裡人多嘴雜，謠言四起，樓上阿六頭領頭說半夜裡鬧的不是東洋女鬼，而是紅英家裡進了野男人。還沒等紅英媽找樓上算帳，國棉廠宣傳幹事拉著幾個保衛科的人，夜裡打著手電筒轟然衝上樓來，砸開紅英家房門大吵大鬧。他們真的發現有人從陽臺爬水落管子逃走了，遠遠一個一瘸一拐逃竄的背影消失在夜色裡，樓下歪倒著一輛破自行車，那是斌生的「永久」。樓上樓下馬上都曉得了宣傳幹事是紅英媽的相好，卻不敢相信她的新歡居然是蹺腳斌生。紅英媽有口難辨，乾脆閉門不出，悶在家裡做美容燙頭髮。

國棉廠慢慢風波平息了，但新寧店卻餘波再起，一向笑眯眯的斌生捲鋪蓋滾蛋了。事起倉促，沈經理像往常一樣領著職工拿斌生開玩笑：「斌生，你的『永久』哪去了？」斌生說：「找不到了。」老沈講：「腳踏車在紅英家呢。」斌生連連否認。老沈又講：「紅英快叫你阿爸了吧？」大家都笑，但斌生竟生氣了，冷不防推了老沈一把。老沈靠著水果箱站穩之後，一把揪住斌生衣領，往他頭上狠敲毛栗子。午飯時候，斌生衝進經理室，手裡提著一把鐵榔頭，一聲不吭，面無表情。老沈打翻了飯盒，嚇得趕忙逃回了家；好多天他都稱病在家，不久調走了，離開前，他沒忘了打電話到店裡。警察也來了，他們和店裡職工一起動手，趕走了斌生。

紅英感覺渾身僵硬發冷，非常想念家裡那個總有股子藥棉怪味的硬枕頭。她匆匆檢查完，急著要走。長春卻說起喬家後院半夜裡的動靜，有什麼東西從屋頂上經過，瓦片「嘰嘰嘎嘎」亂響，天亮了，他從客堂間樓上後窗爬上灶披間屋頂，發現不少瓦片被踩碎了。看紅英沒反應，他提示說：「半夜裡敲頭人在喬家房頂飛簷走壁吶。」

她捂住嘴，像是被什麼咬了一口。

長春得意了，他透露說警察收到舉報，有一人去中山公園金店修理一根金項鍊，心形掛件上刻有「琴瑟好合」字樣，很像四月份敲頭人劫走的項鍊。高個子，偏瘦，中年人，穿醬紫色夾克衫，崇明口音，可惜晚了幾分鐘，來不及當場生擒。警方發現了重要的辨識特徵，那人是瘸子。

紅英驚叫一聲，長春口輕飄飄：「蹺腳斌生輕功練不到家，踩碎了我家瓦片，腳有毛病嘛，不過爬你們家陽臺倒是手腳滿俐落的。」

紅英這邊知道是長春向派出所舉報了斌生，史阿姨那邊第一個跟斌生劃清了界線。斌生被趕出店。史阿姨痛定思痛，交友不慎，一是日本樓女人，二是三層閣老實人。她得出結論：沈經理做得太對了。紅毛衣女工的男人是她認識的，她又講出事那晚男人在家裡做好了飯菜，等到九點多坐不住了，跑到鄰居親戚家中去找，遍尋不到。十一點多，他找到了河邊荒地，看見圍了一些人，扒開人群，妻子躺在那裡，滿臉血污，上衣衣襟敞開著，褲子脫到了膝蓋處……

「老實人最不老實。」史阿姨的敘述比她婆婆可信，打消了長安路好心人對蹺腳殘留的一點點好感。斌生就這樣子在長安路上身敗名裂，自此沒有商家、廠家、私人老闆敢收留他，長安路上都像防賊似的防著他。有人撞見他坐在飯店門口，會用幸災樂禍的眼神望向他的破二胡和面前的搪瓷破碗。斌生怔怔地坐在原地，壞腳盤在好腳下面，有人給碗裡丟硬幣，故意丟到碗外面。也有人招呼說：「蹺腳，你講一講日本樓那天晚上的事。」想逗他講一些細節出來，但他只盯著人群裡的小孩子。孩子看見他直勾勾的眼光就害怕，往人群裡躲，拽著大人的手要走。

斌生不吭聲。

有人逗他說：「那半夜去日本樓翻陽臺爬水落管的總歸是你吧？」

斌生突然醒悟似的，連聲說：「不是我，不是我。」

又有人問：「蹺腳，你的腳踏車呢？」

斌生嘴巴張合，說不出話來，光會擺弄二胡，可是，無人想聽。

連紅英也不想。她聽見熟悉的二胡，遠遠避開了。

喬家阿奶撇著嘴學斌生的普通話說：「騷貨——味道好極了。」

聯防隊在中山公園巡邏，發現一個模樣像敲頭人的鬼影徘徊在深夜的湖畔。隨後，大白天發生了救狗事件。

清水濱河道併入公園，拓寬為人工湖，西面為遊船碼頭，北面是穿廊水榭。據水榭現場市民說，當時聽到有人喊「救妹妹」，一個女孩衝到水榭大喊救命，附近都是下棋、散步、靜坐的老人家，唯有一個中年男人仰面朝天，臉上蓋著一張報紙在午睡。那人一聽跳起來，反而摔倒了，暴露了他是瘸子；他迅速爬起來，衣服也沒脫，甩掉球鞋就下水。湖水很淺，他救起來一條狗，凍得全身發抖，但他返身又下水搜尋。那求救女孩臉漲得通紅，一個勁叫他回來，要救的只是她的狗。

下水者很尷尬，坐在岸邊，脫下衣服曬太陽。有人喊他「蹺腳」，人群譁然。有目擊者自動站出來，作證說聽見女孩當時喊的是「救狗狗」，馬上有人反駁說：「早幹麼去了？」又有人嚷嚷說報警，看熱鬧的人一窩蜂轉向，幫著女孩講話：「她喊的就是狗狗嘛。」認出斌生的人於是問他有沒有去過金店，斌生臉色煞白，滿頭、滿身不知是汗還是水，他只會講：「不是我的金項鍊。」另一人問他怎麼不去日本樓睡女人，他只會說：「我的腳踏車被偷了。」他牙齒打架，講也講不清。那人還在說：「紅英是個小女孩，你不要一拖二，吃著碗裡的想著鍋裡的。」斌生嘴角哆嗦，脖子變粗壯，推了那人一個趔趄。那人叫著「蹺腳又要殺人啦」，抱頭鼠竄。人群激憤起來，幾個年輕人摩拳擦掌要教訓殺人犯，人群又叫喊：「讓開，讓開，閒人讓開，領導來了。」

公園領導來了，斌生倉皇逃走。誰也不曉得斌生住在哪裡，那是他最後一次出現在公眾面前。長安路上公認最有學問的洪教授說：「不論是救人還是救狗，其行為都構成見義勇為。」街道辦則說：「中報見義勇為的相關工作並非街道辦負責，如果有關部門研究出結果，街道辦會全力配合。」

兩週後，警方在三角花園找到了他的屍體。有人恍然，他是住防空洞的。也有人說他是冬天下水救狗，凍出病來，給病死的。然而眾怒難犯，這種為死者開脫的說法不久就自動消聲了。

5

以前，每到夜幕降臨，曬臺中央會有一人坐在藤椅上，上身半轉，右胳膊擱在椅背上。一條腿翹在另一條腿上面，看不出腿的長短。他呆呆看著夜裡的屋頂，直看到屋頂放出綠色螢光，許許多多蝸牛開始慢慢散步，背上的殼五彩斑斕。藤蔓綠匝匝覆蓋了屋面，其中一枝上長出了一隻籃球大小的西瓜。她明明將藤椅踢倒了，它藉著一陣風自己又爬起來，風挺大，吹得它黧黑的身軀微微晃動，彷彿一隻笨拙的蝸牛在蠕動。

紅英惡狠狠搖晃著曬臺中央的藤椅，像是要拆了它的筋骨，風一吹，手上絲絲拉拉生疼，手指被藤椅上的竹篾劃破了。

在到處有人追著討飯斌生取笑的日子裡，紅英開始躲著人，直到去少年宮活動。那個日子像是過兒童節。晚飯後，她在少年宮玩累了，卻碰上長春對她說悄悄話：「你的眼睛真像貓眼。」那是斌生說過的話。她感到噁心。為避開長春，她去了游泳池。冬天的泳池沒有人，她在角落裡坐下，抱著腿，下巴頦擱在膝蓋上，透過飄揚的劉海，望著枯葉不斷跳落在晃來晃去的水波上，不知不覺睡著了。

天黑前，同學們和老師都走了，長春也走了。

深夜的馬路像是漂浮著深紫色海藻的一片海，她走了很久，走不到頭。覺著離長安電影院不遠了，但中山公園總是走不到，更別提長安路了。不是走反了方向，就是迷路了，她想。不怕黑燈瞎火，也不怕敲頭人，但她怕的事情發生了。驟然間，行人都不見了，霓虹燈火也像害怕月光那樣，溶解在海水的最深處。這座城市裡的人似乎全都一聲令下，登上一列綠皮火車遠去了。

耳朵裡捕捉到了熟悉的響動，老爺車在天上行進的「哐啷哐啷」，腳踏車「吱吱」轉動著鏈條。車輪剎住，斌生單腳點地，不說話，只是笑。「阿哥怎麼知道我迷路了？」斌生不說話。她跳上「永久」的後書包架，雙手抱住他的腰。他的腰間硬鼓鼓的。風擴大了聲量，鏈條該上油了，「哐啷」又「哐啷」，伴著心跳節奏，像是深夜天山迪斯可舞廳的強勁節奏。很多年後，她總能在粵語版〈海闊天空〉中聽出那種追逐雪花的節奏。先前她覺得阿哥好是好，就是太傻、太窩囊，缺少長春的那股子霸道執著。但此刻她承認玩什麼刀子、刮片、香煙牌子、橡皮泥都太幼稚了。暑假前，樹上知了「熱死忒啦，熱死忒啦」亂叫已經夠煩了，長春還去搞來一隻金烏蟲，用白線繫了，叫蟲子繞著她的課桌飛。最糟的，長春人小鬼大，學會了告密。哪像斌生這樣憨憨的，一聲不響，聽她絮絮叨叨，說她休學的日子，在病床上看窗外的樹影、天空和鴿群，像是通過鴿眼來看世界。鴿群全然不顧，逕自在半空中「呼啦啦」盤旋。她在悠長的鴿哨聲裡，自覺是找不到歸巢的小鴿子，卻看到了未來的模樣：她要快快長大，做一個好妻子，學會彈鋼琴，家裡有一臺音質華麗的二手雅馬哈鋼琴，自然還要做一個好母親，給孩子做菜燒飯、洗衣鋪床。斌生仍然不說話。紅英講得累了，她從沒有對人說過那麼多話。她懂得了夜裡的寂靜是什麼，不是阿六頭說的神經兮兮的東洋女鬼，也不是財務室隔壁三層閣的暗淡電燈光。她能聽到樹木花草齊刷刷生長的聲音，能看見一隻貓潛伏在曬臺上。無法事先發現牠，除非能感受到牠發黃的亮眼睛。當牠匍匐得太累，夜裡落單的鳥就會走入牠的羅網。貓爪子磨得尖而亮……

「我們這是去哪兒？」她想起了那個最重要的問題。

斌生終於開口：「芭蕉葉形狀的島。」

她呼喊：「那我們遇見的不是天使而是敲頭人囉？」

斌生笑了，他真的從腰間拔出一把鐵錘，舞出一股金屬的嘯音。

紅英「咯咯」地也笑。斌生沒有死，她忽然想明白了，做啥要害怕敲頭人？天使到了夜裡就會變成敲頭人，天一亮，他又會變回天使。

她太開心了，過了很久，才想到有什麼地方不對——二胡。

斌生沒有帶二胡，他帶著一把沉重冰冷的鐵榔頭。

紅英回家，著涼病倒了。她高燒不退，冒冷汗，說胡話，打寒戰。

紅英媽抓著處方，甩著體溫計，對樓下地段醫院醫生抱怨說：「我家小姑娘腦子燒壞掉了，央求街坊鄰裡找了大半夜，好不容易才把她找到的，她居然胡說是斌生那個死鬼把她送回家的。難道是撞邪了？」她給斌生燒了紙錢，口裡念念有詞：「哎呀，斌生，活著太累了，你死了就算了。要是真有冤，來找我，我不怕的，放過我女兒。」

紅英病好之後，歷時數月的敲頭案終於告破。公安專案組描摹嫌疑人的畫像，協查通報發送到各級，終於在寶山查到了與畫像長相酷肖的可疑人員，案犯來不及逃回安徽就被捕了，供認不諱，所有敲頭案都是他幹的。此時距斌生離世已經一月有餘。

媽媽做晚飯時，感歎道：「斌生，真作孽呀，新年我去玉佛寺給你燒頭香。」

紅英縮在被窩一角，冷冷地望著媽媽的背影，直到媽媽感到了什麼，回過頭來。媽媽眼泡浮腫，拔光了重新勾勒的黑眉一邊高一邊低，紅英說了實話：「不要貓哭老鼠。以為我睡著了不曉得？那天晚上翻陽臺的是新寧店堂沈經理，他騎走了斌生阿哥的腳踏車。」

媽媽怔住了，發覺女兒長大了，突然發出莫名其妙的「咯咯」笑聲。她走過來，圓潤的手臂圈住女兒肩頭，輕聲細語地哄她：「乖囡，答應姆媽不要講出去。」

紅英面孔漲得通紅，身子扭來扭去，始終甩不脫媽媽的手臂。弄痛了，她不覺淚眼婆娑，輕輕問：「是不是你叫斌生去中山公園金店的，我看到你有一根金項鍊，上面也是『琴瑟好合』四個字……」

媽媽緊緊摟住女兒，彼此衣服摩擦，窸窸窣窣作響，她說：「不作興這個樣子講姆媽的。」又把臉頰貼在女兒頭頂，來回摩擦著說：「姆媽沒工作、沒收入了還要養囡囡，打扮囡囡，供囡囡讀書，姆媽愛囡囡……」

女兒睡著後，媽媽發覺女兒的臉頰是濕的，分不清是女兒還是自己的淚。

她不想睡，破天荒在灶披間忙著拌糯米粉、粳米粉，明天她要做許多紅紅的定勝糕，請洪教授來寫福字、寫春聯，派樓上阿六頭去換煤氣罐，叫調到煙糖公司的老沈去看看天山一條街的店鋪攤位，尋一樁生意來做做。

春節快到了。

媽媽不知道的事發生在那天夜裡。紅英發現自己站在食品店後門，門無聲地開了，好像有人替她安排好了一切。從來不曾在半夜來過，好奇心勝過了害怕。外牆寫著火紅的「拆」字，只剩下一個建築框架，櫃臺、貨架、冰箱、倉庫不見了，三層閣曬臺藤椅不見了。店堂空蕩蕩的，居然長出了一株芭蕉樹，金燦燦的芭蕉葉舒展開來，寬闊，濃綠，破窗戶漏進來的光線把樹打扮得嫵媚嬌豔。

她聽見樹上有個聲音在說：「如果心不髒，你終究會去到那個芭蕉葉形狀的島，見到拿著鐵錘和鮮花的天使。」

嘴裡嘗到了新年的味道，香嫩的，油煙的，外脆裡糯，夾雜著薄暮的寒意，應該有爆竹聲和煙花色，也許，還有雪花淡淡的甜味。下雪後，室內不再是現在這般陰鬱。長安路被人踩出黑乎乎的泥水，但路邊和屋簷上必然殘留有白晃晃的粉狀物，手一摸就化了，小手會生紅紅的癢癢的凍瘡。她要找到的是沒有人踩過的雪，那些雪水不髒，她看見那些雪水融出的一片海，海面上浮出一個芭蕉葉形狀的島。不要性急呵，等一等，登島的時候就會是天亮。她會看見一個陌生的中年人站在栽滿鳳梨、蓮霧的山谷，掉了色的金絲邊眼鏡，毛茸茸的鬍茬，朝她揮起一雙骨節棱棱的大手。

刊於《長江文藝》二〇二三年第六期

在小腸開始的部位
At the Opening of the Small Intestine

我是一個局外人

年輕男醫生的脈脈眼神彎彎繞著打針護士，他們倆正熱切地聊著電影《知音》。講到蔡鍔、小鳳仙如何如何英雄美人一見鍾情，女護士的聲音就嗲了，讚醫生長得蔡鍔那麼帥（電影裡的還是歷史上的？我很好奇，但不敢問），她嫵媚的姿態，彷彿門診間就是北京的八大胡同。蔡鍔醫生拿看小鳳仙護士的眼光，打量坐在角落裡的我，眼神變了。當然，他也沒忘查看我的病歷，查看我腿上的創面。那個瘡長大了，破了，爛了，化膿，臭得很。

他皺起眉，連鼻子也皺了，瞟著我問：「你叫喬賓？」

我點頭點得很慢，怕這個名字引發什麼問題，那是一個名字不當會帶來許多麻煩的年代。記得我是坐在長安路地段醫院診室內，西北風拍打著窗戶，像一個罵街潑婦在外面一股勁地嚷嚷著我的名字。天冷到坐不住椅子，我簡直像馬上要翻窗逃走似的。但我說得太誇張了，其實，屋裡很舒服，暖洋洋的，還飄著一股甜香。屋中央，小火爐連著一個長長的L形鐵皮煙囪，上面燉著的不是什麼鋁製飯盒裡的針頭，而是一小砂鍋香噴噴的年糕粥，熬得突突直冒泡。我嘴裡含著水銀體溫計，不方便嚥口水，也生怕不小心咬碎了，吞下水銀會死的，媽媽說的。我媽極其不願意談到死，死是最可怕的，但我覺得還不及屁股打一針難受，或者小腿上長一個瘡。當時我上小學，對死的理解僅止於此，不如打針來得具體生動。

蔡鍔醫生又問：「小朋友，為什麼老是皺著眉頭？」

醫生的態度變柔軟了，保持著威嚴，有點像班主任老師。他依然皺著眉，他也許是不明白為什麼不來看醫生，直等到創面爛到不可收拾，我的父母太不負責任了。但我知道不是這麼一回事。我爸長年不在家，我媽既當爹又當媽，許多事都顧不上。我嘗試著放鬆眉毛，但眉毛並不馴服。沒承想小到眉毛也會惹麻煩。真倒楣，地段醫院的醫生一定把我當成安西學生了。我既不是安西學生，跟安東也掛不上，但他們總是把我看作安西、安東的。第一次意識到自己從小就思慮過度，愁眉苦臉。我很不開心，不是因為一個腿上的瘡，也不是因為自己的錯。我出生在安西與安東之間的地方，既不屬於安東，也不是安西，我決定不了，誰也無法選擇生在哪兒。

在上海地圖上，長安路兩邊的安東、安西，這兩個牙籤頭大的地方，聽爺爺講，一九四九年之前，連在一起，是一大片看不到邊的亂墳灘，夜裡時常出現打悶棍、背娘舅的事。他知道得很詳細，但他不願細說。那時候，他握著鐵勺炒菜，時不時顛個勺，手腕上的鐵錨刺青忽閃忽閃。後來，我得知杜月笙的手腕上也有一個。爺爺跟杜先生當年是個什麼關係，誰知道？如果說舊社會裡爺爺幹的就是那些個營生，他會是拿棍子的呢，還是背麻袋的？這個問題是不是也很重要，我不敢直接問他，倒是可以問問他的兒子，但我爸一口咬定說：「你爺爺是當警察的幹活。」當過國民黨警察的爺爺是一個脾氣很大、性子粗魯的北方漢子，想當年花園口決堤，從河南一路南下，鞋子跑丟了，乾脆赤著腳丫子使勁逃，一路逃到上海；運氣不錯，倒插門嫁入上海土著世家。奶奶是一個碎嘴的本地七寶人，嘮嘮叨叨，哭哭啼啼，偷偷給我和妹妹塞糖吃。不提了，這棵亂七八糟的家族樹註定了我生來就不屬於長安路；然而，長安路是我生命的起點。

長安路兩邊的居民大半是蘇北人。長大後，我得知蘇北人他們初始搖著小舢板，從蘇州河進上海，在河灣港汊停泊，上岸拾荒，打短工。日子一久，棄船上岸，在亂墳灘頭落腳，去蘇州河沿岸工廠謀生。安東、安西棚戶區慢慢形成。幾十年後，一條褲帶似的大弄堂貫通南北，一個小菜場旁的公共廁所像一個皮帶頭，佇立在弄堂中間。皮帶頭以南，明明在長安路的南面，卻叫做安東；皮帶頭以北，在長安路的北面，則是安西。我覺得這裡的地理從一開始就是無比混亂。安西往西，是中山西路和大孚橡膠廠；安西往北，就到了夏天臭到不可接近的蘇州河。唯有安西往東稍稍端莊些，一眼望不到頭的南北鐵路線和老舊的西站。如果把這裡形容成上海灘的腹腔並不過分，安東是比較短的大腸，而安西則是漫長曲折的小腸。

長三小學，位於小腸開始的部位。我想不起當初如何進入長三小學，在上海話裡，發音宛如「長衫小學」。這裡的小學生不穿長衫，相反，父母大多數都是賣苦力的短衫黨。安西棚戶區擠滿了灰頭土臉的百姓，遭到同樣短衫打扮、同為蘇北後裔的安東百姓極大看不起。安東和安西都忽略了他們處於租界越界築路的最遠端，同屬於上海的下隻角。然而，他們熱衷於在長安路的南北兩側精細地區分出上下兩隻角。安東優於安西，因為有個好聽的「東」字，但安西從來不服氣。實際上，安東僅僅處於皮帶頭以南。皮帶頭的兩端，天天在爭上隻角。誰都知道，誰也不是上隻角，我家不是蘇北來的，這叫我置身事外，有了莫名其妙的優越感。喬家老房子在長安路的北側，緊挨著大馬路，處於上下兩隻角的分界線。安東人談論安西下隻角時，自然而然把我算在安東；安西人咒罵安東人屈死鬼，也不妨順便把我歸入安西。恰如我不是蘇北人，卻好像偏偏天生要占兩邊的便宜。久而久之，我弄懂了，原來我是一個局外人，以至於我做了一輩子的局外人，這是後話。

既有中心，也有思想

我正在看窗外不定性的雲，想著把教室改建成我所愛的樣式。有個絕妙的點子：在教室後面黑板報牆壁後面修一道牆，攔出一間密室，只放一張小床，容我和一個女同學睡下即可。我可以躺在牆裡面的床上聽課，老師同學絕不會察覺。該讓哪一個女同學和我一起同床共枕呢？兩人要天天抱在一起，看窗外淡淡的雲和不知道名字的樹。度過冗長無聊的課時，這個課題因而變得十分重要。

這一片祕密天地是我的；我也像超出了平常的自己，到了另一世界。我愛熱鬧，也愛冷靜；愛群居，也愛獨處。縷縷清香，彷彿遠處高樓上渺茫的歌聲似的……，下身有一絲顫動，像閃電般，霎時傳過教室的那邊去了。猛一抬頭，不覺與講臺上的王老虎四目對視。

我的腿不由自主哆嗦，然後直立，舌頭也哆嗦，請求班主任王老虎再說一遍問題。通常在語文課上，王老虎不會叫我這類學生回答問題，但那天該著我走運，她心情不好，一連兩個同學站起來，都回答不上來，一塊黑板擦甩過去，濺了第二人一臉白灰（她不扔粉筆頭，威懾不大，對眼力和腕力要求太高）。我一定是忍不住笑了，笑得太得意，同桌那個女生注意到了。這些不尋常的細節立刻讓班主任面無人色，她冤枉了我，我不是笑她的黑板擦沒準頭，我笑的是我的密室計畫，但她不曉得，她毫不猶豫地點了我的名，我不怨她。

關於〈荷塘月色〉的中心思想，我在拚命地思索。但我想到卻是：與我同榻的女生到底該是陳荻還是姚佩華？我的思緒如同月下幽僻的路，白天少人走，夜晚更加寂寞，繞著教室後面的密室和密室裡的床，妖童媛女，蕩舟心許。陳荻機智靈敏，姚佩華溫婉善解，都很漂亮，但各有各的長處。我喜歡姚佩華多一點，何況，姚佩華這學期對同桌說喜歡與我同桌，搞得那新同桌火冒三丈。那新同桌就是老師最頭疼的班級一霸國平，竟然衝冠一怒為紅顏，揚言要擺平我。但我不怕。姚佩華成績一般，家庭出身普通工人。陳荻名列前茅，父母在江西的劇團工作。實在是很難決斷。鑑於一班相貌夠標準的佳麗候選太少，我考慮將二班、三班的也列入一個加長名單。我在課堂裡的思想可以說是朱自清說的樹色，一團煙霧，一團煙霧。

所以我回答：「朱自清一個人在月下繞著荷塘溜達，走到哪想到哪，沒什麼中心。」

王老虎沒有把我的書扔在地上，也沒有罵人，但這節課上，她的臉色也像月下樹色，陰陰的。我承認我喜歡說話，上課說廢話，說出人意料的話，不討人喜歡，但那一次完全是無準備，迫不得已。我都不怨王老虎，她不能怨我。

外面有人叫「王荷月」，她放下粉筆，瞪了同學們一眼，用手指一下我，就出去了。我知道我有中隊長的職責，幫老師保持課堂肅靜，然而，我無法約束「唧唧喳喳」的班級，班聲爆發之後，猶如校外的所有攤販男女老少全都扛著傢伙混進了課堂。我右小腿的爛瘡有些疼，又有些癢，我害怕稍一用力，創面會迸裂。

野豬仰著頭捏著嗓子叫了一聲「王荷月」，課堂裡突然鴉雀無聲。隨後，有人突然罵了一聲「野豬你尋死呀」。班級裡又是一片吵吵，聲音比先前更大。大家都似乎在等著副班長喬賓出面收拾天下。但我分明看見女喬賓笑嘻嘻地甩著手，沒事人似的。我很生氣，越發不想管了。

補充一下，班上共有兩個喬賓，性別相反。喬賓，這個普通名字在班上變成了一個無人使用的中性詞，因為有兩個同名同姓的喬賓。我是那個男的，住在長安路；另一個女的，住在校門口。她家的門對著學校。她也是班級前三甲，成為我學習上的競爭對手（我很驕傲，每次考試都能贏她）。這學期，她莫名其妙當上了副班長。同學們為區分清楚，一概用職務稱呼我們倆，我是班長，她是副班長，我們這個班級在全校成了最重視職務行政級別的地方。

女喬賓個子很高，達到了班上留級生的高度，坐在最後一排，每堂課，都在後面監視前排的後腦勺。我對野豬說：「知道古人為什麼說芒刺在背嗎？」

野豬順著我的下巴頦，頭扭向後面，恰好撞上女喬賓冷峻的目光。

我說：「懂了嗎？就是這意思。」

彥子從後排躥上來附在我耳邊說：「喂喂喂，記得什麼是《長衫守則》？」

「長衫？」我在發愣。我不喜歡這小子老是不懂禮貌，不叫我班長，老是「喂喂喂」的。

彥子又說：「作為一個好學生，要麼說好話，要麼不說話。別忘了哦。」

長衫小學是有祕密的。雖是一所位於蘇北人群居區的普通小學，但長衫小學生的智商超過了許多重點小學。一些高智商的前輩在畢業前，總結了十條《長衫小學生文明禮貌守則》；出於某些原因，從來沒有寫在紙上，而是任由其年年在每個年級間偷偷作為口頭文學傳誦，流傳至今。有時候，我反應很慢，多虧彥子及時提醒這個祕密守則，使我有茅塞頓開的喜悅。班主任王荷月的名字，不是恰恰說明了她老人家為什麼如此重視〈荷塘月色〉。朱自清老人家在荷塘月下轉了幾圈，就產生了她的大名，這篇散文佳作對老師來說，當然既有中心，也有思想。

一班的學生警惕性特別高

上學前，我發愁要不要戴紅領巾。普通同學常常不戴，但我是掛著兩條槓的班長，必須天天向上。戴了，要不要戴端正呢？小隊長們都戴得歪歪斜斜，那樣才帥；但我是中隊長，按班主任的話，我是全班的學習榜樣，行事為人都要像一個共產主義接班人那樣端正，何況，校門口天天有人執勤，檢查紅領巾佩戴。我趁媽媽不注意，在大衣櫥鏡子前照了又照，把紅領巾擺正在榜樣的位置。等過了校門口檢查哨，我馬上把紅領巾扯歪了。

野豬和彥子在走廊另一頭等我，我看了他們一眼，就笑了。他們的佩戴方式同我一模一樣。我帶著這兩個好朋友走進教室，像司令帶著兩名副官，幹部的榜樣力量自然來了。我們故意走得慢，走路姿態很端正。我們朝四周一看，有的紅領巾是歪的，有的根本沒戴，男生的髒兮兮的；只有女生戴乾淨，而且戴正了，戴得最端正、最乾淨的是副班長女喬賓。

我臉紅了，我有一個壞毛病改不掉，老是免不了像女生那樣臉紅。

當上班長，不光因為老師喜歡我文靜、成績好、像女生那樣臉紅，也因為同學們愛戴我，不是我長得帥、作文寫得好、給人抄作業，也因為我是班上的故事大王。八〇年代，沒什麼讀物，課間時間還很漫長的時代，同學們無論安東、安西，無論是男是女、留級生還是好學生，老愛圍著聽我講故事。故事總是從《少年文藝》、《水滸傳》、《三國演義》和《三俠五義》等等開頭，然後七扭八拐，添油加醋，離題萬里，一忽兒科幻，一忽兒童話，一會兒反特，一忽兒冒險。聽故事的，現在該叫做「粉絲」，喜歡的（也是我講起來最忠實於原著的）是《書劍恩仇錄》和《萍蹤俠影》（從中山公園電影院門口書販手裡高價購得的地下翻印本），當時誰也想像不出世上還有武俠，那種快意恩仇的生活，整天不用讀書，盡琢磨著練武功、打群架、談戀愛。

這個班級的學生警惕性特別高，一邊聽故事，一邊時不時回望教室後門。後門上有一個小窗戶，常常在故事說到緊要關頭，會出現一張嚴厲的面孔，看不出頭髮長短，銳利卻飄忽的眼神，嚴肅而緊張的面部表情，凝固在窗框裡，活像一張中年男人的遺像。這女生男相的人馬上會出現在教室門口，捋一捋短髮，輕輕咳嗽一聲，班主任王老師登場了。

某次，班級集體去看香港電影《王老虎搶親》，我口誤，把王老師叫成了「王老虎」，王老師與王老虎同姓本家，且作風頑強有過之無不及，久而久之，班上背地裡都開始隨著故事大王，管她叫王老虎。不過，千萬別誤會，學生們愛戴王老師是一個不爭的事實，我只給我特喜歡或特憎惡的人起綽號。王老虎屬於前者。

王老虎上作文點評課，我的作文照例被老師指定為範文。我說錯話後，心情糟透，再也不願在課堂裡發聲。王老虎背著手，板著臉，命語文課代表朗讀我的作文，但課代表的普通話實在太上海化，她讀得越起勁，我的頭埋得越深。我情願讓數學課代表陳荻來讀。可是，陳荻是教導主任喜歡的學生，班主任政治路線很清晰，不會讓教導主任的人干涉班級內政。

第二篇示範作文，還是我寫的，王老虎可能也意識到了什麼，她叫副班長起來讀。王老師對學生特別嚴格，特別愛這個班，所以，大家都樂意接受副班長做代表，用高聲朗讀來表達對老師的敬意。前文說過副班長也叫喬賓，卻是個女的，一直讓我如蛆附骨。她朗讀之前還深情望了我一眼，作為男喬賓，我恨不得立刻拉響下課鈴。

平心而論，王老虎非常親民。開學初，她從鄉下度假回來，一手舉著日記本，另一隻手背在身後，在課堂上來回踱步，親自朗讀她親撰的散文。瓜田李下，在老師的聲音塑造下變成了世外桃源，她拿著盛米和爛菜皮的碗，在竹籬瓦舍間，與土雞們一同散步；剛出生沒幾天的小雞，老師把牠們放在手心裡輕輕呵護；即使小雨紛紛，老師還是依依不捨親愛的小雞們……。讀完自己的大作，老師拿出一袋水果糖。同學們就像那些雨中瑟瑟發抖的小雞，多麼需要王老師的愛心分享。凡是點到名上去領糖的同學都像是領三好學生獎狀那樣神氣。我照例是首先拿到糖的一批人，由此，我須將成績維持在前三，但我當時總是能做到，不費吹灰之力，我也搞不懂為什麼。直到升入重點中學，我再也沒能進入前三甲，甚至連前十都很難擠進去（我才發覺長衫小學前三甲原來是一場夢）。

王老虎的水果糖是另外一些學生的噩夢。凡是沒有吃到水果糖的同學，都眨巴著眼睛嚥口水。好哥們野豬，長了個大豬腦袋，不管怎麼努力，成績總是紅燈高掛。後來，他嚴詞拒絕上去領王老虎的糖衣炮彈（也輪不到他），他嘀咕：「早些年……，我爸說要是早些年，肯定把王老虎架出去遊街示眾，頭上還戴一個高帽子畫個大叉！」

他的說法不太公平。我爸也是老師，也戴過高帽子。聽說給黨提意見鼓勵百家爭鳴那時節，我爸頭腦一熱，也給學校領導提意見，師範一畢業，就給發配到郊縣中學去了，至今還回不來上海。王老虎的確為班級操碎了心，她常常帶病堅持工作，親自部署同學們「一幫一、一對紅」，親自指揮大補課、大掃除，年年評為先進班主任。校長常說這樣的班主任是我們學生的福氣啊（此處「啊」發音要拉長三拍）。

馬步站樁

放學，又逢雨後，跟野豬和彥子去城堡玩。我常常同朋友來尋寶，能夠找到彈珠、鋸片、彩色玻璃、爛草繩和破玩具之類好玩意。

城堡這地方，並沒有城堡，在長衫小學教學大樓後面，就是一小片空蕩蕩的泥地，雨後不好走，猶如一艘沉沒入湖底的船，裝滿了樓上窗戶扔出來的各類垃圾，緊靠東南角一株不知道名字的大樹，好似錨鏈拴在碼頭上。在大樓和大樹的巍峨挾持中，城堡整日背陰，寸草不生，靠牆卻長著一溜高過我腦袋的蕨類植物。當我不喜歡和人講話的時候，就來這裡與植物對話。一次大雨後，我雙腳陷入泥濘，掙扎起來，滿身、滿手是泥，以致雨後我不敢去那裡，除非穿上黑色大膠鞋。

這次，野豬一隻腳陷入了泥沼，肥臉上肌肉扭曲，汗珠子滾動。

我對野豬說：「戇度，連走路都不會了。」

就我一個人穿著套鞋，但野豬還要逞強：「走路無非是一腳前一腳後，誰不會？」

報應來了，話未說完，他的另一隻腳也立刻陷進去了。彥子個子最高，但很機靈，他腳底像抹了膠水黏住似的，在入口處的水門汀上不進也不退。他正在觀察我們。

我聽到「小孩過來」的喊叫，起先以為聽錯了，這裡沒法子曬太陽，也沒女孩子來跳繩。喊聲提高了分貝，人臉在蕨類植物巨大葉片間晃動，我不想理睬，但那個聲音似乎有一種班主任似的權威，把我一步步硬生生給拽過去。

那裡蹲著幾個人，我不認識，只有一張臉有些熟悉，野豬高叫了一聲「楊白勞」。那張臉笑了，唇上已經長出一圈黑毛，他是年級裡最著名的留級生楊敏華，綽號「楊白勞」，因為他的左臉頰上有一塊白斑。

楊白勞站了起來，比我高出一個頭，鐵塔一座，他用著名的鬥雞眼瞪著野豬，直到野豬不得不低下頭去。楊白勞朝我招手，白眼珠瞪得比牛眼還大，白斑變成了金黃色。

彥子忍不住大叫一聲「扯呼」（武俠小說中江湖黑話，意為「逃跑」）。野豬拔出一腳泥，倒退著一步一步往回走。可我邁不出腿，我嚇壞了。我想到口袋裡還有媽媽給的零錢，楊白勞是經常敲詐低年級的。

「你是三（一）班的？」楊白勞的口氣很凶。

旁邊不知是誰在打圓場說：「人家是班長，好學生。」

打圓場的是高年級的，也可能是鄰校的，反正那人長得也不像好人。我跑不掉了。後面又擠進來一個小個子，個頭與我差不多，外套裡露出大敞口花襯衫，手裡抓著一個香瓜子三角紙包。我頭皮發麻，最不想見的人出現了，我們的班級一霸國平笑嘻嘻嗑著瓜子，他不用開口，就證明了我是王老虎喜歡的那一類學生。

「他是安東的。」不知道哪個多嘴的又插了一句，火上澆油。

我急忙說：「不是，我住長安路那邊。」

國平吐出瓜子殼說：「赤那，那就是安東的。」

我要永遠記住國平那傢伙落井下石的賤笑。《長衫守則》第二條大意說，「安西學生理應盡可能地修理安東學生，因為他們不謙虛、不友好」。憑什麼呢？安西、安東還不是一樣是髒兮兮的腸子？然而，楊白勞和國平等在場的人清一色全是安西人。我很尷尬，我強調說：「我不是安東的！」

楊白勞與國平相對嘻嘻而笑。

我既不是安西人也不是安東人，什麼也不是，這好像就是我的錯。「如果老師喜歡修理差生，那麼差生就應該修理老師喜歡的人。」這是《長衫小學生守則》第八條。我是一個公認的老師所喜歡的好學生，這麼多老師所不喜歡的差生在這裡大聚會，看來我在劫難逃。

有人扯我的衣服下襬，我回頭，野豬堅定地站在我身後，太感動了，這才是好兄弟。彥子那個死人還假模假樣的，在城堡入口處磨蹭，眯著眼向樓上看。怎麼說呢？有時候彥子就是太聰明了。

楊白勞一把揪住我領口，紅領巾抽緊，變成了一根上吊繩索，我越是喘不上氣，他越是發笑：「你們班主任是王老虎吧，她喜歡發糖，話梅糖還是大白兔奶糖？」

彥子還死樣立定在原地，只是衝我大叫：「第七條，第七條。」

我不想理彥子，我早忘了第七條守則，想也想不起，但舌頭不聽話，還是說：「水果糖。」

「拿來。」一隻手攤開在我面前，上面用圓珠筆歪歪扭扭畫了一隻王八。

「吃完了。」我說的是老實話。

「那就拿錢出來，馬勒戈壁[1]。」

楊白勞要的就是糖果。他也喜歡有話直說，說老實話。我鬆了一口氣，但更緊張了，怕他發現我口袋裡藏的零錢。我想大叫呼救，王老虎若是在語文教研組，一定能聽見。但向王老虎求救太沒面子了。我還沒喊的工夫，三樓窗戶口多出了不少男男女女的腦瓜，還朝下面使勁拉長脖子，同學們的出現阻止了我許多不明智的企圖。起碼，我不能失去班長的尊嚴。因為我還看到了副中隊長女喬賓笑嘻嘻地在樓上朝我眨眼，她的瓜子臉、白皙皮膚、秀麗的鳳眼，全都令我討厭。不知從何處，我萌發出一股大無畏的勇氣，不能在女喬賓面前丟人。她老是逼著我放學後一起出壁報，害得沒法去三角花園踢球、捉迷藏。

我對楊白勞說：「你沒看過《書劍恩仇錄》吧？」

楊白勞生氣了：「誰沒看過？」

他手上放鬆了些。我吃準了楊白勞沒看過，他老留級，字認識他，他不認識字。我說：「我爸是武術隊教練，他教過我功夫。霍青桐的功夫。」

我沒騙他，我爸爸早年靠邊站，沒課可上，就帶了一支中學武術隊到各個體育館，表演長拳、

[1] 上海方言，意為媽X。

太極拳、單刀對雙鉤之類。我沒正規學過，但好幾年暑假，我都在武術隊混，天天看他們訓練。

「活青銅？馬勒戈壁。」楊白勞笑得犬牙都露出來了。

旁邊幾個人也來興趣了，紛紛要我露一手。

我說：「一對一單挑，武林規矩。」

楊白勞鬆開手，嘻嘻笑著，不相信似的打量著我。

國平把香瓜子裝入褲袋，湊上來說：「好好好，我做公證人。一對一，不許賴。」

我說：「楊白勞是留級生，比我高，比我大，那樣比不公平。」「怎麼比？」楊白勞朝掌心吐著唾沫，有點糊塗了。他腦子太笨。我要楊白勞站樁不能動彈，如果能把他推倒，算我贏；推不倒，就是輸。這樣比，雙方都不會受傷。楊白勞有點猶豫，國平笑嘻嘻對他說：「赤那，你這麼高，這麼壯，還練過長拳，站馬步還不會？！」

楊白勞馬上點頭同意，脫掉外套，沉襠下蹲，紮紮實實，來了個馬步站樁。

我繞著楊白勞轉了三圈，楊白勞起初還跟著我扭脖子，脖子扭得酸疼，嚷嚷「快點，快點」。轉到第三圈，到了他背後，他還在嘟囔，我趁他不注意，抓住他雙肩，右腳大套鞋鐵錘似的朝他腿彎裡使勁一踹，兩手同時向側後方用力一拉，楊白勞膝蓋一軟，「啪嗒」仰面摔倒。地上全是泥漿，他滾了一身泥，往臉上一抹，成了大花臉。他反應挺快，狼狽是狼狽，馬上翻身爬起來，還沒忘了訕訕地問我：「這是什麼招數？」

我得意地拍拍手說：「擒拿。」

楊白勞說：「不行，不行，你要賴，重來，重來！」

國平一把拉開楊白勞，親熱地湊到我跟前，說一定要學一招。

我不屑地說：「馬步還沒練好，怎麼學擒拿？」

國平扭頭，指關節敲打著楊白勞的頭：「馬步還沒練好怎麼學擒拿？」

我和野豬、彥子離開時，那些人正在國平的帶領下，開始練馬步站樁。

楊白勞一個人呆呆地望著我們，用衣袖抹著臉，嘴裡念念有詞。

我右小腿上的創面又癢起來，在醫院裡塗了一種藍色油膏。冷冰冰的藍油，果然很管用，創面開始癒合，有時候會非常癢，好像城堡裡所有的螞蟻都爬到小小的創面上大行軍。

榮譽是個好東西

彥子摟住我肩頭大笑：「沒想到喬賓武術這麼厲害。」

我躲開了，又想起來什麼，忙問彥子：「第七條是什麼？」

彥子的記性好過我，嬉皮笑臉地解釋祕密文本《長衫小學生守則》說：「安東學生要盡可能地修理安西學生，因為他們不文明、不禮貌。」這條寫得不好，我們安西哪有不文明、不禮貌？

我說：「我又不是安東的。」

彥子說：「那你也不是安西的。」

我無助地望著野豬，野豬很爽快地表態：「如果你跟我們安西人在一起，你就是安西人；如果跟安東人在一起，你就不是安西人。」

我說：「去你媽的，這個守則太古怪了。安東、安西老要鬥來鬥去，不是存心要叫天下不太平？」

野豬左手握拳放到嘴邊，對著拳眼吹氣，他遇到想不明白的事，就會使勁吹拳眼。

奇怪的是，彥子一直為自己是安西人感到自豪，他說：「喂喂喂，什麼是天下？天下就是誰當老大的事。安東人從來當老大，現在我們安西人口比安東多好幾倍，房子也多蓋了那麼多，學校也在我們這裡，安西人不想嘗嘗當老大的滋味嗎？天下該輪到安西人做老大了。」

我皺著眉說：「公共廁所不在你們那裡。」

野豬不吹拳，改吹拳關節說：「比一比誰的拳頭硬，赤那。」

彥子太同意了：「好像《守則》第十條就是這麼說的。」

我不相信。可不管彥子也好，野豬也好，誰也說不清《守則》第十條是什麼。這個守則從來沒寫下來過，也就是說，祕密文本是根本不存在的，沒有白紙黑字，守則就靠有心人口口相傳，難免有版本出入，尤其是第十條，誰也說不清第十條是什麼。神祕的第十條是什麼，我們都爭持不下。彥子答應去問一下高年級，但我不太相信彥子。他這人就是太聰明。

第二天，我起大早，在學校門口值勤，同學們不管認不認識，經過我身邊，都不住回頭看我，竊竊私語，他們不是笑我紅領巾戴得端正。我看見姚佩華和陳荻走過，她們都笑得非常好看，但哪一個笑得更好看，真不好說。我沒想清楚的工夫，一個三年級中隊長用擒拿手收拾了老留級生的消息早已傳遍了全校，一個好學生居然打敗了留級生，在蘇北小赤佬橫行的長衫小學是一樁從來未有的奇聞怪事。一夜之間，喬賓這個名字譽滿全校。我真沒想到以這種方式出名，可也不奇怪，長衫小學自古以來是認拳頭不認道理的地方。

不久，王老虎找我來了。她把我一個人叫到辦公室去拿糖果，辦公室內空無一人，桌上既沒有水果糖、話梅糖，也沒有大白兔奶糖，連半點糖屑也沒有。

王老虎舒舒服服坐在鋪軟墊的木椅裡，問我跟楊敏華打架的事。

我反應慢，不曉得是不是該點頭。

王老虎端起茶杯又放下，和藹地說：「下次不要這樣。你是班幹部，要注意形象。」

頭很重，我把頭垂下，減輕脖子的負擔，脖子紅了，胸口也紅了，一直紅到肚子上，連肚臍眼周圍也是熱烘烘的。

王老虎喝著熱茶，宣布我的兩條槓換成了三條槓，我被晉升為大隊委員。

走出辦公室，我還沒回過神來，已經跳出了班級集體，進入大隊部了。難道是王老虎異想天開，也想獎勵一下好學生打敗了校內歪風邪氣？儘管王老師對人一直比較嚴厲，但她並不厚此薄彼。即使是教導主任，她也不給面子。作為小學校裡唯一正宗師範學院畢業的老師，她在語文教研組內從來都是挑大樑的，不把任何人放在眼內。有一次，我親眼看見她用水杯投擲政治老師，僅僅因為政治老師埋怨物價漲太快，鈔票不值錢。校長趕來勸架，王老虎指著剛躲過水杯的女政治老師說：「校長您評評理，她還是老黨員吶！」王老師很驕傲，她一直是組織生活也不過的黨外人士，連她都沒二話的事，憑什麼一個老共產黨員要這般無端發牢騷？那不是證明她這個無黨派人士思想比老黨員政治老師更先進嗎？校長拚死拚活把兩人分開，沒說什麼。但我得讚揚我們這位敢說敢做的女班主任滿有正義感，也很公平。要是換在今天，王老虎無疑是釋放社會正能量的正面典型。

自此，我開會要去教導處旁邊的大隊部，與大隊長大隊輔導員一起開更高級的會議。我憋著尿，不停地偷偷跺腳，好不容易開完第一個會，立馬衝到廁所，對著小便池瘋狂掃射。大隊部的會，就是不一樣，就是像老師們開會的樣子，有人做會議筆記，有人主持，有人批評，有人自我批評，一開起來，沒完沒了。我對著小便池的尿鹼還沒發完開會感想，聽到門外有女生的聲音說：「他就是打架的中隊長嗎？」另一女生說：「是呀，所以撤了他的中隊長，擺到我們大隊部來了。」幾個女生嗤嗤竊笑著走遠了。

榮升後，我變成了一個影子，從牆上落到地上，躺在我自己的兩腿之間。

我胳膊上的袖標比原來多了一條紅槓，但奇怪的事是，同學們經過我身邊時，再也沒有以前的敬畏眼光。此後去大隊部開會，我總是能躲則躲，不能躲就不說話。大隊輔導員有一次忍不住問我為什麼老是皺眉頭。我怎麼說呢？總不見得告訴輔導員我懂了，這就是古書上說的「明升暗降」。

女喬賓當上了正班長。我失去了天天清晨代表班級主持升旗儀式的權利，我含著淚，看著另一個喬賓穿著裙子，代替我，戴著中隊長袖標，驕傲地挺著白襯衫勒出來的小胸脯，在國歌聲中，天天走過我面前，走過陳荻、姚佩華，還有別的許多人，在國旗杆前面舉手敬禮，昂首挺胸，目光隨著國旗一寸寸上升，直到再也無法上升。

榮譽原來這麼容易使人上癮，失去榮譽因此也非常爽快。課間休息，我把彥子找來問《長衫小學生守則》怎麼說的，彥子摸著腦門想了想，說：「有吧。」

「有嗎？」

彥子嬉皮笑臉的，滿肯定地說：「大概有吧，第四條。」

地球撞上了太陽

大老遠認出了王老虎的背影。

她同我一樣住在長安路邊上，就在馬路斜對過紅英家所在的日本樓。她的住所證明她既不屬於安東，也不屬於安西，但她在班裡宣稱她是正宗上海本地人。這裡要找出幾個正宗土生土長的本地人比發現一條會上樹的狗還難。

我跟在王老虎身後，不讓她發現我。其實，老師非常喜歡我，但我就是不想與她同行。我不是記恨她暗算我，不讓我做中隊長，我是嫌她腳大，四十一碼，比我爸還大，像我爸四十、四十一混穿，關鍵看鞋子。她四十一、四十二碼的腳踏步有力，高高的個子，左手背在身後，右手有節奏地向後下方甩出，如同扭秧歌一般。經過公廁，到了菜場，腳的步調和節奏不自覺地加快。尿鹼、爛菜皮、黃魚的混合怪味把所有經此上學的學生薰染成同一個味道。在我記憶裡，長衫小學生不幸都是同一個味，王老虎也不例外。這雙有怪味的大腳踏入校門後，節奏馬上不一樣了。同樣是快，前者是和風細雨的快，後者是幹革命工作的快。王老虎每天都像有很多國家大事著急處理，但今天班內還有更急的事等著她。

教學樓門口有人喊一嗓子：「王老虎來了。」

呼啦一下，樓門口圍著的學生都散了。當王老虎快步衝進樓內的時候，我才走進校門，拉著一個路過問，他說：「精彩打架了。」「幾班的？」「你們班的。」「誰誰？」「有眼珠子的自己看。」我腦袋也熱了，腳的反應比大腦快多了。我飛跑上樓梯，跟著越來越多的人往三樓跑，我不敢信有誰敢在上王老虎的課前幹架。比如，拿我們班最厲害的女生羊媽媽（由外號可知姓楊）來說，有一次，被人說偷拿了同學的鉛筆，羊媽媽領著她媽殺入學校，羊媽媽的媽媽左右兩手各抓著一捆彩色鉛筆，衝進教導處，指點江山，威風八面，對著主任抗議。但羊媽媽呢，她充其量也不過是躲在她媽屁股後扭捏著偷看。等到王老虎進來，她就不見了。

趕到教室，我澈底失望了，比同學們更失望，好戲早已結束。現場誰也不敢說話。女喬賓氣喘吁吁，在整理衣衫，用手梳理頭髮，臉蛋紅彤彤，綴著一層光亮細密的汗珠。

萬萬料不到，躺在教室後面地上的人卻是小霸王國平，身邊歪著一根拖把，地上倒扣著一隻鉛桶。好一會兒，他一聲不吭地爬起來，臉上有幾道紅色痕跡，襯衫掉了好幾粒紐扣，他去抓地上的外衣，我們以為他還要放馬一搏再決雌雄，但他分開人群，就那麼衝出去，頭也不回，喊了句「赤那娘屄」[2]，所有的腦袋都一致扭往同一個方向。王老虎面色鐵青，背剪雙手，站在講臺前，保持沉默，連老師一時間也不能斷定國平到底準備操誰的媽。

事後，野豬說國平是一個戇卵。

國平個子比女喬賓矮半個頭，乾瘦如柴，但他爆發力強，賽過厚厚的跳馬墊子，怎麼也踩不爛，還是學校百米跑和擲鉛球的冠軍。有人說當時的情況非常危急，如果女喬賓手裡有兩把鉛筆，也許她還有戲，但她赤手空拳，連紮頭髮的蝴蝶結都被打掉了。她標槍一樣頎長的身體撐不住，被

[2] 上海罵街方言，意思操你媽。

國平牢牢控制住了長髮和一條胳膊，她唯一自由的那隻手一點兒也抓不住他滑溜溜的寸頭。國平大吼一聲，擰腰發力，把頭頂在她肚子上，把她一直頂到黑板報，動彈不得。眼看勝負已分，卻不料女喬賓先後抓到兩個黑板擦，左一個，右一個，統統拍在國平面門上，他變成了一隻死命揉眼睛的白頭翁。隨後，一根拖把和一隻鉛桶重重落到他背上，連續幾下，差不多打斷了他的脊樑骨。

我沒想到新班長真的能打、敢打，大打出手，擊潰了皮糙肉硬的班中一霸國平。我走路輕飄飄的，如果國平打架輸給了女同學的話，離中國婦女解放處於水深火熱中的美國人民的日子還會遠嗎？彥子在我身後，對野豬分析霸主慘敗對班內和年級形勢的深遠影響，他用學校廣播員的腔調著重提到：「男喬賓對楊白勞的一戰，性質不過是自衛反擊，而女喬賓跟戇卵公開打拳擊，被王老虎當場抓現行，女班長的位子還能保住嗎？」

我聽了，腳步飛起來，起先像和風細雨，而後像幹革命工作。越跑越開心，跑過菜場，跑過公廁，跑過地段醫院，跑過日本樓和郵局，在郵局外面報欄站住，我大喘著氣讀報。為了儘快平靜下來，我選擇看報上的小說連載。有時，我也會看看新聞，看到有意思的，氣息平順了。比如，那一天，《解放日報》上說，某月某日，查良鏞十分興奮，鄭重其事，早早起床，梳洗一番，穿好西裝，打好領帶云云。我當時最崇拜的人是查良鏞，因為我知道他就是寫陳家洛和紅花會的金庸，據說是一個懂得許多絕世武功的寫文章的人，要不他怎麼寫得出那麼多好小說？他住在資本主義世界的香港。這個世界有意思，兩個不同的人共用同一個名字，而同一個人也可以擁有不同名字的分身。文中說查先生是先穿西裝後戴領帶。我爸爸偶爾也穿西裝出門，總是先戴領帶再穿西裝，我發現這先後秩序就是大人物和平頭百姓之間的差別。我為這個發現雀躍不已。

文章又說，鄧小平以中共中央副主席的身分接見了香港《明報》社長金庸。當時，我還不能領會文字後面的意義，但我知道兩個了不起的人見面了，好像地球撞上了太陽，會發生什麼「匪夷所思」的事情呢？我很想聽聽彥子的分析，但這個長衫聰明人不在。一旦男喬賓和女喬賓撞上了，發生的事是不是也會「匪夷所思」（這個文謅謅得莫名其妙的詞是從金庸書裡抄來的）？我不知道。

窗外的鐵樹開花了嗎

王老虎把我單獨叫到語文教研組，辦公室裡面還是沒有別人，桌上面還是半點糖屑也沒有。這一回，她很嚴肅，乾巴巴地說：「班上出現了歪風邪氣。作為大隊委員，你竟然沒有勇敢地挺身而出，制止壞同學欺負好同學。」

我很想說我不是糾察也不是聯防隊的，但我的嘴巴不響，手腳冰涼。

她口氣放緩說：「你不要老是看著窗外，窗外的鐵樹開花了嗎？」

窗外鐵樹沒有開花，但我就算回過頭看老師，老師的頭上也不會開花。

王老虎有點恨鐵不成鋼地說：「喬賓同學，你是大隊委員了，為什麼老是皺著眉頭？」

是呀，為什麼？我也想知道。我負擔了太多想法的腦袋重得抬不起來，肚臍眼周圍熱烘烘的，我聽不清老師說了些什麼，只記得她說了很多很多，最後她說：「如果大隊委員的位子要保住，去寫一份檢討書，交到老師這裡來。」

我期期艾艾終於講出口：「班長喬賓她，她、打、架……」

王老虎把眼一瞪截斷我說：「中隊長為了抵制班內歪風邪氣，你難道不知道國平一貫欺負同學，干擾班長出壁報，班長是見義勇為，自衛反擊……」

對我來說，寫一份檢查也不難，花不了半小時，也不是沒寫過。但我糾結在男女喬賓的差別為什麼那麼大，男喬賓打架做不了班長，而女喬賓打架就升為班長。我就是不想寫檢討書，我也不想見老師，更怕媽媽知道。但吃晚飯的時候，媽媽還是知道了，由此可知，長衫小學裡一直有她布下的情報網。媽媽吃這頓飯顯得心事重重，飯沒吃完，就把碗筷重重一放，從五斗櫥找出兩條香煙和一桶油提著，往馬路斜對過的日本樓去了。

吃飯時，媽媽一直在嘮叨，她說我爸不在家，她為我操碎了心。她還說女喬賓家雖然在學校對門，但她爸爸媽媽不住那裡，都在北京做官。這些話從我左耳朵進入，右耳朵出來。我出門前看到大衣櫥穿衣鏡裡面的那個小朋友一直皺著眉。我扯下紅領巾照鏡子，擠眉弄眼好半天，還是學不會眉頭不打結，不皺眉頭也很難。

門外梧桐樹下，有一胖一瘦兩條人影等我，路燈很暗，面目看不清，但我曉得是野豬和彥子。

野豬急急地說：「喬賓求你個事，檢討書怎麼寫？」

我不解地看著他。野豬對著拳眼吹氣說：「我和彥子下課打鬧，追著玩，被教導主任看到，把我們交給王老虎。王老虎說我們是打架，屢教不改，要寫深刻檢查，不寫不能上學。」

彥子附和說：「是是是，搞七捏三，我們又不是真打架。赤那，你曉得，王老虎辦公室一隻抽屜裡面塞滿了，全是檢討書。我們將來可都慘了！」

連文質彬彬的彥子都罵人了，我對彥子說：「《守則》第十條我曉得了。」

彥子的耳朵豎了起來，野豬說：「快講，快講。」

我說：「長衫小學入讀的不是小學生，而是他們的家長。家長統統要接受再教育。」

彥子搖頭說：「不對，不對，不是這樣。」

「那你說是什麼？」

彥子怔住了，好一會兒才說：「第十條，說你打架就打架，說沒打架就沒打架，一切以老師的話為準。」

野豬和我哈哈大笑。

無風的傍晚，笑聲回音很大，我們笑得真開心。

彥子和野豬走了後，我也往學校走去。走到學校門口，望著對面女喬賓的家，眼光彷彿穿透牆壁，看到她吃完晚飯在看電視。螢光好似許多白色的手，在她光潔的臉上變換著光與影的組合。我很喜歡看這樣的女孩子。不可思議的是，以前為什麼我那樣討厭她呢？我看見她的娘娘[3]招呼她去洗碗，她兩手扭捏著推託說太累。娘娘生氣了，開始數落代她在北京工作的父母照顧她一個小姑娘有多麼不容易。

做小學生，也是不容易的。到底是哪一位高智商的前輩在畢業前高度總結了做小學生的智慧，寫下了如此有效實用十條《長衫守則》，我實在想不出來。古人說述而不作，光是說，楞是不寫下來，看上去沒有道理，其實大有玄機。各年級代代口頭相傳，口頭文學，沒有白紙黑字，老師、教

3 滬語：姑姑，即父親的妹妹。

长衫
小学生守则

導主任、校長都沒法抓住把柄。不過，如此一來也有個小小的遺憾，比如，《長衫小學生守則》第十條到底是什麼，誰也吃不準，眾說紛紜，誰也無法確定。如果在畢業前不能確定，就是畢了業，我也無法瞑目。

我站在路燈下，皺著眉頭，苦苦思索。

天色完全黑了，女喬賓家院門「吱嘎」一聲打開，我嚇得轉身拔腿就跑。

不知何時，起風了。我頂風跑起來，無形的阻攔越厲害，我跑得越帶勁，發覺右小腿異常有力，創面既不痛也不癢，完全沒感覺了，糾纏一學期的爛瘡也可以一夜痊癒，像從來沒得過似的。我大口吞噬冷空氣，穿過黑魆魆的菜場，穿過公廁，跑過夜歸的行人，風像某個女同學熟悉而甜膩的聲音，在耳邊咋咋呼呼，我用不著聽她囉嗦。跑著跑著，我絆了一下，彈跳步變成大步跨欄，僥倖沒有摔倒，但不得不慢下來。身體裡發出「嘎啦」一聲響，什麼關節錯位或散架，一定有什麼不對頭，步伐改成了走路方式前進，但還是覺著不對勁，左右腳怎麼邁步，怎麼不協調。先左手還是先右手？多少擺動幅度合適？左右手轉眼變成了船槳般沉重彆扭。本來很簡單的肢體動作，一旦不自然起來，就像連續三百六十度空翻那樣困難。

我不會走路了，走在好端端、平平坦坦的馬路，也可以變成上平衡木那樣步履維艱。我站住，撩起右褲腿，小腿上留有一個雞蛋大小的褐色疤痕，邊緣深，中間淺，泛出粉紅的鮮肉，疤痕深深地烙在皮膚裡，要跟隨我一輩子了。

「走慢些呀，喬賓，又不是充軍。」後來，很多人（包括我媽）都這麼呼籲，但我走路越來越快。好在國家發展越來越快，我跟上了這個國家的節奏，如果一旦慢下來，我就不會走路。只能快，不能慢。我發現許多人都有這樣的毛病。喬賓啊喬賓，這算不算是一種殘疾呢？我就是不會好好走路。以後，我與野豬、彥子兩個發小分道揚鑣，漸行漸遠。他們倆都跟不上我的速度，終於淹沒在人海中，杳無音訊。

不過，迄今我還記得野豬同志說得好：「慢慢走路有那麼難嗎？左腳、右腳，誰也沒有特權，不能老占先。走路，無非就是一隻腳放在前面，另一隻腳放在後面，依次交換，輪流占先。」可是不管他怎麼說，我怎麼走，我還是覺得走路是天底下最難的事。皺眉是天底下最容易的事。我老是改不掉皺眉的習慣。

久而久之，小學畢業前，我成了一個走得飛快的少年老頭。

象與刀
Elephant and Sword

1 喬遷之悲

這樣的天氣，陽光溫暖而充足，塵埃沐在陽光裡閃著光；馬路對過的日本樓沒拆掉，樓頭陽臺上，一個淺粉色人影在跳著熱烈的迪斯可，細看，只是一件晾在繩上的淺粉色衣裙，任風擺布，很像美人紅英愛穿的，有那麼一點點可愛的髒。

我至今還記得多少次我曾站在塵灰四揚的上南路，朝西北眺望。我的目光竭力穿越越江老隧道，沿中山南路轉入中山西路，右拐入西城幹道長安路，過了中山公園，長安路一千三百四十四號的紅漆剝落大門、照相店門面和那條長而幽暗的擺滿單車的過道都已不存在，取而代之的是碎磚爛瓦，荒草蔓蕪，蒼茫的廢墟下坐著一長排人，頸上戴著統一式樣的白圍兜，他們全都面目不清，順服地低著頭，一排推子、剪子在他們頭上飛舞。

大地起初的震盪非常微小，柏油路面裂開了數條蛇形黑縫，我覺得腳下地層深處如同大河那樣波濤劇烈起伏，玫瑰色天際線上出現了兩隻白象，一大一小，緩緩步行，厚厚皮膚上每一條淺粉皺褶如此之優雅，龐大的身軀如此不具侵略性，發動機似的低沉叫聲如此忠誠，告訴我它們從未離開，也從未回顧……

為什麼我養成傍晚站在上南路孤獨眺望的習慣呢？有一段日子，這問題令我常常感到困惑。假如我的祖父還活著，他是不是會面向西南？他那時候已經失明，眼睛的瞳孔是不是會出現無數大小一致、外觀雷同的六層樓房呢？我這麼問著自己，折磨著自己，卻無法把這些問題麻煩別人。那時候，上海的浦東才剛剛開發，我向西南眺望，在一些整齊複製的高樓中找尋一幢同樣不具備任何個性特徵的高樓，雖然我知道從上南路這裡根本看不見德州新村那幢高層。人的心智若是成熟，就樂意做一些徒勞無用的努力來尋求答案，哪怕找到的只是自我安慰。

長安路一千三百四十四號，這所私房拆遷導致小爺叔家僅以三口之家就分到了最大的一套房——德州高層帶電梯的兩室一廳，這時小爺叔的兒子還不滿兩歲；而我家四口人被迫接受了六層樓裡最小的兩室戶，我和妹妹均已在讀大學。母親嚥不下一口氣，而父親選擇了隱忍，如此委屈的態度與他受盡折騰的大半生保持高度一致，最終成為鄰里友朋讚譽的豁達美德。妹妹只得睡在陽臺上，陽臺封閉後變成小半個睡房，這一睡就睡到了她出嫁。她嫁得並不如意，至少我母親是這麼看的，她一直在反對，但妹妹去意早決。妹妹那麼急於把自己嫁出去，大概都是陽臺上的床惹的。而這一切的起源當然就是小爺叔喬長春。

當年上南路周邊沒有幾棵樹，樓前小草地光禿禿的，亂扔亂置一些黃葉、紙屑，樹木全是不及我身高的苗，唯獨一排排單調的六層新村房子卻是簇新的。八〇年代末那個冬天是一個拆遷的季節，上海到處在拆，到處在建，到處是搬遷的人家。當搬家卡車經過越江隧道，將不多的幾件老舊家具卸在浦東這個專為拆遷安置的新村，儘管新房在三樓，不再有漏雨之危，但廣袤的荒涼和內心深處的積怨還是逼走了我那一點點喬遷的喜悅。

我急於拆箱，東尋西找，父親問我找什麼，我說白象。「大象？」父親奇怪地看我。我說就是黑眼圈的那隻石膏白象，放在五斗櫥上面的。他說沒看到，他從不注意家居細節。母親說看到過，一直放在那裡，積了厚厚的灰，成了黑象。但她也說不上來。他們不理解我為一件擺設遺失生悶氣，我卻無法告訴他們象的來歷。

母親又在新居裡整日絮叨，父親聽煩了，大吼：「有本事你去呀！」母親回瞪他。她不敢去找誰，哪怕是拆遷組。她消停了幾小時，掌燈時分，她在餐桌上又說：「有本事的人怎麼搞不定你小阿弟呢？」父親看她一眼，不再言語。

妹妹起先還哼著歌，但不知何時她靜默下來，突然冒出來一句：「喬長春是流氓。」

所有人都掉入了沉默的深淵。那天我體會到了喬遷也可以不是喜，而是喬遷之悲。

一條瘦骨嶙峋的野狗在我家樓前晃悠，牠像是在尋找食物或是愛情，但我發現了牠暗藏著的刀子似的眼光。牠在尋找仇敵，我固執地認定牠想念家人，牠的家人就是牠的敵人。我家最大的仇敵是我的小爺叔喬長春，一個左撇子，喬家只有他是左撇子。祖父在世時候常常歎氣說：「好好的右手不用，闖禍胚子！」

長安路在上海浦西一度的西部邊陲，是我長大的地方，民風樸實而悍勇，縱橫交錯的小巷裡盤踞著滬上知名的幾個蘇北幫派。從資料上可知，蘇北人初始是搖著小舢板從蘇州河進入上海，在河灣港汊停泊，上岸拾荒、打短工。日子一久，棄船上岸，在亂墳堆裡落腳，去蘇州河沿岸工廠裡謀生。安東、安西棚戶區就是那樣慢慢出現，公廁稀少，種滿了桑樹。一般人不會將桑樹（喪樹）種在家裡，但安東、安西人不管，他們的後代不少在街頭玩刀子。一條褲帶似的大弄堂橫穿長安路南北，一個公共廁所像一個皮帶頭佇立在弄堂中間，皮帶頭以東是安東，皮帶頭以西在長寧路北面則是安西。再往西則是中山西路和遼闊的大孚橡膠廠，再往北就到了發臭的蘇州河。唯有東面端莊些，一眼望不到頭的漫長鐵路線和一個老舊的西站。犬牙交錯的棚戶房子密密層層圍繞著長安路，有的巷子窄到只容一人堪堪通過，短到還沒有你伸開兩手間長度。

長安路邊上最高的建築是日本樓，孤島時期日本人修建，那是喬長春長大後第一個要征服的目標。凡是他想要的，他都能做到。在長安路一千三百四十四號那幢紅漆大門老宅還存在的年代，喬長春是一個年輕的符號，一個奇蹟戰士，雖然「奇蹟」之類語彙不屬於長安路那樣下里巴人的地方，但我這麼說並不過分。

2 撿回一條命的小爺叔

父親從上海的師範學校畢業，在鄉下教書一生，終於把自己改造成了一個鄉下人。這是這個國家的奇蹟，共產黨的驕傲。當他終於從郊縣調回市區，也終於入了黨。他得意地說：「想入的時候入不了，現在老了偏偏非入不可。」

他當上小學總務主任後，忽然告訴我學校裡有一個小特困生他認出來了，小小年紀戴斜視眼鏡，生就喬家標誌性的國字臉，還是個左撇子。說到左撇子的當口，他深深地吸了一口氣：「這是喬家禍事的兆頭嗎？」他說過，祖父在世時也說過。父親說利用職權給那個小特困生減免了學雜費，還申請了特困生補助。

我有點激動：「爸，你忘了老房子拆遷時候發生的事？」

喬家長安路老屋拆遷已經是十來年前的事了，時間長到連父親的記憶也模糊了。父親的黑框眼鏡上面，白光與陰影之間僵持膠著，我看不見他的眼睛。

他給我泡了一杯茶，用我送給他的法國水果刀削蘋果，削了一半，停下說：「你小爺叔境況不好，他下崗在家，得了抑鬱症，天天吃藥。他兒子那麼小，轉學到我校，讀書不好，據說是智力發育障礙。我幫他一把不花什麼力氣，他還提著禮物特地來學校謝我。他四十多歲的人了，從沒送過我什麼禮物。」

說出了這些，父親的坦然態度裡似乎再沒有什麼隱藏了。我對小爺叔喬長春的兒子幾乎沒什麼印象，我努力回想，只記得一個戴斜視矯正眼鏡的小男孩，國字臉還不明顯，但我不記得他是不是左撇子。我再看父親，他彷彿又回到了那個九月初的清晨——陽光透過層層樹葉灑在長安路上，有些晃眼，他扶著鳳凰單車書包架，示意我上車，我又興奮又害怕。我剛用一個暑假學會騎單車，初中開學第一天我就要自己騎車去上學。父親追在我車後，看我歪歪扭扭地騎著，他的聲音在後面熱風似的追著說：「以前你小爺叔也是這樣學會的。」風的阻力大了，我撇撇嘴，騎得更快了。

當父親來到人生的夜晚，回憶人和事常常顛三倒四，但其中孤零零的某些細節卻記得非常清晰。當他的體力無法再用單車載人時，他難得地像祖父那樣長歎一聲，他說起單車馱我上學的日子，我坐的位子就是小爺叔以前坐的。長兄如父，他剛工作的時候，小爺叔還在念小學。父親溫柔地笑著、說著，又像是祖母的碎嘴嘮叨樣子，看不見怨恨，也沒有難受，我懷疑他故意遺忘。我始終不能接受他似乎老是把小爺叔當作他的兒子，而不是我。那時小爺叔與我父親的關係也很親近，他們不常交談，但似乎眼神交流一下就夠了。

遙想當年長安路的夏夜，起風時刻，兩側排滿了竹躺椅、小桌子和板凳，在路燈下打牌、下棋的不少，搖蒲扇侃山河的最多，小人們迷戀四國大戰和飛行棋，成人們則熱衷於後來稱為八卦的街談巷議，話題永遠少不了街上最漂亮的姑娘紅英。有那麼一刻，他們張大嘴巴，呆呆望著青工喬長春駕著借來的火紅色幸福摩托車飛駛而過，後座上坐著美人紅英。

祖父在四九年前當過國民黨警察，你不妨設想一下他年輕筆直的身形走在長安路上，一邊像警察那樣搜尋小爺叔，一邊詛咒：「小赤佬總歸是隻左撇子，當初還不如悶死好。」

祖父對么兒長春的寵愛複雜到遠不止於愛與恨。長春還在繈　裡時，也是冬天，祖父回家按慣例額先看長春，卻發現愛哭愛鬧的他睡得很死，兩頰通紅，嘴唇青紫，可以聞見濃濃的煤氣味。為了取暖，祖母總是將煤爐移到室內。祖父嚇得蹦起來，立刻跑去打開門戶。長春被抱到室外，迎上長安路的刺骨寒風，「哇」的一聲哭出來了。

祖父攥著　麵杖在天井裡來回轉圈，把祖母罵了個狗血噴頭。

長春撿回了一條命是如此僥倖，似乎註定了他的不平凡，我不知道父親在亦父亦兄的漫長歲月中是不是也嫉妒過小弟長春的好運道。

3 白象

那是夏天的事。天氣異常炎熱，出事的天氣。

一個漂亮姑娘在日本樓陽臺上預備跳樓，她剛跨出一條腿，隔壁陽臺發出了一聲慘叫，一個看熱鬧的男人先掉了下去。樓下和樓上圍觀的群眾爆發出洪水般的喧囂，接著是姑娘撕心裂肺的短促哭喊，她慌亂，不跳了。照理，要跳也該先輪到她。水門汀上一灘盛開的櫻花似的紅紅白白，證明了世事發生通常都不照理。

我從眾人的腿之間鑽了出去，看見了同學彥子，還有野豬，他們在前面跑，好像什麼地方又有人跳樓一樣。我也跑起來，卻覺得什麼不對頭，接著我慢下來。野豬回頭告訴我那個想跳而沒有跳的女子就是美人紅英，說完朝彥子擠眉弄眼。我很氣惱，因為彥子在笑；他們笑的當然不是我，而是喬長春。長春加入了帶著刀子和三角鐵在街頭遊蕩的那群邊緣人，他們廢掉了這個世界的規則，代之以「義氣」二字。那種古老的幫會規矩簡單而有效，比這個世界中道貌岸然的法律更誠實，更有溫情。長安路上的居民們與其說對他們漠不關心，倒不如說或多或少默認了他們的存在。在我眼裡，他們從來都不是什麼邊緣人；他們總是處於我們這個世界的漩渦中心，代表了一種稀缺的資源。

小爺叔是如何一夜間成長為一個人盡皆知玩刀子的人，恐怕得追溯到我上學前。祖父在油毛氈搭建的灶間顛著大鐵勺炒菜，後院剛摘下的豆莢香味混著薄荷味在他的指縫間繚繞；我可以近距離無顧忌地研究他左上臂的那個鐵錨刺青，以及窗前那一株高大茂盛的桑樹。後院很小，除了桑樹枝葉的沙沙聲，就是院牆後面大孚橡膠廠職工浴室的白色蒸汽。

那一瞬，祖父昏暗的眼睛穿過白汽，穿過漫長的此後三十年，直擊小兒子長春的災禍未來。他對推著自行車進入前屋天井的父親說：「你做大阿哥的要是管不住，小阿弟遲早闖大禍。」

父親放下手裡的黑色人造革包，扶正眼鏡架，一面洗臉，一面默默聆聽祖父說起小爺叔如何如何長期曠課，如何如何不服中學老師管教。

我那時還未入學，一個人穿過天井，到前屋，爬上閣樓。

閣樓天花板高度剛到我頭頂，成年人站不直。小爺叔此刻像正兒八經的好學生那樣正襟危坐，藉著天窗的光線，埋頭臨摹字帖。老實說，他寫毛筆字也就是姿勢好看而已；左撇子執筆的彆扭樣子祖父一直想糾正，但長春還是喜歡用左手，大家也只好由著他。

他隨口問我寫得好不好，我說好。他問為什麼好，我說字很大。

我翻著他桌上那本舊版直排的厚書《三俠五義》，第一次認識了正體字。父親已經教會了我幾百個漢字，全是簡化字，我由此連蒙帶猜一口氣讀下去，進入了五鼠鬧東京的熱鬧中。

他又問書好不好，我說好。他問什麼好，我說字很小。

長春是愛學習的，但不喜歡讀書，他的喜歡很特別，他喜歡除了書以外的許多東西。他遲疑了一下，也許臉色不自然起來，但那時候我還不懂得分辨。他鄭重委託我將一封信送到對面日本樓，別讓老頭子曉得。他總是把祖父叫做老頭子。他看見我的眼睛始終盯著他書架上的一對石膏白象不放，猶豫了一會兒，大方地說：「送給你可以，但只能給你一隻。」

他比我大七八歲，不像叔叔，更像我的大哥。他不喜歡象，他喜歡的是冷冰冰的刀。我知道他的祕密，在他的書桌抽屜和床底下小箱子內收藏了各類奇奇怪怪的小刀，如果心情好，他會拿出來一件件逐一點評，他會遺憾地說裡面沒有日本刀。他的臉在天窗底下會閃著各種形狀尖銳的光。那時候，我覺得喬長春是喬家最有男子漢氣魄的人。

他像一個日本武士那樣從書架拿起一隻左腳在前作勢飛奔的白象，在象眼部位點了兩個墨團，高度僅僅手掌寬的小白象就此睜開了眼睛。但我一點也不喜歡這點睛之筆，黑墨團的眼睛裡滿是驚恐，愉快的象步變作了恐懼的逃跑。這隻作為賄賂的白象沒多久失去了我的歡心，很快落滿了灰塵。

斜對門那幢日本樓在當時可是帶抽水馬桶的高級住宅樓，全部深色柚木地板，泛著一層瘖啞的光。大白天樓裡也陰沉沉的，灌滿看不見的水，很重、很緩地流動。

一扇厚重的深色木門「吱嘎」打開，一個淺色連衣裙、赤腳的女孩好奇地望著我。紅英從小長得伶俐，除了不怎麼愛說話外，人見人愛，眼黑如同黑色算盤珠子，活絡得很。我看見她臉上一塊胎記大小的紫黑色陰影隨著身體擺動緩緩擴大；這也許是錯覺，也許與她父親死在白茅嶺農場的傳說有關。從她身後傳來一陣瘖啞的「噠噠」聲，如同多年不換機油的發動機怠速運轉的那種滯澀感。

「你是斜對面喬家的小人？」紅英媽甩著一頭捲髮器搖擺著出來，眼角瞟著我，好像看一條鄰居家養的好狗。她的聲音很嗲：「嗯，長得有點像左撇子長春。滿等樣的（滬語：端正）。」

她要不是燙著一頭大波浪長髮，笑起來眼角呈現放射狀細紋，看上去也就像紅英的姐姐。我敢斷定那老舊發動機的轉聲絕不是她發出的。我留下信什麼也沒說，溜走了。你一定猜到了，我送的不是什麼雞毛信，而是一封出自喬長春毛筆親書的情書。

喬家人心裡多少默認了小弟長春有足夠理由做一個長相帥氣、胡作非為的逆子。父親說花園口決堤那年，同祖父一起逃難跑出來的還有祖父最小的弟弟，忘了叫什麼名字，那小子性子像長春一般野，逃難路太長，一下子跑散了，從此再也沒有找到。逢上三年大饑荒，老家另一個叔伯兄弟從農村大老遠跑來上海，面黃肌瘦、愁眉苦臉的，我祖父勒緊褲腰帶，吩咐祖母送了些錢糧，打發他走。祖父長吁短歎一段日子後，就此再也沒提起過回老家。喬長春長大沒按他的意思參軍，卻迅速崛起為長安路上的磨子（滬語：街頭混混的厲害榜樣）。每當日子艱難時節，祖父忍不住惦念黃河岸邊的老家，那個連我父親也未曾見識過的村莊，他會說作孽呀，長春的脾氣、長相就像他跑散的么弟，也是左撇子，也一樣無法無天。他跑散了，一定去打天下去了。

在喬家，每一代由色盲母親生下一個左撇子男孩，將是禍事來臨的兆頭。祖母是一個色盲，這事我很晚才得知。我想了許久，祖母眼裡的世界缺少了什麼顏色？她為什麼縱容長春與紅英母女的糾纏？也許是因為她看不見的某些顏色才讓她一味容忍小爺叔吧。

4 紅英之死

中山西路、長安路口那時有崗亭，即使不站在高高的崗亭上，只要你站在理髮店和便民飲食店那兩個街角隨意掃視，你也會吃驚於紅文食品商店的生意特別紅火。大熱天躲在崗亭裡的大塊頭交通警也忍不住放下搪瓷杯裡的冰鎮酸梅湯，頂著烈日，走到十字路口，探視食品店的動靜。

美人紅英打小沒見過她父親，她中學畢業後在紅文食品店當營業員，從她站櫃臺賣水果那天起，食品店變成了伊甸園那樣的所在。絡繹不絕的時髦或正派青年，有事沒事，從安東、安西各條小巷湧向紅文。陰雨天，那些不打傘的時髦青年吹著口哨，聚集在水果攤，空氣裡飄著爛水果的甜膩氣息，年輕的熱情真像費翔後來唱的〈一把火〉[1]，快把紅文食品店一把火燒光了。

小爺叔從中學起追求紅英頗有年頭了。他工作後，工人文化宮舉辦流行歌曲大賽，他抱著一把吉他參加了，當然，他落選了，但卻贏得了紅英的芳心。青工長春，披肩長髮，穿著敞胸的斑馬花襯衫、喇叭褲、尖頭皮鞋，戴超大蛤蟆鏡，與不三不四的人在電影院、公園一帶鬼混，他的摩托車後座坐著水果西施。如果沒有後面寫的事，這將成為八〇年代長安路上一段佳話。

那年夏天最大的新聞就是水果西施自殺事件，失足跌死了一個無辜看熱鬧的，來了一撥警察調查，但她還是未能逃脫厄運之手。警察走後不久，紅英還是死了。床上的棉被鋪了兩層在地板上，上面躺著一個踢倒的方凳。大白天，紅英披頭散髮吊死在吊扇下面，沒留下一個字，她媽還在上班。

白象碎了一隻，就在那年的夏天。出事當天，我趁著人群混亂溜入紅英家，一個沒有男人的家，奇怪的事是門口放著兩雙男式拖鞋，鞋櫃上還有一雙尖頭男式皮鞋。我趴在紅英單人床底下，終於找到了一堆碎片，勉強可以拼出一隻右腳在前的白象。我撿了一塊石膏碎片藏在衣服裡，回家

---

[1] 指費翔一九八七年在大陸中央電視臺春節聯歡晚會翻唱高凌風版的〈冬天裡的一把火〉，曾風靡一時。

偷偷爬上小爺叔的前閣樓。我至今不能忘記青工長春接過碎片的那個時刻，他疼得怪叫一聲，他結滿老繭的手指把碎片狠狠捏成粉末，石膏細屑飄落在小閣樓的角角落落，下雪似的，覆蓋了白象哭泣的聲音。你不會相信我從那時起就聽見了白象的哭聲，類似古舊馬達轉動的滯澀。

一條街，從周家橋到中山公園，都在談論長安路喬長春逼死了紅英。長春的朋友們不像市井小民那麼庸俗，他們堅稱紅英不是垃三（滬語：阿飛女）。小爺叔證實此事的方法就是他被祖父趕出了家門，他搬起鋪蓋，乾脆住進了日本樓的紅英家，當時紅英喪事才辦完。流言蜚語的當事人從沒澄清過，長安路上的人搞不清楚來龍去脈，一致把矛頭戳向長春，紅英的追求者裡不乏有人揚言要騙了喬家小兒子。我沒有壓制住小孩子的好奇心，偷偷地問小爺叔，他如夢方醒，猛跳起來，「咚」的一聲，腦袋快撞破閣樓屋頂，他也不覺得疼。他說：「喬賓，你年紀太小，不曉得那幢樓裡有鬼，日本樓你千萬不要去了。半夜裡老是有什麼東西開門、關門，還有『隆隆』的奇怪聲音，好像動物園裡大象的哭聲……」

我驚懼地想像著日本樓裡半夜出現的妖精。長春沒比我大多少歲，居然那麼迷信。我始終不懂紅英的死與妖精鬼怪有什麼關係，所以，我沒說我也聽見過那種怪聲。我從此非常害怕馬路對面的日本樓。

愛面子的祖父於盛怒中，不顧祖母阻攔，揮斧劈爛了天井中的雞棚。大大小小幾隻蘆花母雞上躥下跳，「嘰噶」亂叫，逃出一千三百四十四號的時候，附近的小孩正在吃夜飯，全停下碗筷，像貓那樣轉動耳朵。大人們也走出家門往喬家張望，他們聽見喬家老頭累得呼呼喘氣，手裡提著斧子，還在不停大罵「日本樓裡的垃三」，他們臉上露出神祕的微笑。

流言沒有騙了小爺叔，卻先壓垮了喬家祖父。

這年冬天，一陣西北風颳來，祖父騎車像屋上的瓦片被風吹落那樣摔倒在路上，進醫院查出晚期骨癌。祖母把小爺叔叫回家，他回到祖父病榻前，做一個委屈的孝子，但他依然住在日本樓紅英家。祖母她們紅著眼睛，都不敢告訴祖父。她們相信喬長春的魂被騷貨紅英媽勾走了。

喬家擴建住房是祖父在世鎖定的最後一件大事。雖然建房發生在祖父往生之後，主意還是他躺在病床上親自制定。當時，他枯瘦的手抓住小爺叔的手，失明的老眼望著窗臺；他一定以為那是後院的大桑樹，其實從他的病床看不到桑樹，只能看到日暮殘照裡的一瓶花。長春即使再粗獷也能感覺到西天的光在花瓣上分分秒秒消逝，他預感到祖父的生命正在與光飛速分離。祖父說得斷斷續續，但思路清晰，口氣堅決，他吩咐祖母把棺材本全拿出來儘快給喬家建房，拆掉長安路一千三百四十四號的門臉平房，改建為兩層樓，底層門面出租，二層給長春將來做婚房。祖父的新房計畫完全不考慮我父親，他也不顧忌我母親當場聽得明明白白。說完，他深深地吸了一口氣，好像他要把周圍所有的薄荷似的桑葉味全部吸乾淨。

母親回家就生悶氣，她虎著臉訓斥我和妹妹，不可與喬家人來往，講話也不可以。「你們想一想，喬長春是什麼人吶？他是怎麼欺負你們爸爸的？」好像她完全忘了我和妹妹也是喬家人。父親週末從郊縣回家，故意走開，躲不開就死活不作聲；他當然明白這意味著什麼，我們全家四口擠在一間兩頭站不直的十四平米中樓，而祖父卻一意替小爺叔安排面積更大的新房，好像澈底忘了父親還是喬家長子。我想，這件事澈底傷了父親的心，他以後很長的日子裡都是一個鬱鬱寡歡的鄉村教師。

祖父從病倒到往生只有短短半年，喬家大多數人都認定他是被小爺叔氣死的。雖然我不這麼看，但我也承認喬長春搬入紅英家後，日本樓開始鬼氣森森起來：深夜晚歸的人聽到樓梯上無緣無故重物移動的聲響，樓道裡窗戶莫名其妙一扇扇敞開，半夜裡一道白光從窗口射入……。後來，乾脆玻璃全碎了，諸如電閘跳斷、水管爆裂和抽水馬桶堵塞等等災象不斷。樓內住戶披衣起來說半夜樓上樓下不斷有開門、關門。有人說紅英家傳來神祕的「噠噠」聲，好像壞掉的摩托車引擎聲。連我妹妹一邊捂著耳朵，一邊也把這些事聯繫到了紅英自殺上面。

我告訴妹妹那是動物園大象的哭聲，她不信。

我當然不講那是喬長春說的。妹妹痛恨她的叔叔已非止一日了。

紅英媽請人來做法事，長春在場，法事的錢據說也是他出的，但這些馬後炮都不管用。紅英媽放棄了辯解，她突然變得無比厚顏無恥，她與長春手挽手出遊被無數乘涼的好事者看到，他們也不介意。他們頻繁出沒於中山公園附近的舞廳和電影院，那些甘草霜淇淋融化的深紫色夜晚，沒有小菜場臭魚、臭蝦混合公廁的複雜氣味，也沒有大孚橡膠廠的可憎化學味道。群眾不由悲歎喬家那個左撇子逆子昏頭了，找了一個騷貨做媽還不夠。長安路上的人民越發斷定紅英悲劇與這種亂倫關係脫不了干係。

整條街淹沒在關於長安路一千三百四十四號喬家小兒子的流言裡。喬長春再也不騎摩托車了，他由此放縱了對刀的癖好，他玩起了刀。刀子是一種簡明快意的江湖解決方式。很快，他沒有用刀子斬斷流言，但他以膽量和智謀開始整合街頭力量，掃平一條條街道。人們習慣了喬家老大的文雅懦弱，都在驚懼中預期喬家老么成為長安路未來的江湖大佬。但是，出人意料，這始終沒有出現。

5 年輕的戰士

我在天臺看飛翔的信鴿，聽見一陣涼爽的沙沙聲，小爺叔赤膊在天井裡埋頭磨著什麼，寬闊、黝黑的脊樑上彈跳著水珠，蒸騰著白汽，掩蓋住幾條幾條蚯蚓似的傷疤。我下樓去看那種賞心悅目的打磨功夫，看著鋼製的刀鋒漸漸露出天空的青亮色。

他對我笑：「喬賓，你以為這是刀嗎？」

他搖搖頭，算是自我回答。他根本不屑與我這種文弱的中學生談論刀子。

讓我來談談成就他、也毀掉他的另一樣東西。這把刀外觀很樸實，半米多長，帶護手，背闊而重，兩面開有血槽，鋼質優良，採用汽車減震器矽鋼片，他親手用砂輪打磨而成。就是這把不祥的刀，擊潰了周家橋街頭混混的八卦陣，砍斷了天山飛龍兄弟倆的紅纓槍，也挑去了長安路上一枝花紅英的褲腰帶。

早在小學二年級，我遇到了我的死對頭楊白勞。他是一個老留級生，大名是楊明華，臉上長有白斑，愛柿子專揀軟的捏。不知何時起他卯上了我。大概因為我不屬於安東、安西的窄小巷子，而是住在他所痛恨的高尚一些的長安路。

有一次，在山河百貨商店，我碰上了他，他嘴笑歪了，搶走了我手裡攥著的毛票。我哭喪著回家，半路撞見小爺叔，他一把拉著我回去，楊白勞那廝還在山河轉悠。小爺叔當時身高還不如楊白勞高，胳膊沒他壯，但他上去就反擰住楊，給他腦袋猛砸一頓毛栗子。後來，楊白勞凶神惡煞帶人來尋仇，把長春截在小菜場的公廁旁。楊白勞那些人拿著角鐵、木棍。路過的同學後來講起那次大戰的回合，我聽得不由寒毛倒豎。他們說：「你小爺叔亮出了一把鐵尺改成的匕首，但一上來匕首戳在磚牆上竟折斷了。畢竟還是鐵尺改的。不過，你小爺叔畢竟還是喬長春，一點兒也不怵。他負了點傷，奪過角鐵，還是打跑了那幫子嘍囉。」

長春製刀的靈感來自他對日本刀的研究心得。他工作後，在車間裡利用進口機床，親自設計、親自製造了他的專業武器。他憑著這把好刀，陸續收服了安東、安西的蘇北幫。他不回家的日子裡，託人捎口信給祖母說他不混社會，他是廠裡的青工，在讀夜校，預備做電工。祖母聽了，嘮叨著外出找了小兒子好幾回，回家哭了好幾夜。我在樓上夜夜都能聽見祖母的哭聲，她哭得越傷心，越像罵街。街上的混混卻說長春是怪人，他混江湖，卻沒有小兄弟；他打架鬥毆，還去上班、讀夜校；如果打架，他一定不在廠內；出手必然單挑，絕不打群架。他們都很崇拜喬長春，都看定他是一個大人物。派出所也沒少找他，可每次遇上他，他都翻著白眼反問：「什麼時候我參與群毆了？我是見義勇為。」一樣子認真到連警察也只好笑笑。他們都曉得長春的老子在前朝也是警察。

改革開放忽如一夜春風來，紅英媽停薪留職，在長安電影院旁邊的弄堂裡把生意做開了，賣盜版錄音帶那一行誰也沒有她厲害。國營新華書店用大喇叭把〈一剪梅〉、〈我的中國心〉、〈年輕的戰士〉、〈乘風的歲月〉播得震天價響，但她不動聲色，只消笑嘻嘻帶著客人（像我這樣的學生不少）去弄堂底轉一圈就把買賣全部搞定，新華書店一年的音樂磁帶營業額還及不上她半個月做的。金錢的氣味像水裡的血腥味，把外地的強龍如阜陽人也吸引來了。

阜陽來的疤眼帶著一群鄉下人闖上海灘，他們多是山上下來的，落腳在大孚橡膠廠老鄉的宿舍裡，一舉吃掉了周家橋的地攤，揮師東進，勢力範圍一度拓展到我們眼中的大世界：南到滬西體育場，北到中山路橋，西到天山，東至中山公園。紅英媽起初也像別人那樣老老實實向疤眼繳保護費，但很快她膽子肥了，她對長春說疤眼胃口太大，不只是保護費，他們要的是她的生意，壟斷長安電影院一帶所有錄音帶攤檔，阜陽人要的是全世界。對不起，那時候我們的全世界就是那麼大。

後來，長安路上的人們大都認為我小爺叔的災禍結局源於他的清高孤傲。長春頭腦發熱，他召來廠裡的一幫青工朋友不夠專業，隨身都是些水果刀、螺絲刀之類傢伙，疤眼人馬操的全是西瓜刀和木棒上釘鐵釘的狼牙棒，外加兩管自製土槍。雙方一照面，青工們立刻暴露出酒肉朋友加烏合之眾的真相，全跑了，剩下長春一個人，揮舞著單刀，叫嚷著「單挑」。疤眼腰眼裡雖然插著一把發令槍改製的土槍，他仍然還是一個阜陽來的猥瑣漢子，他嘿嘿冷笑，說：「誰單挑誰傻逼。」在我想像中，長春該是舞刀力戰，孤身不敵；紅英媽不顧一切上去，抱住疤眼大腿求情。疤眼說：「行呀，讓長春把他的左手留下來。」說完，他把繳獲的長春的刀扔進了蘇州河，那把不祥的刀劃出一道充滿力度的銀色弧線，濺起一片嘲笑的水花聲，永遠不見了。

我怎麼也想像不到的是他們說長春一言不發，交出了他的刀。他是長安路上玩刀出名的佼佼者，竟可以默然不戰而降。目擊者們也有幸災樂禍的，他們總結說長安路上本沒有英雄，梟雄也沒有。疤眼挑斷了長春左手的筋，饒了他的命。長春後半生變回了右撇子，祖父做不到的事，一個粗壯猥瑣的阜陽漢子替他做到了。

長春在醫院裡，父親沒有去，因此被祖母罵了三天三夜。母親則很解氣地說：「報應來了。」她再次嚴令我和妹妹不得接觸喬長春。也許是那時起，父親與小爺叔的關係也驟然惡化，但那主要是房子惹的禍。

喬長春出院，遠離了在長安街上揮刀拚殺的日子。兩層前樓在祖父死後數年落成，大部分建築費是祖母出的，建樓人手多是長春的朋友們，他們在我眼前砍倒了那株大桑樹。兩棟兩層新樓矗立起來，一前一後。後樓占據了原來後院空間，由兩位娘娘居住；前樓貼著長安路，底層門面租給個體戶開了一間小照相館，小爺叔則在照相館樓上新房裡養傷。他迷上了電工和音樂，有時候跟樓下照相館老闆玩相機，但他老是無法學會對焦。照相館老闆說長春的手是拿刀子的，換了相機就會抖個不停。這話大概是開玩笑，但長春當真了，他對照相失去了興趣。

現在我能確認的事是從祖父在世時，喬家內部已經四分五裂，喪失了傳統的內向凝聚力。在大家族矛盾一天天激烈演變中，母親叛離了喬家兒媳婦的身分，從小哭小鬧發展到歇斯底里地禁止我家四口人（連我父親在內）與祖父說話。父親順從了她。祖父母對小爺叔的偏心母親無法忍受，但她又不願離開喬家，她甚至不許祖母偷偷送糖和點心給我和妹妹吃。直到今天我也無法理解她堅守在喬家只是為了區區一間房。

遠在郊縣的父親也終於揭竿而起，與祖父發生了衝突，雖然不大，卻延綿了數年之久，直至祖父放棄了大家族同堂的理念，被迫答應我父母親分家的要求。我家在天井裡另修了一個帶天臺的小廚房分開伙食，但我們仍得從同一個過道進出同一個大門。所有人的單車都放在過道，為了停車之類雞毛蒜皮小問題，兩個住在後樓的娘娘與住在中樓的我家之間摩擦爭吵此起彼伏，從未間斷。這裡不值得細述，大多數上海人家經過上世紀八〇、九〇年代都能明白其中的辛酸，圍繞的核心無非是房子。

祖父死後，小爺叔習慣於躲在祖母身後，從不介入家庭瑣事，像他那樣混江湖的不屑於處理雞毛蒜皮；他也不再理睬我家，最後，疏遠了我父親。他新購置的身歷聲音響整日價播放臺灣歌手楊慶煌的國語曲，〈年輕的戰士〉的歌聲從早到晚形容著像喬長春那樣悲壯的長安路年輕戰士，一直在反抗著什麼看不見的東西，或者說逃避著某種長安路人們無法迴避的東西。

我與小爺叔之間失去了所有表面聯繫，但由於前後樓的位置相鄰，我每天在固定時間段與楊慶煌的歌聲一起讀英語、寫作業。我會唱楊慶煌的全部成名曲，我也許比他更喜愛楊慶煌，誰知道呢？長春在前樓，我在中樓，隔著天臺，我是默唱，他是沙啞跑調。可我們唱得最熟、最有感受的無非都是楊慶煌的〈年輕的戰士〉，我相信。但他不知道。

我的視線穿過磚牆，看見那個左手失去功能的長安路著名的失敗者在年輕的孤獨擠壓下，變得紙一樣單薄。他苦練右手，牆上的人影因為動作機械重複而顯得異常可笑。他在滿地散落的電工手冊、拉力器和啞鈴中間尋找做一名使用右手的普通電工的機會，他也像我那樣在海峽對岸飄來的旋律裡尋找跳下一個龍門的好運氣。我的身邊多了唱歌的楊慶煌和不唱歌的書本，喜歡熱鬧的他的身邊則多了玉蘭花的香氣——一個同樣喜歡楊慶煌的說蘇北上海話的長辮子姑娘。胡蘭身體健壯，眉目豪放。我的安西同學都說：「你的小爺叔因禍得福交了桃花運。」胡蘭與喬長春才是天生一對。胡蘭父親是工人階級，在安西一帶蘇北幫裡面說話嗓門很大，屬於很搞得定的那類大老粗。他們說對了，小爺叔火速娶了胡蘭，因為拆遷分房在即。

他的婚房就在前樓二樓，一個窗戶開在我家天臺，他和新婦衣不蔽體上上下下都進入了我窺視的眼睛。當我在天臺上背書備考時，我的眼光無法不溜到那個窗口。在楊慶煌坦蕩的歌聲裡，我聽不清小倆口親暱的喃喃私語。

我又瞅見小爺叔裸著寬闊黝黑的脊樑，只穿一條深色游泳褲，在天井水池前擦身，猶如擦洗他的刀。喬家典型的國字臉上沒什麼表情，他只專注地唱著「唯一的信念就是不能回顧」[2]，歌聲還是老鴨似的不著調。

他顯得很反常地開心。他有多久沒那樣開心過了呢？但是，失去了刀的男人轉而對房子產生了興趣，這倒是很正常，我想到就煩躁，而且恐懼。

6 長春的右手握著菜刀

如果把喬家大危機的這一刻用鏡頭攝下，我想該是喬長春用身體堵住家門，黑色脊背閃著油油的刀光，耳根咀嚼肌線條異常突出，手裡握的不是讓他在安東、安西到處揚名的那把刀，而是祖母磨快了的那把菜刀，刀口指向那些膽敢動他房子的人，不是拆遷組，而是他親愛的家人，其中為首的是曾一手撫養過他的我父親。

母親披頭散髮，面孔浮腫，她已經大哭過好幾回了，但沒有用，喬家的人已經沒人相信眼淚了。在分房子的關頭，每一個人的心都變得冷酷異常。她雙手緊緊抱住父親，使勁往中樓上拽——頭一個奇怪的問題是：為什麼母親不簡單地關上廚房大門呢？喬長春還不至於失心瘋持刀強行衝入

[2] 臺灣歌手楊慶煌成名專輯主打歌〈年輕的戰士〉中的歌詞。八〇年代到九〇年代初，楊慶煌為數不多的幾張專輯曾在上海年輕人中廣為傳唱。

我家廚房，我在心裡乾著急，但我卻虛弱到無力移動。

第二個問題是：妹妹在哪裡呢？我現在想不起來了，但我認定她不在還好些。我蹲伏在天臺上，從木欄間隙瞅著小爺叔英俊的臉扭曲成晦暗不明的人皮面具。我聽見祖母比罵街還難聽的哭聲，但也看不到她佝僂的身影。在場還有我的兩個從外地回滬搶房子的娘娘，但既看不到她們也聽不見聲音；她們都站在小爺叔那邊，也就是祖母那一邊，我家是被完全孤立的，她們都說儘管我父親是長子、人口最多、子女年齡最長，但也不可倚老賣老，最大的那套帶電梯德州新村高層兩室一廳要分給祖父母最愛的小兒子長春才對。她們站在長春那一邊，一定是祖母的勸說所致，但長春堅決保衛兩個嫁出門的姐姐的分房權利也是一個原因。長春說不出大道理，但他的兩個姐姐一致斷定他結婚後懂事了，他比我做一輩子教育工作的父親更懂得維護婦女的平等權利。

每個上海人都不會反對，拆遷是一次大時代的危機。喬家的大危機時刻，一大家子蝸居在長安路一千三百四十四號老宅的情形瀕臨解體，即便祖父死而復生，也無法阻止家族內訌。他氣得渾身發抖，連腿肚子也在顫抖，但一絲驚慌迅速掠過父親的臉，他伸了伸脖子，退縮了；他像祖父那樣駝背了，但他其實一點不像祖父。祖父駝背了也老是昂首望天；哪怕他被革命者打倒再踩上一隻腳，去食堂給人做大鍋飯，他還忘不了挺直腰桿做食堂大師傅。雖然父親也有暴烈的時刻，但那種時刻總是過於短暫，更頑固的懦弱使得他的成年時代一直難於面對倔強堅硬的祖父。

我與小爺叔早已生分，他拿起菜刀指向他亦父亦兄的大哥，那一刻他已經自甘淪為我家的敵人。當我為大學寒窗苦讀之際，他的刀、他的人征服了長安路一條街，人們包括喬家人（除了祖母）都把他視為地頭蛇、惡勢力，但那時我還堅定地站在他的一邊。街頭的幫派團夥爭奪的是地盤，依靠的是實力，勝出的是義氣。喬家這個普通市民家族爭奪的也是地盤，俗稱房子，依靠的也是實力，但輸掉的全是親情。從這一點上看，我並不反感長春右手拿著菜刀指向我父親時說的話：「大阿哥，今天你要聽我一句話。老頭子死掉後，按道理是你老大做主，但你做事體不公正，所以，喬家還是靠刀說話！」

祖父年輕時是不是用刀子說話，我不知道。小爺叔露出了右撇子的笑，右手不如左手穩定，在劇烈顫抖，我恍惚間看見了去世的祖父，他短暫的一生充滿跌宕起伏，他信奉的無非就是實力。在靠實力說話這一點上，長春最像祖父，因而我的父親沒有什麼機會。他毫無徵兆地發作，在樓下大聲咆哮，聲音嘶啞如同裂帛，我嚇得從天臺退到樓梯口；從這個角度可以清楚看見父親的雙腳儘管神經質地不停挪動，卻始終未曾離開廚房半步；他的手背上青筋突突直跳，我看出他很想去拿自家的菜刀，但他的手習慣了拿粉筆板擦，面對小阿弟的菜刀，他無論如何鼓不起勇氣。多虧母親拚死將他拉回到自家樓上，他才沒有進一步丟人現眼；但在弟妹們眼前，他長兄的顏面早已不復存在。我頓時聽見了一千三百四十四號老宅內部的碎裂瓦解聲響，有什麼地方的木樑歪了，磚牆長出了裂縫，樓板支撐不住家具的重量……。現在，我意識到這種瓦解聲早在祖父在世時就已經出現。

長安路動遷組裡面都是一些能說會道之人，他們繼續其挑撥離間之能事，直到喬家大家族從原先的三大門派分裂成六個小幫派；南通的二叔家只是掛了一個戶口在這裡，加入了分房子戰團，也算自成一派。六個家庭一時間吵得昏天黑地，但內鬥雖劇，總體上另外五派都會鬆散地團結在長春身邊，把主要矛頭指向我家。我對母親說：「為什麼不多給我們喬家一套房呢？六個家庭只給五套房不是要打破頭嗎？」母親說：「小人不懂。」轉頭埋怨父親老實沒用：「他們根本不當你是老大，憑什麼老大總是要讓，難道不曉得我們家人口最多，孩子年齡最長（我和妹妹），給我家一套最小的兩室戶明顯是故意刁難長子。」鬥癟了的父親坐著半天不動。如果他吸煙，可能還有噴雲吐霧的解脫方式，如果他酗酒而且錢包鼓，他可以一醉方休，但他在母親脅迫下早就戒了煙、喝不上酒，他只好盯著桌面嚥唾沫說：「吵吧，吵吧，你們等著我死了好。」

妹妹不認長春是她小叔，她一口咬定說：「喬長春是流氓！」

對親愛的小爺叔，我卻無法恨起來。討厭是一回事，但徹底憎恨不容易，視為仇敵更是另一碼事。「也許是紅英媽那個騷貨或者那把不祥的刀子害了他，也許是紅英冤死的鬼魂還不時回來作祟，你沒聽見日本樓裡半夜傳來奇怪的哭聲？」我問妹妹。

她沒聽懂，或者她根本不想懂，她搖搖頭說：「他就是流氓！」

多年以後，我才懂得拆遷組的計謀——如果大家族有六個家庭，就給五套房，製造窩裡鬥，對他們各個擊破，自然不會再找拆遷組的麻煩。但他們又是如何摸準了這些草民家族不會團結一致對外呢？上層的智慧底層摸不著，活該喬家為幾套破公寓房子打得頭破血流，從此老死不相往來。

長安路老宅動遷後，建起了內環線的一道亮麗引橋。如今你若是眺望中山西路內環線，就能看見長安路口的那段漫長的混凝土引橋。那裡是一千三百四十四號消失的所在。那裡早已聞不到後院桑樹的氣息。

7 壞手

記得那是在搬離老宅前，我騎車放學回家，門口圍了一大群閒漢。一輛警車停在長安路一千三百四十四號門口，兩個警察冷著臉從前樓小爺叔的房間出來。

樓下照相店主在人群裡鑽來鑽去，他掩不住興奮，悄悄對圍觀的鄰居講：「嚴打了，嚴打了。」

大時代的轉變總是令人防不勝防，警方對黑惡勢力的嚴打整治行動忽如一夜寒霜至，疤眼的阜陽一夥大都落網。由於多條人命在身，疤眼被從姘頭的床上抓走，執行斬立決。喬長春居然逃過一劫，大約是因為他受傷殘廢，或者是他被廢後改邪歸正，政府給予寬大。長安路人們都說：「這小子運氣不錯。」

長春成婚後，紅英媽回了娘家，她再也沒回來過。她家成了空房，被房管所收走了。在拆遷風中，日本樓也不能倖免，連同地段醫院、郵局、煤球店、紅文食品店和山河百貨店等等，隨著一個時代一夕都化為烏有。

臨到父親退休前，他偷偷要求我把一份煙酒禮物送還給小爺叔，附上兩千塊錢放在信封裡。錢是父親從私房錢裡攢下的。

我有意推託：「你還是自己送吧。我也不認識他家。」

父親把手放在我肩上說：「我送他不會收的。別讓你媽曉得。快去，快去。」

我提著禮品，走出隧道口德州高層的電梯，走道又舊又髒，防盜門很破，貼了不少小廣告。我遲疑良久，我有多久沒和小爺叔說過話了我記不清，按下門鈴。

沒人應門。鄰居開門出來打量我問：「儂尋壞手的老婆？」

我半晌才醒悟小爺叔如今連阿蘭的老公都算不上，他頂多算是一隻壞掉的左手。我尋到樓下居委會，站在窗外，我震驚無比。看見壞手他們夫妻倆都在屋內，大家都坐著，只有壞手和他老婆站著。胡蘭如今胖得沒了腰身，她的模樣很興奮，兩手誇張地比劃著什麼。壞手則像一棵樹杵在那裡，頭髮稀少、花白，嘴角的法令紋很深。他不像是我的小爺叔，倒像是上鋼三廠門口的傳達室老頭。

屋裡坐著三個人，兩女一男，主要聽眾是一個睡不醒的僵屍模樣的男子，他一隻手拿著煙打呵欠，另一隻手從桌上的檯曆本上撕下一頁，又撕下一頁，每撕一次，好像他就清醒一點。我聽見這睡醒了的僵屍在嚷嚷：「跟你們說了多少遍了，阿蘭你來都來了一千次了，國家特困補助就這點，這是政策，我有什麼辦法？提東西來也沒用，我不能收。拿回去，拿回去！」

桌上放著一份煙酒禮品，與我手裡提著的一模一樣。

胡蘭推搡著自己老公，嗓門很高：「老徐，你們再想想辦法。我家長春天天要吃藥，醫生講要終生服藥。抗抑鬱藥太貴了，一個療程兩萬塊。我們倆都下崗了，做生意也賺不到錢。家裡上有老下有小，天天要吃飯，要吃藥，你們不解決問題我們不走了！」

小爺叔一直躲避著老婆的手臂，摸著自己的臉頰，好像臉上什麼地方很痛。

僵屍老徐將香煙往煙灰缸裡一拍說：「發啥脾氣，阿蘭？精神病吃藥報銷比例低是事實，誰也沒辦法，你找領導也沒用。你帶著精神病人跑到街道來發精神病就有道理了？」

胡蘭在旁邊椅子一屁股坐下，抹起眼淚。旁邊一老一少兩個女人都過來相勸，一個說：「老徐昨晚打麻將鈔票輸多了。」另一個說：「阿蘭先回去，我們商量商量。」好一會兒胡亂後，裡屋出來一個戴眼鏡的小老頭，叉著腰卻不說話。胡蘭立刻不哭了，她撲上去扯住老頭說：「主任，主任，你做主。」

主任說：「你放開，好好講。」

小爺叔喉嚨口「呀呀」地講不出完整的話，忽而，他面向主任跪下，速度太快，膝蓋骨撞得地面一陣子晃動。

主任尷尬地搓著手，拽他胳膊說：「壞手，你有毛病呀？站起來好好講。」

我看著窗戶玻璃另一邊的那個從前玩刀子的人趴在地上，長跪不起；不知何時，他終於抬起頭，臉在窗玻璃上泛著粗糲的微光。我的心頭狂跳不止，完全認不出才四十來歲的小爺叔，那張早衰、浮腫的臉屬於我家的仇敵。親愛的仇敵，你的臉是陌生的、卑微的，寫滿了無盡的驚恐，找不到仇敵的驚恐。更大的恐懼是你突然意識到你找不到你的仇敵，而他們其實處處皆是。

耳邊還是他老婆不停地說：「主任，我家長春就是想找一個工作。他沒工作長遠了，只有一隻手可以用，天天胡思亂想，淨是擔心將來沒法養活小孩、過日子。小孩子還在讀小學，將來不曉得要花多少鈔票……」

我忘了怎麼將手裡的東西交給屋裡的某個人。他們當然會驚奇又窮又病的下崗電工喬長春怎麼會突然有個親戚來送錢、送禮，但我顯得比他們更慌亂。我飛也似的逃走了。回家後，面對父親問詢的目光，我只說：「一切都好。」

父親看了我好一會兒，沒有再說什麼。

小爺叔失業後被黑夜吞沒，或許是他這些年來自己吞噬了太多黑的夜色的緣故，他人生的底色變成了全黑，唯有那兩頭白象的純白在多年以前曾經那樣純淨地進入我的視野。

8 唯一的信念就是不能回顧

現在生活安穩下來的我在千山萬水之外定居。我一時興起，從網上下載了楊慶煌的成名曲〈年輕的戰士〉，當「唯一的信念就是不能回顧」再次在鼓膜上震動，我又看見一頭叢林野象黝黑、健壯的軀體堵住喬家老宅的紅門，有些早已消失的事物投下的影子還完好地保留在一首歌曲裡。

有一晚，我的女兒告訴我，她發現一頭小象站在她臥房窗外，用鼻子不停地推著窗戶，發出叢林慣有的低鳴。女兒堅持說夜裡是小象在哭泣。她剛在網上看完一個紀錄片，村民們把鞭炮塞進鳳梨餵母象，三天後，母象死去的時候，還站在河中，小象繞著圈，不停地用鼻子推著母象冰冷的龐大軀體。

女兒不停地揉著她的圓鼻頭，溜溜的大眼睛裡滾動著熱帶暴雨的徵兆。

她說：「沒有了媽媽，小象活不了的。」

她的臉上布滿了驚恐的神色，彷彿一隻彷徨不定的小象。

在她長大後，如果遇上適當的時機，我會告訴她發生在上海西城長安路上的往事，關於我小爺叔喬長春的故事，我不知道她會怎麼想，我知道現在她只相信象。隨著她和她的同齡人一天天長大，她們不可能知道楊慶煌是誰。我戴上耳機，耳朵裡楊慶煌再次毫不費力地上到高音。〈年輕的戰士〉已經不屬於楊慶煌，它屬於喬長春，屬於我，也許還屬於你，屬於每一個曾那麼熱愛楊慶煌的人。

聲音是一種可形塑的神奇物質，塑造出一個稀鬆平常、但我從未見過的場景：一個人在廚房水槽前，桑樹蔭下，埋頭專心地磨刀，刀鋒沿著雨後初晴的角度，折射出彩虹般的光芒，我認出他戴著我所熟悉的黑框眼鏡，他是我的父親，卻長著一張無比年輕、無比光彩的臉。

這一剎那，我又聞到了桑樹葉的薄荷味，聽到了「隆隆」的吼叫，久違的雄壯低鳴，是象在哭泣。

寫於二〇二〇年九月十八日墨爾本

改於二〇二〇年九月三十日

原刊於《四川文學》二〇二一年第三期

美麗新世界 Brave New World

照片一：紅英和長春騎在幸福摩托車上

照相館老闆民民是一個善於捕捉迷失靈魂的人。

他親手捕獲了不少長安路彩色的傍晚。那些老照片，感覺不到溴化銀等化學乳劑感光後經過暗房處理析出彩色語言的痛苦過程，你跟傍晚納涼中的那條叫做長安路的馬路構成一個包括你在內的美好秩序，與時間無關，與空間關係也不大，其中，最鮮豔的是美人紅英。她一個人跨過長安路，淺粉色連衣裙，張揚的長髮，一半金色，一半黑，風捲落花，飛過馬路，從對面的日本樓翩翩落在照相館櫃臺，滿街的梧桐樹葉都為之沙沙躁動。「美麗新世界」照相館的生意這時候往往特別火，任憑她坐在櫃臺裡，左手背支著下巴頦，倚著櫥窗照裡的另一個靜美人紅英，儼然是鏡子內外的孿生兩姐妹。安靜是用來講述純潔高雅的，是放置錯了所在，不屬於長安路，也不屬於馬路兩側狂蜂浪蝶攪起的寂寞。

Cao Qing

那個叫紅英的靈魂被捉住後，小心地被供奉在櫥窗裡一張放大照片裡面。她陷在一身碎花點長裙裡，身後白色三角鋼琴是虛張聲勢的；她雙手扶膝，黑白分明的眼睛專注在右前方的長安路、中山西路口，眼神是去向不明的，不用指點，只用眼眸彈奏出光芒，並不獻給任何人——那時給我的感覺，不是清高，不是孤僻，美是難以捉摸，深不可測。據說她從小沒見過父親，長安路上說小姑娘真可憐，她父親在白茅嶺勞改農場，或許早死了，無人曉得。

喬長春是在被情欲折磨的日子裡，喜歡上了刀，也喜歡上了擾動長安路一條街的水果西施紅英。我看見他像是接收心靈感應，由樓上猛衝下來，從長安路一千三百四十四號的紅漆大門裡，推出一輛借來的紅色幸福摩托車。兩人一前一後坐穩了，紅英摟著長春的腰，俏臉藏不住夏日晚霞下的驚悚之美。引擎要咆哮老長一段時間，吸引了足夠多小孩子圍觀，長春才一擰把，車尾噴出一股煙，奔騰而去。這是我的小爺叔喬長春一生中只需要追逐自我感受的時刻。

民民溫柔地微笑，手裡的長鏡頭追逐著他們遠去。

這一幕總讓左右街坊那些愛編閒話的人很難堪，因為先前老是說在中學時代紅英喜歡的是民民。在他們看來，儒雅俊秀的老闆民民和美人紅英才是最般配的。長春雖是民民的要好同學，但考不上大學，七歪八斜，站在郵局門口，花襯衫敞著懷，嘴裡叼著煙，向晴天問好，向馬路上的高級轎車問好，向過往的漂亮妹子問好。做一個街邊青年很粗糙、很普通，可是，用左手做事的長春，用與手一致偏左的心臟收藏起一個長安路最美的姑娘，也收藏刀、玩刀，要是相信他還能做一個普通人，你就是個傻瓜了。

我不信，我從小就不信。可能，那是我與小爺叔分道揚鑣的最初。

那時候我愛問老闆民民關於市場經濟的初級問題：開照相館是怎麼賺錢的？

他趴在櫃臺上，以手背支頭，想了一會兒，才說：「夢想。」

「小小的夢想。」他說，「喬賓，你長大了哦，思考賺錢的大問題了。有出息。」

民民輕巧放在顎下的手，豎起的是蘭花指。他說許多人對自己懷有不切實際的夢想，他的照相館就是賣夢想給那些不切實際的人。我覺得民民在胡扯，但也發現他是不太一樣的人，腦瓜裡裝著長春那些國營工廠青工所沒有的東西。

像早逝的祖父所預言的那樣，我的小爺叔左撇子喬長春不按套路出牌，他樂意就行，高興就做，他做主，民民帶著新婚妻子搬進一千三百四十四號底層門面，當了「美麗新世界」照相館的老闆，不久，又生了兒子。照相館一開張，我們喬家老宅——長安路一千三百四十四號——頓時去掉了孤清。連我祖母也愛搬個板凳坐在大門口，曬太陽，誇獎民民，懂做生意，也會做人。民民老婆抱著孩子來，問她老公拿錢。女人抱怨幾句錢變薄了不夠家用，民民爽快地抽出皮夾，從不抱怨錢難賺，縱容著老婆追逐這座超大的城裡越開越多的購物中心以及越開越高檔的時尚店鋪。

喬長春憑著一股血性，在街頭脫穎而出，現在想來那也是他的人設最早出現裂紋的時間點。夏天一過，紅英不來了。長春也不回家了，照相館失了味。街頭的熱血青年們開始傳講喬長春如何憑一把單刀破了周家橋混混們的八卦陣；到了冬天，又說不風流枉為英雄，紅英媽如何老牛吃嫩草，泡上了喬家小兒子長春。所有流言的中心是美人紅英，但詭異的是我們居然聽不到紅英的反應。紅英照樣每天在食品店、水果攤出現，她還是那樣美得不可捉摸，眼神還是那樣去向不明。我聽厭了關於喬家、紅英家的街談巷議，不能否認，紅英媽的工作單位棉紡廠的確是在周家橋。長安路上的人看見她拎著網線袋，手裡夾著臉盆，一副剛離開棉紡廠浴室或走在去浴室路上的樣子。人們也見到長春的紅色幸福摩托車不時出現在棉紡廠附近。關於長春和紅英媽的緋聞終於壓垮了我的祖母。紅英媽來照相館找長春，民民不耐煩，說不曉得長春在哪裡。紅英媽在那裡蒼蠅似的繞來繞去，盤旋不肯走，直到祖母出來，一屁股坐在門檻上，拿眼睛勾著紅英媽。紅英媽不得不訕訕退卻，口裡嘖嘖有聲，老遠還能聽見她罵：「老太婆眼睛瞎掉。」

我祖父死得很早。祖母不是瞎子，而是色盲。陽光就算再好，眼睛也已看不太清楚，但她看不見顏色的眼睛依然可以準確感知誰不是正經女人。她朝門口梧桐樹下啐一口，嘴裡念念有詞，像是在唸經。我的心裡蕩了幾蕩，凡是祖母咒詛過的女人後來不幸都出事了。

售賣小夢想的「美麗新世界」照相館開業不久，師傅來了，那也是紅英出事的時候。我們都很沮喪，出事的為什麼不是紅英媽呢？你看，這就是我們長安路小世界不按規矩出牌的地方，暴露出最初的衰敗。

照片二：師傅來到「美麗新世界」

長安路上都說師傅是活了兩輩子的人。

師傅討厭拍照，關於師傅最清晰的印象是民民捉住的。在蔡司鏡頭的故意誇張下，我偶然發現了一個不大不小的誤會：師傅的一邊嘴角藏著一個刀疤，使他老像是在歪著嘴偷笑。他六十上下，除了兩鬢雪白和一個啤酒肚之外，形象與大孚橡膠廠的門房老頭沒什麼兩樣。但若是一開口，你就知道錯了。師傅講話牽絲扳藤，像一個有文化的說書人，有板有眼；話不多，很少笑，行動遲緩，從不搬弄家長里短。我以為他是來長安路一千三百四十四號看我小爺叔的，長春常常不在，師傅便在沿街的照相館裡坐一坐。若是趕上乘涼時間，許多長安路的孩子抱著板凳小椅子圍攏來，我們仰著脖子，盼師傅來講故事，彷彿完全忘了最早見到師傅是在天山飛龍下英雄帖的季節。

先交代天山飛龍兄弟。

兄弟倆使紅纓槍，富有彈性的白蠟杆子，電鍍過的槍頭鋥光瓦亮，紅纓舞動如同一條火龍。功夫電影《少林寺》風靡一時，下課後小學生都相約在街巷比武過招，一上演就變成了打群架。以現在的眼光看，打群架的目的更為純粹，為比武而非尋仇。天山飛龍兄弟倆不同尋常，青工不會輕功，大都智商不足、體能過剩，大龍是被除名的青工，表現尤其突出；二龍是失學在家讀爛了黃色手抄本的高中生，兩兄弟的地盤在天山電影院，成天盤踞在那裡，喜歡尋找、尋仇，也尋愛。

二龍就是這樣子在影院門外目睹坐在紅色幸福摩托車後座的紅英，長髮飄飄，雙手緊緊摟著前座的長春。二龍想必喝醉了，對他哥說看見了小鹿純子或真由美什麼的；隔天醒來，他說他看清楚了，他的仇人是長安路喬家老么——喬長春剛工作，背著還不怎麼會彈的吉他參加工人文化宮彈唱比賽，僥倖追上了紅文食品店的水果西施紅英。

天山飛龍的英雄帖下給了長安路獨狼喬長春。地點在中山公園後山。

那是個長安路上缺衣少食、魚龍混雜的熱鬧年代，也是我妹妹還是我跟屁蟲的年代，我為如何甩掉她和一班狐朋狗友去玩傷透了腦筋。那個晚上，我終於甩掉了妹妹，找到了藉口晚點回家。我和同學彥子、野豬背著書包都去了中山公園，自然是從後門攀爬而入，在公園大鐵門上花費了不少時間，不敢貿然攀爬；因為隔壁大孚橡膠廠裡施施然走出來一個門房老頭，中等個頭，油光腦門，稀疏的頭髮全往後梳，背著雙手，挺著啤酒肚，在蘇州河邊來回散步。我們急得火燒火燎，老頭歪著嘴笑，在河邊扎下馬步，不慌不忙，練起了太極拳。

這一耽擱不知多久，等我們爬過後門，天全黑了，後山早就布滿了人，黑壓壓一片；多數面孔不認識，不是天山的就是中山的。這裡看熱鬧從來不缺少人，獨獨缺少長安路上兩邊安東、安西的嫡系人馬。這一點很奇怪。我們也沒見長春，單看天山飛龍老二頭上紮著白毛巾，拽著一管紅纓槍，來回交叉走步，繞著場子顯擺。

場子是後山底下一大塊平地，背陰少陽光，地上光禿禿，野草也不長，平日裡人跡罕至，所謂江湖好漢們單挑決鬥的上佳場所。牆外的一排路燈把這塊地照得很亮堂。我們的眼睛跟著天山飛龍的紅纓槍槍尖遊走，疑惑著槍頭有沒有開口。野豬說肯定開口，他聽天山中學的人說親眼見過大龍把長槍擲出，槍頭扎進了一棵大樹，三個人都拽不出來。彥子說大龍的槍頭用藥水煮過，餵過劇毒。天山一條街都說大龍輕易不出手，出手見血，非死即傷。大龍二十來年倒有一半時間不是在工讀學校就是在少管所，二龍也在工讀學校裡鍛鍊過好幾回。

八點多鐘，長春才來。

在場的人大吃一驚，他身邊只有同學民民一個人。民民表現拘謹扭捏，雙手插在鮮黃色的夾克衫兜裡，我以為他在兜裡藏著什麼（其實什麼也沒有）。長春從袖管裡取出一幅紅綢，紅綢飄落之際，那把後來稱雄長安路的闊背砍刀第一次在眾人面前露出了真面目。刀的外觀很謙卑，半米長，帶護手，背闊而重，兩面開有血槽，鋼質堅韌，來自汽車減震器矽鋼片，他親手用砂輪打磨而成。

我終於明白這些日子以來小爺叔貓在廠裡不回家的原因。

長春精心打造的終極武器一旦出手，「咔擦」一聲，砍斷了白蠟杆子，紅纓槍頭掉落在地。二龍手裡捧著半截燒火棍，嘴唇刷白，傻了似的釘在原地。

大龍端著一杆大槍上場。

他的紅纓槍比二龍的要長一些，但運氣同樣背，沒有五分鐘，被長春欺到他身前。大龍的槍尖挑開了長春的深藍色運動衫，長春猛然回首拖刀直削，嚇得大龍趕緊撒手，否則手指都要被斬下。如果以為大龍丟槍輸了，未免小瞧了天山飛龍。大龍低喝一聲，不退反進，兩人身子一交會，長春搖晃了幾下，倒下了。路燈光劇烈跳動，似乎也被他的身子轟然擊中。

大龍陰沉著臉，掂著手裡一件黑乎乎的東西，朝長春走去。我睜大眼睛好多倍，還是看不清那是個什麼玩意兒，趕忙問野豬和彥子，他們嘟嘟囔囔說不清楚。

長春翻滾了幾下，爬了起來，但誰都能看出他瘸了。事後我們得知大龍在小腿上藏了一把磨尖了頭的螺絲刀，危急時刻，他把螺絲刀插進了長春的膝蓋。長春的臉反射著慘白的光，扶著淌血的右腿，朝後揚手，後山樹叢裡黑乎乎冒出來一大批人，看不清有多少。看來他廠裡面的青工全來了。我們的心臟突突亂跳，認定一場大混戰即將爆發。不料，後山人群裡衝下來一個人影，像一團飄揚的火球滾下山坡，沒有過來，而是遠遠卡在一棵樹幹上，大哭起來，邊哭邊罵：「喬長春，你這個赤佬！殺千刀的王八蛋……」

眼前是一個最美麗的時刻的紅英。

她旋風似飛降的哭泣好像全世界的委屈、痛苦都在她的心裡，又像一場通宵達旦彩光四射的迪斯可釋放了我們少年人對美的全部想像力。但我們完全不接受她責罵被暗算了的長春，我們尋找著民民，可是，民民不見了。他畢竟是膽小的。

起風了，風裡裹著沙礫摩擦似的咳嗽聲，那個橡膠廠門房老頭背著手從大龍身後走出來。我們馬上想到了警察，預備隨時滑腳逃跑。場子裡陡然間安靜了，紅英也消了聲，只有不合時宜的風聲，似乎含滿了雨水。老頭撿起二龍的紅纓槍頭，對著牆外白得嚇人的路燈光照了照，一抬手，將槍頭扔進了黑沉沉的後山。後來據說很多人去找，再也沒有找到。

老頭又撿起大龍的紅纓槍，雙手端平，眼神裡布滿倦意。

大龍愣了片刻，嘴唇動了動，什麼也沒說，接下槍。

二龍用手裡半截杆子攔住老頭說：「師傅，起碼您得賠我一杆槍吧？」

原來他就是人們口口相傳的師傅！我們都失望到合不攏嘴。師傅輕輕推開杆子，拍拍二龍的肩膀說：「改天，上我家來。」

二龍想還嘴，卻被大龍扯著，招呼場子裡的人，散了。

老頭歪著嘴壞笑。

中山公園既不屬於天山飛龍地盤，也不同長安路的小巴辣子搭邊，那是江湖前輩老誠的地盤；但道上不敢叫老誠，不分老幼都尊稱他師傅。他當然不是門房老頭，奉行單身，無兒無女，不近女色，處事公道。聽說他拿出一個存摺給了天山飛龍，了結了與長春的恩怨。西城道上誰沒有點桃色花邊故事？但凡論到師傅的清修式私生活，卻無人不豎起大拇指，都稱道師傅為人高遠灑脫，絕無風流韻事。

他目光晦暗，走路也像在打楊式太極拳。

我們都比他著急，難以置信長春的刀法是師從這位喜歡花錢買太平的主。師傅咳嗽幾聲，將帶雨梨花般的紅英拽離了中山公園，加深了我們的難受。一場英雄美人的連臺武戲就這樣給攪爛了，一個相貌猥瑣的老頭硬生生摻乎進了長春和紅英的戀愛。

照片三：師傅凝望著馬路斜對面的日本樓

那是我被語言折磨的日子，不太說話。

作為一個安靜的孩子，我把照片看作過去的語言，從暗房裡手工沖洗出來的膠片，如同一些行走世間不當心的靈魂，在不足為外人道的時刻，被相機鏡頭捕捉，裝入感光材料裡，不再自由，只能發出一些閃光的呼喊。一個人的成長也許是漸漸累積各種有用無用的知識，來證實那些被俘的靈魂，無論黑白還是彩色，都想借助光來講述那些逝去了的祕密。假如沒有這些深刻其中的靈魂，長安路的歷史肯定會丟棄照亮腳前的光，隱沒在莽莽的虛構之雲裡面。

多年以來，我過濾了印象裡的許多種不同聲音，剩下一個事實：當紅英不來找長春後，坐在照相館櫃臺裡代替了她的人是師傅。師傅望著長安路淹沒在市聲裡，和著對面郵局弄堂裡煤球廠「哐鏜哐鏜」的機器聲，打著節拍，民民的四喇叭不知何時轉成了蘇州評彈。興致一高，他會用煤油爐炒兩個下酒菜，唱一曲徐雲志的迷魂調。若是遇上天氣熱的日子，街坊小孩來得最多，他給我們買冰棒、雪糕吃。也就是在那時，我第一次聽到了晚清四大奇案之《刺馬》。他講太平天國義士張文祥趁金陵校場閱兵之際如何苦心孤詣，刺殺背信棄義的總督大人馬新貽，小朋友聽得「哇哇」怪叫。匕首直刺兩江總督的胸肋，餵了劇毒的。在沒有大片的時代，場面就是想像一下也夠刺激。聽完故事，大家纏著師傅不肯走，他掏腰包買零食，摸著下巴歪嘴笑。

那些舊故事讓街坊半大不大的孩子都愛上了小老頭。

他來店裡的日子相當於過兒童節，小朋友們拿著板凳趕來。師傅脫去鞋子，一隻腳翹在另一隻腳上面，講到投入時歪嘴偷笑，摸自己的下巴頦，摸身邊某個小男孩的臉蛋，小拇指上一枚黃澄澄的嵌寶金戒指硌得男孩嘻嘻直笑。師傅版的刺馬比電影《投名狀》早了二十年，比導演陳可辛的手法高明。我們得知師傅是在飛機製造廠做技術員，親手組裝美國麥道大飛機在改革開放之初的上海是一件超級牛的事。

我父親那陣子也迷過攝影。

我拿著父親拍的膠捲去店裡，偶然聽到民民以父稱呼師傅，始知乖巧的民民認了師傅做寄爹。師傅默默地吸著乾兒子民民預備的好煙。民民整理著膠捲，對師傅說好幾週有人看見長春，在長寧電影院晃蕩，不騎摩托車了，也不上班，廠裡快開除他了。

師傅只是吸煙。民民去暗房裡忙乎一圈出來，猶豫一會兒，又說長春不是一個人，還有紅英媽，兩人要好得手牽手，像是一起看電影。

師傅將眼光掃過民民和我，轉向長安路上越來越稠密的車水馬龍，他說：「去熱二兩黃酒來。」

師傅吃素，要不是煙酒戒不掉，早信佛了。等民民熱了酒上來，師傅摸著我的頭，把我拉到櫃臺前坐下。花生米、泡菜和一壺酒，他看我的眼神也像陳年花雕的色澤那樣幽深起來。他問有沒有啤酒，民民說喝光了。他說：「喜歡喝黃酒不一定不喜歡啤酒是不是？」民民和我都愣愣地望著他。師傅又說：「長春愛紅英不等於一定要不愛她媽媽是不是？」

師傅歎了口氣，喝光了一瓶花雕。講了一段張文祥如何凜然大義抵擋嫂子勾引的故事。師傅從來不管他說書是不是少兒不宜。走前臉紅紅，鼻頭油光光，他久久地望著馬路斜對面的日本樓，沒注意被民民偷拍下一張照片。我以為師傅要說什麼色字頭上一把刀（那時我讀的舊書上老是有這麼一句），但他說的話是：

「一棵長在林子外面的樹，既然開了花，也要結果的。」

我聽不懂。

事後，民民對我說師傅心善。我嘻嘻哈哈的，還自以為看穿了師傅，我以為師傅喜歡乾兒子長春，愛屋及烏，也喜歡上了紅英媽。等後來遇見酈阿姨，我以為我可以更明白些，但其實我更糊塗了。

師傅對我來說始終是一個謎。

民民說是長春第一個認了師傅做寄爹，師傅最喜歡的就是我的小爺叔長春。安西、安東人敬重師傅，不是他能打架、有勢力、說話算數，而是他講道理、明是非，老是自己吃虧在先。向師傅求助的人沒有空手而回的，師傅終身不婚不娶，痛恨一切形式的私有制，一生不蓄私產，全部錢財都用來救濟他人急需。所以，不少人想拜他做寄爹他還不答應，他只收義子，不收義女。師傅挺封建的，信「男女授受不親」老一套。那還不是乾爹、乾女兒滿天飛的時代，像長春、民民那樣的青年有個像師傅那樣的寄爹是一件了不起的事情。

又一個特別熱的夏天。

紅英死了。在對面日本樓裡自己家裡，吊死在吊扇下，地板上還特意細心地鋪了很厚的棉被，以免踢到凳子發出聲響。她沒有留下隻言片語。警察在桌上找到一個存摺，紅英媽說那不是她們家的。這是紅英之死的唯一一個疑點。

斜對門那幢日本樓當時可是帶抽水馬桶的高級住宅樓，全部深色柚木地板，罩著一層黑森林似的霧氣，大白天，樓裡也是陰氣瀰漫。從那時起，都市傳說裡增加了日本樓鬧鬼一節。比如：半夜下班的人回家，或者早起的送奶工，會看見樓梯口站著一個粉色衣裙的女鬼；有人半夜上廁所，死活找不到自家的房門，好容易找到了，天也亮了；有人天一亮，發現自己不是睡在床上，而是睡地板上等等。

紅英喪事未完，長春搬進了日本樓紅英家，公然和紅英媽同居。

這一切喧囂聲尚未定，紅英媽急急忙忙請人來做法事驅邪。我們看見長春回家了，他來照相館找老同學借錢。民民溫和可親的表情不見了，他去暗房拿錢，他總是把現金藏在那裡。接著，他將照相館關門歇業了好些日子，像是躲著所有人。

街上說得太容易了，他們都說紅英是被她媽和長春聯手逼死的。

紅英媽看上了長春，丈母娘看女婿，越看越歡喜，但這段岳母女婿情是出格的。有人看見丈母娘緊緊挽著準女婿的手在夜幕下的長寧電影院出沒，也出現在紅房子西餐廳；陪他們花掉長春一個月工資吃奶油忌司焗蟹斗和葡國雞的人不是別人，正是中山公園的師傅。這讓流言變得無比豐富詭異起來。據說師傅那天發了脾氣，動了手。他要打的是長春的臉，但他打翻了小顧手中端著的法式烙蝸牛。那天誰也沒吃到最有名的烙蝸牛。但流言總歸是流言。長安路在紅房子做服務員的小顧來我家聊天時，斷然否認了這種說法。她說：「師傅看不出呀，其實是一個好人，疼長春來不及，罵一句都捨不得，怎麼會動手打他？」她說：「那天的確是長春和紅英媽花大價錢請師傅吃飯，三人吃得挺和睦的，外人看著就像是一家三口呢。師傅不喜歡烙蝸牛，但還是帶頭吃了。」小顧最後說不少人看見師傅在紅文食品店的水果攤前轉悠，每次他會買一兩隻蘋果，搞到食品店的人都煩了，都嚷嚷著：「紅英病了，師傅你還不知道呀？」

師傅是特別有耐心的。

他在紅英死後，還來過紅文一陣子，民民有時候會過來陪他吸一支煙。一老一少兩個人影在紅文門口的閒人堆裡晃來晃去，引得對面崗亭裡的胖警察也不由挪動過來。那一段時間，我們常看見胖警察抹著汗穿過中山西路口，那一老一少各提著一瓶啤酒，慢慢走回照相館，胖警察衝著他們的背影喊：「師傅，師傅，來講個故事吧。」

聲音被知了聲拉得無比漫長。誰都曉得師傅討厭警察。

照片四：小金揮舞著圓珠筆

快樂是不要理由的。小時候我是最開心的，沒什麼理由也開心。

即使是紅英死去，好像也沒有太多的悲傷，也許是因為紅英又回來了。我在民民送的大相冊裡找到了證據，不能斷定是幾時拍攝的，開心的是認出了一身雪白制服的民警同志。怎麼也想不起他的名字，姑且稱他小金吧。小金不像中山西路崗亭裡的中年胖警察，他是一個認真負責的小同志，他在泛黃的相紙裡揮舞圓珠筆的樣子穩重而老練，他警告祖母的當口，也是這樣挑起左邊不對稱的眉毛：「如果再不把老瘋子拉走，我們就去抓你們家的殺人犯喬長春。老瘋子說紅英不是自殺。假如紅英真是被人謀殺的，最大的嫌疑人肯定是你們家喬長春。」

圓珠筆一直點戳著我祖母的方向，末了，小金將圓珠筆瀟灑地插在上裝的胸袋，搞得我至今還有個後遺症，對有胸袋的制服情有獨鍾。

師傅一生最不願去的地方是派出所，但他破天荒去了，潑婦般大鬧，差點被抓起來。祖母由民民陪著，同一干鄰居把他生拉硬扯拽回來。祖母起初只是埋怨師傅，但師傅坐立不安，對我祖母拍了桌子，他手舞足蹈說必須去上告，派出所不行，就上公安局刑偵大隊。因為紅英的鬼魂親自找他來的。那一陣子長安路前前後後差不多都瘋了，跟著師傅一起抽瘋。就是上公廁，人們也在說：「如果你是紅英冤魂的話，不找師傅找誰申冤呢？」

師傅說他一連幾次回家都被一個年輕女人跟蹤。

天氣冷了，但她依然穿著淺粉色裙子，你走，她也走，你停，她也停。死活不吭氣，不說話。每次他回身，那女人也轉身，他橫豎看不清她的長相。走到天黑透了，師傅靈機一動，壯膽掉頭，向那女人走去，那女人也掉頭，匆忙離開。這一幕很滑稽，變成師傅倒追著那女人跑。我們聽到這裡都拍桌叫好。若不是師傅，誰敢這麼跟女鬼對著幹？換了旁人，八成早悶頭躲進男廁所不敢出來。彥子特別指明鬼是沒有性別的。野豬說：「沒有道理，日本鬼子照樣有男有女。」鄰居們說：「小孩子不要瞎講，聽師傅講下去。」師傅說這樣追來追去也不是辦法，他進路邊煙紙店，借了一面小圓鏡，從鏡子裡看清了那個長髮遮面的女人不是別人，就是紅英，只是臉色蒼白，嘴唇也是白的，頭髮直直的，打了結，稻草繩似的。師傅正講到他問女鬼：「你纏著我做什麼？」野豬忍不住又插話問：「頭髮也是白的嗎？」他的大腦袋頂上挨了一記毛栗子，很疼，祖母敲的。野豬不明白祖母為什麼揍他，眼睛裡還含著淚。

長春被祖母叫回家來。他在天井裡光著膀子沖涼，水流聲「嘩嘩嘩」，一直沖洗到萬家燈火上天來，而天井裡黑得什麼也看不見，他才停下來，渾身的腱子肉都在打顫，一些水花也濺濕了站在一旁的我。

入秋了，夜涼如水。

祖母邊抹淚，邊把師傅勸走，轉而數落起小兒子。

長春埋頭吃飯，吃光了兩大碗米飯，菜沒怎麼動，也不回答任何問題。我們終究不知道他和紅英之間到底發生了什麼，整條街都樂意附和師傅的聲稱：紅英的鬼魂親自找到師傅那裡告狀來了，她一定是冤死的。師傅對長春很生氣。好多天祖母在鄰居那裡咒罵師傅迷信腦殼瞎污搞，師傅氣得生病了，從此絕足照相館。祖母還嚼舌說師傅給市公安局寫過許多信，舉報說什麼屍體脖子上的繩索勒痕是死後造成的，我們不信，但祖母成天說個不停，她老糊塗的時候真不少。

「美麗新世界」復業。沒有了紅英、長春，沒有了師傅，街坊孩子也不來了，「美麗新世界」有了一種沒落的哀榮。我偷偷纏住民民，問那天晚上是他去請來的師傅嗎，就是中山公園後山，天山二龍丟了槍頭的那一夜。民民靦腆地笑。我得意地追問，他依然不回答。當我問到紅英之死時，民民的說法嚇了我一跳。他說長春被騷女人紅英媽害苦了，但師傅也被紅英害苦了。紅英生前去求過師傅，她跪在師傅面前，求師傅管教他的義子喬長春。但師傅不答應，師傅最痛恨私有制，他告訴紅英私有制是世上一切痛苦的根源，婚姻只是一種愚蠢的習俗，一夫一妻的獨占只能產生男女間致命的嫉妒。紅英不信，一個勁地哭。師傅說：「傻姑娘，不能嫉妒你的親媽。」但紅英站起來說：「那我就去死。」師傅無奈，答應去試一下。後來就發生了紅英媽和長春請師傅在紅房子吃西餐的事，我們知道他們吃了些什麼，但永遠不知道他們說了些什麼。最後師傅獨自來找紅英，什麼也不說，拿了一個存摺，紅英橫豎不要。師傅歎著氣，把存摺丟下就走了。

民民對著枝杈縫隙裡透下來的稀薄光線眯起眼，把手裡的相機零件故意弄得咔嚓作響，那一剎那的神情真有點像美人紅英。

一旦照片裡的什麼靈魂開始輕聲細語，我聽見了一隻麻雀的細碎叫聲，撲騰翅膀的聲音，看不見牠在哪裡藏著。我無端地瑟縮了一下，想到那可能根本不是麻雀，莫非是紅英的冤魂？生前來找師傅是求助，死後來找師傅也許不是求助，而是報復。紅英心底裡恨著的不是她媽，而是師傅哪。

不知那是不是紅英的報復，災禍降臨在這天早上。

照相館門口來了一大幫子外地客人，操著我所聽不懂的方言，吵吵嚷嚷的；為首是一個兩隻眼睛底下各有一塊傷疤的小眼睛壯漢，腰眼裡露出纏著紅綢的匕首柄。民民臉上堆著笑，給他們發香煙，暗暗叫在放寒假的我趕緊去找師傅。我頭一次知道原來師傅住在安西那些又長又繞的小弄堂裡面，綠色植物最茂密的一個角落。

開門的是一個從未見過的女人，她額頭露出深深的抬頭紋，讓我大吃一驚。像所有人一樣，我一直以為師傅是不近女色的高人。但師傅家裡居然有一個女人。師傅不在。

後來我常去師傅家，每次都遇到這個農婦長相的女傭鄺阿姨，她來照料師傅起居有一段日子了，說話節省，手腳麻利，最多附加一些簡約的表情。師傅家是平房，只有一間特別寬大的臥室，一半用作會客，迎門高掛「天下為公」卷軸，是長安路最有學問的洪教授手書；靠裡是大床、茶几、沙發和當時罕見的日本彩電和錄影機，床內側堆滿了書籍，我隨手一翻，《基督山恩仇錄》、《悲慘世界》，還有什麼《反杜林論》，散放著濃濃的黴味。屋外違章搭建了一個灶披間，擠掉了一半走道，下雨天解手還得去弄堂裡的公共廁所，這是典型的安西棚戶區私房。

鄺阿姨像處理家當那樣自如地把一本《福爾摩斯探案集》借給我，她嘿嘿笑著，承認她已經偷偷賣掉了師傅的一些藏書。她「噗噗」拍打著那些紙張發脆、發黃的舊書，地上升騰起一片煙塵。她咯咯笑著，笑聲脆嫩，像是少女：師傅的人都生蟲發黴了。

我夾著書興沖沖回來，照相館門口依然圍著不少人，全是看熱鬧的。那些惡狼似的外地人散了，現在我得知那是些阜陽人，頂頂不好惹的。

民民也哭喪著臉，喬長春惹了阜陽幫的頭目疤眼。

開學了，我每天進出家門，總會特別地留意照相館側門和前門，櫥窗裡的美人照片撤下了紅英，換上了一張「美麗新世界」的大幅海報，那是一支無名的新搖滾樂隊的主打歌。我聽過一回，不喜歡。我跟小爺叔一樣，最愛臺灣楊慶煌的校園民謠，把這個愛好保持了大半生。

那天放學回來，照相館門口人山人海。

看祖母慌裡慌張的神色，我感覺不妙，後悔得要死，來晚了，疤眼來過了。民警小金他們也來過了。鄰居告訴我師傅被急送醫院了，他被阜陽人在肚子上捅了兩刀，腸子流出來了。晚間的弄堂新聞不斷更新，說是情況危急，民民、長春他們把師傅從地段醫院緊急轉送區中心醫院了。

鄰居們如此還原了那個凶案：師傅不計前嫌，答應我祖母的要求出手相助，在談判中遭疤眼暗算。他們還以好心人的口吻說也不能全怪祖母和長春，歸根結底，師傅說得對，紅顏禍水惹不得。在工廠改制後，紅英媽停薪留職，轉到長安電影院旁邊弄堂裡賣盜版錄音帶，與國營新華書店公開競爭。新華書店用身歷聲大喇叭把〈成功的路不止一條〉、〈乘風的歲月〉播得要響徹上海灘的勁頭，她只消笑嘻嘻帶著顧客（像我那樣的學生不少）去弄堂底轉一圈就全部搞定。改革開放讓一部分人先富起來，也把另一部分窮人從遙遠的地方招來了。阜陽來的疤眼帶著一群鄉下人闖上海灘，一到長安路，就吃掉了周家橋的地攤，旋即揮師東征西討，趕走了天山飛龍，勢力範圍一度覆蓋了南到滬西體育場、北到中山路橋、西到天山、東至中山公園的廣大地域。紅英媽起初也像別人一樣老老實實繳保護費，但很快她對長春說疤眼要的不只是保護費，還要搶她的生意。長春二話不說，用他的刀子給阜陽人的牆頭刻下一個「滾」字。阜陽人馬立刻殺到了喬家大門口。誰也不知道當天照相店的暗房裡究竟發生了什麼，但結果分明是師傅出頭替長春挨了兩刀。小金同志拿著筆和本子來街坊調查，碰上一條街都在稱頌師傅的硬氣和義氣，氣得小金的筆連連戳穿紙張。

在警方通緝令發出前，疤眼逃之夭夭，阜陽幫畢竟是烏合之眾，一哄而散。

師傅轉危為安，出院在家養傷，長安路重新歸於平靜。那是小孩的內心比成年人更能體會愁悶的年紀（儘管可能是些真實的錯覺）。回想當年，我是從師傅發黴的藏書那裡起步閱讀外國文學的，後來我常去師傅家還書、借書，而街坊孩子們則喜歡聚在師傅家看外國錄影。那時候的師傅家只要有孩子，就像是過兒童節。

風聲一過，阜陽幫捲土重來。

在家憋了大半年的長春召來廠裡的青工朋友，向疤眼發出決戰書。他們帶上了水果刀、刮刀、木棒、鐵棍，一到場卻愣住了——疤眼人馬操的全是西瓜刀和木棒上釘鐵釘的狼牙棒，外加兩管土槍。青工們頓時羞慚萬分，其實他們才是臨時湊攏的烏合之眾，大家發一聲喊，扭頭全跑了。

剩下長春一個人愣了半天，慢慢亮出單刀。

疤眼嘿嘿冷笑，拔出了後腰裡的一把土槍。

小爺叔丟光了喬家男人的臉，他竟然不戰而降，乖乖交出了他賴以成名的刀。紅英媽涕淚橫流，撲上去抱住疤眼大腿替長春求情。疤眼冷冷地說：「把左手留下來。」長春沒有反抗。疤眼用長春的刀挑斷了他左手的手筋，長春後半生變成了了右撇子，我祖父做不到的事阜陽人替他做到了。長春那把著名的鋼刀被疤眼隨手扔進了蘇州河。派出所的小金事後帶人去河裡打撈了好久，什麼也沒找到。他調離安西之前引以為憾事，一直沒有找到凶器給流氓喬長春定罪。

照片五：師傅的遺像

在師傅最需要照顧的時刻，酈阿姨不辭而別，沒有為什麼，從來她不曾存在過似的。

師傅沉默了好幾個月，那種沉默比死亡更可怕。安靜的夜裡，我聽見他在床上翻身比月亮在天上的動靜更細微。長大後，我失去了這種洞察入微的能力。師傅困在家裡，哪裡也不去，誰也不知道他是不是正常吃喝、按時睡覺。等到他再次出門的時候，直接住進了醫院，醫生說是舊傷復發。

孩子們不去師傅家看錄影了，我也再不去師傅家了。

連照相館也是不得已匆匆低頭經過。民民似乎感覺到了什麼，但他只是老樣子，微笑著忙他的。那些舊事同我完全沒關係，但不知為何我卻心虛，羞慚不已。

考上中學後，我承受著一所市重點中學學業的不可承受之重，放棄了從小擅長的繪畫愛好。

我想我可能患上了憂鬱症，哲學家會說那是思想開始成熟的表徵。

當我每天多次從長安路一千三百四十四號老宅進進出出，遇見小爺叔、小娘娘那些親人像遇見了陌生路人，我們之間連目光交會也省卻了，你就知道哲學家說的差不多也是放屁。紅漆大門的老宅裡發生了許多許多改變，我還來不及搞明白，事情就發生了，就過去了；再發生，再過去……。我父母與小爺叔翻臉成仇，因為老宅要動遷了；長春失去紅英、失去紅英媽、失去刀子以後，變成了一個蠅營狗苟的俗人，與親人們（包括我父母）開始爭奪有限分配的房源。

長安路一千三百四十四號拆遷在即，動遷組入住安西、安東好長一段日子了。

他們趕走了「美麗新世界」照相館，帶來了一套完善而刁鑽的新房分配計畫，也帶來了每家每戶以後許多年的傷痛和仇怨，這些都不是刀子能解決的，也不是師傅能解決的，即便祖母抹著眼淚去醫院找過師傅多次。

就算偶爾有孩子來醫院看他，師傅也不說書講故事了。

他連換了三家醫院，醫生給他體內刀傷附近發現的腫瘤下了最後判決書：腫瘤在胰腺和脾臟之間，位置很危險。但師傅非常倔強，他拒絕手術切除，他不承認他缺錢，也不接受別人送錢。保守治療是省錢的，效果卻不佳，他終日帶著引流管，行動極其緩慢，如同一隻遠離海洋的老海龜，無論坐臥都極難受。

我無法拒絕民民的善意，連帶他的娘娘腔，隨他去醫院看過師傅一次。

師傅坐在病床上的姿勢極不自然，彷彿坐在八月行進中的火車硬臥上。每天都有人絡繹來看師傅，但長春養好傷後一直沒來。許多個夜晚，師傅保持著出發的姿態，保持著寒冬式的緘默，但你能聽見他身體內爆發的火車汽笛。回來後，我託民民將自己作文得獎的獎品，一臺全波段收音機，帶給師傅。

成年以後，我接受了師傅的沉默。

告別了師傅的那個時代，美麗富裕的新世界開始了，進入了一個金錢爭奪靈魂的世代。一生只會花錢不會賺錢的師傅一直在抗拒，他永遠理解不了。

他久已無力負擔外面調停的責任了。我父母說：「像師傅那樣的人你少接近。你看連喬長春那樣子混社會的人也同他劃清界線了。」

我父母那時候已經非常鄙視喬長春，同時開始貶低師傅。

我同小爺叔不講話也有好長好長日子了。民民這個外人成了我們家與小爺叔和師傅之間的紐帶，我不知是怒還是哀。

我妹妹說：「師傅他殺過人曉得伐？」我媽說：「死了算了。」

我爸以他語文老師式的精準用詞加上一句冷酷評語：「師傅那個人，身上背著太多傷，太多責任，唉，對他那種人來說，死亡才是自由。」

他們態度的轉變一點也不奇怪，長安路上一夜之間都傳遍了師傅早年的醜聞。

據說師傅手刃生父時年紀只有十四歲。我爸透露說是鄺阿姨在給師傅的信裡講的。信怎麼落到連我爸都知道了呢？我把懷疑的眼光投向了天天在照相館門前溜達的祖母。是的，我注視著祖母成天豎起的耳朵和念念有詞的嘴。自從師傅接受紅英的鬼魂告狀之後，得罪了喬家，祖母不停地朝樹底下啐唾沫，不停地嘮叨，不停地聲討著師傅的罪行：師傅的父親是一名出獄的勞改犯，常常酗酒、打老婆，師傅的母親實在忍受不了，在他十四歲生日過後就跳河了。師傅恨死了他父親，父子成為仇敵。不久，師傅趁他父親喝醉，舉起菜刀劈了他，成了一個少年犯，嘴角留下了帶著嘲諷意味的傷疤。

師傅是不管流言的，他戒了煙酒，戒了言語，戒了來往，在最後一家醫院什麼也不做，連評彈也不聽。

他長時間凝視著窗外的一棵香樟樹，他問來看他的每一個徒弟和朋友：「你看我還能走出這家醫院嗎？」

別以為他是怕死的。不管得到什麼樣的安慰，師傅總是沉默半天，最後說：「這些天來，我感覺變成了那棵樹。」

病房窗外的那一棵香樟樹，異常孤獨的樹，長在遠離林子的地方。

他臨終前，人們都說師傅成仙了。

他的身邊除了醫護人員，只有民民，他拿來相機，給師傅照了最後的相片，師傅這一次不反對。

喬長春最後一個走進病房，抱著一大袋橘子之類的水果，他是長安路上最後一個同師傅和解的人。

長春進來打掃病房，把地面拖得纖塵不染，最後連窗臺上的插花也換了水。師傅從頭至尾默默地看著他勞動，看他熟練地運用右手，巧妙地遮掩著壞了的左手。

長春做完一切，顯得很疲憊、很暢快。空氣裡瀰漫著一種果園秋收的淡香。

師傅躺在床上，鬍鬚長而捲曲，蠟黃蠟黃的，完美地遮住了嘴角的疤痕；眼睛像燒紅的炭，黑裡透紅，全部貫注在民民手裡舉著的一枚嵌寶金戒指上面——這是師傅的母親留下的，也是他的最後財產，平常戴在右手小拇指上的。師傅沒有留下什麼存摺，除了皮夾裡的一些零錢，誰也不知他的存款去了哪裡。一直是民民從照相館暗房裡取錢支付師傅的住院費。師傅嘴裡蠕動半天，在場的誰也聽不懂，也弄不清戒指到底要給誰。民民說了一句鄺阿姨什麼的。師傅不離身的戒指應該給照顧師傅好多年的鄺阿姨。鄺阿姨在哪裡呢，誰知道？

師傅在神智清醒的時候始終不說，臨終前神志昏昏的時候也沒有留下片言隻語，一切珍貴的東西在彌留時刻，都變作了他眼中始終不肯熄滅的一點微光。

長春來到醫院外的花圃吸煙，冬天陽光最為濃烈的正午。花圃因著醫院的消毒水氣味，感覺像是一座安靜極了的墓園。

他對等在街上的師傅的眾多徒弟說：「鄺阿姨不會來了。」

大家開始湧入醫院，他們都以為鄺阿姨是鐘點工，師傅從不解釋。現在大家曉得鄺阿姨是一名退休的養老院護士長，跟他的時間不長，走得也特別突然、特別堅決。養傷期間師傅很無聊，用他特有的方式趕走了鄺阿姨，也許他預見到了自己的死期，決心將一生的追求進行到底。他用章回評書的樣式，對她講起了張文祥的義兄馬新貽如何青雲直上，做到兩江總督，卻最終死於暗殺。師傅告訴鄺阿姨一個人無非是死於色和貪，而非仇人的毒匕首。阿姨聽不懂，也不會像紅英那樣落淚，她拍著桌子大罵師傅一生自私透頂。師傅改用教訓的口吻說：「私有制呀，才是愛的敵人。所謂一夫一妻相親相愛，無非是一種性別對另一種性別的控制和占有。你看看，我不同別的女人來搞七捏三，你還嫉妒我同乾兒子關係太親密？」

在師傅追求自由的心臟停止跳動後，民民快快走出醫院，他竭力放慢呼吸，生怕這人間的哀傷會驟然漫出胸腔，升到天上去。

他喃喃地對長春說：「她是不恨師傅的。」

我們不知道這個她是男是女，是紅英、紅英媽還是鄺阿姨。但我們知道的是「美麗新世界」永久歇業後，民民同長春那長久的友情也隨之結束了；原因不清楚，可能就是漸行漸遠，世上的許多熱絡關係後來都是如此這般走向沉寂消亡。

長春起初是嗚咽，有些字怕是再也說不出來了。他萎縮了的左手垂在體側，像是一隻受傷的翅膀在顫抖。接著，他開始痛哭。哭得如此放肆，好像以後再沒有時間可哭了。淚水召喚來更多的淚水，這條馬路籠罩在沒有烏雲形成的陣頭雨裡，聚攏來的人像偷食的麻雀急急逃避著，陰與晴之間的界線模糊了，陽間和陰世之間的界線也同樣不可思議地消失了。淚水在大太陽底下飛揚跋扈，光明正大地清洗著店鋪、看板、人行道樹木等等一切無法逃避的事物。

唯有街那頭綠樹下站著一個粉色裙子的長髮女子，看不清面目，她裹著夏裝，站在冬雨裡，並無違和感，孤零零的一個鬼魂。

民民是不惜一切追求美的，後悔沒有帶上相機，但他放棄了這個念頭，朝她閉上眼，雙手合十，心裡反覆地說：「師傅走了，你也該回去了。」

等他睜開眼，她不見了。

刊發於《莽原》二〇二二年第三期

到世界中心去
Go to World Centre

忘不了進入「世界中心」的第一次探險旅程，就是在一個會移動的大盒子裡。我上下幾次，滿頭大汗，那個春天並不太熱。找不到目的地，地點在世界中心西峰底層，花崗岩牆面上的豹紋斑點，一字排開三個高大上的盒子，閃爍的樓層數字和箭頭，到達時的「叮咚」聲……，牆壁在移動。牆面鑲嵌著大鏡子，反射出許許多多張面孔，大都是陌生的，即便天天見面，搞得臉熟得不得了，也還是陌生人；這就是城市，環繞著我們，在空間上可以很小，在視野裡又可以很大，比森林遼闊，比洋底幽深，裝入幾隻四四方方的盒子；上下移動，要麼上升，要麼下墜，靜止不可能，其他方向移動更不可能；這也是我們世界的中心，可以有無數內部的路線，展開探險的旅程，但始終困於其中。

這種盒子有一個謙卑的名稱，叫做電梯。

於是在盒子裡，遇上一位穿綠西裝戴墨鏡的國產紳士。

「世界中心」是這座城市一度最為光鮮奪目的地標，世界中心裡所有會飛的人都集中在這座世界中心中之世界中心，而會飛的人裡面獨一無二的薄荷綠西裝西褲，就在我眼前，在這個盒子裡。超越了黑灰藍的傳統，卻止步於黃粉紫的誇張，既面熟又陌生。我後來曾反覆確認，那是一張在危險的日常生活邊緣行走的老克勒的畫皮。

我開口的問題簡單而愚蠢，綠西裝老克勒摘下墨鏡，露出標誌性的善意微笑。彎曲的左胳膊肘上掛著一柄黑雨傘，他不卑不亢，眼神像超聲波碎石機的隱祕能量，無聲地穿透了我的胸膛。

我跟著那嚮導，像劉姥姥進大觀園似的，在世界中心裡左拐右繞，走進那家名列世界五百強的保險公司。

我當然是來面試的。

這家鼎鼎大名的美商公司總部位於華爾街，總舵主是一個矮小的猶太老頭，《華爾街日報》將他描述成眼睛眨也不眨二十四小時晝夜不停盯著保險箱裡鈔票的人，但從海外購回圓明園流失的古董無償送還中國的人也是他，成為中國國家領導人座上賓的還是他。在這猶太老頭的英明領導下，集團營收從一九七〇年的千億提升至二〇〇〇年後的萬億，成為全球金融保險業中不折不扣的巨無霸。面試那天，綠西裝把我留在前臺，並跟一個姓丁的女祕書交代了幾句，在我驚喜至極的注視下，他走進門口標明「理賠部」的地方。

兩週後複試，仍由丁祕書安排。一個月後，我來這間美商獨資保險公司報到，終於正式踏入了世界中心。

上班第一天，我們一批新人有十來人，被中國區總裁徐老闆牽著鼻子在世界中心裡滿世界轉悠，重遇了那位綠西裝老克勒。徐老闆從臺北來，是一位忠厚內斂的儒者型總裁，他鄭重介紹說：「這位人生贏家大帥哥叫姚劍鋒，記不住沒關係，我們都叫他老姚。」

公司同仁取了徐老闆的國語發音，第二聲變成第一聲，老妖的綽號就是這麼來的。副總裁桃麗絲好像是為了抬槓，同樣帶著所有新人在公司裡面轉了一圈。在財險理賠部內，我終於想起來老姚是誰；老姚並不老，他沒有認出我，臉上還掛著善解人意的笑，眼神更加有穿透力。

報到日中午，新人們和老員工一起去樓下就餐，我執意要給老姚埋單。他一愣，新人吉姆反應快，說：「史蒂文替我也付了吧？」我沒來得及反應，老員工凱尼嘻嘻笑著，晃著肩膀上來說他沒帶錢包，「要不一塊兒結帳」？凱尼不好意思吃獨食，把其他新人都招攏來，包括我的校友嘉娜。我正在左右為難，老姚二話不說，推開我，掏出錢夾，把我和凱尼一干人等的單子全買了。每份午餐不多，但乘上人數，金額也不小，他給我留下深刻的好感。

公司剛剛獲得外商獨資保險企業營業執照，上海代表處升級為分公司，準備在國內大展拳腳，對我們這批新人非常重視，安排了三個月的亞太區培訓。培訓末尾，老姚代表老員工做歡迎致詞，他講得天花亂墜，新人們無比興奮。從此，新人們都成了老姚的朋友，我們這就熟到當面以老妖來稱呼他。他非常享受這種親熱的諧謔。

但是，我留了個心眼沒說。大二那年，一次英文培訓機構的免費講座，講師是當時正走紅的某成功學大師的得意門生，比我們大個七八歲，紳士做派，五官端正，高鼻樑架著金絲邊圓眼鏡，左臂有事沒事，愛像周總理那樣端著，那年頭花樣美男的矜持姿態，但他一點兒也不娘，明星似的閃亮登場，先問大家：「今天來幹麼？是來學英語的嗎？來學人生經驗的嗎？不是！首先是來交朋友的。」然後問：「你們願意跟我交朋友嗎？」大家齊聲回：「願意。」他說：「那你願意跟身邊人交朋友嗎？」有誰會不願意？他又說：「那你們都轉過去，給身邊人捏捏肩，捶捶背，幫他們緩解下疲勞好不好？」我們都說：「好。」「這麼做了，下面大家互相認識下，左右互相握手，說一聲你好。」我們也照做了，大家都很開心。接下來，講師要我們做的遊戲滿有意思，叫做坐電梯。「朋友們一起坐電梯好不好？大家分成若干個小組，一起來坐、電、梯。」

講師正是老妖。

偌大個上海，老克勒不在少數；論到行走中的洋場老克勒，只遇見過這麼一個。姚老師如何變成老姚？老姚如何變成老妖？容我慢慢道來。

認識自己，這是蘇格拉底說的。

認識別人眼中的自己，這是老妖說的。

我一直記著。他做過我師傅，雖然只是短短三個月。我，作為一種獨一的認知，是不存在的。許多不同人眼中對同一個「我」存在著各種不同認知，彼此難以調和。我存在於別人的眼中，而不是我自己所能擁有的。每人都該有與自身相符的名字，也就是綽號。或突出特徵，或反映往事，或表現喜惡，但無不表現出別人對我的認知。這些認知的重合點，恰好可以用一個綽號來總結。老妖就突出了一個老克勒與眾不同的行為特徵。他每天西裝革履，皮鞋鋥亮。晴天，胳膊肘掛著英國式的黑雨傘。雨天，那大傘撐開，罩著身邊一位氣質、長相均為上乘的佳人，他總是樂意為認識或不認識的異性打傘。他有一個怪癖，愛在工餘到西峰底層電梯間，看人來人往進進出出，而不像凱尼、吉姆他們那樣溜出去吸煙侃山河。因而，他又是非典型的，接受了老妖這種不禮貌的綽號，卻不能隨便歸入傳統老克勒的範疇。

進入市場部，第一個主動帶我出去拜訪客戶的不是本部門美國經理泰倫斯，而是理賠部經理老妖，搞得新人們都很酸。泰倫斯，三十出頭的白人小夥子，腦袋禿了，大家背後叫他禿倫斯。他常常不在辦公室，也就無須他同意，跟老妖一起外出方便不少。我把剛批發來的美國市場行銷學忘在了腦後，跟老妖雇一輛桑塔納，出沒在魔都的時尚地標。在辦公室，他是彬彬有禮的姚經理；走出了世界中心，他才顯出老妖的本相。拜訪客戶只是插曲，正經事是享受戶外的陽光。午後兩點鐘，他帶我去七重天吃飯喝酒。頭一次我有點窘迫，他說：「這有什麼？禿倫斯這會兒還在酒吧裡泡著，夜以繼日，把頭髮都喝光了。」他告訴我禿倫斯是生來就是浪費生活的美國富二代，老爹是亞太區高管，他來上海公司鍍金，只是為升遷，好進一步浪費生活。而我們這些窮一代，要趕緊學會享受生活。

老妖喜歡本幫菜，注重養生，少食多餐。他不吃魚，我有點奇怪。

我想我是喝多了舌頭打滑，我說：「老妖，恕我冒昧，我們其實早見過，你還記得那年暑假的英語培訓課嗎？」

他的眼睛裡有什麼東西在鏡片後面一閃而過。

他靜默片刻，拿起餐巾，掩住朝上彎的嘴角和雪白的牙齒說：「史蒂文，別在公司裡說，那裡沒人理解我。」

我酒醒了一多半。老姚江湖起家，也要個臉，老江湖羞談江湖。江湖不是一個好地方，但沒有江湖，職場沒準也不是一個好地方。紹興老酒加話梅薑絲，喝得臉皮發紅，他把帳單結了，要我回去填個報銷單，他來簽字。

回來路上，他叫出租在南浦大橋上轉兩個來回，說要看一看兩岸風光。簡直是習慣性浪費公司業務費用，但他完全不在意，眼睛貪婪地攝取著滾滾浦江水的浪花，眼鏡片上泛出片片霞光，他嘴裡輕輕讚歎：「好美。」

我想到的是港劇《上海灘》裡的許文強，感覺自己像丁力。須臾，覺得離老妖很遠很遠。這大概就是崇拜者和偶像之間的現實距離。

回到世界中心，一天快結束了。在西峰底下等電梯，提示燈閃爍著，電梯到達的「叮咚」聲不絕於耳。他手指頭一伸，對我說：「那部電梯不要坐。千萬不要。」

順他手指頭看過去，除了布滿豹紋斑點的光溜溜花崗岩石壁，什麼也沒有。他口齒清楚，但似乎是喝醉了，煞有介事。我又想起大二那次英語培訓課上，他就是有那麼一點癲狂，那麼一點認真。

當年那個更年輕的老姚講課已經能講得如火如荼，不講學英文，全程圍繞個人奮鬥。他說：「奮鬥成功的訣竅在於坐電梯，走樓梯太慢了，你得找到電梯，那個四四方方的盒子。要麼往上，要麼往下，不進則退，這就是人生。屬於你的電梯在哪裡呢？你看上海灘大亨某某某發跡，不就是找到了師傅，學會了坐電梯？」我心說，這特麼不是心靈雞湯麼？怎麼會這樣？不斷仔細觀察左右，聽眾們都聽得津津有味。我就奇怪了，沒半點用，我講的都比這高明，難道說全場都是傻逼，就我一個清醒？也許就我一個傻逼，別人其實都是對的？我感受到一種異樣的情緒在全場蔓延。姚講師不斷煽情：「跟我一起喊魚吃貓！魚吃貓！」

我的體內有一條沉睡多年的大魚醒了，牠在撲騰翻轉，向水面上衝。

終於忍不住了，我也嗨了，跟著喊「魚吃貓」，許多條魚飛出了喉嚨口，喊得挺爽，釋放了自己，純粹破壞性地全身心投入，但沒有傷害到任何人。培訓末尾，當然是要報班，費用當然特別貴，身邊人紛紛報名。不僅提高英文能力，也培養做人素質，順道改變人生，登上成功巔峰。

成功夢像是一種　症，傳染了所有人，報名率飆升到百分之九十五。

站在成功巔峰的姚老師滿臉淡然，眼光掉向窗外的車水馬龍，彷彿身邊的熱鬧都不存在。幸好，我發現了他特別地寂寞、特別地孤獨，端著左臂的他，像是一架偏離航線的飛機，處於我永遠搆不著的虛空中，遠離人群，水火不侵。我登時清醒了。英文已經不錯了，仍然需要坐電梯，但不該是這種模式；也許還是捨不得錢，但我就是沒有隨大流。回來後，思考了半天，在一個獨處的環境，脫離羊群效應，覺得智商受了極大挑戰和極大侮辱，做人不能那麼容易被集體催眠。到底是我傻還是與會的人都傻？很可能，全場的人都在特別認真地思考這個問題：到底是我傻還是人人都傻？姚老師是有答案的。

他一忽兒講到滿臉潮紅、汗流浹背，一忽兒遺世獨立，當外人全然是多餘的。

他像是會讀心術的催眠大師，始終在臺上引領群羊坐電梯。每念至此，我忍不住隱隱擔心，擔心猜到了他不吃魚的祕密。

我們這批新員工進入市場部不到三個月，桃麗絲就給自己辦公室換了門鎖。

她在例會上發一通脾氣，搞得大家一頭霧水。過了一陣子，消息傳來，說是財務部驚現高額國際長途電話帳單，有人使用副總裁辦公室裡的電話偷打國際色情電話。那種電話通常一聊就是大半天，常常發生在下班後。市場部電話也有盜用現象，桃麗絲因此斷定是市場部新人淘氣。

市場部小夥子們一邊在叫冤，一邊面面相覷，暗自竊笑。電話是凱尼起的頭。凱尼圓臉、圓眼睛，笑容挺可愛，從前是五星級酒店的門童，跟禿倫斯在酒吧間裡混熟了，稀裡糊塗就進了保險公司，成了市場部資格最老的員工，但他連個大學本科文憑都沒有。因此可以斷定美國佬不在乎文憑，更有人暗指凱尼入職跟他帶禿倫斯去古北按摩有關。實際情況是這種電話發展成共謀行動，市場部每個小夥子（包括我）都打了，照凱尼的話說，不打不是男人，好比黑幫入夥儀式，每一個人的手上都要有血。

丁祕書平日裡挺嚴肅，斯斯文文，不怎麼作聲。

她跟市場部的嘉娜最要好，整日裡同進同出。所以，我提議可以找嘉娜幫忙，能不能讓丁祕書透透口風。嘉娜是我在第二經貿大學的校友，比我低兩屆，大骨架，高身材，短直髮，乾淨俐落，比中性的李宇春大氣，我對她印象不錯。

凱尼說：「找嘉娜，真的嗎？」就把眼角瞟著我。

吉姆陰陽怪氣：「史蒂文，嘉娜對你沒興趣的。」

我沒反應過來：「誰說我對她有興趣？」其他人就起鬨，都叫我去找嘉娜。

老妖從財險部走出來，招招手，把我叫過去，暫時解了圍。我把剛才的事簡單講了一遍，他聽完笑笑，拍著我肩膀，說了一句：「小兒科。」

中午他拉我去吃飯，在附近的生煎館子。之後，他和我站在西峰底層電梯間，「叮咚，叮咚」，聲聲不斷，他就是不挪步，我覺得他並不是在觀察電梯廂進進出出的各色人等，像是在琢磨最西面的一堵花崗岩石壁。

就是在那時，他忽然問我：「想退休嗎？」我說：「太早了吧。」他淡淡地說他的理想是三十五歲退休，之後再用同樣多的時間跋山涉水，遊遍全世界。七十歲寫回憶錄，八十歲開始等死。

我說：「萬一八十歲之前就掛了？」

老妖用紙巾擦嘴，笑著說：「要是完成了看世界，早一點、晚一點死有什麼關係？」

「老妖你今年都過三十歲——」

老妖打斷我說：「是啊，除非魚吃了貓……」

他端著的左臂探出去，手指頭戳著那堵光溜溜的花崗岩牆壁，我仔細看了半天，那裡還是什麼也沒有。

人生贏家總是這麼神祕莫測。但那時的我還是頭腦簡單了些。

週末下班，我和老妖在樓下吃便飯，飯後，他不讓我走，要我陪他回一趟辦公室。從西峰電梯上來，桃麗絲的辦公室門關著，曖昧不清的光影穿過了落地磨砂大玻璃。他示意我輕手輕腳貼上去，立在門外聽壁角。裡面有女聲竊竊私語，間或有調笑聲。聽了約莫七八分鐘，忽然沒了聲息，我們驚覺，一先一後退出。

世界中心以外的大上海，城市燈火早已蓋過了星光，露出經濟全面起飛的雄姿，晚風吹著胸口發涼，我只能說了一句：「沒想到是她們。」

在桃麗絲屋子裡鎖上門傾談的是丁祕書和嘉娜。老妖撣了撣褲管上的灰，異常平靜地說：「她們倆談好久了。公司裡都曉得。」

這個「談」的特指我明白，但我仍尷尬。他說：「這是她們的自由。別出去亂講。」又問我有沒有女朋友或男朋友，我搖了搖頭，吃虧了似的反問他。他說他有正妻，明媒正娶，叫倩倩，管她叫小妖。

我在他辦公桌上看見過一張相片：老妖背上伏著一個小巧玲瓏的齊耳短髮女孩，女孩即使畫著貓臉，仍然笑得很好看，將貓臉親暱地貼在他臉頰上。老妖的臉上畫著兩條游泳的魚。

他說：「阿文呀，婚禮上，我用手抱小妖起來，沒有四兩重，十足親骨頭。不是輕重的輕，是親親的親。有時候，她嗲起來，我只好死給她看。有時候，她凶起來，像是陌生人。我覺得擁有的一切都可能在一夜之間被大風颳走。一夜之間，灰飛煙滅，打回原形。你有沒有這種感覺？」

我沒有，但我感動了。他第一次把「史蒂文」縮略為「阿文」，我第一次意識到這個美國公司裡形成了一種中西合璧的綽號文化，老妖配小妖，無可挑剔，無話可說，叫人說不出的羨慕嫉妒。我又覺得他的悲觀主義是屬於成功人士的，說白了，就是矯情。也許這是出於我私底下羨慕、嫉妒。所以說，我的感動常常是廉價的。

老妖是好老師，更是好朋友。他儘量罩著我。

到了不迴避隱私的地步，我知道老妖把我當自己人了，讓我無以為報。很快，市場部所有人，包括禿倫斯，都看出老妖對我的偏心。老妖向禿倫斯提出要我去理賠部，禿倫斯表示要桃麗絲決定，桃麗絲很乾脆，一萬個不同意，因為市場部缺人。老妖說理賠部更缺人。辦事處才升格為分公司，到處缺人，老妖的理由不是胡攪蠻纏，老妖的行為就是胡攪蠻纏。桃麗絲被老妖纏得頭大，幾個回合之後，不得不同意將我暫借給理賠部三個月。從那時起，我名正言順跟老妖在一起，形影不離。整整三個月。跟他在一起，在亦正亦邪之間搖擺。

「這種做法屬不屬於雞蛋裡挑骨頭？」我問。

「雞蛋裡面挑鐵釘子。」他說。他的話外音，我聽懂了。

理賠本身在這家跨國公司裡是一種荒誕存在。他抬手謝絕了我遞過去的香煙，起身站在窗前，朝著窗外東西延伸的南京西路展開雙臂，一邊指向江邊，一邊指向機場，他說：「沒有一個老闆喜歡賠錢，這要求我們把理賠報告寫成拒賠報告，但理賠部怎麼能把理賠做成拒賠呢？保險公司，而且，還是美商保險公司，拒賠在道義是說不過去的，既不符合新教倫理，甚至談不上資本主義精神。」

老妖出身於人保，學歷不高，但讀書頗多，領悟力驚人，他用一段馬克斯・韋伯摻合海德格爾存在主義的話熬製心靈雞湯，來開啟業務指導。除了文學作品以外，他是第一個正告我人生困境的人。在這裡雖不能以師徒相稱，但我是他欽點親授的弟子。在萬事開頭難的新理賠部內，他手把手指導我如何把理賠報告寫成模棱兩可的拒賠建議書，列明拒賠理由，但不做結論，上交給總裁辦的丁祕書。

丁祕書轉給副總裁桃麗絲。北京女人桃麗絲，哪怕是在美國總部，都堪稱傳奇。她沒上過大學，起步只是北京代表處的小小打字員，頭一次為美國老闆打信，她大汗淋漓，濕透了內衣，用兩根手指頭鼓搗半天，才打完一封兩百字的信函，氣得牛仔出身的美國老闆發誓要用領帶勒死她，她居然把一份道歉信打成了宣戰書。但就是這個女人，楞是堅持獨身主義，從打字員一步步爬上了首席代表的位子，一個人攬下了北京王府飯店的保險單。每提到此事，她愛說王府飯店五百間客房，是她用嘴皮子一塊磚一塊磚砌起來的。現在，她沒這麼說，實際上，她半天沒說話，中年女人的大臉盤保養得雪白滋潤，光用滿人那樣細長的眼睛在報告和我臉上轉來轉去。對我這個新兵，她很吝惜她的嘴皮子，生怕一塊板磚掉在我腦袋上消受不了，但理賠如此重大的決定，僅僅取決於她一個人的水泥嘴皮，在擬定的拒賠理由中挑選，賠不賠，賠多少，怎麼賠。

理賠，除了讓資本家滿意以外，好像就沒有其他意義。

然而，理賠的存在是必要且合理的。意義常常使人深度絕望，但我們又不能不回到意義的立足點，否則無法看清保險業的真相。逢到我對著報告發牢騷，老妖坐在皮座椅裡轉半圈，面對窗外的市景說：「阿文，你看眼前這條橫貫東西的大街，人來人往，熱熱鬧鬧。每一個人彼此都是陌生的，但人人都不覺著有問題。每一個人都不曉得未來的方向，但人人都像是知道方向似的朝前走。」

許久，他大笑說：「人人都是魚，人人想著吃掉貓。」

他轉過臉望著我，停頓一會兒又說：「我們是外商獨資保險公司。更不幸，我們是最早拿到牌照的美商獨資保險公司。最不幸，我們是美商獨資保險公司裡的理賠部。My God，天底下不幸中的不幸，我們是理賠部中唯一的兩個人——男人，作為女人的下屬，尤為不幸。這裡有兩個孤獨的男人。」

我說：「兩條孤獨的魚。」

他說：「兩條想吃貓的魚。」

凱尼說即便他是男人都嫉妒了，憑什麼老妖對我如此信賴。但奇怪的事是，凱尼去過好多次老妖的小家，我從未去過。凱尼這樣嘴快的人嫉妒心不強，而同為新人的吉姆是掩飾不住地嫉妒，但他像別人一樣去不了理賠部，也去不了老妖家。老妖像保護軍事機密那樣保護著他的家、他的倩倩。他們一直沒要孩子，他說倩倩骨盆小，不適宜生育，擔心她難產，也不願她剖腹產挨一刀。聖誕慶祝會場上，倩倩到公司唯一亮相了一次。她很害羞，全程在邊上，裹著米色駝絨大衣，垂手含笑，默默望著老妖西裝革履，又唱歌又跳舞，綠衣綠褲，丰姿英發，風頭一時無兩。除了「百搭」凱尼以外，誰也沒能跟倩倩說上話。當時，我們都以為倩倩遇上老妖，是世上最幸福的一對。那一刻，我算是看明白了，凱尼、吉姆他們嫉妒的不是新兵的我，而是老克勒老妖。人生的終極勝利者一定是老妖。

吉姆終於如願以償被選中，前往設在香港的亞太區總部受訓半年。在這期間，商世界中心裡謠傳看見老妖雨天的黑傘下面多了一位氣質美女。此事說得最起勁的是嘉娜，有鼻子有眼。下雨天，老妖常主動給異性（包括嘉娜在內）撐傘，本來沒什麼奇怪，但這幾回不是女同事，而是一位誰也沒見過的長髮女郎，後現代長相，非常先鋒，完全不像倩倩的純良。我起初不相信，沒有親眼所見，憑什麼相信人生贏家必須要惹上些桃色緋聞？然而，老妖身上的一些變化讓我不得不重新審視起謠言來。

謠言長的是謠言的樣子，但內裡卻往往是真相的五臟六腑。

我注意到有一些場合，老妖不帶我同進同出，一個人獨來獨往，行色匆匆。我不免也注意到他變了，變得陌生起來。他那離群的樣子刷新了我對孤獨的認識。那一次，我們驅車前往寶山，返回途中，老妖叫計程車停在虹口邊緣的一幢普通多層民居門口，擺手讓我留在車上，他一個人上去，半小時後下來，神情嚴肅，半天也不講一句話。

這樣的事重複多次後，我默默記下了那個地址。

下次，我單獨打車經過北城區，故意在城郊結合部那幢樓停一下，上樓。我從二樓開始敲門，大白天的，很多人家無人。很快，我在三樓那戶民居找對了人，鐵門打開，我以為會看見嘉娜她們說的先鋒派女郎什麼的，但裡面出來的是一個像足《新老娘舅》裡柏阿姨的中年女人。她一本正經地大驚小怪：「是姚先生啊，他叫儂來的？不作興的，他哪能會叫別人來我這裡拿資料？他從來都是自己來看資料的。」

我不由自主端出老妖的迷魂湯，加上公司教授的行銷話術，好一頓炒什錦。

「柏阿姨」被繞暈了，她說：「好了，好了，看儂不像壞人，資料給儂。」

我拿到厚厚一疊檔案，裡面有照片、位址、電話、履歷，全是單身白領女孩的徵婚資訊，上面做了五角星、三角星、打勾、打叉等各種記號。「柏阿姨」是虹口區小有名氣的婚介，專營外商企業金領，收費不菲。但她馬上反悔了：「不行，不行，姚先生是高端客戶，他會生氣的。我要給姚先生打個電話。」

我趕緊將檔案還給她，叮囑她不可聲張，否則，姚先生的太太也會生氣的。她立刻聽懂了，臉色煞白，連連說「OK、OK」。

我自己把自己嚇了一大跳，用下流手段掌握了老妖的祕密，會不會讓老妖事後發覺？其實，不難推測出老妖和倩倩的婚姻出了故障。老妖這一段日子常常心不在焉，工作也是有一搭沒一搭，還常常無故外出，誰也不知道他去哪兒了。有那麼一兩次，老妖忽然說起週末上他家吃飯，我找理由謝絕了。我其實很想去，但說出來的卻是「不」，也許是怕見到倩倩那甜美靜謐的笑靨，也許是因為我老是想到虹口區的婚介老阿姨。我這個處於對異性似懂非懂階段的人開始對婚姻的殺傷力惴惴不安，同時，也對老妖其人惴惴不安。

當我回到市場部之後，公司出事了。

上上下下陷入了大混亂。丁祕書休年假，嘉娜請病假，一前一後，幾乎同時，當時沒有人把她們聯繫到一起，直到桃麗絲天天抱怨丁祕書的工作沒人做，禿倫斯也開始在會議上詢問為什麼嘉娜逾期不歸。不知是誰首先聯想起兩人的非正常關係，丁祕書三十好幾的剩女，大齡未婚，跟沒有男朋友的嘉娜走得很近，大家其實都很諒解，常不露痕跡地予以便利，但現在兩人的失蹤加上吉姆的突然「叛逃」，似乎一下子把每個人的心攥緊了。調查的事交給人事部，他們聯繫了兩個姑娘的家人，發現丁祕書吃了熊心豹子膽，竟然利用職權，偽造中國公司總裁派遣函，取得了美領館簽證，直接把嘉娜和她自己兩個都派去美國總部開會。美國總部當然沒見到她們，這兩個高學歷、高智商、高顏值的姑娘在漂亮國一落地，就黑掉了。徐老闆和桃麗絲素有嫌隙，這下抓住了桃麗絲的把柄，開始在領導力上大做文章。桃麗絲一氣之下，也請了病假；禿倫斯縱然上面有人，也不免垂頭喪氣，好多天老老實實，坐在辦公室不是發呆，就是喝醉酒似的罵罵咧咧。市場部裡面氣氛詭異，而我對此完全沒有預備。

回到市場部，我的理賠報告已經寫得不錯，但這一點兒幫不了我的行銷指標。三個月缺席使得我的業績空白了一大段，禿倫斯在業務會議上狠狠表揚了幾個承攬財險單冒尖的新人，接著，不加掩飾地狠狠剋了我一頓。會後，凱尼晃著肩膀過來拍拍我，把我拉到外面走廊上說：「好好幹，趕上去。」

凱尼這小子資格那麼老，業績始終跟我差不多，卻總能混得讓禿倫斯對他的業績視而不見。我的臉上肯定是患了失眠症似的茫然一片，他拉著走過來的老妖說：「你怎麼不幫幫咱們史蒂文，把他弄到你那兒去？」

禿倫斯不在視線內。

老妖看了看四周，審慎地說：「資本家還是資本家，桃麗絲和徐老闆都不同意把史蒂文給我。說是禿倫斯的意思。」

是不是老妖在什麼地方得罪了禿倫斯？或者，他根本是不肯幫忙找藉口推託？在這一刻我對老妖產生了懷疑，在公司管理層對市場部和理賠部都加大壓力之後，老妖對我的態度也發生了變化。他不再跟我走得那麼近。

我正在遲疑，凱尼說不可能。他跟禿倫斯熟，禿倫斯才不在乎市場部有些什麼牛鬼蛇神，肯定是桃麗絲不樂意。凱尼給我出主意。在他來財險公司前，曾在徐老闆治下的壽險公司混過行政。他有一個本事，即便不學無術，可不管在哪裡，總能混得風生水起，圓眼睛永遠搖晃著樂天的火苗。他給我引薦了壽險年度銷售冠軍司馬，讓我跟司馬去做市場，司馬談他的壽險，我談我的財險，各做各的，互不干擾；我提供計程車等行銷費用，他提供客戶名單和拜訪計畫（這間公司給財險行銷人員提供業務費用全報銷，卻從不報銷壽險業務員的費用），壽險、財險各取所需，互助互惠。

我求援似的望著老妖。

老妖則露出不屑一顧的表情，對凱尼說：「搞什麼花頭經？」

我每天雇計程車載上司馬，照他安排的路線，前往不同的企業洽談。按凱尼的計策，我跟司馬組成了行銷團隊。司馬不愧是上年度壽險金牌銷售，他的市場拓展計畫一做就是五年。不久，這個組合打開了市場局面，但財險單不是壽險單，承保金額巨大，財務經理無法單獨做主，都要通過總經理、董事長，層層上報，最後由董事局定奪，審批週期相當漫長。往往司馬拿下這家企業的員工壽險保單，挪往下一家企業好幾個月了，我還在這家企業的某個程序裡耗著。合作計畫僅僅開了個頭，不得不改為分散行動。計程車報銷費用卻與日俱增。為了降低採訪費用，我開始頂著烈日，單獨騎單車出門。那個夏天特別熱。

我的臉在那個夏天遭遇了滅頂之災。

妻子如今有時候還會說我皮膚粗糙，那年夏天留下的瘢痕。她不知道我在那個夏天中了暑，內火攻心，很快躺倒了。等到病癒，回到世界中心，同事們大吃一驚，我的臉上紅彤彤的，布滿了凸起的紫紅色痘痘，感染化膿，慘不忍睹。大家都不明白我發生了什麼，凱尼晃著肩膀出來，呵呵笑著，說：「要是史蒂文結婚了就不用治了。」旁邊有人罵他胡言亂語，他又拍胸脯稱有法子：他認識包治痘痘一針見效的老中醫。此話不假。那個中醫院在盧灣區弄堂深處，老中醫是一個像凱尼一樣樂呵呵的白大褂老太太，她拿出粗大的針筒，一邊往我臉上扎，一邊告訴我：「不是一針，而是一個療程見效，三十年不復發，但皮膚不能像原來那樣光滑。男孩子怕什麼？有點瘢痕才像個男子漢。」

一個月後，我回到世界中心，臉上已經沒有那麼恐怖。

但每個人看到我像不認識一樣，市場部裡冷得像個冰窟窿。第一個找上我的是禿倫斯，他像是一直在等我，他把我單獨召到他的辦公室內，藍眼珠盯著我足足有半分鐘，沒有罵人，連寒暄也省下了，客客氣氣，拿出預備好的兩封英文信，一封是辭職信，一封是推薦信。我的頭腦一片空白，但不想露怯，提起筆硬著頭皮，照他的意思在辭職信底下簽了字。推薦信寫得很棒，說「本公司非常痛惜滿足不了史蒂文的事業心，他是市場部的寶貴資產」云云。

我成為這家五百強美資保險公司中國分公司有史以來第一個體面辭退的本地員工，入職時間前後剛好一年整，我被踢出了世界中心。

我踏入社會以來的第一個大失敗。這件事激起了市場部新、老同事極大的憤慨，在發出若干牢騷之後，他們面色凝重，紛紛迴避，彷彿都預感到了，資本家的鍘刀終有一天也會臨到自己頭上。即使是老妖，也埋頭在理賠部，從頭至尾沒有發聲，活蹦亂跳的凱尼也藉口做業務外出了。我不由不對世態炎涼發出感慨，甚至有點仇恨，恨周邊保持沉默規避的同事，包括老妖在內，他們都突然變瞎、變聾了。

沒想到在這個時候，有人悄悄來看我，卻是一個前後沒說過幾句話、平日異常安靜的女同事。她問我有什麼打算，我說我是外貿畢業，打算回去做外貿老本行。幾天後，她告訴我一個聯繫電話，已經把我推薦給了她在古北新區做外貿的朋友。神奇的事是，我就這麼灰溜溜離開了世界五百強公司，連個起碼的面試也沒有，逕自前往一家叫做好利的名不見經傳的國貿公司上班。

好利是一個好名字，但卻不是什麼好生意。

那天下午，我做什麼事都不順，感覺要發生什麼。聽到好利公司漂亮的前臺小姐莊薇叫我的名字，說有人找我，我鬆了一口氣，但馬上又屏住了呼吸。老妖依然一身薄荷綠西裝，繫著藍黃大花底義大利真絲領帶，頭髮紋絲不亂，臉色更白了，依然不卑不亢端著左臂，但眼神灰暗遲鈍，再也穿不透什麼。他說在古北辦事，一會兒等我下班他請我吃飯。我說不用，今天也許要加班。其實，好利是新公司，業務清淡得很。在電梯間，他看出我的消沉，拍拍我的肩膀：「有點事跟你說。」

晚飯吃得很悶，但有來自北海道的魚生，叫我震驚不已。

老妖淡淡一笑說：「其實魚也是滿好吃的，多吃些。」

他選了貴得離譜的純正日本料理。我低頭狠狠地吃，反正是老妖埋單，好像他欠我什麼似的，但回頭想想，他什麼也不欠我。他吃得很少、很慢，像是圍棋國手在長考。等到他打破沉默，他沒有譴責禿倫斯落井下石，也沒有抨擊桃麗絲的冷酷無情。他說他也離開了世界中心，去一間義大利保險公司代表處做首席代表。我祝賀他高升，他說祝賀太早了，義大利雇主剛剛變卦，拒絕他入職。義大利人受到了壓力，來自他的前雇主。他正在請律師告原雇主，但律師告訴他勝訴機會不大。

那可是我想也不敢想的事，我驚道：「你告那權勢滔天的美國金融巨頭？猶太老頭可是國家領導人的座上賓，你不怕他們報復？」

他苦笑說：「只有你可以陪陪我，同是天涯淪落人。來吧。」

他叫了計程車，我們一路向東，停在世界中心。我的腳步越來越慢，生怕遇見什麼熟人。但十點多了，實在是多慮。這麼晚，市場部、財務部、行政部、人事部都沒人加班。站在空無一人的西峰底層，燈光覆蓋不到的暗影遮蔽了老妖的臉，他指著三臺電梯，問我看見了幾臺電梯，我說三臺。他叫我閉上眼，再睜開：「有幾臺？」我看著一字排開的閃亮的金屬電梯門上映出兩個男人扭曲的身影。我猶豫著說有三臺。老妖的喉結劇烈聳動。有人從電梯門裡出來，掃了我們一眼，沒有停留。

我們走到世界中心外面寬闊的人行道上，老妖始終端著的手臂在微微顫抖，他說：「赤那，只有我能看見。」

他第一次在我面前爆粗口，僅僅因為遭遇兩件官司，他不顧忌在我面前暴露出另一面的粗俗、軟弱。

倩倩提出了離婚訴訟，房子沒法分割。我立刻想到了那個陌生的長髮女郎，但他像是看穿了我的心思，他說不是外遇，也不是倩倩變了。天氣頂熱的幾天，手腳勤快的倩倩卻沒有把綠豆粥放入冰箱，害得他吃了上吐下瀉，食物中毒發生了兩次，他進了兩次醫院。他和倩倩頭一次爆發了爭吵，動了手，他打了她耳光，倩倩氣得回了娘家。一個月之後，當他去把她接回家，在半路上，他們倆大吵一架，這回是倩倩動了手。她不同意他辭職，但他怎麼能承認是自尊心使他把炒魷魚繼續說成辭職？而倩倩也不肯承認去了醫院打掉了孩子。戀愛期彼此遷就，因為一輩子沒那麼長；結婚後彼此無法遷就，因為一輩子實在太長。一旦荷爾蒙期過去，伴隨男女始終的是無止境的孤獨。

他淡淡地說自己就要這麼一直孤獨下去了。

夜晚的世界中心一如既往，呈現出智慧化國際公共服務的面貌，外牆不加粉刷，保持水泥本色。面積近二十萬平方米，呈山字形。東峰三部電梯，西峰三部電梯。無論你早晚搭哪一部電梯，概率都是六分之一。沒人對此數學計算會有異議。

但是，老妖說：「不對，還有第七部電梯，就在我們常走的西峰。」他沒喝酒也沒做培訓，說得很認真，說他能看見第七臺。「美國設計大師的創新傑作在於商世界中心不只有六臺電梯（四臺客梯，兩臺貨梯），世界中心還有第七臺電梯，就在最西面，第六臺的旁邊；但不總是能看見，需要一點點運氣。」

他是在結婚前的猶豫之際，看見了並不存在的第七臺電梯。太奇怪了，西峰怎麼會有四臺電梯？他從來沒有乘坐過第七臺電梯。他把倩倩帶到世界中心的那一天，他對倩倩說坐西峰電梯，倩倩毫不猶豫走進西峰最西面的那一臺，看見他像今天那樣還是站在原地，他說：「我們要坐旁邊那臺。」「哪一臺？」「那一臺，七號電梯。」倩倩那時候才知道丈夫已經把所有電梯圈編了號，東峰一到三號，西峰四到七號，但她看不見七號電梯。她覺得他瘋了。

我也瘋了，像倩倩一樣看不見。我壓根不相信有七號電梯那麼一回事。但虛弱的老妖是最清醒的，堅定地說：「信不信由你。」

他摸著第六臺電梯旁邊光滑的大理石牆面：「就在這裡。」他得意地一笑，忽然悲傷起來。長吁短歎說：「只有我能看見七號電梯，就是說，它一直在等著我。這是命。」

那天晚上，十一點十三分，只有我一個人目睹老妖走進了所謂的第七臺電梯。你肯定以為我瘋了，事實也差不多。

我看不見，所看到的是他就那麼一直往前走，有點遲疑，或者說慎重，慢慢跨出一步，後腳跟上去，穿過牆壁，消失在布滿豹紋斑點的花崗岩石壁裡面。不是魔術，也不是幻覺。不是老妖瘋了，就是我瘋了。我在原地愣了不知有多久。老妖在進去之前掏出口袋裡的東西，手機、錢包、零錢、計程車發票、鋼筆、紙巾、便簽紙等，他清點一番，將手機和錢包裝入褲袋（錢包裡有一張倩倩的相片），其他連同綠西裝統統交給我，他說太熱了，他得輕裝前進。

我看見那一刻他的左臂居然伸直了。

是的，他是用左臂按下了上行按鈕。他就這麼在我眼前消失了。六號電梯門打開，湧出來一群比我們更年輕的年輕人，他們嬉笑打鬧，無憂無慮，似乎世上所有的門打開後，到處都是鮮花和掌聲。

我忍住尿意，從世界中心中間的自動扶梯上去找廁所，等從禿倫斯愛去的酒吧間出來，回到西峰，我用好利公司配給的手機撥打老妖的手機，但無人應答。他不在服務區。我打老妖家裡的電話，依然沒有人接。我仍然看不到七號電梯。我從四號、五號、六號電梯上去，再下來，反覆不知多少次。

電梯透明的那一面，讓我見識到外面的柔光像一場大雪覆蓋了這座大城市，所有形狀尖銳的事物都被抹去了，在雪層下面，世界的中心仍然像火車按著舊日的時間表開進一個個月臺，人們在鮮花和掌聲裡面，發出歡樂忙碌的聲響，沒有人覺得世間缺少了什麼，除了我。

這是何等的孤獨，何等的孤注一擲。我覺得終於失去了亦師亦友的老妖。

此前此後，我一直沒有看到所謂的七號電梯。

老妖說需要一點點運氣。我想我是沒有運氣的那類人。買彩票去賭場，永遠輸錢。我離開世界中心時候大約是凌晨一點鐘，我很累，身心俱疲，累得想不起任何事情。第二天我睜開眼，就開始撥打老妖的手機。直到下午，我在猶豫要不要報警，老妖卻打來了回電。他說是在家裡，剛剛睡醒。

他的聲音變了，極其疲憊，極其沙啞，我幾乎聽不出是他。他很平靜地說起昨晚上，他在電梯裡見到兩把椅子，左面一把，右面一把，兩把椅子挨著很近，他坐上其中的一把，右面的一把空著，就變成了左面的一把，他坐上去後，只是換了個面向而已，世界就發生了轉向。「你明白嗎？連轉身也沒有，只是坐了其中的一把椅子而已。」

在世界中心電梯裡，從西峰底層到最高層，從世界中心腳下爬到頭頂，從頭頂跌落腳下，人被縮小，又被放大，腎上腺素升高，再降低，外面的世界保持著好好、壞壞的老樣子。他想這就是人的一生。在一個小小的密閉空間裡上下，一次性完成了。因為只有一次，彩排就是正式演出，無法後悔，無法修正，永遠出不去了。但畢竟他走進去了，走進了七號電梯；又站起來，走出了七號電梯。

夜半的天是墨藍色，夜還在生長。

風穿過這座世界中心因而變得膽怯。世界中心的保安睡眼惺忪，依然記得招呼他，「姚先生長，「姚先生」短，姚先生鼻子上開了一朵花。他想尋找這事情的隱祕之處，想把這事情看作是一場車禍；但他活著，像別人一樣活著，好端端的，一切都似乎很正常。可是，他知道不對，他發現周圍的一切都發生了變化。

每一個人看上去還是老樣子，但他發現每一個人都變了，也許是他看每一樁事物的角度起了實質性變化。他已經回不去了。說到最後，他竟然哽咽。我幾時見過師傅哭泣呢？他在電話裡瘋狂而絕望地說：「不行，沒有退路。我不認命，也不怕，我想再活十五年，就夠了。把兩樁官司打贏，把倩倩要回來，把事業掙回來。你說是不是？人活著，就是一口氣。」

他三十一歲還未到，放棄了三十五歲退休、三十五年看世界的理想，要跟現實搏鬥下去。我由衷地說：「老妖，沒想到你有一顆這麼強大的心臟。」

他的喘息逐漸平靜下來，看來他並不認同把掙扎說成是強大。他的聲音越來越細微，他幾乎是在「嗡嗡」地在我耳邊鳴叫：「阿文，我知道了，你無法改變一個貓抓魚的世界。我不想走出電梯。」

他還在小聲哼哼：「魚吃不了貓，貓也吃不了魚，傻不傻？……」

凝視著衣櫥裡掛著的老妖留給我的綠西裝，我感到不寒而慄。世界裡到處都是埋頭游泳的魚，天天夢想著吃掉貓。但老妖去過七號電梯，他知道了世界的真相。

這些日子以來，一旦想起老妖，會有立刻下樓叫計程車去看他的衝動。但現在已經沒有意義了。找不到他的家，他和倩倩的離婚官司結束後，他的公司手機也停機了。他沒有留給我能找到他的線索，從此我同他失去了聯繫。聽人說他離了婚，辭了職，一意孤行賣了房子，去了北京做京漂。從此，像那些我們愛過的人那樣自動消失，歸入記憶的空白區。

那天，我看見了一個人的倩倩，那是在靜安寺的久光百貨。她靜靜地站在紅酒櫃臺前，讓我聞到了久違的陳酒香氣。我正想打招呼，一個衣著前衛時尚的中年男子突然出現在她身邊，她很自然地挽上他胳膊，那個男人自然不是老妖。

走前，我記住了她的淺淺一笑。

那是我曾經在世界中心聖誕晚會上見過的美好。

現在，我時常想起在理賠部的日子。有一次，老妖和我坐一輛嶄新的桑塔納出租上南浦大橋，超過一輛老舊的集裝箱卡車。我們興致勃勃談論從大橋上如何看風景，他突然不作聲了。我從眼角瞅見他將左臂擱在車門上，注視著向後退卻的集卡，那年輕司機稚氣未脫，穿著帶號碼的紅背心，光著膀子，車窗大敞，不知天高地厚，像騎著一匹沒有轡頭拉不回來的烈馬，他迎著大橋上的狂風，吃了一嘴霧霾，既開心又憂傷的樣子，大聲唱著張楚寫的那支既開心又憂傷的搖滾曲：

鮮花的愛情是隨風飄散，
隨風飄散，隨風飄散，
它們並不尋找，並不依靠，
非常的驕傲……

超車只是一瞬間的事。

與集卡相比，我們的小車太快了，快得像我們愛過又忘記的那些人、那些事，叫人分辨不清東西南北，分辨不清得和失的差別，前方並沒有因為速度快而變得有半分更接近。老妖良久回過頭來，看向前方，戴上墨鏡，我接觸不到他的眼神。龐大超重的集卡身軀壓制住了他不易察覺的喟歎，也壓制住了隨風飄散的慣性。那一刻，他似乎從司機身上同時看清了昔日和將來。

那一刻的孤獨是裝飾性的。

那時候他還沒有上七號電梯，看上去和善而精明，他有一個美麗溫順的妻子，一份高貴洋氣的工作。那時候的孤獨賞心悅目，可圈可點，在鮮花和掌聲的環抱中，他完全可以反對無聊地活著，那時候金錢和愛情都像鮮花一樣美麗，夢想就是日常生活的一些瑣碎的花邊。

現在，我行走在前往好利公司上班的路上，像一條百無聊賴的魚，游泳只是慣性。

突然間，我像是聽見了些什麼，停住腳步，凝神打量四周。街上亂糟糟的，如同每一個普通的日子一樣，在雜亂中呈現出某種不可逆的秩序。沒有什麼異樣，沒有什麼發生。可是，我分明聽到了些什麼。我尋找著，在一張張陌生人的面孔上，在漫天飛揚的雲絮中間，像是雲上面有什麼聲音在呼喚我。

身邊人來人往，朝著各自的方向，川流不息，卻互不相干。大街上的千百種不同形態的孤獨都在隨風飄散，並不尋找，也不依靠。現實這樣子是看不分明的。也許，現實只有在快速移動中才能稍稍看清楚。

那是快速移動的電梯發出的摩擦聲、「叮咚」聲。

想起了衣櫥裡掛著的那件綠西裝。我走快了，更快了，幾乎是在跑了。我氣喘吁吁，腿肚子酸脹，心臟在急劇收縮，眼球也在一閃一閃地顫抖。

那部看不見的電梯再也不能令我恐懼，我是吃貓的魚。貓不能叫我害怕，看不見的東西只能令我興奮到戰慄。頭腦裡的高壓電線冒出了火花，閃出一個念頭：也許他並沒有走出七號電梯。在手機裡跟我通話的那個人一直在電梯裡面沒有出來。

註定發生的某種事有特定的氣味。我聞到了貓嘴邊的腥味，令人噁心的甜膩膩，鼻孔裡癢癢的，好像飄入了貓毛，充滿了蠱惑力。

揚手招來一輛桑塔納出租，我告訴司機用最快的速度，到世界中心去。

司機抓著方向盤瞪我，操夾雜鄉音的普通話反問：「世界中心？」

在司機的世界裡，沒有「中心」這個概念。

我重複了一遍：「到世界中心去。」

天是淺藍色的鏡面，幾乎可以映出我殘留著夏天痘痕的臉。這時候，我看出了，夜在鏡子的背面野心勃勃地暗暗生長。

耳邊只剩下風聲。風一向是愛慕虛榮的。

也許，這一回我能看見七號電梯。裡面，兩把椅子挨得很近，右面的那一把是空的。等著我的那一把。

刊於《廣州文藝》二〇二三年第三期

安哥拉的鑽石像雨滴，也像淚滴
Angola’s Diamonds, Like Raindrops and Teardrops

如果立足在一座以古羅馬廣場為原型建造的購物中心門口，我和女朋友再也邁不開步子，那肯定是天意。她攥緊我的手，指甲過長，一旦刻進皮膚裡，讓我立馬預感到要發生些什麼。你看，許許多多白天黑夜吃個不休的人有耐心環繞一座巨無霸人造假山，把隊排到了馬路上。我比她先認出這家新開張的連鎖餐館，但事實是她比我先說出了我不想說的話：「這不是表哥開的花果山新潮流餐廳？」

在成為我的老婆之前很早，她就喜歡省略掉表哥前面的定語，但絕不貪圖便利省略餐廳名稱中的任何一個字。於是，我後面的話顯得多少有些心機：「沒想到新店生意這麼火爆。排老長的隊，不如換一家——」

「不換，不換，就在這家吃午飯。阿賓，給表哥打電話訂個座……」

我的回答顯得有氣無力：「你以為我能找得到他？」

「他喜歡睡懶覺，現在估計還沒起床。」她看著腕錶說。

「那是在他沒有女朋友的時候。」我說，「可他沒有女朋友的時候也就是幾天，幾個小時，幾秒鐘……」

女朋友噘起嘴說「沒勁，沒勁」，但腳尖還是朝著花果山挪動。每逢提及跟表哥相關的事，我都恨不得自己立馬消聲。誰讓頭一次表哥見著我女朋友就眉開眼笑張開懷抱，答應說要送她一顆安哥拉鑽石。

這時候，我媽打手機給我解圍。她一到電話裡馬上變得囉哩囉嗦，講不清主題，好半天我才搞懂是表哥找不到我。我摟著女朋友的肩說：「對不起，晚上表哥請我吃三黃雞，中午咱們就隨便吧。」她的眼睛一亮，我馬上解釋說不是這個表哥，是那個表哥。她噘起嘴說：「嗯。那個豬頭三表哥？老沒勁的。」

此表哥非彼表哥。我有兩個表哥，除了開花果山、開鑽石礦的安哥拉表哥以外，還有一個什麼也不開、什麼也不說的豬頭三表哥。我閉上眼可以看見小時候的朱哥貌比潘安，眨著大眼睛，盤腿坐在地上，古代中國地圖像春天的田野攤開在面前，遠方一定在他的筆尖上，他在地圖上面塗塗改改，按著合縱連橫畫出戰國七雄的演變路線。親戚們起初說他大智若愚，但他的學習成績紅燈高掛；漸漸他們都說朱家出了一隻繡花枕頭；等到他發福，就一下子變成他們口裡的豬頭三了。再說說安哥拉表哥，他從小長相平平，成天在弄堂裡惹是生非，但不知為何學習（尤其是數學）好得很，好像學習是玩兒那麼容易，就算他猴子屁股坐不住，親戚們也不好意思過分貶低他；當他長大後，親戚們眾口一詞說孫家鹹魚翻身，挖出來一顆會走路的安哥拉超級鑽石。

晚上請吃三黃雞的是朱哥，住得遠，到得早，沒點包房，在大堂坐，英俊的輪廓線鬆弛下來，有點像一頭在動物園裡失去了遠方的北極熊，另有一種親切的範兒。我心急，落座就問起他的女朋友。他氣色不錯，依然吝惜話語，告訴我的還不如他姆媽說的。他在他老爸當主編的船舶雜誌社做校對，單身一晃，過四十了，終於交了一個明星長相的女朋友，影視圈的，拍過一些不出名的電視劇。兩人目前進展神速，快訂婚了。

他點了菜，對我說等等。等來姍姍來遲的客人居然是孫哥。在服務員引導下，他頗為正式地朝我們伸出右手。朱哥有點矜持，右手習慣性托著左手腕。還是我爽快，第一個同孫哥握手，他肉乎乎的大手握得我的心直往下沉。小時候，親戚們老說是打群架的手，如今他們則說這是道道地地切割鑽石的手，一握值千金。他在弄堂裡打架打得太多，不得不離開上海，去了香港、紐西蘭、美國，親戚們又說他是孫猴子西天去取經。

有道是豬猴不兩立。什麼時候豬會請猴吃飯？從一開始我就覺著有什麼不對勁。信不信，從小我一直喜歡朱哥，但我心裡暗暗崇拜的卻是孫哥。有多少年沒見面了？孫哥橫向發展的體量越發強化了帶頭大哥的尺寸，即使我崇拜他，卻不怎麼待見他，不知為何他對我很偏愛。我記得小學時曾拿了母親錢包裡的兩元錢，去山河百貨商店偷偷買下一隻造型四四方方的紅色手電筒；按如今標準，那新穎的造型不過是外國貨在國內做工拙劣的山寨版，但當時足以讓小小的我編上若干藉口，叫老媽相信我在上學路上的運氣，總能撿到什麼。感謝老媽反應遲鈍，沒有逼我去將手電筒交給老師或者民警叔叔，但去天山電影院看電影，散場時，我迫不及待掏出手電筒玩，當我注意到在影院旁邊吸煙的天山飛龍他們，已經太晚了。飛龍兄弟倆裡的二龍當時是一個中學生，溜到我身邊，一把奪走了小手電筒，嘴裡嚷嚷：「啥東西？肯定是偷來的！」

我保證他從沒見過那種方頭方腦的手電筒。他還不忘將手電筒光柱炫耀性地回打在我臉上。

我吸溜著鼻子奔回家，在家門外遇見了孫哥，他二話不說，同我返回去。他個頭未長到二龍高，胳膊也不如他粗，但他楞是睜大眼睛，雙足發力，將背對著他聊天的二龍狠狠推倒在地，從他手裡搶回了我心愛的方手電筒，拉著我發足狂奔。那天幸好大龍不在，二龍沒法召集足夠人馬搜索整個地盤，他們也不認識孫哥，讓他得以及時躲回瑞金路。孫哥為人仗義，這個印象就是從那時留下的。假如那次我遇見的是朱哥，他一定也會替我仗義出手，但這事以「假如」就永遠不會發生。朱哥從來不上我家。江南朱家在我們親戚裡面是高人一等的存在。朱哥人不傲慢，但他的父母則不盡然。

孫哥一出場，不管朱哥樂意不樂意硬是加了三四道菜，他說：「節約是一種病，多花點錢就治好了。」這話說得我很不爽，朱哥不吝嗇，就是沒有請客吃飯的習慣。我們坐在徐家匯鬧中取靜地段的一間百年老店內，我悶頭一筷一筷吃菜，卻按捺不下一肚子驚異。朱哥眯眯笑著，不怎麼講話，他還是小時候的樸實樣，講話多了、急了就口吃。他似乎完全不記得當年橫刀奪愛的事了。以往不要說面對面，但凡一提到孫哥，他都會臉紅脖子粗，口吃到講不出話來。

豬猴不兩立十來年了。你無論如何想不到十來年前是孫哥搶走了朱哥的女朋友，弄得朱哥至今也無法解決終身大事，而孫哥的老婆已經一換再換。想當年，上海小姑娘打破了腦殼爭著嫁港人的時代，三姨爹通過他在國外造船業的關係，介紹了一個港女給兒子；相親很隆重，安排在老上海味道的國際飯店。為了避免冷場，三姆媽特意請孫哥作陪，借表弟的小喇叭嘴給表哥吹捧吹捧。聽幾個同去的舅舅們事後說，那港女長相沒給人留下什麼印象，但她的乾爹是香港的車行大老闆。朱哥的表現可圈可點，少語寡言、不卑不亢，沒有任何失禮之處；孫哥卻表現失常，猴性十足，三十分鐘見面，他誇誇其談，雲山霧罩，順便去了廁所不下四五趟。港女瘦小的身子緊緊裹在一件超薄的滑雪衫內，似乎抵不住江南的濕寒。臨別互留聯繫方式，朱哥為示矜持，特意留下了孫哥的聯絡方式。走出旋轉門，起了一陣不懷好意的西北風，孫哥出人意料一展紳士風度，將自己的圍巾輕輕繞在港女脖子上，港女濃妝的粉臉一陣緋紅。以後事情的發展急轉直下，春暖花開，港女再次來滬，與孫哥悄悄登記結婚，他移居香港，一轉身成了港人。這件事生生刺痛了朱家，三姆媽從此斷絕了同大姆媽家的來往，親戚們也紛紛指責孫家，直到孫家大姆媽離開上海是非之地，遷居奧克蘭。

孫哥舉起啤酒杯一個勁地自己灌自己，無論是童年往事、花果山連鎖轟動滬上，還是他媽在奧克蘭的退休生活，他都矢口不談，你不能不佩服他百折不撓終於成功後學會的謹慎謙虛。我們曉得他任何一家分店的盈利足以買下這家老牌三黃雞店，但他不露山水，安然坐定（他居然安靜地坐上幾十分鐘不動窩），說著未來的事：

「你們連安哥拉也沒聽說過嗎？打仗？咱們不怕！哇，安哥拉的鑽石，不是磚石，朱阿哥、阿賓，你們兩人就是世面見得少。走吧，咱們兄弟三人一塊去安哥拉，世界上最有潛力的鑽石礦，總比在上海沒日沒夜打工強。瓦特集團明年將全面進軍南隆達，南隆達，那是安哥拉的一個省。我們要在那裡建一家全世界最大的鑽石切割拋光廠，廠裡工人不論是華人還是黑人，配清一色的AK-47……」

瓦特集團是孫瓦特總裁治下總部在紐西蘭的國際投資集團。這個瓦特沒有發明蒸汽機，他中指上的大鑽戒閃得人眼睛瞎掉。我們意識到放著如此響亮的英文名字不叫是多麼不合時宜。瓦特先生的發家史不簡單，據孫家傳來消息說港女的乾爹雖然有錢，但她的真爹是茶餐廳廚師，她也只是一名小文員，香港生存壓力大，表哥在港不得不沒日沒夜打工，白天跑街上門搞推銷，下班去南北貨水果行扛箱子。不久，他去紐西蘭旅行一個月，回來便與港女閃電離婚，搞得我們表兄弟連認識港女表嫂的機會也沒有，他就一下子移民到美利奴羊的家鄉去了。他的第二任妻子是一個才貌雙全的復旦大學高材生，在紐西蘭移民局工作，他沒有選擇在美麗寧靜的島國長居，他父親去世了，他將寡母移到紐西蘭，自己一個人大搖大擺回到上海，在國內淘金，做起老闆來。

孫瓦特忽然問：「小姑娘漂亮伐？」

朱哥點頭，憨憨一笑，抹去嘴角的汁水。

「待人家小姑娘好一點哦，正宗謝晉影視藝術學院的。」孫哥拍著自己的登喜路手包，笑了一笑說，「她同班同學是那個誰誰誰，眼睛大大的，但還不如她好看，現在伊演了個什麼小燕子出名了，好像有多少多少了不起似的。當年我們一起出去跳舞，她是我的磨子，隨便丟丟。她朝我發嗲，眼睛是大，但比例不對頭，兩眼間距離太大，以後生小孩會不會智商有問題？……」

朱哥放下筷子，連連點頭，態度誠懇。

我這才搞明白朱兄破天荒請吃三黃雞，不是請我，而是謝晉藝校的小影星女朋友是瓦特先生撮成的。朱哥和她一見鍾情，發展到談婚論嫁地步，三姆媽、三姨爹都很滿意，很有面子，兩老攛掇著兒子請客致謝。謝天謝地，總算孫浪子回頭了，過去的老帳不算了。

孫瓦特的手指細細梳理自己的長髮，分分鐘可以編辮子似的。他蓄長髮是為了遮掩頭型。當年臨產，大姆媽生不出來，護士野蠻操作，持產鉗在胎兒後腦勺夾呀夾，硬是把他的頭夾扁了。到了三四歲，他還不會走路，滿地亂爬。好不容易能走了，磕磕絆絆，常常跌倒。手腳不停，脾氣暴躁，親戚們小時候其實都有點怕這個扁頭。但孫哥從不在乎，你看現在的瓦特先生還不是證明了親戚們從小到大放的全是馬後炮。

朱哥接了一個電話，坐立不安起來，他頻繁看手機，起身去打電話。我上洗手間走過，依稀聽見他又口吃了，說什麼醫院、什麼錢的。回來後，他草草撥拉了兩口，說有急事先走了。我都沒聽清楚，不知是口吃還是嘴裡塞得滿滿的緣故。

孫哥見好聽眾走了，有點失望，他一邊打手機，一邊說：「你慢慢吃，多吃點。」也夾著登喜路手包走了。

上菜來的服務員好奇地看著剩下我一個人。

我邊埋單，邊對她說：「節約是一種病，出來多花點鈔票好。」

數天後，我上朱家送我媽做的八寶飯，遇見朱哥下班回家。我正預備開罵朱吝嗇時，一個眼睛大到放電的美女裹著浴袍，走出臥室來，手搭在門框上，衝朱哥一句：「親儂哪能回來這麼晚？」我的骨頭都酥了，曉得錯怪了他。吃三黃雞的晚上，朱哥的確去了醫院，陪女朋友去打胎。他臨時趕回家，從他媽手裡取了一萬元現金。打完胎，女朋友名正言順住進了朱家，休養身體。

她把他拉到身邊數落說：「四十歲的大男人了，哪能還穿這種衣裳？在家裡隨便穿穿當睡衣也就算了，真的穿出去上班，儂是雜誌社的編輯先生唉。」

三姆媽趕緊去廚房關了火頭，端來一砂鍋人參雞湯，她自責說：「全是我的錯。兒子的生活弄得一塌糊塗，未來兒媳的身體也沒照顧好，我是醫院做事的，怎麼沒想到提醒你們年輕人不要衝動，不要衝動，打胎對身體很不好的。」

說著說著，她拿起紙巾，擦紅了眼睛。她哭老了，依然看得出年輕時的美。

朱哥被浴袍美女拉到臥室去了，關門前，他朝我扮了一個鬼臉，天底下最幸福的鬼臉。

三姆媽對我說：「真要謝謝那個寶貨，孫猴子總算做了一趟好人好事。」

我告訴她：「孫猴子飛去北京了。他最近在京圈混得風生水起。」

記得孫哥從紐西蘭回滬的頭一年，冬天來得早，瑞金路老洋房二樓的窗戶被北風搖撼得「哐哐」響，落地窗門外一株法國梧桐落光了樹葉，乾瘦的枝椏孤零零舉著一隻鳥巢。他從大班桌後面站起，雙手遞給我一張細紋名片，中英文雙語精印著「Watt International Ltd.」（瓦特國際有限公司）。從那一刻起，他在我眼裡變成了一個陌生人，紐西蘭來的外商瓦特先生。那一年他三十出頭，下巴刮得發青，臉圓潤許多，衣領深處藏著一道長長蜈蚣似的紅色疤痕（在紐西蘭原始森林裡差點喪生於一次嚴重車禍）。

他過於客套的口氣提醒了我，這次見面不光光是表兄弟之間的敘舊。

數天後，我再次上門，到得略早。開門的是他的助理，一個黑黑瘦瘦的小夥子，對孫哥唯唯諾諾。表哥還未起床，在地鋪上骨碌碌翻了個身。

看到我奇怪的反應，他說：「阿賓，海歸創業不容易，辦公費用能省則省。」

助理幫襯地說：「是呀，是呀，阿拉孫總真正是白手起家。」

他家在瑞金路的帶陽臺老房子小到只有一間，十四平方米，被他們炒到毫巔地改為商住兩用。夜裡做日本人，地板權當榻榻米睡覺；白天這裡是辦公室。他們倆在我面前表演了不遜於大衛・科波菲爾的魔術，五分鐘不到，地鋪收攏，大班桌從牆邊拉出來，大班椅從檯面上落地為安。他刷牙洗臉，穿上背帶西褲，坐在大班椅上，緊緊握住我的手。手是冰冷的，握力卻很大。我看見他的耳垂奇大，這是他小時候唯一被親戚們稱道的地方。有一次，他在作業簿上畫了一個倒扣的酒瓶，在瓶嘴下面壓著一隻耳朵，他說有時候他能聽見天上雲朵裡有人同他講話。那天大姆媽正在同大姨爹拌嘴，大姆媽使勁擰住了她男人的耳朵。我鮮少來瑞金路大姆媽家，不知為何，我清楚記得這事。

大姆媽的男人老孫是雙鹿冰箱廠工人，有事沒事老往朱家跑。老朱是造船廠總工程師，高級知識分子，全國造船業的領頭人。夫人三姆媽是第九人民醫院的護士長，辦了個病退，早早在家做上了全職太太。朱家在南碼頭江邊。休息天，大姨爹老孫騎著個老舊的永久自行車，「咯吱，咯吱」，踩上一兩個小時，到朱家，顧不上擦汗，拆洗被褥，打掃門窗，修抽水馬桶（那時大姆媽家還在倒馬桶，天曉得他怎麼會修的），給三姆媽、三姨爹和朱哥做衣服；做完活，酒足飯飽，他才踩著單車，晃晃悠悠地回家，到瑞金路的家都快子夜了。大姆媽一個人坐在床頭等著他，她說：「你自己兒子不照顧，天天去巴結他們，難道朱家兒子也是你親生的？」孫哥驚醒後在床上大聲尖叫，瑞金路上的鄰居們看熱鬧既久，也看出孫家獨子穿的永遠是朱家表哥穿剩的舊衣服，出自老孫的巧手改製。流言蜚語一多，老孫不去南碼頭了；但等過一陣子，他又屁顛屁顛踩著單車去朱家。直等到自己兒子長大成人，頂替進了冰箱廠，結婚去了香港，他才止步不去朱家。

痛失香港兒媳，三姆媽一家精神上垮了。但奇怪的是，受打擊最大的是老孫，他早退在家，既不能去朱家義務勞動，也沒有什麼消遣愛好，更無法在家安心做衣服。時代前進了，大家都去買現成衣服穿，巧手裁縫老孫也失業了，他成天在家喝悶酒，抑鬱成疾，一病嗚呼。表哥也沒趕得上回滬奔喪。

當天，我們的目的地是生物製品研究所下屬工廠，帶我們參觀的是在那裡上班的朱哥，他的臉上完全看不出相親那事留下的陰影。中午，廠長為紐西蘭瓦特先生一行在楓林路酒家接風。席間，瓦特先生說考察結果很理想，他預備在這裡投資五百萬美元，建一個全天然的紐西蘭綿羊油化妝品公司，不知道中方是否考慮合資灌裝生產線。

廠長是從北方南下的新上海人，他舉起杯，「嗵」地站起身，差點撞翻檯面；他替客人和自己的杯子加滿茅臺，大聲說「預祝瓦特先生馬到成功」，一仰脖喝乾了。

孫哥又說他可以把廠長的女兒帶去紐西蘭留學。

廠長一口氣喝了三杯，朝廠裡人說：「我喜歡瓦特先生的爽快。誰不喝誰特麼鑽桌子。」

孫哥點著他的助理、我和朱哥說：「你們三人也跑不了，將來都是合資公司高管，喝！不醉不散！喝好了，咱們還要上市！」

朱哥不會喝酒，右手托著自己的左手腕，一個勁地說：「好、好、好。」中學時代上體育課，他不慎摔斷了左手腕，三姆媽利用醫院便利條件，為兒子搞了體育免修，他從此再未上過體育課。面對某些同學的嘲笑，表哥養成了托舉手腕的鎮定姿態。

那天中午，大家喝好了，孫哥喝醉前說要給我們全部辦好紐西蘭移民護照。廠長一愣，表哥助理嘻嘻一笑，解釋說表嫂是在紐西蘭移民局工作的，移民那個活兒關節全打通了。廠長大笑，使勁擁抱了孫哥，又抱朱哥，彷彿看見了異象，滿桌都是白得可愛的美利奴羊，全身滋滋流著羊油，門外綠得一望無際的是紐西蘭牧場，孫哥和朱哥一人戴一頂棕色翻邊牛仔帽，騎在紅鬃大馬上，腰裡挎著亮閃閃的左輪槍。廠長激動得大哭。

那天喝得太瘋狂，連朱哥也被廠裡自己人和自己表弟給放倒了。

後來，我問過朱哥對孫哥投資的看法，他在電話裡停頓了一會兒，又口吃起來：「他，現在、在、滿、滿好的……」

很長一段時間以來，我家的氣氛變得詭異起來。

我媽開始纏著我爸，要他執筆去給奧克蘭的大姆媽寫信，問一問紐西蘭綿羊油投資的事。我爸不願意，我媽又說：「那起碼也得問問你兒子紐西蘭移民的事他辦得咋樣了。」我爸悶聲不響，吃完晚飯，找個理由出去了。

我媽眼神閃爍，告訴我說：「阿賓，三姆媽死要面子活受罪，扛著不說。你爸是一肚子墨水的老師，也不寫信。那就不要怪我胡講亂說了。孫猴子大鬧天宮，可把你表哥害慘了，誰不知道你朱阿哥是一個老實人？你還帶孫猴子去他廠裡面，害得他們單位的廠長以為是你朱阿哥裡應外合聯手孫猴子搞詐騙呢。」

事情有點嚴重：孫瓦特合資開工廠項目書簽訂後，折騰來，折騰去，資金無法到位。廠長女兒留學也沒去成，瓦特說乾脆改成移民。移民材料遞交後，久久杳無音訊。廠長預付了紐西蘭瓦特國際公司好幾筆貨款，進口大桶裝綿羊油起先還能準時到貨，但到了今年忽然斷供了，工廠百萬預付款打了水漂。在瑞金路開的簡陋瓦特集團聯絡處也人去樓空。生物製品廠一氣之下報警了，上法院把孫哥告了。但警察出手，只抓住表哥的助理，把那個黑黑瘦瘦的小夥子關進了拘留所，傳訊了朱哥。

「我又沒帶他去，是他帶我去的。」我說。頓了一頓，想這麼說也有問題，我又加上一句：「肯定抓錯了，說不定孫哥是暫時資金周轉不靈。」

我爸樓下散步回來，看見我媽媽仍在絮叨，歎口氣說：「講話不要講一半，心煩。你看孫猴子的長相，眼睛那麼小，哪有一點自家人相幫的樣子？」

我聽出其中有話，追問下去。我媽見瞞不住了，索性和盤托出，她說當年大姆媽不孕，多年生不出小孩，見三姆媽結婚很快生下一個漂亮可愛的朱哥就急了，她和大姨爹合計，去鄉下親戚那裡，抱養了剛出生落地的孫哥，對外宣稱是去鄉下生的。大家心知肚明，礙於面子不說破。這就是親戚們從小不待見孫哥的真正原因。他同我們家族毫無血緣關係。

我爸補充說：「那個黑不溜秋的小助理也是武進鄉下來的，其實是孫猴子的親弟弟。我老早看出那隻赤佬不是個東西。你看看，他把自己的親兄弟給害了。」

現在，我印象中孫哥的親兄弟長什麼樣都模糊不清了，也從未見過復旦畢業的第二任孫表嫂，除了那張照片，上面的表嫂戴著博士帽和大框架眼鏡，盡顯復旦名校生風采。我總覺得放著博士表嫂那樣的妻子在家把持，他不太可能壞事做絕。他是不是真的墮落成那種人了，我這個從小和他一起長大的人也吃不準，我對孫哥的那麼一些成見，始終不足為外人道，包括我的女朋友。大概就是這個綿羊油投資案，朱哥在單位裡一直抬不起頭來。三姨爹想通過關係把他調出廠子，起先他說什麼也不走，後來他也就讓步了，調進三姨爹主編的船舶雜誌當校對。他就是那樣的人，每次來電，從不開罵孫瓦特，但我能聽出來他的極度失望和無奈。經歷相親和綿羊油兩件事，他一直不談戀愛，相親也不去，三姆媽只能對著電視上的《非誠勿擾》女嘉賓抹眼淚。我不理解朱哥怎麼能一而再、再而三地原諒孫哥。孫哥給朱哥牽紅線，也許是發自內心地愧疚。

入秋以後，花果山新潮餐廳在滬上又接連開出了兩家分店。孫哥滯留北京，真的在通州投資建廠了。消息傳來，親戚們高興起來，他們議論紛紛。孫猴子又折騰了，他離京返回紐西蘭，這一次不是生意，而是同博士表嫂辦離婚手續，他在北京出軌，被表嫂雇傭的私家偵探抓到了視頻證據。

這一回我是被老媽死拉硬拽著去了朱家。三姆媽的眼睛又紅了，拿著手絹對我媽說：「他拿我們家的兒子當戇度，白相我們家的老實頭兒子。小孩子打掉了，又不是我們家的。我還要天天燒雞湯，把她當菩薩供著、養著。誰的？還有誰的，還不是紐西蘭回來的那隻寶貨。死猴子，跟那個不要面孔的小姑娘穿一條褲子做連襠磨子！」

我的手腳冰冷。

我媽咬牙切齒地說：「本來就沒有血緣關係的，難怪那麼狠。」

三姆媽說：「那個藝校女生是孫猴子玩過的二手貨，肚子搞大了，就甩給你老實人朱哥，像甩掉一隻燙手山芋。」

我只能說：「我什麼也不知道，從前去生物製品廠考察，我是三陪，陪他們吃飯、喝酒、吹牛。沒有拿過他們一分錢。」

三姆媽歎了口氣，斜眼看著我說：「誰人說你拿過錢了？是生物製品所的人說你是孫猴子的隨員喏。」

我媽也強拽我一把說：「老早叫你不要跟外面的人混，你就是不聽話！」

三姆媽忍不住放聲大哭。我知道朱家花了老大一筆錢才打發走那個女生。又一次朱哥當了孫猴子的冤大頭，真不知道朱哥怎麼想的。他還是正常上下班，回家關在自己的小房間裡，像一個與世隔絕的隱士。

三姨爹手裡拿著一本辭典從書房出來，他摘下老花眼鏡，掃了我們一眼，慢慢地說：「不要哭了。哭有什麼用？江南朱家，世代書香，臉面丟盡了。」

朱哥很快結婚了，快得讓我來不及眨眼。他的婚禮很簡單，僅僅請了三四桌客人，親戚而已。我做男儐相，站在新郎身邊，望著新娘略顯老氣的妝容。她是三姆媽看中的，在超市做營業員，門不當戶不對，起初三姨爹堅決不同意，但三姆媽說姑娘的髖骨大，要考慮優生優育。但不知怎麼的，直等到我結婚生子，表哥依然多年未育。急得三姆媽不得不將兒媳拉到臥室裡耳提面命，依然無效。三姆媽帶夫妻倆上醫院檢查，中藥煎了好多副，最後，動用血本做好幾次人工授精，還是無果。

我媽基本上不去朱家了，一來因為合資工廠事件臉上掛不住，二來三姆媽疑心我對孫哥是同情的，而且是知情的。我也懶得辯解。我同朱哥從此生分了，那裡面有他主動疏遠的意思，也有我出國留學的不便。

等到我從國外學成回滬，我媽來我家看望小孫子，突然告訴我說朱哥出國了，去了安哥拉。我正對著電視新聞吃晚飯，差點把筷子給咬下來。遙遠的朱哥，我把你忘了。遺忘一個人是多麼容易。遙遠的安哥拉，你在地球的哪一個角落？三姆媽、三姨爹如何會答應他出國？他現在是有妻室沒後代的人。

「是不是跟孫哥有關，他不是在安哥拉開什麼鑽石礦嗎？」我問。

我媽輕蔑地說：「哪有什麼鑽石礦？你看看花果山。這些年來他說過的事情有哪一件辦成了？只有你一個人信猴子的鬼話。」

那一年，滬上的一大新聞是新潮餐廳花果山爆雷，十來間連鎖餐廳一齊破產清算，好幾千員工在公司總部門口舉著牌子靜坐。

女朋友——現在是我老婆了——拿著手機劃拉了一會兒，嘖嘖稱奇：「按他負債的速度，開業六七年來，他公司每天得虧損五十萬。難道他每天在公司裡燒錢？」

大姆媽寫了一封信給我媽，信裡談了她在奧克蘭門前屋後的花園如何如何改成了菜園，兒子從北京打包運來的明清古董家具如何如何奢侈，絲毫看不出她兒子在國內的熱鬧。她兒子在哪裡，她不說，也沒人知道。孫猴子大鬧天宮後，神隱不見了，也許是在安哥拉。可是，朱哥也在安哥拉。這個世界的破道理我無法想像。

起碼我還有一點安慰，老婆如今不指望安哥拉的大鑽石了。

來年開春，我去北京出差，晚上由北京朋友做東吃飯，酒酣耳熱，手機接到一個陌生號碼，我一接起，耳邊響起久違的孫哥懶洋洋的聲音：「阿賓，到北京怎麼也不來找我玩呢？」

他的聲音變厚重深沉了，但熱情依舊。我說我吃過了，他說：「那就喝個小酒嘛。」既然他回到了北京，既然他騙了那麼些人始終沒騙過我，我似乎沒有推託的理由。在餐館外，他開著一輛坦克似的凱迪拉克接上我，來到一個類似夜總會的地方，環境很高雅，看不見不三不四塗脂抹粉的女人，衣襟內外有一股今朝有酒今朝醉的晚風，外面飄灑起春雨。

他陪我坐在可以看得到鋼琴師的角落裡，鋼琴曲一奏起，他說：「阿賓，多少年沒見你了？不要怪阿哥，雖然我沒把你移民到紐西蘭，可現在你不是更好了嗎？」

他說得沒錯。這些年裡賺錢、結婚、生子、出國留學拿文憑、搏綠卡，哪一樣我也沒耽誤。喝完數圈啤酒，他點了威士卡，我借酒故意提及哪一樣都被耽誤了的朱哥。他不理，卻說起了他和博士表嫂的離婚法律大戰。

他盯著鋼琴師的側臉，聽了好一會兒才說：「聽得出嗎？蕭邦著名的〈雨滴前奏曲〉。」

我們喝多了，聽不見外面的風雨聲，只有發黃的往事從黑白琴鍵上流淌成一條傷感的河。

他說：「當年喬治・桑就是這樣看著彈琴的蕭邦，眼裡不是愛，而是充滿了討厭。桑心裡想蕭邦怎麼看怎麼不像男子漢，不如說是個小姑娘。而蕭邦呢，他也在日記中記下對那個有名的壞女人的看法：喬治・桑真是個女人嗎？想想看，這是男女關係的實質啊。」

我發現他老了，沉靜了，甚至有了文化味道，是不是他在北京混久了的緣故？他剃了個光頭，側面看，後腦勺像被斧子劈去一半；臉圓得像包子，以前精瘦的下巴內捲成了雙層皺褶，只有脖子深處那道疤痕依然蜈蚣似的爬出衣領。

他舉起酒杯說：「男女，從互相生厭到惺惺相惜，再到分手兩相厭，喜新厭舊是自然規律，庸人不懂。」

他放下酒杯又說：「小時候最不願意做的一件事就是去朱家。只因為成績好，三姨爹常常叫我去陪朱阿哥做作業。我不能不去，我爸是朱家不付工錢的男保姆，我是朱家好孩子的陪讀。我們孫家真賤！」

第二天我醒來，雨停了。躺在一家酒店的床上，心底裡無限虛空。我出來尋早飯，發現人家午飯時間也過了。我看見酒店門口孫哥的凱迪拉克駛過來，一個長得有點像豬八戒的司機下車，接我去廠裡。「表哥呢？」「孫總在酒店裡睡著呢。」他說。

我這麼糊裡糊塗上了車，後腦暈暈乎乎，被司機一路送到了通州工業開發區一處工廠，旗杆掛著中新兩國國旗，一塊「外商獨資瓦特3D建築（中國）有限公司」的牌子。辦公樓裡出來一個穿藍色工裝的，經理模樣，遞給我一頂安全帽，我和豬頭三表哥一打照面，就這麼不期而遇了。他也老了，眼袋下垂，兩鬢斑白，臉膛曬得漆黑。「你不是去了安哥拉？」他像是有準備似的，不好意思地笑笑說：「等攢夠了錢，明年可以動身了。」他看出了我的狐疑，頓了一頓，又說：「不、不、不是路費，是股本。我準備投資孫總在安哥拉的3D箱體快速建房公司，那樣順利的話，明年我是以董事經理的身分去那裡幫他管理工廠。那麼多外國人在安哥拉開採鑽石，每個人都需要房子住，建又好又快又省錢的房子，肯定沒、沒、錯。」

這是那麼些年來他說得最多、最流暢的一次。他帶我參觀車間，工人並不多，三三兩兩，像螞蟻那樣悠閒地進進出出，我看不到3D那樣快捷的建材列印，但「隆隆」的機器雜訊儼然是來自大地深處一頭尚未降伏的怪獸飢餓的腹部，預製的水電裝修和輕鋼房結構，在車間裡做成一個個箱體，等著運往現場去組裝，這些概念化生產比特斯拉老闆投資可折疊、可拖曳的預製屋要早多少年，我不敢想像。

晚飯時間，我們餓著肚子，乖乖站在車間門口，被食堂的飯菜香味所征服。天上重新灑下細雨，我們沒有躲避。朱哥左手肘彎曲，不再由右手托著，自然了許多。我們不再害怕，不再遲疑。遠遠地，我們望見那輛銀灰色凱迪拉克慢慢駛入工廠大門。孫總舉起登喜路手包，慢騰騰打開車門，旗杆在他的臉上投下悠長曲折的影子，宛如蛇蛻下來的皮。

我扭頭小聲問朱哥：「你還相信他？」

朱哥避開我的目光，輕輕把兩個紙包塞到我手裡，叫我回去再打開。但我等不及，當著他的面打開了，每一個紙包裡面各有一顆小鑽石。他說：「一顆給你嫂子，一顆給你老婆。」然後他想起了什麼重要的事，提醒我千萬別跟家裡說在通州遇見他的事。明年，明年他可以動身了，前往遙遠的安哥拉。

當廠房屋頂被雨滴打濕的時候，我看見天使打開了許多扇窗戶，千萬顆小碎鑽間雜在雨滴中混入人間，它們輕輕呼嘯著，其中有兩顆顏色不太一樣，折射著往昔的雜質，特別像淚滴，在我的掌心裡，隨風滾了兩下。

二〇二一年九月三十日寫畢於墨爾本鷹山

刊發於《安徽文學》二〇二一年第十二期

尋找良溪
Looking For Liangxi

作為開篇的尾聲

到花都看地的時候，一個貌不起眼的人也像喬賓一樣，對飯後的肢體運動興味寥寥。這人在晚餐桌上喝湯吃飯、飲茶抽煙，除了不喝酒以外，一切都很正常。除了臉上兩隻眼睛彼此挨得較近以外，一切都很普通。假如是在車間、食堂或者流水線上遇見，喬賓肯定無法認出，然而，因著晚宴結束的一句話，他注意起周總的這個手下。

那一天是一個普通的日子，在南方八月的最後一點陰涼裡，喬賓應廠商周總之邀，特地獨自來花都看地，雖然謀畫在南方在建一個醫用耗材製造基地由來已久，這些年來，他還是保持了一個人獨來獨往的習慣。

一天忙碌的重頭戲是美食豪飲，之後才是商人們真正繁重工作的開始。那塊適合建新廠的地離新白雲機場很近，再開發潛力巨大。外貿出口合作夥伴周總很滿足、很愉快，跟他來晚餐的手下人吃飽喝足後卻不像他們老闆那樣知足，大都翹首等著老闆安排餐後娛樂。不過，今晚有點不同，周總儘管殷勤待客，受宴請的客戶喬賓卻讓人掃興，一再推辭。

周總手下看今晚賓主無戲，失望至極，紛紛主動告退，免不了有所閒話，喬賓聽清其中有一個人這麼說：「這個上海人不太一樣。」

這個說話的人一直在不遠處，靜靜地望著他，似乎一直在等著他，網球帽下隱約露出謝頂，工作服散發著機油與桐油混雜的氣味，手上夾著煙；他與喬賓有意無意間交換了一個眼神，片刻之後，他消失在門外霓虹燈影裡。

過去喬賓曾突發奇想，何不把記憶壓縮後，封在一個的餅乾盒子裡隨身攜帶？探索記憶使他迷戀，獨自帶著餅乾盒，登上一條遠洋輪，沒有數碼媒體、電話、電視、網路，見不到什麼人，除了日出日落、潮汐洋流、魚群和星辰，世界離得很遠，過去逼得很近，海上的顆顆塵埃含著水珠的形狀，像夜空的星辰一樣透明……

宛如在耳邊，「卡塔」一聲，鐵盒蓋打開，現在的喬賓與二十來年前的無數個自我重逢。原來，記憶一直在盒子裡暗暗生長，長滿苔蘚的豐饒。

開盒的聲響微小，卻一直跟隨在他身後，追了他那麼多年。

或許，是他有意逃避了那麼多年吧。

一個叫做向陽的南方小鎮，栩栩出現在那隻裝滿記憶的小盒子裡。

車輪顛簸，碾過一條泥濘田間小路，走上瀝青大路。車窗外，潮濕的風沙迷了他的眼，他擦著眼睛和眼睛裡的淚水，終於，想起為什麼這個人臉上兩隻眼睛要進化到彼此挨得那麼近。不是那個殘疾的卡森・麥卡勒斯在用筆描述美國南方小鎮時說過麼：「兩隻眼睛彼此接近，長時間交換祕密和悲傷。」二十來年歲月把這個人的臉磨圓，背駝了，小肚子也腆出了，兩鬢露出霜雪。但喬賓還是憑著微弱的印象認出了當年那個內蒙土工程師小張。小張已經變成老張，他現在是周總部下質檢部的一個幹部。

坐在身邊的周總察覺到了喬賓的異樣，以好奇的眼光看著他。

喬賓還以一個好奇的問題：「老周，本地河裡有沒有水蜘蛛？」

「水之珠？」周總詫異。喬賓說：「是一種在水裡生活的小蜘蛛。」

周總乾笑了幾聲，馬上收住，因為發現喬總完全不覺得有什麼可笑。

周總也不是廣東本地人。他用彆扭的粵語問司機，司機搖頭否認。

「怎麼會沒有水蜘蛛呢？」

喬賓產生一股衝動，想立刻停車下河去看看。水蜘蛛不是一個名詞，它是一個動詞。一個憂鬱到動心、動身、動容的動詞，一個讓喬賓衝動到向伊斯特・克林特伍德借左輪槍的動詞。當他遇到水面行走的小蜘蛛時，他還沒有任何性經驗。他去找一個陌生的馬老闆的決定，是在汕頭前往向陽的中巴車上匆忙決定的。促使他下決定的居然是一個飛機上陌生人的善意。那一連串奇怪的事，發生在他人生第一次南行的途中。當他再一次審視記憶餅乾盒裡長出來的東西，自己還不到五十歲，髮根和鬍鬚根不少卻白了。他想是因為老了，人老了，是不是就不太在意將來？是不是就偏愛回憶往事？

可是，他對周總什麼也沒有說。

至今，他還沒有親眼看見過一隻在水面行走的蜘蛛。

有些事不是從開頭發生，偏偏是從尾聲開始的，比如遇見一個多年未見的人，其實那人頂多也就是一個很久以前說過幾句話的陌生人，所說的話也很普通。可兩人卻像多年故交那樣，一個眼神交流足矣，多年前就已經了結的某件事情在那一刻，復活了。

第一天

這個飛機上的鄰座觀察了他一會兒，不知是不是喬賓手上拿著美國翻譯小說《傷心咖啡館之歌》引起了他的注意，鄰座主動搭訕；他自嘲說他是從不看書的人，姓黃，一個跑祖國各地的推銷員。黃生說：「出門四海皆兄弟。」這種句式，隱隱然透著舊時抱拳的動作，喬賓被對方用腳掌閱讀萬里河山的熱情嚇了一跳。

喬賓坐立不安是真的。第一次出遠門出差，頭一次坐飛機，去南方一個陌生的地方，雖然公司特意為他準備了三樣法寶：一是一封蓋著上海豐盛實業總公司列印的介紹信，二是一個叫做良溪的人的傳呼機號，三就是兩千元預提差旅費。最不靠譜的就是錢，在開放的南方，誰也不知道這點錢能支撐多久。除去住宿費，他還得省下購買回程機票的錢。但興奮壓倒了害怕，他從小就是一個孤獨的孩子，他喜歡一個人到處亂走。

黃生比他年長不少，卻不喜歡一個人獨行。他四肢粗短，膚色黧黑，塌鼻樑像是被人錘扁過，一定看出了喬賓的忐忑。攀談中，兩人甚是投緣。下了飛機，兩人還是同路；主要是喬賓除了一個叫做向陽的地名以外對南方一無所知，由著黃生引領，兩人坐上同一輛中巴。

黃生不由分說，買了兩張車票，把一張遞給他。雖然只是七元錢，但喬賓心裡暖暖的，不一定是天涯淪落人，才會相逢何必曾相識。他後來再也想不起黃生的姓名，才明白偶遇後的告別其實多數是永別。一次永別，自己身體內的一部分就死去了。

喬賓向黃生和盤托出南行目的，他所在的上海外貿公司豐盛實業接到美國娛樂公司的V-0盒訂單，也打聽到最便宜的生產工廠都在廣東潮汕地區，其中一個主要生產集散中心就是巴掌大的向陽鎮。但豐盛強大的全國貨源情報網只搞到了一個叫良溪的人的傳呼機號碼。打來打去，總是沒有回電。羅總拍板說：「不等了，派小喬到當地跑一次，去實地把良溪給挖出來。」為此，羅總特地給喬賓印了一張進出口部經理的名片。喬賓不好意思承認堂堂豐盛公司進出口部就只有正副經理兩個人。黃生像喬賓的大哥那樣取出一個破爛的小簿子翻了一會兒，說：「不好意思呀，實在找不到電話號碼。」但他記得向陽鎮有個馬二馬老闆，廠子大極了，一打聽便知。

車到向陽鎮是午後，喬賓依依不捨地下車，肩上挎著一隻嶄新的黑色真皮大公事包，裝著所有旅行家當，一本《傷心咖啡館之歌》裡面夾著一張簿子撕下來的紙，上面寫著黃大哥的傳呼機號碼。他手裡提著一個白色膠袋，裡面是黃大哥一定要塞給他的兩隻白麵包。

中巴早已看不出顏色的車尾噴著黑煙，一上一下顛簸著，消失在髒兮兮的地平線。

他的眼睛濕潤了，心裡湧起一種想要為陌生人做些什麼的衝動。

他走出長途汽車站，南方的陽光鬧哄哄的，不光是熱浪淫風，他感到一九九五年這個南方夏天有點冷清，身上的響鈴牌薄絨西服悶得太不相稱。他脫下西服外套。他有點頭暈，塵土在旋轉，彷彿無數灰色的螞蟻在飛。他飛快地嚥下兩隻麵包。一陣風從河邊來，把裝麵包的膠袋掛到樹枝上，獵獵作響。濕熱空氣把皮膚烤出水分，他不像飛了一千公里降落，而是游了一千公里，剛浮出水面來透口氣。

踏在宛如一條發臭的小河濱的向陽鎮中心大街上，他看了一眼車站邊公用電話的紅漆大字，信步走向對面規模看上去最大的一間工廠，旗杆上掛著好幾面他認不出的國旗。在門房一打聽，果然是生產V-0盒，果然老闆姓馬。找到了。

黃大哥說得不錯。良溪的BP機打了無數遍，沒有回音。既然良溪還是沒有下落，暫時找個替代品馬二吧，馬二的工廠是這個鎮上最大的V-0盒生產工廠。

他被一個工人帶著，爬上一架生鏽的鐵扶梯，走進一幢老舊的辦公小樓二樓，一圈人圍著一張矮矮的茶桌在喝顏色很深的功夫茶。中間一個四十來歲的小個子男人，穿長袖白襯衫，瞪著眼袋下垂的眼睛，打量他好半天，開口問的是口音濃重的普通話。

十分鐘後，自稱馬老闆的小個子男人搞清了長途車下來的上海人的來意，黑瘦的臉上擠出輪胎底似的道道笑紋。向陽鎮就是靠一張張美國訂單撐起來的。

馬老闆親自陪著喬賓下樓去車間，看一看他為之驕傲的許多生產線。喬賓驚訝地發現就是小鎮子上那些像馬老闆廠子那樣低矮簡陋的車間，那些老舊笨重的注塑機，居然包攬了大洋彼岸近乎一半的錄影帶盒供應量。

他失手將一個V-0盒掉在地上，盒面窗口立刻裂了。PS（聚苯乙烯）的回料含量超高。原材料品質顯然有問題。難怪他們價格這麼低。

馬老闆好像一隻睡醒的貓，惺忪睡眼射出一道光，他看出了喬賓的故意。

回到樓上，在喬賓談訂單細節時，馬老闆放下二郎腿，一隻手擼著滑順的大包頭，另一隻手舉起黑磚頭一樣的手機。

喬賓聽不懂話筒裡那誇張的潮汕話女聲，他猜對方不是撒嬌就是爭執。

喬賓並不太瞭解公司的美國訂單，因為美國錄影帶大客戶是總經理羅東尼的。羅總向來只讓你知道你必須知道的事，多一句也沒有。但問題在於什麼是你必須知道的，通常都是羅總認為你必須知道的。喬賓也不禁吃驚於自己向壁虛構的能力，對他與馬老闆在一小時內建立的親密關係產生了一種內疚感。公司羅總叮囑他是來向陽找一個叫良溪的人，可他卻與一個陌生的馬老闆坐在一起喝茶。

那個陽光熏烤肉罐頭一樣的下午，他是怎麼把訂單添油加醋喝成功夫茶，喝到日頭偏西，現在喬賓怎麼也想不起來，他只記得馬老闆對他越來越有興趣。到底是一個大上海來做外貿的讀書人嘛，馬老闆得知他還沒住下，力邀他住到自家別墅去，還在當地一家大飯店擺下接風宴席。

就在那一天，喬賓看到了命運之手上的一道奇蹟掌紋。數小時之前，喬賓對V-0廠商除了一個傳呼機號碼外還一無所知，此刻，他已經是向陽鎮最大的V-0廠商馬老闆的座上賓，並不是在某個包廂，他們是坐在一家叫做深愛的餐館大堂裡，在到處飄著菜油炒鍋香味的時候，餐廳裡只有兩桌人，全是馬老闆的人，除了喬賓。

馬老闆說貴客臨門，不喝完、不吃完不能走。他陪喬賓坐一桌，另一桌主席位卻一直空著。酒過三巡，馬老闆眼神直了，他說：「你這麼年輕就做了上海大公司的經理，喬經理了不起！……不過，有沒有請人看過面相呀？……」不等喬賓回答，他又說：「我懂一點。你額頭開闊，鼻樑直，眉毛清秀疏爽，有修養，有文化，運勢不錯。但眉間過窄，人雖聰敏，但好事多磨，容易遇事悲觀……」

說得喬賓的眉頭緊皺，眉間距剩下不到一指寬。

馬老闆喝了不少，文謅謅的話也多了。他拉開腰包，掏出一本又一本的封面不同顏色的護照，泰國的、印尼的、馬來西亞的，還有香港的，好像展示他中了頭獎的獎券。

另一桌的主席位姍姍被填上。來人姓李，一副老大的派頭，自稱是當地一家娛樂城老闆。馬老闆見到李老闆好像見到親人，他跳上了一張空桌子，差點把桌子踩翻。嚇得老闆娘趕緊一路小跑出來，勸他下來好好說話。按馬的要求，服務員把桌子撤開，馬老闆像一匹吃了興奮劑的賽馬，在中間摟著李老闆的腰，好事者放起粵語歌〈深愛著你〉，一高一矮兩個男人端著架子屁股一扭，繞場子轉圈，越轉越快，兩桌子食客紛紛起立，鼓掌起鬨。

馬老闆臉紅脖子粗，說男人同男人跳淨是瞎胡鬧。他扔下李老闆，扭頭又去找老闆娘索吻，結果，被老闆娘輕輕搧了一巴掌，全場哄堂大笑。

舞跳得不盡興，李老闆拉著所有人都去娛樂城重新跳過。

記不得那個娛樂城的名字了，但喬賓生平第一次進帶小姐的卡拉ＯＫ包廂就是在向陽鎮新開發的娛樂一條街。一長串打扮閃亮的小姐在李老闆指揮下，魚貫走進娛樂城包廂。馬老闆揮手，這排小姐悻悻退出，又一排替補進來。馬老闆拍著大腿樂了，像是發現了金礦似的，把一個女孩拉出來，慷慨地推給喬賓。

夜色與燈光交媾，零度性經驗也開始生長。陰陽肉體過度逼近，抽象的幻想繁衍成具體的五官感覺。喬賓從來沒有見過如此柔弱乾淨的五官輪廓，宛如一隻春天山坡上追著風的小羊；齊耳短髮黑絲飛揚，露出特別高的白皙額頭，乍一看像是劉海剪壞了；她那高挺的鼻樑和顴骨，那深陷的眼窩，混搭一起好像一個混血兒；她比他矮半個頭，瘦削翹臀裹著一件燈光下看不清顏色的連衣裙，勒出來一個圓圓的小胸脯。喬賓的下身因此產生物理上的堅硬度。他只是靜靜地坐著，純粹出於羞澀和慌亂，沒有對話、對視，視線故意轉移給了螢幕。

馬老闆發現年輕的上海客人對小羊沒有反應，他把持不住主人的風度，惡作劇般立馬給喬賓換了一個最不登樣的小姐，水桶粗腰身，過多的脂粉，平庸的五官。喬賓恨不能一腳踢死自己。換來的小姐感激地依偎上來，喬賓只好沒話找話：「你老家哪裡？」

「河南。」

「河南哪裡？」

「河南。」

看來她只曉得河南。或只願意告訴個大方位。她很緊張，但喬賓更緊張。那邊廂，黑暗裡面布滿撕扯壓抑的聲音。馬老闆扔掉香煙，把嘴巴壓在了追風小羊的臉上，另一隻沾滿煙味的手不知怎麼已經消失在她裙底。喬賓忍住不看，他設想自己變身為一個真正的俠士，三拳兩腳，打倒馬老闆，救下她。可馬老闆似乎早料到這裡會出現俠客，他抬手給不識抬舉的她一個嘴巴，另一隻手從裙底抽出，放到鼻子底下用力聞著，嘴裡嘖嘖有聲；手像長矛一樣舉得高高的，朝喬賓示威。

喬賓勇氣頓失，被內心的一股子憤懣和內疚逼得尿急，從亂哄哄的人叢擠出去。上完廁所，渾身依然燥熱難當，不想回包廂，便從邊門出去，外面半空中好似有爆竹劈啪作響，他慢慢走出去，走進夜的深處。

娛樂城的停車場比包廂裡還熱鬧。脂粉香水味混合著汗臭，不斷有轎車和摩托車以及一種當地獨有三輪農夫車駛入，衣著暴露的小姐陪著客人出來，有的是打情罵俏送行，有的乾脆上車一起走了……

吧臺後面有一條分岔的走廊，盡頭一道小門，他胡亂推門，走入一個栽著竹子的臨河院落。

河從鎮中間穿過，這個小院落好似一個黑漆漆的渡口。

向陽鎮懸在娛樂城霓虹燈上的月亮又大又亮，像不太真實的一團白泥，經過一個白晝高溫鍛燒，壓成一個扁扁的午夜太陽，把泥地、竹子、河水、蘆葦照耀得如同正午一樣晃眼。

小鎮的燈火、煙氣隔著好大一片水邊蘆花，站在他面前。

風貼著小鎮的瓦面，從晾曬的被單間穿過，把一隻膠袋捲起在院落半空，彷彿一隻大鳥的黑影嘩啦啦鼓噪。假如真是同一隻購物袋跟了他整整一天的話，他很可能願意放棄無神論思想，把它當成鬼魂來看。他也願意把娛樂城的人全都當成有情有義的鬼魂來看。

南方不再是一個方位，一個稱謂，一張機票……。現在就缺一支煙，他可以安定下來，靈魂得到一些涼爽，不管明天雨下不下，此刻的夜空夠濕潤。他的下身恢復了柔軟和克制。

他以為眼睛看花了，猶豫著，心跳異常快，麥卡勒斯在那篇小說中說，孩子們在這個世界上學會的第一件事就是找到房間裡最陰暗的角落，盡可能把自己藏起來。

她選擇的藏身地點是細茸茸的蘆花叢。

他認出了她。

那隻在山崗上追逐春風的小羊。

她一個人半蹲在蘆花中，身上一半是光一半是影，瑟瑟發抖，也很像一個折斷翅膀墜地的天使。午夜的光，刻畫出她臉龐上的一根根絨毛。

喬賓猶豫中問：「裡面太悶了，你也出來，透透氣？」

她沒有回答。

「你叫什麼名字？」

她說：「我出來看蜘蛛。」

喬賓無聲地笑了，這時，才發現在她面前幾根蘆葦上掛著一張銀閃閃的蛛網。

「你不信？你幹哈的[1]？」

「我來這裡出差。」

她的普通話講得快時會露出點鄉音。

「你來這裡看蜘蛛？」

「我是能在水面行走的小蜘蛛。」

「那我就叫你小蛛。」喬賓全身放鬆，雙手在耳邊做了個大耳朵呼搧的樣子，「豬——」

她站起身笑了，錘了他一下，才醒悟兩人間沒有熟到可以動手動腳。她在暗中的臉肯定紅了，

---

[1] 安徽蚌埠的口音。

喬賓可以猜到，因為她嚶嚀一聲。

她說：「是小蛛，蜘蛛的蛛。」她在找一種特殊的蜘蛛，這裡沒有，好可惜，她的家鄉才有。她很成熟地歎息。她來自蚌埠。在老家的小河裡長著許多水草，她什麼也不會，連飯也不會做。別人翹課去玩、去看電影，她翹課就是去河邊傻傻地看，一看幾個小時，看蜘蛛。

她說：「蜘蛛是這個星球上最神奇的生物，上天，入地，遊獵，撒網，還會用流星錘。等到弟弟來喊吃飯，日頭落山，一條河都變洋柿子那樣的紅色，水蜘蛛也吃飽了。牠在水面走路，紅光閃閃，帶著一條看不見的蛛絲。小時候我很傻，我想我是那隻水蜘蛛。」

後來，喬賓查過資料，發現真有這種全身結構設計得不符合水中生活的蜘蛛，真的生活在水中。白天在網中休息，把前腳伸出蛛網外，隨時感應水中的波動，一察覺昆蟲落水掙扎引起的水波，便出動捕捉。晚上拉著蛛絲外出打獵，再順著蛛絲回巢。喬賓出差走過無數山川，都會抽空去河邊發呆，也會向當地人打聽，居然找不到，也無人知道水蜘蛛。相關資料說這物種分布在內蒙古、東北地區和河南北部。但為什麼他從未看見過呢？他不知道。

他懷疑自己是不是搞錯了，也許那個水桶腰女孩才是蚌埠的，而小蛛該是河南人。也許她不是奇怪的小蛛，而是普通的小珠。記憶本質上是靠不住的，它一旦生成，不但自我嬗變，也會與內心的欲望彼此互動，最終變得面目全非。喬賓過了三十五歲後才想到人之所以成為人，就是由那一段段獨特的記憶組成的一團雲霧。既然雲霧一直在變幻，自己早就不是那個在向陽鎮的青年了。

那個在向陽鎮的喬賓冒出一句話：「為什麼要做這種工作？」

話一出口，他就開始痛恨這種搶占道德制高點的濫調。

「賺錢唄。」

小蛛答得飛快，這麼容易的答案，喬賓有點失望。他猶豫再三，還是問她：「為什麼賺錢要做這種、這種無聊的工作？我可以幫助你。」

喬賓來南方，打工漢子來南方，都是賺錢。誰不是為賺錢來的？自己問得實在越來越無聊。濕熱的南方夜晚十分無聊。但從黃大哥那裡傳遞來的一種熱情讓他無緣無故想幫助眼前的這個陌生女孩，一個還沒有被南方腐蝕的女孩，還沒有學會裝腔作勢，還不曾明白自己到底需要什麼、追求什麼。

也許她想說靠女人天賦賺錢也是血汗錢，也許她可以再編個瞎話騙他同情，有什麼錯呢？但她卻輕蔑地反問他：「你能幫我什麼？」

眼睛裡面火星閃了閃。她離開他，往蘆葦深處走去。

除了孤獨、憤怒、悲傷和自卑，喬賓也感到暈眩，喘息困難。愣怔間，月光從水面漫過來，送來木槿花香。河水魚鱗閃閃的，寂寞到聽不見水流聲音。

孤獨感，是與生俱來的嗎？他已經到了意識到一個人一旦出生就踏上死亡之途的年紀。意識到人生是從呱呱落地的悲劇開始，過了好多年之後，他才能明白悲劇之所以稱為悲劇並非因為旅途終點是死亡，而是因為纏繞每一個旅人一生的都是隱藏的孤獨感。

等他抬頭搜尋時，蘆花叢裡已經空無一人。他反覆猜想她是如何從娛樂城出現在河邊。蘆花一簇連著一簇，夜風的手涼了許多，隨意拂過，柔弱的蘆花便飄起來，落在臉上，癢癢的。月下蘆葦從稈到葉是雪白的，白得似乎融化。兩層的娛樂城，身子散發著酒氣和香水味，倒臥下來，一種似曾相識的感覺。在書上讀到那個傷心咖啡館裡，一半房子是漆過的（沒有漆完），娛樂城雖然漆過並漆完了，但在午夜的太陽照耀下，同樣有一半比另一半暗而髒。

包廂那個地下幽暗世界裡只剩下燭光、螢幕螢光和時隱時現的人臉，音樂聲大得填滿了每一個縫隙，大多數人連李老闆在內都走了。

馬老闆躺在沙發上閉著眼睛，腦袋枕在那個河南小姐的膝蓋上，胳膊彎夾著一個女孩子，不是那隻小羊。他看不出是睡著了，還是非常享受港臺勁歌金曲，面前雜亂放著十來隻空酒杯，一大份果盤裡堆滿了果殼和揉成一團的紙巾。

如果不是那個酒糟鼻子的胖老頭還在等著，喬賓肯定會悄悄走人。胖老頭臉膛紫紅，記得他姓關，是北方人。他拉上喬賓，不由分說：「馬老闆關照先回去休息。」

司機駕一輛黑色皇冠轎車，把他們送到鎮外的一棟白色小樓。

馬宅位於一處藏風聚水的山坡，面朝一個開滿荷花的池塘，一個看門老頭打開兩扇鑄鐵大門。汽車駛過一座石橋，停在大門前籃球場大小的水泥地坪。

一個姓張的小夥子迎上來，一臉不高興，額頭上被蚊蟲咬了好幾個紅紅的大包。他和老關都是內蒙來的土工程師，看來他看了太多電視，更難習慣南國之夜。沖涼之後，在蛙鳴中，兩個內蒙漢子又掛著一身汗，從臥室出來與喬賓聊天，聊他們發明的鎖。

鎖，是一種令人費解的安全器具。為了保密，為了阻止，為了防備，為了排他。他們倆都是製鎖的土工程師，設計了一種據說無法撬開的最堅固的專利摩托鎖具。在內蒙古的廣大草原上，馬群、羊群乃至好客的牧民沒有這種隨著文明進步產生的需要；而像向陽這樣的南方前沿小鎮，巷子裡到處跑的都是摩托車。他們被馬老闆招募來，設法把這種偉大的萬能鎖在當地投入商業化生產。

喬賓裝作無意，提起良溪的名字，但兩個北方漢子完全沒反應。

喬賓洗完回到屋裡，桌上五個空啤酒瓶，一樓走道那頭的屋內響起鼾聲。他沿著中央樓梯上樓，看到陽臺上小張一個人對著一個好大的月亮吸煙，光身只穿了一條短褲，時不時拍打看不見的蚊子，好像一個人在跳舞。地上橫著一個空啤酒瓶，彷彿一條受傷的小狗伏臥在地。

「想家了嗎？」喬賓沒話找話問。

小張眼神憂鬱，說：「我可不想回去。」

「不想？」

喬賓想像著一望無際的大草原，蒙古包，馬頭琴，白雲一樣的牛羊。

小張遞給他一支煙，給他點上。

剛吸一口，喬賓就嗆得臉都綠了。煙的品質太差。

小張咧了咧嘴說：「要是搞不出這把鋼鎖，就得回去。一想到回去，就病了，吃不下，睡不著，渾身無力。這鬼地方什麼都不好，就是能賺到錢。」

「那就把鎖搞出來。」

喬賓把只抽了一口的煙擱在大理石欄杆上。

——「談何容易。在內蒙就是沒搞成，才跑南方來的。馬老闆不養吃白飯的，下個月要是還不能量化生產，他一定趕我們走。」

「明天我找機會替你們說說，讓馬老闆寬限幾天。」

忽然，小張扭頭盯著他，看了一會兒才說：「我最討厭上海人了……，不過，喬先生你這個上海人，不太一樣。」

全國人民討厭上海人的心情大體上相同，雖然理由各有各的不同。

「怎麼看出來的？」

「你沒帶小姐回來睡。」

兩三隻蚊子近距離飛行，聲音大得驚人。在小張身後的黑影裡，喬賓的臉是燙的。他心裡也想把一隻小蜘蛛帶回來，卻是說不出口的話。

第二天

向陽鎮的午後充滿了橫衝直撞的摩托車，好似發黑的水體氾濫，一股股沖刷著河道一樣的街巷。你以為它要拐出去，它只是戛然轉身，還在原來的河道裡，只是速度又加快了。路邊攤和小飯館的煙熏氣增加了陌生感，喬賓與兩個北方漢子走在街上，如同在想像中的泰國或者印尼。街上販賣著陌生的各色熱帶水果，她們講的南方口音，你根本聽不懂，即使對你撒謊，也是白搭，索性大家省省。誰也聽不懂，若是必要時，必須借助翻譯。當地興起了一股培養本地商業翻譯的熱潮，年輕人開著太子車走街串巷，跑來跑去，成為聯繫向陽與外面世界的一座座橋樑。

他們一起吃了簡單午餐，還打包了一份豐盛的盒飯和例湯。喬賓問是給誰的，兩個北方漢子忽然扭捏起來，老闆做個鬼臉說：「給馬老闆老婆預備的。」

「馬老闆到底有幾個老婆？」喬賓冒冒失失地追問。

老闆看著小張，好像天底下只有小張才曉得答案似的，撓頭笑著說：「鄉下一個大老婆，鎮上一個，汕頭市裡一個，珠海一個，廣州還有一個……。下午打電話來的是市裡的。」

小張還是表情木然，悶頭悶腦地說：「每個地方都有那麼一個。」

「不多，一地一個。」老闆促狹地笑了，看來誰也弄不清馬老闆有多少老婆。馬老闆也有不聰明的地方，這麼多老婆不把他身子掏空了才怪。

喬賓忍不住打了個大呵欠。

老闆又促狹地對著小張笑了。

喬賓不好意思，有點生自己的氣，他今天起床竟然晚到快十一點鐘。黑色皇冠車不在，老闆和小張言談舉止明顯輕鬆放肆起來。馬老闆不像他閒散的外表，做事還是非常勤力，沒睡幾小時，一大早去汕頭了。

當老闆去工廠工作時，小張一個人在客廳百無聊賴地看書，看的正是《傷心咖啡館之歌》。喬賓有點不悅，想起昨天他把書忘記在客廳裡。

小張抱歉地對他笑，兩隻過於接近的眼睛擠得更近：「這個老外的小說寫得很怪。」

喬賓頭痛得厲害，不置可否。

小張又說：「不過好像有種吸引力，叫人一直想讀下去。你是讀書人，你說這是一個有關絕望的愛情故事嗎？」

喬賓不答，他相信這是卡森・麥卡勒斯在書裡隱藏的祕密。他懶得回答，昨晚也沒睡好，不光是因為只睡了幾個小時。他記得昨夜朦朧中翻身，曾聽見皇冠汽車發動機的低啞喘息，車門開關聲響，有人嚷嚷。喬賓聽不清，他意識模糊，耳朵裡捕捉到別墅大門「哐啷」一聲，幾個人雜遝的腳步聲從前廳上螺旋梯。過了很長一段時間，一個人下樓的腳步，汽車發動機響，輪胎沙沙碾過石橋面，聲音越來越遠。然後一片死寂。等到他重新入睡時，樓上發出驚天動地的「哐噹」巨響，好像一架鋼琴被人推倒，所有羊毛槌都敲擊在琴弦上。然後，是「咚咚咚」一連串碰撞聲，好似有人用一把大鐵錘不厭其煩把鋼琴每一部分都給砸成了碎片。手錶指著半夜兩點三十七分，他躺在床上，壁掛空調機嗡嗡作響。他一身是汗，好久好久，才有氣力爬起來。

喬賓打開房門前，留了一個心眼，他沒敢開燈，先開一條縫。他探頭出去，看見走廊裡有一個人影，他還是嚇了一跳。那個細長的人影就靜靜地站在靠客廳那一頭，好像在等著他，但又什麼動作都沒有，若不是他手裡煙頭的一點亮光，喬賓很難事先覺察到他。

那人躡手躡腳走過客廳，那個煙頭光亮消失了，黑夜如水一樣淹沒了他，喬賓覺得那人是摸索上樓去了。

二樓走廊盡頭，一扇柚木大門是馬老闆的臥室。當時，整幢小樓躺在荷風池塘的擁抱裡，靜得只剩下心跳聲和鬧鐘的滴答。

他肯定那人不是馬老闆也不是老關，更不會是看門老頭。這幢樓裡沒有其他人住，如果昨晚上那個人不是小張，那就只能相信是見到一隻鬼了。

喬賓猜到了良溪的身分，那也許就是那樣一個當地廠商雇傭的翻譯。現在，喬賓想起來他是什麼時候發現找錯了人的，大概就是在他借公用電話打傳呼的時候，回電幾乎是追著來了。

對方的嗓門很粗糲，在電話裡操著生硬的普通話：「你是喬經理嗎？搞什麼嘛，羅總說喬經理已經到向陽鎮好幾天了，你不同我聯繫也罷，怎麼還住到馬家去！」

「你怎麼不回電呢？」喬賓沒聽明白。

「我怎麼不回？你留的是馬六家的電話，你讓我怎麼回？」

「什麼馬六？不是馬二家？」

但喬賓心虛，才到這裡一天。人生地不熟。

「哎呀，喬老爺，你住的不是馬六家難道是馬二家？」

喬賓這才得知馬二工廠最大，他通常都住在廠內，週末才去汕頭家裡住。馬家十兄弟，只有馬六天天回自家別墅去睡。因為他玩女人，廠子裡不方便。喬賓為了良溪來，結果卻住進馬家；為了找馬二，結果卻與馬六談得熱乎。這次南方之行實在太不靠譜了。

喬賓告訴老闆等他要去辦些私事，就成功地甩開了他們。幸虧他們不是馬老闆派來監視的。

在村頭，老榕樹下，古井邊，一個穿雙排紐扣墨綠色西裝的青年靠著太子車，一邊吸煙，一邊踢足球樣踢著腳下的一塊圓石子。這個相貌儒雅得與鎮子不般配的青年就是良溪。

良溪把他帶到一個髒兮兮的咖啡館，裡面就他們兩人。大半小時之後，喬賓看出良溪是一個奮發有為的青年，比喬賓年長了幾歲而已。與馬六相比，他更看好良溪的穩重本分，公司如果向良溪採購出口V-0盒，品質與交期還是有保證的。他借咖啡館的電話打長途去上海公司，他給公司老總羅東尼說他終於找到良溪了。他馬上買機票飛回上海。羅總聽上去挺高興，對他住哪裡不感興趣，精明如羅總，只要給公司節省差旅費，喬賓住哪裡有什麼關係呢？羅總說：「不，你從汕頭直接去福州，找海關的張處長。公司在福州那裡還有些事要辦。」

「良溪這邊怎麼辦？」

「我馬上派小左飛汕頭，她會搞定的。」

喬賓放下電話，說他還要回馬六的別墅去一次。

良溪一臉不相信。

喬賓艱難地堅持。

良溪說：「你人生地不熟，很多情況不瞭解。本地人很少與馬六來往。你可以住我家，要是你不喜歡住旅館。」

喬賓沒作聲，忘了感謝。良溪搖搖頭，欲言又止。發動了太子車，他說：「馬六那人，唉。」

喬賓趕回馬家別墅已經日落西山，兩個內蒙漢子很不高興。他們買了酒和鹵水在客廳裡吃喝，小張先醉了，回房去了，老闞一個人自斟自飲喝完了所有的酒，搖搖晃晃地上樓。

喬賓等了一會兒，等到鑰匙聲響沒了，他也往樓上去，沒想到在馬老闆臥室門前撞見了老闞。老闞光著膀子，短褲腰上掛著一串鑰匙，眼睛發紅，指了指臥室裡面說：「你不是問我為什麼搞不清馬老闆有幾個老婆，這不，裡面還有一個呢。」

「哪裡來的？」

老關一愣，瞪了他一眼說：「不認識。不知道。老闆說他明天回來，我們只是管她三頓飯。」

喬賓側身朝裡面探頭，但老關反應很快，馬上關上門。

「怎麼了？」喬賓朝裡面努努嘴。

老關支吾了一聲，臉色難看。

喬賓聽不見任何聲息，心被看不見的大手狠狠擰了一把。因為他還是看見了那件連衣裙。她光著腳，坐在屋子角落，短髮腦袋埋在膝蓋間，雪白手臂交叉抱著腿，好像竭力要把整個身子縮入地下。他分辨出連衣裙是藕荷色的。

若是克林特・伊斯特伍德的西部片，該有一把子彈上滿膛的左輪，他抽出槍，一腳踹開門，把她救出來；或者，換成他熟悉的雷蒙德・昌德勒的偵探小說，他出馬也該帶著手槍，叼著煙斗，屁股兜裡藏著扁扁的威士忌酒壺；若是沒有槍，起碼要有傷心咖啡館主人愛米利亞小姐的拳擊沙包和強健肌肉，可是，他沒有槍，沒有煙斗，沒有酒壺，連愛米利亞小姐的鬥志也沒有。他僅僅是馬老闆家中的一名不速之客。他有書，有筆，有腦子，他有膽怯。

喬賓怏怏地走到院子裡，過了石橋，敲了敲門房，裡面傳出看門老頭的咳嗽聲，老頭也不會講普通話，在向陽鎮上，如同是到了日本國的意思。他在房子周邊繞了幾圈，看來以自己的身手絕爬不上二樓窗臺。

紅絲絨窗簾拉得死死的。

半夜，喬賓聽見走廊那頭傳來類似汽笛的痛快長嘯，感覺彷彿火車貓著腰鑽過了長長的隧道。他詫異地起身，拉開門縫，看見小張提著褲子走過去，一臉深刻的倦容。

喬賓靜靜地站在黑暗裡，不久，斜對面房裡傳來關胖子的叫罵聲：「睡不著就去打手槍，吵我，吵我，再吵我呀！」

斜對面有人開門，趿著拖鞋，好像是去了洗手間。看來關胖子喝不少，但仍很警醒。

喬賓打開《傷心咖啡館之歌》，看不進去一個字，腦子裡卻全是那汗津津的昨夜。他忽然發現夾在書裡的黃大哥那張便條不見了，他翻來覆去找不見。他起身去客廳裡，想再找一找。擰亮電燈，燈光下，老關嘴角的口水亮晶晶的，四肢張開，倒在長沙發上打鼾，肚腩上的肥肉追著呼吸一上一下。

褲腰上的鑰匙串掉在地板上。

喬賓忘了自己來客廳做什麼，他壓抑著興奮，偷偷揣上鑰匙，關掉電燈，等了一會兒，沒聽見小張的聲息，他摸黑上了二樓。

喬賓沒喝多少，但腳步歪斜，一樣有濃濃的醉意。他不是李老闆，也不是馬老闆，他發現像他這樣的人就是做一件正大光明的好事也沒膽量。他沒敢敲門，一把把試過鑰匙，打開二樓臥室門後，也沒敢開燈。

裡面一片漆黑，他拉開厚重的絲絨窗簾，月光如同雨霧自由地灑落，角落裡那個像一株植物一樣的黑影動了一下。

「別怕！我可以帶你走，把你送回老家去。」喬賓說完，覺得自己頭腦熱到發燒。

可是，她卻冷得一點兒沒有反應。喬賓氣憤起來：「我在這裡認識一個朋友，明天他會來接我。明天，我們在馬六回來前走。他可以安排你回老家。」

過了好一會兒，她才答道：「馬老闆不答應的。」

「你又不是屬於他的什麼財產！」

她似乎笑了，嘴裡的牙齒閃出冷冷的白光：「你有錢嗎？」

喬賓沒錢，錢是讓他最洩氣的東西。他聽見她說她欠李老闆錢，馬老闆替她還上的。她向他討煙，可他還是沒有。

她又笑，輕輕地說：「煙也沒有，你什麼都沒有。你想幫我？」

她普通話發音像一把捕魚刀，把喬賓的正義感猶如魚肉那樣一片片削掉。

她說：「你什麼也不知道！……你就是個傻傻的好人。什麼也不懂。」

喬賓覺得怎麼也輪不到自己來絕望，可是，絕望的無力感又上來了。他好像真的什麼也不懂。她的態度緩和起來，她淡淡說：「大哥，我就當你是一個什麼也不懂的人，但我也是什麼也不懂。」

「我可不是一個人來這裡的。」她說，她遲疑了好長一會兒，「誰又會一個人來這裡呢？」

這樣子自說自話，她說起另一個人，她和另一個人的故事。在她上學的日子裡，放學後就是在村外小河汊等著他來，他是高兩個年級的學霸，也是一個傻傻的好人。天底下沒有什麼題目他不會的，上課連數學老師都要讓他上臺去解題。他總是幫她做作業，好像天生就是她的私人老師。

有一次，他用竹篾、麻繩、漿糊和土紙做了一隻蜘蛛風箏，風箏爬上天的時候，半邊天洋柿子似紅彤彤的，他把繩子交到她手裡，她覺得繩子上的力越來越大，宛如河裡的水都順著那條繩子飛上了天。蜘蛛風箏終於脫手飛走了，她急得哭了，又笑，他有點懵了，她說他們都會離開，因為長大了。

是他先離開了村子，他去了省城上重點中學。而她初中未上完就輟學了。他沒有來看她，而她也沒有。等到他考取北方一所大學回鄉擺酒宴，兩個人之間已經變得像陌生人一樣彬彬有禮。他走後，她偶然得知其實他來找過她，但那時她已經隨老鄉外出打工了。聽說他後來去了南方工作，她向父母要求也去南方那座城市打工，但沒有得到同意，那座城市裡他們沒有認識的老鄉。她說出來他的名字，父親沒作聲，母親從灶間走回來悄悄說：「丘孩子已經有對象[2]了，是省城的。」她哭了，一個人跑出來，只知道要往南方去。她走了好多城市，最後，終於找到了他。她沒錢了，他也失業。沒有錢的日子過不下去，他說帶她去鄉下，生活容易一些。他們來到了向陽鎮，他坦白他欠了李老闆好大一筆錢，需要她幫忙一起還。她就被帶到娛樂城做工還債。她沒想到那個地方的女人都叫做小姐。他卻從此不見了。

喬賓看著她的眼影和假睫毛、口紅和香水，還有鎖骨上絲綢內衣的肩帶，她已學會了像南方妹子那樣化妝打扮，學會了去時尚的場所消費娛樂，學會了不再像乞丐那樣去索取，而是像一個女人那樣去交換，這就是她在南方的成長，這就是她學到的功課。

樓下池塘對岸，地平線上，娛樂城的霓虹燈招牌彷彿孤獨在燃燒。日落如果是發生在午夜，光

[2] 安徽蚌埠地方口語。

芒大概就是那種黑沉沉的光焰。

喬賓像一個賊那樣溜走之前，把一張紙條塞進她的手裡：「這是我朋友的傳呼機號，我還會在鎮上待一兩天，你隨時可以打這個號碼。」

那種暖暖的心碎感覺又出現了，體內又死去了一部分，他知道那叫做告別。他又一次知道了，那也會出現在兩個陌生人之間。

記憶之不可考

燈光的邊緣與夜色糾纏在一起，模糊的幽藍裡透著嫩黃，把眼前這個人的臉分割成歲月磨損過度的部分和誰也無法看清的另一部分。被稱為老張的這個人，已經成為一個背著假鱷魚皮挎包的平庸的質檢部職員，他和喬賓相隔二十來年，再次握手，只能更顯熟人之間生疏的本質。

這是命運的神奇和詭異。水蜘蛛的夏天是一段旅程的結尾，然而，此時此刻，因為這個老張，水蜘蛛的夏天又復活了。

若干年來，喬賓一直與記憶角力，與時間對抗。他不接受告別。

那天晚宴結束，為了不引起合作方周總疑心，他回到花都酒店，一直等到人去樓空，才找出一張名片，撥打了一個手機號碼。

不到半個小時，喬賓下樓到深夜的咖啡廳。

老張一見到他，突兀地冒出一個詞：「死了。」

坐下後，他又侷促地搓著手說：「老闆死了。」

喬賓沒有反應。

「他醉酒駕車撞了一輛集卡。人卡在駕駛座裡，用鋸子鋸開車殼，胸口都壓扁了。還記得老闆嗎？」

喬賓像聽見太平洋島嶼某個角落裡發生一起車禍那樣無動於衷，他實在想不起老闆的長相。下意識接過老張遞來的煙和打火機，時光彷彿又回到那年夏夜，在馬家別墅的臨水陽臺上他們兩人一起吸煙。陽臺上那個又大又亮的午夜太陽。那種眩暈的感覺又出現了。

喬賓說：「這裡不可以吸煙。」

老張「哦」了一聲。其實，香煙並不是什麼必需品。喬賓的回憶才是兩個人都飢餓到要重新狼吞虎嚥的東西。

那年夏天，喬賓錯過了看見馬六的皇冠車回到向陽鎮，因為他當時正坐在良溪的摩托車後座，他們兩人走了三家V-0廠家。良溪坐在功夫茶桌的中間，不像翻譯或嚮導，倒像是個主人，把上下家的要求和疑慮全部澄清。喬賓懂了羅總為什麼堅持要找到良溪。

等到良溪把他送回馬家別墅，馬六已經在等著他吃午飯。馬老闆還是一如既往地恭敬，但熱度降低到對待一個遠道而來的普通客戶。他沒有問喬經理去哪裡玩了。一切都很正常，正常到有點反常。

喬賓重新坐在那張黑瘦乾枯的面孔前，又是午後的同一時刻，馬老闆又在眾人簇擁下喝起功夫茶，在黑磚大哥大裡傾談，那個遙遠的女聲還是一樣嬌憨激烈。時間好像死了，一切好像又回到了前兩天的樣子，只是喬賓心裡多了一個自稱小蜘蛛的人，黃大哥變成了一個便條上的傳呼機號碼，而羅總給的那個傳呼機號碼已經成了一個開著太子車的活人。

馬六乾巴巴地告訴喬賓，他很願意與上海豐盛實業做外貿訂單，他希望能在下一次談定一個試訂單。他問喬賓有沒有找到今晚住的地方，喬賓意識到這是逐客令，他點頭。馬六把黑磚大哥大遞給他，但他謝絕。他說他可以走去鎮上，馬六堅持讓司機把他送到鎮長途汽車站。喬賓走出馬家別墅，最後一次望了一眼二樓臥室的窗，窗戶大開，只能看見一堵白色的牆壁。

喬賓離開向陽鎮是第四天，他看著中巴，遲遲不上車。良溪靠牆坐在花壇上，兩條長腿高高地翹在日本太子車座上。

喬賓走上前，憤憤地將皮包砸在地上，一屁股坐下。他不看良溪，良溪一點不吃驚，給他拋過來一個早知今日何必當初的笑：「不想走了？」

「你告訴馬六了？」

良溪笑得眼睛彎彎的，吐掉嘴裡的一根牙籤說：「胡說什麼？在向陽，到處都是馬六的耳目，還用得著我多嘴？我可是早就勸過你，別住馬家別墅，他家風水不好！再說……」

——「別說了！」

——「你沒聽說馬六的大老婆是在那房子裡上吊的？從那以後，那房子鬧鬼。那邊村子常常看見一個藕色裙子的短髮女人在池塘水面上走過去。聽說這幾天都有人看見女鬼……。你說的那個女孩子，我在娛樂城打聽了，沒人知道。我看，可能是那個女鬼，呵呵……」

離開向陽鎮那天，喬賓有一種可怕的預感：小蛛可能死了。但他又覺得這完全沒根據。小鎮的河水從他心裡流過，帶不走他的憂傷。她不願離開南方回老家去，喬賓想，這座濕熱的南方小鎮有一種邪惡的力量，改變了小蛛，她在反抗中接受了命運的安排，她對這裡的恨卻結出了依戀的果，她是不是把苦難當作成長之痛來接受？直到喬賓登上中巴車離去，也沒有收到小蛛的訊息。

回到上海後，公司開始與良溪做V-0盒出口訂單。羅總派了小左去向陽蹲點監督生產，喬賓再也沒有去向陽。不久，小左從向陽打電話給喬賓。他馬上給良溪打手機，那時找良溪變得很容易。良溪也置辦了黑磚頭一樣的大哥大，立刻給喬賓傳真了一份當地報紙的影本：

據向陽鎮公安局十三日通報，一九九五年十一月九日十四時許，在向陽水庫發現一具無名女屍，短髮，身長約一點五九米，雙乳和下陰被剜除，估計死亡時間在九月……。警方還發布了懸賞通告，嫌疑犯為一男青年，北方口音，身高約一點七五——一點七八米，體態中等偏瘦，出逃時上身穿米黃色工作服，下身穿藍色牛仔褲，腳穿黑色皮鞋……

良溪認為那就是喬賓說的女孩。

喬賓的講述中斷了。

老張咳嗽了一會兒，捂著胸口操著一口廣東味的普通話說：「這麼多年了，也難怪呀。你記錯了，全錯了。你來那天，馬六的確從娛樂城帶回來一個女孩子睡，娛樂城最漂亮的那個。第二天，馬老闆就帶著她去汕頭了。沒有人關在二樓。馬老闆那人雖是混帳，但他從來不用下三濫手段對付女人，因為根本用不著。他有得是錢，還有外國護照，又沒有老婆管著，大把的妹子想跟他。」

老張又說：「那時候，我算是想穿了，老闆和我搞的鎖再厲害也不能救我們。我走了，老闆後來也走了。向陽鎮麼，就是一場遊戲一場夢。」

喬賓問：「他們找到馬六殺人的證據嗎？」

老張的兩隻眼睛擠得更近：「殺人？馬六好好的，他殺誰了？你說馬六雇凶殺人？唉——沒想到這麼些年，你還迷戀著那個女孩子。」

他說了一個名字，喬賓感到陌生，他只記得小蛛。或者是小珠？喬賓覺得自己的記憶混亂不堪：「不是說公安發現她的屍體在水庫？」

老張鼻子裡哼哼，像是不通氣似的說：「他們在水庫裡撈上來的女屍不是她，公安有紀錄。不怨你，你全記錯了。畢竟二十來年了。她給馬老闆生了個兩個男孩，馬六給她在廈門買了房子。聽說，現在他們都移民海外了。」

難道是良溪拿話哄他？喬賓全搞錯了，是記憶錯亂。老張說得有板有眼。羅總後來沒讓喬賓再去向陽，而是派一個東北來的小左去跟單。他與小左不熟，不好意思託小左打聽，光聽了良溪一面之詞。現在看來良溪的話十分可疑。而羅總也許早就看出他從南方歸來後失魂落魄的樣子，莫非良溪是按羅總吩咐編了個謊來安慰他？如今這一切都沒有答案了，羅總早幾年離婚，不久患絕症去世。

愛必然是固執而孤獨的，喬賓知道當年救人的念頭與舉動也必然相當可笑。然而，他還是寧願相信老張的話也是可笑的。

老張從挎包裡取出一本書，喬賓翻閱著黃黑色蟲蛀的書頁，似乎聞到了想像中美國南方小鎮咖啡館的異香。這是他丟失的那冊《傷心咖啡館之歌》。

老張依然拘謹地說：「你來向陽鎮給我留下的唯一的東西就是那本書。不好意思，當年我偷拿了你的書，一直沒有丟。外國人真會寫變態故事。我看不懂，就覺得難受，覺得我在這個世界上會一輩子孤獨。還想再看，這麼些年來，看了不知道多少遍。後來才覺得寫得有意思……。老小姐趕走馬文，羅鍋李蒙幫助馬文打敗老小姐……。最近，莫言得諾貝獎了，我讀他的《透明的紅蘿蔔》，小石匠、小鐵匠和黑孩之間的愛恨交纏，也是被自己愛的人所背叛，人生大概沒有比這更讓人絕望的了……」

他變得愛看書了，還是他本來就喜歡看書呢？喬賓其實一點兒也不瞭解老張。老張像一條沉靜的河，水面下很深。老張的讀後感用詞粗糲，表面上十分混亂，喬賓卻聽得很入神；他用心整理後，發現老張的理解力和分析力都很了不起。老張說本來就沒有永恆相守的愛，扭曲誇張的愛往往更容易點明真相。唯有孤獨才是永恆的。但人永遠都不能因此停止尋找愛，孤獨雖然永恆，人卻是有限的，以有限對抗永恆，豈非人之所以為人的一個重要特質？老張腦袋裡充滿了玄思。喬賓發現自己完全不瞭解這個人。

喬賓雖然丟了那本書，連同那張寫著黃大哥傳呼機號的便條，所幸他收到過黃大哥的新年賀卡。這回，他把收到的信和賀卡藏在一個好地方，別人都不能找到的地方，然後，就再也找不到了——連同黃大哥留給他的傳呼機號碼。喬賓搬了好幾次家，曾經花好幾個週末找，還是什麼也沒找到。

傳呼機時代轉眼結束了，有一批人隨之消失了。

在教堂裡，聽見牧師講到耶穌在水面行走，平靜了加利利海的風浪，他想到一直不曾見過一隻在水面行走的水蜘蛛。他查證發現不是小蛛編的，生物界是有一個奇怪的品種「銀蜘蛛」，身體構造、生理功能完全不適合水中生活；但當離開蛛網潛水箱活動，身上絨毛在水中會生成氣泡，類似於銀光閃閃的一個水晶罩。

那天晚上，在酒店，喬賓做了一個銀光閃閃的夢。

馬家別墅的池塘流過向陽鎮那條河，連著那個小水庫。他站在幾棵樹下面，向良溪要了一支煙，他望著水庫的湖面，腳尖踢著土塊。思想像那一截煙，越燒越短，變成了一枚濃縮的煙蒂。

煙蒂在水面浮著，慢慢地走，好像一隻水蜘蛛。

天光染白了荷葉，一隻蜘蛛敏捷地走在水面上。

水庫變成了好大一片水，水那邊的那幢白色小樓在朝陽裡霧氣般朦朧，非常幽靜，水聲好像完全不存在……

他的擔心是多餘的，水蜘蛛不會淹死。他在夢中想，關於向陽鎮的一切可能也是一個夢。他醒來，還是在花都酒店房間裡，臉上是濕的。

他起床穿衣，感到了飢餓。他隨手拿起失而復得的《傷心咖啡館之歌》翻看起來，書頁沾了茶漬、醬油，某一頁上紅色圓珠筆重重標著底線：

我們大多數人都寧願愛而不願被愛，被人愛的這種處境，對於許多人來說都是無法忍受的。被愛者恐懼，並憎惡愛者。因為愛者總是想把他的所愛者剝到連靈魂都裸露出來。

喬賓反覆讀了兩三遍這兩句話，渾身打了個寒戰。愛者尋找一個出口去釋放孤獨，但當他進入戀愛時，又會逐漸體會到一種新的孤寂；也許是為了自我安慰，也許是為了安全感，愛者渴求與被愛者發生任何一種可能的關係，被愛者便會被剝得連靈魂都裸露出來。最終，兩者都陷入永恆的孤獨與恐懼之中……

早晨，喬賓徑直打的去了周總公司。

他走進一排新落成的米色宿舍樓，從「嘰嘰喳喳」剛從浴室回來的女工們口中打聽到老張的住處。

他走上男宿舍五樓，五〇七室的門開了一條縫，他推門而入，站在一個單身男人獨居的屋子裡，彷彿站在一個核子毀滅了大半的世界的中央。

不曾期待的東西就在簡陋的寫字桌上。

他拿起一大串鑰匙，上面綴一個心形鑰匙扣，嘴唇乾燥，手心濡濕，人微微顫抖，胸腔裡好像有一根弦左右抽緊到綳斷。鑰匙扣裡嵌著一張小照片，那個在水邊蘆花中迎風的側臉，飄揚的髮絲，光在水面蕩漾，看不清面容的女孩子，不是生產線上機械運動著的某個標準化人體部件，她是一隻在山崖上追逐春風的小羊——是一隻在水面行走的水蜘蛛。

門口「哐噹」一聲響。

喬賓急切扭頭，看著門口手裡拿碗筷的老張，好像看著當年公安懸賞的那個嫌犯。

刊發於《文學港》二〇二〇年第八期

如果黑洞不存在
What If There is No Black Hole

第一章　霍金死了

葬禮的音樂好像深沉的冰河一樣，只在厚厚冰層之下默默流淌，我的後腦勺宛如灌入了何老闆藏在勞斯萊斯幻影後備箱內的半瓶ＸＯ，我一直在思考一個問題：何先生到了紅塵濁世中無助彷徨的最後一刻，不知他心裡是不是清楚？是不是捨得？是不是放下？

一個人山高水遠，好不容易走了一長程，看不見前路，卻永不能回頭；一個不想下場的人，終究無緣蒞臨最後告別親朋好友和在世敵人的特殊場合。世道從來如此，全球化生活走到今天，變成了碎片化生存，無情無義豈非也是昭昭天理。

然而，活人的思考對於死人的葬禮是多餘的，我的神經元和大腦工作區暫時罷了工，縱然肉身加持，無論如何得忍著。數十載風流倜儻化為千篇一律的悼詞，一個人精彩無限的幾十萬小時落到紙面也就寥寥數千個字。其實，人生說穿了，也就沒什麼可在意的了。

但是，黃嘉森沒我這麼悲觀頹廢。嘉森即使坐在教堂的長椅裡，身子還是歪斜著，彷彿他的脊椎出了毛病，實際上他的背看來真有問題。他扶起鼻樑上的眼鏡，駝著背一本正經對我說：「太不負責任，霍金一錯再錯，甩甩手走了。」

在何先生的葬禮上，嘉森關心的不是臺灣的名門貴胄公子何先生，而是殘廢幾十年的霍金先生；不過，也難怪他不分場合，說這話的時候，恰是二〇一八年三月，霍金先生逝世沒幾天。一個像斯蒂文・霍金先生這樣在全世界受推崇的有學問的人死了，全世界有智慧、有文化、有責任感的好人好像都很悲很傷，好像看電影，看著，看著，入了戲，動了情。我推測是因為大家都很絕望，也許，永遠無法知道關於黑洞的答案了。

此類推測頗有小人之心。我結婚了，有了後代；霍金終身殘疾，已經像何先生一樣灰飛煙滅；黃嘉森還是獨身，沒有後代，將來會不會有，很難說。然而，嘉森當了畫家；我還在做生意，蠅營狗苟，錙銖必較。我不得不同意，這是聖俗之間的差異。

我的鼻管內彷彿瞬間滴入檸檬汁與醋的混合液體，無比酸澀，不是為了霍金先生，也不是為了何先生。多年以前，我們早接受了命運安排，要隨著這個世界慢慢墮入黑洞，世界已經夠亂夠煩，如果黑洞不存在的話，也許，我們連返回永恆家園的方向都找不見；可是，我不說，不能說。在聖徒嘉森面前，我得忍著。

嘉森完全沒有被葬禮氣氛感染的樣子，他留了長髮，以藝術家評論科學家的態度說：「霍金怎麼又說他錯了？二〇〇四年，他公開承認自己三十年前提出的黑洞理論是一個錯誤。現在更可氣的是，他撒手西歸前，又說量子理論可以容許能量和訊息從黑洞中脫逃。他說黑洞說和量子力學不相容。要是黑洞真的不存在，物質無法從黑洞中逃脫的經典理論不就是迷惑了整整一代人的異端邪說，一個超級笑話？這怎麼可能？」

我終於說：「虔誠地信錯了一輩子，大有人在。不過，人生一世，有幾人能像何先生這樣？」

多年以後的現在，我知道黃嘉森不是刻薄，也非量窄。大名鼎鼎的霍金先生臨死前修正了他大名鼎鼎的黑洞理論，甚至改稱為灰洞。可如果黑洞真的不存在，那才是宇宙中最神祕、最恐怖的事；如果連霍金也錯了，該上哪裡去找來自黑洞的人呢？萬有歸於寂滅，我們又如何歸去？如果連黑洞都不存在？

請別誤會，我和嘉森並不是學者，也不是天文或物理愛好者，而且我們一起坐在臺北的靈糧堂裡面，這根本不是談論此類不可能有答案的話題的合適地方。

聖壇上牧師一臉肅穆，在講述死者何先生的生平，壇下長椅上坐滿了臺北地面上的名人，間或可以聽到一兩聲啜泣，以及小孩子的無法被克制住的啼笑。

作為非信徒，並肩坐在聖壇下面，我和黃嘉森說話用極小的音量，好像怕吵著與我們分享同一空間的死者和天使。我們如此小心翼翼，也因為我們彼此默契，避免談及某個人，所以，我們無可避免來談論信仰，談論科學，以及信仰與科學的衝突，還有一個著名的死者，何先生。

黃嘉森搖搖頭，以他慣有的慢騰騰勁頭說：「何先生一生瀟灑，多少女人為他心碎、為他割腕，到頭來，還不是直挺挺地躺在那裡活受罪，最後還是何太一個人哭著讓醫生把呼吸機關了，何先生的千金也沒來。」

我一直奇怪未看見何家大小姐，他正好消除了我的疑問，我把到嘴邊的話嚥回去。教堂聖壇上面銀光閃爍的大螢幕開始呈現何先生的手姿，牧師綳緊的面容水淋淋的，像拿出冰箱的冷凍肉那樣快速解凍，在座的人們窸窸窣窣，交頭接耳。

我儘管豎起耳朵，還是聽不清牧師說什麼，也聽不懂四周的私議。耳邊嘉森的聲音還在繼續：「何太主持臺北總公司的日子裡，斷絕財務支持，把何先生在大陸的公司逼得倒閉了，何先生只是笑笑，照樣去喝酒聽戲。女兒去了美國一去不回，與何先生斷絕了父女關係，何先生在ＩＣＵ病房內全身插滿管子，整天默默流淚。想想當初何先生多麼疼愛女兒。」

一道銀色光束從天而降，撞擊在大螢幕上，無端推出一個永遠三十八歲的何先生，面如滿月，俊朗灑脫，笑得雲淡風輕。在那笑容背後，我看見的是後來的二十年歲月在一顆顆佛珠上反覆蹉跎浸潤過的苦澀。

我自言自語：「何先生一輩子吃齋念佛，臨了不去佛堂，來了教堂。」

嘉森悲天憫人：「三次中風搶救後，癱瘓了，只能坐著、躺著，大小便失禁，失語，最後的日子就靠氣管切開過日子，整個人每隔一段時間就抽搐不止……。何太親自主持後事，他反對也反對不了。何先生英雄一世，走前全身腫得人都認不出。我曉得他怕什麼，怕就怕去不了極樂世界……，去一個什麼都看不見的地方，比如黑洞。」

我冷笑說：「連霍金都不相信黑洞了，你還那麼天真？」

嘉森說：「霍金太會玩了。從霍金的語無倫次、出爾反爾上，我看出他與這個時代常常突然走紅的藝人沒有本質不同。他說的那些，語不驚人死不休，就是譁眾取寵。」

即使在幽暗的教堂裡面，我還是發覺嘉森的臉白了許多，還保留著二十年前那個臺灣鄉土青年的淳樸與狡黠。與多年以前相比，最大的不同也許在於，嘉森舉辦過個人畫展之後，他的藝術道德與終極關懷形成了與娛樂圈等世俗天然隔絕的一道頭頂金環。

嘉森從前排椅背上取下一本《聖經》，翻開第一頁，指點著他認為是證明黑洞的經文：「地是空虛混沌，淵面黑暗，神的靈運行在水面上。」

二十年以來，黃嘉森成了一個黑洞迷。他的意思是說你看《聖經》都這麼寫，宇宙洪荒除了水以外就是一個黑魆魆的深淵，分明是一個大黑洞。我們可愛而可惡的宇宙誕生於一個黑洞，也將消亡於一個黑洞。我知道這不是他的原創。我們倆都心照不宣，故意省略了那個最先給我們啟蒙黑洞說的人。

嘉森認為黑洞是一種事實，即便是用神話的語言來表述，即使霍金出爾反爾；而我卻認為那是信仰。即便如斯蒂芬・霍金那樣牛逼，也得承認他的理論就是一種信仰，他在中國受歡迎的程度證明他就是一位黑洞教教主。雖然我和嘉森都同樣不喜歡霍金，但我們所持立場完全相反。嘉森批評我做生意太久什麼都商業化了，我笑話他做生意不成把藝術當成出家了。嘉森以為黑洞確鑿存在；而我則認為信則有，不信則無。正如我儘管多年經商之餘，一直做著從事藝術的夢想，但只是嘴皮子上說說罷了，哪怕我無比熱愛藝術，我仍然把藝術看作可有可無的東西；而嘉森真的放棄了商業（雖然我從不認為他有商業天賦），開始兢兢業業在為做一個成功的畫家而努力。霍金死了，何先生死了，嘉森當了畫家，我還在商場上拚殺。我有時候難免嫉妒這個臺巴子[1]，唯一值得安慰的事是，哪怕開一個所謂的個人畫展之後，他仍然必須時時為生計發愁。但我可以八九不離十算出坐在

[1] 九十年代起開始風靡上海的對臺灣人的一種戲謔的稱呼。

前排要人座位上的那些人口袋裡的銀子，因為我荷包裡的銀子同樣多到不用為五斗米折腰。

我說：「霍金沒錯，錯只錯在認錯。不管霍金有時候弄錯了，還是有時候弄不懂了，他都不能認錯，他該將錯就錯到底。說不定再過二三十年，世界顛倒過來，他的錯誤又會進化到真理，他還是一個聖人。」

我話語裡充滿怒氣和反諷，嘉森猛然摘下眼鏡，眉頭緊皺，瞪我一眼，呵上一口氣，拚命用袖口擦著鏡片。無論我們倆如何意見不同，現在，我們已經進化到君子動口不動手。這很好，唯一不好的是說明我們都老了，不是人老了，而是心老了。心上了年紀之後，只能在語言上暴力一下。

我像是給死人蓋棺論定般地說：「我們用不著討厭霍金，無論他是一個智者、大科學家、科普作家還是一個先知，無論他死了，還是永生下去，世界不會改變什麼，多一個、少一個多嘴多舌的不愛世界和平的聰明人又能如何？」

我們倆走出教堂，都不自主地打了個寒戰。春寒料峭，三月份的臺北溫差很大，尤其是在雨後。雨過天晴，宇宙蒼茫，兜底沖洗了一遍。天邊一道彩虹並不光彩奪目，彷彿是上天意欲封鎖黑洞的一道警戒線。

我說：「活著，總要相信點什麼。」

這不是要說服他，這是要說服我自己。用了二十來年的努力來說服自己。

嘉森驚訝地望著我：「喬賓，你這麼多白頭髮。」

好像他從小認為人越老頭髮越黑一樣。我笑著望向他，他的背早早駝了，走起路來側面看，老是像在地上找什麼東西，卻找不到。

他問我何時回澳洲，我說機票訂了後天晚上。

我在臺灣辦完公務，給自己預留一天時間給女兒和太太採購禮物，消除疲勞，整理回憶，容許自己發發呆。臺北繁華的商業區內找不到何氏家族的著名公司的時候，我已經在澳洲定居，離開電動工具行業多年，一直在做醫用耗材的國際貿易。而黃嘉森早就離開了何先生的上海公司，他開在昆山的小公司天曉得猴年馬月哪一天也關了，而在臺北的小畫廊裡面開始陸續出現畫家黃嘉森的作品。那時我彷彿一閉眼，就能看見一個孤獨的臺灣人蓄著長髮，坐在高腳凳上，喝著一個人的啤酒；在臺北的夜店裡，微微有點駝背，眼鏡片上泛著白光，他對周圍人絮絮叨叨說霍金錯了。周圍人大笑，都說他醉了。酒吧間空氣裡瀰漫著傍晚七點鐘臺北市的有點微醺的甜膩氣息，耳畔飄蕩起優客李林的穿透屋脊的男高音：

I don't believe it
是我放棄了你
只為了一個沒有理由的決定
以為這次我可以承受你離我而去
不必讓你傷心卻刺痛自己[2]

---

2 曾在九十年代風靡海峽兩岸的一首臺灣情歌〈認錯〉的歌詞。

有那麼一瞬間，我和嘉森彷彿還坐在九十年代初上海賓館後面的ＫＴＶ包房裡，聲色犬馬，還能夠清心寡欲；紅袖添香，也可以坐而論道——譬如物理學、天文學，此類學問既枯燥又乾癟，卻同樣能擺上桌面果腹。那時候，我們還是朋友。

凡人的生活有時候不就如此麼，看上去高深莫測，內裡是枯燥乾癟，可無論如何穿得暖、餓不著。

風起時，我和嘉森不約而同豎起各自的衣領，我們在教堂門前分手道別，彼此沒有握手，沒有擁抱，沒有說再見，生分得就像我們剛認識那一陣子——那時候，我們是客戶與供應商的關係。我們倆直至分手都沒有提二十來年前上海的舊事，生活教會我們未老先衰，教會我們始終小心翼翼，教會我們不提不重要的人和事。

第二章　來自黑洞

說起黑洞，於我個人而言，源自九十年代。

九十年代宛如一個手裡拿著籃球的紋身少年，帶著一身臭汁和圖案看世界。歲月落在後面，少年步伐很快，跑跑跳跳，手腳不停，每一樣新鮮的東西都摸一摸，籃球難免要脫手，但少年不管不顧，總之是一個玩的心態。那時，尚未聽說過牛奶的新營養成分叫做三聚氰胺，也不擔心有人把手機當成自慰用具；那時，飯館菜肴還沒有濃香到無法抗拒，因而有人醉酒，有人吃到吐；那時，還沒有把焦慮當作時尚、把單調誤為簡約的那許多水泥高樓；那時，上海的夜店還沒有天上星星多，門外也還未產生一種叫做撿屍的食人物種；那時，白晝的車水馬龍有著更為細緻的盼望，而黑夜比如今有著更為漫長的耐心。

我對黑洞的記憶與時間有關，準確說，是與夜晚有關，一個春心如水的夜晚，在霓虹色的夜風裡，人影綽綽，安定飄逸。

臺灣大老闆何先生宴請日本重要客戶三共通商株式會社，照例是啤酒、黃酒、紅酒輪番轟炸。飯畢，賓主酒足飯飽，相悅相攜，移步進入KTV包房，氣氛頗有些迥異。何先生處於玉樹臨風的年紀，身邊陪同除了司機小李子和經理黃嘉森，破例帶上市場部的一個普通女職員孟小姐。說破例，因為何先生請重要客人晚宴總是免不了燈紅酒綠，通常不帶本公司女職員，她們也不願來湊這種男人的下流熱鬧；可是，孟喆是一個例外。

孟小姐職位雖一般，身材、臉蛋不一般。她就是後來傳說為九頭身的魔鬼身材，配上一張天使面孔。

為了避免尷尬，我到門外找一個角落，吸了半支煙，等我磨磨蹭蹭地回到包房，司機小李子已經退出去，而黃嘉森作為僅有的兩個臺灣人之一，不能走，也不能坐，他在選曲，眼鏡片反射著鬼火一樣的綠色螢光。

看得出來何先生今晚下了血本。三共通商株式會社是一間戰後崛起的日本國際大貿易商社，作為東芝財團合作多年的交易夥伴，正在亞洲尋找給東芝供應電動工具的供應商，訂單一簽就是三年，包括何先生公司在內許多亞洲供應商垂涎許久。

黃嘉森有點喝高了，我喝得也不少，卻清醒得很。我作為日本三共株式會社的駐滬首席代表，任務是陪好我的兩位老闆，部長小田和課長豬狩，但我隱隱擔心嘉森。

當晚的孟喆寧靜平和，一身洗白了的藍色牛仔衣褲，梳著馬尾，像一個真正的修行者，盤腿坐在地毯上，看不出身高，光潔如嬰兒的臉上流淌著比月色更世故的娛樂場所的照明光，面前的茶几上堆砌起了蘋果核和堅果殼，身邊圍著兩位從日本遠道而來的穿著並不像問道者的道友，交談用的是英語，居然讓我這個翻譯官暫時失了業。

孟喆就是這樣扳著指頭，一臉高深莫測地說：「我打賭你們不曉得我是從哪裡來的。不是問籍貫，不許說上海，不准提地名。」

兩個日本腦殼冒汗了，碰在一起竊竊私語。

臺灣經理黃嘉森竊笑，搶先說：「阿喆是從我們公司來的。」他當然不是達爾文主義者，他說：「何先生開設的這家著名臺商貿易公司的企業文化最為獨特，在本公司門下，學徒是反向演化，從人演化為猴，從會走會跑會跳，演化到游泳、上樹、撓癢癢、抓蝨子，還得學會如何向客戶討飯。」

眾人哈哈大笑，何先生也跟著笑。

黃嘉森是孟喆的頂頭上司，故鄉在臺南鄉下。黃孟二人的老闆臺商何先生出身名門，英倫畢業，相貌堂堂，風度優雅，據說有一年處於徐家匯黃金地段的一家大金店搞傳銷致倒閉，引發本市街頭大規模群眾抗議遊行，差點釀成傷害事故。那家金店就是何先生的大哥開的。何氏家族生意遍及東南亞各地，全賴何先生的太太在臺北總公司操持。何老闆生性風流，常年流連於上海和洛杉磯的分公司，這兩地分公司裡面難免鶯歌燕舞，何先生因之樂不思蜀。日本人曉得何先生最喜歡美女環繞，還在宴席上，豬狩就一股勁地攛掇何先生，飯畢娛樂照例是去日本人最喜愛的卡拉ＯＫ。何先生非但帶上常帶的司機小李子和銷售部經理黃嘉森，還一反常態，樂呵呵拉著孟喆的手，硬是不讓孟小姐回家。沒想到長腿美女孟喆竟然爽快地答應了。誰不知道何先生哪次招待日本客戶不是叫上一堆佳麗陪侍，而同為臺胞的青年才俊黃嘉森先生追求孟喆已不止一日。黃嘉森一下子坐立不安起來，孟喆可真是聰明面孔笨肚腸。

何先生笑完立起身走出去，說是去安排一下。

豬狩課長的名字雖然聯想不佳，長相卻是酷似三浦友和的帥哥，如果挑剔一些的話，缺點只能算是腿短身長，兩條腿略帶羅圈。不過，他懂得揚長避短，從各種角度展示其俊臉和幽默感：「孟小姐，依我看你是從媽媽的肚子裡來的。」

孟喆一本正經地說：「請老老實實問答問題，不說笑話。」

豬狩自覺尷尬，只能笑笑，望著上峰小田部長。

小田部長生了一雙女人一樣漂亮的白皙小手，他把雙手老實地擱在雙膝上，躬身謙虛地說：「孟小姐說的是哪裡，我知道，但我不說。」然後，他像欣賞一幅莫內的印象主義睡蓮畫那樣專注地望著孟喆。

孟喆把臉轉向我，我笑笑，撓撓頭。我不傻，日本老闆都答不上，我豈能放肆。

ＫＴＶ包廂門再次被推開，何先生風度翩翩走進來，一手牽一個，一高一矮共兩位小姐，燕瘦環肥。身後跟著司機小李子，手裡提著一瓶ＸＯ。那是何先生慣有的手段，總是在晚宴輪番啤酒、紅酒轟炸之後低空投出一枚XO核彈。兩位日本人忙不迭連連鞠躬，何先生要的就是那種強烈誇張的戲劇效果。燕瘦環肥各有千秋，一上來有些扭捏，不過，她們馬上看出苗頭，一左一右坐下，不卑不亢，把兩位日本尊貴客人像三明治一樣夾在中間。她們主動幫著日本人點了一大堆吃的喝的，生怕他們唱歌太勁爆，斷水斷糧。

孟喆以撒嬌的口吻說：「何先生肯定也不知道我是從哪裡來的！」

何先生還是報以紳士般微笑，彬彬有禮地說出一個標準答案：「人是神手所造，你是從神而來。」

何先生雖是佛教徒，但拜基督徒何太所賜，對基督教相當熟悉。孟喆的纖指輕輕挑去何先生亮閃閃的法國訂製西裝馬甲上的一根線頭，她說：「老闆，這是科學問題，不要找神學幫忙，好不好？」

豬狩推了我一把說：「喬老爺說。」

連日本人都欺負到叫我的綽號，我索性拍著腦袋胡說一氣：「別考何老闆了，你麼，是從人而來。」

孟喆伸手也來拍我的頭：「喬老爺是任我行。」

兩個日本人一頭霧水地望著我。那時孟喆正沉迷在《笑傲江湖》中，任我行這個專有詞彙，我理解該是自大成狂或自我中心的意思。我翻譯給他們聽。日本人連聲點頭：「騷哥，騷哥[3]。」

---

3 そうか，日語表贊同，「是嘛……」、「是這樣啊」，或表示疑問，「是嗎？」，一般多為男子使用。

燕瘦和環肥小姐點了〈你究竟有幾個好妹妹〉、〈冬季到臺北來看雨〉、〈容易受傷的女人〉和〈為愛癡狂〉等等可以一口氣唱到天亮的曲目，就在把酒當歌的熱鬧中，把小心眼的黃經理給擠到一個角落。小田細嫩得像女人一樣的手有節奏地拍打著，彷彿雪白的鴿翼每次都落在身邊燕瘦小姐的大腿上，燕瘦知趣地將頭倚在部長並不偉岸也不浪漫的肩膀上。

孟喆對嘉森使個眼色，起身走過去，客客氣氣地把嘜霸的話筒音量調小，嫣然一笑：「你們唱歌，我們說話。」

我激將她：「你真的有科學答案？」

孟喆還是笑：「廢話。」

她美目流盼，瞟著兩個日本人。

小田部長似乎按捺不住了，他起身親切地拉住孟喆的手說：「孟小姐，讓我來回答你的問題。」他卻拉不動她，他加力拉扯孟喆，沒想到孟喆是地道的力量型美女，部長的身子彎成蝦米狀還是奈何不得。何先生笑呵呵走過來，一手放在瘦小的部長肩上，另一手擱在孟喆肩上，兩下裡一合攏，孟喆的頭差點與小田撞在一起。小田踮起腳順勢將小手搭上孟喆的肩膀，用生硬的中文說：「孟小姐很有北海道美人的神韻，如果不是來自日本，就是來自太陽。」

無論日本還是太陽都是一回事，都在那個國家的國旗上。孟喆不喜歡小田之類有話不好好說的說話方式，突然站直了身子，她超越一米七的模特身材一旦繃直，自然而然脫離了小田的公轉軌道，她輕蔑地說：「部長說的算什麼，黑洞才了不起。你聽說過麼？品質超大，大約是太陽的億萬倍。」

孟喆那晚的表演剛剛開始。小田部長的臉上紅一陣，白一陣。

孟喆悠悠長歎一聲：「距離太陽約二點六萬光年，我從那裡來，就在人馬座那兒。」

我們的ＶＩＰ包廂有一扇不大的窗戶，大家（連同兩位莫名其妙的陪侍小姐在內）伸長脖子，望著黑魆魆的夜空，只看見一枚檸檬那樣的月亮，邊緣散放著紅光。她的手指劃出一條弧線，落在月亮上面，彷彿伸手可以摘下。月亮很大很近，銀河系的無數亮點之間，某一個黑點假如存在的話，必定很遠很小，若有若無。

她宣布：「我來自黑洞。」

眾人面面相覷。我不得不大費周章翻譯給日本人聽，聽得他們又「騷哥[4]」起來。

帥哥豬狩把自己的手從身邊小姐的胸衣內收回，托住自己快掉下來的下巴，露出仰視哥白尼或者伽利略的那種眼神。

孟喆接著說：「我來自看不見的地方。黑洞不是真空的，裡面極小的空間內，壓縮了一團極高品質的物質，以致萬有引力太強大，類似熱力學上完全不反射光線的黑體，故名黑洞。」她指著窗外說：「我們才會看到一片虛無，連光線都逃不脫的重力場。」

豬狩看來中學課外興趣小組沒少參加，他捧場說：「真的哦，天文界好像提出宇宙中已經觀測到不少黑洞存在。」

孟喆一點面子都不給日本三浦：「那都是假的。」

---

[4] そうか，日語表贊同，「是嘛……」、「是這樣啊」，或表示疑問，「是嗎？」，一般多為男子使用。

黃嘉森湊趣地說：「太酷了，如此說來，黑洞真的非常恐怖，把萬物都吸進去，連光線都逃不脫。不過，說你來自黑洞，我還是不信。」

孟喆說：「理論上，品質很大的恆星在核融合反應燃料耗盡後，發生重力塌縮，就會變成黑洞。所以說，不管是上帝修了天堂，修了地獄，還是兩個都修了，不管人是去天堂，還是去地獄，一點兒不誇張，人人都在前往黑洞的途中。」

她看著一屋子東亞商業精英說：「宇宙生命的終點是黑洞，但我是從黑洞來的，懂嗎？」

何先生手裡端著紅酒杯，半天才反應過來，他打發同樣發呆的小李子再去車裡面拿一瓶XO。

「黑洞是死亡嗎？」我問。

孟喆說：「那可是無比絢爛的歸宿。」

環肥小姐嘟起紅唇，擺出一個紅彤彤的O，與高個子燕瘦無奈對視。她們一輩子陪男人喝酒、唱歌、打牌，都不曾見過有一個模特身材的女學者瘋瘋癲癲搶風頭。

小田部長彷彿悟到了什麼似的，頻頻頷首，對何先生說：「撩哥衣，撩哥衣[5]。」

沒人敢撩部長哥的衣服，下屬豬狩抓起一罐麒麟啤酒，鞠著九十度的躬，挨個敬酒，緊張的氣氛頓時鬆弛下來。

小田部長撚著沒有幾根鬍鬚的下巴，眼睛笑成了一條線，與眼角的皺紋連在一起，卻始終離不開孟喆。

5　りょうかい，日語「瞭解」、「知道」或「明白」。

豬狩身邊的小姐禁不住豬手持續的騷擾，挪到嘉森身邊幫他點歌。兩個陪侍小姐都專注在唱歌上，引得小田部長意氣風發要露一手，他喝乾一杯蝶矢清酒，高歌一曲演歌，淒婉低轉，蒼涼嘶啞。今晚，我們都願意為他的藝術哭一次，雖然眼眶暫時還找不到水源。

孟喆是一個K歌好手，但那晚她表現無比沉著。我們想替她點歌，均被她一一拒絕；小田部長也請不動她。最後是何先生拉下了臉，說：「小孟，不給我面子？」孟喆吐了吐舌頭，這才跑去拿遙控器選曲。她三下五除二把其他人點的曲目統統刪除。半分鐘後，進行曲的雄壯前奏如鐵騎銀瓶般硬生生闖入每個人的耳膜，我的耳朵和眼睛如同被決堤奔瀉的黃河怒流完全遮蔽，看不清螢幕上二十九軍的大刀雪片般飛舞，穿著皇軍制服的人抱頭鼠竄，在場一個個人都像泥雕木塑般凍住了。

孟喆字正腔圓地大聲唱著〈大刀進行曲〉[6]，高舉一大匝啤酒，宛如揮舞一把八極刀，砍頭如同切菜，功架十足，氣勢如虹。

室內的燈光暗地裡熄了，她把大匝啤酒一飲而盡。螢光和月光映得她肌膚勝雪，面孔輪廓越加鮮明。她長得很不中國，高鼻樑，大眼睛，細眉高挑入鬢，上唇厚得恰到好處。至此我才明白是我自己笨。晚宴中她曾悄悄問我：「日本人聽得懂中文嗎？」我說：「聽不懂，但看得懂漢字。」她說：「那就成。」一臉的得意。原來這是她蓄謀已久的一次抗日行動。

兩個日本人埋著頭把啤酒當作水來喝，這回再也無法集體「騷哥」，開始嘀嘀咕咕談論起東京的天氣與電視。何先生臉色難看，他把持不住大將風度，草草埋單收場，叫上司機小李子，上了一

6　《大刀進行曲》，是麥新一九三七年在上海創作的抗日救亡歌曲，為國民革命軍第二十九軍「大刀隊」抗日殺敵而作。

輛黑色勞斯萊斯幻影，把兩個日本人拉到另一個酒吧買醉。

我推說自己不勝酒力，就沒去。走前，耳膜裡濾過日本人的小聲交頭接耳：「中國的黑洞女孩，厲害呀。」

孟喆好像什麼事也沒發生那樣，笑得花枝亂顫。

第三章　黑洞效應

午夜的靜安寺是紅塵中一處淨地，佛寺幽靜，人聲喧嚷。孟喆立在街頭，即便穿平跟鞋，手裡拿著一盒臭豆腐，小手指上沾著口紅一樣鮮豔的辣醬，她依然是一九九三年午夜街頭一道鶴立雞群的風景，一任群芳妒，難怪何先生公司裡的女員工都不待見她。

黃嘉森半憐愛半怨懟，對孟喆說：「你呀你，今天發什麼神經！胡說八道，把日本大客戶給得罪了！」

孟喆一臉無辜地吃著臭豆腐：「你們自己一定要我來，我不討論討論天文學、物理學，難不成跟你們這幫臭男人一起泡小姐麼！」

嘉森說：「黑洞、白洞也罷，你掄大刀，何老闆還在等三共的大訂單，看看把何老闆的臉氣成什麼樣！」

孟喆哈哈大笑：「何先生覺得大客戶難伺候，特意召我來，硬要我唱歌，我是卻之不恭，士為知己者死嘛！」

我說：「這麼說，還是何老闆自找的？看下次何老闆還會請你來？！」

上天的閉月羞花之愛給了孟喆身材、外貌，必然要用沉魚落雁之恨來包裝襯托；上天給了她與身材、外貌相匹配的剛烈秉性，必然導致她的身邊差不多都是像我們這樣的臭男人。孟喆、嘉森和我是一組奇怪的三人行。說簡單，我是黃孟二人的客戶，我們常常在下班後聚會，除了業務以外，年輕人還有許多共同話題，三人結伴夜遊，跳舞，唱歌，溜冰，看電影，不亦樂乎。說複雜，我是一個日本翻譯官，與嘉森臭味相投，雖然我是老煙槍，他從不吸煙，但我的身分頗為可疑，是電燈泡還是男二號，我沒弄明白，也不想弄明白。黃嘉森麼，自命為孟喆的真命天子，但孟喆的天文學知識超越了常識範圍，作為滬上罕見的冷僻知識型長腿美女，至少我是這麼看的，她沒把嘉森當回事。

然而，真正使我心慌的事還是很快發生了。孟喆很快不得不離開了何先生的公司。

失業，在九十年代中葉的上海已經是一個很令人傷心的字眼。我想起自己失業的狀態，像是一隻嘴尖爪利的野貓，該出現的地方見不到，而不該出現的地方到處晃。只有孟喆那樣的姑娘，就像那個好心的街頭小妹，時不時地把野貓撫摸一下，但，從不會撿回家。

臺灣人黃嘉森望著孟喆總是有點走神，他盯著孟喆好久了，一直沒得手。他最近常把我拖著，說是隔山打牛功夫。我說常在河邊走沒有不濕鞋，他說他信我人品。我說近水樓臺先得月。他說笑話，他不信，他還說：「你們倆是同窗，要好早就好上了。」他沒說錯，我與孟喆曖昧歸曖昧，可就僅至於此了。要是在如今，孟喆會被冠以女漢子稱號，但她心軟。一個心太軟的女漢子在九十年代常常顯得異常溫柔。嘉森暗戀她這個祕密不能讓我心慌，那時讓我心慌的事真不多，但我總是倒楣的時候多。畢業後進了一家美國公司，這是我第一次學著做市場行銷，混蛋的是在一個世界五百強美國公司裡，在一個富二代的最喜歡泡酒吧的美國佬手下，被他拿來祭刀。我平生頭一回失業了，嘗到了資本主義的苦果。孟喆是我大學同學，她已經在何先生的臺灣公司上班。她說她記得政治經濟學課上我是少數幾個寫論文追捧社會主義市場經濟的同學，當然分數低得可憐，現在麼自食其果。不過，她說聊以自慰，不是在四五十歲才失業，出名要趁早，失業也是要趁早。然而，我知道畢竟這也是精神勝利法。

失業那陣子，我都不敢告訴家裡，只說請病假，更多時候滴酒不沾，潔身自好。躺在床上，讓太陽曬到臉上，宛如許多小螞蟻搬家路過。失業可以賴床，除了家人異樣的眼光，一切均可忍受。在床上似睡非睡，腦子裡天馬行空，悟出一個道理：人生皆由誤解而成，我與孟喆之間充滿了誤解。孟喆給多數男同學畢業紀念冊上都留了言，在我的畢業冊上她工整地寫著：「每一個成功的男人背後都有一個女人，你呢？」

每當我想起這一句話，背景音裡常常反襯黃嘉森「嘿嘿」的笑聲。我悵然放下電話。

那時候，我看後渾身燥熱，連續一個月食欲猛進。有一天猛踩單車，一口氣騎到蘇州河橋下。站在寒風中眺望三個小時，什麼也沒發生，就返回了。第二天掛電話到她公司裡。

大概也就是在我失業的當口，黃嘉森那時開始不離孟喆左右，以至孟喆養成了一句新口頭禪，那時她忍不住又說：「別噁心。人家喬老爺是提前退休，告老還鄉。」

我對孟喆說：「你更噁心。」

孟喆笑得像朵水仙花，她總把我叫做喬老爺，總是上不了轎的喬老爺，彷彿她眼神裡滿滿的都是愛意。當我因禍得福找到新工作，出任日本人的翻譯官時，她卻不得不離開何先生的公司。

她是第三次失業了，沒有一件工作長過一年。她說她媽怪她爸寵壞了她，女兒嬌生慣養；她爸怨她媽沒有富養女兒，女兒的品味太低；玩喆好像渾不在意。她天性快樂，笑口常開，不懈追求各種真知。要是在古代，那可是上知天文、下知地理的才女，但她卻總是樂在當下。

孟喆失業，似乎突然釋放了在一個臺灣企業裡委屈了這麼久蓄積的怨氣。但我少年老成，可算是未卜先知，一語中的。孟喆拔出的大刀是雙刃的，落在日本人頭上，同時也傷了自己。事實必然比預想的更糟糕。何先生保持了世家子弟的氣度，沒過多久，他找了一個很好的理由，請孟喆走人了事。孟喆這個女孩也乾脆，鋪蓋沒捲，二話沒說，離開了何先生的公司。

黃嘉森依依不捨，他背地裡約了孟喆吃飯喝酒，算是送別。孟喆這個女孩也奇怪，一定堅持要我也來。三人又在一起，喝了一晚上的離別酒，大家都有意無意放縱地喝。席間當然會聊起靜安寺KTV那回黑洞公案。

孟喆喝得臉紅紅的，才說清原委：「我早聽何先生說過，那個臭豬手是一個百人斬，自以為潘安再世，每次來中國出差，都去KTV和酒吧找中國女孩玩，睡了人家，還玩收集毛髮之類勾當，說是手信，貼了好幾個大本子，拿出來給人展覽，別提多噁心了，他以為還是日軍攻占南京城那會兒嘛！」

豬狩課長的確有此不雅之癖，我艱難地看了她一眼。抱拳連稱孟喆不愧是黑洞女俠，又贏得了一場「抗日戰爭」。我輩男兒算是白活了。

黃嘉森突然用閩南話罵了一句什麼。孟喆顯然聽懂了：「不許說粗口。」

然後，她對我溫柔一笑說：「你也不許用日語罵娘。」

我說：「我天天伺候鬼子，還不能爆粗口，不如被黑洞吸進去爽快！」

孟喆什麼時候變成一個黑洞女孩，我真不知道；但她失業那一晚，笑得比星光燦爛，沒有一點兒黑洞的無限死寂。

這一年的耶誕節之前，公司前臺接入一個長途電話，自稱是孟小姐。

在電話線那頭，孟喆的聲音低沉得不像是她本人，她說：「你一定來，快來救本小姐，因為我被綁架了！」

「什麼？什麼？你慢點說，要不要報警？……」

「不，不，我掉入黑洞了，你不可以報警，只要你快來！」

她一談起黑洞，我斷定是她無疑。

電話那頭陷入沉默，半晌，孟喆才悠悠地說：「黑洞的中心是一個引力奇點，密度趨近於無限的奇點，在那裡，物理定律會統統失效，懂嗎？」

「傻妞，我不懂。」

她還說：「一個物體掉入黑洞，會被壓縮在無限小的空間裡，被無限拉長、壓扁扭曲，由三維物體變二維，變成一條線；等到線跑到那個神奇的奇點上，物體將完全失去維度，完全消失，完完全全。」

我說：「我真的不懂。」

「你真笨，在我變成一條線之前，你趕緊來救我！」

「你在哪裡呢？」

「福州。」

電話是福州打來的。這大半年之中我們幾乎沒有交往，我不得不相信孟喆說這話的時候她真的是在黑洞，這是孟喆的語彙和文法。她是在地理意義上的福州，也是在物理意義上的黑洞。我的意思當然不是說福州是黑洞，福州人民一定不同意，但我是說孟喆是從黑洞來的，我必須相信，至少是救人的當口。

我馬上找了個藉口向公司請假，收拾收拾，就買了機票飛抵福州。在萬米高空，我一直想著我與孟喆算是什麼關係，她為什麼不找黃嘉森先生？

到福州時，天擦黑了，我決定以查驗出口訂單的方式來查明孟喆。我按照約定，趕到熱鬧地段的東江海鮮酒樓，一看手錶，八點還未到，趕上了。

一個淺粉色制服襯衣短裙的女孩臉上掛著個酒窩，自稱是店經理，笑盈盈問我幾位。我說兩位，但要等朋友來。趁在門外吸煙的機會裡，把裡面看了個清楚。

孟喆果然如其所述，坐在最裡面靠窗的位置，穿著深色的全套職業裙裝，霓虹打在她臉上，紅紅綠綠的，看不清什麼表情，背挺得直直的，好像被綁在一根看不見的柱子上。她身邊坐著一個男人，五官端正，圓潤到彷彿一尊黃楊木刻的大慈大悲的菩薩。

孟喆似乎一直在小聲說著什麼，我掐滅煙頭，走過他們，又走回來，也許她還在談論黑洞，菩薩臉男人聽得昏昏欲睡。一縷白煙從面前升起來，那個菩薩一樣的男人的臉籠罩在他指間製造的萬寶路煙霧世界裡：他年紀並不大，但頭髮花白，眼袋下垂，已經生出雙下巴，看上去的確像一個貨真價實、飽讀詩書的大學教授。

那個穿短裙的福州店經理臉帶期盼，從店門口遙遙地看我，淺粉色襯衣背後胸衣背帶隆起，彷彿一道監獄高牆上的電網，隱隱輻射出令人心跳加速的致命誘惑力。我靈機一動，沒有什麼預設情節，我去洗手間寫了一張便條，回來上前，恭恭敬敬遞給她，指了指窗邊那位菩薩臉。她看了，臉就紅了。但很可惜，她沒採取任何行動。行動失敗。

我再次回到洗手間，打開雙肩背囊，翻了半天，終於找到了合適的東西。那是一本幾乎跟新的一樣的日本流行雜誌，這種東西豬狩等人每次從東京來上海出差，隨身必帶若干本，看完了就往翻譯官這裡一塞，美其名曰環境保護。

我再次來到女經理面前，她詫異地眨著一雙好看的蓮仁眼睛；我咳嗽一聲，從腋下抽出那本日本雜誌，雙手奉上，再次鄭重地交給她，然後，又指了指靠窗與孟喆坐在一起的菩薩臉，說：「那位老師送給你的。」

女經理滿臉詫異，打開那本日文雜誌，沒幾頁她就翻到關鍵頁面，臉色先是發白，接著轉紅。書頁上幾位扶桑AV女優像初生嬰兒那樣一絲不掛，虎牙全露，纖毛畢現。這次女經理終於出現應激反應，露出了一位良家女子遇到強暴應有的真面目。她咬碎銀牙，從服務員那裡劈手奪過一碗連江魚丸湯，一口氣端到菩薩臉面前，「嗵」地杵在桌上，濺了他一臉油花。

菩薩臉先是一愣，委屈地看看孟喆，又不相信似的看看女經理，他一邊甩手，一邊大叫：「不、不、不是我們點的。」女經理說：「讓你吃，讓你吃。」她順勢用大湯勺在湯裡一攪和，嚷嚷著：「白送你。」菩薩臉的外套和褲子立馬濕了。他像一枚品質不合格的炮仗那樣才跳起來就落下，菩薩臉變成了金剛臉，他抓住女經理的手，一定要店經理賠禮道歉。女經理漲紅了臉，騰出另一隻手，賞給金剛臉的左臉一個響亮的耳光。

金剛臉被打得暈頭轉向，轉眼又被打回到菩薩臉原形。女經理迅速退到收銀臺後面，彷彿通了電的收錢機器會變成高壓電棒，攔住一切妖魔外道。菩薩臉說：「我要報警。」女經理也說：「我已報警。」菩薩臉說：「你不講道理。」女經理說：「你是流氓。」

我趁機對孟喆使眼色，趁著菩薩臉被一群義憤填膺的服務員扭送到收銀臺前理論的那一刻，孟喆理了理頭髮，起身拿起坤包，裝著去洗手間，趁機到樓下與我會合。三分鐘內，我們坐上一輛計程車。在孟喆的暫住地，取出一隻ABS行李箱，回到同一輛計程車，直奔火車站。

在計程車上，孟喆終於忍不住拍手大笑，我也大笑。突然，她不笑了，抱著我的臉用力地親了一口。之前我們連牽手沒有。然後，她把一樣東西拋出車窗。福州的計程車司機回頭看我們一眼，意味深長，什麼也沒說。

「什麼掉了？」我問。

「鑰匙。」她說。

孟喆把鑰匙扔在了一九九三年的福州街頭。

我至今懷念那個沒有地鐵的上海。

一九九三年耶誕節前最黑的那個子夜，我們回到上海。那時，人無法走得更快，上海地下還未被掏空，一號線只有錦江樂園到徐家匯那可憐的一小段建成通車。出了上海站北廣場，寒風從每一個可能的縫隙裡鑽進來，好像把半夜的一池墨汁都凍成了硬塊，孟喆牙關「咔咔」響著說：「好像離開了一個世紀。」

孟喆還穿著適合南方天氣的裙裝，她裹在一件毛茸茸的咖啡色大衣裡，說她不想回家，因為她那個脾氣火爆的老爸一定會把她屁股打爛的。

我們打的去了徐家匯的交通大學附屬賓館。

她說她老爸在交響樂團吹首席黑管，年輕時極有才華，後來去了五七幹校。老爸出身書香門第，對她家教極嚴，一直對她和她弟弟沒有繼承他的音樂事業耿耿於懷。

她說話的時候，窗外市聲消散殆盡，室內只聞她粗重炙熱的呼吸聲。我一直握著她的手，她的手柔弱無骨，冰涼冰涼。我又把手放在她額頭，火燙火燙。此時此刻，我們都已在賓館的一張單人大床上，她裹著厚厚的絨布睡衣鑽入了被窩，而我呢，手裡拿著空調遙控器，像一個君子那樣（至少那時是這樣）坐在床頭。

那一夜，她發燒了，她蜷起雪白的長腿，在白色床單下佝僂成一團，縮成在母親子宮內裹著羊水的模樣。我給她加了被子和毛毯，又出去日夜藥房買了感冒藥，給她服下，她閉上眼睛。

我剛想把床頭燈關掉，她閉著眼睛忽然說：「不要關，我怕。」

我說：「你怕？」

她說：「燈一關，我就被吸走了。」

「傻妞，哪有鬼怪？」

「吸到黑洞裡去了。」

「不就是回家嗎？別怕。要去，我們一起去。」

「我是從黑洞裡來的，總歸要回去的，只是不想現在回去，因為有你在，多好。」

她睜開大眼睛，眼神深邃得好像能穿透天山上的萬年冰雪。我握緊了她的一隻手，將另一隻手撫摸她的脊背，在她臉頰上吻了一下。她的鼻息像某種家養小動物那樣柔軟濕潤，她的身體在我的唇下彷彿風吹過紙頁一樣顫抖。如果我沒記錯，在福州她吻過我，現在，在上海我吻過她，可是，都是唯一的一次。

她說：「別走。」

我說：「好的。」

她說：「我想聽喬老爺吹黑管。」

我一愣：「我不會。」

「我多想看你吹黑管的樣子，你為什麼不會呢？」

孟喆白皙的皮膚下轉為透明，可以看清淺藍色的血管；她的身下也彷彿埋著一座小火爐，幾乎要把我的肉體煮沸。她喘著氣，眼睛半開半閉著，流出來一些清澈的液體，流到我的手背上，給我也高燒的頭腦降溫。這是我第一次也是唯一一次看見孟喆流淚。她斷斷續續地講述，像是一場夢囈。後來我才明白，那一夜，我們都去過黑洞一回，她回來了，而我永遠沒回來。

孟喆說她自小就想學黑管，自然與她家傳淵源有關，然而，這不全然如此。這裡面還與黑洞有密切關係。她說她的恐懼從記事起就開始了。她很小時候見過許多陌生人夜裡衝進家，抓走她的媽媽，給她脖子上掛一雙破球鞋，那種解放牌的白色球鞋，鞋頭穿孔，鞋底掉了，鞋幫上刷著白鞋粉。他們還當著她的面打她爸爸的臉，打到臉腫得像個豬頭，把他那支非洲黑木做的單簧管給折斷了。

她很小很小就與弟弟二人相依為命，寄居在親戚家裡。她用力地說：「生活他媽的太苦了。」她從學校圖書館偷了許多蓋了革委會圖章的書來讀，其中有一本天文學科普讀物，上面講到宇宙裡一個神奇的所在：黑洞。那一夜，小孟喆簡直開心得睡不著覺，她發現了一個祕密：她不是地球人，她是從黑洞來的。浩瀚的宇宙起源於一個最古老、最恐怖、最神祕的黑洞，從一次神奇的大爆炸誕生於一個古老的黑洞。當黑洞的品質累積到一定程度時，會發生類似大爆炸的大事件，讓宇宙得以重生。我們宇宙中數以億計的黑洞又能神奇地孵化出許多新的宇宙。她那時就想：如果回到黑洞，她也能重新獲得生命。她把祕密告訴弟弟，弟弟不懂；她無法告訴別人，她決定保守這個祕密，一個人上路，尋找返回黑洞的路徑。

她雖然吃得不好，有一頓沒一頓；睡得不多，睜著眼睛看黑夜；卻迅速發育，繼承了父親的高挑身材和英俊面容。她越長越高，漸漸懂得：她無法一個人回去，她要找到一個同路人，另一個願意與她一同去黑洞的人。她說她和弟弟回到父母身邊後，日子好起來，她讀完了大學，但是，她還是一直使勁地找，偷偷地找呀找，沒有一個工作可以做長久，沒有一個男朋友可以正式到超過三個月。父母都不明白這個女兒成天瘋瘋癲癲的是不是生病了，索性就不管她了。後來，她找到廈門鼓浪嶼，然後，她與她找到的同路人一起去了福州，她以為不久可以啟程去黑洞，不料，她發現自己被愛綁架了。

綁架事件緣於她離開何先生公司後去廈門旅遊。她一個人背著包在琴島上漫遊，聽見了那純淨清澈的熟悉聲音。她一連三天，遇見一個獨自吹黑管的中年男人，黑管的豐富音域彷彿天使的翅膀降臨人間，遮天蔽日，無可躲避，無可選擇，三天裡，連苦澀的海腥味混合著煙草味都變得彷彿法國普羅旺斯的熏衣草與葡萄酒那樣浪漫。整整三天裡，她朝聖一般注視著他那放光的臉龐和專注在黑管上的眼神，虔誠地想著：這是天意，這是天意。她從來沒有想到一個頭髮花白、菩薩相貌吹黑管的老男人會有著黑洞一樣的吸引力。

他自稱是福州一所高校的語言學教授，黑管是他一生的摯愛。他自小夢想帶著黑管和心愛的女人去非洲大草原，但如今他願意帶著黑管與她一起去黑洞。

琴島的夜是不安定的，人彷彿在船裡搖來蕩去，怎麼都無法擺脫波浪的交纏。那個菩薩臉的男人突然敲開她的房門，從天而降，抱住她，「呼哧呼哧」的喘息聲彷彿非洲塞倫蓋蒂廣袤大草原上肆虐的狂風，大象、河馬、長頸鹿、獅子、老虎都不能阻擋。這出自於玩詰的想像，既然她從未去過非洲。她對非洲草原的瞭解只能來自於他的講述和他的欲望。可是，這也是扯淡，他哪裡去過非洲？

我聽到這裡，很想重回福州去揙教授的右臉。

她夢遊一般隨著他去了福州，兩個人一起租了房，共同生活了半年。她說這段日子像開著太空船在群星閃耀中翱翔一樣，只是她知道飛船總要著陸，一直飛下去只會耗盡能量。他已經成家，妻子是高幹子女，兩人有一個十三歲的兒子。他說他的工作是岳父安排的，他的婚姻是妻子安排的，他的日子好像煮一劑煮不完的苦到心底的中藥，爐子熄了，藥還得煮。

孟喆心裡其實不在乎他離不離婚，因為他們總歸是要去黑洞的；但她在乎他在兩個女人、一個孩子和兩位老人之間長袖善舞，左右逢源，而且，菩薩臉與她在一起後，很少再碰黑管了。她有一天打開琴盒，摸著冷冰冰的金屬管身，如同撫摸一顆不再火熱跳動的死去的心臟，她明白了一個簡單的道理：一個可以一夜之間放棄自小時候就有的去非洲夢想的人，同樣可以一夜之間放棄黑洞。她告訴他，她決定離開福州回上海。他起先很平靜，不停地吸煙、喝咖啡，用老師的口才與睿智來說服她。但孟喆是來自黑洞的，她的決定無人可以推翻。菩薩臉老師憤怒不已，他不能容忍任何來自女人的離棄。他第一次打了她，像一個傷心的父親不得不管教一個淘氣的孩子。然後，他跪在地上，痛哭流涕，像一個由愛生恨的丈夫對自己的愛妻那樣懺悔不已。可他忘了，她只是他從鼓浪嶼街頭撿回來的一個來自黑洞的陌生女孩。她挨了揍，學乖了，接受了他的道歉，還是施展各種妖術一樣的法子試圖離開他。老師不得不用學問軟硬兼施：用溫存體貼軟禁她；他用纏綿的愛折磨她；他給她下藥，讓她睡上三天三夜；拿兩盞落地大燈照著她，不讓她睡覺；不停地與她講話，直到她想把耳朵割下來。她快要崩潰的時刻，終於找到一個機會，她趁他不備，撥通了我上海公司的電話。

——「我感到身體的一部分已經溶解在黑洞裡面，救我出來……」

記不清這是祈使句，還是問句，那晚，我握著她冰冷的手，撫摸著她如同雪峰突然陷落的腰肢曲線，同時，卻為我的一條褲腿心神不寧。未曾注意哪裡沾上的，我褲腿上一抹鮮紅色的油漆，鮮血一樣耀眼。

孟喆說我是她當時想得起來、也找得著的最講義氣的那個人。

「你不怕我也像他那樣把你拐走？」

「我不怕，你很正。」

她說完，像一個小孩子入睡前，把心愛的玩具交到媽媽手裡那樣疲憊地笑了。我們倆都有意無意地迴避了黃嘉森這個名字。笑是一把從容安詳的刀，割斷了我任何其他的念頭。後來，一個學心理學的朋友用心良苦，給我解釋一個專有名詞「黑洞效應」：黑洞具有自我強化效應，當一個男人的情感閱歷和人生痛苦達到一定積累之後，會像黑洞一樣產生非常強的吞噬能力，把他勢力所及的所有東西全部吸進去，被吞噬的東西反過來促使那個男人產生更強的魅力，形成一個正向加速循環的致命情感旋渦。現在看，這些都是風涼話，純屬馬後炮。我沒有機會把這解釋搬給孟喆。

在一九九三年的耶誕節前最黑的那個夜晚，我其實無法走了，我那時住在黃浦江的對岸，隧道夜宵車說一小時有一班，實際上要等好久；我的自行車還孤零零扔在隧道口馬路邊；打的路線太遠，實在不是工薪族能夠承受的。

我握著她的手，望著她，她就這樣睡著了。

我聽到被窩裡傳來輕微的鼾聲。

我從她的包中找了一本書——貝爾曼的《單簧管演奏法》[7]，孟喆說這是黑管大師的經典教程，但我認為這是大師寫過的最好催眠曲。我給自己泡了一杯袋泡綠茶，點了一支煙，與孟喆分享同一盞床頭燈，坐在燈下，看看書，看看她，彷彿看到二十年後的歲月宛如熟睡的床頭燈光一樣迷

---

[7] 貝爾曼（Carl Baermann, 1810-1885），十九世紀初，貝爾曼出版了《單簧管演奏法》（*Vollständige Clarinett-Schule*），這是全世界公認最優秀的單簧管教程之一。

離不清。

一支煙吸完，茶沒喝到一半，我也打起了呼嚕。

我睡著的時候，可能兩腳都伸得筆直。孟喆說物體落入黑洞時，在消失的前一刻，會變成長條狀。我也就是這樣。

我以為那一夜要發生什麼，但什麼也沒發生。那一夜的確發生了什麼，也許就是我愛上了孟喆；可是，那一夜，我們倆之間其實什麼也沒發生，那不是一個好兆頭。那是她從福州回來的漫長一夜，我讀懂了孟喆的一夜，也是我們倆的分手之夜。用一夜愛上一個人畢竟不可靠，長夜的盡頭無疑就是分手。

歸根結底，什麼都未曾發生。

第四章　時空扭曲

我的眼前常常出現一根單簧管，烏亮烏亮的木喇叭口，烏嘴吹口固定著一個簧片，兩片厚厚的紅色嘴唇抿下去，風像水一樣流過簧片和鳥嘴，配合下唇適當的壓力，薄薄的簧片歡快地搖晃著，烏木體內的空氣長柱彷彿擾動的水波那樣振盪起來。

夜半的蘇州河橋下，在樹影深處，一個雙手握著黑管的男人高大沉靜的背影，我的耳邊響起德彪西的〈第一狂想曲〉，高音嘹亮，中音深情，低音渾厚……。我以為是白日做夢，現在我知道這叫做「時空扭曲」，你可以從蟲洞的一個口子進入到另一個時空，改變時間順序。這一點也不神祕，人常常做時間旅行，但霍金後來說自然界禁止時間旅行。你看，他不是一個讓我們省心的人。

孟喆家住在蘇州河橋下的一個老式里弄，每次送她回家，她只讓我送到那座鐵架橋下。所以，我始終不知道她家確切住址。那時，蘇州河水還是那種不反光的黑色，散發著不是汗臭、而是類似於煙草的河流的體味。月亮並不朦朧，如同一個碎了燈罩的大街燈高高吊在半空，十里洋場上的街燈逐漸恢復了神氣，亮得如同串在鐵籤子上的一排白色乒乓球。

孟喆回滬病癒後，接連去了兩三間公司上班，做的都是祕書之類「不三不四」的工作（孟喆自己的描述用語）。她常常約我下班後送她回家，我只要能夠走得開都從命，但其實這種機會在日本企業通常少得可憐。黃嘉森這段時間裡好像真的去了黑洞，始終不出現。

孟喆那雙黑色平跟鞋的鞋跟猛咬了一口高低不平的街面。我一邊扶住她的腰肢，一邊皺著眉頭，看著我自己牛仔褲腿上的一道紅色油漆。我換上這條褲子，卻忘了注意上面的污跡。還能不能洗掉污跡，已經不重要，重要的是已經不乾淨了。我不是說褲腿上，我是說心上。

孟喆說他爸爸離開樂團後，常常在晚飯後來這裡，一個人捧著黑管，吹德彪西的〈第一狂想曲〉。媽媽從來不來聽，她說都是吹黑管惹禍。

孟喆的神情很憂鬱，她凝視著河邊的一棵法國梧桐樹，蘇州河鐵橋的偉岸身姿把沉重生硬的黑影壓在樹身上。

我問：「為什麼？」她呆了一會兒，才說：「媽媽聽不懂。」

孟喆在橋下面同我談起那晚小音樂廳演奏的《貝多芬第九交響曲》，她一臉嘲諷，用雙關語說：「從第四樂章起越演越烈，越挫越勇，越來越忍不住，終於達到了高潮，男人的高潮，交響樂充滿了男人的意淫。」

孟喆從來在言詞上無所顧忌。她對交響樂的批評，使我常常如墜五里霧中。她的音樂修養很深，應該是得益於其父的陶冶。她常常邀我去小音樂廳聽音樂，但很快發現古典音樂對我也是對牛彈琴，白白糟蹋了她的錢包和苦心。

「交響樂是男人的，民樂才是女人的。」孟喆這麼說。某天晚上，孟喆最後宣布說她不聽交響樂了。

我站在臥室門背後的暗影裡，完全沒有意識到這個決定並不只是隨口說說而已，這個決定影響了她和我的將來。

她的臥室很逼仄，其實就是一個亭子間，中間用一個布簾與他弟弟的床鋪隔開。

她在臥室裡旁若無人，脫下白色T恤衫和白色超短裙，露出勻稱修長的酮體，窗外月亮羞得只剩下一個背影。

我無法抑制衝動，突然上前把她摟住，她卻驚叫起來：「喬賓！你怎麼也是這樣的人！」

我沒有停住，無法停住。那一刻，我的頭腦裡面一片空白。

然而，這不過是我的幻想，在孟喆消失在黑洞之前，我從未踏進過她的家門，這是一個事實。為此事實，我懊悔不已。我也一直迷惑不已，時而過分克制，時而過分唐突，時而過分刻薄，時而過分狂傲，自己到底是什麼樣的人。時過境遷多年以後我終於明白，我才是落入黑洞的那個人，雖然我總是自我感覺頭腦很清醒、很理智。

孟喆放棄交響樂這一奢侈愛好看來是必然，正是出國熱剛興起那一陣子。人人都夢想著從剛打開的國門擠出去，看一看，賺點錢，或者不再回來。我打電話到她家裡老找不到她。隔了幾天，她給我打回電話，在電話裡，她嚷嚷著說要出國。

「美國？」

「美丹。」

「我以為聽錯了。」

美丹不是美國，它是一個島，一顆無價的珍珠，在遙遠浩瀚的南太平洋。

我們從福州回來在賓館同宿一夜的事，彼此默契到不再提及，彷彿記憶都被洗個乾淨。那一夜好像從沒發生過，也因為孟喆自那時起變得神神祕祕起來。

直到某天，孟喆約我去蘇州見一個人。在東山的一片紫竹林後面，一間幽靜的禪房裡，我見到了孟喆的師傅。師傅叫做老白頭，看上去不像是文化人，但人生閱歷豐富，五十上下，鬚髮皆白，飄然有神仙相。他據說每天洗四次澡，洗去塵世煩惱和玷污。

師傅興致很高，唐裝、布鞋，帶著兩個俗人行山看風景。

孟喆指著遠處大片古剎連同紫竹林說這都是師傅的產業。師傅搖頭說不對，山外有山，人外有人，這產業不是他的，而是師傅的師傅的，但也不是師傅的師傅的，因為產業就是一個空，萬事都是空。他的師傅叫什麼，老人始終不肯透露。他神祕地笑笑：「將來你們去美丹的時候，自然就知道了。」

孟喆悄悄告訴我師傅決定將來要帶她去世外桃源——一個叫做美丹的南太平洋島嶼。秋高氣爽，太湖之水浩淼煙波，湖光山影，盡收眼底。

孟喆說：「師傅，蟲洞。我最近在研究蟲洞。」

師傅說：「你這個丫頭成天神神叨叨，你說的我不懂。」

孟喆說：「蟲洞就是時空扭曲，通過蟲洞，我們可能到達另外一個時空。師傅，你看呢？」

老白頭手指點著孟喆的腦袋說：「你的想法太多了，你本人的思想才是你最大的障礙。」

孟喆說：「有人說黑洞很可能就是蟲洞，那樣的話，時間旅行也許做得到。」

老白頭說：「我沒文化。不過，師傅我跌過的跤比你吃過的飯還多。你最近不是老說不順嗎，不順就是個假象。你做不到呢也是個假象。你周邊遇到的困難阻力都是假象，只有你自己腦袋裡的東西是真的。我只知道你的想法才是你的絆腳石。」

孟喆說：「好像有點明白了。」

我還不明白，老白頭看著我倆微笑不語，他拍著自己的肚子，領著我們朝廚房走，到了開飯時間。

孟喆說她想明白了，但我一直不明白，孟喆還是沒有出國。她停止了整天胡思亂想，她果真行動起來，她下海了。在開發區註冊了一間民營公司，還租了寫字樓，雇了些員工，成天忙裡忙外，火燒眉毛似的，沒見著什麼產品或專案。孟喆依然晚睡早起，精力充沛。她說睡覺是世上最浪費時間之事，乃是人類歷史上的頭等蠢事。我問黃嘉森，他也一臉茫然。誰也說不清她公司是做什麼的。九十年代的上海灘是人人夢想一夜致富的地方。孟喆的蹤跡越來越神祕莫測，卻是一件再正常不過的事。她本來是一個黑洞女孩，從不循規蹈矩。

傳真機「噠噠」地響著，吐出好幾頁熱敏紙，三共公司上海辦事處某天忽然收到一份大訂單，把祕書和我都嚇了一跳：每月訂購木薯三十噸。每個字頂天立地，刀削斧鑿，好像個個都要力透紙背。我認出那是孟喆的字。

我馬上給她公司去電話，告訴她：其一，日本三共從來不做什麼木薯生意；其二，每月三十噸看上去就是騙子的口氣。孟喆在電話裡「咯咯」地笑，說她也發覺被人騙了。我對著電話罵：「傻妞。」我說：「你要是會做生意，明天太陽就不升起來了，全上海白領晚上就不睡覺了。」我以為孟喆這樣的人做生意就是一個笑話。可是，我錯了。

有時候，我與黃嘉森一起吃飯，多有商業夥伴在一起，兩人之間像有默契，都不提起孟喆。除了一次，嘉森喝高了，醉醺醺地說：「孟喆離開上海了。」我連忙追問，嘉森口齒含糊，說：「她被黑洞吸走了，連光都無法逃脫，何況一個瘋瘋癲癲的研究黑洞的小女孩。」再問，卻不說了。

第二年春季，我照例代表日本公司參加廣交會，手機的單色螢幕上顯示出一個陌生號碼。那時一部手機價錢很貴，個頭很大。在廣州，公司配給我的墨綠色Nokia手機足有一隻保溫杯大小，也像保溫杯那樣需要二十四小時攜帶，保持狀態。

孟喆的聲音在電話那頭笑得很開心。她說請我看電影，還說她請的是兩位。

我問：「兩位？你與我？」

她說：「別蒙我。你的日本女朋友與你。」

我心裡一驚，她怎麼知道我交了桃花運？我猜準是嘉森嚼舌頭。我是談了一位正式的女友，她在商檢局鑑定科上班（也是我經常打交道的政府部門），雖然沒到孟喆的個頭，卻也是長腿細腰，直髮披肩，眉清目秀，溫婉可人。日本東京總部認為喬賓先生是嚴格按日本產地標準找了女朋友，值得推廣。我在電話裡沒否認，但我還是說：「我在廣州，等我回來吧。」

她說：「知道你在廣州才找你。」

孟喆要我幫她帶些客戶樣品，但不可以坐飛機回來，我答應了。

她給了我海珠區電子城的兩個攤位號和一個接頭暗語。

海珠區電子城的第一個攤位主人是一個大頭，像電影裡特務見面那樣，準確地說了暗語上句，還搖頭晃腦地一個勁地觀察四周：「你從哪裡來？」我按孟喆的指令回答：「黑洞。」然後，我手裡拿到一個鼓鼓囊囊的信封。我跑到第二個攤位，把信封交給第二個攤位的主人，那廝面部表情僵化到石刻一般，鼻樑上夾著副玳瑁眼鏡，透過眼鏡上方看人，然後，像是終於抓住一個久欠不還的躲債人似的，取出信封裡的人民幣，一一點清，交給我一隻封得好好的棕色紙箱。我提著那隻沉甸甸的紙箱，直奔廣州火車站。上了車，放在臥鋪下，也沒敢打開，心裡淨琢磨：既然我就是做了拿錢取貨的活計，兩個攤位都在同一個電子城，為什麼不讓他們之間直接交易？最後結論是孟喆可能並不信任他們中的任何一方。

直到上海家裡，我關上臥室房門，打開封條一看，裡面滿滿全是錄影帶。趁著父母不在，我打開錄影機一看，全是好萊塢最新的影片，在香港配上中文字幕。看來孟喆打通了從香港經廣州到上海的一條販運盜版錄影帶的祕密交通線，我只是偶爾客串了一把地下交通員的角色。我搖搖腦袋，以為她的新生意僅此而已，但是，我還是錯了。她的商業野心遠不只這些。

安福路上梧桐樹葉飄飛的季節，也是上海灘白領們求知和精力雙過剩、無處消遣過冬的季節。

小白領們蠢蠢欲動，把每一個寒冷的週末都變成了不眠之夜，星期天的太陽似乎真的不用升起來了；在還沒有盜版DVD和網上視頻衝擊眼球的時代，在還沒有手機可以浪費青春的時代，全上海白領在週末晚上似乎真的可以不用睡覺了。一種印刷比正常電影票更精美、但印張比之大了兩三倍的奇怪電影票，通過各個快遞公司和大學生上門推銷之手，開始悄然走紅於滬上各大寫字樓和經濟開發區，通宵連放三場電影，整整五六個小時，全是好萊塢最新原版影片，徹夜連軸轟炸放映。儘管是洋面孔、外國語、繁體字幕，儘管不開空調，冬冷夏熱，仍然成為滬上白領們追求時尚和戀愛的最佳去處。那時的電影院缺乏海外片源，大都不景氣，不少還奄奄一息。孟喆的公司一口氣包下了滬上一些著名院線，多屬鬧市地段，利用週末子夜過後院線不營業的空餘，通宵放映小資們青睞的原版電影。一時之間，一票難求，孟喆的公司賺得盆滿缽滿。黃嘉森聞之連連咋舌：「黑洞行銷，黑洞行銷。」

孟喆發財以後，我們基本上不再見面。到了又一年耶誕節前的週末，我拿著孟喆送的兩張電影票也趕了一回時髦。帶那位剪著披肩直髮的女朋友去孟喆包下的安福路影院，泡了一個通宵，三部電影連放，言情、推理加上黑幫片，一部比一部精彩。然而，通宵下來鐵打的人也受不了，我和女朋友滿臉倦意，手把手走出影院，天已大亮。週日清晨，城市還賴在床上，滿地落葉，金黃的世界。

突然間，離場的白領觀眾們停住精疲力竭的腳步，發出一陣驚歎。我認出了那輛彈眼落睛的黑色勞斯萊斯幻影停在影院門口，那時全上海沒幾輛，何先生公司的車怎麼會出現在通宵電影場？我看見小李子穿著制服戴著白手套，下車恭敬地打開車門。孟喆裹著貂皮大衣從影院邊門出來，踩著高跟鞋「噠噠」跨上車，車門砰然關上，後座上一個男人把一隻手自然地搭在孟喆的貂皮肩上。

英國幻影轎車像一隻敏捷而高傲的黑豹彈射出去，消失在的安福路落葉盡頭冉冉上升的冬日裡。

在沒有暖氣、失去睡眠的安福路電影院裡一整夜下來，女朋友的鼻尖都凍紅了，她不斷跺著腳，用紙巾擦著清水鼻涕，連聲聲討：「這是你說的愛的代價？」

我不能怨李宗盛寫了一首替男人推卸責任的好歌，只得一手攬著她的腰，一手替她拿紙巾，口裡安慰她說：「傷風感冒，難受三天。你猜，我看見誰了？」

她說：「看見你的前女友？」

我一愣，知道她不可能認識孟喆，我說：「那車裡坐著的好像是我們的供應商，臺灣大老闆何先生。」

「拜託！喬賓，你是一個工作狂！禮拜天你還要滿腦子加班工作嗎？你成仙了？」

她是一個正常的女孩，被好萊塢的大片給撤底撐到嘔吐。我把她送回家。那個聖誕夜之後，我沒有再聯絡她，她也沒有打電話給我，就這樣我們因為一場孟喆放映的精彩通宵電影無聲無息地分手了。事實上，那個剪一頭亮閃閃披肩直髮的山東女孩身材非常棒，脾氣也很溫柔，南下老幹部高幹家庭背景，她在義大利做生意的兄長每月給她三千美金生活費，根本花不了，她還做得一手好菜，朋友們都說我不可能找到比這個更好的女朋友。那時，我以為我是旁觀者清；如今，我知道旁觀者清的是他們。

週一上班，我立即調查了何先生的行蹤；他果然不在臺灣，他在滬，孟喆應該是與何先生在一起。讓我大吃一驚的事是小田部長居然也在上海，因為何先生正是推掉一切雜務，親自接待小田祕密來滬。東京總部說小田部長已休假，不在日本。我有點恐怖地想到：部長來滬談的該不會是我們給東芝大財團供貨的那個長期大訂單吧？現在，全亞洲的電動工具廠商哪一家、哪一戶不在明裡暗裡為這個大訂單較勁呢。東芝財團下屬芝浦工廠預計從中國連續三年採購總值五百萬美元以上的電動工具，具備向日商財團供貨經驗較為成熟的候選者大體上都是臺資企業或日商在亞洲投資的工廠。假如小田趁著休假來滬，不與我這個駐滬代表或駐滬辦事處聯絡，卻與某個供應商如何先生之流私下裡廝混在一起談東芝訂單，完全不符合日本公司的商業準則與規範。對於一個日本公司取締役兼最有前途的營業部長來說，簡直是愚蠢至極的叛變行為。接下來連續幾天，我打電話給孟喆的公司，但始終找不到她。我觀察著東京總部關於訂單供應商篩選的進展，無論我如何慎重地在建議書中指出何先生公司財力上的缺陷與品質控制體系不完善，何先生的臺灣公司正在有條不紊地進入最後一輪角逐。

我徒勞地放下電話，看著我自己牛仔褲腿上的一道油漆。褲子洗得發白了，油漆污漬反而越來越明顯。

第五章　送我去黑洞

來年一開春，黃嘉森打電話給我說：「孟喆倒楣了。」

他告訴我這一回搞定孟喆的是地球上最強大的美領館。他還說公安可能會來找我，但別擔心，他黃嘉森也不是沒能耐的，他會搞定的！一定！

嘉森的口氣有點喜滋滋，讓我疑心聽錯了。嘉森大包大攬，完全不是他的風格。我不能不擔心，發財從來不是一樁省心事，麻煩一定接踵而至。否則花錢消災的說法就沒有根據。

一個平靜的春天的上午，綠色葉片熙熙攘攘剛爬上梧桐樹的主幹，凱旋路鐵道岔道口欄杆一抬起來，汽車、自行車、助動車、摩托車和行人鬧哄哄爭道而行，奪路而出一馬當先的是一輛掛著警燈的深藍色桑塔納，駛入三共株式會社上海辦事處的大門口，下來兩個陌生人，說是找我。

公安局的經偵專案組果然來了，一老一少，一高一矮。高個子年輕人話多，主要都是他在講，他說得很混亂，但我還是理出個頭緒：孟喆的公司非法經營，被依法查封了，她和她的公司以及公司股東因為在全市範圍內大規模公開放映盜版美國電影，牟取商業暴利，上了美領館的黑名單，被列為嚴重侵犯美智慧財產權的主要嫌犯。我腦子裡閃過我從福州電子城帶回的那一箱貨物，脊背上冷汗涔涔。

我問：「她被抓了？還有誰？」

高個子年輕人一臉遺憾地搖頭。他們還在找她。他們要挽救她。

矮個子年長的那位一直在觀察我，這時才開口：「你曉得她下落嗎？」

我搖頭否認。其實我的確收到一條手機短信，來自陌生號碼，我認出了孟喆的口氣。

我也看出矮個子公安根本不相信我所說的。

後來，我跑到街上，特意打了個短的，繞到影城那裡，用公用電話回電過去，一下子居然找到了孟喆。

她在電話裡的聲音有點怪，她語速飛快地說：「我焦慮了，睡不著覺，還大把大把掉頭髮。」

我把心一橫說：「去找嘉森吧。」

她的話音一顫：「為什麼？」

我說：「嘉森說他認識美領館的人。罰點錢可以搞定。」

我又加上一句寬心話：「凡是錢能解決的，都不是問題。」

她說：「不是美領館的事，也不是錢的問題。現在我睡不著覺，因為可能，不，很可能，黑洞很有可能不存在。如果黑洞真的不存在，我到底該去哪裡呢？」

我的心像是一口深井，突然掉入一塊巨石。根據我那點可憐的關於物質能量守恆定律的物理知識，我們即便燒成灰，仍然是物質或是能量，我們不可能消失殆盡，我們一定是前往宇宙中的某一個地方。如果那地方不是黑洞，該是哪裡呢？這的確是一個問題。

「我不知道，但我有膽子這麼說：天堂。」

孟喆說：「自欺欺人。」

我說：「人活著怎能不自欺欺人呢？」

孟喆罵道：「一點兒理想都沒有，不知道你怎麼入的團，怎麼當的少先隊員！」

我問：「那你的理想是什麼？如果黑洞真的不存在？」

電話那裡許久沒有回答。

「總有一天我要去美丹島。」她在電話裡最後這麼宣稱。

「不去黑洞了？」

「也許黑洞真的不存在。」

末了，她告訴我一件出人意料又在情理之中的事：黃嘉森向她求婚了。

聲音輕得像蚊子叫，卻尖利得可以刺穿虛飾。

我半天憋出一句：「為什麼要問我呢？」

她說：「因為你是我的好朋友，你特別講義氣，夠哥們。」

在九十年代的上海商業狂潮席捲下，義氣早已經是個稀罕貨了。但我沒有由此感動，我反而覺得好笑，而且可氣。

我一直在問：「你在哪裡？哪裡？」孟喆始終不說。她說：「你知道得多沒好處。」

我掛掉電話之前，電話線那頭剩下的是一個人的喃喃自語，孟喆的發音清晰，條理分明：「這裡煩透了，送我去黑洞……回黑洞……」

一旦放下電話，我馬上懊悔不已。然後，接連幾週我一直在找，可是，連黃嘉森辭職後也去向不明。我只知道這一回的確是臺南來的黃嘉森挺身而出，從黑洞裡救了孟喆。孟喆告訴我黃嘉森離開了何先生的公司，在昆山臺商開發區辦公司，她出事後一直沒回家，應邀去了嘉森的新公司做總經理，暫時沒有危險。孟喆做生意這事從廣州起與我有一點瓜葛，一路發展到如今，卻變成與我沒半點關係。黃嘉森與孟喆的人一樣，如同蒸發在空氣裡，我拚命地尋找他們兩人，卻一點兒沒感到：他們彷彿高速公路上隔離欄對面如梭交會的車輛，看得見碰不著，一旦碰著了，就是天旋地轉，車毀人亡。

我甚至去找了何先生的司機小李子。小李子來自山東農村，還未開口，就先獻上樂呵呵的笑臉，挺實誠的一個小夥子；但那一次他很奇怪，全程都板著臉，他始終不願開口。過了好半天，在我再三保證後，他才吞吞吐吐說了一些事，大意是說何先生被人騙了。孟喆跑得人影兒全無，何先生很生氣，說那個長腿上海女孩子很不懂事。孟喆的父親因為演奏單簧管的緣故認識了臺灣名門之後何先生，何先生同情孟家的境況，慷慨出資供孟喆和她弟弟上完大學，孟喆大學畢業後得以進入何先生的公司工作；不料，她非但在公司業務上吃裡爬外，還跟著一個會吹單簧管的大學教書先生私自跑到南方，後來又與不三不四的社會人員一起包場子放盜版電影，如此不可教，愁得何先生頭髮都白了，何先生始終覺得對不起孟喆爸爸的囑託。孟喆出事後，何先生不計前嫌，主動替孟喆付清了罰款，把她贖了出來，還把她託付給在昆山創業的黃嘉森。

小李子是一個好人，他給了我黃嘉森的昆山公司地址，以及孟喆家的地址，寫在一張公司便箋上。我還沒有機會使用這個位址，孟喆忽然打來電話，她讓我去一個地方，卻不說為什麼。

我花了一百多塊錢，包了一輛計程車，趕到一個位於周浦的娛樂總匯。

天上飄著斷腳雨，路上行人行色匆匆，心事重重，好似都在趕著去一個個葬禮。那個半明半暗的KTV包房壓在我頭頂上方，微微顫抖著，彷彿是從黑暗的河裡撈出來似的。我像一顆自以為可以突破炮膛射程的炮彈，終於動能耗盡，終於不得不一頭栽落，可是，卻找不到栽落的地方。房裡的空氣卻非常異樣，彷彿被什麼東西急遽壓縮到似乎要瞬間爆炸。

孟喆端坐在沙發裡，臉埋在暗影裡，白色T恤和超短裙好像也是濕漉漉的。正對面坐著黃嘉森，他穿著異常正式，三件頭的正式西裝，翹著二郎腿，鏡片上一片模糊的白光。我們三人許久沒見，卻誰也沒開口，好像誰也不知道怎麼開口，好像都變成了陌生人。三人藏身在震耳欲聾的搖滾音樂中，藏身在無法逃避的回憶中。

我突然飛起一腳，踢翻了茶几，玻璃稀里嘩啦的碎了一地。但這點噪音太可憐，根本無法對抗鋪天蓋地的搖滾。

嘉森好像被驚醒了似的，張開雙臂，跳起來企圖阻止我。

我一把推開嘉森，他的身體像米袋那樣徒然地撞在隔音牆壁上。

我返身大步走出包房，急於離開是非之地，心裡卻盼望孟喆追出來；但追出來的人是黃嘉森，他神色驚惶，差點被自己絆倒。他眉頭緊皺瞪著我，反覆解釋說事情搞定了。花錢消災。是他黃嘉森通過關係疏通了美領館，對方接受以重罰結案，公安局也不追究刑事責任，但罰款額高達四十八萬元，孟喆一時拿不出，黃嘉森就替孟喆付清罰款，他也剛剛辭職，開了自己的貿易公司，手頭也不寬裕云云。

我把拳頭捏得「咔吧咔吧」響，不耐心煩聽他的絮叨，質問他：「你哪裡來的那麼多錢？搶銀行？還是綁票？」

嘉森說：「何先生若是拿下三共株式會社的訂單，發展前景大好，肯定可以支持他的昆山小公司。所以，他可以用公司流動資金先給孟小姐墊錢，至於請孟小姐來做總經理，算是她還錢吧。」

我冷笑：「幫人，還是幫你自己？我聽說向美領館告發孟喆的就是你黃嘉森！」

嘉森驚得愣在當場，說不出話來。

我繼續拿話語做的板磚砸他：「你為了得到她，不惜落井下石，告密後還假惺惺出來做好人，幫著還錢，趁人之危，你算什麼玩意兒？」

黃嘉森片刻後扶了扶眼鏡，沒有動怒，反而笑了：「你們說是我報的案，怎麼可能？我怎麼下得去手？我幫她還來不及！何先生說那是美領館收到舉報。何先生從來不做違法勾當。他完全一片好意，他說他好意去規勸孟喆，什麼錢不能賺，幹麼要做盜版之類違法生意。她就是不聽。」

我說：「日本三共總部裡有人說是你幫著何先生算計她，為著東芝的大訂單……」

嘉森憤憤地還在說：「你們冤枉我！她貪財枉法做婊子，我救她都來不及……」

我突然左手虛晃一招，拍在他肩上，他連忙格擋，我正中下懷，我的右直拳重重落在他下巴頦，三個拳關節發出骨與骨的撞擊爆裂聲。這是我從小在街頭學會的打架絕招，屢試屢中。但是沒料到我的指關節立馬紅腫了起來，我弄不懂怎麼受了傷。黃嘉森壯實，非常耐打，沒有倒地；他的眼鏡找不見了，他反而豁出去了，他大吼一聲，撲上來抱住我的腰，使勁往地上拽。我不得不抓住他的頭髮，退到牆邊保持平衡。

我用上海話罵他：「以為儂赤那是救命王菩薩？」

我眼前什麼也看不見，只有剛才走進包廂那一剎那的景象定格在那裡：黃嘉森像何老闆那樣坐在孟喆的對面，篤定地翹著二郎腿，看著面前一向倨傲的長腿美女短裙露出的那一截白色底褲，白得可以刺瞎人的眼。

不知何時，孟喆已經站在我們身後，滿臉驚疑，望著兩個好朋友，彷彿根本不相信，幾分鐘裡面，好朋友就已經像兩條瘋狗那般糾纏在一起，咬得體無完膚。她乾巴巴地說了些什麼，我什麼也沒聽清。我也不想聽清。

她面上的驚慌迅速褪盡，眼神裡空洞洞，什麼也沒有，一張天使的面孔彷彿一塊擠乾了水的白紗布那樣煞白。

嘉森突然洩了氣，他身子一軟，趴在地上放聲大哭。

店經理和服務生抱住我的時候，我還不解氣，又重重地用皮鞋尖踢了嘉森一腳。他完全沒有反應。

孟喆沒有阻攔，也不說話，只是站在一邊看著，雙手不停地揉搓著恤衫下襬。我想，她要麼是全然不認識我，要麼是一個人整個兒消失在了空氣裡。

當我離開的時候，雨下得越來越大，天空像一個黑鍋蓋覆蓋了天地，周浦鎮的民房和店鋪都彷彿浸泡在灰濛濛的發餿湯汁裡面。路邊陰溝裡的水倒溢出來，上面飄著一隻死老鼠。街邊二樓打開一扇油漆剝落的木窗戶，一個老太婆特別吃驚地望著我，眼光是那麼虛弱，那麼洞察世事。我沒有回頭，有人以為回頭能改變什麼，那其實也是自欺欺人罷了。人生處處布滿了自欺欺人的地方。

我與孟喆最後一次擦肩而過，從此，我再也沒有見過她。至今，我的右手中指還不能完全伸直，那是指關節受傷的後遺症。每看到那個傷處，我忍不住想起雨越下越大的那一天。

最冷的水，只在冰層下面寂靜流淌，當冰層碎裂溶解後，你一定會驚訝於水流的喧囂湍急。事件的發展出乎冰面上所有人的預料，三共通商株式會社東京總部經過漫長的研究磋商，終於傳來最終篩選結論：大熱門何先生的臺灣公司居然落選了，東芝財團的電動工具訂單居然被一家名不見經傳的印尼廠商奪得。望著傳真紙上小田部長在結論上的簽字蓋章，我被這端妖異驚得半天合不上嘴。同時，總部通告：小田部長由於管理業績突出，即將出任集團最為顯赫的北美分公司總裁一職云云。

三共株式會社北美分公司傳來新總裁和夫人的合照，那一天，我向東京總部發去傳真，遞交正式辭呈。隨後回家，準備申請去國外留學。記得電腦裡傳來的照片裡，孟喆剪了一頭齊耳短髮，戴著一副大墨鏡，看不見她的眼睛，她的口紅很濃，濃得像血。她足足比小田高了一個頭。一高一矮，一老一少，反差強烈。我不理解美國人犯了什麼神經，上了美領館監視黑名單的孟喆如何最終獲得美國簽證？大約與小田部長的能量和三共那樣的國際大公司背景有關吧。

我給孟喆的手機寫下一條短訊：「傻妞，如果黑洞不存在……」

那時，我已經明白黑洞充其量只是一種科學假說。然而，那個國內手機號碼已經停機，我並沒有她美國的聯絡號碼。我想她一定不願失去聯繫，但黑洞那個鬼地方，連光也無法逃逸，她是逃不脫的。傻妞！

她就像一道流星被吸入黑洞，從此音訊杳無。

我趁著辭職後的那一段悠閒時間，去蘇州東山看望孟喆的師傅老白頭。老白頭的助手是一個洋名叫做弗蘭克的青年，口音是浙江人，與我聊得來。他看到我很高興，也許山居生活連個講話的人都找不到，他說老白頭在後山修行。趁他在廚房忙活午飯，我一個人去了後山。

後山在午後，是一座閃閃發光的迷宮。我頂著大太陽找了半天，終於在一塊看得見白色太湖的巨石底下，找到了孟喆的師傅。

老白頭不修邊幅，還是隨隨便便老樣子，不過，他沒有像一個仙風道骨的道長那樣盤腿打坐或煉丹，而是四肢著地，像狗一樣在地上爬來爬去，爬得異常認真，不時修正自己的手腳爬行軌跡。

我一時好奇，也趴在地上，同他一樣爬行。

當一個人學會爬行的時候，會看見一個完全不同的世界。我們看見了一大群忙忙碌碌的螞蟻，從草地爬入樹叢，再返回，專心致志，別無旁顧。我剛想開口，老百頭掉頭盯了我的臉一會兒，把一根手指豎在唇上。

這樣我們看螞蟻，看了足足有一刻鐘，我實在忍不住：「師傅，您曉得孟喆去了美國？」

老白頭瞪我一眼說：「我哪裡知道那個鬼丫頭跑哪裡去了？」

「難道她是去美丹了嗎？」

老白頭搖搖頭。

「她是去黑洞了嗎？」

老白頭點點頭，停了一會兒才說：「走得對。這個世界太髒了。」

老白頭沒念過書，但他是一個神奇人物，他天生懂得人需要什麼，他能給什麼，還缺什麼。後來，我們倆都看累了，肚子卻不餓，不去吃午飯，兩個人坐在巨石下的蔭涼裡，他跟我說：「我師傅常說人就是不知足，人就是一隻不願意做螞蟻的螞蟻，怎麼不好好過日子?忘了自己本來是一隻螞蟻？」

「請教您的師傅是誰？」

「將來你去美丹，就會知道了。」

「美丹是一個世外桃源，也許將來我無福去美丹。」

「那你就去黑洞嘛，小丫頭成天說每個人最後都是要去黑洞的。我不信她的鬼話，但也別擔心，那個小丫頭靈得很，肉眼凡胎看不見她。」

老白頭說話的當口，眼睛眯成了一條縫，長久地盯著太湖上的雲影白帆，好像那樣眼光就能如一支箭，穿透藍到透明的天空。

第六章　看不見的人

多麼熟悉的爛漫笑容，嘴角上翹簡直要達到下彎的眼角，孟喆就是那麼笑的。

迎面一堵泛黃發黴的牆壁上，那個吹黑管的英俊男子衝我微笑，只不過他被永遠地框在黑框遺像裡，一絲急躁，幾分天真，執拗中還藏著玩世不恭。

之前，我的諸多想像都可以證明是想像力過剩。又一幢建於三十年代的老式青磚里弄房子，被七十二家房客分割居住，變成鴿子籠式的典型上海小市民住房。我手裡拿著司機小李子給的地址便箋，第一次走進蘇州河橋下孟喆的家，走進孟家的臥室，也是孟家唯一的一間屋子。

孟喆媽媽說她被抓走的時候，孟喆爸爸就得病去世了。去世前，只有孟喆和弟弟在他的身邊。孟喆六歲還未到，卻已經懂事了。那之後，她和她弟弟被送到親戚家寄住，一住就是十來年。她就變了一個人。從一個愛哭、愛笑、愛惡作劇的小霸王變成一個沉默寡言成天發呆的傻孩子。她上學後不怎麼愛學習，卻不知從何時起，迷上了一個叫什麼黑洞的東西。

孟喆的媽媽氣質優雅，看得出來年輕時風采過人。她用一種過來人什麼都見識過的眼光上上下下打量著我說：「你不用找她了，她那個脾氣，到處闖禍，不撞南牆心不死，我們都當她死了。」

「孟喆是在美國嗎？」

孟喆媽媽長歎一聲，回過身拿出手帕擦眼睛，她什麼也不說，始終不說。直到我離開，她都沒說孟喆的下落。

我沒有見到孟喆口裡常常出現的那個弟弟，孟喆媽媽說幾個月前，孟喆的弟弟已經動身前往日本留學深造了。

日本？我沒有聽錯。

孟喆媽媽還說黃先生是個好心人，一直給她家寄錢。

我那時開始相信，孟喆六歲的時候她爸爸去了黑洞。但在她的心裡，她一直沒有與他分開過。孟家左鄰右舍狐疑的目光好像漫天撒下的漁網，我不得不從網眼裡奪路而逃，他們都說那個神經病小姑娘與男人私奔了。多嘴的鄰居沒有人知道孟喆嫁給一個日本老頭去美國的事情。在他們的嘴裡，孟喆是一個任性逞強的阿飛女。這好像不奇怪。

可是，他們所知道的是真的嗎？我所知道的就更可靠嗎？我很懷疑。我並不想尋找孟喆，但我想知道她的下落。這麼說其實是糾結不清。直到現在，我也無法說清楚我到底想做什麼。天知道我在找什麼，我思慮過度，愁腸百結，終於得出一個不能接受的結論：我只是想找回我自己，失落在黑洞裡的自己。說到底，我並不怨恨嘉森，但我那時候就是看到他討厭，就是拳頭發癢。

豬狩課長除了自戀以外，基本上是一個有情有義的男人。大約是半年以後，豬狩課長從日本來滬公幹，特意給我家裡打電話：「喬老爺薪水不滿意嗎，怎麼說辭就辭了？」

當晚，我請他去滬上一知名酒吧，喝了不少，還破鈔給他點了一名酒量超大、身材超棒的小姐。他很快頭重腳輕，摟著那位小姐，知無不言、言無不盡。他一定要告訴我所不知道的那一部分，這也是一種三共式的流言蜚語國際共用機制。他說小田部長喪偶多年，兩年前來滬與何先生談採購訂單，在何先生公司眾多鶯鶯燕燕中，一眼看上像北海道美女一樣出眾、比北海道美女還高挑的孟喆。但幾次三番獻殷勤，都遭到拒絕，何先生也愛莫能助。直到孟喆犯事，美領館點名通報中國公安部，上海公安局簽發逮捕令，孟喆走投無路，才由何先生出面疏通美領館，提出一個以罰款代坐牢的折衷方案。孟喆拿不出罰款，由何先生出資，讓黃嘉森另組新公司，用新公司名義代孟喆償付罰金，條件是孟喆嫁給小田部長做續弦。孟喆起初並不答應，但是，孟喆的媽媽恰巧生病住院，而弟弟又需要學費和生活費完成大學學業。何先生說他仗義出手供養了她全家十來年，不單是因為與孟喆父親的交情，更是希望孟喆收心跟定他，幫他好好打理上海分公司生意，但孟喆一而再、再而三地惹是生非，讓他心裡十分難過。孟喆在黃嘉森償付她的罰款之後，就去了小田在上海開的酒店房間。小田部長在滬休假一結束，攜帶新夫人同赴美國分公司出任總裁。可是，孟喆到底是一個不守本分、恩將仇報的女孩子，到了美國後，又一次跑得無影無蹤；害得何先生裡外不是人，無心打理生意，失去了東芝財團的大訂單，上海公司接近倒閉。豬狩還說孟喆害了黃嘉森，黃經理因為幫助孟喆好幾次都開罪了何老闆和小田部長，不得不離開公司，他還在勉強維持他在昆山的小公司，但估計堅持不了多久。

我聽完起身，把半杯啤酒淋到他的豬頭上，身邊那個小姐興奮得踩腳尖叫，也把她手裡的啤酒淋到豬頭衣襟上，豬頭豬手上全是白色的啤酒花，瞬間凋謝。

然後，我徑直回家睡覺。睡前，我吸了兩支煙。第一支煙告訴我，我該把豬狩和小田揍一頓，但我沒有；第二支煙讓我想明白，我不該揍嘉森，但我揍了。總之，我並不相信豬狩的話，何況是醉話。明天一覺醒來，又是一個豔陽高照的好日子。我寧願相信孟喆還在上海的某個角落裡，哪怕是與何先生在一起；我不相信她會與小田部長結婚去美國，我還清晰記得她高唱〈大刀進行曲〉的神采，整張臉龐光彩奪目，那隻我曾經握緊的手，無論如何都不可能與小田那雙比女人更白嫩的手握在一起。

活著，總要相信點什麼，總要不相信點什麼。

睡前，我把孟喆的短信統統刪除乾淨。

我離開臺北那天，天陰沉沉，飄著雨花，風也大，但不足以影響航班。

我意外地看到一個人站在桃園國際機場出發大廳，在地上找什麼東西。

黃嘉森？

他遞給我一支香煙，日本七星。

我謝絕了，說我早戒煙了。太太的結婚條件之一。

我立刻明白嘉森為什麼突然來送別。這一分手不知何日再見。何先生都走了。現在不說，也許永遠沒有機會了。但嘉森也許不是來修復友情的。二十年以後，兩個曾經的朋友相對默然，不得不再次面對共同的上海往事，我們的疑惑、失望、遺憾、憤怒、悲傷、痛苦都算不了什麼，時間與其說治癒了什麼，不如說是痛快淋漓地將往事一筆勾銷。往昔依稀宛如昨日，但我們都不再是昨日的我們。吸煙也常常發生類似的功用，但現在連一支煙也不能一起抽了。

嘉森笑了，嘴角習慣性地朝右歪。我過去一向稱之為奸笑。他將那支七星給自己點上，深深地吸了一口說：「我現在沒人管，每天吸。不多，每天半包，生命的歡樂。」

我終於坦然地問嘉森：「還記得你我當年的生命的歡樂嗎？」

他反問我：「我們還是朋友嗎？」

我沒有猶豫，向他伸出手去，拉住他的手，說：「霍金先生死前還認錯，何況你我兄弟間？」

霍金死了，何先生死了，時間的簡略性使人如釋重負。我們不再糾纏於是誰陷害了孟喆的那件多年前的無頭公案。其實，說到底，我們不須認錯，因為我們犯的錯實在多到無法認下的地步。他用力地握了握我的手，他的手心很濕很冷，但指頭併攏非常有力，讓我想起他的拳頭，他說：「二十年了。」

我也說：「二十多年了。霍金錯了不止一次啊。」

霍金認錯也不止一次，理性如我，該知道科學家就是在不斷犯錯、不斷糾正之間成長起來。只是有人認錯，公開地大膽地認錯；有人悄悄地改正，永不認錯；有人終生知錯不改，稱為「堅韌不拔」。

他說：「霍金死了，找麻煩的人走了，我們都是幸運的人。」

我堅持問：「黑洞女孩還是沒有消息？」

嘉森用力地搖頭：「何先生後來說他屢次三番去孟喆公司，勸她不要搞盜版電影。卻沒承想還有一個陌生男人一直圍在在她身邊，最後一次，那傢伙差點把何先生打出來。看來就是那傢伙出的主意，引誘她做非法生意。」

「什麼樣的人？」

「何先生說那人臉圓圓的，長得慈眉善目，白頭髮，眼袋下垂，文質彬彬的，好像是福州口音。何先生請了私人偵探查了，說以前是什麼大學的語言學老師。」

我的眼前浮現出一碗打翻的連江魚丸湯，甚至可以聞到蔥花的香味，福州東江海鮮酒樓霓虹閃爍的夜晚……。我的頭腦裡頓時缺氧，眼前嘉森的面孔變化成了三個。耳邊還是嘉森那撕扯牛肉乾一樣的聲音：「……她去福州追求愛情，跟那個大學教授有婦之夫搞在一起，分手後，那個教授離婚，他們兩人再復合，一起做非法生意，發達又破產。我保證我沒有告發孟喆，但我不能保證何先生沒有。何老闆那人吶，那時候他的上海公司負債累累，困難重重，三共株式會社作為貿易商拿來的東芝的訂單就是他最後一根救命稻草！」

我問：「為什麼何先生還是失去了東芝的訂單？起碼小田部長可是努力想給他的。」

他說：「天意如此。」

嘉森還在說：「在周浦那一天，孟喆是想告訴我們倆，她不想連累她的兩個好朋友，她不能嫁給我，她也不能跟你喬老爺好，她決定把自己嫁給有權有勢的小田，自己的事自己解決……」

我示意他別往下說了。

他宛如傾倒了的一罐子紹興陳年老酒，怎麼都止不住地流：「你以為孟喆真的放電影發達了？她發達了還付不出罰款？她做生意要是能發財，人人都能發財。那都是編出來哄人的故事……」

過了好久，我平靜下來，告訴嘉森後來發生的事情：「小田部長雖然帶著新夫人孟喆赴美上任，等到從美國卸任回日本，他還是回復到一個人；孟喆據說在他身邊不過待了幾個月，就離開了他，至今下落不明。」

他深吸一口煙說：「她是從黑洞來的，如今回去了黑洞，這個我信。」

機場裡的背景音樂非常陌生，我無端地又想起他從《聖經》中引用的所謂黑洞經文：「地是空虛混沌，淵面黑暗，神的靈運行在水面上。」像嘉森那樣信得越來越堅定的人，大地就算立即塌陷為一個黑暗的深淵，又怎能奈何他？孟喆的信念有了新的繼承人。腰包裡的銀子只不過是空虛混沌的泡影而已。

我說：「你說服了我。霍金錯了，他根本上錯了。」

在這一點上，我們二十來年頭一回達成一致。霍金說黑洞不存在，但孟喆去了黑洞，證明霍金錯得沒邊。聰明人總是自以為是，中了自己的詭計。這不是什麼信則有、不信則無的錯，這是事實上的錯。可惜，二十年的過程不能唱一首優客李林的〈認錯〉就可以一筆帶過。

嘉森看到一個身姿曼妙的地勤小姐走過來，他馬上轉回頭掐滅了煙，說：「對不起。」

地勤小姐習慣了這種厚臉皮，仍然沉著臉說：「請先生去吸煙區。」

嘉森扶起鼻樑上的眼鏡對她說：「你相信霍金？笑話。黑洞一定存在的。」

地勤小姐扔下一句「神經病」，扭著屁股踩著高跟鞋，「咔咔」地走了。

嘉森對著她遠去的倩影還連連說：「只是看不見而已。」

我笑得很慢，但還是笑了，我問他：「怎麼了？」

他說：「黑洞裡人人抽煙，只是看不見而已。她怎麼不管？」

這一刻，我在黃嘉森的身上看到了當年的我的影子。人生真乃奇妙。你想不到你所失去的東西會在另一個人身上出現。

事情並不是不可設想。科學家常常犯錯，但我們還是選擇願意相信他們。這是我們普羅大眾的錯。黑洞是一個謎，孟喆是一個解謎的人。我相信她還是一手舉著大砍刀，即便另一隻手被小田部長白嫩的小手握著。

我們都再也沒見過孟喆。我們都同意她一定是去了黑洞，霍金犯了一個物理學家能犯的最大的錯誤。即便黑洞不存在的話，不管是黑洞還是灰洞，或者時空扭曲的蟲洞，孟喆都沒有消失，只是看不見罷了。

這個道理簡單，我們都能懂，霍金不懂。

無論聖徒還是凡俗，我們都得了安慰。

刊於《芙蓉》二〇一九年第二期

聖喬瓦尼的瑪莎 Martha of San Giovanni

1

由羅馬去聖喬瓦尼（San Giovanni）是一趟超慢的慢車。

托斯卡納呵，「美不勝收」之類的詞語有多麼媚俗，但還有什麼更合適的詞語來描述那一天那個時間點在我眼睛裡流過的每一點、每一滴？命運安排我同坐在我對面的一對衣著得體、舉止親暱的義大利情侶一起，人生無法設想，旅程是為陌生人預備的。偶爾，我們無意間彼此對視一眼，眼底流動著善意，對陌生人的善意讓我們一起分享著車窗外牛羊似的雲朵、河灘、酒莊和綠野穿插其中的阿莫河盆地。此刻，冬天還未來，黑夜，藏在托斯卡納溫暖的白晝身後，故事，藏在慢車「哐啷哐啷」的震動顛簸之中。在路上，本沒什麼值得害怕的，但我感到一陣心悸，似乎這輛慢車是開往那個叫做姜鎮的遙遠地方。

他尖細的嗓音在電話裡有些變形，興奮難掩：「史戴——芬！」

在機場到達大廳，我用公用電話打給安德列，他愛這樣誇張地歡迎遠道而來的朋友，他的義大利英語老是把「史蒂文」說成「史戴芬」，要不是熟到熟知彼此的祕密，多半會懷疑他在捉弄人。用「哈哈」形容很不恰當，他在電話裡大笑，笑聲接近於一個女孩掐著嗓子唱義大利歌劇。我生平第一次一個人飛抵羅馬，但他沒有來接我，只是叫我獨自完成聖喬瓦尼之旅，「很安全」。大概是「安全」這個字眼缺少重音，他補上一個備註：「這兒不是姜鎮。」

須有三個多小時之遙的鄉間路程，我的心臟被人捏了一把。當他第一次抵達上海，我可是在酒店預備了鮮花、水果和迎賓卡。他在中國各地旅行採購，我總是隨叫隨到，從不讓他落單。旋即我又坦然，這裡當然不是姜鎮，可隱隱然感覺到有什麼不妥，他居然提到了姜鎮。

「姜鎮」，這個詞語列入我們共同的禁忌辭典有好多年了。

姜鎮之行，開端是南京酒店大床上一堆亮閃閃的一元硬幣，堆成金字塔形狀，全是安德列在中國打遊戲剩下的。

他理著板寸頭，站在床前，襯衫袖子挽到胳膊上。每年要來中國三四次，來南京都住同一家五星級酒店。那時，他表現得像一個逃避家長約束的頑童，遠不如聖喬瓦尼時期成熟。他做了一個誇張的鏟雪動作（冬季他的山間別墅常常需要清理車道）說：「史戴——芬，你全部統統拿走。」他努了努嘴，「一個也不要剩。」反覆攤開雙手。我目測了好幾遍，弄不清楚有多少錢。我遲疑著，矜持這種玩意兒雖然很廉價，也不允許我隨意伸手。

他洗澡，我在他的酒店房間裡看電視。

綜藝節目那幾個（後來聲名如日中天）主持人高聲浪笑，如此格格不入，彷彿來自另一個平行時空。我擺脫不了一些抵近的思緒，差不多到了再次起誓的地步，不能再讓安德列在本來平等的朋友關係裡面繼續扮演老闆。我想向他聲明我們是合作夥伴，但每次一同出差，他搶先替我把酒店的上等差旅費付掉，預備好讓我無法開口。聖喬瓦尼的狐狸笑到露出一口好看的白牙，等於在我的聲明下面暗示：朋友，我是你的老闆。

安德列走出盥洗室，披著鑲波狀藍邊的純白色棉浴袍。

他用同樣純白的大浴巾小心擦乾浴室門口地上溢出的水跡，我無意中發現他什麼也沒看進去，欣賞鏡子，是在看鏡子裡面自己俊美的古羅馬人側臉。他取出三四條做工考究、折疊齊整的西褲，說不帶回義大利去了。中國之行買了太多東西，他家族幾乎人人都有他送的中國禮物了。我謝絕了。他在義大利人裡面只是中等個子，但他的腳長使我無法消受他的褲長，並且，面子問題始終是面子問題。面子是不能跨文化的。對於我的一再謝絕，他有些失望，與其說是對我，更像是自言自語：「我為什麼要在這麼遙遠的中國投資建廠呢？因為風險。沒有風險，就沒有收益。」

看來他滿腦子盤旋著南京魏總的建議。

那一年我幫他籌畫一個大專案，在中國建一家中外合資企業，製造符合歐盟CE標準的手術室消毒用即棄醫療耗材，出口義大利等歐洲國家。歐盟認可的消毒中心位於上海，我們以上海為圓心尋找生產基地和合資夥伴。從成本考慮，放棄了富庶的浙江、蘇南，目光移向了魏總竭力主張的江北。

我忍不住反對說：「江北人生地不熟的，風險太大。」

他眼睛一亮：「可我相信，那裡起碼會有三四十年的低生產成本和人口紅利。」

他的商業嗅覺太敏銳，而我討厭像奉承老闆那樣附和他，卻又不得不順著他的脾性去做冒險的事，誰叫我追求的是義大利訂單。南京時期，安德列追求的是風險，似乎不懂得風險有一個孿生兄弟叫危險，恐懼的恐懼之處在於，只有你撞上了，才知道什麼叫恐懼。

我對那輛靛藍色的菲亞特充滿了愛情。

安德列張開雙臂擁抱我，我張開雙臂擁抱那輛變形蟲車。

在聖喬瓦尼浸透了歷史腥味的石頭車站上，變形蟲暫時讓我忘記了姜鎮。想當初，就是安德列和他的瘦瘦高高的朋友盧香諾輪流開著變形蟲，載上我一路狂奔，從義大利去德國杜塞爾多夫，兩天一夜，穿越北義大利、法國、盧森堡、比利時和德國，數十個小時走遍歐洲的百年時光，去汽車旅館廝混半夜，或去停車場放下遮光板窩在車裡湊合打盹。在路上，我們曾經年輕得匆忙、年輕得煞有介事；這些年來我們無一不是在路上，用忙碌來埋葬那些顛沛流離少年輕狂的糗事。也許是恐懼，僅僅是恐懼，才讓我們越來越認識到，光陰的本質是失落，成熟的代價是油膩。

他繞遠道買了Espresso，早晚一杯，給運轉著的頭腦加油。坐在變形蟲的駕駛座，他把車窗當鏡子，側頭隨意地照著祖先遺傳給他的面容，古羅馬帝國雕像特有的精緻如今添上了大理石雲翳似的細細皺紋。他對自己酷肖生母的俊美容貌充滿自信，唯有聲音是一個缺憾。好像上帝工作時開了小差，嗓音不知是不是青春期發育問題，像鋼絲鋸鋸金屬管子那樣尖利，調門比女孩子還高，成了老鄉帕瓦羅蒂的絕對反襯。

變形蟲停在一幢爬滿了藤蔓的明黃色老房子前，他把我扔給一個手腳麻利的鄉村老奶奶。我在這間家庭旅館放下行李，一沾上床，就睡著了；夢中我自然回到了出生地，從上海出發，根本不知道要到哪裡去，但南京是我喜歡停留的地方。

想起來，秦淮河的夜晚總是叫人充滿了期待。

2

硬幣山的形狀豐滿而尖銳，後來我想到那簡直就是逃離姜鎮的形狀。在眼神像機槍那樣狠狠掃射了一遍金屬光澤閃閃的硬幣山之後，我發誓不再瞧第二眼。

安德列說：「史戴芬，讓上帝來替我們做個選擇吧，如果半小時內我能花掉這堆硬幣，不妨去江北看一看。」

他在酒店玩了兩三小時遊戲機，也不能消耗掉多少硬幣，他沒心思再玩了。半小時如何花得掉？他狡黠地朝我一笑，把硬幣裝入兩個大紙袋，跟褲子碼放整齊，疊在桌上，說是全留給整理房間服務生，我說：「你這是作弊。」但他又朝我擠眼睛說：「你知道我是不信上帝的。」

他改變了主意。他改主意是分分鐘的事。他拉上我將硬幣紙袋和褲子一起抱上，坐電梯來到樓下，打的去了夫子廟。

看他跟南京古都的古董販子一本正經討價還價，我驟然洩了氣。兩三筆交易成交之後，那個販子和連襠不停套我口氣，以回扣誘惑我幫著抬價，負罪感頓時攫住了我的心。並非是我使他養成了揮霍習慣，揮霍對一個歐洲富二代沒什麼了不起，不過，是我蓄意使他愛上了買假古董。在心裡，我偏偏把這種惡習視作為國家多創外匯的愛國行為，沒想到他在漫天壓價坐地還錢當中找到了無窮樂趣。

安德列把硬幣和褲子統統送給了沿街的乞丐幫，魏總和我都把頭扭過去，裝作沒看見。肉痛或心痛都說不上。那時候我還沒去過義大利，還沒發展到去愛一些從未涉足過的歐洲國家，卻已經學會了去恨一些跟自己素昧平生的無產者。我以為是物欲迫人和民族自尊，但多年以後，尤其是在經歷了逃離姜鎮那一夜之後，我醒悟到小時候教育的荒謬，世上存在著一些無緣無故的恨。

飯後，魏總親自駕車帶我們遊南京車河。長久以來，他一直鼓動我們跨過長江去看一下江北新天地。無怪乎我把他叫做偉哥，他把我們帶到豪華洗浴中心，偉哥的一系列標準騷操作，取得了安德列的信任。作為回報，安德列取出真皮煙盒，嫻熟地用小刀將一支雪茄剖成兩截，偉哥嘻嘻笑著接過半截煙，讓安德列給點上，皺起眉頭，笑容凝固了，白粉粉、胖鼓鼓的圓臉就綠了。他凶猛地咳嗽起來，像是要咳上一輩子。但我總覺著他是在誇張。

聖喬瓦尼的狐狸看向我，按住肚子尖聲爆笑：「偉哥竟然把煙全部吞下去了。」

偉哥比我們大不了幾歲，笑得尷尬極了，但也得意極了。從吃飯開始，他就在為使義大利客戶開心而一直努力不懈。

想起來有些遙遠了，霓虹燈照亮的一片秦淮水泊，記錄著我們這些年輕人在南京共同戰鬥的一幕。

我愛我的朋友安德列，但我們倆的關係，若是放在民國初年，純粹就是洋行和買辦的關係。他設計了，然後一使勁，就把我從國營的外貿公司豐盛實業總公司裡挖了出來，兩人一起跑遍大江南北，從中國採購，出口義大利，他採購，我抽佣。後來，我成立了自己的外貿公司，他轉而從我的公司採購。當蘇通長江大橋提前通車之後，安德列馬上接受了偉哥的建議去考察江北。

讓我還是把魏總叫做偉哥，這樣我說到姜鎮會自然些。一大早，偉哥帶我們坐上姜總特意派來的黑色卡宴越過大橋，顛簸了一上午，來到蘇魯豫皖四省交界。司機小鄭把車開到一個叫鄭家集的地方，偏離國道，走上了山路，曲裡拐彎，大約有一個多小時，經過汽車站、小飯店、小商店、小旅館組成的一條主街，一拐彎，就看見了當地最大的工廠，姜鎮紡織廠的大牌樓彩旗獵獵飄揚。

我們挺感動，姜鎮致富的領頭羊帶著一幫人饑腸轆轆，站在廠門口等我們一上午了。姜總四十來歲，極瘦極高，在姜姓齊聚的姜鎮人中鶴立雞群，略顯駝背，很少講話，開口卻饒有文采，每一句話帶押韻的。紡織廠是破產被他利用轉制拿下的，賣掉舊機器設備，購入二手機器設備，用農村勞動力轉產醫用無紡布製品出口歐美，初步轉型成功。這是姜鎮鄉鎮企業成功的典型故事。

午餐設在鎮上最好的賓館樓上。席間，安德列告訴姜總他試圖在中國內地建立一個起碼有三十年以上勞動力優勢的中外合資企業。義大利人在說話的空隙裡填滿了各種手勢，所有手勢都離不開五指撮攏，朝向自己搖擺；這個基本手型有多種變化，將這手勢在身體前方各個部位擺弄，可以綽綽有餘地表示：真好吃、嘗嘗看、好棒、我想要、為什麼、怎麼回事、你說啥、你想怎樣、去你媽的、拉在褲子裡了。

四百年前，聖喬瓦尼是義大利中部農業小鎮成功的典型故事。夾在佛羅倫斯和錫耶納之間，浸潤著托斯卡納的陽光雨露，因得天獨厚的地理優勢，匯集起新世界的財富。雖不如佛羅倫斯繁華，不如錫耶納甜蜜，卻是河谷裡難得的悠然風景線；然而，鮮花、葡萄、美酒的富貴氣質也不能使它躲過大難臨頭，死神的喪鐘響徹了十六世紀的歐洲，大瘟疫奪去義大利數百萬人的生命，聖喬瓦尼疫病橫行多日，小鎮面臨絕戶之災。

人心惶惶，有人說在安息日看見了一個黑夜妖精，長著美女的臉、貓的眼睛、猴子的身體以及公雞的腳爪。大家發現妖精的面貌酷似一個喜歡在教堂裡講廢話的美貌農家女，她長著貓那樣高深莫測的眼睛，養了多得異乎尋常的黑貓，除了廢話，就是嗜睡。工人們替她家裝修，無意中打開了一堵牆，牆內竟埋著若干個破破爛爛的洋娃娃，沒有腦袋，身上插滿針。

小鎮流言肆虐，瘋傳瘟疫的源頭是女巫作祟。由一名處事公正的外科男醫生監督，一群激憤的女人對那個農家女實行了全裸拷問，從她身上的隱祕之處，找到了莫名的陰唇疣狀突起——那些女巫的乳頭必定乳養著傳播瘟疫的妖精。她百口莫辯，被小鎮人指控在上帝的神殿裡面唸咒語，法庭判決她為巫女，佛羅倫斯來的修士拿著獵巫指南《女巫之錘》，做出最後鑑定：若不除去巫女，小鎮無法繼續繁衍生息。於是，美貌巫女和她的貓在廣場上被公開燒死。臨刑前，她停止了哭泣，將裙角綁在腳踝上，嘴裡念念有詞，誰也不曉得她在說什麼咒語。

從此往後，小鎮燒死了更多巫女、更多貓。

聖喬瓦尼，變成了一個沒有貓的所在。

午後三四點鐘光景。我吃光了聖喬瓦尼老奶奶烤製的餅乾和午茶，走出旅館，徜徉在秋日裡的聖喬瓦尼小鎮街道上，想著老奶奶講的恐怖午後故事。溫暖的陽光、山丘、松林、鐘樓、明黃色洋房、鵝卵石小徑等等，並沒有受到這個中世紀獵巫傳說的影響，聖喬瓦尼的一切看上去全不像是陰森森的神話，倒像是河邊戴遮陽帽的人提著釣魚竿對水面說的一些瑣碎廢話。

如果說一個無名小鎮的歷史裡面寫滿了關於無能人類的廢話，不知為何，我單單喜歡這一篇悲傷的獵巫廢話，想起了那一夜在姜鎮面對那個黑夜妖精，像邊走邊踢的那些古老的石子，隨隨便便停在哪裡，邊緣卻藏著鋒芒，足以劃傷你的腳、我的心。

3

偉哥說話很有趣。

他說姜總這兩年賺狠了。多年接觸供應商的經驗提醒我，這話必須反過來聽，賺狠了，很可能是尚在血拚中，尚在發愁當月的工人工資如何發。若是說沒賺什麼錢，倒有可能是賺得晚上睡覺都笑不攏嘴。

對此，姜總打著哈哈，自個兒不講，聽憑人胡說。他的面色不太健康，嘴角皺紋深刻，總像是突然被人撞破什麼玄機，驚飛起一抹尷尬的笑容。

在應酬中，安德列表現出與年齡不相稱的老練，中午滴酒不沾，雪茄也不碰。我特意安排司機小鄭去買咖啡，但他一去不回。我們把午後的數小時都消磨在姜總隆隆作響的工廠裡。當安德列忍不住帶頭打呵欠、伸懶腰的時候，姜總吸光了當天的最後一根煙，把煙圈吐在傍晚的餘暉裡。我們看到小鄭駕車駛入廠區，抱出來滿滿一箱即溶咖啡。安德列一口答應姜總去他家吃晚飯，偉哥嘻嘻笑說他沾光了，要不是貴客來訪，誰有資格去姜總老家吃飯呢。

卡宴載上我們，在山路上爬了十來分鐘，到一個村落。擺了幾桌酒席，就在一個頂氣派的北方風格大院子裡。狗亂叫一陣，把天完全叫黑了。席上擺列了從茅臺、汾酒、竹葉青到當地叫不上名字的各種米酒，烹飪原汁原味，主打山珍，陪坐的多是姜氏族長輩老人。姜總精氣神高調起來，蠟黃的臉上泛出了紅光，露出山裡漢子的豪邁。

姜家大院的晚宴是一個典型的江北酒席。只能說是外鄉人眼拙，我們犯了第一個錯誤——喝酒。第二個錯誤接踵而至，我意識到席間不光有姜氏長輩和村長，還有工商稅務派出所的地方頭面人物。我在人名上總是記性欠佳，在時間上也疏於盤算，原計畫在姜鎮逗留兩天，只憑偉哥說的一句話。姜總在鎮上最好的賓館開好了房間，儘管喝吧，一醉方休才是姜鎮待客之道。

安德列一旦喝上了酒，就像個找到失而復得的玩具的孩子，別人擼他順毛，他立馬忘了一切，忘了中國烈酒的厲害。姜總從家裡取出石版那樣厚的權威版中國名人錄，義大利人才得知眼前不是什麼鄉鎮企業土老闆，而是中國醫用無紡布行業最年輕的領軍人物，我們自然期望更多地瞭解這位名人，但席間，除了喝酒，還是喝酒。我們架不住席上眾多敬酒，先後舉械投降。

我記不得去了幾次廁所，只記得最後一次三步併兩步走到隔壁。廁所在隔壁院落，不分男女，就是個茅坑，掛著半扇木門，在風裡「吱吱嘎嘎」地響。敲敲沒人回應，就推門進去，正在暢快淋漓之際，脖後頸覺著涼風颼颼，猛一回頭，看見後院牆上坐著一個當地小孩，兩個腳丫子晃晃悠悠，不知是那個月亮還是電燈泡，被腳丫子勾得晃晃悠悠。他在朝我微笑，我呆了，有多久記不得，見過不少小孩子，但沒見過那麼奇怪的。等一步步慢慢接近院牆，辨認出是一棵銀杏樹和一隻風中招搖的電燈泡。

引發恐懼的不過是一段樹枝騎跨在院牆上。

猛然躥出一隻黑狗，撕開了那些平靜的夜色，白慘慘的獠牙像刀尖，不發聲的狗頂凶險。我嚇得跑出後院，沿著村巷，一口氣跑下去，直到上氣不接下氣。好在風一吹，酒醒了一半。那條狗似乎懂得窮寇莫追，我卻在村落裡迷路了，四周都是高高低低的土坯房，黑洞洞的，難以辨路。窸窸窣窣的動靜，來自一個破落的窗檻。一股子燒焦了橡皮的臭味。窗玻璃灰濛濛的，裝著鐵柵欄，在我探頭探腦之際，裡面的動靜消失了。

只剩下死一般的靜，靜其實是未知。

捏著鼻子把臉湊近，外面亮，裡面暗，看得很辛苦。手搭在額頭遮住光，看見一張披頭散髮男不男、女不女的臉（說是臉完全出自我的猜想），耳朵眼裡鑽入了一聲驚叫，迫使我急速後退，差點絆倒自己。這麼多年後，回想起來，還記得那尖叫比鐵還冷，劃出令人驚懼的雪亮弧線，彷彿巷子上頭的那輪弦月突然間被竹竿子一下打落了。

我覺得那個披頭散髮的東西比我還害怕，死命拍打著窗柵欄，「嗵、嗵、嗵」，震得我心房都在晃蕩，好像那個黑夜妖精隨時能破窗而出。

跟義大利人做生意，就是跟義大利人做朋友。

傍晚時分，我被載到廢話小鎮的中心，安德列的老父親退休後所住的寬大公寓，明黃色寬大陽臺上擺滿了花卉綠植，布滿節疤的長條原木餐桌上鋪著節日氣氛的桌布，椅面上一隻酷似加菲貓的肥貓很不滿意我打擾。

跟義大利人做朋友，就是跟一整個義大利家族做親戚。

他的父母、叔叔、姐姐等與我共用一頓簡單而完整的家宴。粉嫩的新鮮牛肉薄片，淋上細鹽、胡椒、橄欖油和檸檬汁，佐以義大利綠菜和Parmigiano乳酪片。他們頻頻舉杯，品嘗古典基安蒂紅葡萄酒的嘴也不閒著，教我義大利問候語。

安德列的姐夫最後一個趕到，我被這個歡樂的大家庭鼓勵著現學現用，向遲到者說出一句義大利話：「戴斯提娜第微泰羅。」

屋子裡哄堂大笑。我懂了，他們喜歡教外國人廢話。廢話若是產生了意義，那它就可能從壞話變成好話，可以把他們的親人，比如姐夫，變成牛頭怪之類的可愛畜生。

跟義大利親戚廝混就不要假正經。但讓我假正經起來的是安德列的新婚妻子。想不出有什麼詞，比「明豔不可方物」更貼切。她脫下白色羽絨衫，一襲橙紅高領毛衣，金髮白膚襯著碧眼，無法叫我不聯想到貓眼，她白瓷的臉頰上偶爾溜出羞澀的笑靨，因此我儘量不去看她。她的恬淡、溫婉、神祕，乃至天真，都叫我覺得多看一眼會破壞聖喬瓦尼的美。

她會怎樣看我這個來自東方的毛頭小夥子？與安德列的南歐式俊美相比，我貌不出眾，不善言談。在聖喬瓦尼大小適中的公寓裡，義大利廢話盛開得蓬勃盎然，簡直能叫一群盲人畫興大發畫出蒙娜麗薩的微笑。我不惜付出整晚腹瀉的代價嚥下整盤生牛肉片。水土不服掩飾了文化不適等等其他種種不適。

我感覺到附近有一雙偷窺的眼睛，彷彿是四百年前的什麼妖精，從暗中時不時地窺視她，難以理喻的複雜情感，仰慕，欣賞，緊張，羞澀，嫉妒。當她察覺到，抬頭去尋找的時候，那雙眼睛就消失了。那個四百年前被燒死的女巫有一個可愛的名字叫瑪莎，她的幽靈還在這裡徘徊，不願離去。

安德列新婚妻子的名字就叫瑪莎，她也養了兩隻貓。

不知是不是黑貓。

安德列放肆地說著、吃著、喝著、笑著，廢話不遜於別的任何義大利人，但他在細節上有著魔鬼般的細心。不管有多少強迫症，哪怕有清潔工來打掃，他稍微看到點髒亂依然堅持自己動手保持整潔，不許往沙發上扔衣服，不許兩個挎包以上堆放在外面，上床前會準備好明天早餐的桌子，吃飯須用餐墊，餐具擺放紋絲不亂。

他不時回顧從小青梅竹馬的瑪莎，瑪莎是他最為關注的細節。

不知他有沒有發現那雙偷窺的眼睛長在我的臉上。

4

安德列早該發現的，就像那一夜在姜總老家。

我掏出手機，冷汗涔涔，這裡沒有手機信號。就在我一步步往後退的時候，撞到了一個人的下巴，那人吃痛，蹦出一句外文，扶住我肩膀，正是安德列發現了迷路的我。

月光下他站得很直，現出了古羅馬帝國武士面龐的那種幽暗側面。我跟他說了，他沒聽，盯著那個黑窗檻不聲不響，那是什麼他吃不準，但肯定不是人。

黑夜妖精越來越猛地撞擊著窗戶，玻璃發出空曠的巨大顫音，現在，我們可以斷定是撞擊。它要破窗而出。

小鄭帶村人打著手電筒尋過來。這村子不大，但是道路都很繞，他說：「你們迷路了吧？」他察覺出義大利人神情緊張。然而奇怪的事發生了，那黑窗戶裡外須臾間悄無聲息，只有荒涼的夜聲雨絲一樣落在巷子裡，像是什麼都沒有發生過。我說：「剛才有人砸窗。」口氣像是撒謊。小鄭狐疑地看我，貼近黑窗張望。我們發覺所處的位置其實離姜家大院不遠，他說要是有人砸窗，在大院就能聽到。

隨他來的村人當中有一個禿頂的年輕人，瞪了我一眼，殺氣騰騰的，我心中忐忑。他擼起袖子走進那個院子，一腳踢開屋門，從院裡抄起半塊磚頭砸向屋裡，拉開嗓門吼叫，方言我聽不懂。小鄭說裡面沒人。屋裡面黑咕隆咚，禿頂拿出捉鬼的精神大步走進去，我們沒敢跟上，被小鄭拉著往回走。在邁進姜家之前，他沒頭沒腦地說：「剛剛是姜總侄兒，他的媽媽是神經病，嚇到你們真不好意思，她去年在那屋裡吊死了。」

「女鬼？你是說剛剛是吊死鬼砸窗？」我差點跳起來。

小鄭咂咂嘴，一副鄉下人見怪不怪的樣子。他說本地有三多，光棍多，男孩多，女鬼多。我給安德列翻譯了，義大利人還是不言語，我從沒見過他這麼嚴肅。偉哥顯然是喝高了，瘦高個姜總彎著腰扶他迎上來，偉哥忍不住當面就吐了一地。

大院裡蛙聲喝彩聲一片，喝罷好幾輪，還能夠站著喝的人正在划拳行令。熱鬧穿梭的除了蚊子，還有許多婦女、孩子。婦女上不了桌面，都是端茶倒水、燒飯打雜。孩子們口裡吆喝著，在每個桌底下鑽來鑽去。我注意到院子裡的統統都是小男孩。燈光、蚊子、蛙聲、女人和男孩。現在領頭勸酒的全是「長字」頭，諸如村長、廠長、所長、局長。

姜鎮最尷尬的時刻來了。

酒足飯飽、面紅耳赤的安德列不顧天色已晚，堅持要趕回南京。理由很牽強，走前保留了南京酒店房間，不回去就浪費了。偉哥臉上脖子上掛著一層油光光的汗。姜總的司機早開好了當地酒店，拿來了房卡。偉哥發惱堵住了門口，翻來覆去就是一句話：他來付南京房費，你們明早再回。卻把安德列說毛了，臉色由紅轉白，他本不是一個頑固之人，但當晚他的義大利驢脾氣上來了，死活不幹，堅持要去最近的火車站，去意堅決。

在一排二百瓦的電燈泡照耀下，姜總的臉黑黑的，他修養不錯，什麼也沒說。

倒是老村長撓著酒糟鼻，在一旁廢話：「老外要回去就回吧，咱們這兒小地方，酒店條件差，丟不起人。」

火車站離姜鎮有大半個小時車程。果然，那個時辰既沒有火車（車次班點早過了），也沒有計程車。姜總二話沒說，揮手讓司機開著卡宴送我們連夜返回南京。我們從鄭家集蹣跚走上國道時，已經過了午夜，但國道上還是車流不斷，多為重型卡車，「隆隆」地擦著我們的小車，衝散了車內夜色那樣凝結的緘默。

黑暗裡，同坐後座的安德列長長吐了一口氣，他說了。說義大利英語不用擔心小鄭聽懂，所擔心的只是小鄭有沒有喝多了，但司機很穩重，喝了幾圈啤酒，構不成駕駛危險。安德列講得很慢、很清晰。事情發生在我去上廁所的時候。一個年輕女人端菜上來，低頭不看路，直接往他懷裡送，他詫異中趕緊騰出手來接住那一大碗菜，感覺菜碗底下夾著個細小物件，就在兩人手指接觸的剎那，那女人的眼睛直勾勾盯著他，安德列垂下目光，緊緊將物件收入掌心，就那麼攥在掌心裡，手汗濡濕了。

現在，這濕漉漉的物件轉移到我手裡。

老村長冷冷地責備了那女人幾句，院子裡的女人們逮著機會，七嘴八舌將那女人拉走了。安德列一說，我倒是想起來了，席上見過一個瘦弱文靜的年輕女人，神態舉止的確有點奇怪，偶爾會發現她癡癡望著安德列，我以為就是從沒見過洋鬼子的山裡女人。

「一個山裡女人會寫英文字偷偷塞給素昧平生的洋人嗎？」安德列問我，那個姜總是什麼人呢？我只有搖頭。

安德列又問我要不要報警，我想了想，難以回答。

車內彷彿突然陷入了沒有一朵花兒的嚴冬。

車頭迎面強光閃過，卡宴陡然車身一頓，復又跳起，一個披頭散髮的女人躍上了車頭擋風玻璃。司機踩死了剎車，我的前額撞擊到前座，膝蓋頂在安德列的長腿上，他發出甕聲甕氣的呻吟，伴著輪胎聲淒慘的尖叫，我們同時聞到了橡皮燒焦的臭味，卻沒有看清楚那個女人的臉。

小鄭像摟著女人那樣全身摟抱著方向盤，回轉頭道歉，說不小心打盹了，幸好磕上個坑給震醒了。你沒看到那個女鬼？什麼女鬼？那個女鬼，吊死在姜總侄兒屋裡的！我差點就這麼認准了。但小鄭揉著眼睛說沒有呀，什麼也沒見著。你喝醉了。醉了？醉啦。

這是個人人皆醉的夜晚。他把車停在服務區，我和安德列對視了一眼，我敢肯定他也看見了那個女鬼。上完廁所的安德列臉色慘白，到門外掏出了雪茄煙。他太需要鎮定一會兒了。

我把小鄭拉到另一個角落，摸出了偉哥送我的煙，兩人對著火吸煙，我拿出字條，摺成細棍的白紙條攤平在我掌心，上面鉛筆寫著「Help」，我慢慢告訴他這個英語單詞的意思是救命。

他慢慢吐出一個大煙圈，無所謂地笑笑。他的表情之所以誇張，是由於兩眼間距較大，眼睛太大，眼白較多。

起先，他口風很緊。我費盡口舌，說了一大通，諸如拐賣女人的事我聽過不少，到底發生了什麼你可以不說，但字條可是遞到了外國人手裡，這可是外交問題。一番虛張聲勢起了作用。他沉默著，狠狠吸煙，不停地跺著腳，後來，他跟我說了個事，真事。他說村裡買來媳婦，哭鬧是免不了的。有鬧得厲害的，腦袋往牆上撞，就不得不拿繩子捆在床上，餓上幾天才變老實。也有鬧得不厲害的，哭上幾頓，卻變著法子跑。獨攬姜鎮媳婦貨源的吳嫂說了，等生孩子就好了。那一年，記不得是哪一年，村裡一家人從吳嫂手裡買了一個媳婦，可厲害了，頭半夜跑掉了。全村出動到鎮上幫忙都沒找到，以為是躲山上等天明逃走了。半個月後，在山澗裡找到屍體，都發臭了。原來是大半夜找不著路摔死了。給兒子買媳婦的女人哭了好幾天，家裡所有錢都拿出來買媳婦了，想來想去想不開，就在屋裡上吊死了。

「吊死在那黑屋子裡的女人是姜總的嫂子？」我問。

他遲疑了，點點頭說：「姜總好面子，從來不講。他小時候家裡很窮，遭過的罪比我吃過的米還多，誰想到他能有今天？

如今的姜總可是姜鎮的大人物。

5

我愛我的朋友安德列・西盧其奧（Andrea Silluzio）。

只要不觸動他的底線，他並不介意時不時在一個從小做心算訓練的中國青年面前出點洋相，哪怕我有意不提醒他，他的錯算讓我多得了好幾百歐元貨款。在聖喬瓦尼的工廠內談訂單，在他計算合約價格之前，答案早在我心裡了，看著一個勁狂按計算器，真難受。難道義大利人至今從沒學會用計算器嗎？我們在售貨合約上簽了字，我說：「午餐我請客。」在心裡免不了加了一句：：「反正用的是你的錢。」

安德列從他父親手裡承繼了這家位於義大利中部的醫療耗材小工廠，他讀書不多，但極聰明，很快將家族生意從內銷轉為銷往全歐洲。骨子裡他是一個標準義大利商人，錙銖必較，見風使舵，小地方常犯錯，大方向卻很有把握，把工廠生產成本過高的產品和技術交給中國貿易商，轉去中國加工生產，再返銷歐洲，賺取差價。把廉價品製造業轉移到中國，這幾乎就是過去三十年間中國出口經濟高速成長的全部祕密。

出門前，他的黑頭髮女祕書眨著過度化妝的長睫毛，偷偷囑咐我：「安德列可是一隻狐狸，午餐得叫他埋單。」說完，咯咯直笑。「中國小夥子，你是頭腦清醒的，千萬不能被義大利男人分分鐘的甜言蜜語騙了。」

聖喬瓦尼的狐狸（別的稱呼，不足以顯示我們並肩奮戰多年的友情）在一個鄉村酒家宴請我。那個靜謐的托斯卡納中午，過度熱情的陽光被阻擋在門外，星羅棋布的自助小食堆滿了入口的餐桌，他好心，建議我不要過度嘗試，即便是他，對某些乳酪的口味也覺得恐怖。他端著咖啡杯，一邊抱怨去中國喝不到好咖啡，一邊對昨晚的生牛肉片讚不絕口，叫我不好意思再提及昨晚本尊腹瀉了多少次。

他望著門外的好天氣，問我：「史戴芬，我們哪一天老了，你想做什麼？」

我想找一個山間小屋隱居，泡一壺好茶，寫一些自己喜愛的文字。但我卻只是俗氣地說：「有一幢像你家那樣的洋房，一個像瑪莎那樣漂亮的老婆，一個可以跑遍全世界的好身體。」

我想托斯卡納人的商業雄心理解不了華人的出世情懷。果然，他恥笑了我的小農思想，他說將來我們要一起泛舟地中海，船上有美酒佳餚，當然，最重要的是有知己佳人。

義大利人小地方糊塗，大處睿智，像血緣忠誠那樣忠誠於榮譽，但對女人的態度跟華人大不同，對女人熱情到溺愛的程度。道理非常簡單，在義大利，無論是問路、購物、逛街還是吃霜淇淋，女人都比男人管用得多。

那頓午餐實在沒有給我留下什麼印象，卻使他的味蕾對快感欲罷不能，他說出了一個祕密，驚到了我。多年前，他通過中間商找到我當時所在的豐盛實業。豐盛是一個擁有外貿經營權的皮包公司，靠給個體戶做外貿代理起家，利潤不多，但很穩定。總經理羅東尼不甘心賺一點點代理費，他力主開拓自營進出口業務，而安德列屬於我們贏得的第一批國外客戶。我們所不知道的故事另一面，安德列一個人飛來中國尋找供應商其實是孤注一擲，剛被迫接手家族生意，工廠經營不善，負債累累，發不出工資，瀕於倒閉。他就是靠羅總答應的頭兩個貨櫃訂單遠期承兌才渡過了資金難關。從那時起，他每天在空中飛，飛遍了歐盟國家，經過兩三年苦苦支撐，轉移大部分生產到中國，整合歐洲客戶網絡，才使工廠靠著生產高附加值滅菌手術包起死回生，大部分有賴於從中國採購獲得的巨大利潤。

深秋的和煦陽光叫我啞口無言。想到豐盛曾把寶壓在一個處於倒閉邊緣的義大利客戶身上，而我居然聽信這個義大利小夥子的狂言，放棄豐盛的鐵飯碗，變身外貿個體戶，與他聯手操作，甚至膽肥到繼續放帳給他，多年來身處破產懸崖邊緣居然渾不自知。

一頓飯冒了好幾身虛汗，我半天憋出一句話：「我真是個笨蛋呀。」

安德列摸出雪茄煙盒，嘿嘿一笑說：「我覺得無論你做什麼都會成功。」

我感到自己的臉在秋陽裡漸漸發燙。

他幽幽地說：「你忘了，我可沒忘。這麼多年，我忘不了那個年輕女人的眼睛。」

「哪個女人？」我說，但心裡想到了姜鎮。

他盯著我的眼睛說：「我忘了她的長相，但那是一雙怎樣的眼睛，像貓的眼睛。我是說眼睛裡面的，那種東西。你看過路易士．韋恩（Louis Wain）畫的貓嗎？那個十九世紀的英國人畫貓的眼睛，夜裡做夢會夢到幾百年前我們祖先燒死的瑪莎，不是我的瑪莎，是那個女巫，絕望裡生出來的神祕希望，希望被扼殺後的冷漠，她被燒死前的眼神一定是那樣的。」

這是他僅有的一次，在我面前提到聖喬瓦尼的黑暗歷史。

他深呼吸，然後說：「獵巫不僅僅是一場宗教運動，更像是一場百姓的狂歡節。想想那些可憐的女人被扒光衣服，赤身裸體，捆綁、針刺、鞭打、絞死，或用大斧斬首，當然，最受歡迎的還是火刑。教廷認為火焰能淨化罪惡。」

他笑了笑，然後變得異常嚴肅：

「史戴芬，為什麼折磨女人能叫人得到安全感？」

他沒有再提姜鎮，但我從沒忘記姜鎮。

雖然事實上僅僅去過一次，在那裡待了不到十二小時，安德列死活不願意留宿，搞得姜總和偉哥都是灰頭土臉。

從姜鎮回來的那個下午，我還賴在南京酒店的大床上，偉哥打來電話，馬上說到義大利人連夜逃跑面子也不給。

「姜鎮太遠了。」我對手機裡的偉哥說，口氣有點虛。

「別扯了！下一回，你老兄是不是要說那個什麼聖喬瓦尼太近了？……」

偉哥順溜地說出了安德列的家鄉，在盛行錯別字、諧音、火星文的時代，讓人不禁懷疑他是不是真的住在離聖喬瓦尼很近的地方。我繞了一會兒圈子，問起姜總侄兒家的事。偉哥倒是很坦率，他證實了司機的說法，他說：「姜總嫂子和買來的媳婦全死了，大家緊張了好一陣。沒過多久，吳嫂看這家人實在可憐，真沒有錢（買媳婦的錢大部分是姜總給的），又帶了個女孩過來跟他家人說：『上個女孩也是我賣給你的，這個女孩就當我發善心送給你。不過生出來的小孩，只要是女孩我都要，我也不要多，就要兩個。』姜總侄兒開心得不得了，千謝萬謝送走吳嫂。新拐來的女孩就求他，說：『你們要是缺錢，我家有錢，有很多錢，你要多少錢我家都給你。我不報警，我給你們一個號碼，你們幫我打，我家裡絕對不報警，還會送很多錢給你們，再給你買幾個老婆都夠了』。姜總侄兒不樂意，想硬上。這女孩絕食，躺在床上硬翹翹，最後只剩一口氣了。要是這個女孩死了，不僅老婆沒了，還要欠吳嫂一生一世的債，還是姜總給做的主，打電話給女孩家人。女孩家人從老遠的外地趕過來，沒有報警，把裝滿現金的大包先丟到村口，幾十號村民抬著擔架把女孩送出來。女孩走了，再也沒有出現過。姜家人拿著錢去找吳嫂，還沒說到有錢買得起媳婦，吳嫂就發火了，姜總打圓場也沒用，姜家壞了規矩。吳嫂說不僅不會再賣這家人媳婦，姜鎮都不會賣了。姜總和侄兒全家都慌了，全鎮都慌了，光棍們娶不上老婆，生不了孩子，這個地方就完了——」

偉哥說到這裡，突然不講了，他察覺出我不想聽，就說：「我想抽義大利雪茄了。你和安德列啥時候再來姜鎮玩……」

掛上電話前，我說：「不敢來啦，姜鎮夜裡的女鬼太多。」

安德列起床後，我告訴他我已經打電話報警，當地警方答應立馬出警。他問起那個字條，我說丟了。我把字條撕碎，沖進了抽水馬桶。

他愣了一下，沒再說什麼。

我記得就是那時起，他說：「史戴芬，我覺得無論你做什麼都會成功。」

那口氣卻很傷人。

姜總從我們的生活中消失了。

我和安德列心有默契，矢口不提姜鎮，沒有訂單，沒有跟姜總合作，更沒有與之成立什麼中外合資企業。姜總通過中間人偉哥催問過幾次，但我總是搪塞以姜鎮太遠了之類。

我們每次出差去江北，總要繞開那個地方，後來連熱情的偉哥也一同迴避了。

6

在暗沉沉的夜霧中，那個光頭司機面目不善。

叫我想起了樣子同樣殺氣騰騰的姜總的禿頂侄兒。想換一個，但一抬頭，圍著我們拉生意的司機們全不見了。安德列心急火燎，連比劃帶手勢已同光頭司機講定了價錢。

我和安德列在宿遷驗貨。返程天降大霧，飛機延誤。在機場乾等了兩小時，吃晚餐當口，民航沒有任何表示，連個道歉也不提供。機場裡也沒什麼選擇，空蕩蕩的機場西餐廳裡面，就餐者只有我和安德列，以及一個洋裝女士。我們不約而同點了同一種西式簡餐，安德列近來吃中餐上火了，得了口腔潰瘍，扒拉了幾口就停住，他默默看著隔壁桌穿可愛洋裝的女士，那個風度優雅的女士櫻桃小嘴動得極慢，彷彿不是進餐，而是在哼唱什麼童謠。

她發現了怪異。安德列大步走到收銀臺付款，順便替她買了單。女士微笑，大方接受了，遞給安德列一張名片，上面印著日本某五金商社駐臺中辦事處某某某。她也是在這裡看廠驗貨，她淡淡地說要不是擔心安全問題，她會直接打車回南京。

我以為他在搞羅曼史，但這句話提醒了安德列，他把我拽到機場外。

上車後，疲累已極的我想打個盹，他翻出手機上的地圖，指點司機怎麼開，折騰好一陣子，司機喜出望外，安德列居然要司機繞個大圈子，從偏遠的姜鎮過。

在破舊的計程車內，我開始止不住地後悔。駕駛座防護罩上有個尖銳缺口，司機粗壯結實，光溜溜的後腦勺上有一條刀疤。我們一上車，發覺了司機的舉止古怪，駕駛室裡擱著一瓶紅星二鍋頭。多麼慌裡慌張的一晚。安德列的眼神裡透射出驚懼，他用英語對我說：「是不是做錯了？會不會遇上打劫？」

我說：「上帝保佑吧。」

他說：「你是無神論。」

我竭力和司機搭話套近乎，但都不管用，司機始終緊閉金口，打定主意不理睬外國人和翻譯官。

鄭家集那兒新修了一條國道，老國道不知何時廢棄了，找不到原來通向姜鎮的那條岔道。站在黑漆漆的老國道旁，安德列雙手抱著腦袋，冷風颳得他東倒西歪。姜鎮從來沒有這麼遙遠過。他最後放棄了。

在顛簸的回程，他痛苦地閉上眼，翻來覆去，挪動著雙腿，鞋尖不斷踢到前座。

安德列陪我去街上走走的這天，是一個下雨的週末。

聖母堂的大理石、鐘樓、銅屋頂和稱為「天國之門」的大銅門全都泛著隱隱的綠光，雨點不大，也不密，人流如同草地上的羊群，緩緩在烏雲底下埋頭行進。

在聖喬瓦尼聖母堂避雨，他選一個逆光的點站著，引我觀看頭上方，教堂的哥特式尖穹頂，猶如二戰時期的比亞喬P.108轟炸機，朝我們身上壓迫俯衝，他那義大利英語則是機槍的短點射。他問我知道不知道聖母堂為什麼修得這麼高大莊嚴。

一束光透過彩繪玻璃上所繪的聖徒身體，猶如蒙塵的聖水，灑在他頭頂心。板寸黃髮酷腦袋湊近我，光線像聖水那樣在他好看的藍灰眼睛裡蕩漾，他自問自答，洩露了小鎮的祕密：「恐懼。」

「因為恐懼？」我笑他胡謅。但他卻嚴肅地說：「這裡埋著許許多多無辜死去的人，這就是一個大墓穴。聽說過那個叫瑪莎的女巫嗎？在她被燒死後，瘟疫沒有平息，人還是天天病亡，我們的祖先就在火刑地點原址上修建了這座更大、更宏偉的聖母教堂，修堂動機據說是為流了無辜者的血向上帝贖罪。」

他望向前方的聖壇，歎一口氣說：「那個女人，不知是死是活還是瘋？」

我問他是哪個女人，聖喬瓦尼的狐狸說：「那次我上了一艘大遊艇，跟德國、法國客戶暢遊地中海，海風不冷不熱，比基尼佳人端著香檳酒像起伏的海浪那樣環繞著我們。忽然間，我不知道身在何處，似乎又回到了那個遙遠的地方，熱熱鬧鬧那麼多人喝酒猜拳，那個女人的眼睛令我恐懼不已，貓一樣的眼睛，有點像我的瑪莎……」

我的心被什麼揪緊了。

這個安德列不是我所熟悉的。現在，他如願以償成了瑪莎的丈夫。他又笑了：「要是有瑪莎在，就太沒趣了。瑪莎的道德感會讓我感覺像是進了修道院。瑪莎說我變了。我變了嗎？」

我傻傻地點頭，想換個話題。他想了一會兒，又認真地說：「瑪莎太好了，太好了，我認識她太早了，早到好到我害怕，我真害怕失去她。」

我們的世界充滿了祕密。他說出了另一個祕密。那個春天，父親的工廠變成了他的工廠，他也與青梅竹馬的瑪莎訂了婚。而他在工廠裡一言九鼎的地位吸引了一個漂亮女工。她來自外省，她豪放不羈，野性十足。放工後，她留在辦公室裡為他煮咖啡，熨襯衫、西褲，陪他打遊戲。那個春天，聖喬瓦尼的樹林河邊每一處都留下了兩人背著瑪莎偷情的蹤跡。祕密的負擔過於沉重，他把祕密卸給了我。

金童玉女的形象破滅了（雖然他和瑪莎是我所見過最符合金童玉女標準的）。我為美麗純潔的瑪莎憤憤不平，但我卻無法恨我的朋友安德列。春天的風流導致他和瑪莎的戀愛過程延長了好多年，他突然間長大了，變得抑鬱寡歡，憂心忡忡。按西盧其奧家族說法，那是一個錯；按天主教教義，那是一種罪。誰也沒告訴，連他的母親和姐姐也不知道，他只告訴了我。

在天主教國家長大的青年傾向於離教叛道。東方唯物論浸淫多年的我雖與他同齡，在同一個屋頂下，同一個墓穴裡，然而我們們信仰不同，文化不同，學歷不同，也許，唯有恐懼的感受是相通的。

不管是罪還是錯，在那個逃離姜鎮的夜晚，恐懼使他感覺到了瑪莎在他生命中的重量。

當瑪莎拿著兩把雨傘一路尋進來，她用手捂住嘴。

我和安德列全都頭顱高昂，仰望著十字架上。

神之子雙手箕張，頭顱低向塵埃，肋下滲血，如玫瑰嬌豔欲滴。

再見瑪莎，她依然那樣明豔不可方物。我心裡揣著安德列的祕密不能告訴她，卻再沒有不敢直視的感覺。

想起方才登鐘樓的時候，安德列不願上來，是她和我從僅可一人容身的樓梯展開你爭我搶，我讓她比我先登頂。我們從塔尖俯瞰全鎮，我問瑪莎有沒有聞到橡皮燒焦的氣味。她嬌喘的樣子可愛極了，金色短髮晃動著，半是雨星半是金光。我俯視塔下小拇指般大小的安德列，他可真小呵，在細雨中豎起風衣領子，指間夾著半支雪茄，我覺得他聞到了。他知道的，我總覺得。我羞於向他承認在南京我並沒有報警，也沒有採取任何行動搭救那個會寫英語的年輕女人。

瑪莎輕輕喚著安德列和我的名字。

以前在聖喬瓦尼的時候，我從未覺得聖喬瓦尼像今天這麼貼近。

刊於《文學港》二〇二三年第四期

附錄 危險的日常生活

武陵驛

日常生活是平庸的、一成不變的，就其廣度和深度而言。然而，日常生活也可以是危險的，就其不可預見性和意外災難而言。尤其是過去的兩年，成就了全球史無前例的大變局，彷彿按《啟示錄》所述，末日騎士象徵的瘟疫、戰爭接踵而至，糧荒大概率在望，當美國失去了往日民主燈塔的榮耀，歐盟在綏靖換取經濟利益的和平主義泥潭中掙扎，高通脹、大倒閉、難民潮、醫療危機和核彈等威脅顯然是確定無疑的。而我在南半球一隅翹望北方，出生地上海已經史無前例地淪為一座飢餓之城。

歷數開埠一百五十年來，上海人即使在三年大饑荒中也未曾餓壞過，但這番政治清零並未使病毒清零，反而讓居民坐困愁城，缺醫少藥，當地蔬菜基地卻在投訴供貨無門，大量菜蔬眼看爛在地裡，近三千萬百姓吃了上頓愁下頓，北騎南下變身「大白」，民怨沸騰，群體抗議衝突不斷，「中國天花板」的日常行政管理完全被半官方組織居委會、志願者和警察架空，煌煌盛世，竟然傳出有獨居老人餓得食屎的悲憤事件，習以為常的日子陡然間暗流洶湧，日常生活變得居心叵測，這是我們許多人一生中最危險的日子。

這也是中篇小說《長安路無人逃脫》（由三個短篇《象與刀》、《美麗新世界》、《暗房》組成）的世界，大時代轉捩點上的草根冒險者群像。三個短篇從三個不同角度重述同一個故事，每一次重述都將故事往更深層次推進一次。

我自小生長的上海，由一條橫貫東西的幹道長安路，一片建在西城亂葬崗上面的棚戶民宅，以及縈繞期間的一些老虎天窗式的都市傳說所組成。諸如，「美麗新世界」照相館的老闆民民、學不會安分守己的青工長春、美得不可捉摸的水果西施、溺愛么兒的色盲老祖母、日本樓裡風流大膽的紅英媽、從山上下來的阜陽鄉下人疤眼等等。

中短篇小說的容量本來不適合塑造群像，次要人物礙於篇幅，常不得不流於平面化。在寫作之初，有文學前輩諄諄告誡不要在短篇小說裡出現太多人物，筆者之所以堅持寫了下去，可能是固執己見，可能是冒險的刺激。不能說這個嘗試就是成功的，但作為探索短篇有限空間內塑造群像的邊界，這組小說於我個人有特殊的文學冒險意義。

去年，墨城第六次封城之際，筆者卸下了教會事工，終於有一段完整的時間，不受打擾，碼一些文字。最先從鍵盤上跑出來的字元偏偏不是眼底下的危險日常，而是一些雲霧飄渺的故鄉往事。

此時此刻，南半球的墨城，剛剛經歷了世界最長紀錄的封城創痛，傷口尚未痊癒。沐浴在澳大利亞詩人、小說家菲利浦・薩隆（Philip Salom）所喜歡的傍晚光線裡，幻覺一樣的色彩，置身於他方的氣氛，平凡而危險的一天正在結束，或早已過去（薩隆的說法），露在外面的白晝跟埋在裡面的黑夜，至少形成了四種銜接和漸變（現實的和虛擬的各兩種），而寫作，作為改變時間的魔術，也正在虛擬和現實中，悄無聲息地觸發了兩種思考：日常的冒險和蓄意的冒犯。

我的寫作冒犯了人間四月天。在才女林徽因的筆下，一樹一樹的花開，燕在樑間呢喃，四月是愛，是暖，是希望。而我的筆冒犯了上海複雜而危險的日常生活。回到改革開放的起點，那個讓現在習慣了加速開倒車的中國人不斷回味的八〇年代，我認為，那正是「中國故事」的開端。

在我所呈現的「中國故事」裡面，即使是改革開放風起雲湧的八〇年代，也是一種亂世。雖有片狀的間斷的溫暖，基調卻是滄桑的、慘烈的。小說開篇，敘述語氣力圖避開往事瑣碎的拖泥帶水，定位於現實主義的人物回憶，。幾十年的間隔拉開了審美距離，以第一人稱的少年視角，搭建了一個向內心出發的瞭望哨所。向內的超現實維度探索亂世，本身就是一場探險。一個失戀女，死後出沒於人世，如同禁錮在老照片裡的影像，被一再發現。

現實常常虛構歷史。西城長大的喬賓，一個為語言所困擾的孩子，不得不將長安路的歷史分解為一些老照片。從五張老照片開始，全是「美麗新世界」照相館老闆民民的作品。照片裡面關著一些舊時代的精靈，當年的滬西長安路，以一個謎一樣的人物串起西城的一系列小人物：享受自由感覺的長春、追求美的民民、美的化身紅英、憎恨私有制以至反對傳統婚姻的師傅等等。老照片，不再是扭曲的記憶或虛構，而像是為了要回答現在和過去的問題：一旦照相館關門後，「美麗新世界」是即將到來呢，還是剛剛過去……

中文，作為一種古老的象形語言，似乎天生有一個弱勢。沒有時態，缺乏行為發生的時間和敘述之間的直接性關聯。英語使用動詞變位，漢語則用時間副詞來製造間接性關聯。在這組小說的核心《美麗新世界》裡，老照片就成為作者故意設定的時態。小說作為結構的五張老照片，不妨看作五種動詞時態，從五個行為的時間和敘述之間的間接關聯展開地緣敘事。越界築路是租界的延伸段。長安路，作為延伸段的延伸，既不屬於越界築路，又與租界息息相關，這既不是王安憶的洋房和公寓，也不是木心的弄堂風光和亭子間才情，更不是金宇澄的鹹菜黃魚大湯。

日常生活是碎片化的、無意義的。加繆認為過去和現在之間並沒有一種意義上的關聯，關聯的缺席恰恰賦予了作者創造的自由，容許自由地完成一些選擇性冒險。長春選擇鋒利的刀子，紅英選擇英雄氣、痞氣兼備的長春，長春選擇成熟妖冶的性愛，師傅選擇為長春擋刀更是冒險。最有意思的冒險，當屬介乎黑白之間的師傅選擇了追求天下為公的宏大和虛無，他身上流露出海上聞人杜月笙之類的遊俠風骨，也有紅色基因種下的烏托邦理想，但這兩者的共通之處是無賴。亦俠亦盜的無賴，共產實踐的無賴，其實是一致的。每當你以為他要用刀子替人排憂解困之際，他卻總是用錢來收買人心。這種中國特色的「賄」，在當今中國社會是能人辦事的通行證。長安路是一個真實的小世界，裡面有溫暖，有美麗，也有眼淚，獨獨缺少了公義。這註定了邊緣化的長安路具有典型化的悲劇命運。所以，這種另類的上海地緣敘事也冒犯了中共建黨所在地的意識形態傳統。

文學冒險永遠存在著順服和冒犯之間的衝突，既有對文學規範的對抗，也有對社會道德規範的違逆。串聯起人物群像的是那個謎一樣的人物。師傅，不婚不育，不蓄私產，然而，個人的力挽狂瀾之能無法抵擋物質主義割裂人與人之間的關係。價值觀日趨多樣混亂，個人主義和消費文化的新世界瓦解了師傅的舊世界。新世界的不可理喻給小說賦予了冒犯的可能，冒犯安分守己、積德向善的社會共識，代之以一種革命氣息的思想洗禮，為追求所謂解放，摒棄包括婚姻在內的一切私有制。是不是大時代讓師傅這樣的小人物產生了不合時宜的英雄主義？小說不提供答案，但小說必然要提出問題。一個混江湖的底層人物為什麼要在個人生活上擁抱革命式的英雄主義？為什麼要以決絕的極端方式處置個人生活乃至情愛？這樣的憎恨來自哪裡？又如何與愛共存在危險的日常生活？在小說裡，草莽式的英雄主義沾染上了時代所賦予的紅色，縱然收服得了眾多江湖子弟，卻應付不了一個作為美的化身的弱女子，最終，師傅的善意種出了種種惡果。

我願意讀者以寓言來理解這組小說。

江湖人物師傅在長安路充當了警察的角色，警察小金其實扮演了反襯，而鄉下人疤眼的出現則完成了一次荒誕無比的警匪組合，但故事的發展遠遠超出了警匪片的窠臼。師傅的執著和頑固，也超越了李銀河等女權主義者的婚姻滅亡論，冒犯了現代文明的象徵，一夫一妻制。一男一女離開父母，連為一體，婚姻制度在西方固有其神學意義。然而，這種神聖意義從來沒有融入東方，哪怕是緊臨十里洋場的長安路。

儒家基礎上的傳統道德在新世界的衝擊下，不能化解師傅所知的恐懼。師傅忍受著孤獨，為人捨身飼虎，卻懼怕自私，哪怕只是日常的小小私心，天下為公者的雄心有可能蛻變為對權力的野心（哪怕只是草莽式的權力），公義和博愛也可能只是自私者逃脫家庭責任的煌煌說詞。因此，厭棄私有制淪為了自私者的偽裝色，在作者筆下，師傅的原型來自法國的啟蒙思想家盧梭，玩女人，拋棄私生子，斑斑劣跡，都可以用愛他人甚於親人的博愛來開脫，這樣的愛輕巧得很，如果跟儒家的忠孝仁義結合，這樣的德甚至可以感動自我，感天動地，「人是生而自由的，但卻無往不在枷鎖之中」（盧梭語），革命化的崇高與日常平庸之間的衝突源源不斷，構成了長安路上危險的日常生活。私有制有罪，公有制才是人間正道，加劇了小說的政治寓意，提升了這個江湖人物的悲劇色彩。為了自由鬥爭私有制的人，也許患有自戀型人格障礙，這是師傅的真實想法，更有可能，這是他逃離殘酷現實的出口。長安路的情和愛，與其說是新世界的美麗，不如說是舊世界的老照片，離不開中國近一百年的苦難歷史。

這麼說，日常生活的危險到底意味著什麼？

前文說過，小說只負責問題，不負責答案。如果一定要尋找這組小說有所頓悟的地方，很可能出現在師傅去世前，跟他最疼愛的寄子長春之間的對視。在眼中的火焰熄滅之前，師傅明白了些什麼。長春在一場太陽雨裡，報之以男子漢的哭泣。死後路過塵世的美麗女孩，得以放手離開。這是長安路恩仇最後的和解，也是作者的長歎，以一種文學式的救贖，給彼此留下寬恕的空間。

有人可能樂於用「牛奶會有的、麵包會有的」來回答問題，船到橋頭自然直，一切真的都自然而然會有的嗎？盛世，對李白也許是「昔在長安醉花柳」，但對同樣生於盛世的杜甫卻是「吾廬獨破受凍死亦足」，對於作者來說，盛世裡的生命也是一襲華美的袍子，爬滿了蝨子。我喜歡李白，喜歡張愛玲，但我更敬仰杜甫。我想杜甫在離亂輾轉中目睹的，如同我們今天在上海封城中所見的亂象。有染疫無醫者，有方艙流離者，有就醫無門者，有核酸錯漏者，有枯萎斷炊者，有憂傷自裁者，有憤然長逝者，有毅然揭竿者，但更多的則是升斗小民每日隱忍，謂之曰自律，不給政府添亂。文學如果不冒險，便真的會成為鏡中花水中月。作者如果不冒犯民間疾苦、社會亂象、政治頑弊、人生困境，便只是些附庸風雅、吟風賞花的酸腐文人而已。

小說從誕生到今天，形式突破已經千變萬化，但內在本真的東西幾乎沒有什麼改變。文學仍然是無用的，但它仍然堅持在日常中反抗平庸，重塑真實。沒有預演或彩排，人生只來一次。成功的虛構，因著人生的貼合密度，也只有一次，最貼合人性的一次。歸根結底，人生即冒險。文學作為人學，必須冒險。

在以文字與人物對話的這段日子裡，我想這組長安路系列小說還會繼續寫下去，將來也許會成長為長篇小說。命運仍將繼續漠視草根對自由的感覺和對美的追求，照相館關門後，「美麗新世界」是即將到來，還是剛剛過去……。危險的日常，要求人人為自己每分每秒的生活承擔責任。與其說是責任，倒不如說是無可逃脫的責任感，給平庸如我輩帶來苦痛。但是，苦痛的價值在於成全了生命的尊嚴，哪怕只是些大時代所忽略的長安路上的愚人們。

節選刊於《莽原》二〇二二年第三期

附錄　妖豔的粉紅時代，那些記憶和欲望：寫在《蘑菇人》書頁空白處

曾有朋友笑談過我的小說的先見性。這不是笑話。在下略略回顧近期所作的小說，頗有些聳人聽聞。

二〇一九年所作的小說《往尼尼微去》，被一位大陸當紅年輕小說家指為「寫得像經文」（大約不是什麼褒獎），但那篇拙作昭示了來年的大瘟疫和水患，在書籍封面上，甚至煞有介事地廣而告之：「大國子民面對瘟疫、洪水大災臨頭，是奮起對抗，還是悔改順服」；

小說《騎在魚背離去》（寫於二〇二〇年）集中書寫潰壩危機，似乎又擊中了下一年度的鄭州大水淹城，道出了大水為什麼是人禍的原委；

二〇二一年下半年寫的《蘑菇人》則因為對戰爭和飢餓之間關係的描述，似乎提前數月，對毀掉歐洲糧倉的俄烏戰爭提出了某種警告；

為什麼一定要把美國樹為敵人？在小說《美丹的白天，一些有趣的事》（終稿寫於二〇二〇年）中，作者再次借小說人物的口，點明了：有敵人，才能有朋友。並進一步說明對南太平洋島嶼的新經濟殖民是出於其戰略意圖，契合了今年爆出的消息：某大國欲在所羅門群島上建立軍事基地。

在此不得不打趣說，古代這叫做先知，當代這叫做烏鴉嘴。不過，在下深知，這些是巧合，也是必然。寫作《蘑菇人》，初衷只是個人對於疫情期間大量死亡事件的一種另類的文學凝視。凝視大規模無辜死亡的最佳時刻就是戰爭，無論是全球防疫戰，所謂「特別軍事行動」，還是世界大戰。

雖說概括小說的主旨，一千個人有一千個《蘑菇人》。《蘑菇人》的主題無疑是戰爭和人的命運，但寫完之後，才發現實質是有關戰爭的記憶以及人類的欲望，恰巧適合引用《荒原》來加以說明。開創了英美現代詩學的T. S.艾略特，出身於美國南方密蘇里州聖路易士的牧師家庭。一個充滿宗教關懷的人，面對第一次世界大戰，不知道莫名其妙的世界大戰怎麼開始的，也不知道該怎麼讓它結束，突然間，喪失了成千上萬條生命，摧毀了歐洲大陸悠遠的文化傳統。《荒原》，呈現出一戰之後的世界，但它不只是傾訴戰後的慘況，它也像杜甫那樣痛苦，一直在追問造成毀滅的原因。

艾略特察覺到了上帝的缺席。一戰的爆發，證明了以歐洲為代表的人類文明巔峰早已陷落入一片「屬靈上的荒原」。在上帝隱身的時代，一切神聖的美好秩序都消失了，代之以國攻打國、民攻打民。我想探究的是，為什麼人類能夠無聊地驟然發動一場戰爭，卻若無其事地將它粉飾為「特別軍事行動」？捲入了那麼多的國家，那麼多人的狂熱，犧牲了那麼多人的生命，破壞了那麼多美好的事物，到最後，誰也不知道為了什麼。在小說裡，就是「水那邊，靜默的黑暗，是我們最害怕的東西，不知道是什麼樣子，但它毫無疑問地在那裡。就在那裡」。

在小說發生地，荒原變成了柳州的前世。那是一口巨大的黑暗礦井，人生活在井底，看不見日頭，連影子也沒有。每一個人都想逃離，賴以為生或者逃出生天，就必須找到煤礦或蘑菇。在這個隱喻裡，每天的生活彷彿行屍走肉的蘑菇人，但他們竟然不自知。有多少蘑菇人不能回到地上，有一些上來了，不惜跌落，碎成一片片……，這不是艾略特的時代。你可以把它當鬼故事來讀，當復仇故事來讀，也可以當戰爭與和平來讀，但我願意你把它當一個危險的現代寓言來讀。畢竟，你懂了，我寫的是一個二戰故事，但也不是一個二戰故事。

當今，起碼有十幾億華人處於一片人口最密集的粉紅色荒原上。世上最多的普丁崇拜者、戰爭狂熱者不是在俄國，而是在中國大陸。對於全世界愛好和平生活的人們來說，「武統臺灣」不是一句空洞的口號，這是我們一生中最危險的時刻。每一天，每一刻，我們切切實實面臨著第三次世界大戰的危險。

看一看上海封城的人間四月天吧。近三千萬人被人像豬一樣地「投餵」。用小說語言來說，生活在井底，失去了影子，食物和燃料變成了天一樣大的東西。活下去重要，還是人的尊嚴重要？關於戰爭的記憶是那麼扭曲，那麼模糊；而那些狂妄愚昧的粉紅色欲望，卻是那麼妖豔，那麼喧囂。

戰爭並不是最可怕的，荒原才是，黑井才是，荒蕪的是人心——粉紅色的人心。因此，我樂意將這個大時代稱為「妖豔的粉紅時代」。記不記住在下那些所謂的先見無所謂，我更願意大家記住，在下是文學世界裡第一個書寫粉紅時代「小粉紅」妖豔的眾生相的寫作人。如果你喜歡《蘑菇人》，請允許我做一個廣告：請找臺北二〇二一年版的拙作《騎在魚背離去》來讀，相信你會理解什麼是我所說的「粉紅時代」。

這已經不是艾略特的時代，但我還是想用他的先知詩句（筆者自譯）來結束短文：四月是最殘忍的，滋生出從死地上探出的丁香，混雜著記憶和欲望，春雨翻攪起愚鈍的根芽。

刊於澳洲新報二〇二二年《新文苑》

後記　從將來回望現在

武陵驛

有些書，生來是等著人來做注釋的，比如，《新舊約全書》。我只擅長講故事，用小說故事來注釋《聖經》故事，用聖書神學來注釋小說邏輯，是我在文字王國裡嘗試做的一種不自量力之舉。看起來很像是無用之工般的循環論證，唯有希望全書結構能像輕盈的鳥骨骼那樣，叫故事飛起來。因為作者傻傻地認定，小說的意義在於人性的復活和人心的重生。

十五則小說，是構建十五個故事來注釋三卷聖書，即新約的《希伯來書》、《羅馬書》，和舊約的《詩篇》。選擇這三卷書，只因其中的某些主旨正是作者想在本編中注釋的道。道成肉身是聖書形塑聖書之民的宏大創制，作者在此不惜東施效顰。

關於肉身

如果藉著這注釋書能稍稍使形體成為豐滿，讀者或許可看見在《羅馬書》中的罪和罰，對軟弱的悲憫，對異端的寬容，對得些果子的渴望，都是靈與肉的對抗。條條道路通羅馬，雖屢次定意往羅馬去，但道路至今仍有阻隔。

關於世界

在《小說理論》中，匈牙利的盧卡奇以其形式與歷史同構的理論，提出史詩與小說更替的內在本質是總體文化的失落，認為小說是被上帝遺棄的世界的史詩。現代人之所以成為現代人，是因為上帝隱身的結果。與其說是遭上帝遺棄，不如說是遺棄了上帝，正如尼采所喊出的那一聲「上帝死了」。現代小說之所以成為現代小說，是因為那些中世紀恆定的價值觀、世界觀都已經破碎失衡。透視技法從畫界流入小說界，單點透視而非上帝視角，改變了現代人對世界的恆定看法。從此每一個人都有一個獨特的小世界，一部小型的史詩，英雄失卻了偉大的榮耀，而小人物的史詩開始站上了舞臺。為《詩篇》注釋的九則故事就是這樣的小世界，環繞一個中文名字叫喬賓、長大後英文名字叫史蒂文的七零後，以他成長和去國為重心，以他和周圍人為視角，構築了一個四十年高速增長、滄海桑田的長安路小世界。無論是痛楚、恐懼、苦澀的哀歌，還是喜樂、悠揚、感恩的讚美詩，這些現在都已經不復存在，僅僅留存在作者的小說虛構世界中。每當你翻過書頁，恍若走過溪水，撫摸一下栽在溪邊的那些樹，嘗一嘗所結的果子，人生的詩意存在於你的想像力和感受力當中。

關於將來

於《希伯來書》，那不過是作者自瘟疫、洪水、戰爭以來，為生逢亂世間所做的喃喃祈禱詞。過去只是些暫時的紛亂影子，當下找不到屬於我們的永存之城，我們的城只在將來，在對將來的盼望和尋求之中。

喬治・歐威爾在《一九八四》中論述了現在的荒謬：「誰控制過去，就控制了未來；誰控制現在，就控制著過去。」如果從將來回望，現在肯定是荒謬的。我相信荒謬控制過去和將來都是一種錯覺，現在不能控制過去，也不能控制將來，真相即使隱身，也仍然存在，真相使人得自由，真相是將來決定了現在，並且，時時在改變過去。將來是至關重要的動機和異象，故置於卷首。

是為緣起，權作後記。

語言文學類　PG2969　秀文學54

敲頭人
Hammer on the Head

作　　者／武陵驛
內頁插圖／曹　青
封面繪圖／沈嘉蔚
責任編輯／洪聖翔
圖文排版／楊家齊
封面設計／吳咏潔

發 行 人／宋政坤
法律顧問／毛國樑　律師
出版發行／秀威資訊科技股份有限公司
114台北市內湖區瑞光路76巷65號1樓
電話：+886-2-2796-3638　傳真：+886-2-2796-1377
http://www.showwe.com.tw
劃撥帳號／19563868　戶名：秀威資訊科技股份有限公司
讀者服務信箱：service@showwe.com.tw
展售門市／國家書店（松江門市）
104台北市中山區松江路209號1樓
電話：+886-2-2518-0207　傳真：+886-2-2518-0778
網路訂購／秀威網路書店：https://store.showwe.tw
國家網路書店：https://www.govbooks.com.tw

2023年7月　BOD一版
定價：500元

讀者回函卡

國家圖書館出版品預行編目

敲頭人 = Hammer on the head / 武陵驛著. -- 一版. -- 臺北市 : 秀威資訊科技股份有限公司, 2023.07

面； 公分. -- (秀文學 ; 54)(語言文學類 ; PG2969)

BOD版

ISBN 978-626-7346-05-1(平裝)

857.63 112010028